SPOONBENDERS

A FABULOSA FAMÍLIA TELEMACHUS

SPOONBENDERS

A FABULOSA FAMÍLIA TELEMACHUS

DARYL GREGORY

TRADUÇÃO DE
EDMUNDO BARREIROS

FÁBRICA231

Título original
SPOONBENDERS

Este livro é uma obra de ficção. Nomes, personagens lugares e incidentes são produtos da imaginação do autor. Qualquer semelhança com pessoas reais, vivas ou não, acontecimentos ou localidades é mera coincidência.

FÁBRICA231
O selo de entretenimento da Editora Rocco Ltda.

Direitos para a língua portuguesa reservados
com exclusividade para o Brasil à
EDITORA ROCCO LTDA.
Av. Presidente Wilson, 231 – 8º andar
20030-021 – Rio de Janeiro, RJ
Tel.: (21) 3525-2000 – Fax: (21) 3525-2001
rocco@rocco.com.br
www.rocco.com.br

Printed in Brazil/Impresso no Brasil

Preparação de originais
MAIRA PARULA

CIP-Brasil. Catalogação na fonte.
Sindicato Nacional dos Editores de Livros, RJ.

G833s
Gregory, Daryl
Spoonbenders: a fabulosa família Telemachus / Daryl Gregory; tradução de Edmundo Barreiros. – 1ª ed. – Rio de Janeiro: Fábrica231, 2019.

Tradução de: Spoonbenders
ISBN 978-85-9517-047-6
ISBN 978-85-9517-048-3 (e-book)

1. Ficção fantástica americana. I. Barreiros, Edmundo. II. Título.

19-56656
CDD-813
CDU-82-3(73)

Vanessa Mafra Xavier Salgado – Bibliotecária – CRB-7/6644

O texto deste livro obedece às normas do Acordo Ortográfico da Língua Portuguesa.

“Talvez o que faça essas coisas acontecerem não queira que elas sejam comprovadas.”

— URI GELLER

1995

JUNHO

I

Matty

Matty Telemachus deixou seu corpo pela primeira vez no verão de 1995, quando tinha 14 anos de idade. Ou talvez seja mais exato dizer que seu corpo o expeliu, mandando pelos ares sua consciência em um gêiser de luxúria e vergonha.

Pouco antes de isso acontecer, ele estava ajoelhado dentro de um closet, com a mão suada apoiada na parede de gesso e o olho direito encostado num buraco de uma tomada sem fiação. Do outro lado da parede estava sua prima Mary Alice com a amiga loura e gordinha. Janice? Janelle? Provavelmente Janelle. As garotas – ambas dois anos mais velhas que ele, segundanistas, *mulheres* – estavam deitadas na cama uma ao lado da outra, apoiadas nos cotovelos e de frente para ele. Janelle usava uma camiseta ornada com lantejoulas, mas Mary Alice – que no ano anterior anunciou que queria ser chamada apenas de "Malice" – usava uma camisa de flanela grande demais que pendia de seus ombros. O olho dele fixou-se na gola aberta da camisa e desceu lentamente pelas ondas da pele até as sombras. Ele tinha quase certeza de que ela estava usando um sutiã preto.

Elas estavam vendo o anuário da escola enquanto escutavam um CD de Mary Alice num Walkman, dividindo os fones de ouvido como fossem um osso da sorte. Matty não conseguia ouvir a música, mas, mesmo que pudesse, não deveria ser de nenhuma banda que *ele* conhecesse. Alguém que chamava a si mesma de Malice não ia tolerar nada popular. Uma vez ela o flagrou cantarolando Hootie & the Blowfish, e a expressão de desprezo em seu rosto provocou nele um nó na garganta.

Ela parecia não gostar dele por uma questão de princípio, embora ele tivesse uma prova de que já tivesse gostado: uma Polaroid natalina de Mary Alice com quatro anos, sorrindo com os braços morenos em torno do corpo branco dele de bebê. Mas nos seis meses desde que Matty e a mãe tinham voltado para Chicago e para a casa do vô Teddy, ele via Mary Alice de quinze em quinze dias, e ela mal falava com ele. Matty tentava imitar a indiferença dela e fingia que ela não estava no mesmo ambiente. Daí ela passava por ele tirando-o do caminho com aquele cheiro de chiclete e cigarro, e a parte racional do seu cérebro saía da estrada e batia em uma árvore.

Por desespero, determinou três mandamentos para si mesmo.

1. Se sua prima estiver no mesmo ambiente, não tente olhar para o seu decote. É de arrepiar.
2. Não tenha pensamentos libidinosos com sua prima.
3. Em nenhuma circunstância você vai se tocar quando estiver tendo pensamentos libidinosos com sua prima.

Nessa noite, até então os dois primeiros tinham ido para o espaço, e o terceiro estava por muito pouco. Os adultos (com exceção do tio Buddy, que na verdade não saía mais de casa) tinham ido todos ao centro da cidade para jantar, evidentemente em algum lugar elegante, com sua mãe usando sua saia de entrevistas, tio Frankie parecendo um corretor imobiliário com aquele paletó por cima de uma camisa de golfe, e a mulher de Frankie, tia Loretta, apertada em um terninho lilás. Vô Teddy, é claro, usava terno e o Chapéu (na cabeça de Matty, "Chapéu" era sempre com letra maiúscula). Mas mesmo esse uniforme tinha sido um pouco aprimorado para a ocasião: abotoaduras de ouro, um lenço decorativo para fora do bolso do peito, seu relógio de pulso mais elegante cravejado de diamantes. Eles iriam voltar tão tarde que as filhas de Frankie dormiriam lá. Tio Frankie preparou quatro litros de suco Goji Berry em pó, pôs uma nota de vinte dólares com alguma cerimônia ao lado do jarro e se dirigiu às filhas. "Eu quero troco", disse ele a Mary Alice. Em seguida, apontou para as gêmeas. "E vocês duas, tentem não botar fogo na porra da casa, está bem?" Polly e Cassie, de sete anos de idade, pareceram não escutá-lo.

Tio Buddy era tecnicamente o responsável, mas todos os primos entenderam que iam passar a noite por conta própria. Buddy estava em seu próprio mundo, um planeta de gravidade alta que ele só abandonava com grande dificuldade. Trabalhava em seus projetos, riscava os dias no calendário da geladeira com lápis de cera cor-de-rosa e falava com o menor número de pessoas possível. Ele nem atendeu a porta para o cara da pizza; foi Matty quem foi até lá com a nota de vinte e quem pôs os dois dólares de troco com muito cuidado no centro da mesa.

Com uma coreografia cuidadosamente cronometrada, Matty conseguiu ludibriar a intrometida Janelle e as gêmeas para conseguir a cadeira ao lado de Mary Alice. Ele passou todo o jantar ao lado dela, extremamente consciente de cada centímetro que separava suas mãos das dela.

Buddy pegou uma fatia de pizza e desapareceu no seu porão. O zumbido agudo da serra de fita foi tudo o que ouviram dele por horas. Buddy, um solteirão que morara toda a vida nessa casa com o vô Teddy, estava sempre começando projetos – derrubando, esboçando, consertando –, mas nunca terminava.

Como o cômodo parcialmente desconstruído onde Matty estava escondido. Até recentemente, ele e o quarto contíguo eram parte de um sótão inacabado. Buddy tinha removido o isolamento antigo, montado closets, instalado luzes e colocado camas nos dois quartos – e em seguida passara para outro projeto. Essa metade do sótão era tecnicamente o quarto de Matty, mas a maior parte do closet estava cheia de roupas velhas. Buddy parece ter se esquecido das roupas e das tomadas vazias atrás delas.

Mas Matty não esqueceu.

Janelle virou uma página do anuário e riu.

– Ah! O seu amor! – disse ela.

– Cale a boca – disse Mary Alice. Seu cabelo escuro caído diante dos olhos estava de um jeito que o deixava louco.

– Você quer aquela coisa grande na boca, não quer? – perguntou Janelle.

Matty estava com câimbras nas coxas, mas ele não ia se mexer, agora.

– Cale a porra da boca – disse Mary Alice. Ela socou de leve o ombro da amiga. Janelle rolou por cima dela, rindo, e quando as garotas se aprumaram, a camisa de flanela tinha caído do ombro de sua prima, expondo uma alça preta de sutiã.

Não: uma alça *roxa-escura* de sutiã.

Terceiro mandamento: Tu não deves te tocar, começar a arder e fumegar.

Vinte segundos febris depois, as costas de Matty se arquearam como se puxadas por um fio quente. Um rugido oceânico encheu seus ouvidos.

De repente, ele estava suspenso no ar, os pregos do teto inclinado a centímetros de seu rosto. Ele gritou, mas não tinha voz. Tentou empurrar o teto para se afastar, mas percebeu que não tinha braços. Na verdade, ele não tinha corpo.

Após um momento, sua visão fez uma rotação, mas ele não sentiu nenhum controle sobre esse movimento, seus olhos eram uma câmera que se desviava por conta própria. O chão do quarto entrou em foco. Seu corpo estava caído do lado de fora do closet e jazia estendido sobre o compensado.

Era *assim* que ele parecia? Aquela barriga gorducha, a linha do queixo coberta de espinhas?

Os olhos do corpo piscaram e se abriram, e por um momento vertiginoso Matty era ao mesmo tempo o observador e o observado. A boca do corpo se abriu em choque e então...

Foi como se os fios que o prendiam no ar tivessem sido repentinamente cortados. Matty despencou. O corpo gritou: um grito agudo de menina que ele teve tempo de registrar como profundamente embaraçoso. Então a consciência e a carne se chocaram.

Ele quicou pelo interior do próprio corpo como uma bola de borracha. Quando as reverberações diminuíram, Matty estava olhando por suas próprias órbitas para o teto, que agora estava a uma distância apropriada.

Pancadas surdas soaram no outro quarto. As garotas! Elas ouviram!

Ele deu um pulo, cobrindo a virilha como um soldado ferido.

– Matty? – chamou Malice. A porta começou a abrir.

– Eu estou bem! Eu estou bem! – gritou ele e se jogou para dentro do closet.

De algum lugar, a loura riu. Mary Alice apareceu na porta do closet, com as mãos nos quadris.

– O que você está fazendo aí dentro?

Ele olhou para ela com a parte inferior do corpo coberta por roupas de mulher – uma delas um vestido laranja listrado que parecia bem anos 1970.

– Eu tropecei – disse ele.

– Ah, tá...

Ele não fez nenhum movimento para ficar de pé.

– Qual o problema? – perguntou Mary Alice. Ela vira alguma coisa na expressão dele.

– Nada – respondeu. Ele acabara de ter um pensamento ruim: esses são os vestidos da vó Mo. Eu acabei de destruir as roupas de minha avó morta.

Ele se ergueu sobre um cotovelo. Tentando parecer confortável, como se tivesse acabado de descobrir que vestidos de vinte anos davam uma cama perfeita.

Mary Alice ia dizer algo, mas depois olhou para a parede atrás dele, logo acima de seu ombro. Os olhos dela se estreitaram. Com extrema força de vontade, Matty não olhou para trás para ver se ela estava olhando o buraco vazio da tomada.

– Então está bem – disse ela, e se afastou do closet.

– Ok – disse ele. – Obrigado. Está tudo bem.

As garotas deixaram o quarto, e ele imediatamente se virou e cobriu o buraco na parede com o vestido laranja. Começou a pendurar novamente os vestidos e casacos: um casaco de pele de coelho até a cintura, várias saias até os joelhos, uma capa de chuva xadrez. Um dos últimos itens estava dentro de um saco plástico transparente de lavanderia a seco. Era um vestido comprido prateado e cintilante, e vê-lo fez com que a memória despertasse no fundo de seu cérebro.

Ah, pensou ele. Isso mesmo. É o vestido que a vó Mo estava usando naquele vídeo. *O* vídeo.

Tio Frankie havia mostrado a fita de vídeo a Matty no dia de Ação de Graças quatro anos atrás. Frankie tinha bebido muito vinho tinto e estava bêbado quando a esposa, Loretta, desembrulhou os aperitivos de coquetel de camarão, e as frases dele tornaram-se *enfáticas* e *urgentes*. Ele estava falando de um sujeito chamado o Incrível Archibald, que tinha estragado *tudo*.

– Pensem no que nós poderíamos ter – disse Frankie. – Nós poderíamos ser reis.

Irene, mãe de Matty, riu, fazendo com que Frankie fechasse a cara.

– Reis do quê? – perguntou ela.

Irene e Matty tinham chegado de carro de Pittsburgh na noite da véspera e, quando acordaram, descobriram que o vô Teddy havia comprado uma ave, e não muito mais do que isso; ele estava esperando que a filha fizesse aparecer por mágica o resto da refeição. Agora que finalmente terminaram de jantar, a mesa transformou-se num campo pós-batalha: torta de abóbora destruída, Rice Krispies Treats em frangalhos, todas as garrafas de vinho vazias. Matty era a última criança que restava em sua cadeira. Ele sempre gostava de ficar com os adultos. Na maior parte do tempo, ficava quieto, sem falar, na esperança de que eles esquecessem que ele estava ali e começassem a dizer coisas interessantes.

– Esse traste sem talento simplesmente não podia nos ver ganhar – disse Frankie.

– Não, ele era um homem talentoso, um homem talentoso – disse o vô Teddy da cabeceira da mesa. – Até brilhante. Mas não tinha visão. – Como sempre, ele era a pessoa mais bem-vestida na casa. Terno preto reluzente, camisa rosa, uma gravata de caxemira colorida larga como uma truta. Vovô sempre se vestia como se estivesse prestes a ir a um casamento ou a um funeral, exceto de manhã ou pouco antes de ir para a cama, quando circulava como se estivesse sozinho em casa: camiseta regata, calção, meias pretas. Ele não parecia possuir "roupa esportiva" nem "roupa de trabalho", talvez porque nunca praticasse esportes e não trabalhasse. Ele, porém, era rico. Irene dizia não saber de onde vinha o dinheiro, mas Matty imaginava que era tudo ganhado no pôquer. O vô Teddy, todos sabiam, era o maior trapaceiro nas cartas de todos os tempos. Ensinou Matt a jogar o *seven-card stud* sentado por horas à mesa da cozinha até as moedas de Matt terminarem. (Vovô Teddy sempre jogava a dinheiro, e nunca devolvia depois de uma partida. "Não se pode amolar faca com esponja", dizia ele, um ditado em que Matty acreditava mesmo sem compreender completamente.)

– Archibald foi um mal necessário – disse o vô Teddy. – Ele era a voz do cético. Se sua mãe o tivesse feito passar vergonha, o público nos adoraria por isso. Nós podíamos ter ido à estratosfera com aquele número.

– Ele era do mal – disse Frankie. – Um maldito picareta mentiroso! Ele não conseguiria tomar a Comunhão sem roubar a hóstia.

O vô Teddy riu.

– Isso tudo são águas passadas agora.

– Não passava de um invejoso – disse Frankie. – Ele odiava nossos dons. Ele queria nos destruir.

Matty não aguentava mais. Ele precisava perguntar.

– O que esse cara fez conosco?

Frankie se debruçou sobre a mesa e olhou Matty direto nos olhos.

– O que ele *fez*? – disse com a voz baixa e embargada pela emoção. – Ele matou a vovó Mo, foi isso.

Matty sentiu um arrepio percorrer-lhe o corpo. Não apenas pela declaração dramática, mas pela eletricidade de ser percebido pelo tio. De ser visto. O tio Frankie sempre tinha sido legal com Matty, mas na verdade nunca falava com ele como se ele importasse.

– Podemos mudar de assunto, por favor? – disse Irene.

– Ele a matou – disse Frankie se recostando, mas sem tirar os olhos de Matty. – Do mesmo jeito que se tivesse encostado uma arma em sua cabeça.

A mãe de Matty franziu o cenho.

– Você acredita nisso, não é?

Frankie virou a cabeça para olhar para ela.

– Sim, Irene, eu acredito.

Loretta se levantou.

– Eu vou fumar.

– Vou com você – disse o vô Teddy. Ele se levantou da mesa, ajeitou os punhos da camisa e a pegou pelo braço.

– Você não devia fumar, papai – disse Irene.

– Loretta está fumando – disse ele. – Eu sou um fumante passivo.

O tio Frankie gesticulou para Matty.

– Venha cá, é hora de você ver uma coisa.

– Eu não vou lavar essa louça sozinha – disse Irene.

– Peça a Buddy para ajudar você. – Ele deu um tapa no ombro do irmão, com um pouco de força demais, pensou Matty. Os olhos de Buddy adejaram, mas seu olhar jamais saiu da meia distância. Ele tinha um jeito de se sentar que parecia imóvel, encolhendo-se cada vez mais baixo como se estivesse se transformando num pudim.

– Deixem-no em paz – disse Irene.

Buddy permaneceu inalterado. Estava em um de seus transes desde que terminara sua torta, olhando fixamente para o espaço, de vez em quando sorrindo consigo mesmo ou articulando em silêncio uma ou duas palavras. Sua mudez era um mistério para Matty, e os adultos não falavam sobre isso, um silêncio duplo que era impenetrável. A mãe de Matty só lhe dava variações de "Ele é desse jeito". Uma vez, Matty conseguiu reunir coragem para perguntar ao vô Teddy por que Buddy raramente falava, e ele disse: "Você vai precisar perguntar a ele."

Frankie levou Matty para a sala da frente, onde havia uma televisão enorme de gabinete estacionada junto à parede como um Chrysler. Seu tio se sentou pesadamente no chão – segurando o copo de vinho no alto e conseguindo não derramar uma gota – e abriu uma das portas do gabinete.

– Agora estamos conversando – disse Frankie. Havia um videocassete em uma prateleira, e no espaço abaixo um monte de fitas de vídeo. Ele pegou uma delas, verificou a etiqueta e a jogou para o lado. Começou a examinar a pilha. – Dei uma cópia para o meu pai – acrescentou ele em voz baixa. – A menos que Buddy tenha jogado fora, aquele filho de uma... ei. Aqui está.

A caixa da fita tinha listras laranja. Frankie ejetou a fita que estava no videocassete e enfiou a da caixa.

– Esta é a nossa história – disse Frankie. Ele ligou a televisão. – Esta é a nossa herança.

Na tela, um atendente de loja apertava loucamente rolos de papel higiênico. Frankie pressionou o play no videocassete e nada aconteceu.

– Você tem de botar no canal três – disse Matty.

– Claro, claro. – A TV estava sem seletor, expondo um pino nu. Frankie ergueu a mão para pegar o alicate de ponta fina que o vô Teddy mantinha em cima do gabinete. – Esse foi meu primeiro emprego. Controle remoto do vovô.

A fita estranha parecia de algo gravado sem ser de uma emissora de TV. Um entrevistador de terno sentado em um cenário apertado, com uma brilhante parede amarela às costas. "... e eles vêm empolgando plateias por todo o país", dizia ele. "Vamos receber agora Teddy Telemachus e sua Fabulosa Família!" Matty pôde ouvir as letras maiúsculas.

Os aplausos na gravação pareciam metálicos. O entrevistador se levantou e caminhou até uma área de palco aberto, onde os convidados aguardavam desconfortavelmente de pé, a alguns metros de uma mesa de madeira. Pai, mãe e três filhos, todos trajando ternos e vestidos.

O vô Teddy se parecia muito com ele mesmo, só que mais jovem. Arrumado e enérgico, com o Chapéu inclinado para trás na cabeça, tinha a aparência de um repórter de antigamente prestes a lhe contar toda a verdade.

– Uau, essa é a vovó Mo? – perguntou Matty, embora não pudesse ser mais ninguém. Ela usava um vestido de noite prateado e cintilante, e era o único membro da família que parecia pertencer ao palco. Não apenas por ser uma beleza digna de Hollywood, embora ela o fosse, com cabelo escuro curto e olhos grandes como uma *ingénue* dos anos 1920. Era a sua tranquilidade, sua confiança. Ela segurava pela mão um tio Buddy de rosto doce e com idade de jardim de infância. – Ela é tão jovem.

– Isso foi um ano antes de sua morte, tinha 30 anos – disse Frankie.

– Não, quero dizer, em comparação com o vovô Teddy.

– É, bom, ele pode ter escolhido uma bem novinha. Você conhece o seu avô.

Matty balançou a cabeça com uma expressão astuta. Ele conhecia o avô, mas não do jeito que o tio Frankie estava falando.

– Ah, sim.

– Agora, este é o *Mike Douglas Show*, o programa mais assistido no país, certo? – disse Frankie. – Mike Douglas. Uma audiência de milhões.

Na tela, o entrevistador e apresentador do programa estava apontando para várias coisas sobre a mesa: latas de metal, alguns talheres, uma pilha de envelopes brancos. Ao lado da mesa havia uma espécie de roda da fortuna em miniatura com cerca de um metro de altura, mas em vez de números nos raios, havia imagens: animais, flores, carros. A mãe de Matty, Irene, parecia ter dez ou 11 anos, embora seu vestido de veludo verde fizesse com que parecesse mais velha. Assim como sua expressão preocupada; Matty ficou surpreso ao ver isso presente em um rosto tão jovem. Ela não largava o braço do irmão mais novo, um menino magro e agitado que parecia estar tentando se retorcer para sair do terno e da gravata.

– Esse é você? – perguntou Matty. – Você não parece satisfeito de estar ali.

– Eu? Você devia ter visto Buddy. Ele ficou tão mal que... mas nós vamos chegar lá.

Maureen – a vó Mo – estava respondendo a uma pergunta do apresentador. Ela sorria de maneira tímida. “Bem, Mike, eu não sei se eu usaria a palavra ‘dom’. Sim, imagino que tenhamos um talento especial. Mas acredito que toda pessoa é capaz de fazer o que fazemos.”

Quando ela disse “toda pessoa”, ela olhou para Matty. Não para a câmera nem para o público que assistia de casa, mas para ele. Eles se olharam nos olhos, através de um espaço de anos e distorção eletrônica.

– Ah! – disse ele.

O tio Frankie olhou para Matty.

– Preste atenção. Minha parte está chegando.

O vô Teddy estava dizendo ao apresentador que mantivesse a mente aberta.

– No tipo certo de ambiente positivo, todas as coisas são possíveis. – Ele sorriu. – Até crianças podem fazer isso.

O apresentador se agachou de maneira desconfortável ao lado de Frankie.

– Diga ao público o seu nome.

– Eu posso mover coisas com a mente – disse ele. Havia uma linha de fita branca visível aos pés de Frankie. Todos menos o apresentador estavam parados atrás dela.

– Você consegue, agora?!

– O nome dele é Franklin – disse sua irmã.

O apresentador aproximou o microfone dela.

– E você é...?

– Irene. – Seu tom de voz era contido.

– Você tem uma habilidade especial, Irene?

– Eu posso ler a mente. Eu sei quando...

– Nossa! Você quer ler a minha mente agora?

A vó Mo pôs a mão no ombro de Irene.

– Você quer tentar, querida? Como você está se sentindo?

– Bem. – Ela não parecia bem.

Teddy apressou-se a explicar que Irene era...

– Um detector de mentiras humano, se preferir, uma varinha mágica da verdade! Por exemplo, se usarmos estas cartas... – Ele levou a mão na direção da mesa.

– Eu vou pegá-las – disse Mike Douglas. Ele passou pela linha demarcada com fita e pegou uma pilha alta de cartas de tamanho grande.

– Filho da puta – disse o tio Frankie.

– O que foi?

– Espere só – disse Frankie.

Na tela, Teddy disse:

– Esse é um baralho comum. Agora, Mike, embaralhe e escolha uma carta, depois mostre-a para a câmera para as pessoas em casa. Mas não a mostre para Irene.

Mike Douglas caminhou até uma das câmeras e ergueu um cinco de ouros. Ele brincou um pouco com ela, botando-a e tirando-a de foco.

– Esta é a sua chance de mentir para uma garotinha – disse Teddy. – Vamos botar sua carta de volta no baralho. Excelente, Mike, excelente.

Agora algumas embaralhadas... tudo bem, certo. Estenda a mão, por favor. Vou começar a dar as cartas viradas para cima. Tudo o que você precisa fazer é responder as perguntas de Irene. E não se preocupe, ela sempre pergunta a mesma coisa, e é uma pergunta muito simples.

O vô Teddy pôs uma carta na palma da mão do apresentador. Irene perguntou:

– Sr. Douglas, essa é a sua carta?

– Não, senhorita. – Ele fez uma careta para a câmera.

– Isso é verdade – disse Irene.

– É simples assim – disse o vô Teddy ao apresentador. – Você pode dizer sim ou não, o que quiser. – Ele abriu outra carta na palma da mão, e depois outra. Mike dizia "não" para toda carta nova, e Irene balançava a cabeça afirmativamente. Então Mike disse:

– Essa é a minha.

– Você está mentindo – disse Irene.

Mike Douglas riu.

– Você me pegou! Não é a rainha de espadas.

Eles passaram mais cartas. Mike dizia "não" toda vez, mas depois da décima, Irene sacudiu a cabeça.

– Essa é a sua carta – disse ela.

O apresentador mostrou a mão espalmada para a câmera: em cima estava o cinco de ouros. Então ele se dirigiu à vó Mo.

– O que você responde às pessoas que dizem "Ah, são cartas marcadas. Eles ensinaram a menina a lê-las!"?

A vó riu, em nada abalada.

– As pessoas dizem todo tipo de coisa. – Ela ainda estava segurando a mão de Buddy. Ele era tão pequeno que sua cabeça mal aparecia na tela.

O apresentador levou a mão ao bolso do paletó e sacou um envelope.

– Por isso o que eu fiz foi trazer algumas imagens. Cada uma delas é um padrão geométrico simples. Você nunca viu este envelope, certo?

Irene parecia preocupada, mas na verdade ela parecia preocupada desde o começo do programa.

– Pronta? – perguntou o apresentador. Ele pegou um cartão do envelope e olhou para ele com atenção.

Irene olhou para a mãe.

– Formas geométricas simples – disse o apresentador.

– Você não precisa pressioná-la – disse a vó Mo.

– Diga-me se estou mentindo – disse o apresentador. – É um círculo?

Irene franziu o cenho.

– Hum...

– É um triângulo?

– Isso não é justo – disse Irene. – O senhor não pode me fazer perguntas, tem de...

O tio Frankie apertou um botão e a imagem congelou.

– Dê uma olhada no pote. – Ele apontou para um pote de aço inoxidável pequeno e de fundo redondo. – Ele tem água em seu interior. Pronto?

– Claro – disse Matty.

Frankie apertou o play. Na tela, Irene parecia com raiva.

– Ele não está fazendo certo. Eu não tenho como dizer sim ou não se ele continua...

De fora da tela, o vô Teddy falou bruscamente.

– Frankie! Espere sua vez!

O pote na mesa pareceu tremer, e em seguida toda a mesa começou a vibrar.

A câmera se voltou para o pequeno Frankie. Ele estava sentado no chão de pernas cruzadas, olhando fixamente para a mesa. A pilha de talheres chacoalhou e o pote começou a balançar para a frente e para trás.

– Cuidado, agora – disse o vô Teddy. – Você vai...

O pote se inclinou um pouco mais e a água transbordou pela borda.

– ... derramar – concluiu o vô Teddy.

– Minha nossa! – disse o apresentador. – Nós já voltamos. – Uma banda tocou, em seguida entrou um comercial.

– Você fez isso, tio Frankie? – perguntou Matty. – Legal.

Frankie estava agitado.

– Viu aquela merda com as imagens? Aquilo foi ideia de Archibald, também, tentando foder com a gente. Disse ao Mike Douglas que não nos permitisse usar nosso próprio material, deu a ele aqueles cartas Zener.

Matty não sabia ao certo como isso poderia acabar com o poder de sua mãe. Ele sabia que era impossível mentir para ela, assim como sabia que o vô Teddy lia o conteúdo de envelopes fechados, que a vó Mo podia ver objetos distantes, que o tio Frankie podia mover coisas com a mente e que o tio Buddy, quando era pequeno, conseguia prever os placares dos jogos dos Cubs. Serem paranormais era outro Fato da Família Telemachus, na mesma categoria de serem meio gregos e meio irlandeses, católicos e torcedores dos Cubs que odiavam os White Sox.

– Fica pior – disse Frankie. Ele avançou os comerciais, passou pelo resumo do programa, rebobinou a fita, em seguida avançou e retornou várias vezes. A vó Mo e Buddy não estavam mais no palco. O vô Teddy estava com o braço em torno de Irene.

– E nós estamos de volta com Teddy Telemachus e sua Fabulosa Família – disse o apresentador. – Maureen teve de cuidar de uma pequena emergência familiar...

– Desculpe por isso – disse Teddy com um sorriso. – Buddy, ele é nosso caçula, ficou um pouco nervoso e Maureen precisou confortá-lo. – Ele fez com que parecesse que Buddy fosse um bebê. – Vamos trazê-lo de volta para cá em um segundo.

– Você concorda em prosseguir? – perguntou o apresentador.

– É claro! – disse Teddy.

– O que aconteceu com Buddy? – perguntou Matty ao tio.

– Meu Deus, ele não resistiu, começou a chorar e a gemer. Sua avó precisou levá-lo aos bastidores para acalmá-lo.

O apresentador estava com a mão no ombro do jovem Frankie.

– Agora, antes dos comerciais, o pequeno Franklin, aqui, parecia estar... bem, como você chamaria isso?

– Psicocinese, Mike – disse o vô Teddy. – Frankie sempre teve talento para isso.

– A mesa estava mesmo tremendo – disse o apresentador.

– Isso não é raro. E pode deixar a hora do jantar bem animada, Mike, bem animada.

– Aposto que sim! Agora, antes de continuarmos, quero apresentar um convidado especial. Por favor, recebam o famoso mágico de palco e escritor, o Incrível Archibald.

Um homem baixo e careca com um bigodão ridículo com pontas curvadas para cima entrou em cena. Teddy balançou a cabeça como se estivesse decepcionado. – Isso explica muita coisa – disse ele. O homem careca era ainda mais baixo que o vô Teddy.

– É bom tornar a vê-lo, Sr. Telemachus – disse Archibald. Eles apertaram as mãos.

– G. Randall Archibald não é apenas um mágico mundialmente famoso – enfatizou Mike Douglas. – Ele também é um cético que desmascara paranormais.

– Isso explica muita coisa – tornou a dizer Teddy, mais alto.

O apresentador não pareceu escutá-lo.

– Nós o chamamos aqui para nos ajudar a preparar esses testes para a família Telemachus. Estão vendo esta linha? – A câmera se afastou para mostrar toda a extensão da fita crepe branca. – Foi ideia do Sr. Archibald não permitirmos que Teddy nem membros de sua família tocassem os talheres ou se aproximassem da mesa de jeito nenhum.

– Talvez você tenha percebido... – disse Archibald ao apresentador – ... que Irene não teve problemas ao ler as cartas quando eram aquelas que Teddy lhe forneceu. Mas quando usou as cartas Zener, às quais Teddy não teve acesso antes, e que não teve permissão de tocar, ela ficou indecisa.

– Não é verdade, não é verdade! – disse Teddy. – Mike estava fazendo errado! Mas pior: *alguém* cheio de negatividade estava causando interferência. Interferência grave!

– O senhor quer dizer que minha presença aqui fez com que os poderes dela falhassem? – perguntou Archibald.

– Como eu lhe falei, Mike – disse Teddy. – É preciso ter a mente aberta para permitir que essas habilidades funcionem.

– Ou uma mente vazia – disse Archibald. Mike Douglas riu.

Archibald, parecendo satisfeito, se dirigiu ao público.

– Enquanto Irene estava se concentrando *muito*, nós mantivemos uma câmera focada em seu pai. Mike, podemos mostrar aos telespectadores o que gravamos?

Teddy pareceu chocado.

– Você está zombando da minha filha? Está *zombando* dela, seu nanico? – Isso vindo de um homem pouco mais de cinco centímetros mais alto.

– Não estou zombando dela, Sr. Telemachus, mas talvez o senhor esteja zombando da capacidade do público de...

– Vamos trazer minha esposa aqui – disse Teddy. – Maureen Telemachus é, sem dúvida, a clarividente mais poderosa do mundo. Mike, você pode chamá-la aqui?

O apresentador desviou os olhos da câmera e pareceu escutar alguém. Em seguida disse a Teddy:

– Falaram que ela não pode vir. Vou lhe dizer uma coisa, vamos apenas assistir ao videoteipe e vemos se ela consegue voltar depois do próximo intervalo.

– Acho que vocês vão perceber algo muito interessante – disse Archibald. Ele tinha um jeito espalhafatoso de falar forçando as consoantes.

– Enquanto todos estavam distraídos com a menina, a mesa começou a se mexer e balançar.

– Isso mesmo – disse Mike Douglas.

– Mas como isso aconteceu? Foi *psicocinese*... ou algo um pouco mais realista?

A tela mostrou o palco alguns minutos antes, mas de um ângulo lateral, logo atrás da família. No início, a câmera estava apontada para o apresentador e Irene, mas aí ela se virou na direção de Teddy. Ele tinha passado pela tira de fita crepe, e seu pé estava encostado na perna da mesa.

Archibald falou durante o vídeo:

– Esse é um truque velho. Apenas erga levemente a mesa e enfie a ponta da sola de seu sapato por baixo do pé.

O pé de Teddy mal estava se mexendo, se é que estava se mexendo, mas a mesa sem dúvida estava balançando. Então a tela mostrou Archibald e o apresentador. Teddy estava parado de lado, olhando para as coxias, com uma careta de frustração.

– Eu posso ensiná-lo a fazer isso – disse Archibald ao apresentador. – Não é necessário nenhum poder paranormal.

Mike Douglas se virou para o vovô.

– O que tem a dizer sobre isso, Teddy? Não é necessário nenhum poder?

Teddy pareceu não escutá-lo. Ele olhava fixamente para fora do palco.

– Onde está a... – Ele se segurou para não dizer um palavrão. – Onde está minha mulher? Alguém poderia, por favor, trazê-la aqui?

Irene segurou o braço do vô Teddy, embaraçada. Ela sussurrou algo para ele que não chegou aos microfones.

– Certo – disse o vô Teddy. Ele chamou Frankie até ele. – Nós vamos embora.

– Sério? – disse Archibald. – E Maureen? Eu gostaria muito de...

– Hoje não, Archibald. Sua, hum, negatividade tornou isso impossível. – Para o apresentador, ele disse: – Eu esperava mesmo mais de você, Mike.

Teddy e os filhos deixaram o palco – com grande dignidade, pensou Matty. Mike Douglas parecia confuso. O Incrível Archibald parecia surpreendentemente decepcionado.

Tio Frankie apertou o botão para ejetar a fita e a tela se transformou em estática.

– Entende o que quero dizer?

– Uau – disse Matty. Ele estava desesperado para que a conversa continuasse, mas não queria que Frankie se enchesse e parasse de falar com ele. – Então a vó Mo nunca voltou ao palco?

– Não. Nunca chegou a fazer o seu número. Isso teria calado a boca de Archibald, pode acreditar, mas ela nunca teve a oportunidade. Buddy piorou e todos voltamos para casa.

– Está bem, mas...

– Mas o quê?

– Como isso a matou?

Frankie olhou fixamente para ele.

Oh, oh, pensou Matty.

Frankie se levantou.

Matty ficou de pé também.

– Desculpe, eu não queria...

– Você sabe o que é a teoria do caos? – perguntou Frankie.

Matty sacudiu a cabeça.

– Asas de borboleta, Matty. Uma batida e... – Ele abriu os braços num gesto grandioso, que deixou à vista seu copo quase vazio, e bebeu o resto. – Droga. – Ele estudou a janela da frente, talvez vendo alguma coisa nova nas casas velhas. Mas a única coisa que Matty podia ver era o reflexo do tio, seu rosto reluzente flutuando acima do corpo como um fantasma.

Frankie olhou para ele.

– O que eu estava dizendo?

– Hum, borboletas?

– Certo. Você precisa ver a causa e o efeito, toda a cadeia de acontecimentos. Primeiro, a apresentação na TV é arruinada. Estamos acabados para o público. Novas apresentações são canceladas, a merda do Johnny Carson começa a fazer piadas conosco.

– Carson – disse Matty, demonstrando amargura. Todo mundo da família sabia que Carson tinha roubado o número do envelope do vô Teddy.

– Depois de nos isolarem, viramos alvos fáceis. – Frankie olhou para ele com uma expressão intensa. – Faça as contas, garoto. – Ele olhou na direção da sala de jantar; a mãe de Matty tinha ido para a cozinha, e não havia ninguém à vista, mas Frankie baixou a voz mesmo assim. – Era 1973. O auge da Guerra Fria. Os paranormais mais famosos do mundo são desacreditados no *Mike Douglas Show*, e apenas um ano depois uma mulher com o poder imenso de sua avó simplesmente *morre*?

Matty abriu a boca, em seguida a fechou. Poder imenso?

Frankie balançou a cabeça lentamente.

– *Ah*, sim.

Matty disse:

– Mas mamãe... – Frankie ergueu a mão, e Matty passou a falar mais baixo, em um sussurro. – Mamãe disse que ela morreu de câncer.

– Claro – disse o tio Frankie. – Uma mulher saudável, não fumante, morre de câncer no útero aos 31 anos de idade. – Ele pôs a mão no ombro de Matty e se inclinou para perto dele. Seu hálito cheirava a Ki-Suco. – Escute, isso é entre mim e você, certo? Minhas meninas são novas demais para entender a verdade, e sua mãe... você vê como *ela* reage. Para todo o mundo, sua avó morreu de causas naturais. Está me entendendo?

Matty balançou a cabeça afirmativamente, embora não estivesse entendendo direito, começando por que ele podia saber esse segredo, e Mary Alice, que era dois anos mais velha, não podia. Embora talvez fosse por ela não ser uma Telemachus de sangue. Era filha de Loretta de um casamento anterior. Será que isso fazia diferença? Ele ia perguntar, mas Frankie ergueu a mão.

– Tem mais coisas nessa história, Matthias. Mais do que é seguro contar a você agora. Mas saiba de uma coisa. – Sua voz estava embargada pela emoção; seus olhos, turvos.

– Sim? – perguntou Matty.

– Há grandeza em sua origem – disse o tio Frankie. – Você tem grandeza em você. E nenhuma ferramenta autoritária do governo americano pode...

Matty jamais saberia o que o tio Frankie ia dizer em seguida, porque nesse momento uma batida alta soou no andar de cima. Mary Alice gritou:

– Fogo! Fogo!

– Droga – disse Frankie em voz baixa. Ele fechou e apertou os olhos. Então subiu correndo a escada, gritando para que todo mundo parasse de gritar. Matty o seguiu até o quarto de hóspedes, que servia também como um quarto de serviço, repleto de caixas e cestos de roupa. A capa acolchoada da tábua de passar estava pegando fogo, e o ferro estava no meio das chamas, com o fio negro pendurado ao lado, sem estar plugado. As gêmeas de três anos estavam paradas em um canto, de mãos dadas, encarando as chamas com olhos arregalados; mais surpresas do que com medo. Mary Alice segurava uma das camisas enormes de Buddy em frente a ela, como se estivesse se protegendo do calor, embora provavelmente estivesse pensando em abafar as chamas com ela.

– Tire Cassie e Polly daqui – disse Frankie para Mary Alice. Ele olhou em torno do quarto, não viu aquilo que estava procurando, em seguida disse: – Todo mundo para fora!

As gêmeas correram para o corredor, e Mary Alice e Matty foram apenas até a porta, fascinados demais para saírem completamente dali. Frankie se agachou ao lado da tábua de passar e a pegou pelas pernas, equilibrando o ferro que estava sobre ela. Ele a carregou na direção deles como se fosse um bolo de aniversário gigante. Mary Alice e Matty saíram correndo na frente de Frankie. Ele desceu a escada, movendo-se com determinação apesar das chamas em seu rosto. Isso impressionou Matty tremendamente. Mary Alice abriu a porta da frente para ele, que saiu andando pela entrada de carros e largou a tábua de passar ao lado. O ferro fumegante e parcialmente derretido quicou duas vezes e parou de cabeça para baixo.

Tia Loretta apareceu de trás do canto da casa, seguida um momento depois pelo vô Teddy. Aí a mãe de Matty saiu apressada pela porta da frente, com as gêmeas vindo atrás. A família inteira estava parada no jardim da frente agora, menos Buddy.

– O que aconteceu? – perguntou Loretta a Frankie.

– O que você acha? – disse Frankie. Ele virou a tábua de passar para deixá-la de ponta-cabeça, mas as chamas ainda subiam pelos lados. – Arrume as pestinhas e Mary Alice. Nós vamos para casa.

Por meses, Matty não conseguiu tirar aquela fita de vídeo da cabeça. Ela parecia ser uma mensagem de um passado distante, um texto iluminado brilhando com os segredos de sua família. Ele queria desesperadamente perguntar a sua mãe sobre ela, mas também não queria quebrar a promessa feita ao tio Frankie. Lançou mão de fazer perguntas indiretas à mãe sobre o *Mike Douglas Show*, a avó Maureen ou o governo, e toda vez ela o cortava, mesmo quando ele tentava tocar discretamente no assunto – "Nossa, eu gostaria de saber como é aparecer na TV" –, ela parecia sentir imediatamente o que ele estava tramando e mudava de assunto.

Na vez seguinte em que ele e a mãe voltaram a Chicago, ele não conseguiu encontrar a fita de vídeo no gabinete da TV. O tio Buddy o flagrou mexendo nas fitas e experimentando cada uma delas no videocassete, acelerando a imagem para se assegurar de que Mike Douglas não aparecia no meio do vídeo. Seu tio franziu o cenho, em seguida saiu do quarto.

Matty nunca encontrou a fita. No feriado de Ação de Graças seguinte, Frankie não parecia se lembrar de tê-la mostrado a ele. Nas festas, Matty se sentava à mesa de jantar esperando que os adultos falassem sobre aqueles dias, mas sua mãe impusera algum tipo de embargo ao assunto. Quando Frankie mencionava algo que parecia promissor – uma referência à vó Mo ou à "guerra paranormal" –, minha mãe o encarava com uma expressão que fazia cair a temperatura da sala. As visitas se tornaram menos frequentes e mais tensas. Em alguns feriados de Ação de Graças, a família de Frankie nem aparecia, e em alguns anos Matty e a mãe ficavam em casa em Pittsburgh. Esses eram fins de semana terríveis. "Você tem uma tendência à melancolia", disse-lhe ela. Se fosse verdade, ele sabia onde tinha conseguido isso; sua mãe era a pessoa mais melancólica que ele conhecia.

Era verdade que ele era estranhamente nostálgico para um garoto, embora o que desejasse fosse uma época anterior a seu nascimento. Era assombrado pela sensação de ter perdido o grande espetáculo. O circo tinha sido desmontado e deixado a cidade, e ele aparecera e não encontrara nada além de um terreno com a grama pisoteada. Mas outras vezes, especialmente quando a mãe estava se sentindo bem, ele de repente se enchia de confiança, como o príncipe de uma família real deposta certo de sua reivindicação ao trono. Ele pensava: Antigamente, nós éramos Fabulosos.

Aí sua mãe perdia outro emprego, e eles tinham de comer macarrão Kraft por semanas seguidas, e ele pensava: *Antigamente*, nós éramos Fabulosos.

Então, quando ele tinha 14 anos de idade, sua mãe perdeu o melhor emprego que teve na vida, eles voltaram a morar na casa do vô Teddy, e pouco tempo depois ele se viu sentado em um closet abarrotado com as roupas da avó morta, recuperando-se da coisa mais interessante que lhe aconteceu. Seu embaraço desaparecera, o que deixava espaço em seu corpo para outras emoções, uma mistura vibrante de medo, assombro e orgulho.

Ele havia deixado o corpo. Flutuara a dois metros e meio do chão. Era necessária alguma cerimônia.

Matty pensou por um momento, ergueu o vestido prateado pelo cabide e falou com ele:

– Oi, vovó Mo – disse ele, baixo o suficiente para que Mary Alice e sua amiga idiota não o escutassem. – Hoje estou... – Ele ia dizer "Hoje estou Fabuloso". Aquele deveria ser um momento pungente que um dia ele contaria aos seus filhos. Ele era o jovem Bruce Wayne jurando vingar os pais, o Super-Homem prometendo preservar o legado kryptoniano, um menino judeu fazendo o que quer que façam garotos judeus em seus Bar Mitzvás.

Mas de repente percebeu uma sombra na porta.

Era o tio Buddy. Ele trazia um martelo na mão e uma pistola de grampos na outra. Seu olhar moveu-se lentamente de Matty para o closet, em seguida de volta para Matty – e o vestido. Seus olhos se arregalaram um pouco. Será que iria sorrir? Matty não conseguiria aguentar se ele sorrisse.

– Eu só o estava guardando! – disse Matty. Ele jogou o vestido na direção de Buddy e saiu correndo, louco para escapar do tio, do quarto, de seu corpo.

2

Teddy

Teddy Telemachus tinha como objetivo apaixonar-se pelo menos uma vez por dia. Não, apaixonar-se não era o termo exato; era mais como se ele se atirasse. Vinte anos após a morte de Maureen, a única forma de manter seu coração vazio batendo era dar-lhe um frequente empurrãozinho. Nos fins de semana de verão, ele caminhava pela floricultura Clover's Garden na North Avenue, ou então circulava pelo Wilder Park, na esperança de desfibrilação emocional. Nos dias de semana, porém, ele contava com os supermercados. O Jewel-Osco era o mais próximo, e perfeitamente adequado para a compra de mantimentos, mas nas questões do coração ele preferia o Dominick's.

Ele a viu passeando pensativamente pelo corredor de alimentos orgânicos, com uma cesta vazia pendurada no braço; sinais de uma mulher que preenchia o tempo, não um carrinho de compras.

Ela devia ter uns quarenta e poucos anos. Seu estilo era pretensamente despojado: um top simples sem mangas, calça Capri, sandálias. Se alguém a elogiasse, ela diria ter vestido qualquer coisa antes de sair, mas outras mulheres saberiam que não era bem assim. Teddy sabia que não era bem assim. Aquelas roupas eram feitas para *parecerem* simples. A bolsa de couro básica que ela usava pendurada era uma Fendi. As sandálias também eram italianas. Mas o que provocou um arrepio em seu coração foi o tom de vermelho perfeitamente equilibrado do esmalte das unhas dos pés.

Era por isso que ele fazia compras no Dominick's. Você vai ao Jewels em uma tarde de quinta-feira como essa e só encontra velhas com agasalhos esportivos reluzentes à procura de promoções, erguendo latas de sopa perto da luz, hipnotizadas pelo *tamanho das porções* e o *preço por quilo*. No Dominick's, especialmente nos subúrbios ricos, como um Hinsdale ou Oak Brook, ainda era possível encontrar mulheres de classe, mulheres que sabiam como usar um acessório.

Ele empurrou o carrinho vazio para perto dela, fingindo estudar as sete variedades de mel artesanal.

Sem notar a presença dele, ela deu um passo para trás, afastando--se da prateleira, e esbarrou nele, e ele deixou cair o recipiente plástico de mel no chão. Aquilo quase aconteceu por acidente; os dedos rígidos estavam especialmente teimosos naquela tarde.

– Me desculpe! – disse ela.

Ela se abaixou, e ele disse:

– Você não precisa fazer isso... – E se abaixou ao mesmo tempo, e quase bateram cabeças. Os dois riram. Ela chegou antes dele ao recipiente de mel, pegou-o com a mão que exibia uma aliança de casamento e um diamante de peso. Ela cheirava a sabonete de sândalo.

Ele aceitou o mel fingindo uma reverência, o que fez com que ela risse outra vez. Ele gostou de como os olhos dela brilhavam em meio àqueles pés de galinha amistosos. Calculou que ela devia ter 45 ou 46 anos. O que era bom. Ele tinha uma regra firme, que quebrava de vez em quando: apaixonar-se apenas por mulheres cuja idade, no mínimo, fosse a metade da sua mais sete. Nesse ano, ele tinha 72, o que significava que o objeto de sua devoção tinha de ter pelo menos 43.

Um homem jovem não a consideraria bonita. Ele veria aquelas coxas maduras e deixaria passar suas panturrilhas perfeitas e os tornozelos delicados. Ele iria se concentrar naquele nariz romano forte e deixaria passar os olhos verdes brilhantes. Veria as estrias em seu pescoço quando ela inclinasse a cabeça para rir e deixaria de apreciar uma mulher que sabia se entregar ao momento.

Em suma, os homens jovens eram uns idiotas. Será que alguma vez sentiriam uma centelha se espalhar quando ela os tocasse, como ele tinha acabado de sentir? Os dedos da mão pousados delicadamente no cotovelo dele, como se ela estivesse tentando se equilibrar.

Ele escondeu seu prazer e fez uma cara de preocupação e surpresa.

Ela afastou a mão do braço dele. Estava pronta para perguntar o que havia de errado, mas aí recuou, talvez ao lembrar que eles eram dois estranhos. Por isso ele falou primeiro.

– Você está preocupada com alguém – disse ele. – Jay?

– Como?

– Ou Kay? Não. É alguém cujo nome começa com "J".

Os olhos dela se arregalaram.

– Me desculpe, me desculpe – disse ele. – É alguém próximo a você. Isso não é da minha conta.

Ela queria fazer a pergunta, mas não sabia como formulá-la.

– Bom, então – disse ele, e ergueu o frasco de mel. – Obrigado por pegar isso, embora eu tenha certeza de que ele não é mais doce que você. – Estas últimas palavras foram servidas com cuidado suficiente para permitir que o flerte fosse subentendido.

Ele saiu andando sem olhar para trás. Seguiu por outro corredor que dava no espaço aberto da seção de hortifruti.

– O nome do meu filho mais velho é Julian – disse ela. Ele ergueu os olhos como se não a tivesse visto se aproximar. A cesta dela ainda estava vazia. Depois de um momento, ele balançou a cabeça afirmativamente como se ela tivesse confirmado aquilo de que ele desconfiava.

– Ele tem dificuldade de aprendizado – disse ela. – Tem problemas para prestar atenção, e seus professores não parecem estar levando isso a sério.

– Isso parece complicado – disse ele. – Parece mesmo complicado.

Ela, porém, não queria falar sobre o garoto. Sua questão pairava no ar entre eles. Por fim, ela perguntou:

– Como o senhor sabia sobre ele?

– Eu não devia ter falado nada – disse ele. – É que quando você tocou meu braço... – Ele inclinou a cabeça. – Às vezes, eu tenho visões. Imagens. Mas isso não significa que eu tenho de dizer tudo o que surge em minha cabeça.

– O senhor está tentando me dizer que é um paranormal? – disse ela, deixando claro que não acreditava nessas coisas.

– Essa é uma palavra com péssima reputação – disse ele. – Esses paranormais da TV, com seus novecentos números? Fraudes e charlatães, minha querida. Vigaristas. Entretanto... – Ele sorriu. – Tenho de admitir que a iludi em um aspecto.

Ela ergueu a sobrancelha, desejando que ele prosseguisse.

– Eu, na verdade, não preciso desse mel – disse ele.

O riso baixo e rouco dela não parecia em nada com o de Maureen – o de Mo soava como o sininho da porta das lojas –, mas ele gostou mesmo assim.

– Não sabia – disse ela.

– Parece que você também está carregada.

Ela olhou para a cesta no braço, em seguida a pôs no chão.

– Tem um restaurante neste shopping – disse ela.

– Eu ouvi dizer. – Ele lhe ofereceu a mão. – Eu sou Teddy.

Ela hesitou, talvez temendo algum outro momento surpreendente de intuição paranormal. Por fim, cedeu.

– Graciella.

□

Teddy se converteu à Igreja do Amor à Primeira Vista no verão de 1962, no dia em que entrou na sala de aula da Universidade de Chicago. Havia uma dúzia de pessoas na sala, e ela era a única que ele conseguia ver, uma garota sob um holofote, parada de costas para ele como se estivesse prestes a se virar e cantar em um microfone.

Maureen McKinnon, 19 anos de idade. Ela o deixou caído sem sequer olhar para ele.

Teddy não sabia seu nome, ainda, é claro. Ela estava a dez metros dele, conversando com a recepcionista sentada à mesa do professor do outro lado da sala de aula grande, que era apenas uma câmara naquele prédio em falso gótico. O antro dos acadêmicos o deixava nervoso – ele nunca tinha se recuperado de dois anos ruins em uma escola católica no ensino médio –, mas a garota era uma luz que ele poderia seguir. Ele seguiu pelo corredor central, inconsciente de seus pés, sorvendo-a por completo: uma duende de ossos pequenos, cabelos negros e um vestido verde-oliva justo em cima e amplo embaixo com luvas combinando. Ah, aquelas luvas. Ela as puxou, um dedo de cada vez, cada movimento um dedilhar nas cordas de seu coração.

A secretária entregou a ela um maço de formulários, e a garota se virou, com os olhos na página de cima, e quase esbarrou nele. Ela ergueu os olhos, surpresa, e esse foi o golpe de misericórdia: olhos azuis sob cabelos negros. Que homem poderia se defender contra isso?

Ela se desculpou, mesmo enquanto ele retirava o chapéu e insistia que a culpa era dele. Ela olhou para ele como se o conhecesse, o que ao mesmo o tempo o empolgou e enervou. Será que ele a tinha enganado no passado? Certamente teria se lembrado daquela beleza irlandesa de cabelos negros.

Ele foi falar com a recepcionista, uma mulher de seus cinquenta anos com um cabelo ruivo bufante de mulher mais jovem, obviamente uma peruca. Ela entregou a ele sua própria pilha de formulários, e ele deu-lhe um grande sorriso e um "Obrigado, meu bem". Era sempre boa política fazer amizade com a secretária.

Ele pegou uma carteira um pouco atrás da garota no vestido verde-oliva, de modo que pudesse observá-la. Supôs que ela estivesse ali devido ao mesmo anúncio de jornal que o atraíra ao campus:

PRECISA-SE DE VOLUNTÁRIOS PARA UM ESTUDO DE FENÔMENOS PARANORMAIS

Depois, em letras menores:

HONORÁRIOS DE US$5 PELA INSCRIÇÃO, US$20 POR DIA PARA AQUELES ESCOLHIDOS PARA O ESTUDO DE LONGO PRAZO. CENTRO DE CIÊNCIAS COGNITIVAS AVANÇADAS, UNIVERSIDADE DE CHICAGO.

Ele achou que o estudo fosse a tolice acadêmica habitual explorando os dois tipos de pessoa que responderiam a um anúncio desses: os desesperados e os iludidos. Aqueles quatro sujeitos em manga de camisa, debruçados sobre suas carteiras, estimulando uns aos outros? Desesperados pela grana. Aquele estudante com cara de toupeira em um terno barato, com os joelhos trêmulos, o cabelo oleoso e óculos grossos: iludido em acreditar ser especial. O garoto negro de camisa social, gravata e sapatos de domingo: desesperado. E o casal de velhos ajudando um ao outro a preencher a papelada? As duas coisas.

Teddy estava ali pelo dinheiro. Mas e a garota? Qual era sua história?

Ele não parava de olhar para ela enquanto preenchia a própria papelada. Os primeiros formulários perguntavam informações demográficas, algumas das quais ele inventou. Só ficava interessante depois de algumas páginas, quando eles começavam a fazer perguntas tipo falso ou verdadeiro como "Eu às vezes sei o que as pessoas vão dizer antes que elas o digam". E "Relógios e dispositivos elétricos às vezes param de funcionar em minha presença", o que foi seguido vinte itens depois por: "Relógios e dispositivos elétricos que estavam quebrados às vezes começam a funcionar em minha presença." Pura tolice. Ele terminou depressa, em seguida levou sua prancheta até a frente da sala e a entregou à secretária de peruca ruiva.

– Só isso? – perguntou ele.

– O cheque de cinco dólares vai ser enviado pelo correio para o endereço que o senhor pôs no formulário.

– Não, quero dizer, o resto do estudo? O que acontece depois disso?

– Ah, o senhor será contatado se for um dos escolhidos.

Ele sorriu.

– Ah, eu acho que eles vão querer conversar comigo.

– Isso depende do Dr. Eldon.

– Quem é ele?

Ela pareceu um pouco irritada com isso.

– Este é o projeto dele.

– Oh! Espere, ele é um sujeito grande, um tanto pesado, com cabelo de Einstein e óculos quadrados grandes?

Um acerto. Um acerto palpável.

– O senhor já conheceu o professor? – perguntou ela.

– Não, não. É só que... Bem, quando eu estava preenchendo os formulários, eu não parava de ver essa imagem. Alguém que estava muito interessado no que estava acontecendo aqui, hoje. A pessoa não parava de aparecer, então eu comecei a rabiscar. Posso? – Ele levou a mão à prancheta que acabara de dar a ela. Avançou algumas páginas. – Esse é ele?

Teddy não era nenhum artista, mas conseguia desenhar bem o bastante para seus propósitos. Na verdade, ajudava não ser muito bom, muito preciso. O que ele desenhara era pouco mais que um círculo para sugerir um rosto gordo, dois quadrados para os óculos e um rabisco acima como cabelo.

A recepcionista lhe deu um olhar que ele gostava de receber, com a confusão pegando o elevador lento até o assombro.

Ele baixou a voz.

– E sabe o que é estranho? Eu não parava de me ver em uma reunião com ele. Ele, eu e aquela garota... – Ele apontou a cabeça na direção da garota de vestido verde-oliva com cabelo negro e olhos azuis. – Todos nós sentados em torno de uma mesa, sorrindo.

– Ah – disse a recepcionista.

– É por isso que preciso estar neste estudo – disse ele com seriedade. – Esse tipo de coisa acontece comigo o tempo todo.

Ele não mencionou que esse tipo de coisa normalmente acontecia em bares, quando havia alguns dólares em jogo. Tirar notas de cinco de bêbados era fácil, mas não era um meio de vida. Era hora de aprimorar seu número.

Quando viu aquele anúncio no *Sun-Times*, percebeu que o primeiro passo deveria ser sua certificação como autêntico por cientistas de verdade. Ele se assegurou de fazer o dever de casa antes de aparecer: uma visita à biblioteca da Universidade de Chicago, algumas perguntas sobre o Centro de Ciências Cognitivas Avançadas, uma folheada rápida na lista de professores para ver uma foto do Dr. Horace Eldon e... *voilà*. Uma futura visão paranormal, completa com um desenho. O último detalhe, adicionar a garota na imagem pré-cognitiva, foi uma improvisação posterior.

Ele deixou a sala de aula sem dizer uma palavra para a garota. Ainda assim, sabia com uma certeza inexplicável que eles iriam se encontrar outra vez.

□

Graciella era uma mulher disposta a falar. Enquanto seus cafés fumegavam diante deles, ele fez muitas perguntas, e ela respondeu sem pressa, o que pareceu surpreendê-la; ele teve a impressão de uma mulher cronicamente tensa, normalmente reservada, que estava fugindo da inspetora do colégio interno.

Ela era como ele imaginara, uma mãe que ficava em casa – ou, levando-se em conta o tamanho de algumas casas em Oak Brook, o subúrbio onde ela morava, uma mãe que ficava em sua mansão – cujo principal dever era organizar a vida de três filhos em idade escolar, incluindo o problemático Julian. Seus dias eram inteiramente determinados pelas necessidades deles: levar ao futebol, aulas particulares de matemática, tae kwon do.

– Parece estressante – disse ele. – Fazer isso tudo sozinha.

– A gente se acostuma – disse ela, ignorando a pergunta por trás da afirmação dele. – Eu sou forte. – Ela ainda não havia mencionado o marido. – Mas por que estou te contando tudo isso? Eu devo estar entediando você.

– Eu posso assegurar que você é a coisa mais distante do entediante que vejo em meses.

– Conte-me sobre você – disse ela com decisão. – De onde você vem, Teddy? Você mora perto daqui?

– Um pouco adiante, minha querida. Em Elmhurst.

Ela perguntou a ele sobre sua família, e ele lhe contou sobre os filhos adultos, sem mencionar netos.

– Só três, dois garotos e uma garota. Minha mulher era católica irlandesa. Se ela estivesse viva, nós já teríamos uma dúzia, fácil.

– Ah, lamento por isso – disse Graciella.

– Ela foi o amor da minha vida. Morreu quando as crianças eram pequenas, e eu as criei sozinho.

– Isso, na época, devia ser incomum – disse ela.

Ela fez com que isso parecesse ter sido muito tempo atrás. E ele achava que tinha sido, embora não quisesse que ela se estendesse sobre a diferença de idade dos dois; onde estava a diversão nisso?

– Difícil, sim, muito difícil – disse ele. – Mas temos de fazer o que é preciso.

Ela balançou a cabeça pensativamente. Ele aprendera a não se apressar para preencher o silêncio. Viu que ela notara o Rolex em seu pulso, mas em vez de comentar isso, ela disse:

– Gostei do seu chapéu.

Ele o pusera na beira da mesa. Estava distraidamente acariciando sua coroa enquanto eles conversavam.

– É um Borsalino – disse ele. – Da maior fabricante de...

– Eu conheço a Borsalino.

– É claro que sim – disse ele com prazer. – É claro que sim.

– Então – disse ela, finalmente chegando ao assunto. – Faça alguma coisa paranormal.

– Não é uma coisa que se possa ligar como um interruptor – disse ele. – Em alguns dias, é algo que me vem com muita facilidade. Em outros...

Ela ergueu uma sobrancelha, incitando-o outra vez. Ela podia fazer muita coisa com uma sobrancelha.

Ele apertou os lábios, então balançou a cabeça, como se chegasse a uma decisão. Pegou um guardanapo no porta-guardanapos sobre a mesa e o rasgou em três pedaços.

– Quero que você escreva três coisas que você quer para a sua família.

– Como assim?

– Apenas duas palavras, duas palavras em cada pedaço, algo como “mais dinheiro”. Chame-os de desejos. – Ele duvidava que fosse desejar dinheiro. Esse, nitidamente, não era o problema dela. Ela abriu a bolsa para procurar uma caneta, e ele lhe entregou a que levava no bolso do paletó. – Não tenha pressa. Escreva vigorosamente, apenas em maiúsculas... ponha nisso alguma emoção. Isso é importante.

Graciella mordeu o lábio e olhou fixamente para o primeiro pedaço de papel. Ele gostou de ela estar levando aquilo a sério. Levando-*o* a sério. Quando ela começou a escrever, ele se virou no banco e olhou para as mesas de plástico vazias. Era de tarde, o horário morto.

– Acabei – disse Graciella.

Ele disse para ela dobrar cada pedaço de papel ao meio, e depois dobrá-lo novamente.

– Para eu não poder ler o que você escreveu. – Ele virou o Borsalino e ela jogou os papéis em seu interior.

– A próxima parte depende de você, Graciella. Você precisa se concentrar no que escreveu. Visualize cada uma das coisas do papel, todos os três desejos.

Ela olhou para o teto.

– Está bem.

A porta da frente se abriu atrás dele, e ela se distraiu por um momento. Um homem de casaco preto se sentou a uma mesa em diagonal à deles. Ele se sentou logo atrás do ombro esquerdo de Graciella, olhando para longe deles. Deus do céu, pensou Teddy.

– Concentre-se – disse ele para ela, e para si mesmo. – Pensou em todos os três?

Ela balançou a cabeça afirmativamente.

– Está bem, vamos ver o que temos. – Ele jogou os três pedaços de papel sobre a mesa, em seguida os arrumou em uma fileira. – Pegue o mais próximo e ponha em minha mão. Não o abra. Apenas cubra-o com a mão.

Eles ficaram com as mãos espalmadas juntas, com o papel entre elas.

– Graciella – disse ele. Ela olhou em seus olhos. Estava excitada, sim, mas nervosa. Assustada com o que tinha escrito. Com o que seria dito em voz alta.

– *Escola* – disse ele. Escola *nova.*

Ela deixou escapar um bafejo de surpresa.

– Acho que isso é sobre Julian – disse ele. – Na verdade, você já tinha decidido, sim?

– Essa é fácil demais – disse ela. – Eu te contei tudo sobre ele. Você podia ter adivinhado isso.

– É possível – disse ele. – Muito possível. Ainda assim... – O homem atrás de Graciella tossiu. Era grandalhão, com um corte a máquina que parecia um gramado cinzento que descia pelas dobras de seu pescoço gordo. Teddy tentou ignorá-lo. Ele abriu o papel e o leu. – "Escola nova." É um bom desejo.

Ele pôs o papel de lado e disse a ela que pegasse o seguinte. Ela mais uma vez cobriu a palma da mão dele. Os dedos dele tocaram seu pulso, e ele pôde sentir sua pulsação.

– Hum. Este é mais complicado – disse ele.

A mão dela tremeu. Do que tinha tanto medo?

– A primeira palavra é "sem". – Ele fechou os olhos para se concentrar. – Sem... coelhos?

– Você é que tem de me dizer – disse ela.

Ele olhou para ela.

– Estou vendo. "Sem coelhos." Você está escrevendo em código? – Seus olhos se arregalaram fingindo surpresa. – Você está grávida?

– O quê? – Ela estava rindo.

– Talvez você esteja preocupada com a morte do coelho.

– Não! Eu certamente quero que eles morram. Eles devoraram meu jardim inteiro.

– Isso tem a ver com jardinagem? – Ele sacudiu a cabeça. – Você precisa de desejos maiores, minha cara. Talvez este último. Ponha o último papel na fita do meu chapéu. Pronto. Não me deixe tocá-lo.

– Como está fazendo isso? – perguntou ela. – Você sempre conseguiu fazer isso?

O homem atrás dela bufou. Ele examinava o cardápio de plástico com gestos ostensivos.

– Deixe eu me concentrar – disse Teddy. Ele botou o Borsalino, mas manteve os dedos bem longe da fita. – Sim. Este sem dúvida é dos grandes.

O homem riu.

– Jesus! – disse Teddy. – Você aí, quer parar com isso?

O homem se virou. Graciella olhou para trás, em seguida disse a Teddy.

– Vocês dois se conhecem?

– Infelizmente – disse Teddy.

– Destin Smalls – disse o homem com a mão estendida.

Ela se recusou a apertá-la.

– Você é um policial, não é?

Droga! O coração de Teddy se abriu como um cofre arrombado.

– Eu trabalho para o governo – disse Smalls.

– Isso é uma armação? – perguntou Graciella. – Isso tem a ver com Nick?

– Quem é Nick? – perguntou Smalls a Teddy.

– Meu marido – disse Graciella.

– Não tenho ideia de por que esse homem apareceu aqui – disse Teddy para Graciella. – Eu não o vejo há anos.

– Não se deixe enganar – disse a ela Smalls. – Isso chama-se leitura de bilhetes. Um truque velho, quase tão velho quanto ele.

Isso machucou, tentar envergonhá-lo na frente de uma mulher mais jovem. Mas, felizmente, ela não parecia estar ouvindo Smalls.

– Eu preciso ir – disse Graciella. – Os garotos vão chegar em casa daqui a pouco.

Teddy se levantou com ela.

– Eu peço desculpas por meu conhecido, aqui.

– Foi um prazer conhecê-lo – disse ela a Teddy. – Acho eu. – Ela se dirigiu à porta.

Teddy olhou de cara fechada para Smalls, em seguida disse:

– Graciella, só um segundo. Um segundo. – Ela foi simpática o suficiente para esperar por ele.

– O último desejo – ele disse em voz baixa para manter Smalls de fora. – Ele foi sobre você? Você vai ficar bem?

– Claro que vou ficar bem – disse ela. – Eu sou forte.

Ela atravessou o estacionamento. Ele tinha muitas perguntas. As únicas palavras que ela escrevera no último pedaço de papel foram JÚRI ABSOLVE.

* * *

Destin Smalls, para irritação de Teddy, sentou-se no lugar de Graciella.

– Ainda usando o número do Carnac do Johnny Carson, Teddy?

– Você parece o porteiro da morte – disse Teddy. Fazia quatro anos desde que vira o agente do governo, mas ele aparentava ter envelhecido duas vezes isso. Um período ruim. Era assim que acontecia. Um corpo podia aguentar firme por uma década, aí em uma foto de Natal exatamente igual às dez anteriores, *bam*, os anos passavam correndo e o esmagavam como uma carreta. O resto da boa aparência de herói do futebol americano do homem tinha sido engolido pela idade e os carboidratos. Agora ele era uma cabeça volumosa em cima de um corpo retangular grande, como um micro-ondas em cima de uma geladeira.

– Você precisa saber que nunca vai passar da primeira base – disse Smalls. – Você é um velho. Elas conversam com você porque você não é uma ameaça.

– Estou falando sério, você está com uma cor horrorosa. O que é isso, câncer no saco? Problemas no fígado? Eu sempre achei que você fosse um beberrão, em segredo.

A garçonete reapareceu. Se ficou surpresa por uma suburbana atraente ter sido substituída por um espião de 70 anos, ela não demonstrou.

– Café para meu amigo, aqui – disse Teddy.

– Não, obrigado – disse ele para ela. – Água com limão, por favor.

– Eu esqueci que ele é mórmon – disse Teddy a ela. – Você pode trazer a água descafeinada?

Ela olhou fixamente para ele por um instante, em seguida saiu sem dizer palavra.

– Eu retiro o que disse, você ainda consegue seduzi-las – disse Smalls. – Então, como estão as mãos?

– Tem dias bons e dias ruins – disse Teddy.

– Estão boas o suficiente para o truque do bilhete – disse Smalls.

Teddy ignorou o comentário.

– Então, o que você está fazendo em Chicago? Washington está agitada demais para você?

– Eles estão tentando forçar minha aposentadoria – disse Smalls. – Estão fechando o Star Gate. Reduziram meu financiamento a nada.

– O Star Gate ainda está funcionando? – Teddy sacudiu a cabeça. – Não posso acreditar que ainda não expulsaram vocês todos do templo.

– O Congresso está encerrando todos os projetos sob a chancela do Star Gate. Há muita mídia negativa.

– Você quer dizer mídia, ponto. – Teddy se encostou, relaxando, agora, na velha provocação. – Vocês nunca gostaram que nenhum repórter mencionasse sua completa falta de resultados.

– Você sabe tão bem quanto eu que...

Teddy ergueu a mão.

– Com a exceção de Maureen. Mas sem ela você não tinha nada.

A garçonete voltou com a água e o bule de café. Ela tornou a encher a xícara de Teddy e desapareceu outra vez.

– À Maureen – disse Smalls, e ergueu o copo para um brinde. – Sempre eterna.

– Maureen.

Depois de algum tempo, Teddy disse:

– Lamento sobre o trabalho. Ninguém gosta de ser o último a apagar as luzes.

– É um crime – disse Smalls. – Um erro estratégico. Você acha que os russos fecharam o SCST?

– Por que não? Eles acabaram de fechar o país inteiro.

– Ex-agentes da KGB ainda controlam o lugar. Há menos de cinco anos, tivemos a informação de que o Ministério da Agricultura estava à nossa frente no desenvolvimento de uma arma de microlepton.

– Minha nossa, vocês ainda estão tentando construir uma dessas? Quanta grana do governo vocês gastaram nisso?

– Isso é confidencial.

– Mas tem gente no Congresso que sabe, não é? Não espanta que estejam acabando com vocês. Só vocês acreditam em visão remota e psicocinese.

– Por falar nisso, Frankie está ficando longe dos cassinos?

– Deixe Frankie fora disso.

Smalls ergueu uma das mãos, em rendição.

– Como está ele, então? E Buddy e Irene?

– Eles estão bem – mentiu Teddy. Frankie não parava de pegar dinheiro emprestado com ele, Irene estava deprimida e Buddy... Nossa, Buddy ficava pior a cada ano. Mudo e recluso. Aí, alguns meses atrás, ele começou a desmontar a casa como um homem que soubesse apenas metade de um truque de mágica. *Observem, senhoras e senhores, enquanto eu destruo este relógio! Está certo, agora eu vou, droga... O que era mesmo?* – Buddy se revelou ser muito útil em casa – disse Teddy.

– Não diga. E os netos? Quantos você tem, agora?

– Três e meia – disse Teddy.

– Meia? – Smalls pareceu surpreso. – Irene está grávida outra vez?

– Deus, espero que não. Não. Estou falando da filha de Loretta, Mary Alice.

– Você não devia fazer isso, categorizar as coisas assim. Não há uma coisa como neto adotivo.

– Você não veio até Chicago para me perguntar sobre meus netos – disse Teddy. – Esqueça, foi exatamente por isso que você veio até aqui, não foi?

Smalls deu de ombros.

– Algum deles está... apresentando sinais?

– Achei que estivessem fechando o seu programa, agente Smalls.

– Ele ainda não está morto.

– Bem, esteja ele vivo ou morto, mantenha as crianças longe disso. Esse foi o acordo que você fez comigo e com Maureen. Isso vale em dobro com nossos netos.

– Há dois lados nesse acordo – disse Smalls. – Você deve mantê-los longe de encrenca.

– Você quer dizer impedir que eles usem seus grandes e terríveis poderes para o mal.

– Ou apenas de usá-los.

– Minha nossa, Smalls. Esses netos, nenhum deles consegue sequer ler um cardápio a menos que esteja diante deles. Além disso, a Guerra Fria acabou.

– Ainda assim, o mundo está mais perigoso do que nunca. Eu preciso... *nós* precisamos do Star Gate e de pessoas como Maureen.

Teddy não estava acostumado a ver Smalls parecendo desesperado. Mas um agente do governo desesperado, mesmo um praticamente fora do jogo, era algo útil.

– Ok – disse Teddy. – Dê-me seu telefone.

A capitulação repentina surpreendeu Smalls. Ele levou um momento para sacar um cartão de visita da carteira. Estava em branco, exceto pelo nome de Smalls e um número de telefone com código de área de Washington.

– Eles pagaram para você viajar até aqui só para conversar comigo por dez minutos? Achei que estivessem cortando seu orçamento.

– Talvez eu achasse que era algo que valia a pena fazer.

– Como se você pudesse convencê-los a... – Teddy parou. A expressão carrancuda no rosto de Smalls disse a ele que tinha acertado o alvo. Teddy riu. – Você está pagando por isso do próprio bolso? Minha nossa, você precisa economizar para sua aposentadoria. O que Brenda tem a dizer sobre isso?

Smalls esfregou o polegar no copo de água.

– Ah, Cristo – disse Teddy. – Desculpe. Ela era uma boa mulher.

– Sim. Bem... – Ele se levantou e pôs no bolso o pedaço de papel. – Você e eu casamos melhor do que merecíamos.

□

Se nada tivesse acontecido depois do primeiro dia em que ele viu Maureen McKinnon – se o Dr. Eldon não tivesse visto seu desenho e indicado sua inscrição para inclusão no estudo; se ele também não tivesse escolhido Maureen; se não tivesse se encontrado lado a lado com ela algumas semanas depois – bom, o feitiço dela podia ter perdido a força.

Primeiro, porém, ocorreu seu teste solo para o Dr. Eldon. Duas semanas depois da pesquisa inicial, Teddy foi convidado a voltar ao campus para discutir "seu dom" e se viu no escritório estranho do professor, uma sala em L onde se entrelaçavam vigas de sustentação, conduítes e tubulações.

– Eu simplesmente vejo coisas – disse Teddy, sem dar grande importância a isso. – Especialmente no papel, tem algo na forma como as pessoas se concentram para escrever ou desenhar que me permite ver com mais clareza.

O Dr. Eldon balançou a cabeça afirmativamente e escreveu em seu bloco de anotações. Eldon era pelo menos dez anos mais velho e 25 quilos mais pesado que seu retrato já nada lisonjeiro na lista de professores.

– Você acha que poderia, ah, demonstrar alguma coisa para mim? – perguntou o doutor. Sua voz era delicada e franca, quase aduladora.

– Está bem, claro – disse Teddy. – Acho que estou me sentindo forte o bastante para tentar. O senhor tem um pedaço de papel? – Claro que ele tinha. – Faça apenas três desenhos simples de visualizar. Algo famoso, um personagem simples de desenho animado, ou formas geométricas, o que quiser.

Teddy se levantou da cadeira, caminhou alguns passos e se virou novamente para ele.

– Vou cobrir os olhos – disse ele. – Só me diga quando terminar.

O Dr. Eldon franziu o cenho em concentração, em seguida desenhou a primeira figura. Teddy não podia acreditar em como aquilo estava correndo bem. Tinha certeza de que Eldon iria insistir em fazer os *seus* testes, sob todo tipo de controle de laboratório, mas em vez disso ele estava deixando que Teddy dominasse o show. Isso era *mais fácil* que trabalho em bares, onde as vítimas estavam sempre procurando algo em suas mangas – ou em suas mãos em concha, onde ele atualmente segurava um espelho diminuto que lhe permitia observar o acadêmico. Nunca passou pela cabeça de Eldon perguntar-se por que um homem de costas para ele também precisava cobrir os olhos.

Quando o professor terminou, Teddy guardou o espelho novamente no bolso e disse a ele que dobrasse os papéis em quadrados.

– Eu não vou fazer isso em ordem – disse Teddy. – Eu vou apenas passar pelas imagens à medida que elas apareçam para mim, e o senhor me diz se estou no caminho certo.

Teddy apertou o primeiro quadrado contra a parte da frente do chapéu. Fingiu se concentrar. Em seguida, largou esse quadrado e pegou o seguinte, depois o outro, apertando os olhos e contraindo os músculos do rosto ao examinar cada um deles.

– Estou recebendo imagens – disse Teddy. A primeira coisa que o Dr. Eldon desenhou foi uma cara do Mickey. Típico. Se você dissesse a alguém para desenhar um "personagem simples de desenho animado", essa era a primeira coisa que vinha à mente. Os outros desenhos foram bem simples: o segundo era uma pirâmide; e o terceiro, um avião.

– São muitas coisas – disse ele. – Estou vendo uma ave acima de uma montanha. Não, é um triângulo. Uma montanha triangular? E um círculo grande, talvez a Lua? Não, há mais de um círculo. Eles estão como dispostos em torno um do outro, e a ave... – Ele sacudiu a cabeça, como se estivesse confuso. – A ave é... de metal? Ah! – Ele estalou os dedos. – É um avião. Um triângulo e um avião. Mas e os círculos? – Ele bateu na testa. – Há dois deles por trás de um círculo central. Como os anéis olímpicos, mas não tantos, sabe? Parece muito familiar, muito...

Teddy se jogou na cadeira, parecendo derrotado. O Dr. Eldon olhou fixamente para ele, com o rosto rígido com o esforço de esconder seu prazer.

– Desculpe, professor – disse Teddy. – Isso foi tudo o que consegui.

– Está tudo bem – disse o professor com delicadeza. Em seguida: – Você se saiu muito bem.

– Verdade?

O Dr. Eldon lhe entregou as páginas, e Teddy fingiu estar tão assombrado quanto se sentia o pesquisador.

– O Mickey! É claro!

O Dr. Eldon sorriu de satisfação.

– Então, você estaria disposto a participar mais?

Teddy quase podia ouvir o tilintar da caixa registradora. Ele não respondeu imediatamente.

– Eu tenho que trabalhar quase todos os dias – disse ele, desculpando-se. – Não posso me dar ao luxo de faltar muitas vezes.

Eldon disse:

– Há uma ajuda de custo para todos os participantes da pesquisa.

– O suficiente para eu poder dispensar um dia de trabalho?

– Um estipêndio considerável.

– Bem, então, me parece bom – disse Teddy.

O Dr. Eldon disse:

– Infelizmente temos de parar, agora; há outros participantes à espera. Quando voltar para a sala, você podia, ah, mandar entrar a próxima pessoa? – Então, com um sorriso irônico que não conseguiu reprimir: – Acho que você pode adivinhar quem é.

Teddy se fez de bobo, mesmo quando seu coração apertou no peito.

– Desculpe. Isso é parte do teste?

– Você mencionou a Beatrice, essa é minha secretária, que teve uma visão de uma jovem se reunindo comigo.

– Ah, verdade! – disse Teddy. – Ela está de volta aqui? – Ele estava orgulhoso da firmeza em sua voz. – Quem eu chamo?

O Dr. Eldon olhou para uma lista de nomes que havia sobre a mesa à sua frente. Todos menos os três últimos tinham sido riscados.

– O nome dela é Maureen McKinnon.

Essa foi a primeira vez que ele ouviu o nome dela dito em voz alta. E gostou de sua sonoridade.

– Sem problema, senhor. – Ele se debruçou sobre a lista como se para se assegurar do nome dela. – Srta. McKinnon. Entendi.

Ele foi até a sala de aula no fim do corredor, a mesma sala onde preenchera os formulários de inscrição duas semanas antes. Ela estava vazia e mal iluminada antes de sua entrevista, mas agora havia três pessoas ali: o jovem negro, usando a mesma gravata e, talvez, a mesma camisa; o garoto branco com cara de toupeira e cabelo oleoso; e a garota de seus sonhos. Ela estava sentada na primeira fila, de pernas cruzadas por baixo de uma saia azul com bolinhas amarelas, e chutava nervosamente com um sapato delicado amarelo parecido com uma sapatilha de bailarina.

O jovem negro estava sentado várias fileiras atrás, mas o garoto toupeira estava bem ao lado dela, falando avidamente. Vê o que acontece? Você deixa uma garota sozinha na sala e algum garoto espinhento imediatamente começa a dar em cima dela.

O garoto estava com uma chave cor de cobre na mão e estava dizendo:

– É tudo concentração. Impor sua vontade.

– O que você está fazendo? – perguntou Teddy a Maureen, ignorando o garoto.

Ela ergueu os olhos e sorriu.

– Ele está tentando entortar uma chave.

– Com a mente – disse o garoto.

– Não diga! Seu nome é Russell Trago?

– Isso mesmo.

Teddy havia lido o nome dele na lista e adivinhou que aquele era Russell. O que fazia com que o homem negro fosse Clifford Turner.

– Você é o próximo, Russell. Boa sorte lá dentro.

– Certo! Obrigado. – Ele pôs a chave na carteira, em seguida disse a Maureen: – Lembre-se do que eu disse. Imponha a sua vontade.

Teddy se sentou no lugar deixado vago por ele e pegou a chave. Estranho ele tê-la deixado para trás. Normalmente um homem gostava de guardar consigo seus objetos de cena.

– Ainda reta – disse ele.

– Ele mal tinha começado – disse Maureen.

– Que pena, parecia fascinante, simplesmente fascinante. Por falar nisso, eu sou Teddy. Teddy Telemachus.

– Eu sou...

– Não me diga. Mary. Não, algo como Mary, ou Irene... – Havia uma caneta e um papel na carteira em frente a ela – o convite do Dr. Eldon. Ele podia usar esse papel se fosse necessário. Talvez fazer o truque dos três desejos com ela. – Espere, é Maureen?

– Como você é esperto – disse ela. Ele gostou do brilho em seu olho. – Não é, na verdade, a vez de Russell, é? Eles o mandaram aqui para me chamar.

– Ah, você é esperta demais para mim, Maureen McKinnon.

– O que ele pediu para você fazer?

Ele lhe contou sobre o jogo de adivinhar os desenhos, mas evitou explicar como tinha feito aquilo, ou como tinha sido fácil.

– Eles pareceram bem excitados quando peguei o primeiro – disse ele. – Achei que fosse um triângulo, mas na verdade era uma pirâmide.

– Ah! É mesmo? – Ela pareceu um pouco surpresa *demais*.

– Por quê? Você acha que o velho Trago é o único com poderes além daqueles dos homens mortais?

– Não é isso – disse ela. – É só que...

Ele pegou a chave e disse:

– Deixe-me tentar.

– Você também entorta chaves?

– Entre outras coisas – disse ele e fechou a mão em torno dela. – Mas talvez precise de sua ajuda com isso. – Ele aproximou a carteira da dela. – Não é uma questão de impor sua vontade. Você só precisa *pedir* ao objeto para ele se curvar. O objeto quer escutar você. Tudo o que você precisa fazer é pensar, entorte... entorte... e sabe o que acontece?

– Espero que "explodir" não seja uma das opções – disse ela.

Ele riu.

– Só se você gritar com ele. É preciso pedir com jeitinho.

Era um truque simples. Ele já tinha passado a chave para a mão esquerda. Quando moveu a carteira, havia enfiado a ponta da chave embaixo do tampo da carteira e empurrado para baixo. A chave não entortou muito, apenas 20 ou 30 graus, mas todos os melhores truques de mágica começaram pequenos.

– Vamos ver como estamos indo – disse ele e começou a esfregar o punho cerrado, o que lhe permitiu passar a chave de volta para a palma da mão direita. Ele deixou que a ponta da chave aparecesse entre o polegar e o indicador.

– Você, diga agora – disse Teddy. – *Entorte.*

– Entorte – disse Maureen.

– Por favor, entorte – disse ele.

– *Por favor*, entorte – disse ela.

Ele empurrou a chave lentamente para cima, entre o polegar e o indicador, deixando aparecer cada vez mais dela, revelando a curva.

– Ah, não – disse Maureen.

– Qual o problema?

– Eu talvez tenha problemas para entrar em casa.

– É a *sua* chave?

– Achei que você tivesse percebido...

– Achei que fosse dele! Você deu para aquele garoto brincar sua única chave de casa?

– Eu não achei que ele na verdade pudesse *fazer* alguma coisa – disse ela.

Isso pareceu hilariante para os dois. Eles estavam rindo quando Russell Trago voltou para a sala, parecendo magoado. Maureen cobriu a boca. Trago pareceu sentir que ele era o alvo de seu riso.

– Eles disseram que queriam Maureen – disse ele olhando para Teddy.

– Ah – disse Teddy. – Desculpe. Meu erro.

Maureen levantou-se e estendeu a mão. Ele colocou a chave torta em sua palma.

– O que aconteceu? – disse Trago. Seus olhos se arregalaram. – Eu a entortei?

Teddy a cumprimentou quando ela saiu andando.

– Acabe com eles, Maureen McKinnon.

Ela deixara para trás a caneta e o papel. Ela o havia dobrado e escondido de Trago talvez quando ele se sentou ao lado dela. Teddy o desdobrou. Havia três desenhos:

Pirâmide.

Avião.

Mickey.

– Pelo Cristo na cruz! – exclamou Teddy.

Ele repassou todos os métodos habituais, em seguida os descartou um por um. Sim, ele contara a ela sobre o primeiro desenho, mas não os outros dois. A distância para o escritório do Dr. Eldon tornava impossível escutar o que acontecia lá. Além disso, Trago estava com ela na sala durante a maior parte da entrevista de Teddy, tentando entortar a maldita chave da casa dela, com Clifford Turner como testemunha. Não havia método que Teddy conhecesse para ver aqueles desenhos àquela distância.

Havia apenas uma explicação. Maureen McKinnon, 19 anos de idade, era a maior artista da vigarice que ele já havia conhecido.

□

Teddy saiu do restaurante e dirigiu para casa pensando naquelas coincidências incríveis. Não acreditava nelas a menos que ele mesmo as projetasse. Mas como explicar conhecer Graciella, a mulher mais interessante com quem conversara em anos, no mesmo dia em que Destin Smalls tornou a aparecer em sua vida? Como Graciella, ele farejava uma armação, mas não tinha sido tramada por Smalls. Não era seu estilo. O agente se movia em linhas retas como um boi na canga.

Teddy estacionou o Buick na garagem, saiu pela porta lateral e parou bruscamente. Um buraco havia surgido no quintal dos fundos, e Buddy estava dentro dele até as coxas, cavando mais fundo.

– Buddy!

Seu filho olhou para ele com curiosidade. Estava nu da cintura para cima, o que fazia apenas com que parecesse mais gordo.

– Que diabos você está fazendo?

Buddy olhou para o buraco, em seguida novamente para Teddy.

– É a droga de um maldito buraco no meio do jardim!

Buddy não disse nada. É claro. Buddy decidira que era Marcel Marceau.

– Ponha de volta. – Ele apontou para as pilhas de terra por toda a volta dele. – Ponha de volta, *agora*.

Buddy virou o rosto. Jesus Cristo. O garoto costumava ser tão talentoso. Podia tê-los deixado todos ricos, só ficando sentado escrevendo números com seus lápis de cor. Agora ele se transformara na droga de um golden retriever cavando buracos no jardim.

Teddy jogou as mãos para o alto e entrou em casa. Havia pratos na pia da cozinha, mas pelo menos todos os eletrodomésticos ainda estavam inteiros. Na sala da frente, Matty estava sentado de pernas cruzadas no sofá, em estilo hindu, de olhos fechados.

– Que diabos *você* está fazendo?

Os olhos de Matty se abriram repentinamente.

– O quê? Nada! – Em seguida: – Pensando.

– Você está fazendo um trabalho e tanto. – Teddy pôs o Borsalino no suporte. – Por que não está na escola?

O garoto se levantou num pulo.

– Acabaram as aulas.

– O quê?

– O último dia de aulas terminou mais cedo. São férias de verão. – Ele era gordinho, pálido como o lado de Maureen da família, baixo como o da de Teddy. Pobre bastardo, literalmente. Sua mãe estava quebrada, e o pai abandonara a família anos atrás.

– E agora o quê? – perguntou Teddy.

Matty piscou para ele.

– Você vai ficar por aqui o tempo todo?

– Uh...

Como tinha perdido todo o controle de sua casa? O cacete que o lar é um castelo. É mais como um campo de refugiados. Ele pegou a pilha de correspondência na mesa da frente e começou a examinar os envelopes. Conta, conta, propaganda. Mais um daqueles discos de computador. America Online. Recebia um todo maldito dia, às vezes dois no mesmo dia.

– Por que você não limpa a cozinha? – disse Teddy. – Vamos começar a cozinhar quando sua mãe chegar em casa. – Essa era a melhor coisa de ter Irene de volta em casa. Quando eram apenas Teddy e Buddy, era comida chinesa para viagem três noites por semana. Comida para viagem ou omeletes.

Matty passou por ele, e Teddy estendeu a mão, com uma nota de cinco dólares entre os dedos.

– Diga, garoto. Você tem troco para cinco?

Matty levou as mãos aos bolsos. Era cedo e óbvio demais, mas eles podiam trabalhar nisso.

– Não sei, senhor. Eu vou ver. – Um pequeno sorriso revelador. Eles teriam de trabalhar isso, também. – É, acho que sim. – Ele pegou a nota de cinco dos dedos de Teddy e começou a dobrá-la.

– Ei, eu disse que preciso de troco – disse Teddy, interpretando o freguês mal-humorado.

– Ah, eu vou trocá-la. – Teddy lhe ensinara as falas, também. Matty desdobrou a nota com cuidado, em seguida a estendeu entre as mãos. – O que acha disso?

A nota de cinco tinha se transformado em uma nota de dois dólares.

– Faça a nota estalar – disse Teddy. – Como se fosse uma toalha. Faça com que eles escutem. E não sorria até o fim. Isso os alerta. – O menino balançou a cabeça afirmativamente, em seguida foi para a cozinha sem oferecer devolver a nota de cinco. Pelo menos isso ele aprendera: nunca devolva o dinheiro.

Teddy olhou para o último envelope da pilha e sentiu uma pontada no coração. Ele reconheceu a letra, aquela mão graciosa e rápida. Podem dizer o que quiserem sobre escolas católicas, mas aquelas freiras sabiam ensinar caligrafia. Acima do endereço da casa, dizia apenas: "Teddy." Não havia endereço do remetente.

Ele largou o resto da correspondência outra vez sobre a mesa, subiu até seu quarto, olhando para o envelope, sentindo-se mais pesado a cada degrau.

Droga, Maureen.

Ele foi até seu quarto e fechou a porta. Como sempre, ficou tentado a deixar a carta fechada. Mas, como sempre, não conseguiu se segurar. Rasgou o envelope e viu o que ela havia escrito. Depois usou a combinação para abrir a porta do pequeno cofre em seu closet.

Ali dentro, acima da bandeja de veludo onde guardava os relógios, havia uma pilha de envelopes mais velhos. Ele costumava receber um por semana. Depois com o intervalo de alguns meses. O último chegara pouco mais de quatro anos atrás.

Ele aproximou o envelope do nariz. Inspirou. Não conseguiu sentir o cheiro de nada além de papel velho. Em seguida, ele o jogou na pilha com o resto e fechou a porta.

3

Irene

Nada matava a nostalgia pela casa de sua infância como se mudar novamente para ela. Ela voltara em frangalhos para Chicago no seu Ford Festiva de oito anos, com um filho adolescente no banco do carona, suando de calor por todos os poros, arrastando um reboque U-Haul abarrotado com a totalidade de seus bens: colchão de mola e cama box, uma mesinha de centro de madeira laminada; duas sólidas cadeiras de cozinha e duas dúzias de caixas de papelão úmidas etiquetadas com as palavras HUMILHAÇÃO e DECEPÇÃO.

Estava com 31 anos de idade. Ela não conseguira atingir a velocidade de escape, e o pouso de emergência foi brutal.

Houve alguns natais, na época em que as coisas estavam indo quase bem em Pittsburgh, em que ela sentia uma emoção no peito ao virar a esquina de seu antigo bairro e ver aquela casa verde-clara, as cercas vivas brilhando com luzinhas vermelhas e verdes, e a pequena janela quadrada do segundo andar que assinalava ser o seu quarto. Atrás da casa assomava o salgueiro-chorão enorme, e quando via seus ramos nus para o inverno, ela pensava no Buddy de cinco anos ali em cima, intrépido naqueles anos anteriores à morte da mãe, balançando nos galhos mais altos.

Agora a primeira visão da casa quando ela voltava do almoço lhe provocava um aperto no peito parecido com desespero. Chegava depois de um turno de nove horas no supermercado Aldi, com os pés doendo, o cérebro inebriado pelo tédio, e percebia, novamente, que a casa era uma armadilha.

Ultimamente era uma armadilha em construção, e hoje não era exceção. Ela nem conseguiu entrar na garagem por causa de uma pilha de madeira. Irritada, estacionou na rua e entrou pela porta da frente. No vestíbulo havia três caixas brancas de tamanhos variados, todas com manchas pretas de vaca holandesa.

– Mãe! – gritou Matty. Ele praticamente se jogou escada abaixo. – Isso é nosso? Você comprou isso?

– Eu nem sei o que é isso.

– É um Gateway 2000! E um monitor. E uma impressora, tenho quase certeza. – Ele se agachou ao lado da caixa maior. – Tem um modem incluído, com um *Pentium*. – Sua nuca estava emaranhada e oleosa.

– Não toque nisso. Nós talvez tenhamos de devolver. A que horas você foi dormir?

– Bem tarde.

– Você tomou banho hoje?

– Claro.

Ela olhou para ele com dureza.

– Quer dizer, *ainda* não. Estava prestes a fazer isso, aí o computador...

– Você tem 14 anos, Matty, não pode andar por aí como um homem das cavernas. – E ele devia saber, também, que não podia mentir para ela. Será que ele tinha esperança de que ela, um dia, estivesse tão distraída que não percebesse?

– Eu não posso só dar uma olhada? – perguntou Matty.

– Onde está seu avô?

– Nos fundos, falando no telefone. Alguém chamado Smalls? Voz grave. Ele queria falar com o vovô.

– *Destin* Smalls?

Matty deu de ombros. Ela foi na direção da cozinha e da porta dos fundos.

– Prometo que não vou estragar o material da embalagem – disse ele.

– *Não* abra nada – respondeu ela.

No pátio, Teddy estava sentado em uma cadeira de jardim lendo um jornal com as pernas cruzadas e os sapatos reluzentes. Estava de terno, apesar do calor. O ar cheirava a fumaça de cigarro, mas não havia cigarro à vista. A mão esquerda, simulando relaxamento, descansava no braço de alumínio da cadeira. O telefone sem fio estava no cimento ao lado dele.

– Por que Destin Smalls está ligando para você? – perguntou Irene.

Teddy não tirou os olhos das notícias.

– Não é da sua conta.

– Ele vai prendê-lo?

Isso fez com que ele baixasse o jornal. Estava lendo o *Tribune*, o que era estranho. Eles eram uma família do *Sun-Times*.

– Não seja ridícula – disse Teddy. – Ele está praticamente aposentado.

– Então por que ele ligou?

– Velhos amigos ligam para saber como estamos, Irene. Essa é uma atividade humana normal.

– Desde quando ele é seu amigo?

– Deus do céu. – Ele tornou a erguer o jornal e imediatamente o largou. – E você podia tirar aquelas caixas do vestíbulo? Elas quase quebraram meu pescoço.

– Elas não são minhas. Buddy por caso encomendou um computador?

– Quem pode saber o que Buddy faz?

– Onde ele conseguiria o dinheiro? Isso custa, tipo, dois mil dólares.

– Dois mil? Por um computador? O que se faz com ele?

– Você pode entrar na internet – disse Matty. – Ou fazer seu dever de casa com ele. – Ele apareceu na porta, alegre como um filhote de cachorro.

– Eu não quero que você fique sentado em casa jogando videogame – disse ela.

– Podemos perguntar ao tio Buddy se podemos abri-lo? – perguntou Matty.

– O que tem para o jantar? – perguntou Teddy.

– Eu não vou fazer o jantar esta noite – disse Irene.

– Eu não pedi para você fazer.

– Acho que acabou de pedir. Já estou bem ocupada fazendo um bolo.

– Um bolo? Por que você... Ah, o aniversário de Maureen.

– Buddy teria um ataque se nós não comemorássemos.

– Eu por acaso disse que não queria comemorar? Claro que quero.

– Bem, porque Frankie e Loretta vêm.

– Ei, talvez Buddy tenha comprado o computador como presente de aniversário – disse Matty.

– Para a mãe morta? – disse Irene.

– É o Buddy – disse Matty, com uma conclusão lógica.

– Você faz o bolo, eu vou cuidar do jantar – disse Teddy, como se fosse sua ideia. – Eu estava pensando em pizza.

– Você odeia pizza – disse Irene.

– Não, eu odeio *a maioria* das pizzas. Tenho padrões elevados. Eu costumava frequentar um restaurante em Irving Park. Era administrado por Nick Pusateri. Ele sabia fazer aquela crosta crocante, que você jogava na boca como se fosse um maldito biscoito. Eu costumava trazê-las para casa para vocês.

Irene tinha se esquecido completamente delas. Ele as trazia em uma base de papelão com uma cobertura de papel branco, nada de caixas. Você abria o papel e um vapor delicioso banhava seu rosto.

– Ele tinha um filho, Nick Jr. – disse Teddy. – Ele não era lá muito inteligente. De algum modo conseguiu se transformar em empresário do ramo imobiliário e ficar rico.

– Não diga – disse ela.

– Então, na semana passada, topei com uma mulher no Dominick's. Eu nunca a tinha visto antes. O nome dela é Graciella, ela tem três filhos. E adivinhem quem é o marido dela?

– Se não for Nick Jr., você é um péssimo contador de histórias.

– Vou perguntar ao tio Buddy – disse Matty, e tornou a desaparecer no interior da casa.

– Mundo pequeno, hein? – disse Teddy. – Um mundo pequeno pra diabo. – Ele deixou o jornal de lado e levantou-se da cadeira. – Eu volto para o jantar. – Ele pôs o chapéu na cabeça, em seguida ajustou o ângulo. Saiu pelo portão lateral no momento em que Matty chegou correndo. O garoto tinha dado a volta inteira na casa correndo.

– Buddy disse que eu posso abrir! – disse Matty.

– Ele disse? – perguntou Irene.

– Bem, eu perguntei a ele se podia, e ele balançou a cabeça.

– Tudo bem. Você pode montá-lo no porão... *Depois* de tomar banho. E *não* instale a internet! – Ele tornou a entrar correndo.

Ela observou o pai sair de ré com o carro da garagem, extremamente devagar. Perguntou-se quantos anos restavam até que eles tivessem que lhe tomar suas chaves. Era uma certeza que teria de tomar a decisão sozinha. Buddy não estava nem aí, e Frankie gostava demais da lenda de Teddy Telemachus para tomar alguma atitude.

Ela pegou o jornal que Teddy estava lendo. Havia uma manchete circulada com um marcador preto: COMEÇA O JULGAMENTO DE PUSATERI POR HOMICÍDIO. Leu o primeiro parágrafo, depois o segundo.

– Droga – disse ela.

– O que é? – disse Matty atrás dela.

– Seu avô está andando com mafiosos – disse ela. – De novo.

– É mesmo? – Ele pareceu mais empolgado do que ela gostaria. Ela ergueu os olhos e viu que ele vestia apenas uma toalha.

– A água está desligada aqui embaixo – explicou ele. Matty e Irene estavam usando o chuveiro do térreo, deixando o banheiro de cima para o pai e Buddy.

– Use o outro – disse ela e entrou na cozinha, lendo.

Nick Pusateri Jr. pode depor em sua própria defesa, informaram na segunda-feira seus advogados. Isso dá continuidade a semanas de especulação sobre se Pusateri, acusado de assassinar em 1992 o empresário Richard Mazzione, de Willowbrook, vai testemunhar. Pusateri é considerado um membro do alto escalão da organização criminosa Chicago Outfit e é filho do suposto chefão Nick Pusateri Sr. Os promotores estão ansiosos para incriminar outros membros da organização.

Ela terminou de ler a matéria e jogou o jornal no lixo. Assassinato, mafiosos e a porra de Destin Smalls. Ela não gostava do que quer que estava acontecendo com seu pai.

☆

A morte da mãe era um marco pelo qual Irene orientava suas lembranças. O dia em que conheceu Destin Smalls tinha sido apenas sete meses antes da morte de Maureen. Era início de fevereiro, na manhã em que Irene encontrou a mãe chorando.

Irene não conseguia lembrar por que tinha subido para procurar por ela. Era dia de aula, portanto talvez Irene quisesse reclamar sobre Buddy ou Frankie não estarem se aprontando. Quando ela empurrou e abriu a porta do quarto dos pais, encontrou a mãe sentada na beira da cama com as mãos espalmadas sobre as coxas, os olhos fechados. Lágrimas traçavam uma linha por cada face.

Havia algo de obsceno na imagem. Não apenas porque a mãe raramente chorava, mas porque as lágrimas estavam caindo e ela nada fazia para enxugá-las, para escondê-las. Nunca tinha visto a mãe tão nua.

Talvez Irene tenha emitido um som de susto; algo fez com que os olhos da mãe abrissem de repente. Ela nem assim limpou as lágrimas. Olhou para Irene, mas em seguida sua atenção se dirigiu para outro lugar, algum lugar em seu interior.

– Você está se divorciando de papai? – disse Irene.

A mãe pareceu levar um momento para analisar as palavras.

– O quê? Por que está dizendo uma coisa dessa?

Havia inúmeras razões que Irene podia citar. O fato de o pai, agora, dormir no sofá do porão. De ele, ao acordar, andar à espreita em silêncio pela casa reclamando de todo barulho que as crianças faziam, gritando com elas: *Pelo amor de Deus, vão brincar lá fora!* Ele não era um bêbado, decidiu Irene mais tarde, quando veio a conhecer alguns, mas tinha a visão em túnel de um alcoólatra, a ferida oca do viciado. Aquele foi o verão em que o pai se envolveu em um acidente de carro e passou semanas com curativos nas mãos, o inverno depois do verão do *Mike Douglas Show* e da humilhação pública da família. De algum modo, ele fez com que a casa parecesse ser tão pequena quanto um daqueles quartos de hotel onde ficavam quando a Fabulosa Família Telemachus estava em turnê.

– Você não disse não – disse Irene, como se a flagrasse em um truque.

O rosto da mãe foi tomado de raiva, brutal e feroz. Suas mãos não tinham se mexido, mas Irene sentiu como se tivesse levado um tapa. Por um longo momento, ninguém falou.

Irene percebeu que Buddy tinha chegado por trás. Ele logo faria seis anos, mas parecia mais novo, uma cabeça grande de bebê em um corpo magrelo, nenhuma pista de que um dia ele seria o mais alto deles.

Sua mãe, finalmente, esfregou um lado do rosto com as costas da mão.

– Você é uma menina inteligente, com grande talento, e eu amo você. – Ela ficou de pé. Sua boca estava fixa em uma linha dura. – Mas você precisa aprender alguns modos. E, não, eu não estou me divorciando de seu pai.

Ela saiu do quarto e desceu. Irene a seguiu, e Buddy foi em silêncio atrás delas. Sua mãe pegou o casaco de inverno no suporte de casacos e o vestiu.

– Aonde você vai? – perguntou Irene. Ainda não eram oito da manhã.

– Para o trabalho. Leve Buddy até o ponto de ônibus. Faça com que Frankie se levante da cama.

– Você tem um *emprego*? – Irene sentiu-se ofendida por não terem lhe contado antes.

– Não acorde seu pai. – Sua mãe abriu a porta da frente. O frio entrou e circundou as pernas nuas de Irene como um cachorro em frenesi.

Lá fora, estava cinza sobre cinza; flocos de neve pairavam no ar; e o mundo parecia um desenho a lápis. Sua mãe caminhou na direção de um sedã escuro estacionado na entrada de carros, cujo escapamento expelia nuvens de fumaça. Um homem de casaco comprido desceu do lado do motorista, disse alguma coisa à mãe dela que Irene não escutou e abriu a porta do carona. Ele tocou nas costas de Maureen quando passou por ele e depois fechou a porta quando ela entrou. Então o homem se virou e viu Irene parada na porta com Buddy agarrado a suas pernas.

– Vocês dois vão pegar um resfriado! – disse ele em tom amigável. Ele tinha o queixo quadrado e era alto, duas vezes o tamanho do pai. E duas vezes mais bonito. Seu cabelo preto era repartido com a precisão de um boneco Ken.

Irene fechou a porta, foi imediatamente até a janela grande e afastou a cortina. O carro saiu de ré da entrada da garagem, deixando marcas que, certamente, o pai iria perceber quando acordasse. Mas não: quando ela acompanhou Buddy até o ponto de ônibus meia hora depois, a neve já havia coberto todas.

☆

Esta é uma questão de etiqueta que poderia surgir apenas na família Telemachus: quem deveria soprar as velas no bolo de uma mulher morta? Eles costumavam deixar que Buddy fizesse isso, mas aí Cassie e Polly começaram a implorar pela honra, e nem mesmo Buddy conseguia dizer não para as gêmeas quando elas estavam no modo fofura total.

– Vão em frente, meninas – disse Irene para as gêmeas. Havia sete velas no bolo. Devia haver 52, mas Irene não ousava acender tanto fogo perto das meninas. Por isso, cinco amarelas, uma para cada década, e duas vermelhas pelo restante. Buddy observou ansioso até todas as velas serem apagadas.

Maureen Telemachus tinha morrido 21 anos atrás, quando tinha 31, mesma idade que Irene tinha agora. Este é o último ano em que tenho mãe, pensou Irene. De agora em diante, ela vai ser mais nova do que eu.

Praticamente ninguém falou enquanto comiam. Loretta, normalmente de bom humor, parecia desanimada. O silêncio de Buddy não era mistério, mas o de Teddy era. Ele trouxera pizzas para casa – duas do Giordano's, grossas como pneus de motocicleta, não no estilo crocante sobre o qual tinha falado com entusiasmo exagerado mais cedo –, mas não quis dizer onde mais estivera pelo resto das duas horas desde que saíra. Estava distraído e remexia em seu pedaço de bolo como se não conseguisse decidir do que era.

O silêncio de Frankie, entretanto, era agressivo, pontilhado de grunhidos que imploravam para que alguém perguntasse qual era o problema. Irene já sabia. Duas semanas antes, Frankie a levara com o pai para jantar no Pegasus, tudo por conta dele, disse ele, porque tinha *notícias fantásticas* para contar. Só quando terminaram a refeição ele contou. Suas *notícias fantásticas* eram que Teddy e Irene podiam se tornar distribuidores de alguma coisa chamada UltraLife, que ele dizia ser *a empresa de marketing multinível de crescimento mais rápido nos Estados Unidos.*

No Pegasus, Teddy disse:

– Quando você diz marketing multinível...

– Ele quer dizer um esquema de pirâmide – disse Irene.

Esse comentário praticamente arruinou o resto da noite. E o resto do mês de Frankie, evidentemente. Mas por que ele achou que poderia convencer Irene ou Teddy a investir em um golpe tão óbvio? Irene estava falida, e Teddy, embora tivesse bastante dinheiro (de fontes que ele não identificava), se recusava a bancar os filhos. *Ele* crescera pobre e conseguira deixar a duras penas a pobreza por conta própria, o que, em sua cabeça, era o maior teste de aptidão evolutiva. Quantas vezes ele dissera aos filhos: nunca emprestem dinheiro a quem não tem dinheiro para pagar.

Irene culpava o pai pelo coraçãozinho perverso de Frankie. O pai enchera sua cabeça com histórias de apostas e gângsteres, golpes e fraudes, vigaristas e ex-presidiários. Durante as turnês, ele sentava Frankie, com oito anos, na beira da cama e lhe ensinava como trapacear ao cortar um baralho. (Mas não a Irene, nenhum truque com cartas. Essas coisas não eram para garotas.) Ele dizia constantemente a Frankie: "Você vai longe, garoto!" E Frankie engolia isso. Passava horas tentando – sem sucesso – levitar lápis, moedas e clipes de papel. Quando a família foi chamada para aparecer na TV, Frankie estava planejando sua carreira solo como um astro de Las Vegas, apesar de não ter nenhuma habilidade com psicocinese nem prestidigitação. Só depois do funeral da mãe ele demonstrou algum talento, mas a essa altura era tarde demais para ajudar no número.

Depois da morte da mãe, não havia adultos dirigindo o ônibus. Teddy fechava os olhos e se recusava a assumir o volante. Frankie se transformou em um descontente indomado, e Buddy se transformou, bem, em Buddy.

– Nós temos um computador – disse Matty.

Ele não estava olhando para Mary Alice, que estava sentada ao seu lado, mas era a ela que estava se dirigindo. Ela não pareceu perceber. Olhava fixamente para seu bolo não comido como se fosse um relógio parado.

Frankie apertou os olhos e olhou para Irene.

– Você pode comprar um computador?

– Não fui eu quem comprei. Foi Buddy.

– *Buddy?*

– Eu o montei lá embaixo – disse Matty. – Se, hum, alguém quiser dar uma olhada.

Frankie se virou para o irmão.

– Para que diabos *você* precisa de um computador?

Buddy procurou os olhos de Irene com uma expressão clássica de Buddy: perplexo e triste, feito um cocker spaniel que finalmente eviscerara seu grande inimigo, só para ver todos com raiva e defendendo a almofada do sofá.

– Ele o comprou para Matty – disse Irene, embora ela não tivesse certeza absoluta disso. – Matty vai pagar quando arranjar um emprego.

– Eu vou? – disse Matty.

– Ele não pode ficar por aí sentado sem fazer nada o dia inteiro – disse Teddy. Era a primeira coisa que ele dizia desde a chegada do bolo. Obrigada por isso, pai.

– Eu posso ajudar o tio Buddy – disse Matty.

– Ah, sei – disse Frankie. – Você viu o jeito como ele trabalha? Me surpreende que ainda não tenha se eletrocutado. Mantenha distância, garoto. Já é muito ruim que Buddy vá se matar.

Os olhos de Buddy se arregalaram.

– É modo de dizer – falou com delicadeza Loretta.

– Não, ele vai trabalhar comigo – disse Frankie.

– Na empresa telefônica? – perguntou Irene.

– Ele vai ser meu aprendiz.

– Talvez você não devesse prometer nada até... – disse Loretta.

– Ninguém me diz quem anda na minha van – disse Frankie. – Está resolvido. Ele começa na segunda-feira.

Irene deitou em cima das cobertas, exausta mas incapaz de aquietar o cérebro. Quando foi para a cama naquela noite, mergulhou na inconsciência e desapareceu em duas horas de sono sem sonhos antes de ser arrancada para o mundo com os pensamentos emaranhados como alga em anzol.

Em outras palavras, o de sempre. Desperta tarde da noite, sua mente girava na Grande Turnê Estelar de Embaraços e Erros. A turnê podia visitar qualquer década e exibir qualquer número de personagens de seu passado, de amigas de colégio a estranhos cujos nomes nunca soube. Ela se lembrava de uma conversa ou, com maior frequência, de uma discussão, e tentava desesperadamente que seu eu anterior dissesse algo mais inteligente ou simpático, ou simplesmente nada. O comportamento da Irene do passado, entretanto, era prática e deliberadamente resistente a modificações.

Ultimamente a turnê estava voltando repetidas vezes para o período mais desastroso de sua vida: o último ano em Pittsburgh. Nessa época, ela saíra de um emprego dos sonhos (ou, pelo menos, o melhor que podia esperar com apenas um diploma de curso superior em dois anos) para um supostamente criminoso. Isso a quebrara financeira e emocionalmente. Matty a pegara mais de uma vez sentada à mesa da cozinha, chorando de ódio em cima de uma pilha de contas e avisos de cobrança. O que só fazia que ela se sentisse pior. Uma criança não deveria ver a mãe se preocupar com dinheiro. Isso transformava a criança em um pai decorativo, com toda a responsabilidade e nenhum poder. Ela sabia disso por experiência própria.

Ela vestiu o roupão e saiu para o corredor. A casa estava quieta, exceto pelo ronco de Buddy. Seu tratamento habitual de insônia era ler até que o livro caísse da mão, mas, quando dormir parecia fora de seu alcance, ela pagava penitência por estar desperta desempenhando alguma tarefa pesada: limpar a geladeira, fazer a contabilidade do talão de cheques, verificar a data de todos os produtos enlatados na despensa do pai no porão. (Descoberta mais assustadora: uma lata de feijões comprada pela mãe vinte e cinco anos atrás.) Certas noites, Irene chegava perigosamente perto de se envolver com um dos projetos de reforma de Buddy.

Esta noite, nada disso a interessou. Ela desceu a escada e passou pelos aposentos do primeiro andar, com olhos cada vez mais arregalados no escuro. Superfícies captavam luzes fugidias e se tornavam estranhas. Objetos tremiam com movimentos interrompidos, à espera de que ela desviasse os olhos. Toda cadeira e mesa se transformava em um animal desconfiado. Não tenham medo, pensou ela. Sou apenas eu.

Irene percebeu no funeral da mãe que ela não só havia herdado sua posição como única Adulta Responsável, mas que estava treinando para a função desde que tinha dez anos. Ela era a única que conseguia lidar com os ataques de Buddy. Era a única que jogava água na cama de Frankie para que ele se levantasse e fosse para a escola. (Só teve de fazer isso duas vezes, mas funcionou.) Acima de tudo, aprendera a manter o pai fora do seu caminho. Ela se ressentia pelo trabalho, mas em segredo tinha orgulho disso. Sabia que se não tivesse assumido a direção, eles todos teriam mergulhado no despenhadeiro.

Só no inverno depois de sua formatura no ensino médio, no grande banco traseiro da Máquina Verde, fizeram-lhe a pergunta que esperara toda a vida para ouvir. Lev Petrovski, seminu, bonito e suado apesar do gelo na parte externa das janelas, apertou a testa contra a dela e sussurrou: "Mas quem vai tomar conta de você, Irene?"

Essa não era uma afirmação cuja verdade ela pudesse avaliar. Era uma pergunta, e seu coração gritou a resposta: *Você*, Lev. Você vai.

Que garota estúpida ela era.

Em seu segundo circuito pelo primeiro andar, percebeu uma luz suave e tremeluzente que emanava do porão. Ela desceu a escada e viu que Matty deixara o PC novo ligado. Linhas multicoloridas ziguezagueavam pela tela.

Ela se sentou à mesa (uma coisa enorme e velha que antigamente ocupava um canto do quarto de Frankie e Buddy) e tocou o teclado. Um campo azul apareceu e ícones surgiram como flores quadradas. Era uma versão nova do Windows, e tudo parecia mais brilhante e, de algum modo, mais insistente que aquilo a que estava acostumada em seu velho emprego. Na época, ela era considerada a especialista em computadores do escritório, não por causa de algum conhecimento real, mas porque seu supervisor imediato abdicara de toda a responsabilidade tecnológica. Sobrava para Irene imprimir os e-mails (de que outra forma os sócios poderiam lê-los?) e se tornar a guru do Word-Perfect e do Lotus 1-2-3.

Ela se inclinou para a frente à procura do botão de desligar do computador e percebeu que Matty já o havia conectado a uma tomada de telefone. *Ele tem um modem embutido!*

Irene levantou-se sem desligar a máquina. O reloginho na tela informava 00:32.

Ela subiu a escada e encontrou a pilha de correspondência que tinha se acumulado ao longo dos últimos dias. Havia cinco CDs da AOL, cada um deles prometendo 50 HORAS GRÁTIS! Bom, pensou ela, se havia uma coisa que ela possuía, eram horas livres.

Alguns minutos depois, o modem apitou alto o bastante para acordar todo mundo na casa – pelo menos, foi o que pareceu; a noite fazia com que a casa parecesse ao mesmo tempo maior e menor do que era durante o dia. Logo a tela se encheu com uma parede de botões retangulares coloridos: "Notícias do Dia", "Clubes & Interesses", "Finanças Pessoais", "Entretenimento". E esse: "Conexão Pessoal", com uma foto de dois homens e duas mulheres, rindo e sorrindo abraçados. O cursor do mouse passou sobre ele, em seguida deslizou dali para a segurança. Quem eram essas pessoas? Por que diabos estavam tão felizes? E por que deveria se conectar com elas?

Ela foi explorar outros lugares e leu histórias às quais não teria dado atenção não fosse pela novidade de estarem na tela, e olhou a seção "Educação" caso houvesse qualquer coisa que pudesse ser útil para Matty. Era como circular pela casa, exceto que tudo era brilhante, cintilante e pixelado.

Depois de algum tempo, porém, ela retornou ao botão de "Conexão Pessoal". Olhou fixamente para ele por dez, quinze segundos. Em seguida, clicou.

Foi apresentada a uma página com "Listas de salas de bate-papo" que deu a ela outro monte de metáforas on-line para decifrar. Ela podia bater papo (o que significava digitar) em uma sala que não existia, com pessoas que não podia ver. O número de categorias era impressionante: Amigos, Gays e Lésbicas, Debates Públicos... Namoro. Ela quase podia ouvir seus gritos de desespero por trás da tela. *Você gosta de mim agora? Eu sou engraçado? Ah, claro, eu malho o tempo inteiro...*

Não. Não mesmo. Nem pensar. Não ia se tornar uma dessas pessoas solitárias que passavam a noite sentadas de olhos esbugalhados diante de um monitor de computador. Ela se desconectou, desligou o PC e subiu para encontrar uma gaveta bagunçada para arrumar.

Levou dois dias para que Matty percebesse. Ele se encontrou com ela na porta da frente quando ela chegava do trabalho, e a voz dele tremia de indignação.

– *Você instalou o AOL?* – E depois: – *Sem me dizer?*

Irene corou de embaraço.

– Foi um teste. Nós não vamos pagar por isso, portanto, esqueça.

– Eu vou pagar! Frankie está me arranjando um emprego.

– Frankie diz muitas coisas que não acontecem. E mesmo se você pagasse, eu não iria deixá-lo no AOL.

– De que você tem medo? É só a internet!

– A internet é feita de pessoas – disse Irene. – Pessoas terríveis. – Ela tornara a se conectar uma segunda noite e aprendera rapidamente que a interface do AOL era pouco mais que uma toalha colorida de piquenique jogada por cima de um poço fervilhante de sexo. Não ia dizer a ele quanto tempo passara olhando fixamente para aquele abismo de mau gosto. Matty estava em uma idade em que falar de sexo seria como jogar querosene em uma virilha já em chamas.

Na última semana, o inevitável aconteceu. Bem depois que ele foi para a cama, ela foi ao quarto dele para levar sua roupa limpa e o encontrou rígido sobre o colchão, se tocando, olhando fixamente para o teto. Ela disse um rápido "Desculpe!" e saiu do quarto. E então se deu conta do fato de que ele não tinha movido um músculo, nem mesmo se coberto. Será que o choque o havia paralisado?

Ela bateu na porta.

– Matty? Você está bem? – Em seguida: – Claro que você está bem, está tudo certo, é natural. – Ele não respondeu. – Sei que você está envergonhado, mas eu preciso mesmo que você me responda agora.

Ela empurrou e abriu a porta alguns centímetros, sem olhar para dentro.

– Matty? – Ela ouviu um baque pesado e surdo.

– Matty?

– Estou aqui! – gritou ele. – Está tudo bem!

Estou aqui? Ela o deixou sozinho e disse a si mesma que iria falar sobre aquilo mais tarde com ele. Já o fizera passar por uma conversa sobre sexo que o deixara mortificado e mudo. Não queria avançar mais. Era para isso que serviam os pais.

Menos o de Matty. Lev Petrovski estava em algum lugar do Colorado, ela ouvira falar, vivendo na floresta onde o sistema postal era tão primitivo que ele não conseguia enviar a pensão alimentícia. Evidentemente.

Às vezes ela se preocupava que o filho tivesse herdado parte do DNA evasivo de Lev. Enquanto Matty crescia, ele estava aprendendo a evitar suas perguntas, assim como o pai, que era praticamente um campeão na técnica de formular toda resposta em forma de pergunta. Quando ela perguntou a Lev sobre se casarem, ele respondeu: "Legal! Quando você quer fazer isso?" Se expressava dúvida em relação ao comprometimento dele, ele rebatia dizendo: "Ei, querida, você não sabe que eu sou o seu homem?" Aí, depois, ele tocava sua barriga e dizia: "Você não está animada com esse bebê?"

Ela não sabia se inconscientemente ensinara Lev a falar com ela desse jeito, ou se ele soubera por instinto que era o melhor método de não incomodá-la. De qualquer forma, sua fluência nesse dialeto espelhado fez com que ele fosse o único namorado que ela conseguiu tolerar e, por algum tempo, o único homem em quem confiou. Talvez tivesse sido enganada pelas poucas vezes em que ele expressou seus sentimentos diretamente, nos primeiros dias de seu relacionamento. Só quando estavam fazendo amor ele se permitia ser levado por declarações. "Eu quero você", dizia ele enquanto subia a mão por sua blusa. "Preciso de você." E depois, quando estava prestes a gozar: "Eu te amo."

O poder de Irene não lhe dava acesso à verdade absoluta; ela podia apenas saber se quem falava acreditava ou não no que estava dizendo. Naquele momento, Lev estava dizendo a verdade. E isso permitia que Irene mentisse para si mesma.

Em sua quarta noite diante da tela, ela foi convidada a participar de seu primeiro bate-papo privado.

Ela não estava na sala de Namoro quando isso aconteceu, graças a Deus. Foi lá que ela havia começado na segunda noite. Em minutos, duas pessoas tinham perguntado a ela, "I/S/L?". Ela não tinha ideia do que isso significava. Estavam perguntando sobre a Islândia? No dia seguinte, depois do trabalho, ela parou na Waldenbooks e folheou um guia básico sobre o America Online à procura de definições e descobriu que eles estavam perguntando por Idade/Sexo/Localização. Parecia incrivelmente rude, até que ela percebeu que se estivesse em um bar, um homem saberia instantaneamente sua localização, e poderia fazer estimativas razoáveis em relação a seu sexo e idade. Da mesma forma, ela poderia saber se estava conversando com um homem ou um garoto de 12 anos usando um sobretudo e um bigode falso. Naquela segunda noite na sala de bate-papo Namoro, ela estava tendo uma conversa perfeitamente agradável, mesmo com uma ortografia irregular, com RICHARD LONG quando ele digitou: "ENTÃO AGORA VOCÊ QUÉ CHUPAR MEU PAU?????"

Ela não voltou à sala de Namoro.

Depois de algum tempo, ela encontrou uma área para pais solteiros que parecia habitada por adultos de verdade, porque eles falavam sobre coisas que nenhum adolescente acharia interessante: acordos de divórcio; prêmios de seguro; se castigar uma criança era uma punição maior para o pai; insônia. Ainda assim, depois de suas experiências em outras salas de bate-papo, ela sempre esperava que, digamos, BUCKEYEFAN21 pedisse a ela para tocar os mamilos.

Pela primeira vez na vida, não conseguia dizer se alguém estava mentindo para ela intencionalmente. Nesse mundo em 2-D de texto, essas "conexões pessoais" eram pouco mais que bonecas de papel com nomes de usuários escritos no rosto.

Ainda assim. Por mais que tentasse não ser atraída pelas criaturas da Planolândia, depois de apenas alguns dias era difícil não pensar em algumas poucas delas selecionadas como pessoas de carne e osso. OÚLTIMOPAINATERRA, por exemplo, parecia convincentemente um homem divorciado e meio solitário que trabalhava em algum tipo de emprego de escritório e cuidava de uma filha em idade escolar. Ele vivia no fuso horário das Montanhas Rochosas, por isso em geral entrava na internet mais ou menos na mesma hora que ela. Ela desejava que ele aparecesse, porque era uma das poucas pessoas que escrevia frases completas e entendia suas piadas. Era um grande alívio não ter de digitar ":)" depois de todo toque de sarcasmo – e ela gostava muito de ser sarcástica.

Então esta noite, depois de mencionar que estava se sentindo estressada, ele sugeriu que começassem um bate-papo no privado. Era um pouco como ser chamada para se esconder atrás das arquibancadas. Será que ela era o tipo de garota que tinha bate-papos no privado? Como uma pessoa sequer começava uma coisa dessas?

IRENE T: Você vai ter de me dizer o que fazer. Nunca fiz isso antes.
O ÚLTIMO PAI NA TERRA: Vou ser delicado.

Nenhum ícone de carinha sorridente, ainda assim ela entendeu que ele estava brincando. Só brincando.

Em alguns cliques, nada havia mudado exceto o título da janela de bate-papo, mas ela se surpreendeu ao descobrir que o porão parecia mais aconchegante, como um reservado particular em um restaurante lotado. A América estava toda conectada em volta deles, mas Irene e seu novo amigo estavam bem juntos, conversando em voz baixa.

Ela decidiu contar a ele sobre o estrago que fizera de sua vida em Pittsburgh.

O ÚLTIMO PAI NA TERRA: Sim, mas que TIPO de merda?
IRENE T: Como todas as grandes, ela começa com "Estava tudo indo bem, até que...".
O ÚLTIMO PAI NA TERRA: Ah! Eu conheço essa história.
IRENE T: Eu tinha um bom emprego. Mais dinheiro do que jamais ganhei.
O ÚLTIMO PAI NA TERRA: Fazendo o quê?
IRENE T: Trabalhava numa empresa de serviços financeiros.
O ÚLTIMO PAI NA TERRA: Acho que isso é uma empresa que fornece serviços financeiros.
IRENE T: Mude a palavra "serviços" para "sacanagens" e você tem a ideia.
O ÚLTIMO PAI NA TERRA: Ah. Isso é... qual é a palavra que estou procurando? Mau.

Ela riu. Alto. Isso significava que ela devia digitar LOL? Algum tipo de sinal com carinha sorridente?

IRENE T: Muito, muito mau. Eu não percebi, porém, porque todos os outros lugares em que tinha trabalhado eram piores.

Quando seu filho nasceu, ela estava presa na casa do pai, em empregos que mal cobriam o custo da creche do garoto. Subgerente do Burger King. Gerente de turno na Hot Topic. Gerente da noite/caixa da Dollar General. Lev tinha escapulido havia muito tempo, por isso dele não vinha nenhuma ajuda. Só quando Matty estava prestes a entrar no primeiro ano ela vislumbrou a luz do dia e conseguiu escapar. Pittsburgh se transformou em seu destino exclusivamente porque a amiga de uma amiga estava disposta a lhe sublocar um quarto. Ela arranjou uma série de empregos de baixo nível. Era boa com dinheiro. Como todo chefe para quem trabalhava acabava por descobrir. Ela aprendeu a manter livros-caixa e, quando os PCs entraram em cena, aprendeu Lotus 1-2-3 e bancos de dados como o Paradox.

Ela gostava da honestidade dos números. A equivalência de débitos e créditos, o julgamento preto no branco da conciliação de contas. Um livro-caixa bem organizado era algo belo.

Matty fez 12 anos no ano em que ela finalmente conseguiu arranjar um trabalho de escritório. Na empresa de planejamento financeiro Haven, ela se tornou recepcionista "com responsabilidades de contadora". Era uma firma pequena nos limites da cidade, e quando foi contratada como a funcionária número cinco, ela não entendia nada de finanças, nem dos instrumentos através dos quais o dinheiro podia ser escondido, posto para trabalhar, protegido e redirecionado. Quando a Haven a demitiu e deu início a medidas jurídicas contra ela, ela sabia não apenas como esses instrumentos podiam ser usados, mas exatamente como a empresa os usava para tirar o dinheiro de seus clientes.

Foi a mentira, é claro, que chamou sua atenção e a derrubou. Não as mentiras sem relevância; ela não se surpreendia ao ver como os sócios da empresa, Jim e Jack, diziam a clientes idosos como sua aparência estava maravilhosa, elogiavam mulheres feias por seu cabelo, lisonjeavam tolos por seu tino para negócios. Foram as mentiras mais profundas envolvendo o dinheiro que chamaram sua atenção. Uma das funções de Irene era ajudar com a assinatura e administração da pilhas de documentos com dezenas de adesivos amarelos de ASSINE AQUI. Enquanto os clientes assinavam, os sócios os conduziam em uma onda de encorajamento, de conversas sobre retornos futuros, de conselhos de aparência sólida. E ficou claro para Irene que Jim e Jack estavam mentindo a valer para seus clientes.

O ÚLTIMO PAI NA TERRA: Como você sabia que eles estavam mentindo?
IRENE T: Intuição feminina.
O ÚLTIMO PAI NA TERRA: Ah, os números não batiam, ou algo assim?
IRENE T: Eu não entendia o suficiente para saber quais deveriam ser os números. Por isso comecei a estudar a papelada.

Aquela procuração, por exemplo, que Jim e Jack sempre faziam com que parecesse uma formalidade mas, na verdade, era a chave do reino, porque permitia que a Haven pusesse o dinheiro dos clientes em "investimentos em situações especiais". O principal ISE, que podia tomar 40% do dinheiro, era em uma empresa de investimentos que fundara outras três empresas, geralmente descritas como empresas de tecnologia que estavam prestes a ver seu valor "explodir". ("Já ouviu falar na internet, Sra. Hanselman? É gigantesca.") Toda vez que a Haven transferia dinheiro para o ISE, a Haven tirava uma porção como comissão. As firmas de "tecnologia" em que esse ISE investia na verdade não passavam de firmas de investimentos, que também eram controladas pela Haven.

O ÚLTIMO PAI NA TERRA: Então o que isso rendia para a Haven?
IRENE T: Jim e Jack conseguiam mais uma parte toda vez que transferiam dinheiro de uma sociedade fantoche para outra.
O ÚLTIMO PAI NA TERRA: AH.
IRENE T: Era uma máquina vampira. Toda vez que faziam uma transferência, um pouco mais de dinheiro era retirado da conta do cliente, até que ele evaporasse completamente.
O ÚLTIMO PAI NA TERRA: Mas como eles explicavam ao cliente quando eles tentavam retirar o dinheiro?
IRENE T: Simplesmente diziam a eles: Ah, nossa, desculpe por isso. Acho que aquele investimento não funcionou. Mas nós temos estes OUTROS que estão perfeitamente bem.
O ÚLTIMO PAI NA TERRA: Que também eram fantoches.
IRENE T: Você aprende rápido.
O ÚLTIMO PAI NA TERRA: Diga-me que você reclamou com esses escrotos.
IRENE T: Esse foi meu primeiro erro.

Ela procurou Jack, o sócio um pouco mais abordável, e mostrou os documentos sobre as sociedades e transferências que eles tinham imposto aos maiores clientes. Jack explicou a ela que, *é claro*, ela estava confusa, aquilo era *coisa complicada*, e, nossa, ela nem tinha nível superior, tinha? O importante era não se preocupar, a Haven, *é claro*, estava fazendo o melhor para seus clientes.

O ÚLTIMO PAI NA TERRA: Que babaca. Ele simplesmente mentiu na sua cara?

IRENE T: Sabe essas fontes romanas com o rosto de Netuno que jorra água pela boca?

O ÚLTIMO PAI NA TERRA: Sim...

IRENE T: Parecido com isso, mas com mentiras.

Irene não conseguiu mascarar a aversão porque, de repente, os olhos de Jack ficaram inexpressivos e brilhantes. Era um olhar que ela vira antes em homens, no rosto de vice-diretores e supervisores de turno e chefes de todos os tipos. *Você quer mesmo chamar minha atenção por isso? Você está pronta para me enfrentar, sua vadia?*

Ela repassara esses momentos repetidas vezes em suas turnês de embaraços e erros, e tentou esforçar-se para sorrir e dizer ao chefe: "Obrigada por perder seu tempo para explicar isso, Jack", e assim manter o emprego bem-remunerado até que conseguisse seguir em frente. Mas...

O ÚLTIMO PAI NA TERRA: Então o que você disse a ele?

IRENE T: Algo no estilo de Vá se foder, seu mentiroso de merda.

O ÚLTIMO PAI NA TERRA: Você é minha heroína!

IRENE T: Eu devia ter parado por aí.

O ÚLTIMO NA TERRA: Espere, tem mais?

IRENE T: Bem, ele disse que eu era uma babaca e coisa e tal, e eu lhe dei um tapa.

O ÚLTIMO PAI NA TERRA: UAU! Que máximo.

IRENE T: Aí foi o ponto em que eu devia mesmo ter parado.

O ÚLTIMO PAI NA TERRA: Tem MAIS?

IRENE T: Eu saí da sala dele, fui até minha mesa e comecei a ligar para os clientes. Eu os mandei arrumar um advogado.

O ÚLTIMO PAI NA TERRA: Ah.

IRENE T: Sim, outro grande erro: eu mesma não arranjar um.

Ela contou a ele o resto da história; a primeira carta do advogado de Jack e Jim documentando sua "agressão", as tentativas fracassadas de encontrar um advogado competente para defendê-la, a evaporação rápida de suas parcas economias. O dia em que ela ficou sem lugar para morar.

Detalhou cada reviravolta triste e humilhante, mas havia um detalhe que estava envergonhada demais para mencionar: seu sobrenome. Ela não conseguiria aguentar se ele o digitasse de volta: "Telemachus? Isso me parece familiar. Você não tem nenhuma relação com aquela família de paranormais malucos, tem? Hah, hah!"

Não, nada que pudesse soar familiar. Até o T que usava no nome a deixava nervosa.

Como ela não ousava dizer a ele seu nome, sentiu que não tinha direito de perguntar o dele. Isso parecia estranhamente puro. Eles eram criaturas feitas de palavras, conectando-se uma à outra pelos fios, sem a distração de nomes, rostos, mau hálito e roupas fora de moda. Sem corpos.

IRENE T: Eu preciso ir para a cama.
O ÚLTIMO PAI NA TERRA: Minha nossa! É muito tarde, aí. Desculpe.
IRENE T: Obrigada por escutar.
O ÚLTIMO PAI NA TERRA: Boa noite, Irene. Vejo você nos meus sonhos.

Ah. Alguma coisa palpitou no peito dela.

Então ela saiu da sala de bate-papo e ficou no escuro, olhando fixamente para essa mensagem final tão indecifrável quanto a de um biscoito da sorte. Será que ele estava flertando com ela? Apenas fazendo uma referência musical? Qual era sua intenção?

Ela não tinha ideia. Não parava de lê-la, à procura de pistas. O computador, com seu muito exaltado chip Pentium não ajudava; ela teria mais sorte interrogando um pombo-correio. Todas as suas ferramentas habituais para administrar pessoas, especialmente homens, lhe foram removidas.

Que emoção.

4

Frankie

Onde diabos estava a meia?

Ele puxou e abriu completamente a gaveta da cômoda. Passou a mão pelo fundo. A gaveta estava cheia de meias esportivas três-quartos brancas e algumas sociais coloridas, os pares enrolados em bolas. Ele estava à procura de uma meia branca solitária manchada de rosa após um encontro na máquina de lavar com as roupas das gêmeas. Ele a mantinha bem ali, no canto do fundo direito. E agora havia desaparecido.

Ele começou a desenrolar meias e a jogá-las sobre o carpete.

– O que você está fazendo?

Loretta, de repente na porta, o assustou.

– Estou procurando uma meia – disse ele.

– Você está de meia. – Ela olhou para ele parcialmente vestido de cueca branca.

– Outra meia – disse ele com impaciência. – As crianças mexeram nas minhas coisas?

– Suas *coisas*? – Os olhos dela se estreitaram. Será que ela sabia do esconderijo? Ou era apenas Loretta sendo Loretta? Ela sabia fazer isso, manter-se fria. Como se estivesse repensando toda aquela empreitada – casamento, filho, hipoteca, tudo.

Ele ergueu a mão.

– Só estou dizendo...

– Ninguém está interessado em suas cuecas – disse ela. – Sua irmã está aqui.

– O quê?

– Ela está na sala. Com Matty. – Ela olhou fixamente para ele. – Primeiro dia no emprego novo?

– Diga a eles que eu já vou – disse Frankie.

– Não se esqueça da calça – disse ela.

Ele fechou a porta, em seguida retirou a gaveta da cômoda e jogou seu conteúdo na cama. Finalmente, viu a meia cor-de-rosa, mas ela estava desdobrada. E suspeitosamente esticada.

Ele puxou e abriu o elástico e retirou as notas. Em sua maioria, de 20, mas várias de 50 e algumas de 100. Contou rapidamente o dinheiro e chegou a cem dólares menos do que os três mil que tinha escondido ali. Começou a contar freneticamente outra vez.

Lá da sala de estar, Loretta gritou:

– Frankie?! Você vem?!

– Só um minuto! – Agora ele tinha perdido a conta. Mas isso importava? Ele estava com drasticamente menos do que precisava hoje, mais cem não o teriam deixado menos ferrado. Ele vestiu a camisa polo amarela de trabalho e a calça, dobrou o dinheiro e botou em um dos bolsos da frente.

Antes de sair do quarto, ele se confrontou no espelho de corpo inteiro da porta. O Frank no espelho estava horrível. Suor pontilhava sua testa.

– Abrace a vida – disse ele ao reflexo. Ele tentava dizer isso todo dia. – Abrace a UltraLife.

Na sala de estar, as gêmeas estavam pulando de um lado para outro, competindo pela atenção de Matty. Loretta e Irene conspiravam no canto. Frankie apertou a mão de Matty e se assegurou de que Irene visse isso.

– Você está pronto para trabalhar? – perguntou ele ao garoto.

– Eu acho – disse Matty. – Quero dizer, sim, estou.

– Tem certeza de que não há problema? – perguntou Irene a Frankie com aquele tom cético. – Você verificou com seu supervisor?

– Eu é que digo quem anda na minha van – disse Frankie.

– Porque se ele não tiver permissão...

– Eu disse que está tudo bem, Irene. – Ele pôs a mão no ombro de Matty. – E se você trabalhar bem, posso ver se consigo mantê-lo por meio expediente durante o ano inteiro.

– Sério? – perguntou Matty. Loretta e Irene olhavam para ele com expressões de descrença.

Frankie pensou em recuar, depois refletiu: por que não? Frankie pagaria o garoto do próprio bolso, se necessário. Isso certamente iria fazer bem a Matty. O garoto precisava de um homem em sua vida. Um modelo de comportamento masculino.

– Se trabalhar bem e se esforçar – disse Frankie. – Eu garanto. – As gêmeas se agarraram aos braços de Matty, tentando *lhe contar coisas*. Frankie se ajoelhou e puxou as meninas para si.

– Cassie, Polly. Olhem para mim. – Minha nossa, elas eram adoráveis. – Vocês vão tomar cuidado hoje, não vão?

– Você sempre diz isso – disse Polly.

– Porque, se vocês não tomarem cuidado, a mamãe vai separar as duas, certo? Nós não queremos que aquilo que aconteceu da última vez volte a acontecer.

– Por que você não leva a *gente* para o trabalho? – disse Cassie.

– Quando vocês forem mais velhas – disse ele. Pensando, que merda, isso seria um desastre. Ele as beijou no rosto e lhes disse outra vez para tomarem cuidado. – Você está pronto, Matthias?

Matty estava olhando para outra direção com os olhos arregalados. A porta do porão tinha se aberto, e ali estava Mary Alice semiadormecida usando apenas uma camiseta preta comprida e uma expressão carrancuda. Ela era mesmo filha de sua mãe.

– A Vampirella acordou – disse Frankie.

– Oi, Malice – disse Matty.

Ela seguiu a passos pesados pelo corredor na direção do banheiro sem dizer palavra.

– Malice? – disse Frankie para Matty. – Agora ela conseguiu que você fizesse isso. – Matty estava boquiaberto. – Acorde, garoto. Nós precisamos trabalhar. – Ele deu um beijo de despedida em Loretta e fez com que Matt beijasse Irene. – Sempre beije suas mulheres – falou ele. – Caso você não volte.

– Que sinistro – disse Irene.

A van não estava exatamente limpa. Frankie mandou o garoto tirar tudo do banco do carona: um rolo de cabo Cat 5; três fones Toshiba com os fios emaranhados feito ninho de ratos; um manual de administração; meia dúzia de caixas de Goji Berry em pó da UltraLife.

– Jogue só essas merdas para trás de você. – A traseira da van estava repleta de caixas da UltraLife. Loretta não sabia quantas ele tinha ali. Ele esperava que não.

O local de trabalho ficava em Downers Grove, nos subúrbios a oeste. Eles seguiram para o sul pela Rota 83, e Frankie desceu a janela e acendeu um cigarro. Seu estômago estava embrulhado. O maço de dinheiro no bolso da calça queimava como uma carga radioativa. Ia ser um dia Infernal, mas teria de tentar manter as aparências por Matty.

Depois de algum tempo, o garoto disse:

– Tio Frankie? Quando você começou...

Ele não terminou a pergunta. Frankie olhou para ele. O garoto estava com uma expressão ansiosa.

– Quando eu comecei o quê? – perguntou Frankie.

Matty engoliu em seco.

– Nada.

– Olhe, é assim que isso tem de funcionar. Quando você está na minha van, isso significa que você é mais do que família, você é meu parceiro. Parceiros podem contar tudo um para o outro. Eu não vou correr e contar para sua mãe. Tudo vai ficar entre nós. Agora diga. Quando eu comecei... comecei...

– No negócio de telefonia? – disse por fim Matty.

– O negócio de telefonia – repetiu Frankie. Certo, se o garoto quisesse brincar assim. Era melhor que ele esquentasse. – Você sabe que eu tinha minha própria empresa de instalação, certo? A Bellerofone. Entendeu? Bell, fones e o nome grego.

– Hum...

– Belerofonte. O maior dos heróis gregos, sabe? O que montava o Pégaso?

– Claro, claro.

– Eu tinha dois caras trabalhando para mim, eles não entendiam. Mas você e eu, Matty, nós somos descendentes dos heróis. Heróis e semideuses.

– Então o que aconteceu? – perguntou Matty. – Com a Bellerofone?

– Eu investi tudo o que tinha nesse negócio, e um pouco mais. Ok, muito mais. Então, meu amigo, o negócio me afundou. E eu tive de ir trabalhar com esses merdas da Bumblebee. Ah, não é ruim. Tem salário fixo. Você precisa botar bacon na mesa e manter sua família protegida dos lobos.

– Porque eles conseguem farejar o bacon – disse Matty.

– Pode apostar que conseguem – disse Frankie. – Especialmente quando você deve aos lobos a merda de uma tonelada de bacon. – As sobrancelhas do garoto se ergueram, e Frankie percebeu que tinha falado demais. Uma mudança de assunto, então. – Sabe o que é um PABX? – Claro que ele não sabia. Frankie lhe contou sobre o sistema no qual eles iriam trabalhar hoje: cento e vinte ramais além de um sistema de correio de voz exclusivo. Tentou explicar como aquela era uma grande oportunidade. – Nossa, se tivesse descoberto essas coisas quando *eu* tinha 13 anos.

– Quatorze.

– Você presta atenção, aprende a técnica e conseguirá uma grande demanda – disse Frankie. – Com uma carreira estável a sua espera. – Frankie viu a expressão no rosto do garoto.

Matty deixou escapar um meio sorriso.

– Isso não é show business.

Frankie riu.

– É disso o que se trata?

– O vô Teddy...

– O vô Teddy nunca teve emprego fixo na vida.

– Eu sei! – disse Matty. – Isso não é maravilhoso?

– Deixa eu te contar uma história sobre o seu avô. Antes de se casar, antes da artrite, ele ganhava todas no pôquer. Como você consegue esconder suas cartas do Teddy Telemachus fodão? Você não consegue, essa é a questão. Mas isso nem sempre é o suficiente, certo? Como uma vez, em Cincinnati, eu acho, ou Cleveland, uma dessas cidades começadas com "C". O vô Teddy está num importante torneio de Texas Hold'em, que dura um fim de semana inteiro, com um monte de tubarões e um pato.

O garoto balançou a cabeça afirmativamente, mas não tinha ideia.

– Pato – disse Frankie. – É um sujeito com muito dinheiro, mas sem bom senso o suficiente para sair da água. Enfim, Teddy está fazendo o de sempre, pegando o dinheiro deles, mas não muito. Não quer assustar os peixes. Mas depois de, tipo, trinta horas de jogo o pato saiu do jogo, e os tubarões começam a olhar uns para os outros. Você precisa entender, todos esses caras que ficam, ele não são caras legais, entende? São ligados à máfia. Teddy devia ser apenas esse otário novo na cidade; eles não sabem que ele é, mas mesmo assim. Seu avô tinha bolas de aço. Elas faziam barulho quando ele andava.

"Agora, Teddy sabe que durante todo o tempo dois dos caras da mesa estavam trapaceando pra cacete. Eles estão trabalhando em equipe, dizendo as cartas um para o outro, praticamente escrevendo bilhetes de amor. Teddy estava ganhando seu dinheiro, mas ainda deixando que esses caras achassem estar comandando o espetáculo. E até agora estavam todos interessados no pato, certo? Mas então eles acham que *Teddy* é o pato. Ele é a porra do turista, não é um deles, por isso começam a tentar roubá-lo. Mas Teddy, sendo Teddy, pode vê-los usar todos os truques existentes, como puxar cartas de baixo (esses caras não conseguiam nem dar a segunda carta, não eram mecânicos como Teddy) e dar olhadas escancaradas. Fodendo com ele. Mas o que ele pode fazer? Como eu disse, não eram caras legais. Não vão deixá-lo se levantar e ir embora com o dinheiro deles."

Ele olhou para Matty. O garoto estava engolindo tudo.

– Imagine só – disse Frankie. – A tensão no salão. Porque os três caras que restaram com Teddy não são amigos. Quer dizer, eles tinham conexões de um jeito ou de outro, mas, você sabe o que eu quero dizer com conexões? Não importa. A situação ficou feia. O cara que não está na equipe, o que está trabalhando sozinho, ele odeia a porra dos outros dois. Teddy sabe disso. Mas Teddy ainda está fingindo ser o pato, e a única coisa em que todos aqueles três concordam é em limpar Teddy primeiro. Então ele fica ali à espera de uma abertura, mas está sendo prejudicado em toda mão.

– Mas ele consegue ler suas cartas – disse Matty.

– Claro que sim. Ele lê suas mãos como se eles estivessem segurando cartazes. Mas esses dois canalhas, os dois caras trabalhando juntos? Eles estão dando para si mesmos mãos invencíveis. Não o mesmo cara toda vez. Eles não querem que o terceiro cara perceba, mas estão dominando a mesa. Agora, Teddy podia simplesmente entregar tudo. Podia perder o jogo e sair dali com sua vida. Mas ele era Teddy Telemachus afinal.

– Nunca devolva o dinheiro – disse Matty.

– Isso mesmo. Então Teddy percebe que a única maneira de sair dali com vida, e com seu dinheiro obtido a duras penas, é ser o último homem na mesa. Ele tem de voltar esses caras uns contra os outros. Deixar que a dupla faça tanta besteira, e roube o terceiro cara de maneira tão óbvia, que eles pulem na garganta uns dos outros. E quando a merda atingisse o ventilador, Teddy poderia pegar seu dinheiro e ir embora.

"Ele não pode usar as mãos para trapacear quando está distribuindo as cartas, isso seria óbvio demais. Por isso ele espera, espera e, por fim, chega seu momento. Um dos caras da dupla está dando as cartas e, de repente, esse cara tem dois ases na mão. E o parceiro, do outro lado da mesa? Ele recebe um par de ases também. Eles não podem acreditar nessa porra. Eles começam a aumentar as apostas. Quando dão as três primeiras cartas comuns, o total está em dez mil. Dez mil dólares, Matty. E quando viram as cartas, e os parceiros da dupla mostram seus ases, sabe o que acontece?"

O garoto não sabia.

Frankie deu um grande sorriso.

– Cada um deles tem a porra de um ás de espadas.

Matty, agora, estava rindo, entendendo.

– Dois ases de espadas! – disse Frankie. – O cara que não fazia parte da dupla ficou maluco! E ele não pode culpar Teddy, porque ele nem estava dando as cartas! Bum, os outros caras se atracam, e Teddy chega à rua com as notas praticamente caindo de seu bolso.

– Então, como ele fez isso? – perguntou Matty. – Como ele alterou as cartas sem distribuí-las?

– Ele é a porra do Teddy Telemachus, só isso.

– Com telepatia? – perguntou Matty.

– O quê?

– Tipo, ele fez com que eles vissem um ás de espadas, mas ele era, na verdade, não sei, o ás de paus?

– De que merda você está falando?

– Teletransporte?

– Minha nossa, Matty, não. Ele fez isso na hora de cortar as cartas. Eles pediram a ele que cortasse o baralho, e foi então que ele... Por que você está fazendo essa cara?

– Ele tem... poderes, não tem?

Ah, Jesus. O garoto parecia ter acabado de engolir algo com patas.

– Claro que tem! – disse Frankie. – Mas ele é um leitor. Esse é o negócio dele. Ele não pode simplesmente teletransportar coisas, nem turvar a mente dos homens. Cada um tem seu próprio talento.

– Como sua psicocinese – disse Matty.

– Isso, isso.

– E a coisa da mamãe. E do tio Buddy...

– Não me faça falar em Buddy. Qualquer talento que aquele cabeça oca costumava ter... Não importa. O importante na história...

O que era o importante? Em algum ponto do caminho, Frankie se esquecera do que estava tentando provar ao menino. Alguma coisa sobre pagamentos. Mas, merda, o que um salário fixo tinha feito por Frankie, exceto enfraquecer sua alma? Depois do fechamento da Bellerofone e de se envolver fundo com os lobos, ele teve mais uma chance para recuperar tudo. Um momento em que poderia ter tido sucesso. E a porra do Buddy o arruinara. Agora, com todos os juros, ele estava tão afundado no buraco que nem o salário mais fixo iria salvá-lo.

– Tio Frankie? Você está bem?

– Quem, eu? É claro. – Ele estava suando outra vez. Seu estômago queimava como uma fornalha, e o dinheiro em seu bolso emanava o próprio calor. Dois meses de hipoteca, ali. – Só estou pensando no dia, Matty. Vai ser atarefado. – Ele olhou para o garoto. Aquela expressão em seu rosto outra vez. – O que foi, parceiro?

Matty respirou fundo.

– Isso ainda é *real*, não é? Você pode mover coisas com a mente?

– Eu me sinto insultado só com a sua pergunta – disse Frankie.

O

No passado, ele fora um craque no pinball. O White Elm Skating Rink, na Roosevelt Road: era lá que patinava e reinava. Acampado por horas em um vestiário transformado em fliperama. Havia espaço para apenas três jogos, duas máquinas de Pinball e uma máquina novinha de Asteroids. A maioria dos garotos queria jogar na Asteroids, só queriam saber disso. Não Frankie. Aos 16 anos, ele já se considerava um purista dos fliperamas. Videogames não eram *reais*. Eram TV, todo jogo era igual, não importava onde se jogasse.

Máquinas de pinball, porém, eram vivas. Indivíduos. O mesmo jogo podia ser diferente de um fliperama para outro; os botões duros ou macios, molas fortes ou lentas. Uma única máquina podia mudar de humor, estar mal-humorada um dia e doce no outro.

Das duas máquinas de pinball, a All-Star Basketball era um tédio, com obstáculos defeituosos e um tema que o deixava frio. Ele não tinha nenhum relacionamento com ela. Mas a Royal Flush era sua favorita. Perto do alto do campo de jogo havia uma linha diagonal de cartas alvo – ás de copas, um par de reis, três damas, um par de valetes e um dez de copas – que ele conseguia derrubar com facilidade, obtendo full-houses e trincas e, às vezes, quando estava no ritmo, a combinação de alta pontuação que dava nome ao jogo.

Lonnie, o gerente, gostava de perturbá-lo.

– Eu devia chutá-lo para fora daqui. Você põe uma moeda de 25 centavos na máquina e fica nessa coisa o dia inteiro.

Era verdade. Em alguns dias era como se a Força estivesse com ele, e ele podia manter a bola em jogo por longos períodos, a bola de aço correndo suave e quente como um globo de mercúrio. Os *flippers* batiam na bola sempre que ele queria, derrubando as cartas para ele – ás, rei, dama – e os números no placar subiam sem parar. Mesmo em um dia ruim, ele era muito bom. Depois da escola e em todas as tardes de verão, Frankie jogava na Flush, enquanto Buddy, sua tarefa permanente de babá, ficava parado no canto observando-o jogar.

No penúltimo ano do ensino médio, a escola tinha se tornado um pesadelo entediante. Por isso, no fim de outubro, um dos últimos dias quentes de outono, ele deu a si mesmo um dia de férias. Foi de bicicleta até metade do caminho da escola, deu a volta e foi para o rinque, depois fumou a ponta de um baseado nos fundos enquanto esperava que o rinque abrisse.

Lonnie se encontrou com ele na porta ao meio-dia com uma careta ao ver que era um rato de pinball e não um cliente pagante. O homem era alcoólatra, com uma cara feia e o temperamento tão imprevisível quanto o clima de Chicago. Ele deixou que Frankie entrasse com um grunhido.

As máquinas estavam ligadas e zumbindo. A Asteroids rodava o seu demo. Frankie passou a ponta dos dedos sobre o vidro arranhado da Royal Flush, testou o disparador e enfiou uma moeda de 25 centavos na fenda.

Depois de 30 minutos, ele ainda estava na primeira bola. Ele levou a mão à jaqueta para pegar os cigarros e um Bic, em seguida o acendeu.

– Mas que diabos? – disse Lonnie. O gerente estava parado às suas costas de olho na máquina.

O *flipper* esquerdo tinha acabado de lançar a bola para o topo do campo de jogo, e ela deu a volta até as canaletas coringa. As duas mãos de Frankie, entretanto, estavam ocupadas com o cigarro e o isqueiro.

– Você a quebrou? – perguntou Lonnie. – O que você fez?

– Eu não fiz nada – disse Frankie. Atrás dele, a bola caiu no buraco com um barulho metálico, terminando sua rodada mágica.

– Você alterou a máquina, não foi?

– Não sei do que você está falando – disse Frankie.

– Dê o fora daqui – disse Lonnie. – Você está barrado.

– O quê?

– Para fora! Agora!

– Você não pode fazer isso.

Lonnie assomou sobre ele, que era magro mas alto, trinta centímetros maior do que Frankie.

Frankie se recusou a correr. Saiu andando, com as costas eretas e a nuca gelada, como um homem que sabe haver uma arma apontada para sua cabeça. Ele pegou a bicicleta e foi embora. Quando chegou em casa, apoiou a cabeça na parede. Ele se sentia desconfortavelmente nu. Nunca deixara que ninguém o visse mover coisas. Não desde a morte da mãe.

O

O local de trabalho era um prédio de três andares logo ao norte da 63rd Street, uma empresa de pesquisas médicas. Havia duas outras vans da Bumblebee no estacionamento.

– Espere até eu te mostrar a vaca – disse Frankie.

– Tem uma vaca? – disse Matty.

– Você não vai acreditar nessa porra.

Frankie pegou a caixa de ferramentas e deu ao menino uma pilha de caixas de Goji para carregar. A recepcionista apertou o botão e abriu a porta às suas costas para deixar que eles entrassem no prédio, mas ele ignorou isso.

Abrace a vida, disse a si mesmo. Ele se dirigiu à mesa dela com um sorriso.

– Lois, este é meu sobrinho, Matthias. Ele hoje vai me ajudar. Matty, ponha as caixas no chão um segundo. – Frankie abriu uma das caixas, pegou dois potes de dois quilos. – É dessa coisa que eu estava te falando.

– Ah, tudo bem – disse Lois. – Você não precisa... ah. – Ele empurrou os potes na frente dela. Estava na casa dos cinquenta anos, era amistosa e tinha o rosto redondo.

– Eu bebo essa coisa toda manhã, Lois. Uma colher para cada 250 mililitros de água. A colher está dentro do pote. Algumas pessoas são viciadas em café, mas goji é uma superfruta, cheia de antioxidantes. Eu já te contei sobre Li Qing Yuen?

– O que viveu por muito tempo – disse Lois.

– Duzentos e cinquenta e seis, Lois. Ele detém o recorde, está documentado. Viveu de goji, só comia isso. Você não vai acreditar no que ela faz por sua pele.

– Eu não sei, eu na verdade...

– Normalmente, eles custam trinta dólares o pote. Isso parece muito, mas você pode fazer cento e vinte com um pote. Eu mencionei que você também pode misturar isso com leite?

– Eu estou sem dinheiro – disse ela.

Ele conteve uma careta.

– Isso não é problema – disse ele. – Eu confio em você. É só fazer um cheque para mim. Você escreve Telemachus como "telefone", depois m-a-c-h-u-s.

Todo aquele trabalho pela porra de trinta dólares. Jesus Cristo.

Finalmente ele desceu com Matty até a sala de telefonia. Dave, seu chefe, se agachou em cima do painel de junção para fixar cabos novos. Eles tinham até o dia seguinte para terminar e estavam atrasados.

– Onde você esteve? – perguntou Dave, já irritado.

– Deixa disso, você sabe que acabou de começar – disse Frankie. – Matty, empilhe essas caixas no canto. Dave, este é meu sobrinho, Matty. Ele vai ser meu aprendiz durante o verão.

– Pobre garoto – disse Dave, mas com um sorriso. Ele apertou a mão de Matty. Ele era na verdade um cara decente. – Quantos anos você tem, Matty?

– Ele tem treze – disse Frankie. – Mas é bem maduro para a idade.

– Quatorze – disse Matty.

– Você quer que eu faça as coisas da CPU? – perguntou Frankie.

– Eu vou fazer isso – disse Dave. – Hugo e Tim estão no primeiro andar. Você pode ajudá-los.

Típico. Dave não iria abrir mão de sua posição na sala de telefonia para instalar cabos e conectores. Enquanto subiam, o garoto disse:

– Você pode me chamar de Matt?

– O quê? – Nossa, ele pareceu muito sério. – Está bem. Que seja, Matt. Mas você precisa me chamar de Frank. Não de tio Frankie. Fechado?

Frankie encontrou os colegas cabeando uma grande sala de reunião.

– Rapazes, este é meu sobrinho, *Matt*. Matt, esse puto feio aqui é o Tim. O mexicano é o Hugo. Não empreste nenhum dinheiro a ele.

Matty parecia estar em choque. Hugo estendeu a mão para o garoto.

– Esse filho da puta é seu tio? Espero muito que você seja adotado.

– É sério, precisamos conversar – disse Tim para Matty. – Com genes como esses...

– Vão se foder – disse Frankie para os dois. Eles se viraram rindo.

Frankie conduziu o garoto até o outro lado da sala. Matty sussurrou.

– Está tudo bem?

– O quê, aqueles caras? Eles são legais. Você está no trabalho agora. Eles sacaneiam você, você tem que sacanear de volta. Agora dê uma olhada nisso. – Dois fios se projetavam pelo buraco de acesso, com as pontas de cabos coloridos saindo pelas extremidades abertas. – O fio azul é de voz; o branco, de dados. – Ele pegou a ponta do fio branco. – Está vendo como aqui dentro tem quatro pares de cabos? Os telefones analógicos costumavam usar três ou quatro pares, mas estes novos telefones digitais usam só dois. Mas nós instalamos todos. Caso seja preciso acrescentar novos conectores, você não precisa estender mais cabos.

O garoto balançou a cabeça afirmativamente. Frankie tinha certeza de que aquilo não fazia sentido para ele. Então Matty disse:

– Mas não são tudo dados?

– O quê?

– Você disse que eles eram telefones digitais, então a voz também é digital, certo?

– Garoto esperto! Você entendeu. – Frankie entregou uma chave de fenda a ele. – Está bem, você liga este conector RJ11.

O garoto pegou a chave de fenda como se fosse um furador de gelo. Pobre garoto. Ele provavelmente crescera sem nenhuma ferramenta em casa. Entende o que acontecia quando não havia uma figura paterna?

– Ah, ah – disse Hugo. Ele se levantou e olhou de cenho franzido para a extremidade de seu fio branco.

– Qual o problema? – perguntou Tim com uma voz totalmente falsa.

– Estou sem sinal de discagem – disse Hugo. – Matt, você pode me ajudar?

Frankie olhou sério para Hugo.

Hugo entregou um conjunto de chaves para Matty e disse:

– Corra até minha van, é a que está mais perto da porta, e traga-me uma caixa de sinais de discagem.

– Como é isso? – perguntou Matty.

– Está na prateleira na traseira da van. Você vai saber quando vir.

O garoto saiu apressado. Hugo e Tim seguraram o riso até ele ter saído da sala.

– Sinais de discagem – disse Tim. – Nunca fica velho.

– Gente – disse Frankie. – Ele é uma criança.

Hugo disse:

– O que é isso, Frankie. Ele está no time ou não? Você tem de ajudá-lo a se enturmar.

Matty voltou alguns minutos depois, parecendo aturdido. Hugo e Tim estavam com expressões sérias.

– Desculpe – disse Matty. – Eu simplesmente não consigo encontrar.

– É uma caixa de papelão mais ou menos desse tamanho – disse Hugo.

Tim quase não se segurou. Matty olhou para ele e franziu o cenho.

– Vamos parar com isso – disse Frankie.

– Não – disse Matty. – Deixe que eu procuro de novo. – Ele saiu correndo antes que Frankie pudesse detê-lo.

– Pelo menos ele é determinado – disse Hugo.

Matty voltou dois minutos depois.

– Eu acho que encontrei. – Estava segurando uma caixa de papelão pequena com uma das mãos no fundo. Ele foi até onde estava Hugo e disse: – É isso? – E inclinou a caixa na direção dele.

Hugo deu uma olhada para Frankie, sem exatamente piscar, em seguida abriu as abas da caixa.

– Deixe-me ver se... – Ele caiu na gargalhada. Tim se aproximou, olhou ali dentro, em seguida riu também.

– Está bem, está bem – disse Frankie. – O que é?

Matty foi até ele, com o rosto ainda sério. Frankie se debruçou sobre a caixa. Ela estava vazia, exceto pela mão de Matt, que ele enfiara pelo fundo. Seu dedo médio estava estendido. Frankie riu, e o rosto de Matty relaxou em um sorriso.

– Gostei desse garoto! – disse Hugo.

– Viu? – disse Frankie. – Não se sacaneia um Telemachus.

O

Depois de ser barrado por Lonnie, Frankie ficou fora do rinque, mas não necessariamente longe dele. Começou a passar por lá, atento ao Chevrolet Monza de Lonnie no estacionamento. Finalmente chegou uma tarde em que o carro de Lonnie não estava ali. Frankie devia estar em casa cuidando de Buddy, mas estacionou a bicicleta ao lado do prédio – sem acorrentá-la ao bicicletário, caso precisasse dar o fora rápido – e entrou. Os caras de sempre estavam amontoados no vestiário.

Então ele viu. A Royal Flush tinha desaparecido.

Frankie apontou para o videogame em seu lugar. Um jogo novo que ele nunca tinha visto.

– Onde está a Royal Flush?

Ninguém falou.

– Eu *disse*: onde está a Royal Flush, porra?

Um aluno do nono ano de óculos disse:

– Lonnie disse que estava quebrada.

Frankie girou na direção dele. O garoto levantou as mãos.

– Ele disse que você a quebrou. Devolveu a All-Star também.

Frankie ficou mudo.

Ele afastou a multidão de garotos e foi até o videogame novo. Empurrou para o lado o menino que estava jogando. Olhou fixamente para a tela – a tela colorida – e para a porra do joystick idiota.

– Mas que *merda* é um Pac-Man?

Frankie queria socar a tela. Queria arrebentá-la com puro ódio psicocinético. (Não que isso teria funcionado. Nada acontecia quando ele estava com raiva daquele jeito. Além disso, não podia fazer nada diante daqueles imbecis.)

Frankie saiu do vestiário aos empurrões e seguiu para a porta do rinque. Chegou ao estacionamento quando Lonnie estava descendo de seu carro.

– Você a *pegou* – disse Frankie com voz entrecortada.

– O quê? – disse Lonnie, confuso. Então ele entendeu. – A máquina de pinball?

Frankie deu três passos na direção dele com os punhos cerrados.

Lonnie manteve a mão na porta. Parado atrás dela como um escudo.

– Ela estava quebrada.

– Você não devia ter feito isso – disse Frankie. Ainda havia quase cinco metros entre eles.

– Vá se foder, seu moleque – disse Lonnie. – Você não devia tê-la quebrado. Você quer *brigar* comigo agora? – Ele bateu a porta e caminhou a passos largos na direção de Frankie.

Em um ano, Frankie iria espichar e ganhar quase dez centímetros. Posteriormente, com mais de 20 anos, iria ganhar quase 25 quilos e ficar musculoso. Algumas vezes, estranhos em bares lhe perguntavam se ele costumava lutar, e ele dava de ombros e mentia.

– Eu fui bem. Disputei os estaduais. – Mas naquele momento, ele era apenas um garoto, um adolescente de braços finos.

Lonnie parou quando estava a 30 centímetros de distância.

– Você não pode danificar o equipamento e simplesmente voltar a entrar aí. – Seu hálito estava cheirando a álcool. Ele empurrou Frankie com as duas mãos e o mandou cambaleando para trás. – Você está *barrado*, porra.

Frankie desejou dar um soco. Mas estava aterrorizado com o que poderia acontecer meio segundo depois. Ele já podia sentir o punho do homem atingir seu queixo.

Lonnie o empurrou para trás outra vez, e Frankie ergueu as mãos e virou a cabeça para o lado.

– Qual é o seu problema? – Lonnie tornou a empurrá-lo. Frankie bateu na parede de tijolos, e Lonnie o segurou pela gola da jaqueta. – Seu trapaceiro de merda.

A voz de Lonnie parecia vinda de um lugar distante, as sílabas perdidas em um ronco geral. Frankie sentiu o corpo se preparar para fazer algo, mas não sabia o que era. Algo terrível. Ele podia sentir nas mãos, como aço quente prestes a eclodir.

Lonnie grunhiu de dor e deu um passo para trás.

– Mas que porra é essa? – Sua voz saiu distorcida. Ele esfregou a boca, e as costas de sua mão voltaram com sangue. Olhou fixamente para Frankie, agora assustado. Frankie não tinha movido as mãos.

Uma voz nova berrou.

– Saia de perto dele, droga!

Irene em seu uniforme do Burger King e, atrás dela, o Buddy de 12 anos, com o rosto retorcido em uma expressão que parecia para estranhos como concentração, mas na verdade era preocupação intensa. Frankie não vira o carro parar, não o havia escutado.

Irene entrou entre Lonnie e Frankie.

– O que você fez? – perguntou Irene para Frankie, com raiva *dele.*

– Eu vou ligar para a polícia – disse Lonnie. Sangue no canto de sua boca.

Irene virou-se para ele.

– Não vai, não.

Lonnie se aprumou.

– Vou ligar para eles agora mesmo.

– Você está bêbado – disse Irene.

– Não estou, não.

Frankie pensou: Você nunca deve tentar mentir para Irene.

Ela disse:

– Você está bêbado em pleno dia e está espancando uma criança. Você acabou de chegar aqui de carro, não é?

Lonnie tornou a olhar para seu Monza. Confuso, agora.

– Quer ser preso por dirigir embriagado? – disse Irene. – Você tome cuidado. – Ela apontou para Frankie. – Entre no carro. Estou atrasada para o trabalho.

– Pode ir embora – disse Frankie em voz baixa. Mortificado. Ele sabia sem olhar que todos os caras estavam observando da entrada do rinque. – Eu tenho minha bicicleta.

– Entre na droga do carro – disse Irene, parecendo o pai. – Eu disse que você tinha de cuidar de Buddy. Não sei que diabos você está fazendo aqui na rua.

Ela caminhou de volta até o carro, um Ford LTD grande e verde com os painéis das portas enferrujados. Deixara o motor ligado. Frankie se dirigiu ao banco do carona, mas Buddy o ocupou antes dele, então ficaram os três no banco da frente.

– Como você me encontrou? – perguntou ele.

– Buddy disse que você estava aqui – disse ela. A voz dela acalmou-se. – Ele disse que você estava prestes a fazer algo terrível.

Buddy não parecia escutar. Ele olhava pelo para-brisa. Tinha 12 anos de idade, com cotovelos e joelhos salientes. Em seguida, encostou-se no braço de Frankie; seu rosto estava quente.

O

Durante o segundo intervalo da tarde, Frankie fumou um cigarro para acalmar os nervos enquanto Matty observava. O dinheiro queimava em seu bolso. Ele dissera a Mitzi que iria entregá-lo na hora do almoço. Em vez disso, levara o garoto ao Steak-and-Shake.

– Você é mesmo rápido – disse Matty. – Para conectar fios.

– Eu faço isso há um bom tempo – disse Frankie. – Você vai aprender.

– Não, estou dizendo em comparação com Hugo e Tim. Eles fizeram uns três escritórios juntos, e você fez quatro sozinho. Mesmo com as pausas para fumar.

– Não sozinho. Eu tinha você, não é?

O garoto não estava acreditando nisso. Eles caminharam de volta para o prédio, e Matty disse:

– Então, tem mesmo uma vaca?

– A vaca! Claro! – Ele levou o menino até o subsolo.

Uma das cientistas estava lá sentada, digitando em um computador. Ela ergueu os olhos e disse:

– Eu já falei que não estou interessada em goji.

– Você está cometendo um erro em relação a isso. Estudos respeitados provaram... – De repente, ele perdeu a energia para a venda. – Não importa. Tem algum problema se eu mostrar Sua Alteza para meu sobrinho?

Ela olhou para Matty. Pareceu concluir que ele não era uma criança selvagem.

– Não toque. Mas pode olhar.

Frankie conduziu o garoto por uma série de portas, desceu uma rampa e entrou em uma sala que provavelmente tinha sido projetada para ser uma garagem até que alguém decidiu que eles precisavam mesmo era de um estábulo industrial sem janelas: pisos de cimento, grandes ralos e quatro baias para gado com grades de aço. A única ocupante na baia mais próxima era a vaca Barzona de mil quilos chamada Princesa Pauline.

– Ela está doente? – perguntou Matty. Fios a conectavam a um painel de circuitos de metal azul.

– Não, chegue mais perto. – Instalada na lateral da Princesa Pauline, perto das patas dianteiras, havia uma área de aproximadamente 30 centímetros de diâmetro de acrílico. Dentro dela, a carne pulsava. – Está vendo por dentro desse buraco? É o coração dela.

– Nossa.

– É, eu sei.

Matty se agachou para dar uma olhada melhor entre as barras.

– Por que eles fizeram isso?

– Aí dentro tem um coração artificial. É o que eles constroem aqui.

– E eles só querem... vê-lo? – O garoto não ficou assustado, ele estava fascinado.

Frankie pôs a mão em seu ombro.

– Ciência, hein?

Eles passaram um momento contemplando aquele milagre da experimentação científica com animais. A Princesa Pauline não lhes deu atenção.

– Alguma coisa aconteceu comigo – disse Matty em voz baixa. – Há algumas semanas. – Ele fez uma careta como se sentisse dor. Frankie vira a mesma expressão preocupada no rosto de Irene por toda a sua vida.

– Nós somos parceiros – disse Frankie. – Você pode me contar qualquer coisa.

– Eu sei, mas...

– É sobre garotas?

O garoto corou, em seguida pareceu ficar com raiva de si mesmo por estar embaraçado.

– *Tem a ver* com garotas – disse Matty. – Há algumas semanas, eu estava... – Mais uma vez aquela expressão sofrida.

– Diga logo.

– Eu estava pensando em uma garota. Não é ninguém que você conheça. E uma coisa aconteceu.

Atrás do garoto, as portas duplas se abriram, e ali estava Dave, parecendo puto.

– Frank! Preciso de você lá embaixo!

Frankie quis dizer *Cale a boca, Dave, isto é importante.* Mas ele precisava do emprego.

Lá embaixo na sala de telefonia, todo mundo tinha se reunido em torno da CPU Toshiba. O laptop estava conectado com a porta de diagnóstico.

– Qual o problema? – perguntou Frankie.

– Metade dos telefones do primeiro andar está muda – disse Hugo. – O laptop não nos diz qual o problema.

– Talvez vocês precisem de mais sinais de discagem – disse Matty.

Dave olhou para ele.

– O quê?

– Nada – disse Frankie. – Você verificou os cartões?

– O laptop diz que estão todos funcionando. Você podia simplesmente fazer o que sabe fazer?

A equipe estava olhando para ele.

– Está bem. – Ele abriu a tampa da CPU. Começou a verificar os cartões, assegurando-se de que estivessem instalados adequadamente. Todas as luzes indicativas estavam acesas, mas isso significava apenas que elas estavam recebendo energia; as placas de circuito ainda podiam estar com problema.

A primeira meia dúzia de cartões que ele verificou pareceu ok. Então a ponta de seus dedos passou pela borda de um dos cartões no fundo.

Ele puxou o cartão de seu encaixe.

– É este – disse ele.

Os rapazes sabiam que não deviam duvidar dele.

Mas aí era hora de encerrar. Frankie guardou as ferramentas e caminhou com Matty até o estacionamento. Antes que chegassem à van, ele pegou o garoto pelo ombro.

– Então. Essa coisa – disse Frankie, voltando à conversa da sala da vaca. Estava ensaiando o que dizer. Como um homem isolado em uma ilha de filhas, ele não estava exatamente pronto para esse momento, mas para quem mais Matty poderia se voltar? – A primeira coisa que você precisa saber é que é totalmente normal. A mesma coisa aconteceu comigo quando eu tinha 13 anos.

Matty abriu a boca para dizer algo, em seguida a fechou.

– Isso não é algo com quem se preocupar – disse Frankie. – Isso é algo para se comemorar. E eu sei exatamente o lugar aonde ir. – Como se ele tivesse acabado de pensar nisso. Como se ele tivesse alguma escolha.

A taverna Mitzi's estava começando a encher com a multidão de depois do trabalho, se a palavra "multidão" pudesse ser empregada para descrever a dúzia de infelizes ali amontoados para uma cerveja e uma carreira de pó antes de enfrentarem a esposa em casa. A decoração era estilo lixão tardio: bancos de vinil rasgados, letreiros de néon da Old Style, tampos de mesa envernizados, linóleo com manchas negras no qual 80% delas não eram manchas. O tipo de lugar que melhorava muito com a luz mortiça e o torpor alcoólico. Frankie o adorava.

– Seu avô costumava me trazer aqui – disse Frankie a Matty. – É aqui que homens de verdade bebem. Se você inventar de beber num desses Ruby Tuesday, eu te dou umas porradas. – Ele apontou para uma banqueta vazia. Matty pôs a caixa da UltraLife no balcão e sentou-se.

– Nada de crianças – disse Barney. Ele era o barman desde sempre, viera instalado com o prédio. Frankie nunca gostara dele. Era um cara grandalhão, com mais de 1,80m. Sua cabeça era 90% papada, um rosto que parecia um deslizamento de terra.

– Nós só vamos ficar aqui um minuto – disse Frankie. – Barney, este é meu sobrinho, Matthias. Você pode pegar um refrigerante para ele? É seu aniversário.

– Quantos anos você tem? – perguntou Barney ao garoto.

– Depende de quem pergunta – disse Matty em voz baixa.

– Mitzi está no escritório? – perguntou Frankie. Ele pegou a caixa no balcão e seguiu para os fundos do salão.

– Bata primeiro – avisou Barney.

Bata primeiro. Jesus. Há quantos anos ele ia ali? Frankie agitou a maçaneta da porta do escritório.

– Toc, toc – disse Frankie.

Não houve resposta, então ele abriu a porta. Mitzi estava sentada atrás de sua mesa, ao telefone. Ela sacudiu a cabeça para ele, mas não se opôs quando ele se sentou. Ele começou a esvaziar a caixa.

– Você sabe o acordo – disse Mitzi ao telefone. – Sexta-feira, e sem desculpas. – Ela franziu o cenho diante do número crescente de potes de plástico enfileirados na sua mesa. Mitzi era mais velha que Barney, mas enquanto o barman parecia derramar excesso de carne da testa para baixo, Mitzi encolhia a cada ano, ressequindo e endurecendo como carne-seca.

Em seguida, ela disse ao telefone:

– Não me decepcione, Jimmy. – Ela desligou. – De que se trata tudo isso?

Frankie sorriu.

– Na semana passada, você mencionou que estava com problemas de estômago. Este é o programa UltraLife de saúde digestiva. Este... – Ele pegou o pote mais alto. – Este é um concentrado de aloé, sabor goji berry original, além de outros aditivos naturais. Você apenas o mistura com água ou Pepsi, o que quer que alivie seu estômago. Este é o Ultra Philofiber, uma mistura de fibras com acidófilos, perfeito para diarreia e constipação.

– As duas coisas juntas? – disse Mitzi.

– Ele atua sobre as bactérias em seus intestinos, por isso corrige os dois problemas. E este...

– Eu não vou comprar, Frankie.

– Eu não estou vendendo. Isto é um presente.

– Ah, Frankie, eu não preciso de presentes, eu só preciso do que você me deve. Por onde andou? Você disse que estaria aqui na hora do almoço.

– Desculpe. Meu chefe é um filho da puta.

– Você vai me pagar o que me devia na sexta?

Era extremamente raro permitir que um cliente tivesse um fim de semana extra. Deixar que Frankie fosse na segunda-feira era um favor, e ele sabia disso. Ele pôs o dinheiro na mesa.

– Eu vou logo lhe dizendo... Tem menos.

A expressão de Mitzi não se alterou. Ela pegou o dinheiro, jogou-o em uma gaveta da escrivaninha e a fechou. Atrás dela, no chão, havia um cofre preto do tamanho de um frigobar. Depois que ele saía, ela colocava os depósitos em seu interior. Ela nunca o abria em sua presença, mas ele passava muito tempo pensando naquele cofre.

– Você não está pagando direito, Frankie.

– Eu sei, eu sei.

– Eu acho que não. Contando com o pagamento de hoje... Que é, quanto?

– Dois mil e novecentos – disse ele.

– Isso faz com que você esteja em 38.575. – Sem hesitação, o número bem ali em sua cabeça. Toda visita ela dava a ele o novo total, e toda semana ele sempre ficava um pouco mais para trás.

– As coisas vão mudar – disse ele. – Minha distribuição da UltraLife está me trazendo uma boa renda.

– Distribuição – disse Mitzi sem alterar a voz. Ela sacudiu a cabeça. – Eu não quero que você se meta em problemas, Frankie.

– Eu não vou.

Mas, é claro, ele já estava. E também em dívida com o crime organizado. O irmão de Mitzi controlava os subúrbios de noroeste. Na verdade, as coisas não podiam ficar muito piores.

– Isso mataria seu pai – disse ela. – Como ele está?

Ele forçou um sorriso.

– Ainda não está morto. Embora esteja vestido para o enterro.

Ela riu, um som como o do vento em folhas secas.

– Meu Deus, ele tinha estilo. Nada como os Cro-Magnons com quem eu cresci. Mande minhas lembranças para ele.

Frankie se levantou. Ele se sentia trêmulo, como se tivesse levado uma pancada na cabeça. Talvez essa fosse a sensação do alívio. Devia estar feliz. Mais um pagamento, mais uma semana para mudar sua vida.

– Ah, Frank?

A nuca dele ficou fria. Ele se virou.

– Qual deles eu tomo primeiro?

– O quê? Ah. – Ele apontou para o frasco grande. – Tome o aloé todo dia, só colocar na água. O Philofiber e o Morning Formula você toma toda manhã. E tem também o Evening Formula, que você toma, hum...

– Toda noite?

– Você entendeu. Vai deixar você bem muito rápido.

Matty estava bebendo de um copo estreito, assistindo à TV silenciosa pendurada no canto. Frankie planejara se sentar com o garoto e tomar uma ou duas Old Style, mas agora ele não estava no clima.

– Vamos, Matty. Preciso levá-lo para casa.

– Ah, está bem. – Decepcionado. Ele largou o copo e esfregou a boca. Barney deu um olhar duro na direção de Frankie. Da próxima vez, ele devia levar alguma coisa para o homem. Talvez uma lata de creme facial regenerador. Talvez um balde de creme facial regenerador.

Eles estavam a apenas alguns quilômetros de casa – da casa de Teddy e de Buddy, e agora de Irene e de Matty. Pelo menos Frankie tinha a própria casa. Pagava as próprias contas. Mantinha as coisas em funcionamento. Havia dificuldades? É claro. Noventa por cento dos pequenos negócios fecham. Os bancos dão as costas para você. A porra da mesa vira. Fim de jogo. Mas o que você faz? Encontra mais a porra de uma moeda de 25 centavos, ou pega emprestada, ou rouba uma, e vive para jogar um outro dia.

– Tio Frankie?

Eles estavam quase em casa. Ele estava dirigindo no piloto automático. Fez a curva para entrar no bairro e Matty disse:

– Eu quero dizer uma coisa. É importante.

Frankie reduziu no sinal de pare, e como não havia ninguém no cruzamento, deixou a van em ponto morto.

– Você não precisa me agradecer. Você fez um bom trabalho hoje, considere-se contratado para o verão.

– Obrigado – disse Matty. – O dinheiro vai ajudar.

Essa era a verdade. Irene estava completamente dura.

– Então por que você ainda está com essa expressão no rosto?

– Algo aconteceu comigo há algumas semanas.

– Eu já te disse, garoto, é perfeitamente...

– Não, não isso – disse Matty com firmeza. – Foi uma coisa incrível.

O garoto contou a ele o que tinha acontecido e como posteriormente fizera com que acontecesse várias vezes mais. Carros chegaram atrás deles, e Frankie gesticulou para que passassem, sem querer interromper.

Então, finalmente, Frankie disse:

– Então você deita ali nesse estado meditativo...

– Isso – disse Matty. – Definitivamente meditando.

– E aí acontece. Você sai flutuando por aí, vendo outros aposentos.

– Hum-hum.

Frankie estava captando a ideia – ou melhor, o brilho quente que indicava que uma ideia estava prestes a erguer a cabeça acima do horizonte. Por fim, ele perguntou:

– Sua mãe sabe disso?

– Na verdade, não – disse Matty. – Quer dizer, não. Ela me pegou meditando, mas só isso. Você é a primeira pessoa que está sabendo.

– Isso é bom – disse Frankie. – Vamos manter isso entre mim e você.

JULHO

5

Buddy

O relógio diz 7:10 da manhã, mas isso não é nem de perto informação suficiente. O ar está grudento, e os lençóis estão molhados devido à umidade, então provavelmente é verão. Mas de que ano? Eis um mistério que não pode ser solucionado na cama.

Ele desce até a cozinha e lá está um adolescente, Matty, enfiando uma torrada com manteiga na boca. Essa é uma pista importante. Este é provavelmente o ano em que Matty e Irene voltaram para casa. O ano em que ele fez todo o trabalho na casa. O ano do Zap.

Ele diz a si mesmo: estou com 27 anos e Maureen Telemachus está morta há vinte e um anos.

Matty se vira quando ele entra, em seguida tosse, engasgando com a torrada, como se estivesse surpreso ao vê-lo.

– Bom dia, tio Buddy – diz ele por fim, afastando rapidamente o olhar, envergonhado. Mas por quê?

O garoto se ocupa servindo uma caneca alta de café. Buddy não consegue se lembrar por que Matty está de pé tão cedo e já vestido, mas aí percebe que ele está usando uma camisa polo amarela da Bumblebee e lembra que o sobrinho está trabalhando para Frankie no verão. Pelo menos a primeira parte do verão.

Matty olha para ele, vê sua expressão fechada e diz:

– Ah, isto não é para mim. É para Frank. – Em seguida: – Eu devo chamá-lo de Frank quando estamos trabalhando juntos.

Buddy balança a cabeça afirmativamente. Matty está com problemas para manter contato visual.

– Ei, é a van. Preciso ir. – Matty faz uma pausa na porta da frente. Sem exatamente olhar para ele, Matty diz: – Obrigado de novo por me deixar usar o computador. Isso é muito legal da sua parte.

Buddy pensa: eu não fiz isso por você. Mas na verdade, não parece afetar nenhum de seus planos deixar o menino usá-lo.

Ele vai até o calendário e verifica a data – 8 de julho. Todos os dias estão marcados com Xs que são de um tom particular de rosa violáceo. Por um longo momento, ele não consegue se lembrar do piquenique de Quatro de Julho, depois uma imagem de fogos de artifício lhe vem à mente, o crepitar e os estrondos. Eles foram ao hipódromo em Arlington para vê-los. Isso, ele está quase certo, foi neste ano. Deus sabe que não pode ser no ano seguinte. Ele marca um X na data de hoje. Então, como é seu hábito, ele folheia os meses à frente, até o fim do verão. Em setembro, o Dia do Trabalho está circulado no mesmo tom de rosa. Sempre que ele vê isso, sente uma pontada de medo no coração.

O 4 de setembro de 1995, 12:06. O momento em que termina o futuro. O dia em que tudo fica negro.

Zap.

Ele só tomou consciência da data alguns meses atrás. Acordou e percebeu que o futuro havia desaparecido. Por anos ele se arrastou pelos dias, com as mãos sobre os olhos, pensando que, um dia, um caminhão desgovernado ou uma embolia pulmonar iriam catapultá-lo para fora deste mundo.

Mas isso, aquela amputação feia, era cheio de resultados complicados. Ele nunca esperava que fosse acabar *assim*. Gângsteres e agentes federais, balas e carros em chamas. A arma contra sua cabeça. É tudo terrivelmente teatral.

Entretanto, se fosse apenas sua própria morte à sua espera (por mais que fosse estranho e fúnebre), ele tornaria a fechar os olhos e deixaria que o Tempo o levasse. Mas há outras pessoas a serem levadas em consideração.

– Pelo amor de Deus, Buddy! – diz Irene com raiva.

Ele se vira, confuso.

– Vista uma roupa!

Ah. Irene não gosta quando ele sai andando pelado. Isso não lhe parece justo, pois ele é o residente fixo, e ela só está ali temporariamente. Além disso, ela não está vestindo muito mais que ele, só short de corrida e uma camiseta de um banco na Pensilvânia.

– O que foi? – pergunta ela. – Se quer dizer alguma coisa, diga.

Mas ele não sabe o que dizer. Esse é o problema das lembranças futuras. Se ele não se lembra do que disse, então não sabe o que deveria dizer. É como ser empurrado para um palco sem roteiro. É melhor não dizer nada do que arriscar mudar tudo.

Irene olha para ele de cara fechada e ergue uma das mãos para cobrir os olhos.

– Eu vou correr – diz ela.

Isso é novidade, ele tem certeza. Irene nunca foi de fazer exercícios. Embora talvez seja uma boa ideia. Ela está parecendo mais velha. Verdade, ele passa muito tempo se lembrando da jovem Irene, então essas mudanças de idade podem pegá-lo de surpresa. Mas também se pergunta se todas as noites em que ela fica acordada até tarde da noite, digitando em segredo, estariam cobrando um preço.

Ele deixa que as folhas do calendário caiam de volta no lugar e sobe para seu quarto. Na gaveta de cima da cômoda, escondido em um ninho de cuecas Fruit of the Loom, há um lenço feminino colorido. Ele o desenrola e revela uma medalha de ouro. Bom, aço inoxidável pintado de dourado, mas é preciosa para ele mesmo assim. Ela diz: O PARANORMAL MAIS PODEROSO DO MUNDO. A mulher que a pendurou em torno de seu pescoço era a detentora anterior do título. Ela não lhe fez exigências, não cobrou juramentos, mas ele sentiu mesmo assim o peso da responsabilidade.

Pensando nisso (e ele sempre estava pensando nisso, a data pairando, onipresente), ela morreu em 4 de setembro. Não é irônico que o dia em que o futuro termina seja o aniversário de sua morte? Ou seria mera coincidência? Será que coincidências existem?

Depois que ela morreu, ele disse a si mesmo que iria assumir suas responsabilidades com bravura, reverência e força. E, por algum tempo, fez isso. Mas aí, depois que conheceu e perdeu o amor de sua vida, ele desistiu. Parou de procurar fogo no horizonte. O que foi um grande erro. Esse acontecimento terminal, o Zap, vai queimar profundamente. Ele não precisa *ver* o que vem depois para saber o que vai acontecer com sua família: décadas de problemas; uma torrente de lágrimas.

Ele esfrega a mão no queixo sem barbear, tentando se concentrar. Há muita coisa que precisa fazer se ele vai salvá-los. Mas o que fazer primeiro?

Ah, certo. Vestir uma roupa.

+

Buddy tem quatro anos de idade, e Maureen Telemachus está viva, então ele ainda não é o Mais Poderoso Paranormal do Mundo, só é Buddy. Está deitado de bruços na sala de estar, construindo uma armadilha para o boneco G.I. Joe de Frankie feita de brinquedos de montar. Joe está de pé sobre uma plataforma de dez centímetros de altura. Buddy empurra o toco de apoio, e Joe cai antes que a porta da armadilha se abra. O boneco é muito difícil de equilibrar.

– Você está mesmo assistindo a isso? – diz seu pai irritado. Ele só o está deixando ficar acordado porque Buddy implorou para ver o jogo. O pai se esticou na poltrona reclinável atrás de Buddy e seu projeto de construção, olhando para a TV.

– Três malditos rebatedores eliminados em seguida – diz o pai.

– Que pena – diz Buddy.

– Não tenha pena – diz o pai. – Sabe por que estou criando vocês para serem torcedores dos Cubs?

Buddy sacode a cabeça.

– Qualquer idiota pode torcer por um time vencedor – diz o pai. – É preciso caráter para torcer pelos condenados. Você vai lá, vê os rapazes jogarem e os vê perderem, todo maldito dia. Você acha que Jack Brickhouse é um *otimista*? Não senhor. Ele pode parecer feliz, mas está morrendo por dentro. Não há lugar no Wrigley Field para uma maldita Poliana. Você torce muito por seu time, mas ele perde mesmo assim. Isso ensina a você como funciona o mundo, garoto. Claro, toda primavera começa com suas esperanças e sonhos, mas, no universo em que vivemos, você *vai* estar matematicamente eliminado no Dia do Trabalho. Pode contar com isso.

Buddy tenta pensar em algo a dizer para fazer com que o pai se sinta melhor, mas nesse momento tudo o que consegue lembrar é que os Cubs uma vez derrotaram os Braves, um time que o pai odeia, por um placar enorme.

– Onze a zero – diz Buddy.

– Deite-se – diz o pai. – Você está na frente da TV.

– Um massacre – diz Buddy.

– Está bem, que tal isso: vá até a cozinha e me traga uma cerveja.

Buddy levanta num salto, corre até a cozinha e ali está ela, a Paranormal Mais Poderosa do Mundo. Viva. Ele não pode evitar abraçar suas pernas em gratidão. A mãe já está com a lata de Old Style aberta.

– Aí está – diz ela. – Mantenha o rei feliz. Depois vá para a cama.

Duas noites depois, o projeto de construção de Buddy está mais elaborado. Agora há Legos envolvidos e alguns restos de madeira da garagem. O G.I. Joe ganhou a companhia de uma das Barbies de Irene. O pai se agacha ao lado dele.

– Ei, Buddy. Em que você está trabalhando?

Buddy fica empolgado em explicar. Ele lhe mostra a primeira parte da armadilha, Joe e Barbie caindo juntos na caixa, e o pai deixa que ele prossiga um pouco antes de interrompê-lo e dizer.

– Isso é muito legal, garoto. Mas eu preciso lhe fazer uma pergunta sobre outra coisa. – Buddy vê que ele está segurando um jornal. – Adivinhe o que os Cubs fizeram hoje?

Buddy não tem ideia.

– Eles derrotaram os Atlanta Braves. Onze a zero. – O pai mostra a ele a manchete de jornal de apenas uma palavra. “Massacre.”

Buddy se lembra desse momento, de ver a palavra comprida na página. Ele não sabe ler essa palavra, mas se lembra de conhecê-la, e isso é quase como lê-la.

– Você adivinhou, Buddy. – O pai ainda está agachado no chão ao lado dele. Ele nunca faz isso. – Eu quero que você pense bem. Você sabe algum outro placar de beisebol?

Buddy balança a cabeça afirmativamente, empolgado. Não há nada que ele mais queira do que contar ao pai todas as coisas que vão fazê-lo feliz.

– Então... – diz o pai.

Buddy tenta se lembrar de alguns placares de beisebol, mas não consegue nada.

– Não se esforce demais pensando – diz o pai. – O que quer que lhe venha à mente.

Ele tenta pensar em um número.

– Um a zero? – perguntou Buddy.

– Está certo, bom! Quem está jogando, Buddy?

– Os Reds – disse Buddy. – E os Cubs. Os Cubs ganham.

O pai dá um suspiro.

– Esse é o placar do jogo que nós estávamos vendo na outra noite – diz o pai. – Tente pensar em um que... – Ele para. A mãe está na sala, agora, olhando para os dois, no chão.

– O que está acontecendo? – perguntou ela.

– Nada – diz Teddy. – Buddy está me mostrando o que está construindo.

+

Buddy está aparafusando uma placa de aço à parede do porão quando se lembra de algo. Essa recordação – nada além de uma imagem, um instantâneo mental do dia do Zap – significa que tudo o que ele fez por vários dias terá de ser refeito. Os três retângulos de aço gigantescos que ele cortou agora estão do tamanho errado e terão de ser aparados ou jogados fora.

O tamanho original dos retângulos veio de sua lembrança das chapas que cobriam as janelas do porão no dia do Zap, e ele as cortara para poder prendê-las às paredes. Mas agora lembrou-se de que a janela estava descoberta no início do dia. O que significa que o aço tem de subir e descer, como uma daquelas grades que fecham vitrines de lojas no centro da cidade. Isso é muito mais complicado.

Ele quer gritar. Mas não o faz.

Sua maldição, e sua bênção, é que sua memória é cheia de falhas. Tudo de que lembra é um fato. Inalterável. O futuro, ele aprendeu aos seis anos, não é mais mutável que o passado. Mas há uma brecha. Se algum evento futuro *parece* terrível, talvez haja algo de que ele *não* se lembre que poderia mudar sua compreensão do que aconteceu.

Digamos que se lembre de um homem com uma camisa suja de sangue. Mas tem de ser necessariamente sangue? Talvez seja apenas uma mancha horrível de ketchup! Armado com essa falha em seu conhecimento, o dever de Buddy é encher um pote com ketchup e jogar no homem. E daí que ele não se lembre de jogar o ketchup? Se não se lembra de *não* jogar o ketchup, então ele tem liberdade para agir.

Seu trabalho é criar histórias. Investigar a melhor interpretação possível para os fatos tal como se lembra deles, e em seguida conduzir os acontecimentos para um final feliz – ou, na impossibilidade disso, o menos trágico.

Mas e se ele deixar de se lembrar de algo importante? E se jogar o ketchup der um susto tão grande no homem que ele tenha um ataque cardíaco? O desconhecido se empilha em torno de cada momento lembrado. Agindo ou não agindo, ele pode destruir tudo. Cada buraco em sua memória pode ser um poço mortal de tigres ou uma trincheira protetora.

Quando se lembra de algo novo, isso muda o significado do que ele (pensava que) já sabia. Uma imagem solta borbulhando em sua consciência acrescenta um elo a uma corrente, e acontecimentos aparentemente sem ligação de repente desenvolvem relações de causa e efeito. Ele não pode descartar nada. Tudo pode ser importante, tudo pode estar conectado com o dia do Zap. Pior, ele é parte da equação. Toda palavra que diz, todo ato que pratique, pode perverter o final feliz, ou torná-lo possível.

Certa vez, ele encontrou um livro de ciências chamado *Caos*, que chegava bem perto de descrever como era trabalhar e viver sob essas condições. Pediu a Frankie que o lesse, na esperança de que o irmão entendesse mais sobre a condição de Buddy, mas Frankie achou que Buddy quisesse que fosse *explicado* para ele. Frankie não entendeu as complexidades da teoria do caos, e por isso não entendeu a pergunta que assombrava Buddy: como uma pessoa pode tomar uma atitude significativa quando o resultado dessa atitude pode sair de controle e provocar danos irreparáveis?

O Mais Poderoso Paranormal do Mundo, entretanto, não pode se dar ao luxo de perder a esperança. Sim, suas lembranças são incompletas, uma fundação terrível sobre a qual construir. Sim, seus únicos projetos são feitos de névoa. Mas quando ele recebeu sua medalha, não havia garantia de que o trabalho seria fácil. E daí que tivesse de mover a placa de metal? E daí que tivesse de movê-la outra vez amanhã? Ele tem de trabalhar com as informações disponíveis.

Buddy começa a afrouxar os parafusos do alto, arrependido agora de tê-los apertado tanto, em seguida arrependendo-se do arrependimento. Isso era uma verdadeira espiral mortífera. Apenas concentre-se no trabalho, pensa ele. Nos dois trabalhos: o que está à sua frente e a responsabilidade maior com a família. Mas há muita coisa que ele não fez, e agora há muito pouco tempo. Ele sempre achou que voltaria para

Alton. Entraria no saguão do hotel e ela estaria sentada no bar como na primeira vez em que a viu, lendo uma revista, de pernas cruzadas e um sapato de salto alto pendurado no pé, agitando-se como isca em uma linha. Ela iria olhar para ele e diria sorrindo: "Até que enfim você chegou."

Ele arranca o parafuso da madeira com um rangido. Com raiva de si mesmo. Sabe a diferença entre fantasia e lembrança. E também que isso nunca vai acontecer. O 4 de setembro está chegando, e ele nunca mais vai tornar a ver seu verdadeiro amor.

+

Buddy tem 23 anos quando conta a Frankie que eles precisam visitar um barco.

– Seu merda – diz Frankie.

– O quê? – Ele não previa essa reação.

– Você fica séculos sem falar comigo, me impondo esse tratamento do silêncio, e a primeira coisa que me diz é que quer ir à porra de um barco?

– Não é só um barco – diz Buddy. – É um cassino.

Isso chama a atenção de Frankie.

– Onde?

– Ele vai abrir daqui a seis meses. No Mississippi.

Frankie inclina a cabeça. Seus braços estão cruzados, porque faz frio na garagem. E talvez permaneçam cruzados porque ele está desconfiado.

– O que você viu, Buddy?

Buddy conta a ele sobre o *Alton Belle*, o primeiro cassino fluvial autorizado em Illinois. Cheio de máquinas caça-níqueis e jogos de mesa, igual a Las Vegas.

– Jogos de mesa? – pergunta Frankie.

– Roleta – diz Buddy.

A palavra paira no ar. Por fim, Frankie sacode a cabeça.

– Não. Não! Você sabe que eu não posso mais fazer essa merda. – Quando Frankie fica nervoso, nada funciona. Só quando se distrai de si mesmo ele se lembra de quem é.

– Eu vi fichas – diz Buddy.

– Fichas?

– Uma pilha de fichas.

– Na *minha* frente?

– Pilhas – diz Buddy.

Agora Frankie está andando de um lado para outro, embora não haja muito espaço para se mover com todo o lixo e maquinaria: um limpador de neve (morto) e cortador de grama; uma pilha de madeira para um barracão nunca montado; uma serra de fita; um freezer horizontal; trenós, bicicletas, latas de lixo e os velhos produtos de jardinagem de mamãe. Frankie foi até lá porque Buddy não pode dirigir até a casa de Frankie (nem para lugar nenhum). E eles estão na garagem porque Buddy não queria que o pai os escutasse.

Embora esteja frio ali, Frankie está suando só de pensar nisso. Ele está quebrado, sua empresa está falindo, e ultimamente o dinheiro tem evaporado ao seu toque.

– Quando você começou a ver coisas outra vez? Eu achei que isso tinha acabado.

Buddy dá de ombros.

– Jesus Cristo – diz Frankie. Ele se senta em um cooler. Fica de pé outra vez. Faz com que Buddy conte tudo o que viu.

Buddy conta os detalhes e volta rapidamente para aquela pilha de fichas.

– Eles acham que é uma maré de sorte – diz ele. – Mas é você.

– Eu – repete Frankie.

– Só você.

– Merda – diz Frankie. Ele anda de um lado para outro novamente.

– Eu não acho que consigo fazer isso. Estou enferrujado, cara. Muito sem prática.

– Então pratique. Nós partimos em seis meses.

– Vou precisar de muito mais informação – diz Frankie. – Tudo o que você tem.

– Não se preocupe – diz Buddy. – Eu vou com você.

– Você vai sair de casa – diz Frankie com ceticismo. – Para ir a um cassino cheio de gente.

– Eu preciso estar em Alton – diz Buddy, e isso é a verdade. Pois é lá que ele vai encontrar seu verdadeiro amor.

+

Teddy observa com uma expressão desesperada enquanto Buddy varre a serragem.

– Minha Nossa, você está fazendo um abrigo antibomba? – Uma das janelas está no lugar, presa a uma dobradiça reforçada. Logo ele vai instalar uma alavanca que vai permitir que ponha e retire as persianas de aço do caminho.

– Você pode apenas me dizer por quê? – pergunta Teddy.

Buddy dá de ombros.

– Não, droga. Você não pode ficar assim só me olhando com essa expressão idiota. Que diabos você está fazendo?

Buddy faz um som profundo em sua garganta, um gemido sufocado.

– Eu não aguento, Buddy. Eu não aguento. Esta casa costumava ser apropriada para seres humanos. – Teddy começa a listar os danos, os quartos que o filho desmontou e deixou inacabados. E aquele buraco enorme no jardim dos fundos? Para que diabos era aquilo?

Não há nada a fazer além de esperar que seu pai se canse. Os dois sabem como isso vai terminar: Teddy vai sair furioso, e Buddy vai voltar ao trabalho. Por que o pai não deu fim ao projeto é um mistério. Em todas as suas lembranças, não há nada que lhe diga por que o pai não o expulsou de casa nem o ameaçou com violência.

– Está bem, que tal isso? – diz Teddy. – Diga-me apenas quando vai acabar. Você pode fazer isso? Olhe para mim, Buddy. Olhe para mim. Quando você vai parar?

Os pulmões de Buddy doem em seu peito. Ele abre a boca para falar e rapidamente a fecha. Como pode explicar?

Depois de segundos de um silêncio doloroso, Teddy dá um grunhido e sai do jeito habitual.

Buddy se senta pensativo no vaso sanitário fechado. Odeia deixar qualquer pessoa com raiva, mesmo que seja para o próprio bem delas. Por alguns anos, antes da morte da mãe, Buddy dera ao pai todas as estatísticas dos Cubs de que conseguia se lembrar. Uma vez ele escreveu, a lápis de cor, todos os dígitos de um futuro bilhete da loteria de Illinois, embora tenha escrito um 6 no lugar de um 9, e seu pai não tenha ganhado nada. (Ou talvez, ele se deu conta depois, Buddy se lembrasse de como escrevera os números no futuro, por isso a lembrança tinha sido uma recriação precisa de seu erro. Essas coisas eram difíceis de desemaranhar.)

De algum modo, a mãe descobriu sobre a loteria. Ela ficou com tanta raiva que o pai parou de lhe pedir previsões. O jovem Buddy ficou estupefato com a proibição, especialmente porque ainda tinha permissão de trabalhar na Roleta Mágica nos palcos. Mas só no *Mike Douglas Show* ele entendeu como o futuro podia ser perigoso.

+

Buddy tem cinco anos de idade e a mãe está viva. Ali está ela, segurando sua mão e olhando para ele com olhos azuis. Seu vestido prateado brilha como mágica sob as luzes do palco.

– Nós estamos na TV, Buddy – diz ela. Mas não se parece em nada com a TV. É igual a estar nos palcos dos teatros onde eles têm se apresentado. Há até uma plateia. Não devia haver plateia para a TV, devia?

A mãe diz:

– Quando o Sr. Douglas vier, você pode fazer o truque da roleta. – A Roleta Mágica tem raios que fazem um som mecânico, e em cada seção dela há uma imagem diferente: pato, palhaço, caminhão de bombeiros. As pessoas aplaudem sempre que ela para na imagem que ele previu, e isso é quase toda vez. Sua parte favorita é fazer a roleta girar, sem dizer onde vai parar.

Ele está se preparando para girá-la quando uma lembrança o atinge como um tapa na cabeça. Ele lembra da irmã segurando sua mão enquanto eles estão parados na beira de uma cova, olhando para um caixão. O caixão de sua mãe. De repente, a caixa reluzente cai no buraco, rápido demais, e as pessoas gritam. Ali no estúdio de TV, Buddy grita com elas, um grito de medo sem palavras.

A mãe diz:

– Buddy! Buddy! – Ela se agacha e diz a ele para não ter medo. Mas é claro que ele está com medo, porque todas as lembranças estão chegando agora como uma onda em movimento: o Incrível Archibald saindo do palco chamando-os de fraudes. Mas a mãe não está lá para fazer o melhor número, e por esse motivo ela acaba em um caixão.

A mãe, viva, diz:

– Você pode parar com as lágrimas?

Ele não pode, porque as lembranças ainda estão surgindo, e agora está se lembrando da noite, a meses no futuro, quando a mãe cai na cozinha e machuca a cabeça. Ele se lembra da medalha que ela pendura em seu pescoço. Recorda-se de se arrumar para vê-la no hospital, e depois do caixão caindo e Irene apertando sua mão.

As lembranças vêm rápido – *bam bam bam* – desde a entrada dramática do Incrível Archibald ao caixão desaparecendo no escuro. Se uma coisa acontece, todas acontecem.

O Buddy de cinco anos não sabe como fazer com que a morte da mãe não seja verdade. O que pode fazer daquele tamanho, naquela idade? Ele tem a lembrança de ser grande, alto o suficiente para olhar de cima para baixo para Frankie, para assomar sobre o pai, e ele quer ser aquele homem enorme agora mesmo. Podia parar de chorar, e o futuro podia ser diferente.

– Jesus Cristo – chia Teddy. Eles estão no comercial. O pai não sabe, mas o Incrível Archibald está prestes a entrar no palco, e a mãe vai morrer. Buddy desaba no chão, e o homem usando um fone de ouvido se afasta surpreso.

– Tire-o daqui – diz o pai.

Buddy está mole e choramingando. Só consegue pensar no buraco no chão, engolindo a mãe. Ela pega Buddy no colo, e ele não a solta nem mesmo depois de chegarem ao camarim. Ele ainda está chorando, sem conseguir parar.

Ele ainda não aprendeu a inventar histórias. Fosse mais velho, fosse mais esperto, ele poderia encontrar um meio inteligente de explicar o caixão e manter a mãe viva. Mas está com medo demais, e o corpo não está sob seu controle. Ele falhou.

+

Buddy tem 27 anos, mas se sente mais velho. Muito mais velho. Ou talvez esteja apenas com fome.

Ele faz um sanduíche de mortadela e o come de pé ao lado da pia, em seguida o engole com um copo alto de shake Carnation. Adora sentir aquele resíduo de pó na garganta. Uma refeição inteira em um copo! Perfeito para o vidente que tem de manter sua força.

Ele gosta quando a casa está vazia desse jeito, com Irene no trabalho, Matty na rua com Frankie, e seu pai – bem, nem o Mais Poderoso Paranormal do Mundo sabe o que o pai faz com seu tempo. Ele só se lembra do que tem de fazer. Não como a mãe, que parecia saber de tudo, em toda parte. Havia uma razão por ela ter mantido o título por tanto tempo. Sim, em certos dias ele se sente uma fraude, ou um segundo melhor campeão, como Scottie Pippen depois que Michael Jordan se aposentou, ou Timothy Dalton. Ele faz o que pode com o talento que possui.

Às vezes, porém, é como se o talento *o* possuísse. Por exemplo: ele acabou de se lembrar de dar uma volta pela vizinhança com a Miss Poppins, uma caminhada que iria começar em cinco minutos. Teoricamente, ele podia tentar ignorar a lembrança e ficar em casa, mas não pode se arriscar a fazer isso. Tudo pode estar conectado com o Zap, até andar com um cachorro. Ou roubar um jornal. Outro dia ele lembrou de repente de roubar um *Chicago Tribune* da varanda de um vizinho. Não só isso, mas tinha uma lembrança nítida de fazer um círculo em torno de uma manchete com marcador preto e depois botar o jornal em um lugar onde seu pai o visse. Por que um *Tribune*? Por que aquele artigo? Ele ainda não sabe. Soldados não têm de entender suas ordens.

Além disso, ele às vezes gosta do que o destino lhe ordenou fazer. Ele sem dúvida gosta de andar com a Miss Poppins. Ficar em casa seria como cortar o nariz para estragar seu rosto do futuro. E por quê? Para preservar alguma ilusão de livre-arbítrio? Bobagem. O dever supera com facilidade o livre-arbítrio.

Lá fora, o ar ainda está úmido, mas ele tem de admitir que está agradável na rua. Frankie o provoca rotineiramente por nunca sair de casa, mas claro que isso não é verdade. Ele sai o tempo todo, quando se lembra de que devia fazer isso. E adora sua pequena vizinhança, em todas as suas várias fases: o período em que há tantos terrenos vazios quanto casas, e os gramados estão cheios de cobras de jardim; outro período em que as minimansões começam a pipocar no lugar de velhas casas de fazenda; o período longo e estável entre uma coisa e outra. Ele sente uma identificação com as árvores dessa rua: a Irmandade Benevolente de Sentinelas Pacientes. Elas têm uma visão de longo prazo.

Duas casas adiante, ele bate na porta de tela da frente e grita:

– Sou eu. – Lá dentro, Miss Poppins late excitada, pequenos ganidos elétricos, e então a pequena bola de pelos aparece na porta e arranha a tela com as patas.

– Eu estava me perguntando se nossa boa e velha senhora gostaria de passear – diz ele.

Ele se sente seguro conversando com a Sra. Klauser. Os dias dela são tão regulares; e suas conversas, tão limitadas, que há pouco risco de causar efeitos colaterais. Ela o convida a entrar, e ele entra de lado pela porta para não deixar o cachorro sair.

A Sra. Klauser está em sua poltrona habitual; a TV, ligada.

– Como vai seu projeto? – pergunta ela. – Eu podia ouvir a serra de fita daqui.

– Tudo bem – diz ele e prende a guia ao cachorro.

– E seu pai vai bem? – A Sra. Klauser está atualmente frágil, e essa fragilidade a deixa mais hesitante. Em outros momentos, ela é energética e franca. Durante o ano após a morte de sua mãe, a Sra. Klauser fazia as refeições da família Telemachus duas vezes por semana. Ninguém pediu a ela que fizesse isso. Ela viu uma necessidade e fez alguma coisa.

– Vai bem – diz Buddy. – Volta daqui a pouco.

Miss Poppins se aquieta assim que eles saem e trota avidamente à frente. Em minutos, ela se agacha e faz uma caca educada, que ele recolhe no saco plástico que trouxe consigo. Eles retomam o passeio, os dois em perfeita sincronia. O cachorro sabe seu caminho habitual pela vizinhança. Hoje, porém, na metade de sua caminhada, Buddy a surpreende ao virar entre duas casas, um atalho de volta a sua quadra. É uma surpresa para ele também. Não se lembrava que iria fazer isso até estar quase prestes a fazer a curva.

Miss Poppins se ajusta a esse desvio com confiança. Cães vivem o momento. Às vezes ele queria ser um cachorro.

Um furgão prata está estacionado a algumas portas de sua casa. Ele se lembra desse furgão. Dentro de um mês, ele vai conversar brevemente com o sujeito no banco do motorista, um homem negro que Buddy reconhece de sua infância. Semanas depois disso, no dia do Zap, o motorista vai entrar na casa. Seria o mesmo motorista que está ao volante, agora? Buddy não olha pelo para-brisa para conferir, porque isso não é algo que ele se lembra de fazer. É *possível* caminhar até o furgão, abrir as portas e exigir saber o que os homens estão fazendo ali, mas não aconselhável. As consequências poderiam ser catastróficas. Ele passa pelo veículo, passa pela própria casa e vai até a porta da Sra. Klauser.

– Ela foi uma boa garota – diz ele.

– Ela fez caca?

– Ah, sim – diz ele. Então ele se lembra de uma coisa. Uma coisa vital. – A senhora deveria arranjar um filhote – diz.

– Ah, não, a Miss Poppins é suficiente para mim.

– Pense nisso – diz Buddy. – Ela provavelmente iria gostar de companhia.

Ele volta para casa sem olhar uma vez sequer para o furgão.

6

Matty

– Essa é a Ossinho – disse Polly. Ou talvez fosse Cassie quem tivesse falado. Ele nunca conseguira diferenciar as gêmeas. – E esta é a Ligeirinha.

– O que é uma ironia, porque é uma tartaruga – disse Matty. As gêmeas não estavam interessadas em ironias nem em comentários. Elas só queriam que ele se sentasse no tapete cor-de-rosa do seu quarto enquanto jogavam bichinhos de pelúcia em seu colo.

A outra menina – Cassie ou Polly – tirava mais criaturas da gaveta comprida que havia na base dos beliches. – Este é o Gato Zip e Qua-quá e Valentino. – Ela pronunciava “Valentine-o”. – E Beliscão e Oinc-Oinc.

Ela pôs este último, um porco de pano com recheio mole, na palma da mão dele. A etiqueta em forma de coração presa a ele listava seu nome (O Porco Oinc-Oinc) e data de nascimento (23 de abril de 1993). Manter as etiquetas intactas – a maioria das quais, como a do porco, estava presa à orelha em estilo pirata – era evidentemente parte daquilo, do mesmo jeito que nerds radicais guardam seus bonecos de *Guerra nas estrelas* em suas embalagens originais.

– O Porco Oinc-Oinc é um pouco óbvio – disse ele.

– E este é Tinteiro – disse a primeira gêmea jogando um polvo de pelúcia em seu colo. – E estes são Dourado, Soneca, Mordida e... Jack, o Jacaré.

– Jack, o Jacaré? Ninguém pensou para criar isso – disse ele. – Além do mais, ele está nitidamente morto.

– Ele não está morto! – disse uma delas com raiva.

– Claro que está, eles puseram sua etiqueta no dedão do pé. – Elas olharam fixamente para ele, que disse: – Um dia vocês vão entender essa piada e vão simplesmente *ri-i-ir.*

Essa era uma das frases mais comuns do vô Teddy, mas essas meninas não estavam rindo. As gêmeas se entreolharam de cenho franzido, e uma delas disse a Matty.

– Foi um *acidente.*

– Eles estavam em cima da TV – disse a outra.

– E agora? – perguntou Matty.

Uma voz disse:

– Um monte dessas coisas queimou quando a TV explodiu. – Malice tinha aparecido na porta do quarto das gêmeas. Ela usava um short jeans recortado e uma camiseta branca que dizia BOWIE NOW em letras pintadas à mão. – Foi uma tragédia. Você sabe que quando eles queimam eles simplesmente sangram plástico? Não é nem enchimento.

– Cale a boca, Mary Alice! – gritou uma delas. A outra disse ao mesmo tempo:

– Vá embora, Mary Alice!

– Elas não gostam de falar no Grande Incêndio dos Bichos de Noventa e Quatro – disse Malice.

– Vamos contar para a mamãe! – disse uma delas, e as gêmeas saíram correndo. Malice olhou para Matty e o flagrou olhando para suas pernas – especificamente para os fundos brancos dos bolsos que apareciam por baixo do short. Aqueles vislumbres de tecido branco eram inexplicável e insuportavelmente sensuais.

Primeiro Mandamento *(Não olhe para o seu decote, é de arrepiar)* exigia uma emenda: *Não olhe para suas pernas também.*

– Então você vai passar a noite – disse Malice.

– Vou. – Ele ficou de pé e derrubou os pequenos corpos de brinquedo.

– Por quê? – perguntou Malice.

– Por quê? – Essa era uma pergunta que nem a mãe dele tinha feito. E por que ela não fizera isso? Matty não tinha uma boa razão para passar a noite na casa do tio Frankie, pelo menos nenhuma sobre a qual pudesse falar. Quando Frankie perguntou a ela se ele podia dormir lá, ela deixou sem fazer nenhuma pergunta. Agora que pensou nisso, ele achou extremamente estranho.

– Seu pai achou que seria divertido – disse Matty por fim.

– Divertido – disse ela com ceticismo. – Ficar com *a gente*.

– Ele disse que íamos pedir comida chinesa.

– Ah, então eu retiro o que disse. Pedir comida chinesa é uma orgia de cocaína habitual.

Ele riu – alto demais – e tentou apagar as imagens que surgiam em sua cabeça.

– É, bom. Você já passou a noite vendo TV com o tio Buddy?

– Faz sentido – disse ela. – Vejo você na hora do chow mein.

Ela saiu. Em uma violação flagrante de todas as regras e emendas, ele a observou ir embora.

Em comparação com a casa do vô Teddy, a casa de Frankie era *barulhenta*. Não tanto em decibéis de verdade (os projetos de construção do tio Buddy faziam bastante barulho), mas em volume emocional. Tia Loretta gritava com as gêmeas; tio Frankie gritava com Malice; as gêmeas gritavam só por gritar. Encerrados como estavam naquela casa de dois quartos, não havia lugar para seus sons se dissiparem, e nenhum lugar onde ele pudesse se esconder. Depois de anos morando sozinho com a mãe, e de mais seis meses vivendo em uma casa onde quase ninguém falava, Matty achou o ruído enervante. Sentiu-se como o recruta novo em um filme de guerra, aquele que saltava a cada estrondo da artilharia.

Somente Malice não falava, embora sua expressão fechada pudesse fazer com que todos menos as gêmeas ficassem em silêncio. Antes que o resto da família terminasse de jantar, Malice desapareceu em seu refúgio no porão. Todo o resto levantou acampamento e foi para a sala de estar, onde a TV foi ligada em um volume que tornava os risos enlatados da sitcom ameaçadores. Cassie e Polly, excitadas por Matty ir dormir em seu quarto, estavam construindo um forte de cobertores entre o sofá e a poltrona reclinável do tio Frankie onde elas podiam passar a noite.

A tia Loretta deixava a sala a intervalos regulares para fumar na varanda dos fundos. Durante uma dessas ausências, Frankie olhou para ele e disse:

– Então, você acha que está pronto?

– Vou tentar – disse Matty.

Às dez, depois de um episódio injetado com risadas de *Hangin' with Mr. Cooper*, o tio Frankie bateu palmas e disse:

– Hora de dormir, meninas! – Elas protestaram, mas a tia Loretta as conduziu até o banheiro e de volta. O tio Frankie levou Matty para o quarto das meninas. O zoológico de bichos de pelúcia não tinha sido guardado.

– Você precisa de um pouco de ar fresco – disse tio Frankie. Ele abriu o trinco da única janela do quarto e tentou levantar a vidraça, mas ela não se mexeu. – Normalmente nós... hum, um pouco dura... nós as mantemos fechadas porque ficam no térreo, e há estupradores. – Ele empurrou para cima com a base da mão, e a janela rangeu e subiu alguns centímetros. – Pronto. Mas você vai ficar bem, não é?

– Acho que sim – disse Matty.

O tio Frankie se aproximou.

– Eu botei uma placa na garagem – disse ele em voz baixa. – Eu até deixei a luz acesa.

Matty balançou a cabeça afirmativamente.

– Uma expressão simples de três palavras – disse Frankie.

– Não me dê nenhuma pista – disse Matty.

– Certo. Bem pensado. Precisamos que isso seja um teste de verdade. – Frankie o olhou nos olhos e disse: – Boa sorte, Matty. – E fechou a porta.

– Matt – disse ele em voz baixa.

Ele abriu a mochila e vestiu rapidamente o short de ginástica e a camiseta que trouxera – não ia dormir só de cueca de jeito nenhum. Apagou as luzes e rastejou para baixo das cobertas rosa do beliche de baixo. Seus pés tocaram o pé da cama. O beliche de cima ficava alarmantemente perto de seu rosto.

Ele se virou para olhar para o quarto, que estava surpreendentemente bem iluminado. Havia duas luzes noturnas, e o teto se revelou coberto de adesivos que brilhavam no escuro de estrelas, planetas e cometas. O rebanho de animaizinhos sem ossos parecia espalhado por uma savana em miniatura. O quarto estava ficando mais quente. A janela parcialmente aberta era uma fenda de correio para a entrega de umidade.

Ele fechou os olhos. Respirou fundo.

Concentre-se, Matt.

Ele cerrou os punhos e os soltou.

Sabia que podia deixar o corpo. A parte difícil – na qual estava trabalhando havia um mês com sucesso limitado – era fazer isso sem se tocar. Ele nunca conseguiria se apresentar em público se a única maneira de usar seu poder fosse se masturbar diante da plateia. O tio Frankie lhe dissera que eles poderiam ganhar um bom dinheiro com suas habilidades se ele praticasse, e Matt estava imaginando o retorno da Fabulosa Família Telemachus, estrelando Matthias Telemachus, expert em projeção astral. Primeiro levariam o espetáculo para teatros pequenos, para construir um burburinho, até que fizessem uma apresentação marcante na televisão ao vivo. Tudo o que ele tinha de fazer era projeção astral. E não pensar na prima. Nem no short cortado.

Segundo mandamento: Não tenha pensamentos libidinosos com sua prima.

– Droga – disse ele em voz alta. Tentou pensar em outra pessoa, qualquer pessoa. Que tal Elle Macpherson?

Mas de repente não conseguia invocar uma imagem nítida da supermodelo. Por que ele não levara a edição de trajes de banho da *Sports Illustrated*? (Não, na verdade, todo o exemplar. Arrancara algumas das páginas boas da edição de 1994 na Waldenbooks no Monroeville Mall em Pittsburgh, que tinha sido o maior roubo que já cometera na vida, e as guardava com cuidado desde então.)

Depois de meia hora, ele ainda estava preso ao corpo. O ar estava denso demais; e a cama beliche era um caixão. Ele se descobriu e rastejou para o carpete enrugado, afastando os brinquedos de pelúcia para o lado. Rolou de costas para baixo da janela aberta, estendeu os braços e pernas para as estrelas artificiais e esperou que moléculas de ar em movimento tocassem sua pele.

Nada. E por que o carpete estava tão duro? Será que as meninas tinham derramado Kool-Aid ou algo assim? E por que eles não tinham arrumado as estrelas em constelações de verdade? Pelo menos seria educativo.

Cale a boca, disse ele para o cérebro. Pense em Elle Macpherson. Mas tudo o que conseguia visualizar eram aqueles retângulos de tecido dos bolsos, branco contra as coxas marrons de Malice. O que era loucura. Era apenas pano. Pano que normalmente não era visto, verdade, mas não era *lingerie*. Não havia razão para que alguns centímetros de algodão fizessem seu coração parar.

Ele afastou as mãos de si mesmo e agarrou o carpete.

Terceiro mandamento: Em nenhuma circunstância você vai se tocar quando estiver tendo pensamentos libidinosos com sua prima.

A regra seria mais fácil de obedecer se não fosse uma passagem tão confiável para uma EFC. (Que significava experiência fora do corpo, também conhecida como projeção astral, que era uma espécie de clarividência e visão remota, mas com um corpo ligado. Ele andara lendo.) Durante as últimas semanas, ele conseguira deixar sua pele meia dúzia de vezes. Na maioria delas, mal conseguia chegar ao próprio teto, mas duas vezes, agora, abastecido pela fantasia de ser forçado a dormir na mesma cama que Mary Alice por alguma emergência familiar não especificada, ele fizera sua consciência subir e sair da casa, e conseguira pairar como uma pipa acima do telhado.

Ele relatou todos esses sucessos para o tio Frankie, sem explicar a parte de Malice neles, e não comentou nenhum de seus fracassos. Frankie estava especialmente ansioso para confirmar que Matty não estava apenas imaginando as viagens – afinal de contas, um telhado era um telhado. Por isso seu teste. Tudo o que Matty precisava fazer era respirar, relaxar e não pensar em algodão branco.

Uma dúzia de animais com olhos vidrados o observava desconfiada. Deus, estava quente.

Em algum lugar, um ar-condicionado roncava. Provavelmente no quarto de Frankie e Loretta. Não era surpresa que Malice dormisse no porão. Quase conseguia visualizá-la lá embaixo, na velha cama escondida. Uma perna saindo por baixo dos lençóis, um braço jogado sobre os olhos. Ele a imaginou cercada por escuridão mas pega como uma menina no palco pela luz do abajur sem cúpula que havia no caixote de leite que servia como sua mesa de cabeceira. O braço dela se afastou do rosto, e surpresa, os olhos estavam bem abertos, mais que acordada, porque estava claro que ela não havia pegado no sono esta noite; não, estava à *espera*. Ela se virou na direção da caixa de leite, conferiu um pequeno relógio digital que havia ali e rolou para fora da cama. Ainda estava usando a mesma camiseta branca do Bowie, mas o short tinha sido substituído por um jeans preto. Pegou uma camisa de flanela vermelha no chão e a vestiu sem abotoar, em seguida se dobrou para amarrar um par de tênis de cano alto. Ela foi depressa na direção da porta que levava para a escada dos fundos, girou a fechadura e desapareceu. Estava saindo escondida!

Ele abriu os olhos. Estava dormindo, e agora seu coração batia forte com a excitação do sonho. Mas talvez não estivesse sonhando. Ele se levantou num pulo e correu até a janela.

Lá estava Mary Alice caminhando rapidamente pelo gramado, seguindo na direção da rua. Vestida de flanela vermelha e jeans preto.

– Mary Alice – sibilou ele. Ela não o ouviu. Mais alto, ele disse: – *Malice.*

Ela virou para trás como se tivesse levado um tiro.

– Sou eu – disse ele em um sussurro teatral.

Ela congelou por um momento, em seguida se aproximou da janela e olhou para ele.

– Eu sei que é você – disse ela, também sussurrando. – O que você quer?

Ele empurrou a janela para cima e conseguiu fazer com que subisse alguns centímetros a mais.

– Aonde você vai?

– Vá pra cama, Matty.

Matt, pensou ele.

– Espere aí. Eu vou sair.

– Não! Só...

Mas ele já tinha se afastado da janela. Puxou o short e vestiu o jeans, uma manobra que exigiu muitos saltos e equilíbrio. Então pegou os tênis e abriu a porta do quarto. A pouco mais de um metro de distância, a porta de Frankie e Loretta estava fechada. O ar-condicionado roncava distraidamente. Matty desceu pelo corredor, segurando os tênis.

Na sala de estar, o forte de cobertores havia desmoronado, e as gêmeas estavam deitadas inconscientes na bagunça de poliéster. Ele passou por cima de seus corpos e destrancou a porta da frente.

Malice havia desaparecido.

Ele atravessou o gramado com grama deslizando por seus pés descalços e olhou para a rua nas duas direções. Nada.

Ele não podia acreditar. Ela o havia abandonado.

Ainda assim, ele tivera uma EFC! Sem se tocar! Embora mais uma vez estivesse pensando em Malice, então isso era um problema.

Outro problema? Voltar para o quarto das gêmeas.

Ele se moveu em silêncio em torno da casa, carregando os tênis um em cada mão como armas. Não conseguia ouvir nada além do gemido e chacoalhar do ar-condicionado que se projetava da janela do quarto de Frankie e Loretta. Chegou aos fundos da casa onde a janela da garagem lançava uma luz amarela no jardim dos fundos. O balanço das gêmeas estava agachado entre as sombras como uma aranha enorme.

Ele sentou no alto da escada do porão e calçou os tênis. Malice havia fechado a porta ao sair, é claro, mas se ela não estivesse trancada, ele poderia tornar a entrar em casa por ali. Mas agora ele não queria tornar a entrar. Por que Malice não podia tê-lo esperado? Sem dúvida *ela* estava se divertindo, passeando pelos subúrbios do norte. Ele estava completamente desperto sem nenhum lugar para onde ir. Podia dar uma volta, mas a vizinhança do tio Frankie era mais suspeita que a do vô Teddy. Os carros eram mais velhos e enferrujados, e as casas de tijolos beges mais estreitas e próximas umas das outras. Cercas de tela eram um tema recorrente na paisagem. Essa quadra era provavelmente mais segura que a que ele deixara em Pittsburgh, mas lá ele sabia que pessoas eram más, quando pareciam más mas não eram, e que pessoas pareciam boas mas eram babacas.

Então ele se lembrou do que havia na garagem. Foi até a porta lateral e a empurrou para dentro. Levou apenas alguns segundos para encontrar o cartaz branco, colocado no capô do Toyota Corolla de Loretta. Em letras maiúsculas pretas, ele dizia APROVEITE O DIA.

Isso estava longe de ser uma frase aleatória. Frankie dizia "Carpe diem", tipo, três vezes por dia. Mas e à noite? O que um garoto de 14 anos deveria fazer com a noite?

Ele acordou com desenhos animados berrando na sala de estar. Sua bexiga estava cheia, e ele estava desesperado para chegar ao banheiro. Olhou para os dois lados do corredor e, ao ver que a costa estava livre, atravessou correndo até o banheiro minúsculo. Parecia uma versão reduzida de uma Dollar Store, cheia de frascos de xampu, brinquedos de banho e velas perfumadas. Quando levantou a tampa do vaso sanitário, ele chacoalhou a fileira de produtos para banho UltraLife equilibrados em sua parte traseira. Como cinco pessoas – seis, contando com ele mesmo – conseguiam dividir um banheiro pequeno?

Quando chegou à sala de estar, as gêmeas pela primeira vez não correram para cima dele; a televisão exigia sua atenção completa. Na cozinha, tio Frankie estava sentado à mesa lendo o *Sun-Times*, com um prato sujo de gema de ovo à sua frente. No centro da mesa havia um monte de guimbas de cigarro em um cinzeiro de plástico, mas tia Loretta não estava em nenhum lugar à vista. Nem Malice. Ele imaginou que ela tivesse voltado às escondidas para seu refúgio subterrâneo antes do amanhecer.

– Você parece um homem que precisa de uma xícara de café – disse Frankie. Ele estava extremamente orgulhoso do novo vício de Matty em café. Era uma consequência inevitável de trabalhar com a turma, pois era praticamente a única coisa que eles bebiam. Matty começara com uma mistura para iniciantes que poderia ser vendida como *Leite adoçado, agora com leve sabor de café!*, e em seguida gradualmente escureceu a mistura. Em seis ou sete anos ele iria conseguir beber o preto.

O tio Frankie esperou (impacientemente, pensou Matty) enquanto misturava sua bebida.

– Então – perguntou Frankie. Ele ergueu uma sobrancelha significativa. – Alguma coisa?

– É – disse Matty. – Estou certo que sim.

– Certo que sim?

Matty se sentiu embaraçado.

– Quer dizer, sim, mas... – Ele levou um gole protelatório da caneca. – Às vezes é difícil dizer se estou imaginando o que estou vendo, ou se estou realmente vendo.

Seu tio franziu o cenho e Matty apressou-se a explicar.

– Tipo, eu viajei ontem à noite, com certeza viajei, mas...

– Puta merda! Para onde? Até onde você conseguiu ir?

– Hum, só dei a volta na casa. Mas eu também estava um pouco sonolento, por isso eu estava pensando, bem, e se eu apenas sonhei parte disso?

– Você não pode pensar desse jeito! Há sempre duas explicações para o que acontece, uma à qual recorrem as pessoas céticas, e a verdadeira, a que você reconhece em seu coração. Aqueles que duvidam vão dizer: ah, você o moveu com o pé, ah, você espiou as cartas, você *imaginou* isso. Você não pode deixar que eles atinjam você. Você precisa acreditar no seu talento, Matty, e então você vai lá fora e... e...

– Aproveito o dia?

Frankie pareceu atônito.

– O que você disse? – Então ele deu uma gargalhada. – Mas que *porra* você disse? – Agora Matty estava rindo também. Frankie esfregou uma lágrima do olho. – Seu sacana. Você falar isso assim, desse jeito! Você tem muita cara de pau, garoto!

Matty estava embaraçado demais para corrigi-lo. Afinal de contas, ele tinha realmente feito uma projeção astral na noite anterior. O fato de ter tentado seguir Malice não vinha ao caso.

– Eu não achei que você estivesse pronto para dar o passo seguinte tão rápido – disse Frankie. – Você precisa voltar para casa hoje?

– Bem, eu provavelmente devia...

– Porque eu acho que você precisa ficar mais uma noite.

– Está bem – disse rapidamente Matty.

– Termine seu café – disse Frankie. – Aí nós vamos passar para a fase dois.

A fase dois evidentemente envolvia visitar toda casa de penhores nos subúrbios – para quê, Frank não dizia. Ele deixava Matty na van da Bumblebee, entrava na loja e saía minutos depois irritado por não ter encontrado aquilo que procurava. Então eles partiam outra vez, atravessando a extensão interminável de Chicago, uma única cidade formada por pequenos shoppings interligados, decorados em intervalos aleatórios por placas de boas-vindas com nomes provocadoramente rurais – River Forest, Forest Glen, Glenview –, e vales, bosques, olmos e carvalhos suficientes para povoar a Terra-Média. Os moradores da planície tinham sido especialmente determinados a chamar cada calombo de terra com um "Heights" ou "Ridge". Coitado do pobre Hobbit tentando encontrar qualquer coisa onde subir na cidade de Mount Prospect.

Na van, tio Frankie sempre conversava com Matty como se ele fosse um adulto – ou, mais exatamente, como se Frankie tivesse esquecido de que ele era uma criança. Durante essas viagens de idas e vindas para o trabalho, Matty aprendia sobre o negócio de telefonia, direção na cidade ("nunca sinalize quando mudar de faixa, isso só os deixa avisados"), marketing multinível, mitologia grega e política. Frankie fazia monólogos sobre tópicos como o prefeito Bilandic ter perdido a eleição de 1979 não por deixar de limpar a neve depois daquelas tempestades, mas por parecer fraco ao se desculpar por isso, enquanto Jane Byrne era claramente a mulher mais dura e turrona de Chicago. ("Você sabe como às vezes fica frio demais para nevar? Assim era o rosto de Jane Byrne.")

Entretanto, havia alguns tópicos que Matty teria preferido pular. Ele não podia "desouvir" que a primeira noite de Frankie com tia Loretta tinha sido "o sexo mais louco da minha vida. Um outro nível, como se eu fosse um jogador da liga infantil e ela estivesse arremessando bolas rápidas a 150 quilômetros por hora". Matty não conseguia imaginar o que uma bola rápida pudesse significar nessa metáfora.

O melhor era quando Matty conseguia fazê-lo falar sobre como era a vida quando Teddy Telemachus e sua Fabulosa Família estavam em turnê. Mas muitas das histórias de Frankie sobre sua carreira no show business tinham poucos detalhes, e esses detalhes começaram a se repetir. Isso fazia algum sentido, já que Frankie era uma criança pequena na época, mas não era satisfatório. Ainda mais decepcionante foi Matty perceber gradualmente que aquela época tão gloriosa e empolgante, que assomava imensa em sua imaginação, na verdade, quando ele fazia as contas, tinha durado menos de um ano.

Hoje, porém, o tio queria falar sobre Matty. Ele não conseguia parar de pensar nas possibilidades do poder do sobrinho, e de descrever os feitos realizados pela vó Mo. Seu tio estava agitado com uma energia nervosa, e parecia ficar mais elétrico a cada parada.

– Não é uma questão de ver as coisas a distância, Matty. O importante é ser específico. Tudo tem a ver com o *foco*. Como o truque do telefone... eu já te contei sobre o truque do telefone?

Frankie tinha contado, mas Matty nunca se cansava de ouvir essa história.

– Era normalmente o clímax do show, certo? A mamãe ia para os bastidores, e papai chamava alguém da plateia e dizia que escrevesse detalhes sobre sua casa, o que havia na geladeira, todo tipo de merda. Botava tudo em envelopes. Aí mamãe voltava, sentava ao lado da pessoa e começava a falar. As pessoas ficavam impressionadas, Matty. Ela podia lhes contar sobre suas vidas, coisas que só eles poderiam saber. Ela nem precisava tocá-los.

– E o telefone? – disse Matty para encorajá-lo.

– Está bem, às vezes, e eu nunca soube por que ela fazia isso algumas vezes e não em outras, ela dizia, vejo que você deixou alguém em casa esta noite. Eles estão em casa vendo televisão. É um homem, sim? Um homem de cabelo ruivo; ou uma mulher loura, o que fosse. E aí papai trazia o telefone, eles botavam o som nos alto-falantes para que todos pudessem ouvir e mamãe dizia: Vamos ligar para a sua casa? E *bam*, ela discava sem nem perguntar o número para a pessoa. – Frankie sacudiu a cabeça com a recordação do assombro. Estava suando, embora o ar-condicionado da van estivesse forte. – Isso fazia o público vir abaixo, Matty. E quando aquele cara ou mulher atendia, como ela disse que eles fariam? As pessoas ficavam loucas. Se ela tivesse feito isso na TV, o Incrível Archibald teria parecido um idiota e nós teríamos ficado mundialmente famosos.

– Mike Douglas! – disse Matty.

– O mesmo. O puto caiu no jogo de Archibald.

Finalmente, alguém mencionava o programa de televisão. Depois que a fita desapareceu, Matty teve medo de ter imaginado a coisa toda.

– Mas por que ela não voltou ao palco? – perguntou ele.

– Culpa de Buddy. Ele não deixou que ela voltasse, e acabou com o número para sempre. Ninguém descobriu o quanto ela era grande. Como nós éramos grandes.

– Mas o governo sabia, não é? – perguntou Matty. – Ela trabalhava para eles?

– Quem te contou sobre o governo? – Frankie estava dirigindo rápido, mudando de faixa sem sequer olhar para os retrovisores. – Isso é altamente confidencial.

– Você mencionou isso algumas vezes.

– Ok. Escute com atenção, Matthias. Sua avó Maureen McKinnon Telemachus...

– Hum-hum.

– Ela era uma espiã. Talvez a maior espiã de todos os tempos. – Ele olhou para Matty. – Ah, não ria, meu amigo.

– Eu não estou rindo. – E ele não estava. Mas a mãe dizia que o irmão era um mentiroso, e às vezes ele se preocupava que Frankie estivesse mais interessado em uma boa história do que na precisão total. Mas, na verdade, a mãe estava mais interessada em precisão total do que em qualquer coisa boa. – Então – disse Matty. – Ela usava, tipo, uma arma?

– O quê? Não, ela era uma espiã *paranormal*.

Ah.

– *Visão remota* – disse Frankie. – Estamos falando em clarividência a longa distância com alvos precisos. Os maiores sensitivos do país foram recrutados para localizar e detectar instalações soviéticas, coisas que os satélites não conseguiam encontrar. Silos de mísseis, submarinos nucleares, bunkers de ciência, todo tipo de coisa.

Bunkers de ciência?, pensou Matty.

– Os comunas também faziam isso – disse Frankie. Ele esfregou a palma da mão na calça, em seguida trocou a mão no volante e esfregou a outra. – Eles tinham seus próprios paranormais, trabalhando para atrapalhar os nossos. Guerra Fria clássica, Matty. Operações de alto risco.

– Uau – disse Matty.

– Mas isso tudo acabou – disse Frankie. – O muro caiu e nós ganhamos. A Nova Ordem Mundial. E em minha opinião, já era hora de alguns dividendos de tempos de paz. Merda. – Ele quase perdeu a rampa de saída e virou bruscamente a van. Matty agarrou o painel. Atrás deles, um carro buzinou e Frankie mostrou o dedo, embora o motorista não tivesse como ver isso. – A pergunta que você tem de fazer a si mesmo é essa: qual o *valor de mercado* de seus dons?

– Ah, tá. Claro.

– Você disse que queria ajudar sua mãe, não foi? – Ele confessara a Frankie que estava preocupado com ela. – Então esta é a sua chance. Ser meu aprendiz, isso é muito legal, e tudo mais, um pouco de grana, e mesmo um pouco já ajuda. Mas isso não vai *mudar* nada. Não vai tirar sua mãe daquele emprego de merda, e não vai pagar sua faculdade. Você quer ir para a faculdade, não quer?

– Acho que sim. – Ele imaginou que pudesse ir se o show business não funcionasse.

– A questão é que você não pode começar despreparado. Você não pode aproveitar sua grande chance se não estiver absolutamente preparado. Eu tive minha chance uma vez. Seu tio Buddy, bom, vou dizer apenas que seu tio ferrou comigo. Mas a culpa foi minha. Eu fiquei convencido, acreditava em tudo o que ele me contava. Achava que havia conquistado tudo, que era tudo uma coisa certa, e isso faz com que um homem fique desleixado. Eu não pratiquei o suficiente. Nós não vamos cometer o mesmo erro com você.

Frank parou em uma loja chamada Ases do Penhor e estacionou em frente a um hidrante.

– Se chegar um guarda, tire o carro daí.

– Mas...

Frankie saltou.

– Dois minutos, no máximo!

Matty ligou o rádio na WXRT, mas sua mente estava no que Frankie estava dizendo sobre sua "grande chance". Ele se imaginou entrando no quarto da mãe, botando um pacote de dinheiro em sua mão e dizendo: "Faça as malas. Nós vamos nos mudar daqui." Ver aquele alívio no rosto dela. Depois de perder o emprego em Pittsburgh, ela começou a esconder dele seu desespero. Não que fosse exatamente animada, mas ela evitava todas as perguntas dele sobre empregos ou dinheiro com um ar de tédio, como se explicar por que a eletricidade tinha sido cortada fosse uma história tediosa demais para contar. Voltar a morar na casa do vô Teddy não tinha eliminado a ansiedade, e por algum tempo foi pior. Só nas últimas semanas a nuvem se erguera um pouco. Por duas vezes, agora, ele descera para o café da manhã e a pegara assoviando. *Assoviando.*

Ainda assim, eles estavam sem grana, e ele sabia disso. Seu emprego como aprendiz de instalação telefônica não era suficiente. Frankie tinha razão. Ele tinha de faturar. Faturar alto.

Cerca de quinze minutos depois, Frankie bateu na porta traseira da van e Matty saltou. Frankie segurava um carrinho, sobre o qual havia um cubo negro com cerca de cinquenta centímetros de cada lado – um cofre. Matty abriu a porta da van. De algum modo, Frankie conseguiu levantar a coisa e botá-la na traseira do veículo. Ele escorria suor.

– Eu preciso de um cofre para meu treinamento? – perguntou Matty.

Frankie sorriu.

– Vai praticar de verdade. Você vai adorar a próxima parte.

Eles seguiram por alguns quilômetros, até o bar que tinham visitado no primeiro dia de trabalho – a taverna Mitzi's. Frankie estacionou de ré em uma vaga. Matty ia saltar, quando Frankie disse:

– Espere. Nós só vamos olhar.

– O quê?

– Seu alvo.

Matty de repente percebeu o que Frankie tinha em mente.

– Você quer que eu, hum, olhe dentro do cofre dela?

– Não! De que isso ia adiantar? Eu quero que você consiga a *combinação* do cofre deles.

– Mas como...

– Você está indo depressa demais. Eu vou te ensinar. Eu tenho o plano todo pensado.

– Eu não posso roubar um bar!

– Você não vai roubar nada, eu vou. E isso, Matty, não é só um bar. Esse lugar é a sede da Gente do Mal e Cia. Na sala dos fundos, Mitzi tem um cofre cheio de dinheiro que ela tomou de muitas pessoas trabalhadoras. Você sabe o que é imposto das ruas?

Matty estava chocado demais até para fingir saber.

– Dinheiro de proteção. Proteção dela e de seu irmão. Todo bar, bordel e bodega tem de pagar. Se não pagar, eles tornam sua vida difícil. Podem até fazer com que feche as portas. Confie em mim, quando eu administrava a Bellerofone, eles ficavam com uma fatia, e do total.

– Por que a polícia não prende essa gente?

– Que lindo você é.

– Eu só estava perguntando.

– É Chicago, Matty.

– Isso não explica nada.

– É uma citação. Ou uma paráfrase. Você não vê filmes? – Ele respirou fundo. – O irmão de Mitzi, Nick Pusateri Sênior, chefia a maior quadrilha da Chicago Outfit, a Máfia de Chicago. Crime organizado. Eles dizem às pessoas: se vocês não nos pagarem, então os criminosos *desorganizados* vão se dar bem em cima de vocês. Eles dizem a você que são os cães que mantêm os lobos afastados. E você sabe por que as pessoas pagam sem reclamar? Porque *funciona*. Se qualquer bandido vagabundo roubar um lugar protegido, Nick Pusateri Sênior acaba com eles.

– Então eles não são *totalmente* maus – disse Matty.

Frankie piscou, em seguida recomeçou.

– Isso não é tudo o que eles fazem. Eles também são agiotas. Emprestam dinheiro às pessoas a juros altos, e então, se você não paga...

– Por que essas pessoas não procuram um banco?

– Porque os bancos nem falam com elas. Agiotas emprestam dinheiro para pessoas a quem nenhum banco emprestaria. Por exemplo, empresários que, apesar de terem um plano de negócios arrasador e uma visão clara do futuro da indústria, ainda assim são recusados por algum detalhe técnico, como, digamos, um histórico de crédito ruim, ou não ter garantias.

– Então agiotas são uma coisa boa, certo? – perguntou Matty. – Do contrário, eles não conseguiriam empréstimo nenhum.

– Certo, só que... veja. Essas pessoas são sociopatas. Você sabe o que é um sociopata? Sem consciência. Eles estrangulariam um gatinho se ele lhes devesse dois dólares. Eles só se preocupam com uma coisa: seu dinheiro. Eles não se importam se você fica doente ou se seu negócio vai à falência e você não tem como pagar o que deve, eles apenas exigem o dinheiro. – Frankie acenou com a cabeça na direção da taverna. – Agora, preste atenção.

Um homem alto e corpulento estava destrancando a porta da frente. Era o barman que servira um refrigerante para Matty.

– Dez horas, absolutamente pontual. Esse é o Barney. Basicamente, trabalha da hora que abre até fechar. A primeira coisa que ele faz é caminhar até um painel com teclado e desligar o alarme. Há outra caixa de luz na porta dos fundos.

– Você quer que eu descubra esse número também?

– Você está aprendendo. Eu também gostaria que você espiasse atrás do balcão do bar. Eu sei que ele tem um taco de beisebol ali atrás e talvez... bem, apenas dê uma olhada se tiver uma chance.

– Você acha que ele tem uma arma?

– Você não precisa se preocupar com isso. Vamos, por que essa expressão?

Matty percebeu que estava pensando em gatinhos.

– Não tem outra pessoa de quem podemos roubar?

– Isso não seria ético – disse Frankie.

Barney entrou e fechou a porta.

– Eles só vão abrir dentro de uma hora – disse Frankie. – Mitzi vem à tarde e sai por volta de dez, onze horas. – Ele começou a desenhar a planta do interior no verso de um saco do Tastee Freez, começando com a área pública da qual Matty se lembrava de sua visita. Depois vinha o escritório de Mitzi, uma cozinha bem pequena, um almoxarifado e um quartinho de produtos de limpeza. Depois dos dois banheiros, havia uma saída de incêndio que dava para um beco.

– É lá que fica o segundo teclado. E aqui... – Ele desenhou um X na parede dos fundos do escritório. – É onde fica o cofre, bem atrás da mesa dela. Você só precisa observá-la, o máximo possível, e descobrir qual é a combinação.

– E depois o quê? – perguntou Matty.

– Depois você deixa o resto comigo.

Naquela tarde, Matty saiu da garagem de Frankie, fechou a porta lateral às suas costas... e parou. Malice estava sentada na escada dos fundos. Ela ergueu os olhos do livro e franziu o cenho para ele.

– Por acaso posso saber o que você e Frankie estão aprontando? – perguntou ela.

– Não é nada, nós só estamos... sabe como é... – Ele sentiu o rosto esquentar. – Coisas de garagem. – Ela parecia absurdamente maneira com um top preto e jeans preto, talvez um diferente do da noite anterior. Ele, de repente, se tocou que não tinha nenhum jeans preto, e talvez nunca tivesse.

Deus, agora ela estava olhando fixamente para ele como se ele fosse um idiota. Segure sua onda, Matty. *Você ainda não tem ideia do que pode fazer.*

– Então o que *você* estava aprontando? – disse ele, invocando sua testosterona. – No meio da noite.

– Você contou a Frank? – perguntou ela.

– Claro que não!

Ela pensou sobre isso.

– De nada – disse ele por fim.

– Você está com raiva de mim.

– Você podia ter esperado, tipo, dois segundos.

– Você não foi convidado.

– Então me convide. – Isso era, de longe, a coisa mais corajosa que já tinha dito a uma garota. Então ele imediatamente repreendeu a si mesmo: ela não é uma garota, ela é sua prima.

Não uma parente de sangue, respondeu ele.

Cale a boca.

– Talvez na próxima vez – disse Malice.

– Eu vou dormir aqui esta noite novamente – disse ele com meio ponto de interrogação no fim.

– O quê? Por quê?

Ele abriu a boca e depois a fechou.

Ela riu e ergueu a mão.

– Ah, entendi. “Coisas de garagem.”

– Então, hoje à noite? – perguntou ele, pensando: a segunda frase mais corajosa para uma garota/prima já dita. Uma lista nova.

Ela olhou para a garagem atrás dele.

– Você não vai contar a Frank?

– É um insulto você me perguntar isso – disse ele.

* * *

Matty não contava com a dificuldade de escapar do quarto uma segunda vez. Tinha sido muito fácil na noite passada, mas esta noite parecia que ninguém ia dormir. As gêmeas começaram uma briga de tapas aos berros que forçou Loretta a se levantar e separá-las, então quinze minutos depois, tio Frankie foi e voltou do banheiro. Matty escutava tudo do beliche inferior, com as cobertas puxadas para ocultar o fato de que estava todo vestido – só para o caso de alguém resolver entrar e ver como ele estava.

Malice lhe dissera para estar pronto às onze. Mas, às dez para as onze, as gêmeas estavam outra vez acordadas na sala de estar, rindo em vez de discutindo, mas ainda obstáculos. A casa era tão pequena que elas iriam escutá-lo mesmo se ele tentasse sair pela cozinha. A janela, então, era sua única opção.

Ele saiu da cama e subiu na caixa de brinquedos. Empurrou a vidraça o mais alto possível, o que não era completamente para o alto. Precisaria de algo como a marreta do tio Buddy para conseguir isso. Então ele removeu a tela e a botou no chão.

Você está fazendo isso, Matty?

Sim, estou. E o nome é Matt.

Ele passou a cabeça e os ombros pela janela. Do lado de fora, a rua estava deserta, e Malice não estava em nenhum lugar à vista. Acima dos telhados, a lua estava envolta em um cobertor de nuvens. Ele achou que devia agradecer pela escuridão extra.

Seu problema imediato era a queda de 1,80m até o chão, e as pedras vulcânicas artificiais afiadas que o tio Frankie usava como enfeite no jardim. A janela era pequena demais para que ele passasse os joelhos, por isso teria de sair como o Homem-Aranha, a cabeça primeiro.

Ele se debruçou para fora da janela, em seguida baixou o braço e apertou as mãos sobre o tijolo. Passou a virilha pelo batente, segurando--se com as palmas das mãos, e lentamente passou uma coxa e apertou o joelho contra o lado do batente. Em seguida alterou sua posição e puxou a outra perna para a frente...

– Vamos logo – disse Malice.

Ele caiu para a frente e desabou nas pedras. Em um instante, se levantou. Malice tinha aparecido, com as mãos nas cadeiras.

– Estou bem! – disse ele. – Estou bem!

– Fale baixo – ordenou ela.

Ela saiu andando e ele correu para alcançá-la.

– Então aonde nós vamos? – perguntou ele. Ela não respondeu. À frente, havia um carro parado na placa de pare. Uma porta traseira se abriu, e uma garota desceu e acenou as mãos para eles.

– *Chica chica chica!* – disse a garota. – Ah, e seu cachorrinho, Matty, também! – Um baixo vibrava pelas janelas abertas.

Era Janelle, a garota branca que dormira com Malice na casa do vô Teddy na noite de sua primeira EFC. Ele pensou em corrigi-la em relação a seu nome, mas aí Malice o empurrou para o banco de trás, as garotas entraram depois dele, e eles partiram em um estouro de estática, piano e um rapper gritando:

– Olhe onde pisa, garoto.

Ele decidiu não levar isso como um alerta dos deuses do estéreo.

Havia dois garotos negros sentados na frente, aguentando o grosso do barulho. O que dirigia era alto, com o cabelo amassado contra o teto. O do banco do carona se virou para olhar por cima das costas do banco para eles.

– E aí, carinha! – disse o que estava no banco do carona, meio gritando acima da música.

Malice os apresentou como os Irmãos Tarântula, o que fez os dois caras caírem na gargalhada. Matty riu, também, porque estava nervoso, em seguida ficou com raiva de si mesmo por ficar nervoso. Então percebeu que sua falha em dizer olá – ou qualquer coisa – tinha se transformado em um silêncio constrangedor.

– Ele acabou de cair pela janela – explicou Malice.

Eles seguiram de carro por Norridge, talvez tenham saído dali; na extensão de Chicago, era impossível dizer. Malice estava mais solta e feliz do que ele jamais a vira; ele não parava de cair em cima de Janelle, e os quatro – todo mundo, menos Matty – pareciam conversar em uma língua composta inteiramente de piadas internas, gírias sexuais e a palavra "porra". Aos poucos, ele entendeu algumas coisas. O verdadeiro nome do motorista era Robbie, e o do passageiro era Lucas; Malice gostava de Kim Gordon do Sonic Youth; e Robbie tinha sido repreendido recentemente pelo pai (um pastor, ou talvez um diácono) por escutar Wu-Tang-Clan.

– O RZA é de Pittsburgh – disse Matty, aliviado por ter algo a acrescentar à conversa.

– Você escuta Wu-Tang? – perguntou Malice. Ele gostou do espanto na voz dela.

– Eles são legais – disse Matty, sem responder a sua pergunta. "O RZA mora em Pittsburgh" era um fato-chave no fim do ensino fundamental, e era a soma total de seu conhecimento sobre tanto o rapper quanto o grupo.

No fim, eles foram parar no Burger King. Malice e Janelle dividiram uma porção de fritas e, em determinado momento, uma única batata.

– Porra, garotas – disse Lucas. – Por que vocês não começam a se agarrar pro povo ver?

– Cale a porra dessa boca – disse Malice.

Uma picape tinha parado no estacionamento.

– Por que então você não vai ver seu namorado? – perguntou Lucas.

Malice segurou uma batata como se fosse um cigarro e disse:

– Acho que vou. – Ela deslizou pela área cimentada de piquenique e foi até a picape. Ninguém tinha saído da cabine.

– Aquele é mesmo o namorado dela? – perguntou Matty a Robbie, raciocinando que um filho de pastor seria menos ameaçador.

– Vamos dizer apenas que eles se veem regularmente – disse Robbie.

– Cronicamente! – disse Lucas, e caiu na risada.

Malice estava parada do lado do motorista da picape, debruçada na janela com os braços para dentro. Então ela se afastou e enfiou algo no bolso da camisa. Mais algumas palavras com o motorista e depois ela andou de volta até eles com um sorriso.

Os cinco voltaram para o carro de Robbie e saíram.

– Kmart? – perguntou Lucas.

– Não! – disse Janelle. – Priscilla.

– Não na porra dos balanços de novo – disse Lucas. – Nós vamos ser presos. – Mas minutos depois eles estavam pulando uma cerca e correndo por um gramado amplo até chegar a um playground nas sombras de um prédio que parecia uma prisão: a St. Priscilla's Academy. Janelle e Malice correram para os balanços, enquanto os garotos se sentaram no carrossel enferrujado.

– Essas garotas são doidas – disse Lucas. Ele levou um cigarro à boca e se inclinou para a frente. Robbie o acendeu para ele. – Doi-das.

– Muito doidas – disse Matty sem muito jeito. As garotas agora estavam sentadas em cima uma da outra, tentando usar o mesmo balanço. Ele não conseguia entender como Malice era diferente com os amigos. Ela era *feliz*. Robbie disse:

– Nós vamos fazer a parada ou o quê?

Fazer a parada?, pensou Matty, mas seguiu o grupo até as sombras abaixo dos muros da escola. Malice tirou um cigarro do sutiã. Não, não um cigarro.

– Sabe, vocês podiam pagar de vez em quando – disse Malice.

– Como se o dinheiro fosse seu – disse Lucas, e todos eles riram, até Matty, embora ele não tivesse ideia de por quê.

Matty tinha fumado uma vez, antes, no oitavo ano, em frente a um GoGo's, e não detectara nenhum efeito além de tonteira. Dessa vez, ele tragou com confiança, e então tossiu por um período longo desconfortável. Isso não despertou risos como ele temia, mas preocupação, solidariedade e muitos ensinamentos sobre a técnica.

– Prenda nos pulmões – disse Janelle. – Assim.

– Como está se sentindo? – disse Robbie.

– Bem – disse Matty. – Essa é da boa. – Todos eles riram, mas agora ele sentiu que estavam rindo com ele. Ele encostou no cimento frio e olhou para o alto do muro alto da escola e para o céu negro acima. As nuvens tinham se afastado, revelando estrelas brilhantes.

Ele não tinha ideia se aquela era da boa porque não conseguia sentir nenhum efeito. Talvez fosse imune. Talvez fosse parte de um subgrupo especial da população com uma resistência inata aos efeitos da maconha. Um mutante. Um mutante sóbrio. Um mutante sóbrio, gordinho, branco e chato. O Capitão Bege.

Deus, ele odiava seu corpo. Era uma doideira ter de carregar aquela coisa com ele o tempo inteiro. Qual o sentido em ser uma mente ancorada àquele peso morto – ou peso *moribundo*, é o que era, uma massa gorda já se tornando velha, borbulhando com cânceres latentes, cada membrana celular pronta para se romper como um saco de sanduíche barato e derramar suas substâncias químicas de volta no solo. Se as pessoas tivessem de ficar presas dentro de alguma coisa, por que não um corpo robótico feito de algo confiável, algo sólido, como aquele muro de tijolos? Deus, o muro de todas as coisas assomando sobre ele, segurando o céu noturno, um teto negro decorado com estrelas fluorescentes. Se não estivesse aprisionado desse jeito, poderia subir aquele muro com dedos fantasmas, muito fácil, como se arrastar, sem peso, pelo fundo da piscina, e então, no alto do muro, olhar para o pátio da escola que tinha se tornado tão pequena quanto um quarto de criança, com a grama macia como um tapete.

Seu corpo ficou ali deitado, gordo e imóvel como um urso de pelúcia, mas Malice e seus amigos estavam dançando, rindo, *vivos*. Malice e

Janelle balançavam uma à outra com passos de quadrilha descuidados enquanto Robbie e Lucas cantavam: "You-ooh-h, why you wanna give me a Runaround." Mas havia muito mais além daquele jardim. O céu se erguia como uma tampa de caixa, provocando-o. E ele o acompanhou. Abaixo dele, a paisagem suburbana se desenrolava em todas as direções, luzes nas varandas e nos postes pequenas como vaga-lumes, com as autoestradas sinuosas através delas, rios gêmeos de luzes, brancos de um lado, vermelhos do outro, fluindo entre a cidade e as terras baixas dos subúrbios. Ele riu consigo mesmo, surpreso ao ver que estava feliz, muito feliz, mais feliz do que se sentia desde que voltara para Illinois. A distância, as torres de Chicago esperavam por ele como mulheres de vestidos com lantejoulas, todas elas olhando para sua rainha no alto, a Torre da Sears. Olá, senhoras! Como estão vocês esta noite? Talvez ele devesse...

De repente, ele se sentiu puxado pelo ar. O mundo ao seu redor se turvou, e então Malice surgiu diante de seu rosto.

– Controle-se – disse ela, rindo. – Se você continuar gritando assim, todos nós vamos acabar presos.

Então ela o soltou, e ele caiu outra vez no gramado, rindo. Estava de volta ao interior de seu corpo grande e gordo. Mas tudo bem. Havia descoberto outro meio de sair dele.

7

Teddy

O amor deixa um homem desesperado. Depois de esgotar seus parcos recursos – duas listas telefônicas; uma telefonista desconfiada; uma volta de carro inútil e infrutífera, mas cinematograficamente romântica por Oak Brook – ele foi forçado, depois de muito tempo, a pedir a ajuda de Destin Smalls.

Na vez anterior em que eles conversaram foi o agente quem tinha ligado, perturbando Teddy sobre as atividades paranormais entre seus descendentes. Teddy *talvez* tenha sugerido que Smalls fosse um enxerido com tendências dramáticas. Agora era Teddy ligando, e a situação estava invertida.

– Você está muito estranho – disse a ele Smalls.

– É um pequeno favor – falou Teddy. – Praticamente nada para um homem com suas conexões.

– Para que, na verdade, você quer isso? – perguntou Smalls.

– Você pode conseguir ou não? – E em poucas horas, Smalls chegou a sua porta da frente, mas com companhia.

– Jesus – disse Teddy. – Você *o* trouxe?

G. Randall Archibald – mais magro, mais careca e com um bigode maior do que nunca – estendeu a mão.

– É um prazer tornar a vê-lo, Teddy.

– O Irritante Archibald. Meu Deus, você parece o homem da lata de Pringles, mas com menos cabelo.

– E você ainda se veste como um figurante de um filme sobre Al Capone.

– Falou a bola de bilhar com bigode de kaiser Guilherme. – Para Smalls, ele perguntou: – Você trouxe?

O agente ergueu um pedaço de papel.

– Quero conversar, primeiro.

– Claro que quer – disse Teddy com um suspiro. Ele os conduziu ao jardim dos fundos. Os homens se instalaram desconfortavelmente em cadeiras de armar. Archibald olhou para o buraco no gramado.

– Vai enterrar um corpo?

Teddy o ignorou e apontou com a cabeça para o papel nas mãos de Smalls.

– E então?

– Diga-me, primeiro, o que você quer com isso – disse Smalls.

– Você assustou a mulher antes que pudéssemos terminar nossa conversa.

– Então por que você simplesmente não liga para ela? Eu posso lhe dar seu número de telefone.

– Eu quero isso também. Mas eu preferiria enviar-lhe um cartão. É mais cavalheiresco. – Teddy levou a mão ao vaso de flores de cerâmica que estava embaixo da janela e voltou com um saco plástico que guardava seu tesouro secreto: uma caixa de Marlboros e um isqueiro Bic.

– Ela é casada, Teddy.

– Eu sei disso. – Ele acendeu o cigarro e tragou com prazer.

– Quer um? – Smalls não fingiu que a oferta fosse sincera.

– Archibald?

– Não, obrigado. Eu fui atingido pelo câncer há alguns anos.

– De que tipo?

– Próstata.

– Eu não estou pedindo que você o fume pelo rabo.

– Já tem muita coisa saindo do seu – disse Archibald.

– Podemos, por favor, não nos afastar do assunto? – pediu Smalls. – O marido dessa mulher está sendo julgado por homicídio.

– Inocente até que se prove o contrário – disse Teddy. – Eu só quero ajudá-la a sair dessa.

Smalls inclinou-se para a frente, com o pedaço de papel nas mãos como uma isca.

– Duas condições. Primeira: eu nunca lhe dei isso.

– E?

– E eu quero que você jogue limpo comigo.

– Você quer saber das crianças.

– Não, eu... aconteceu alguma coisa?

– Eu já lhe disse duas vezes, nenhum dos netos está fazendo nada. Zero, nada.

– E o menino? – perguntou Archibald.

– Matty? – Felizmente o menino estava trabalhando com Frankie e não estava em casa. – Sem chance. Seu pai era um polaco sem nenhum talento. Seria preciso muito para superar esses genes.

– Diferentes de seus genes gregos robustos – disse Smalls.

– Mas que diabos, Smalls. – Teddy olhou para a porta, assegurando-se de que Buddy não estivesse ali parado.

O agente ergueu as sobrancelhas.

– Eles ainda não sabem?

– Jesus, isso não é da sua conta.

– Tudo bem, vamos deixar as crianças de lado por enquanto – disse Smalls. – Eu tenho uma pergunta diferente.

– Sabe, nós podíamos ter tido toda essa conversa pelo telefone, e você não precisaria ter vindo até aqui com essa miniatura de William Howard Taft.

– Isto é importante – disse Smalls. – Eu quero que você...

– E como você chegou aqui tão rápido? – perguntou Teddy. – Vocês dois estão dormindo no Hinsdale Oasis ou algo assim?

– Você podia parar de interromper pela merda de um instante?

– Não há necessidade de usar essa *linguagem* – disse Teddy. Archibald riu.

Smalls respirou fundo. Então, com uma voz mais baixa, ele disse:

– Eu contei a você que o Star Gate estava fechando.

– E eu aposto que a carteira de Archibald ainda está lamentando isso.

– Restam só alguns agentes – disse Smalls. – Você se lembra de Clifford Turner? Ele detectou um grande foco de energia paranormal nesta área.

Teddy riu.

– Cliff? Ele é legal, mas não conseguiria detectar uma poltrona se estivesse sentado nela.

– Teddy, isto é importante. Nós estamos tentando ajudá-lo.

– *Me* ajudar?

– Suas crianças, pelo menos. E se os russos captaram esse pico? E se, neste exato momento, eles estiverem se dirigindo para esta área?

– À procura de meus filhos?

– Não – disse o agente. – Da próxima Maureen.

Teddy riu.

– Só porque a Guerra Fria acabou isso não significa que o mundo está mais seguro – disse Smalls. – Na verdade, com toda essa estabilidade, podem surgir ameaças.

– Destin. Por favor.

– O quê?

– Passou pela sua cabeça que você está inventando todo esse drama de espiões só porque está apavorado com a aposentadoria?

– *Inventando?*

– Archibald está nisso pelo dinheiro. Mas você, você precisa disso por razões diferentes. Você foi pasteurizado, perdeu o amor de sua vida, seus sonhos morreram...

– Você, agora, está falando de mim?

– Então sua vida não correu como você esperava. Então você não mudou o mundo. E daí? Foi uma jornada muito boa. E agora você só tem uma escolha.

Smalls ergueu uma sobrancelha.

– Abrace a mediocridade – disse Teddy. – Esse é meu conselho para você, meu amigo. Reduza o nível de exigência. Aceite uma nota mais baixa. Abra mão do filé de costela e peça o hambúrguer.

Smalls olhou fixamente para ele por um longo momento. Estava irritado agora, mas não deu corda. *Droga*, era divertido provocar o velho agente. Como nos velhos tempos. Ter Archibald na plateia era um bônus.

Por fim, Smalls disse:

– Eu gostaria de estar inventando isso tudo, Teddy. O mundo está ficando mais perigoso a cada dia. Nossos inimigos não estão mais em submarinos e bombardeiros a jato. Não é questão de silos de mísseis, embora, que Deus me ajude, a ideia de uma União Soviética fragmentada me faça perder o sono. Não, nossos inimigos são fanáticos com bombas de fertilizante. Como podemos nos prevenir contra outro Oklahoma?

Como um serviço de inteligência comum consegue investigar dois homens em uma picape?

Ah, discursos. O Smalls de queixo quadrado adorava um discurso.

– Você vai me dar esse endereço ou não? – perguntou Teddy.

Smalls entregou a ele o pedaço de papel dobrado. Teddy o estudou sem abri-lo. Achou que Archibald iria gostar do gesto.

– Ela vive em Oak Brook – disse Teddy.

Smalls pareceu surpreso.

– Uma boa estimativa – disse Archibald.

Smalls se levantou.

– Estou falando sério, Teddy – disse Smalls. – Os riscos são grandes.

Archibald disse:

– Outra Maureen poderia fazer toda a diferença.

– Não há outra Maureen – disse Teddy, guardando o papel. – E nenhuma próxima Maureen, assim como não houve outra antes dela. Ela era única. A Ás de Rosas.

□

Ele nunca vira uma pessoa tão relaxada e confiante, e o máximo foi a piada fotográfica que Maureen fez naquele último dia no laboratório do Dr. Eldon. Era a terceira ou quarta semana de outubro de 1962. As árvores do campus estavam vermelhas, e o ar assumira aquele brilho âmbar de tarde de outono. Ou talvez fosse apenas a iluminação cênica de uma lembrança vacilante. Podia estar cinza e nublado, e sua mente tivesse projetado um brilho dourado sobre esse último episódio de brincadeira desenfreada antes que o programa do Dr. Eldon fosse arrancado dele, e tudo ficasse sério.

E *era* uma brincadeira. Depois de alguns meses de experimentos, o grupo estudado tinha se reduzido apenas a Clifford, Teddy e Maureen, e o protocolo era totalmente desrespeitado. Eles ainda se apresentavam em um "ambiente controlado", uma sala de observação com um vidro espelhado, atrás do qual um assistente os filmava. Mas dentro da sala de observação não havia nada controlado. Teddy convencera o Dr. Eldon a abandonar seu plano de testes original em favor de uma "abordagem improvisada". Cliff ainda fazia sessões sozinho, mas Maureen e Teddy entravam na sala juntos (outra quebra de protocolo que Teddy estimulara, observando que a atividade paranormal parecia mais forte quando eles estavam no mesmo ambiente), e faziam o que quer que passasse por suas cabeças.

– O que vocês estão com vontade de fazer hoje? – perguntava a eles o Dr. Eldon, e em seguida Teddy (era mais frequentemente Teddy) sugeria algum experimento novo, para o qual, é claro, ele havia se preparado.

Em suma: os loucos tinham tomado conta do hospício.

Um recém-chegado ao negócio da trapaça talvez achasse que os cientistas fossem os mais difíceis de enganar, mas a verdade era o contrário. Cada letra após um nome acrescentava uma dose de confiança mal aplicada. PhDs acreditavam que o conhecimento em um campo – digamos, neurociência – os deixava genericamente mais inteligentes em todos os demais. Acreditar ser difícil de enganar era a qualidade compartilhada por todos os otários. E se *os* otários *quisessem* os resultados que você estava lhes dando – se eles já estivessem imaginando as publicações e a fama que viriam com a comprovação da veracidade das habilidades paranormais? Tudo teria sido diferente se a carreira de Eldon dependesse de desmascarar Teddy e Maureen em vez de confirmá-los. Droga, tudo o que o homem precisava fazer era contratar um mágico para observá-los trabalhar, e os paranormais estariam perdidos.

Bem, Teddy estaria. Ele não estava tão certo em relação a Maureen. O que o impressionava era como ela conseguia resultados melhores que os dele, mesmo quando ele armava os esquemas. Ele praticava a leitura com lápis a semana inteira, chegava com envelopes preparados, os bolsos cheios de cartões falsos e em branco – e Maureen incluía algum feito de clarividência natural que o surpreendia.

– Assim você me mata – dizia ele para ela. – Desse jeito você me mata.

Ela ria. Ah, ele gostava daquele riso. Eles estavam caminhando por aquele pátio improvavelmente ensolarado, em um intervalo depois de passar algumas horas fascinando o Dr. Eldon e o assistente invisível.

– É você que está acabando com eles – disse Maureen. – Viu o rosto do Dr. Eldon quando você acertou todos os três desejos?

Naquela manhã, o show tinha sido em sua maioria de Teddy. Ele começou com adivinhação com fósforos, seguido por seu truque conhecido do chapéu e do papel. O professor ficou apropriadamente impressionado.

– Ah, isso? – disse ele. – Isso é só leitura de bilhete.

– É assim que você chama?

– Um dos primeiros truques que eu aprendi. Havia um garoto no meu bairro que não fazia nada além de ler livros de mágica o dia inteiro e apanhar nos fins de semana. Um carinha pequeno. Eu evitava que arrebentassem sua cabeça e ele me explicou os truques.

– Então como você faz? – perguntou ela. – A leitura de bilhete?

– A parte mais difícil é palmear o primeiro papel. O resto é apenas ler antecipadamente.

– Eu não vi você palmear nada – disse ela. – Você nem tocou os papéis, exceto quando os aproximou da testa. A menos...

– Foi quando eu...

– Psst, deixe-me pensar – disse ela. – Não foi quando o Dr. Eldon dobrou os quadrados e os jogou no chapéu; ele fez isso sozinho. E quando você jogou as mensagens em cima da mesa, estava segurando apenas a aba do chapéu. Seus dedos não se aproximaram da mesa.

– Você quer que eu explique?

– Espere aí, espertinho. Agora, quando os quadrados estavam na mesa, Eldon os tocou. Você pediu que ele os arrumasse em um triângulo, mas você nunca os tocou. Não, a única vez em que você os tocou foi quando os aproximou da testa, e você não poderia tê-los lido assim.

– Ah, minha querida rosa irlandesa, eu passei noites em mesas de jogo, e não sei dizer quando você está blefando. Sei que você tem movimentos muito mais complexos do que eu mostrei ao velho.

– Sr. Telemachus – disse Maureen naquela voz de falsa zombaria que fazia com que a pele dele formigasse. – São seus movimentos que estão em exame, aqui. Essa história das dobras, isso é bem suspeito. Por que os quadradinhos?

Ele ia responder, mas ela ergueu a mão.

– Você sabe o que é uma pergunta retórica, não sabe? Tente ficar quieto por um minuto.

Eles caminharam em silêncio. As pessoas por quem passaram eram em sua maioria estudantes, muito mais jovens que Teddy, e a maioria eram homens. Ele os observou olharem discretamente para Maureen e pensou, Sim, rapazes, a garota está comigo. Se ela permitisse apenas que ele dissesse isso em voz alta! Quando em público, ela não deixava que segurasse sua mão, nem passasse o braço em torno de sua cintura. Sua mãe, alegava ela, ficaria escandalizada, como se sua mãe estivesse por toda a parte na cidade. Maureen só lhe permitira beijá-la (e, sim, um pouco mais) duas vezes, e em ambas estavam no escuro completo do almoxarifado do prédio.

– A sacudida no chapéu – disse Maureen por fim.

Ele riu.

– Eu estou certa! – exclamou ela. – Essa foi a única vez em que vi seus dedos dentro do chapéu ao mesmo tempo em que os papéis.

– Flagrado na cena do crime – admitiu ele.

– E é aí que você pega um dos quadrados – disse ela.

– E substituo por um dos meus, sim.

– De onde veio o seu? Quando você o dobrou?

Ele abriu a mão.

– Bem daqui. – Havia um quadrado de papel dobrado na palma de sua mão. – Sempre tenho alguns comigo.

– Sempre? Você sai por aí com papel na calça, quero dizer, nos bolsos?

– E algumas outras coisas. Só funciona se o truque termina antes que o público perceba que ele tenha começado. Tudo depende de preparação.

– Isso parece exaustivo.

– E você faz o quê? Improvisa? – Em todo o tempo que passavam juntos, que não era muito, apenas os minutos roubados durante os intervalos e os poucos mais após o fim dos experimentos do dia, ela nem uma vez dera a ele uma pista de sua técnica. Era um nível de segredo que ele encontrara anteriormente apenas em trapaceiros de cartas paranoicos e ressentidos.

– Como você sabe o que escrever no seu quadrado? – perguntou ela, recusando-se a ser distraída.

– Não há nada no meu. Está em branco.

– Mas por que você...?

– Espere. Quando eu jogo os quadrados na mesa, dois deles são do otário, e um é meu.

– Não gosto que você chame o Dr. Eldon de otário.

– Psst – disse ele no mesmo tom que ela usara com ele. – Eu sei que papel é o meu porque fiz um pequeno vinco na parte de cima. Mal é perceptível, a menos que você esteja procurando por ele.

– É por isso que você faz os quadrados, para que o seu impostor possa se misturar.

– Então o otário, desculpe, a vítima honrada, não pode acidentalmente ver que um deles está em branco.

– Mas por que a história do triângulo?

– Por que enquanto está todo mundo olhando para ele empurrar os triângulos na mesa, minha mão está desenrolando papéis. É preciso apenas uma olhada para ler, é por isso que eu só o faço escrever duas palavras. E agora o momento que *parece* ser a parte principal do truque, do ponto de vista do público.

Ele parou de falar. Estava seguindo um conselho dado a ele por seu primeiro professor de mágica: seja uma plateia ou uma mulher, você tem de fazê-las pedir.

Mas é claro que isso não funcionava com Maureen.

– Isso é a leitura antecipada – disse ela. – Você tem um na testa, mas está apenas fingindo lê-lo, você está nos contando aquele que já leu.

– Você entendeu – disse Teddy, apenas levemente desapontado por não poder se revelar. – Aí, depois que eles confirmam que eu acertei, abro o papel, balanço a cabeça com uma expressão astuta, amasso-o despreocupadamente e o jogo no chapéu.

– E, a essa altura, você já leu o seguinte.

– Sempre esteja um passo à frente do público.

– E o último quadrado na mesa é o branco – disse ela. – Isso é muito inteligente. – Ela passou o braço em torno do dele, e o sangue dele correu como água quente em um aquecedor. Eles retomaram o passo.

– E se eles olharem para as mensagens depois? – perguntou Maureen. Ele mal conseguia ouvi-la acima do ronco em seus ouvidos. – Eles vão perceber o que está em branco.

– Ah, eu nunca jogo esse último para dentro, eu jogo a primeira mensagem, apropriadamente amassada, e escondo a em branco.

– Você tem mãos rápidas, Sr. Telemachus.

Se há uma coisa mais gloriosa que caminhar de braços dados com uma mulher bonita é fazer isso com uma que está flertando com você. Ele pensou nos três desejos do professor: "consertar aquecedor", "financiamento aprovado" e "publicação autorizada". Que entediante! Deus, ele esperava jamais viver uma vida tão pequena quanto a do Dr. Eldon.

– Agora conte-me seu segredo, Srta. McKinnon – disse ele. – Como você faz a fotografia?

Pouco antes do intervalo, o Dr. Eldon dera a eles uma pequena fotografia de um homem sentado em um banco de parque. A foto tinha sido tirada de certa distância, mas sua barba curta e triangular e suas sobrancelhas grossas e escuras o tornavam tão vívido quanto um vilão de Dick Tracy.

– Quem é esse? – perguntara Teddy.

– Não posso lhes contar – disse o Dr. Eldon. – Isso é parte do teste.

O que não era comum. O professor não lhes aplicava um teste desenvolvido por ele mesmo havia semanas.

– Eu preciso que vocês tentem visualizar onde esse homem está agora.

Teddy estudou a fotografia por meio minuto, em seguida passou-a para Maureen.

– Hum – disse Teddy. – Estou sentindo... um prédio grande. Um apartamento? Ou um prédio de escritórios? – Sempre que Teddy era forçado a fazer uma leitura fria, ele ficava apenas dizendo palavras soltas até que o otário entregasse alguma coisa. Dessa vez, porém, o professor parecia diferente. Tudo o que Teddy dizia ele anotava no bloco.

– Parece ser uma cidade do leste – disse Teddy. – Ou do sudeste? Posso visualizar o sol nascendo.

– Ele está em um submarino – disse Maureen.

O Dr. Eldon ergueu os olhos.

– Como?

Os olhos de Maureen estavam fechados.

– Neste momento, ele está em um submarino, no fundo da água. Perto do Círculo Ártico.

O professor olhou na direção do vidro espelhado, em seguida se dirigiu mais formalmente a Maureen.

– Talvez você queira se concentrar um pouco mais. Teddy, você está sentindo mais alguma coisa?

Os olhos dela se abriram repentinamente.

– Eu já lhe contei onde ele está – disse ela antes que ele pudesse responder. O professor deu um suspiro e começou a anotar em seu caderno. – Ambiente apertado, paredes curvas de metal. E, acima dele, uma extensão de neve e gelo, e por isso eu disse o Ártico. Embora eu suponha que possa ser a Antártida.

– Certo – disse o Dr. Eldon. Ele anotou tudo aquilo com relutância, como um homem assinando uma confissão. – O Ártico ou a Antártida. Mais alguma coisa?

Maureen fechou os olhos, em seguida tornou a abri-los.

– Ele desapareceu agora. Eu acho que o assustei.

– *O quê?*

– Ele me viu. Acho que foi por isso que eu me concentrei nele com tanta facilidade. Você está procurando outro sensitivo?

– Não, não estou... Pelo menos, acho que não. Podemos, por favor, voltar para onde estávamos? – Ele devia ter ficado mais empolgado, mas em vez disso pareceu abalado. Nervoso. – Teddy, o que você viu?

– Era uma sala de metal, eu vi isso também – disse Teddy. – E senti a diferença entre a superfície. Achei que ele estivesse muito no alto, em um arranha-céu ou algo assim, mas muito abaixo também faria sentido.

Teddy não ousou olhar para Maureen, temendo que ela estivesse olhando com raiva para ele.

O Dr. Eldon passou a mão pelo cabelo farto e disse a eles que fizessem um recesso. Disse que recomeçariam em vinte ou trinta minutos.

– Submarino? – questionou Teddy enquanto eles caminhavam de braços dados. – *Submarino?*

Ela conteve um sorriso.

– Você tem de admitir que é uma resposta ridícula – disse ele.

– Você sem dúvida embarcou nela – disse ela calmamente.

– Você não me deu escolha! Na próxima vez, não diga coisas loucas assim. Como aquela história de ele ser outro sensitivo! Diga coisas prováveis e, mais importante, coisas *vagas*. Você não diz a alguém que o pingente perdido de sua avó está, não sei, no alto do monte Kilimanjaro, nas mãos de Winston Churchill.

– Ah, Sr. Telemachus – disse ela. – Por que não confia em seu próprio dom?

– Eu confio em meu dom. O que inclui saber quando deixar que o otário complete os detalhes.

Ela sacudiu a cabeça.

– Você só insiste em fazer as coisas do jeito difícil.

Quando voltaram à sala de observação, o Dr. Eldon não estava. De pé diante da mesa, com os braços esticados ao lado do corpo, havia um homem de terno preto. Seu rosto parecia consistir inteiramente de um queixo quadrado e um corte à escovinha.

Policial, pensou Teddy. Puro policial.

– Onde está o professor? – perguntou Teddy.

– Por favor, sentem-se – disse o homem.

– E o senhor é? – perguntou Teddy. Ele não ia se sentar, nem Maureen.

– Sou seu novo supervisor – disse ele.

– Como assim? – perguntou Maureen.

– Há quatro semanas, o homem naquela foto embarcou no K-159, um submarino nuclear da Frota do Norte soviética. A embarcação está em uma viagem de três meses que, nós acreditamos, vai passar por baixo da calota de gelo polar.

– *Nós* quem? – disse Teddy, embora estivesse começando a ter ideia. Seu estômago congelara. Tirar dinheiro do financiamento de pesquisa de um professor intelectual era uma coisa, mas isso? Essas pessoas poderiam investigar sua ficha.

– A presença do homem no submarino era altamente confidencial, conhecida apenas por um punhado de pessoas. Bem, um punhado de pessoas fora da Rússia.

– Há algo que eu preciso explicar – disse Teddy.

– Cale a boca – ordenou baixo Maureen.

– Temos um trabalho importante a ser feito – disse o estranho.

– Claro, claro – disse Teddy. Ele deu um tapinha no braço de Maureen e se virou para ir embora. – Você vai se sair bem, garota.

– Pelos dois. – Ele estendeu a mão. – Meu nome é Destin Smalls, e seu governo precisa de vocês.

□

O problema de envelhecer era que cada dia tinha de competir com os milhares de outros passados. O quanto um dia precisava ser maravilhoso para vencer tal concurso de beleza? Para sequer chegar à final? É verdade que a memória trapaceava no jogo, retocando as falhas de seu conteúdo, enquanto o presente tinha de atuar sob a luz dos holofotes sem ajuda, todo marcado com mundanidades e inchado com irritações: fumaça do tráfego, rádios altos e embalagens de lanchonetes rolando pela calçada. Mesmo uma tarde como essa, passada se refrescando em um parque bem equipado, sob um céu tão claro quanto a consciência de uma freira, era chocantemente cheia de imperfeições que a desqualificava para o status de um dos dez mais. Por que as crianças no campo de futebol eram tão gordas? Por que as pessoas não podiam manter os cachorros na coleira? Por que aquelas mães insistiam em gritar tanto?

Esperar fez com que seus dedos coçassem por um baralho. Antes do acidente, ele nunca ia a lugar algum sem ao menos alguns deles nos bolsos. Passava horas intermináveis em restaurantes e bares repassando seu repertório de golpes na distribuição das cartas – *second deal*, *bottom deal*, *Greek deal*, toda a família de cortes falsos e embaralhadas falsas. O truque era fazer com que eles não parecessem truques. Se você fizesse qualquer coisa parecida com um "movimento", estava pedindo por uma surra.

Nesses dias, ele tinha sorte se ainda conseguisse abotoar uma camisa. Suas mãos tinham se transformado em garras. Houve alguns anos bons depois do acidente em que ele achou estar recuperando tudo, uma recuperação completa dos movimentos, mas aí começou a ter artrite e seus dedos desenvolveram uma hesitação que o deixaram com medo de se sentar a uma mesa de pôquer. Começou a tomar Advil para reduzir a dor e o inchaço. Certa manhã, alguns anos atrás, quando acordou, a mão direita estava paralisada, como se ela nem sequer lhe pertencesse. Ele a massageou de volta à vida antes do café da manhã, mas os episódios se tornaram mais comuns e depois começaram a passar para a outra mão. Artrite pós-traumática, foi como disse o médico. Um dia, talvez em breve, ele iria acordar e suas mãos teriam se transformado em gravetos, como a droga de um boneco de neve.

Mesmo assim, aquele dia ainda poderia ser um vice-campeão. Porque nesse momento, a mulher que estava esperando desceu de sua Mercedes E-Class. Seu filho mais novo já tinha pulado do banco traseiro e estava correndo na direção do campo. Ela o chamou de volta (Adrian, esse era o nome dele), pôs uma garrafa de água em sua mão e o liberou outra vez.

Teddy respirou fundo, sentindo-se tão nervoso quanto da primeira vez que chamou Maureen para sair. Então se levantou da mesa de piquenique e tirou o chapéu. O gesto, como ele antecipou, foi suficiente para fazer com que o rosto dela olhasse para ele.

Ela virou a cara, em seguida voltou-se novamente na direção dele e apertou os olhos.

– Olá, Graciella – disse ele.

Ela não respondeu. Não era possível que não se lembrasse dele, era? Ele caminhou em sua direção e sentiu um alívio quando ela não pulou para dentro do carro e pisou fundo.

– Você tem algum neto jogando? – perguntou ela por fim.

– Tenho de jogar limpo, querida. Eu só vim aqui para ver você. Achei que devíamos conversar.

– Como você... você me *seguiu* até aqui?

– Quando você fala desse jeito, não parece algo totalmente respeitável – disse ele.

– Eu vou ver o jogo – disse ela e abriu a mala do carro para pegar algo em seu interior. – Você tenha um bom dia, Teddy. – Ela o estava nitidamente dispensando, mas tudo em que ele conseguia pensar era: Ela se lembrou do meu nome!

– Tem a ver com Nick – disse Teddy.

Ela ficou imóvel, como uma mulher que tivesse puxado uma carta de espadas que sabotou seu flush de ouros, mas estivesse disposta a continuar no jogo. Ele se sentiu terrível por desapontá-la. Se havia alguma dúvida se Teddy sabia sobre Nick Jr. e seu julgamento por homicídio, ele havia acabado de removê-la.

Ela se aprumou.

– Eu não estou falando sobre meu marido. Não com você, nem...

– É sobre o Nick pai – disse Teddy.

– O quê?

– Há algumas coisas sobre seu sogro que você deveria saber.

Várias emoções passaram pelo rosto dela, rápidas como o vento soprando o topo das ondas. Com a mesma rapidez, ela se controlou e olhou para ele do alto daquele nariz romano forte.

– Como por exemplo?

– Eu posso explicar. Você se importa se eu assistir ao jogo com você? – perguntou ele.

Ela estudou seu rosto por um momento longo. Em seguida, sacudiu a cabeça, não tanto concordando com seu pedido quanto se resignando a ele.

Crianças de oito anos jogando futebol, concluiu Teddy, pareciam uma matilha de border collies perseguindo uma única ovelha, exceto que os cães teriam muito mais trabalho de equipe. O filho de Graciella estava em algum lugar da facção de camisas vermelhas do bando. Entretanto, todos os moleques se pareciam, e todas as garotas de rabo de cavalo se pareciam, então o melhor que ele podia fazer era separar a massa em subgrupos de indistinguíveis.

– Bom trabalho, Adrian! – gritou Graciella. Teddy não conseguiu entender qual tinha sido o bom trabalho. Mas ele percebeu que nenhum dos outros pais se aproximou para falar com ela. Formavam seus próprios grupos e conversavam entre si, ou então exibiam uma concentração extrema sobre o jogo que impedia que fizessem sequer contato visual com Graciella e, por extensão, com ele.

– Então você tem muitos amigos aqui – disse Teddy.

Graciella deu uma olhada para ele.

– Essas pessoas não são minhas amigas.

– Com medo da mulher do mafioso, hein?

– Na opinião delas, Nick já está condenado.

– Mas você tem esperança.

Se ela fosse uma mulher pálida, teria enrubescido, ele tinha certeza disso.

– Eu não devia ter escrito aquilo – disse ela, querendo dizer seu terceiro desejo: "JÚRI ABSOLVE." – Eu não sei no que estava pensando, falar sobre essas coisas com estranhos.

– Estranhos? Eu sou um velho inofensivo.

– Não estou muito certa disso – disse ela. – Os inofensivos não se esforçam tanto para conquistar mulheres no supermercado.

Ele riu.

– Isso é verdade, isso é verdade.

– Você sabia quem eu era, não sabia? Antes mesmo de se aproximar.

– Não! Juro por Deus, eu não tinha ideia. Só depois, quando vi uma reportagem sobre o julgamento, eu liguei as coisas.

Ela não estava pronta para acreditar nele. Teddy começou a explicar, e depois vários pais próximos gritaram ao mesmo tempo; coisas excitantes estavam acontecendo no campo, evidentemente. Graciella se levantou, e ele se encostou, satisfeito por observá-la observando as crianças. Ele costumava fazer a mesma coisa com Maureen. Quando estavam em turnê com o espetáculo, eles ficavam na piscina de algum hotel, e ela ficava alerta, para impedir que eles (bem, principalmente Buddy) se afogassem, e ele ficava olhando para ela. Nossa, como ela era bonita.

– Então como você conhece Nick Sênior? – disse por fim Graciella.

– Eu costumava jogar cartas com ele – disse Teddy, o que não era mentira. – E certas noites levava suas pizzas para as crianças em casa.

– Já ouvi falar nessa pizza – disse ela. – Nick Jr. disse que o pai não deixava que nem ele nem as irmãs comessem no restaurante, mas às vezes levava sobras para casa.

– Isso parece bem com ele – disse Teddy. – Eu costumava ver como ele tratava o pequeno Nick. Na época, não havia problema em bater nos filhos. Nem em espancá-los. E às vezes Nick pai, bem, eu não ficaria surpreso se seu filho tivesse crescido com ódio por ele.

– Ele não odeia o pai – disse Graciella. – Ela pronunciou a palavra "odeia" de uma maneira que dava a impressão de haver várias outras opções disponíveis.

– Isso é bom, isso é bom – disse Teddy. – Pais e filhos, negócio complicado. – Ele pensou no que queria dizer. Estava grato por ter aquela conversa com muito barulho para encobri-la e ninguém perto demais, ainda assim era muita gente, o que a deixaria relutante em lhe dar um tapa na cara. Por fim, ele acrescentou: – Eu vi no jornal que seu Nick vai subir no banco das testemunhas para falar em sua própria defesa.

– Talvez. De acordo com seu advogado.

– Então ele não vai?

– Eu não vou falar sobre isso com você, Teddy.

– Porque eu ficaria extremamente aliviado se ele não falasse.

Isso fez com que ela erguesse uma sobrancelha.

– Você sabe o que todo mundo está dizendo – disse Teddy. – Há muita especulação sobre o que ele vai dizer, e sobre quem ele vai falar.

– Meu marido vai dizer o que quiser dizer para se defender.

– Claro que vai, claro que vai, isso é perfeitamente...

– Por que diabos você se preocupa com o que ele diga?

Droga. Ele a deixara com raiva.

– Graciella, por favor. Eu não quero abusar, mas gostaria de oferecer um conselho.

– Você quer oferecer conselhos – disse ela de maneira gélida. – Para mim. Sobre minha família.

Ele seguiu em frente.

– Diga a seu marido que não faça isso. – Ela abriu a boca para se opor, e ele disse: – Por favor, confie em mim. Seu marido pode não querer ir para a cadeia, mas se ele fizer isso, eu temo pelo que Nick pai possa fazer.

– Ele não vai fazer nada – disse ela. – A polícia tem muita segurança em torno do meu marido.

– Estou falando de você, Graciella.

Ela olhou fixamente para ele, que não conseguiu interpretar sua expressão. Medo? Raiva? Um coquetel dos dois? Ele insistiu.

– A polícia não pode ajudá-la. O programa de proteção a testemunhas não vai ajudá-la. Leia os jornais. Reggie Dumas, o último homem que testemunhou contra a máfia nos anos 1980? Ele estava no programa de proteção a testemunhas. Dois anos depois, encontraram seu corpo no seu quintal, em Phoenix. Eles levaram anos, mas o pegaram, lá no meio do deserto.

– Eu sou mesmo uma idiota – disse ela, quase sem emitir som.

– Não seja dura consigo mesma – disse ele. – Nem todo mundo...

– Você trabalha para ele, não é?

– Como?

Ela, agora, olhava para ele com a boca em uma linha dura. O coquetel tinha duas partes de raiva e uma parte de medo.

– Isso tudo está relacionado com a porra dos dentes?

– *Dentes?* Que dentes?

Ela olhou fixamente para ele.

– Graciella, por favor. Eu só quero alertá-la. Eu acho que você não tem noção do que Nick pai é capaz.

– Ah, eu sei que ele sai do sério – disse ela.

– Sai do sério? As coisas que eu o vi fazer. Você sabe o que significa desenluvamento? – Ele ergueu a mão. – Não importa. Eu não devia ter tocado nisso. A questão é: seu sogro é um filho da puta doente.

– Você acabou de falar sobre a minha família?

– É sua família *agora*. Mas se seu marido entregar o pai no banco das testemunhas, você não vai mais ser da família, não para Nick pai.

Graciella se levantou.

– Saia daqui – disse ela.

Ele se levantou da cadeira.

– Por favor, eu só vim porque...

– *Saia*.

Agora os pais estavam olhando para ela – e, por extensão, para ele, que ajeitou o Borsalino e baixou a voz.

– Você não tem razão para acreditar em mim – disse ele. – Sou um trapaceiro e um contador de histórias. Eu costumava ganhar a vida aplicando golpes em pessoas. Mas garanto a você: estou dizendo a verdade. Eu não trabalho para Nick pai. Só estou aqui para ajudar.

Ele estendeu uma carta de baralho.

– Escrevi meu telefone aqui. Se precisar de mim, ligue.

Ela se recusou a pegá-la dele. Ele a pôs em cima da cadeira de jardim, saudou-a com um toque no chapéu e caminhou na direção de seu carro. Atrás dele, um grito se ergueu no campo, e crianças de camisas vermelhas comemoravam, e crianças de camisa verde entravam em desespero, ou vice-versa.

□

Nos meses depois que ele e Maureen foram recrutados e mandados para Maryland, o romance acelerou por conta própria, como uma bicicleta ladeira abaixo. Não foi só porque passavam muito tempo juntos – trabalhavam lado a lado todo dia em Fort Meade, pegavam o mesmo ônibus de volta para Odenton, iam para casa em apartamentos vizinhos. A mudança em si havia afetado Maureen. Finalmente fora da influência da mãe, como dizia, ela iria florescer. Ria com mais facilidade, parecia menos cuidadosa em relação a toda frase que enunciava, não parecia mais se preocupar com que os estranhos na rua pudessem pensar dos dois de mãos dadas. E, à noite, Mo se iluminava como uma tocha de querosene. Na primavera, eles estavam fazendo amor com as luzes acesas.

Ele não teria trocado aqueles meses por nada, mas tinha de admitir que a rotina diária o entediava, fazia com que sentisse como se estivesse trabalhando em um emprego fixo, algo que jurara jamais fazer. Ele também tinha de admitir que, para um trabalho fixo, até que era bem flexível. Na maioria dos dias, o trabalho consistia em deitar em sofás falando em voz alta enquanto um outro paranormal registrava suas "observações". Mais tarde, Smalls avaliava as observações por "acertos". Maureen e Teddy, os dois astros do show, tinham pontuações que eram aproximadamente as mesmas, mas por razões diferentes. As observações de Maureen eram altamente específicas, de modo que, quando acertava, sua afirmação concreta saía com fatos incontestáveis. As respostas de Teddy, entretanto, eram criativamente vagas, fazendo com que fosse quase impossível que ele estivesse *completamente* errado.

Por alguma razão, Smalls não recrutara Clifford Turner, que havia demonstrado alguma habilidade paranormal – e a razão era o fato de Turner ser negro. Smalls deixara que seu preconceito pensasse por ele e contratara, em vez disso, dois homens brancos que eram idiotas autoiludidos. Bob Nickles era um eletricista aposentado que alegava absorver eletricidade; Jonathan Jones era um jovem que tinha sido "descoberto" por dois professores de Stanford após obter resultados altos em uma série de testes de jogos de adivinhação. As principais qualificações dos dois pareciam ser: (a) sorte, agora esgotada; e (b) o entusiasmo semelhante ao de golden retrievers. Nickles e Jones falavam sobre qualquer coisa que lhes passasse pela cabeça, em geral mencionando subconscientemente alguma pista que Smalls tivesse deixado escapar sobre a tarefa. Uma menção solta a "areia" era suficiente para fazê-los conjurar camelos e árabes a tarde inteira. O que incomodava Teddy não era que esses dois idiotas achassem estar realmente tendo experiências paranormais, mas o fato de Smalls achar também. Em alguns dias, o agente lhes dava pontuações mais altas do que as de Teddy ou Maureen.

A credulidade avassaladora parecia permear todos os níveis do governo, abastecida pelo medo dos russos. Os soviéticos estavam botando dinheiro em pesquisa paranormal, e os EUA, explicou Smalls, não tinham opção além de responder da mesma maneira. Todas as organizações de inteligência e todo ramo das forças armadas estavam financiando projetos secretos paralelos. Alguns deles concentrados no controle da mente, outros em leitura de mentes. A equipe de Smalls estava encarregada de visão remota. Ele recebera um prédio de alojamento empoeirado no forte, dinheiro para uma secretária, um agente iniciante e quatro paranormais, e todo equipamento de escritório que pudesse resgatar do Comando de Segurança e Inteligência e de outros destacamentos do exército. O programa não tinha nome, então todo mundo simplesmente o chamava de "o programa".

O que enfurecia era que com todo aquele dinheiro do governo circulando, muito pouco ia para as pessoas que faziam o trabalho – os agentes paranormais. Eles estavam pagando muito pouco a Maureen e a Teddy. Quando Teddy comentou isso com Smalls, o homem começou um discurso sobre dever, proteger o país, e a própria ameaça à democracia. Pedir a você que abrisse mão de seu justo quinhão pelo bem da pátria, da empresa ou da igreja era um esquema bem comum, mas dizer a você que ficasse sem dinheiro em nome de uma filosofia abstrata? Era preciso coragem para isso.

O dinheiro de verdade, Teddy rapidamente descobriu, ia para consultores e empresas terceirizadas. Por exemplo: na manhã anterior à noite em que Teddy pediu Maureen em casamento, eles chegaram ao quartel e encontraram diversos trabalhadores de macacão laranja montando pilhas de equipamento elétrico. Smalls chamou os sete membros da equipe em seu escritório.

– Tenho boas notícias – disse a eles. – A gerência está muito animada com os resultados que obtivemos até agora. Nós obtivemos nossa própria linha de financiamento e um codinome oficial. A partir de hoje, somos o Aqueduto Anvil.

– Uau! – exclamou Jones. – O que isso significa?

– Não significa nada – disse Smalls. – Era o seguinte no livro.

– Que livro?

– O livro de codinomes disponíveis.

– Vocês têm um livro de codinomes previamente gerados? – perguntou Teddy.

– Se não tivermos, todo mundo escolhe nomes como "Operação Trovão". Tem outra notícia...

Teddy levantou a mão.

– Posso dizer às pessoas que estou no AA? – perguntou inocentemente.

– Não digam às pessoas que vocês estão em nada – disse Smalls.

– Nós ainda podemos chamá-lo de "o programa"? – perguntou Bob Nickles.

– Aí eles vão saber que estamos no AA – disse Teddy. Só Maureen e a secretária riram.

– *Tem outra notícia* – repetiu Smalls, tentando desesperadamente retomar o controle da reunião. Ele nunca ria das piadas de Teddy. Qualquer senso de humor que o homem tivesse entrava em curto na presença de Teddy por causa do ciúme. O pobre brutamontes tinha uma queda por Maureen, mas ele não podia admitir para si mesmo esses pensamentos impuros, e por isso tinha de descarregar suas frustrações em cima de seu consorte charmoso e falador. Não importava que o relacionamento de Teddy e Maureen tivesse sido classificado como altamente confidencial pela própria mulher; Smalls podia senti-lo.

– A gerência também aprovou uma expansão do programa – disse Smalls. – Nós vamos começar a contratar.

Smalls obtivera permissão para testar militares e usá-los nos programas caso seus resultados se assemelhassem ao desejado "perfil psicológico". Teddy supôs que isso significava credulidade.

– Testá-los como? – perguntou Maureen.

– Essa é uma pergunta excelente – disse Smalls. – Obrigado, Maureen.

Que Deus nos ajude, pensou Teddy.

Smalls gesticulou na direção da porta.

– Aqui está o homem que pode responder suas perguntas. – Parado ali, com as mãos entrelaçadas às costas, havia um homem baixo de terno preto. Seu cabelo era ralo no alto, mas o bigode era tão grosso, gorduroso e pontudo com o de um vilão de filme mudo.

– Este é G. Randall Archibald – apresentou Smalls. – E ele tem um dispositivo que vai revolucionar a pesquisa paranormal.

– Não diga – disse Teddy.

O homem bigodudo examinou a sala.

– Meu detector de campos de torção consegue medir a habilidade paranormal com precisão de 95%.

– Noventa e cinco vírgula seis – disse Smalls. – Que tal começarmos com você, Teddy.

– Como assim? – perguntou Teddy. Ele olhou para Maureen. Ela de repente se interessou pelos próprios sapatos.

– Você, entre todas as pessoas, não tem nada a temer – disse Archibald com o tom de um médico escondendo uma seringa às costas. – Não um talento tão poderoso quanto você.

□

Chegar em casa não ajudou nada a melhorar o estado de ânimo de Teddy. Buddy estava agachado na sala de estar, suado e tenso, tentando consertar uma luminária. (Por quê? Ela estava quebrada? Se não estivesse antes, estava agora.) Frankie estava sentado à mesa da cozinha, com três garrafas vazias de cerveja à sua frente enquanto bebia a quarta.

– O que você está fazendo aqui, e o que fez com a minha cerveja? – perguntou Teddy.

– Vim trazer Matty. Ele é um garoto muito legal. Bom trabalhador, entusiasmado e pronto para progredir. Não é como a maioria dos garotos.

– Sei – disse Teddy. – Não do tipo que anda perto de sua casa, esperando uma esmola.

– Exatamente. – Frankie terminou a cerveja e se levantou para pegar outra na geladeira. – Esse aí corre mesmo atrás. – Embaixo da mesa havia uma caixa de papelão.

– Que diabos é isso? – perguntou Teddy, sabendo muito bem o que era a caixa.

– Eu trouxe mais uns produtos – disse Frankie.

– Não. – Teddy sacudiu a cabeça. – Não não não não.

– Você sabe que isso é bom para você. Tem...

– Antioxidantes! Jesus, eu sei. Tire isso daqui, Frankie, eu já tenho antioxidantes suficientes para afogar um novilho.

– Se você se transformar em um de meus distribuidores afiliados, o preço fica ainda mais barato.

– Nós já falamos sobre isso. Esse é o seu esquema, não o meu.

– Só estou lhe pedindo para que pelo menos uma vez na vida me demonstre apoio.

– Uma vez na... foi isso o que você disse? *Uma vez*?

– Eu não tiro nada de você – disse Frankie, negando todos os registros históricos. – Nós todos sabemos que você está cheio da grana...

– Eu não estou cheio da grana.

– ... mas, pelo menos, eu não me abrigo aqui, não como sua comida nem espero que você cuide de mim.

Teddy abriu o armário alto e pegou a garrafa de Hendrick's.

– Então o que você está me dizendo – disse ele enquanto servia três dedos em um copo de fundo grosso. – É que se eu comprar mais uma caixa de você, acabou, você nunca mais vai me pedir nada?

Frankie franziu o cenho.

– Qual o seu problema? – Ele não estava acostumado ao sarcasmo de Teddy, cujo hábito naqueles encontros depois do trabalho era ouvir em silêncio. Duas ou três vezes por semana Frankie fazia isso, passava lá depois do trabalho, começava a discursar sobre suplementos herbais, impostos imobiliários ou o que quer que estivesse em sua cabeça o estivesse incomodando, e consumia todas as Heinekens e todos os biscoitos Ritz de Teddy. Ele não tinha pressa de voltar para casa para Loretta, provavelmente porque não queria ficar preso cuidando das gêmeas ou levando-as para a aula de ginástica. Não parava de falar até que a cerveja ou a paciência de Teddy se esgotavam. Aí Teddy dava um tapinha no braço do filho, concordava com qualquer que tivesse sido a última coisa dita por ele e subia para tirar um cochilo. (Embora fosse mais um refúgio que um cochilo.) Ele decidira anos atrás que não havia vantagem em discutir com o garoto, e não havia como deter sua falação da mesma forma que era impossível fazer com que Buddy começasse a falar. Em teoria, Buddy era o dispositivo de absorção de som perfeito para a verborragia de Frankie, mas desde o barco fluvial, os irmãos mal conseguiam olhar um para o outro.

– Eu estou bem – disse Teddy. – Muito bem. – Ele entregou a Frankie seu copo de gim e apontou com a cabeça para a geladeira. – Você está mais perto, ponha gelo aí.

Frankie fez o que lhe foi pedido. Jogou os três últimos cubos de uma fôrma e colocou o recipiente vazio de volta no freezer.

Meu Deus, pensou Teddy, eu criei uma família de visigodos.

– Então você vai comprar a caixa? – perguntou Frankie.

Teddy se inclinou para a frente.

– Deixe-me lhe contar uma história.

– Ai.

– Isso mesmo, é minha vez. Você sabe o que todo mundo me disse quando sua mãe morreu?

Frankie só faltou revirar os olhos.

– Que você devia ter dado todos nós.

– Isso mesmo! Entregar vocês todos para o serviço social.

– Ou para a família de mamãe.

– Você teria gostado disso. Criado por um bando de irlandeses alcoólatras. – Frankie fez uma careta, e Teddy acrescentou: – Isso não faz de mim um racista. Alguns irlandeses bebem como malditos peixes. A mãe de sua mãe, que Deus tenha sua alma, era abstêmia, mas o pai? Era um alcoólatra inveterado. E o irmão era bêbado de cair.

– Achei que o irmão de mamãe tinha morrido adolescente...

– E morreu.

– ... de leucemia.

– Leucemia causada por álcool – disse Teddy. – Esses aí são os seus genes, Frankie, meu garoto. É melhor se cuidar.

De repente, Buddy entrou na cozinha, olhou loucamente ao redor, em seguida mergulhou na direção do telefone. Atendeu assim que tocou. Olhou fixamente para ele por um segundo, em seguida o estendeu para Teddy.

– Alô? – perguntou Teddy.

– Então seu cartão de visita é um *dois*?

– Graciella – disse ele, sem conseguir conter o sorriso.

– Eu achava que você escolheria pelo menos um ás – disse ela.

Teddy ignorou a expressão intrigada de Frankie, em seguida saiu dali com o telefone. Droga, ele precisava de um sem fio naquela casa cheia de gente.

– Sabe, se eu desse a você um ás, você ia achar que eu estava me gabando – disse ele. – Eu podia ter escolhido uma carta de figura, mas aí não há espaço para escrever. Mas o dois, bom, ele pode não parecer muito, mas é um coringa.

– Então – disse Graciella. – O desenluvamento.

– Ah. Como eu disse, não devia ter tocado no assunto.

– Conte-me a história, Teddy.

– Não pelo telefone. Que tal jantar no Dominick's? – *Onde nós nos conhecemos*, ele não acrescentou.

– Eles não têm bar. Eu vou precisar de uma bebida.

– Eu conheço um lugar – disse ele.

– Eu já liguei para a baby-sitter.

Ele tornou a entrar e retomou seu lugar. Deu um gole longo e amargo no Hendrick's e se encostou.

Frankie estava olhando para ele com uma expressão estranha.

– O que aconteceu?

– Nada, meu garoto. Nada.

– Você está sorrindo por *algum* motivo.

Teddy girou o copo, pensativo.

Frankie balançou a cabeça lentamente.

– Então...

– Está bem, está bem – disse Teddy com um suspiro artificial. – Uma caixa.

□

Na viagem de ônibus para casa desde Fort Meade, Maureen ficou em silêncio com expressão distraída.

– Não se preocupe – disse a ela Teddy. – Aquela máquina não significa nada. – Ela não respondeu. Porque, é claro, ela significava alguma coisa; porque Smalls acreditava nela. E como ele poderia não acreditar? Os resultados correspondiam a todas as suas crenças.

G. Randall Archibald testou cada um deles. Não começaram com Teddy, porque Jonathan Jones estava muito ansioso para ir primeiro. Archibald prendeu eletrodos ao braço e às têmporas do garoto, em seguida o conectou à pilha de dispositivos eletrônicos – que no conjunto formavam aquele detector de campo de torção. As caixas zumbiam e trepidavam, e emanavam um cheiro de borracha queimada. Archibald pediu a Jones que passasse por um teste de visão remota, e a equipe observou tensa enquanto os mostradores da máquina se agitavam e oscilavam. Depois, Archibald anotou números em um bloco, resmungou consigo mesmo, em seguida chamou Bob Nickles. O aposentado teve desempenho parecido com o de Jones.

Aí foi a vez de Maureen. Assim que ela fechou os olhos para se concentrar em um alvo em solo russo, os ponteiros saltaram para a direita como o velocímetro de Barney Oldfield.

Archibald pareceu chocado, e murmurou algo sobre recalibrar o dispositivo, mas Smalls o tranquilizou. Em sua opinião, o detector estava absolutamente preciso.

Teddy foi o último. Archibald prendeu os eletrodos com fita à pele de Teddy, ligou a máquina... e esperou. Os mostradores não se moveram. Teddy fez uma piada sobre Maureen tê-los queimado, e ninguém riu, nem mesmo Maureen. Uma segunda rodada de testes com o grupo apresentou resultados semelhantes. Jones e Nickles eram ativos, mas fracos. Maureen era uma usina de força e Teddy, um fracasso.

– É o golpe mais velho do mundo – disse Teddy a Maureen, ainda tentando animá-la enquanto o ônibus roncava na direção de Odenton. – Aquele sujeito, Archibald? Ele vai ganhar uma grana explorando o governo. É um negócio melhor do que ser paranormal, isso é certo. Ele está engambelando Smalls. Não há um otário melhor do que um homem que pode aprovar com sua assinatura a liberação de verbas do governo.

Maureen ainda assim não falou.

– Está bem, aquilo funciona? – perguntou retoricamente Teddy. – Talvez. – Isso era mentira, mas para o próprio bem dela. – Mas sem dúvida estava certo em relação a você.

Maureen finalmente olhou para ele, que ficou chocado ao ver que seus olhos estavam brilhando. Ele ficou arrasado ao vê-la segurar as lágrimas. Era pior que se estivesse aos prantos. Ela disse:

– Você agora acredita em mim?

– Querida, você está perguntando a um trapaceiro nato nas cartas se ele acredita em poderes paranormais? Eu conheço todos os truques que existem nos livros, mas e os que não estão nos livros? Bem, eu sei bastante para olhar para a mão esquerda quando a direita está gesticulando. E, garota, eu observei todos os movimentos que você fez desde o último verão.

Ele deu um suspiro.

– Mas não consegui pegar você. Todo dia no laboratório do Dr. Eldon você me virava a cabeça e me deixava confuso. Então viemos para cá e eu pensei: finalmente vou conseguir vê-la todo dia, não há como ela possa conseguir me enganar todo minuto. Talvez Smalls, mas não Teddy Telemachus. E sabe de uma coisa? Eu estava certo.

– O quê? Eu nunca...

– Você não me enganou, Maureen McKinnon, porque você não estava tentando fazer isso. Você é de verdade. Eu levei muito tempo para acreditar nisso, é algo que vai contra minha natureza. Eu não ia ser feito de otário por uma mulher bonita e de olhos azuis de Chicago. Mas você, você tem talento. É uma paranormal honesta. E eu amo você.

Ela encostou no banco de vinil, e agora uma lágrima escapara para escorrer por seu rosto. Ele estava confuso outra vez. Será que ela estava feliz ou aborrecida? Ele se decidiu por feliz, porque a alternativa iria deixá-lo arrasado.

– E você? – perguntou ela por fim. – A máquina está certa em relação a você?

– Você já sabe – disse ele. – Eu já lhe contei todos os truques que usei. – Todos menos dois, pensou ele. O que fizera pela manhã e o que estava prestes a aplicar. Faria isso mais tarde, durante o jantar, mas ela precisava de um pouco de magia, agora, naquele ônibus repleto de soldados e secretárias.

– Olhe para este chapéu comum – disse ele, e tirou seu fedora. – Não há absolutamente nada aqui dentro.

Ela esfregou os olhos com os nós dos dedos de uma das mãos.

– Agora não, Teddy.

Ele pôs a mão ali dentro.

– E ainda assim, algo surge do nada. – Ele ergueu a mão e mostrou a ela a caixa de anel preta de veludo em seus dedos.

– O que você está fazendo? – perguntou ela.

– Está um pouco apertado, mas vou tentar ficar de joelhos.

– Não. Por favor. – Ela cobriu a mão dele com a sua e fechou os dedos dele sobre a caixa. – Eu preciso lhe dizer uma coisa.

– Desde que termine em "sim".

– Aconteceu uma coisa. – O rosto dela estava muito sério. – Não. *Alguém* aconteceu.

Ele sentiu um aperto no peito.

– Outro homem?

– Ou mulher – disse ela. – Nós vamos demorar um pouco para saber.

– Ah – disse ele. Em seguida: – Ah! – E depois: – Ah, meu Deus!

Ela olhou para ele, ainda sem sorrir. Esperava que ele falasse claramente. Teddy perguntou:

– Você tem certeza? Você já falou com um médico?

– Eu não precisei – respondeu ela. – Eu consigo ver.

– *O quê?*

– Não são apenas coisas remotas, Teddy. – Ela tocou a barriga. – Eu olhei, e ele estava bem ali.

– Jesus Cristo na cruz – disse Teddy. Ele deu um suspiro e olhou para o encosto do banco à sua frente sem vê-lo.

– Você pode pegar de volta se quiser – disse ela.

– O quê? – Ele não parecia conseguir recuperar o fôlego.

– O anel.

O que ela dizia não fazia nenhum sentido.

– Preciso saber o que você está pensando, Teddy. Eu não consigo ver dentro de seu cérebro.

– O que eu penso? – Ele se voltou para ela. As lágrimas dele e a janela iluminada do ônibus atrás dela haviam transformado seu rosto em um borrão com um halo de luz do sol, um anjo de vitral. – Acho que essa criança vai ser a melhor coisa do mundo!

□

– Bem-vinda ao Hala Kahiki Lounge – disse ele a Graciella. – O melhor tiki bar de Chicago.

Ela olhou para os painéis de bambu do salão, os lustres franjados, os deuses de plástico fazendo caretas que cobriam as paredes.

– Imagino que seja o único.

– Talvez, talvez. Mas não desdenhe de um estabelecimento apenas porque ele durou mais que seus pares. – Patti, a garçonete, cumprimentou-o com um beijo no rosto e o conduziu até a mesa habitual. Ele pediu um rum que tinham trazido de Barbados. Graciella preferiu uísque.

– Então – disse ela de maneira significativa no meio do segundo drinque.

– Na verdade não é uma história para uma companhia educada – disse ele.

– Eu passo o dia inteiro sentada no tribunal ouvindo histórias terríveis – disse ela. – E toda noite converso com o advogado que está cuidando de meu divórcio. Eu não ando em companhia educada há muito tempo.

– Você vai deixar Nick Jr.? – Ele tentou não parecer feliz por isso.

– Se eu conseguir fazer isso sem matá-lo. – Ela acenou com a mão. – Mas essa sua história. Vá contando.

– Tudo bem. – Ele mexeu sua bebida, decidindo por onde começar. – Eu contei a você que costumava jogar cartas com Nick pai? Havia alguns de nós que se reuniam toda semana para um jogo honesto em seu restaurante.

– A pizzaria – disse ela.

– Nick tinha uma mesa grande na cozinha. Ele fazia tortas enquanto jogávamos, abria o vinho...

Graciella gesticulou com dois dedos: mais rápido.

– Bom, então. Um dos caras do grupo, vamos chamá-lo de Charlie, ele era um dos melhores amigos de Nick. Eles se conheciam havia anos, e Charlie fez alguns serviços escusos para Nick. Nada violento, mas não exatamente dentro da lei. Eles tiveram esse acordo por anos, sem problemas. Bom, nós chegamos para a noite de pôquer e havia uma tensão no ar. Parece que Charlie fez alguma besteira, e uma besteira das grandes. Um serviço deu errado, um dos amigos de Nick se machucou e Charlie perdeu muito dinheiro que pertencia a, bem, certas pessoas...

– Eu sei o que é a máfia – disse ela.

– Claro que sim. E você sabe o quanto eles se preocupam com o próprio dinheiro. Então Nick está fazendo pizza para o grupo, com farinha branca até os cotovelos, e ele começa a perguntar a Charlie sobre como ele estragou as coisas. Charlie está nervoso, mas está tentando parecer tranquilo, e Nick não para de conversar com ele, e o tempo inteiro em que eles estão conversando, Nick está passando massa pela prensa, você sabe o que é isso?

Ela sacudiu a cabeça.

– Uma máquina grande com dois rolos de metal que estica a massa. É bem rápida, também. E, de repente, dois caras na mesa pegam Charlie pelos braços e o levam até ela.

– Meu Deus – disse ela entendendo agora.

– As duas mãos – contou Teddy. – Ele as enfiou ali. A primeira coisa que acontece é que os dedos são esmagados. Os rolos emperram nos pulsos, mas continuam pressionando. Aí a pele é arrancada, até a ponta dos dedos.

– Como uma luva – concluiu Graciella em voz baixa. Ela engoliu o resto da bebida.

– Desculpe por ter de lhe contar isso – disse Teddy. – Mas quando penso em você, e em seus filhos...

– Não. Está tudo bem – disse ela. Ela olhou para dentro do copo como se ele estivesse prestes a tornar a se encher por mágica. – Meu marido não matou Rick Mazzione – acrescentou ela.

– Eu não falei que ele matou.

– Ele é um idiota e um babaca e pode ter feito muitas outras coisas... mas não essa.

Ela levou a mão ao interior da bolsa grande e retirou uma bolsinha verde, uma lancheira térmica de invólucro macio com personagens de desenho animado na frente.

– Eu gostaria de lhe mostrar uma coisa. – Ela abriu o zíper da bolsa. Ali dentro havia uma embalagem azul de freezer e um recipiente transparente de sanduíche. Ela empurrou esse recipiente para ele.

Ele abriu a tampa e ali dentro havia meia dúzia de pedrinhas cinza. Não, não pedrinhas.

– Os dentes de Rick Mazzione – disse ela. – Nick pai iria gostar muito disso.

– *Por quê?*

– É uma longa história – disse ela e pediu outro uísque.

8

Irene

Ela esperou a quinze metros do Portão C31, semioculta por uma coluna enquanto os passageiros do voo 1606 desembarcavam. Sentia-se como um cachorro de mercearia, uma dessas criaturas agitadas presas do lado de fora de portas de vidro, examinando desesperadamente todo rosto humano à procura de seu dono: é você que eu amo? É você?

Aí pensou: meu Deus. A palavra "amor" está na minha cabeça.

Ela não o amava. Como poderia se apaixonar por um ícone do AOL e algumas centenas de telas cheias de texto? A emoção que sentia toda vez que o computador informava que ela tinha, sim, mensagens era tão palpável quanto o toque de um amante.

As pessoas continuavam a jorrar das portas de desembarque. Era um voo de manhã cedo, e muitos passageiros estavam amarfanhados e lentos, como se tivessem acabado de acordar com um alarme de incêndio; eles chegaram ao corredor e olharam para a esquerda, a direita e a esquerda outra vez tentando se localizar, antes de irem embora. Os passageiros viajando a negócios, entretanto, eram *totalmente* profissionais, dos ternos formais às saias de tailleurs formais e sapatos formais reluzentes. Eles cortavam a multidão de civis como tubarões executivos.

O Último Pai na Terra, também conhecido como Joshua Lee, era um dos tipos profissionais, um homem que viajava pelo país o tempo inteiro, sim, de classe executiva. Ela, porém, estava morrendo de medo de não reconhecê-lo. Ele enviara uma foto sua parado à sombra de uma palmeira, mas sua impressora em preto e branco a jato de tinta transformara tudo em uma mancha sem contraste, então ela deixara o impresso em casa. Quanto mais tentava guardar a foto na mente, entretanto, mais duvidava de sua memória.

Mas havia outra razão por que deixar de reconhecê-lo a aterrorizava. Depois de conversarem on-line por mais de uma semana, eles tiveram o seguinte diálogo:

O ÚLTIMO PAI NA TERRA: Tem uma coisa que preciso lhe contar. Duas coisas, na verdade.
IRENE T: Parece sério.
O ÚLTIMO PAI NA TERRA: Primeiro, minha filha é chinesa.
IRENE T: Isso é ótimo! Eu não sabia que você tinha adotado.
O ÚLTIMO PAI DE PÉ: Não exatamente.

E ela pensou: *Não exatamente?* O que ele quis dizer com isso? Eles a haviam roubado?

O ÚLTIMO PAI NA TERRA: Isso nos leva à segunda coisa. Os pais dela são chineses também.

Ela quase digitou em resposta: "É claro que os pais dela são chineses." Em seguida a ficha caiu. Joshua *Lee*.

Ela sentiu uma onda de embaraço retroativa, um embaraço condicional. Será que alguma vez tinha dito alguma coisa ruim sobre os chineses? Ou asiáticos em geral? Reviu na cabeça as mensagens que eles trocaram. Mas, é claro, uma racista nunca iria se lembrar se dissera algo de mau gosto.

Então ela ficou duplamente embaraçada quando se deu conta de que ele devia estar esperando que ela respondesse. E provavelmente rindo. Que idiota, contar a ela desse jeito! Rapidamente, ela digitou de volta:

IRENE T: Você contou a sua filha que os pais dela são asiáticos?
O ÚLTIMO PAI NA TERRA: Ah, estamos esperando a hora certa de contar a ela.
IRENE T: E para mim também, evidentemente.
O ÚLTIMO PAI NA TERRA: Você está louca?
IRENE T: Eu não me importo com o que você é.

O ÚLTIMO PAI NA TERRA: Isso é um alívio, porque na verdade eu sou uma avó de oitenta anos de Flagstaff.

IRENE T: Então pare de digitar e vá tricotar alguma coisa para mim.

Eles trocavam detalhes biográficos como figurinhas de coleção. Ele era um chinês de terceira geração, ela era de terceira geração no lado irlandês e quem sabe quantas gerações do lado grego (o pai era vago sobre a história de sua família). Culturalmente, o maior abismo entre eles era o Sudoeste *versus* o Meio-oeste. (Eles ignoravam homem *versus* mulher, e colarinho-branco *versus* classe trabalhadora, e ela não chamou a atenção para mentalmente são *versus* psiônica.)

Ela tentou dizer a ele que sua raça não importava, que ele nem precisava dizer isso, mas ele disse que sim, pois seria a primeira coisa que ela perceberia se eles se conhecessem cara a cara...

... E era isso o que estavam prestes a fazer.

O fluxo de passageiros saindo diminuiu para um filete, em seguida parou. Meio minuto depois, duas comissárias de bordo saíram, puxando suas micromalas de rodinhas. Onde estava ele? Será que tinha passado sem que ela percebesse? Ou ele não estava no voo?

– Irene? – disse uma voz.

Ela se virou e olhou no rosto sorridente de Joshua Lee. Claro que ela o reconheceu. Ele era exatamente ele mesmo.

Ela ergueu o braço, como se fosse apertar sua mão, em seguida percebeu que isso era ridículo. Ela se inclinou para a frente e o abraçou. O peito dele era sólido. E sua mão nas costas dela, muito real. A *presença* dele a chocou.

– Então essa é você – disse ele.

– Sou eu – disse ela.

– É bem...

– Não! – interrompeu ela. – Você prometeu.

– Está certo – concordou ele. – As regras. Nada de gracejos.

– E nada de palavras emocionadas. – Ela se contorceu, desculpando-se. – Eu sei que é estranho.

Ele começou a dizer algo, em seguida se deteve.

– Fome é uma emoção?

– Um caso extremo – disse ela.

– Posso lhe perguntar se você está com fome? Gostaria de comer alguma coisa?

– Vou permitir isso – disse ela.

– Porque tenho três horas e meia antes de meu voo e quero experimentar esse sanduíche do qual você sempre fala, o combo.

– Ah, você não vai aguentar o combo. Além disso, vamos levar meia hora para chegar ao meu carro, mais 20 minutos para ir até o restaurante...

– Tem bastante tempo.

Eles caminharam na direção da saída, com sua pele a centímetros da dele. Ela estava muito errada. A fome não era um caso extremo.

Certa noite, na sala de bate-papo, ele mencionou que costumava passar por Chicago a caminho de Nova York, e ficava esperando durante o intervalo na viagem. Ela ignorou a deixa. Ele falou nisso mais algumas vezes, e então finalmente se abriu e disse que iria passar pelo aeroporto O'Hare e que gostaria de vê-la. Ela tentou explicar que isso era impossível, o que levou a uma grande discussão sobre o que ele chamava de as "questões de confiança" dela, e ela chamava de "questões de realidade".

O ÚLTIMO PAI NA TERRA: Por que você tem tanto medo que eu minta para você?

IRENE T: Todo mundo mente. Não estou dizendo que você é uma pessoa má. Eu minto o tempo inteiro. Vou mentir para você!

O ÚLTIMO PAI NA TERRA: Você acha que eu posso ter problemas com isso.

IRENE T: É por isso que não vai funcionar nos conhecermos. Eu não aguento isso pessoalmente. Não com uma pessoa de quem eu gosto.

O ÚLTIMO PAI NA TERRA: Está vendo? Você gosta de mim. Ganhei.

IRENE T: A menos que eu esteja mentindo. Mas não estou. Você vê como é bom acreditar em mim?

Mas ele não desistiu. Ele a cansou, e no fim ela concordou em encontrá-lo no aeroporto, mas só se ele seguisse certas regras.

IRENE T: Você não pode dizer: É um prazer conhecê-la. Você não pode dizer que estou bonita.

O ÚLTIMO PAI NA TERRA: E se você ESTIVER bonita?

IRENE T: Não importa. Se você disser isso uma vez, aí você vai sentir que precisa dizer isso o tempo todo.

O ÚLTIMO PAI NA TERRA: Não vejo problema se eu estiver falando a verdade. Se eu ficar feliz ao vê-la, quero lhe dizer.

IRENE T: Conte-me por aqui, se for preciso. Mas não lá fora.

O ÚLTIMO PAI NA TERRA: Onde você possa ver minha grande cara de mentiroso?

IRENE T: Desculpe. Eu não consigo fazer isso de outro jeito.

O ÚLTIMO PAI NA TERRA: Então é assim que nós vamos fazer, fico feliz em tentar a honestidade total. Sem mentiras.

Enquanto iam de carro até o Johnny's Red Hots, tentando preencher o silêncio sem esbarrar nas regras de conversa dela, ela percebeu que havia cometido um erro terrível. Não estava querendo "honestidade total"; isso era o que eles já tinham, quando estavam juntos on-line, conversando no escuro através de seus teclados. Queria algo impossível: protetores de ouvido que filtrassem inverdades e, ainda assim, deixassem passar o resto da voz dele.

O Johnny's tinha acabado de abrir para o almoço. Ela não estava com fome, mas pediu batatas fritas para ser sociável. Ele pediu o combo e o levou impressionado para a mesa.

– Não acredito que isso seja permitido pelas leis estaduais. Você não pode simplesmente botar uma pilha de carne fatiada...

– Um *Italian beef* – disse ela.

– Um *Italian beef* junto com uma linguiça...

– Linguiça italiana.

– Certo, e eles simplesmente permitem que você *coma* isso?

– Em Chicago, a carne é um tempero – disse ela.

Comida era um assunto seguro. Assim como o clima, o trânsito, viagens aéreas e todo o resto sobre o qual eles não queriam falar. Ela queria perguntar se ele tinha passado o mesmo tempo que ela escolhendo as roupas; se ela parecia e falava como ele esperava; se ele estava tão nervoso e eufórico quanto ela. Mas nada disso estava à mesa, por sua própria decisão. Quando Joshua terminou o combo (e ele o comeu inteiro, ainda limpou o caldo com o resto do pão molhado e o jogou na boca como um bom sulista), ela percebeu que mesmo com a viagem de volta e a passagem pela segurança, eles tinham uma hora para encher, e nada com o que enchê-la.

– Desculpe – disse ela. – Eu não devia ter feito isto.

– Do que você está falando? Eu gostei... – Ele se deteve. Nada de falar de emoções.

– Viu só? – disse ela. – Eu sou cheia de problemas.

Ele pensou por um instante. Em seguida, estendeu o braço sobre a mesa e pôs as mãos sobre as dela.

– Nada de falar, então – disse ele. – Vamos apenas olhar um para o outro. E depois...

– Depois podemos dizer tudo on-line – disse ela.

– Como bons americanos on-line – concordou ele. E ela riu.

– Mas você pode continuar a segurar minha mão – disse ela.

– Eu, na realidade, devia ir lavar a gordura. – E isso era verdade.

Eles voltaram de carro em um silêncio que era completamente abafado pelo ruído do sangue correndo no interior dela. Havia algo que ela precisava dizer antes que ele partisse, algo que poderia terminar com o relacionamento antes que começasse. Depois de passar pelos detectores de metal, os dois caminharam de mãos dadas pelo terminal até o portão seguinte.

– Eu preciso lhe contar sobre quem eu sou – disse ela. – Sobre minha família.

– Eu sei tudo sobre a Fabulosa Família Telemachus.

Ela parou e largou a mão dele.

– Sabe?

– Eu fiz umas perguntas, e um amigo meu sabia tudo sobre vocês. Eu achei que você estivesse esperando que eu pesquisasse. Quando você finalmente me contou seu sobrenome, fez com que ele parecesse famoso.

– Eu não fiz isso.

Ele deu um olhar divertido para ela.

– Eu estou mentindo?

Ele não estava. Ela sentiu uma Irene morta de medo aos nove anos entrando diante das câmeras.

– Então o que você acha? – perguntou ela.

– Sem falar em sentimentos? – A voz dele estava alegre; seus olhos, simpáticos. Ela não conseguiu ver o toque de desdém que imaginara.

– Certo – disse ela. – Regras. – Ela entrelaçou o braço no dele, e os dois voltaram a andar.

– Mas eu tenho muitas perguntas – disse ele.

– Vamos falar sobre isso depois – disse ela. Tudo era fácil em frente da tela, as palavras zuniam sem esforço entre os satélites. Conversaram sobre o divórcio dele, o quase casamento dela com Lev, o trabalho estressante dele e o monótono dela. Falaram principalmente sobre os filhos. Ele tinha guarda compartilhada da filha de dez anos, Jun, e se preocupava com os efeitos do divórcio sobre ela. Irene se afligia com Matty, o mestre do mau humor e dos segredos, que passava uma quantidade de tempo absurda sozinho em seu quarto.

O ÚLTIMO PAI NA TERRA: Você não pode se preocupar com isso. Crianças são assim.

IRENE T: Você tem uma filha que lhe conta tudo.

O ÚLTIMO PAI NA TERRA: Matty é um adolescente. Eu nunca contava nada aos meus pais, e veja no que me tornei. Divorciado, fazendo terapia... ei, espere, você deve se preocupar.

IRENE T: Você faz terapia?

O ÚLTIMO PAI NA TERRA: Fiz. Ultimamente eu meio que relaxei.

IRENE T: Talvez eu devesse arranjar um terapeuta para Matty. Quando converso com ele, sinto como se fosse um interrogatório rigoroso.

O ÚLTIMO PAI NA TERRA: Permissão para tratar o adolescente como testemunha hostil, excelência.

IRENE T: Exatamente!

A história da família no negócio paranormal tinha sido o único tópico que ela não tivera a coragem de levantar, e agora que ele o trouxera à luz, ela não conseguia acreditar que havia guardado o segredo por tanto tempo. O problema dos esqueletos era que você nunca sabia quanto espaço estavam ocupando no armário até se livrar deles.

Nesse momento, ela precisava caminhar sem palavras, de braços dados com um homem bonito que estava inexplicavelmente disposto a aceitar suas exigências insanas, que não ficou assustado com sua história de pequena leitora de mentes.

Um homem que estava prestes a deixá-la.

Ela e Joshua pararam sem dizer nada, e com a aproximação do horário de embarque, ela se encostou nele. Ele passou o braço ao seu redor.

Pronto, pensou ela. O cheiro dele provocou algo no fundo de seu cérebro que a fez pensar na luz do sol, em madeira e sal.

O alto-falante berrou.

– Esse é o meu – disse ele.

– Eu sei – disse ela. Irene não queria largar seu braço, mas largou. Era o que costumava fazer.

– Obrigado por vir até aqui – agradeceu ele. – Por tirar tempo para fazer isso.

– Achei que o supermercado podia se virar sem mim – disse ela.

– Eu passo por aqui outra vez, na quinta-feira – informou ele. – Será que podíamos fazer isto outra vez? Vai ser à tarde, então talvez possamos, não sei, beber alguma coisa? Ir a algum lugar legal?

– Desculpe por isso ser tão estranho – disse ela.

– Não foi nada estranho.

O alto-falante tornou a chamar os passageiros. Ele olhou para trás e, quando se virou, viu a mudança nela. Ela não conseguia escondê-la.

– Ah, Irene. – Ele achou que ela estivesse triste por vê-lo partir. Ela estava, mas não era por isso que segurava as lágrimas.

Então ela o viu entender.

– Merda – disse ele em voz baixa.

A primeira mentira pairava no ar entre eles. *Tinha* sido muito estranho. Estranho e maluco. E ele estava com muito medo de dizer isso à mulher maluca e estranha que fora até lá para se encontrar com ele.

– Desculpe – disse ele. – Eu não quis dizer...

Ele parou antes de dizer outra mentira. Por que ele quisera dizer isso, e sabia que ela sabia que ele quisera dizer isso. As duas mentiras eram muito pequenas para preocuparem. O problema é que eram as primeiras de uma cascata impossível de conter de inverdades, meias-verdades, mentiras educadas e falsidades deslavadas que iriam se empilhar em torno dela até que não conseguisse mais vê-lo. Havia sido pega nessa avalanche antes. Não achava que poderia sair disso uma segunda vez.

Quando era jovem, achava ser a mais talentosa da família. Ninguém conseguia tirar vantagem dela. Ninguém conseguia enganar *seus* olhos. Enquanto todos os outros passavam pela vida como presas para vendedores, vigaristas e marginais, ela estava totalmente armada com óculos de raios X e um detector de mentiras montado no ombro. Era a garota que não podia ser enganada.

Meu Deus, como era tola.

– Eu preciso ir – disse ela.

– Irene, por favor, eu não quero partir assim.

– Está tudo bem – mentiu ela. – Eu simplesmente não posso...

Não posso o quê?, perguntou a si mesma. Não posso fazer isso outra vez? Não posso nem mesmo começar com isso?

– Eu simplesmente não posso. – Então ela saiu andando antes que mais palavras, dele ou dela, pudessem derrubá-la.

Ela dirigiu lentamente para casa, por razões de segurança. O estado de sua alma não estava apropriado para o trânsito de Chicago. Quando por fim parou na entrada de carros, ficou por um longo tempo sentada, olhando de forma inexpressiva por cima do volante, então Buddy saiu pela porta da frente usando um avental e luvas de forno. Ele acenou para que ela entrasse.

– Ora, que se foda – disse ela.

Dentro de casa, o ar estava denso com o cheiro de cookies quentes – biscoitos de chocolate branco com nozes macadâmia. Já havia uma dúzia no suporte de esfriar, e Buddy estava puxando outro tabuleiro do forno.

– Preciso de todos eles – disse ela. Ele balançou a cabeça afirmativamente.

A mãe direcionara suas aulas de culinária a Irene, mas foi Buddy quem decorou suas receitas. Ele as fazia, mas só a seu tempo. Você não podia pedir a ele que fizesse o *steak au poivre* da mãe nem a sopa de feijão com bacon, nem os biscoitos de noz de macadâmia. Era preciso que ele tivesse um capricho, e torcer para estar por perto para colher os benefícios.

Havia correspondência na bancada. Ela folheou a pilha temendo uma conta endereçada a ela, mas a única coisa interessante era um envelope gordo para Teddy, da ATI – Advanced Telemetry Inc. Ele recebia esses envelopes havia anos, mensalmente. Nunca os abria em frente a ela, e ela achava saber por quê.

Matty surgiu na porta da cozinha, ainda usando a camisa amarela da Bumblebee que Frankie lhe dera.

– O que *é* isso? – perguntou ele.

Buddy apagou o forno, pegou três biscoitos meio frios e saiu andando pela porta dos fundos. Essa era outra coisa sobre seus eventos culinários improvisados: a limpeza era com você.

Na mesa havia um bilhete na letra vacilante do pai: “Irene – Jantar na quarta no Palmer’s. Vista-se bem.”

– De que se trata isso? – perguntou Irene. Matty deu de ombros e pegou um biscoito. Seu cabelo estava despenteado, e um par de espinhas enfeitava seu queixo, mas a estrutura óssea do pai escondia-se por baixo da gordura de bebê. O garoto não tinha ideia de como iria ficar bonito.

– Eles estão bem incríveis – disse Matty por fim.

– Eu estava prestes a dizer que você devia ter provado os da vovó Mo, mas os de Buddy talvez sejam melhores.

– Então, foi uma entrevista de emprego? – perguntou ele.

– O quê? Ah, a saia.

– E a maquiagem.

– Eu uso maquiagem.

– Não desde Pittsburgh. E, hum, ela está toda borrada.

Ela esfregou o canto do olho.

– Não foi um bom dia – disse ela e abriu um sorriso para tranquilizá-lo. Ele não pareceu convencido. – Então, como foi seu dia? Frankie está se comportando?

– Você não respondeu minha pergunta – disse ele.

– Nem você. Que tal isso, uma para cada lado. Você responde a minha, eu respondo a sua.

– Como se você fosse mesmo responder minhas perguntas.

Ela riu.

– Eu vou!

Ele franziu o cenho, à procura de brechas no acordo. Teddy ficaria orgulhoso.

– Está bem – disse ele. – Mas há um limite de três perguntas.

– Você é um negociador duro, Sr. Telemachus. Então essa é sua primeira pergunta, se eu estava em uma entrevista de emprego?

– Você vai simplesmente dizer não, depois me fazer uma pergunta. Então eu quero uma resposta curta para essa: aonde você foi?

– Ver um amigo.

– Era o cara com quem você conversa no computador?

– Como você...? E com isso são duas perguntas.

– Eu vou usar as duas para ouvir isso – disse ele. – E não foi difícil descobrir. Você fica no computador o tempo inteiro. Eu descobri que devia ser um cara.

– Eu podia ser lésbica – disse ela.

– Sério?

– O nome dele é Joshua.

– Josh-u-a – disse ele. – Josh. O "Joshinator".

– Então, como está o trabalho com Frankie? – perguntou. Ela percebeu que ele queria sair correndo da mesa.

– Está bom – disse ele. Então percebeu que isso não era a verdade. – Está... intenso.

– Intenso como?

– Duas perguntas – avisou ele.

– Eu também acho que a resposta vale a pena.

– Eu tenho... não sei. O tio Frankie espera, tipo, muita coisa de mim? Não acho que consigo fazer tudo o que ele quer que eu faça.

– Meu Deus, ele está tentando envolver você nessa coisa da Ultra-Life?

Matty pareceu embaraçado.

– Jesus, você é uma *criança*. Eu sinto muito, Matty. Vou dizer a ele para mantê-lo fora disso.

– Não! Quer dizer, ele não está me envolvendo nisso. Só que trabalhar com ele é duro, porque ele é muito...

– Intenso? – perguntou Irene. – E com mania de grandeza?

– É isso – disse ele. – Intenso e com mania de grandeza.

– Eu não devia tê-lo forçado a trabalhar com ele – disse ela. – Eu só achei que você iria gostar.

– Você não me forçou a fazer isso. Eu queria, para ganhar algum dinheiro para você.

– Ganhar dinheiro para *mim*?

Ele tornou a corar.

– Quer dizer, ganhar dinheiro para *nós*. – Essa era a verdade também.

– Querido, isso não é sua obrigação – disse ela. – Eu ganho o dinheiro, você é a criança. Não quero que você passe pelo que eu passei.

Os olhos dele se arregalaram.

– Você se refere ao negócio da percepção extrassensorial?

– Não, quero dizer... – Ela desejou que ele não estivesse tão empolgado com a história do show business. – Eu tive de virar adulta antes da hora. Quando mamãe morreu, eu tinha só dez anos, e de repente era eu quem tinha de cuidar de Frankie e Buddy. Até de seu avô.

Matty pegou outro biscoito e olhou para ele por um longo momento.

– Frankie disse que a vó Mo era tão poderosa que os russos tiveram de matá-la.

– Frankie adora teorias da conspiração. Ele também disse que o Incrível Archibald a matou. Ou Archibald agora é um espião russo?

– Eu sei, mas...

– Mas o quê?

– Mas ela *era* uma espiã, não era? Ela não trabalhava para a CIA?

Ela trabalhava para Destin Smalls, pensou Irene.

– Ela trabalhava para o governo. Não sei ao certo para que agência.

– Então eles, tipo... a treinaram?

– O quê?

– Quer dizer, alguém assim, eles teriam ensinado a ela como...

– *Eles não ensinaram nada a ela.*

A raiva de Irene surgiu de repente como um corte de vidro sob um pé descalço. Havia algo que ela esquecera. Algo sobre Destin Smalls. Mas a memória se recusava a mostrar.

– Mãe? – Matty parecia preocupado.

– Ela era um talento natural – disse Irene. Ela limpou a garganta. – Eles tiraram proveito dela e a usaram, aí ela ficou doente. Nenhum grande mistério.

Irene se lembrou daquela manhã, sete meses antes da morte da mãe, quando a encontrou chorando sentada na beira da cama, e em seguida limpou as lágrimas e saiu com Destin Smalls. Essa lembrança, pelo menos, era nítida e definida.

– Por que você está perguntando essas coisas? – questionou Irene.

– Por nada – disse ele. Uma mentira.

– Pare com isso. Há uma razão.

– Isso não é justo – disse Matty. – Você tem uma vantagem. Mas você mente para mim, e eu nunca vou saber.

– Eu respondi todas as suas perguntas com sinceridade e o máximo de minha capacidade – disse ela.

Ele retorceu a boca em sua expressão pensativa. Planejando o movimento seguinte.

– Então, esse cara, Joshua. Você o ama?

Ela passou o guardanapo no rosto.

– Eu só me encontrei pessoalmente com ele uma vez – disse ela. – Só esta manhã.

Ele riu.

– Você, na verdade, não está respondendo a pergunta.

– Não importa se eu o amo – disse ela.

Uma lembrança estava se desenrolando do escuro. Destin Smalls e o pai, parados na sala de estar, os dois olhando para ela.

– Não vai dar certo – disse ela, que reconhecia um romance fadado ao fracasso quando via um.

☆

Destin Smalls pegava a mãe dela todas as manhãs e a deixava em casa à tarde. Ela aprendeu a odiar a chegada do carro, um modelo enorme e reluzente com uma grade dianteira larga feito osso de baleia, e o modo como a mãe saia correndo até ele. Ansiosa. Rindo, às vezes. De tarde, Irene observava da janela da frente sua mãe sentada no carro com Smalls, conversando sem parar, atrasando sua volta para casa, sua volta para os filhos e o marido. Sua volta para seus deveres.

Sua mãe parecia exausta pelo que quer que fizesse o dia inteiro com Destin Smalls. Quando estava cansada demais para preparar o jantar, ela se sentava na cozinha com Buddy no colo, ensinava Irene a cozinhar e só se levantava da cadeira numa emergência. Quando o pai subia do porão para a refeição, ele cobria Irene de elogios. Ela gostava de fazer o trabalho, até o dia em que disse à mãe que preferia brincar com a amiga.

– Nós não estamos brincando agora, estamos fazendo o jantar – disse a mãe.

– Marcie está esperando por mim – disse a Irene de dez anos. – *Você* faz o jantar.

– Ponha apenas a carne moída na panela – pediu a mãe, exausta.

– Primeiro, doure a carne – orientou Buddy. Ele estava parado ao lado da cadeira dela, com os braços jogados sobre seus ombros.

– Isso mesmo – disse a mãe.

– Isso não é justo – disse Irene.

– Primeiro, doure a carne! – berrou Buddy. Ele não gostava quando alguém discutia com a mãe.

Com o passar do verão, a mãe algumas vezes não ficava na cozinha enquanto ela cozinhava. Dava um cartão com uma receita a Irene e subia para descansar no quarto. Irene gostava mais assim.

Certa manhã, no fim de julho ou início de agosto, a mãe ainda estava no banheiro quando Destin Smalls estacionou seu carro enorme e reluzente. Irene o observou da sala de estar, seu grande rosto retangular nadando até o para-brisa como um peixe pálido e olhando para a casa. Depois de alguns minutos, ele desceu do carro. Irene se afastou da janela em um pulo. A silhueta dele deslizou pelas cortinas, e então ele tocou a campainha.

Irene subiu correndo a escada e bateu na porta do banheiro.

– Mãe?

Não houve resposta.

– Mãe? O Sr. Smalls está aqui.

– Avise que vou descer em um minuto – disse a mãe. A voz dela estava frágil, com uma alegria falsa.

Quando Irene voltou para a sala de estar, Buddy estava abrindo a porta.

– Oi, Buddy. – Smalls estendeu a mão para esfregar a cabeça do menino. Buddy saiu correndo para a outra sala. Ele odiava que qualquer pessoa o tocasse.

– Ela ainda não está pronta. – Irene apontou para a poltrona da mãe, embora a do pai estivesse mais perto. – O senhor pode se sentar ali.

O Sr. Smalls se sentou na otomana de seu pai, de frente para a escada que levava ao banheiro – e para a escada que levava ao porão, onde o pai estava dormindo.

– Então, como está a escola, Irene? – perguntou o Sr. Smalls.

– É verão – disse ela.

– Ah, sei. Sei. – Ele olhou na direção da escada que levava ao segundo andar.

– Ela vai descer num minuto – disse Irene.

– Achei ter ouvido vozes – disse o pai dela. Teddy entrou na sala. Ele usava calça de pijama e uma camiseta, e seu rosto estava sombreado. – Como vai você, Destin? Os negócios vão bem na loja de espionagem?

– É bom ver você, Teddy. – Destin se levantou e estendeu a mão. O pai dela hesitou, então a apertou. Ele havia retirado os curativos alguns meses antes.

– Eu só estava conversando com a Irene, aqui – disse Smalls. – Ela está se transformando em uma garota adorável. – Ele olhou para Irene e deu um sorriso falso.

– O senhor está apaixonado pela minha mãe? – perguntou Irene.

– O quê? – disse Smalls.

– Eu perguntei se o senhor...

– É claro que não!

Seu pai estava olhando para ela. Ele sabia exatamente o que ela estava fazendo.

Do segundo andar, veio o som de água correndo na pia, em seguida da porta se abrindo. Cada som pareceu estranhamente alto.

– Desculpe pelo atraso – disse a mãe e parou na escada. Ela franziu o cenho, olhou para o pai e depois para Destin Smalls.

– O Sr. Smalls é um mentiroso – disse Irene, e saiu da sala.

☆

Mais tarde na semana, ela chegou em casa depois do trabalho e encontrou Teddy andando de um lado para outro na sala.

– Onde você esteve? Nós precisamos estar lá às seis!

Ah, certo. Quarta-feira, jantar no Palmer's para conhecer sua "querida". De algum modo, em algum momento, Teddy começara a sair com mulheres. Ela achou saber por que Teddy queria que Irene conhecesse a mulher, e torcia para estar errada.

– Dê-me um minuto, pai. Foi um dia cansativo.

– Só vista o melhor vestido que você tem. Não, o segundo melhor. Ela é a estrela, não você.

Teddy, é claro, já estava usando seu terno mais caro, um modelo em azul-grafite com risca de giz, e um de seus relógios mais cravejados de diamantes. Teddy Telemachus nunca ficava em segundo plano para ninguém.

– Agora se apresse! – disse ele. – Não quero que ela espere por nós.

Ela sendo a "querida". Ele ainda não havia explicado por que queria que Irene fosse ao restaurante com eles.

– Credo, está bem, já vou. Você podia pelo menos botar uma pizza semipronta para o Matty?

– Não posso *cozinhar* – protestou Teddy. – Não com essa roupa!

– Tenho certeza de que posso pôr uma pizza no forno – disse Matty.

– Bom rapaz – disse Teddy. – Só não coma tudo, está bem?

– Droga, pai! – exclamou Irene.

Irene subiu para o segundo andar, mas tudo em que conseguia pensar era em ir para o porão e ligar o computador. Pelos últimos dois dias, ela vinha se aproximando dele, desconfiada, como se olhasse pela beira de um abismo, só para recuar antes de perder o equilíbrio. Mas meia hora depois, ela tornava a se aproximar, como se para lembrar a si mesma de que a queda poderia matá-la.

Ela imaginava uma caixa de entrada cheia de mensagens confusas de Joshua. Ou, pior, sem mensagem nenhuma de Joshua. Entrar na sala de bate-papo estava fora de questão. Se fizesse isso, começaria imediatamente a falar com ele, o que iria levá-la a prometer encontrá-lo no aeroporto na quinta-feira, e quando estivesse cara a cara com ele, todo o processo iria se repetir, do primeiro toque ao tsunami hormonal e à compreensão súbita de que seu relacionamento estava condenado. A única coisa mentalmente sã a fazer era cortar pela raiz esse ciclo wagneriano. Matar no nascedouro.

Ela pôs um dos vestidos que usava para trabalhar, na época em que trabalhava em um lugar que não exigia aventais de poliéster. Os aventais eram o uniforme oficial dos situados nos degraus mais baixos da escada econômica; um paraquedas que nunca se abria. Joshua disse que se preocupava com dinheiro, mas ele não corria risco de mergulhar na pobreza.

Ela saiu do quarto e encontrou Teddy ansioso no pé da escada.

– Esse está bom? – perguntou a ele.

– Não é muito alinhado – disse ele. – Uma escolha perfeita.

Ele foi dirigindo, xingando o trânsito por todo o caminho. Ela nunca o vira nervoso desse jeito.

– Então, como você conheceu essa mulher? – perguntou Irene. – Você tem andado em algum lar de idosos e não me contou?

– Eu vou lhe contar quando chegarmos lá. É uma grande história, uma grande história. Quase destino.

Eles só entraram no restaurante às 18:10. O pai examinou o saguão e o bar à procura da mulher misteriosa, e ficou aliviado por ela ainda não ter chegado. Irene tornou a se desculpar por atrasá-lo, mas ele fez um gesto de indiferença.

– Seis e meia, reserva para Telemachus – disse Teddy à recepcionista.

– Seis e *meia*? – questionou Irene.

– Eu sabia que você ia se atrasar – disse Teddy.

Sua mesa estava disponível, agora. Teddy pendurou o fedora no suporte de latão, e Irene não se surpreendeu nem um pouco ao ver que já havia meia dúzias de chapéus ali. O Palmer's Steakhouse era o restaurante favorito de Teddy porque os filés de costela eram grossos, as bebidas, fortes, e os preços, baixos. A média de idade no salão de jantar estava acima dos sessenta.

O pai posicionou Irene à sua esquerda e reservou a cadeira à sua direita para sua convidada. A garçonete estava servindo água antes que eles se sentassem. Teddy tinha uma queda pelas garçonetes, um grupo só de ucranianas com maçãs do rosto severas, lábios de fumantes inveteradas e grandes pernas. Elas botavam e removiam os pratos das mesas como se fosse algum tipo de evento olímpico. Ninguém perdia tempo com a salada no Palmer's. Quando você tomava sua última colherada de sopa, a tigela sumia antes que você baixasse a colher.

– Gim-tônica? – perguntou a ele a garçonete.

– Você me conhece bem demais, Oksana. Mas vou esperar para pedir quando minha amiga chegar.

– *Outra* amiga, hein?

– Sou a filha dele – disse Irene.

A garçonete deu de ombros e saiu andando. Teddy riu.

– Eu nem sei por que estou aqui – disse Irene. – Qual o nome dessa mulher?

– Ali está ela, agora. – Teddy se levantou e abotoou o paletó. Ele a encontrou a meio caminho no salão e a pegou pelo braço.

Irene esperava que o pai se interessasse por uma mulher mais jovem – alguém na casa dos sessenta, talvez. Essa mulher parecia aferrada aos quarenta e poucos anos com a ajuda de boa maquiagem, aulas de tae bo e dinheiro. Aquele vestidinho preto devia ter custado todo o cheque azul do salário de Irene. Que diabos estava acontecendo ali?

O pai a acompanhou até a mesa.

– Graciella, esta é minha filha, Irene.

Graciella. O nome parecia familiar.

– É um prazer conhecê-la – cumprimentou Irene e apertou sua mão. Então foi apenas questão de esperar pela primeira mentira. Três... dois...

– Eu diria que Teddy já me contou tudo sobre você – disse Graciella. – Só que ele não disse nada.

Franqueza, logo de cara. Quem diria.

Irene disse:

– Bem, meu pai só me contou seu nome agora.

– Não estou surpresa – disse Graciella. – Acho que ele gosta de se passar pelo homem misterioso de chapéu.

– Eu cometi um erro – disse o pai, brincando. – O jantar acabou. Que bom que vocês duas se conheceram.

A garçonete se materializou junto da mesa.

– Drinques agora?

– Ah, sim – disse Irene. – Nós vamos precisar de muitos drinques.

A refeição prosseguiu com a eficiência palmeriana, acionada pelas mãos rápidas de Oksana. A conversa seguiu entre os pratos voadores por um rio de álcool. Graciella bebia bem, e Irene não se opunha a acompanhar o ritmo enquanto tentava entender quem era aquela mulher e o que ela estava fazendo com seu pai. Quando ela mentia, parecia ser principalmente por educação; as grandes mentiras, desconfiava Irene, eram mentiras de omissão. Ela mencionou filhos, e disse que estavam todos muito bem (crianças não estavam nunca muito bem), mas o marido permaneceu ausente da conversa – apesar do anel de casamento em sua mão e de um diamante de noivado do tamanho de um meteorito.

O pai mostrava-se cortês e solícito – pelo menos com Graciella; Irene foi deixada para pedir os próprios drinques. O pai ria de tudo o que a mulher dizia, não parava de tocar seu braço, recomendava itens favoritos do cardápio como se trabalhasse ali. Depois de pedirem a sobremesa ("o bolo de chocolate com recheio derretido é estupendo", anunciou Teddy), Graciella pediu licença e foi até o banheiro feminino.

– Então? – disse Teddy. – Gostou dela?

– Que diabos você está fazendo, pai?

– Tente se acalmar. Sei que é difícil para os filhos quando seus pais viúvos se apaixonam, mas eu esperava que você pudesse...

– Pare com isso. Você está *apaixonado* por ela?

– Estou – disse ele com formalidade.

– Você está dormindo com ela?

– Isso não é da sua conta.

– Pai, ela é casada.

– Um casamento ruim e nada inteligente. Nick Pusateri não a merece.

– Quem é Nick? – Então ela lembrou onde tinha ouvido o nome. – Merda. É Graciella, a mulher do mafioso?

– Não seja preconceituosa. Que coisa feia.

– Você está transando com uma gângster?!

– Eu não estou *transando* com ela – disse Teddy. – Além disso, estou bem certo de que ela não tem pensamentos carnais relacionados comigo. Eu sou... – ele fez um gesto vago com três dedos – ... agradável.

– Você também tem o dobro da idade dela.

– Não seja ridícula. Eu não me apaixono por ninguém a menos que tenha metade de minha idade mais sete. É o mínimo.

– Você simplesmente *decide* por quem vai se apaixonar, hein?

– Você deveria tentar um dia. Entre em um supermercado, não aquele lugar horroroso onde você trabalha, eu recomendo o Dominick's, e escolha um estranho. Procure a beleza neles. Olhe para a maneira como seguram um melão. Escute a maneira como conversam com o caixa. E diga a si mesma: eu amo essa pessoa.

– Você faz muito isso?

– Todo dia.

– Você vai acabar preso.

– Valeria a pena – disse ele.

– Ok. Você é um romântico audacioso. Tudo o que estou dizendo é: você não poderia tentar trepar com alguém que não fosse lady Macbeth?

– Lady Macbeth não usaria calça.

– Escute, pai, você não pode tentar comer a mulher de um mafioso. Isso é suicídio.

– E você não está me escutando. – Ele olhou na direção dos banheiros para se assegurar de que Graciella não estivesse voltando. – Não se trata de trepar nem de comer ninguém nem de..., ei, onde você aprendeu a ser tão boca-suja? Não se trata de sexo. Eu não uso o pau há tanto tempo que nem saberia onde encontrá-lo. Eu o mandei comprar um maço de Camels em 1979 e ele nunca mais voltou.

– Eu, na verdade, não quero conversar com meu pai sobre seu pau.

– Irene, isso se trata de encontrar alguém. Você encontra alguém e faz dela a pessoa mais importante em sua vida, mesmo que por pouco tempo. Um dia! Até uma hora! Diga-me que isso é uma coisa ruim.

– A coisa ruim é quando o marido da pessoa importante lhe dá um tiro na nuca.

– Faz sentido – disse. Ele ainda tinha um olho na entrada dos banheiros.

– O que eu estou fazendo aqui, pai? Eu sou a última pessoa que você devia trazer aqui se quer ficar com essa mulher.

– Ela está voltando – disse o pai. – E só preciso saber uma coisa: você gostou dela?

Irene deu um suspiro.

– Na verdade, até que gostei.

– Perfeito – disse ele.

E, de repente, Irene percebeu que tinha sido enrolada. Como, ela não tinha ideia.

Ela descobrira um fato da vida moderna ficando parada em uma caixa registradora por horas: trabalho sem pensar podia ainda assim encher sua mente, como estática de rádio. Se ela se mantivesse ocupada – pegando produtos enlatados ao lado com a mão esquerda enquanto digitava os preços com a direita, puxando conversa, separando troco –, então não teria de pensar sobre que dia era, a que horas certos voos aterrissavam, ou como iria morrer sozinha.

– Você está ficando resfriada, menina? – perguntou Phyllys da caixa registradora ao lado.

– Estou bem – mentiu Irene.

Phyllys resmungou. Ela era uma grande resmungona.

Irene ficou longe do computador por quatro dias, um novo recorde desde o dia em que ele havia chegado. Seu pai estava iludido achando poder escolher se apaixonar, mas talvez o contrário fosse verdade: você podia escolher não se apaixonar. Tudo o que ela precisava fazer era continuar a registrar latas de Aldi Cola (vinte centavos cada), continuar a embalar as mercadorias em caixas e se despedir de todo cliente que deixava a loja com um até logo.

– Matar no nascedouro – disse Irene.

A cliente, uma mulher uns vinte anos velha demais para sair com seu pai, disse:

– O quê?

– Nada – disse Irene, e entregou a nota para ela como se fosse um bilhete premiado de loteria. – Tenha um bom dia. – O cliente seguinte. Mas não havia nada na esteira. Irene ergueu os olhos e o cliente seguinte era um homem de terno executivo.

– Joshua? O que você...

Ele levou um dedo aos lábios.

Ela saiu do caixa e fez a volta para o corredor, embaraçada pelo uniforme de poliéster e o cabelo esticado para trás. Ela nem pusera rímel.

– Você não devia ter vindo aqui.

Sem dizer palavra, ele se aproximou dela. Ergueu as sobrancelhas. Esperou.

Merda. Ele estava certo. Chega de palavras.

Ela puxou o rosto para perto e o beijou.

9

Frankie

Como os técnicos conseguiam não matar as estrelas de seus times?, perguntava-se Frankie. No início, você se apaixona por tudo o que os craques podem fazer por você. Começa a sonhar com a glória. Pode ouvir o rugido da multidão. Mas depois você começa a depender deles. A precisar deles. E, após algum tempo, com o passar dos treinos, eles começam a duvidar de você. Começam a ter ideias próprias. E toda vez que não fazem o que você lhes pede que façam, você sente como se eles estivessem lhe tirando alguma coisa, roubando sua glória.

– Escute, Matty. Tudo o que você tem de fazer é me ver abrir o cofre, em seguida vir e me contar a combinação. Se você não treinar, nunca vai funcionar. Confie em mim. Eu já passei por isso.

– Eu estou treinando – disse Matty. Ele se sentou no cofre, com os braços em volta da barriga, olhando fixamente para o chão da garagem. – Só... não na sua frente.

– Você não confia em mim?

– Não é você. Eu não posso fazer isso na frente de ninguém.

– Como você sabe a menos que tente? Estou começando a achar que você não tem aquilo que é preciso, Matty.

– Eu já fui bem longe, tio Frankie. Nas últimas semanas. E por conta própria. Então estou pronto para tentar na Mitzi's.

Frankie ficou atônito.

– Agora mesmo?

– Esta noite. Ou amanhã à noite. Depende.

– Do quê?

O garoto corou e ficou vermelho.

– Jesus, está bem – disse Frankie. – Faça o que tiver de fazer. Acredito em você. Você é meu Walter Payton, Matty. Sei que você pode conseguir fazer isso por nós. – Ele esfregou a mão no rosto. Estava suando outra vez. Será que estava parecendo desesperado demais? – Só me diga se eu puder ajudar. Ou qualquer coisa.

– Só preciso de uma coisa – disse Matty.

Isso!

– Diga o que é – disse Frankie.

– Preciso de dinheiro – pediu ele. – Cinquenta dólares.

– O quê? Por quê?

– Por favor. Você pode tirar isso da minha parte.

– Está bem. Está bem. Se meu craque precisa de dinheiro, dinheiro ele vai receber.

O

No verão de 1991, ele transformou a garagem em seu próprio Bellagio particular. Conseguiu uma roleta de verdade que a igreja de St. Mary usava nas noites de jogo beneficente para levantar fundos para o natal, assim como um feltro com todas as marcações de apostas, e os dispôs sobre uma mesa que tinha a altura certa. Até pegou emprestada uma caixa de fichas das que o pai escondia, só para dar um clima. Aí, por horas seguidas, ele girava a roleta e fazia a bolinha rolar, em seguida tentava controlá-la, da mesma maneira que fazia com a bola de pinball na Royal Flush do rinque de patinação.

Pegar a bolinha, porém, era muito mais difícil do que mover a bola de pinball. Primeiro, ela era mais leve, apenas uns 30 gramas, e qualquer movimento fazia com que saltasse da roleta. Mas, pior, ela era de plástico. Frankie sempre conseguira lidar melhor com o metal.

Ele não conseguia afetar em nada a bolinha branca. Ela quicava pelas divisórias e caía em um número aleatório... e ficava ali parada a ignorá-lo.

– Vá se foder – disse ele para ela. – Vá se foder você e a porra da sua bundinha branca.

Ele teria desistido imediatamente se não fosse pela visão de Buddy. Loretta estava puta com o tempo que ele passava na garagem. E tinha duas bebês em casa, ficando mais levadas a cada dia. Não havia como sustentar as gêmeas, não com o salário dele. A Bellerofone estava falindo, e ele estava pegando dinheiro dos Pusateri para mantê-la em funcionamento. Ele não contara isso para ninguém.

Ele precisava de uma tacada de sorte. Precisava daquelas pilhas e pilhas de fichas.

Se, de acordo com Buddy, o Frankie do futuro podia controlar uma mesa de roleta, isso significava que o Frankie atual simplesmente tinha de aprender a fazer isso, certo? Mas nada estava acontecendo. Não era "trabalho duro" porque não era trabalho. A bola nem desacelerava para ele na roleta, a maldita coisa nem tremia em sua presença.

– Vá se foder! – gritou ele para ela. – Porra de pedaço de lixo de plástico idiota!

Ele procurou Buddy e disse que o acordo estava desfeito.

– Suas visões não valem nada – disse ele.

Buddy não disse nada. Ele estava no pátio dos fundos, fazendo o que sempre fazia com o jornal, folheando as páginas para a frente e para trás, franzindo o cenho e sacudindo a cabeça como um velho que não consegue acreditar no que o mundo se transformou.

– Buddy, olhe para mim. Ei. – Frankie pôs a mão em frente à página. Buddy girou o rosto grande em sua direção. – Eu não consigo fazer isso – disse Frankie.

– É garantido que você vai ganhar – disse Buddy.

– Se é garantido, por que preciso aprender a fazer isso? Talvez eu apenas ganhe por sorte.

Buddy sacudiu a cabeça.

– Não. Você me leva ao cassino. Você joga por duas horas. Você ganha pilhas de fichas. A única maneira de isso acontecer é você controlar a bola, como você costumava fazer no rinque.

– Não está funcionando – disse Frankie. – Não consigo fazer isso com aquela porra de plástico.

– Seja a bola – aconselhou Buddy.

– Isso é muito *Clube dos pilantras* – disse Frankie. Buddy tinha visto esse filme dezenas de vezes.

– Ame a bola. – Buddy se levantou e dobrou o jornal.

– Sim, mas e se eu escolher não fazer isso? – disse Frankie. – Sua visão não pode me obrigar.

– Cale a boca – disse Buddy.

– Mas...

Buddy virou para cima dele e enfiou um dedo em seu peito.

– Cale a boca! Cale a boca! Cale a boca! – Três cutucões raivosos. Ele estava quase chorando.

– Jesus Cristo – disse Frankie. – Está bem. Vou tentar.

Ele voltou para sua garagem, ouviu o giro barulhento da roleta, o clique-clique-clique da bolinha enquanto encontrava seu lugar. Nada do que fazia a desacelerava, acelerava e nem a fazia bater nos números que ele desejava.

– Filha da puta! – gritou ele.

Seu problema no passado sempre fora confiança. Só ter uma pessoa olhando para ele enquanto trabalhava era suficiente para deixá-lo nervoso e perder a mão. E se aquelas pessoas quisessem que ele fracassasse, se suas vibrações negativas estivessem se dirigindo a ele como as da porra do Incrível Archibald no *Mike Douglas Show*? Fim de jogo.

Mas talvez esse fosse um problema diferente.

Ame a bola.

Frankie pegou a bolinha da roleta, aproximou-a do rosto e respirou fundo.

– Eu gostaria de me desculpar com você por tê-la chamado de filha da puta – disse ele.

Ele começou a carregar a bolinha com ele. Ele a girava na palma da mão até senti-la se aquecer com seu sangue. Ele a limpava com camurça. Conversava com ela do jeito que costumava conversar com as gêmeas quando elas estavam na barriga de Loretta, contando a elas a história de Castor e Pólux.

Loretta, falando de algum lugar do outro lado da barriga, disse:

– Do que você acabou de chamá-las?

– Castor e Pólux? Os maiores gêmeos da mitologia grega.

– De jeito nenhum.

Ele teria de convencê-la. O mesmo com a bolinha.

– Só me diga aonde *você* quer ir – disse ele à bolinha. – Ou pelo menos perto. – Prever o número exato onde ela aterrissava pagava 35 para um, mas esse nível de precisão não era necessário, e não era nem o jeito mais inteligente de roubar a banca. Ele podia apostar em uma das dúzias (digamos, nos números de 1 a 12), e isso pagaria dois para um, e ninguém iria desconfiar dele. Quando ficasse confiante, podia apostar em uma fileira de três números adjacentes para um pagamento de onze para um, ou em dois números simultaneamente, por 17 para 1.

O problema, é claro, era que os números adjacentes nunca eram adjacentes na roleta. O um e o dois, por exemplo, ficavam em lados opostos da roleta. Havia uma aposta, porém, que podia ajudá-lo.

– Tenho uma sugestão – mencionou ele despreocupadamente para a bolinha, enquanto contemplava sua queda na roleta. – Por que não cair na cesta? – A cesta era uma aposta especial que pagava onze para um no zero único, um ou dois da roleta, e o zero único e o dois ficavam lado a lado na roleta.

Ele observou a bolinha perder força e em seguida cair entre as divisórias como um tocador de banjo. Finalmente ela parou como um ovo em um travesseiro.

Zero.

Depois de terminar de pular e gritar, ele pegou a bolinha e a beijou.

– Obrigado, amiga – disse ele. – Bom trabalho.

O

Ele sentou na van a meia quadra da taverna Mitzi's observando os caras entrarem tristes no bar e saírem ainda mais tristes, como penitentes entrando em um confessionário e saindo sentenciados a mil ave-marias. A sexta-feira era dia de receber, ou melhor, de pagar. Muitos desses caras deviam todo o salário aos Pusateri e tinham esperança de obter a permissão de levar pelo menos uma fração para casa.

Frankie era um desses caras. Seu problema era que ele não tinha o dinheiro, de novo.

A regra de Nick era: não me faça ir atrás de você. Então mesmo que não conseguisse cobrir o pagamento, você tinha de procurar a Mitzi para se explicar e receber seu castigo. Na primeira vez, ela fazia o discurso não estou com raiva, estou decepcionada. Na segunda vez... ele não sabia o que acontecia na segunda vez, mas estava prestes a descobrir.

Ele atravessou a rua como um homem com uma bomba amarrada ao peito.

Lá dentro estava tão escuro que ele mal conseguia ver Barney atrás do bar. Frankie pegou um banco e esperou que seus olhos se ajustassem.

– Ela está livre? – perguntou ele, que sabia que ela não estava. Podia ouvir Mitzi em seu escritório, gritando com o cara à frente dele.

Barney não ergueu os olhos. Ele estava atento a uma *Reader's Digest* por cima de seus óculos, o que de algum modo fazia com que se parecesse ainda mais com o cachorro Droopy.

– Uma Bud Light – pediu Frankie.

Barney virou uma página.

– Você não vai ficar aqui por tanto tempo – disse ele.

Frankie ia se opor, em seguida percebeu que não havia vantagem em irritar o homem.

– Faz sentido – disse ele.

Essa era a diferença entre Frankie e o pobre coitado que estava sendo repreendido, e todos os outros filhos da mãe que tinham entrado antes dele: Frankie era praticamente da família. Teddy trabalhara para o irmão de Mitzi no passado, e Frankie ia àquele bar desde que era criança. Mitzi gostava dele. Essa bondade, ele achava, era um crédito que podia lhe render um período de carência de pelo menos uma semana. Mesmo que Teddy não tivesse ideia de que aquilo estivesse acontecendo.

A porta do escritório dela se abriu e um jovem de jeans justo e uma camisa ainda mais apertada saiu. Um grande carcamano italiano, com mais de 1,85m e gel demais no cabelo. Lágrimas corriam por seu rosto. Ele saiu correndo pela porta e desapareceu em um lampejo de luz do dia.

– Sua vez – disse Barney.

Ele desceu do banco. A sala se afastou, e o caminho até sua porta se tornou uma grande distância. Suas pernas a percorreram contra sua vontade.

O

O *Alton Belle* flutuava no raso Mississippi como um bolo de casamento estrelado. Era uma réplica de um vapor com roda de pás do século XIX cheio de luzes e pulsando com disco music, prometendo alguma espécie de grandiosidade em um estilo Mark Twain encontra Las Vegas. Frankie estava tão nervoso que teve vontade de vomitar.

Buddy, porém, estava vibrando de excitação.

– Foi assim que você viu, certo? – perguntou Frankie. Eles ainda não haviam saído do carro. Frankie dirigira durante todas as quatro horas e meia, é claro, porque Buddy jamais aprendera a dirigir.

– Exatamente – respondeu Buddy. – Isso está exatamente certo.

– Pilhas de fichas – disse Frankie.

– Pilhas – confirmou Buddy.

Eles se juntaram à torrente de pessoas e subiram pela prancha de embarque. Tinham meia hora antes que o barco deixasse o cais para seu primeiro cruzeiro pela noite; por lei, o cassino devia estar em um navio funcional e em movimento. Lá dentro, tudo era incrivelmente alto, com sinos tocando como se todo maldito jogador fosse um ganhador, apenas recolhendo moedas das máquinas. Mesmo com todos os espelhos, o lugar parecia muito menor do que Frankie imaginara. Todo espaço disponível estava ocupado por máquinas caça-níqueis, e cada caça-níqueis parecia ter um velho debruçado sobre ela como se fosse uma máquina de suporte de vida.

– Aonde nós vamos? – perguntou Frankie. Buddy não pareceu escutá-lo. – Onde fica a mesa da roleta? – disse Frankie mais alto.

Buddy deu de ombros.

– Eu não sei essa parte.

– Espere, há partes que você não sabe?

– Por aqui – disse Buddy, ignorando o pânico de Frankie. O homem grande abriu caminho pela multidão, e Frankie seguia de perto em seu rastro. Estavam se dirigindo para o meio do barco, mas caminhar em linha reta era impossível; eles eram sempre desviados por amontoados de máquinas, todas barulhentas, bipando e piscando para chamar sua atenção. Você quase podia se enganar e pensar estar em um pequeno cassino de Las Vegas, não fosse pelos frequentadores, que eram 80% caipiras do Meio-oeste: bonés de John Deree e camisas dos St. Louis Cardinals, chinelos de dedo e shorts de basquete; até caras de macacão. Se os contribuintes de Alton, Illinois, estavam esperando gente da alta roda, eles iam se decepcionar. Nenhum daqueles sujeitos era James Bond.

Buddy conferiu o relógio, em seguida os levou pela grande escadaria acima até o convés A, onde encontraram uma série de mesas de blackjack, uma mesa comprida de dados e duas mesas de roleta. No guichê de fichas,

Frankie entregou as economias de sua vida – dois mil e quinhentos dólares – e a mulher lhe devolveu uma pilha arrasadoramente pequena de fichas em uma bandeja plástica. A totalidade de suas esperanças e sonhos era menor que uma caixa de biscoitos das Bandeirantes.

– Onde estão as suas? – perguntou Frankie ao irmão.

– Você não precisa de mais – disse Buddy.

– Segundo a visão – disse Frankie.

– Isso – disse Buddy.

Buddy olhou para ele de cenho franzido.

– Qual mesa de roleta? – esclareceu Frankie.

Buddy estudou as duas, em seguida apontou para a da esquerda.

– Tem certeza? – perguntou Frankie. – Porque você não parece muito seguro.

Buddy não disse nada.

Eles se aproximaram da mesa escolhida. Os dedos de Frankie se apertaram em torno da bandeja de fichas. Havia apenas mais um outro cliente na grade. A crupiê, uma mulher negra e alta, abriu as apostas. Frankie olhou para a roleta e congelou, com o coração batendo forte. Frankie segurou o braço do irmão e o puxou de volta para a multidão.

– Mas que porra é essa? – perguntou Frankie. Buddy não sabia do que ele estava falando. – Essa roleta. Ela é grande demais!

Buddy deu de ombros.

– E a bola é maior também! – disse Frankie. – Eu nem sei o quanto ela pesa! Por que você não me disse que elas tinham tamanhos diferentes?

– Tudo vai funcionar – disse Buddy.

– De que adianta um vidente que não sabe me dizer como ganhar uma fortuna?

Buddy o segurou pelos ombros.

– Escute-me.

– O quê?

– Montes de fichas. Em pilhas altas. Foi isso o que eu vi.

O apito do vapor soou e o chão tremeu. O barco estava a caminho de seu cruzeiro de quatro horas de duração.

– Agora é a hora – disse Buddy. – Agora mesmo. – Buddy estava muito *intenso*. E falante. Ele mal falava desde a morte da mãe, e agora estava dando ordens como a porra do general Patton.

– Está bem – disse Frankie. Ele respirou fundo. – Mas você viu as pilhas, certo?

– Cale a boca – disse Buddy.

Frankie foi até a mesa mas não sinalizou que ia apostar. Mais alguns jogadores tinham se aproximado, uma mulher com um top decotado e seu namorado de testa baixa. O Cro-Magnon pôs algumas fichas de 20 dólares no vermelho e a crupiê chamou as últimas apostas.

Então o giro. Pelo menos o som era o mesmo da roleta da igreja montada em sua garagem. Frankie mantinha os olhos na bolinha branca que corria pela pista.

– Seja a bola – disse Buddy em seu ouvido.

Ame a bola, pensou Frankie.

É claro que o cassino não iria deixar que ele tocasse na bolinha. Ele teria de fazer amizade com ela a distância.

– Quem é uma boa garota? – disse ele em voz baixa. – Você é. Sim, você é. Pare no preto para mim, está bem? Preto, preto, preto...

A crupiê olhou para ele, em seguida olhou para a mesa e anunciou:

– Preto! Vinte e seis!

O Cro-Magnon grunhiu. Frankie sorriu.

– Boa garota – disse ele.

Quinze minutos depois, Frankie e a bolinha eram grandes amigos.

O

Mitzi estava sentada atrás de sua mesa, sem deixar quase nada visível além daquele rosto murcho e uma pilha de cabelo, como uma cabeça encolhida.

– O quê, sem presentes? – perguntou ela.

Frankie tentou sorrir.

– Porque eu tenho de lhe dizer que aquele ultra-philo-sei-lá-o-que me deixou regular como um relógio suíço.

– É mesmo? – Ele sentiu um calor do tamanho de um ovo no alto do peito. Esperança, ou azia, ou os dois. – Vou trazer mais da próxima vez.

– E o que você trouxe para mim *desta* vez? – perguntou ela.

Ele abriu a boca, mas não conseguiu dizer palavra. Ele ergueu as mãos. Elas pairaram ali por um segundo, em seguida pousaram nervosamente em seus joelhos.

Mitzi não pareceu surpresa. Ela provavelmente tinha lido a notícia em seu rosto assim que ele entrou pela porta.

– Você está devendo quarenta e quatro mil quinhentos e onze – disse Mitzi.

Jesus, os juros o estavam matando.

– Eu sei – disse ele.

– E setenta e oito centavos.

Suas mãos tornaram a se erguer, não conseguiram se sustentar e caíram com força.

– Eu sei que isso é dinheiro sério. – Ele respirou fundo. – Eu estava apenas me perguntando se você talvez pudesse...

Ela o interrompeu:

– Não posso fazer nada por você, garoto. Você fez isso. E agora está fora das minhas mãos.

– Eu só achei que, talvez, não sei, como nos conhecemos há tanto tempo, você talvez pudesse conversar com o velho Nick. Trocar alguma palavra?

Mitzi olhou fixamente para ele.

– Uma *palavra*? Que palavra seria essa? "Abracadabra"?

– Nossas famílias se conhecem há muito tempo, certo? Teddy e Nick...

– Você não sabe merda nenhuma sobre Teddy e Nick.

– Está bem, claro, meu pai não me contou tudo, para manter o segredo, certo? Eu não pergunto nada específico. Papai é profissional e não conta. Só achei que se você pedisse a seu irmão para permitir que o filho de um velho amigo...

– Não, Frankie. *Você* vai falar com Nick.

– O quê?

– E ele não está no clima para essa merda. É uma hora ruim. Você leu os jornais?

– O julgamento – disse Frankie.

– Eles dizem que o Pusateri Jr. vai testemunhar contra o próprio pai – disse ela. – Família se voltando contra família. Então se você quiser mesmo apelar para a *história*, vá em frente e tente isso. Mas se eu fosse você, eu não apareceria com o chapéu na mão. Não a menos que você tenha pelo menos dez mil dentro dele.

– Dez?

– Dez é o mínimo para impedir que Nick fique louco. Traga vinte.

– Onde eu vou arranjar vinte mil?

– Você vai pensar em alguma coisa – disse Mitzi.

Pode apostar o que quiser que vou pensar em algo, pensou Frankie.

O

Tempos depois, sempre que as pessoas falavam dos melhores momentos de suas vidas – um assunto que sempre surgia nos bares que ele frequentava, em meio a pessoas cujo repertório de grandes momentos era bem escasso –, e chegava a vez de Frankie mentir, ele contava às pessoas sobre o dia em que as gêmeas nasceram. Mas o nascimento das gêmeas foram dois minutos de assombro cobertos de muco depois de dezoito horas de Loretta se debatendo e xingando como Linda Blair em *O exorcista*. Não, o melhor momento de sua vida foi a primeira hora passada à mesa de roleta no barco cassino flutuante *Alton Belle* em setembro de 1991.

Sua primeira aposta foi na cesta, a combinação de zero, um e dois. A crupiê pegou suas fichas e colocou um marcador em seu lugar. Buddy estava parado atrás dele enquanto a bolinha girava pela roleta, e quando ela caiu no zero, seu irmão grunhiu de satisfação. Frankie mal conseguia se conter. Talvez ele tenha feito um gesto de comemoração com o punho cerrado. Havia apostado apenas cem em fichas, mas a onze por um, ele acabara de ganhar um terço de seu cacife.

– Não tenha pressa – disse Buddy. Um conselho enfraquecido pelo fato de que Buddy não parava de verificar seu relógio.

Frankie decidiu que seria arriscado demais ganhar sempre nos mesmos números, por isso apostou duzentos na primeira dúzia. Os números de um a doze estavam espalhados pela roleta, e para ganhar ele tinha de fazer que a bolinha caísse na hora certa; um número antes ou depois não pagaria nada. A primeira vez ele errou por um dígito. Ele *sentira* a bolinha dessa vez, quase como se ela estivesse girando na palma de sua mão. O peso mais pesado, percebeu ele, fazia com que ela se parecesse mais com as bolas de pinball com as quais ele costumava ter grande entendimento.

– É bom perder um pouco – disse Frankie para Buddy. Seu irmão balançou a cabeça afirmativamente, nada preocupado.

Frankie pôs mais duzentos na dúzia, a mesma aposta de antes, e a rodada seguinte deu preto seis. Pagamento de dois para um, quatrocentos dólares.

A bolinha o amava. Queria agradá-lo. Ela desacelerava ou acelerava como ele desejava, passando alegremente por cima de posições não pagantes e caindo ruidosamente em seus números favoritos. Frankie mantinha as apostas baixas, tentando não atrair atenção, mas a vontade de empurrar todas as fichas no, digamos, duplo zero, era quase irresistível.

Depois de uma hora, Frankie estava com cinquenta e três mil dólares em fichas. A garçonete não parava de lhe servir bebidas – ele estava pedindo gim-tônica, a bebida de seu pai –, e uma multidão de outros jogadores tinha se reunido em volta da mesa, tentando absorver um pouco de sua sorte. Todo mundo estava tentando jogar com ele, com fichas por todo o pano. Por que diabos ele não tinha feito isso antes?, pensou Frankie. Devia ter se mudado para a porra de Reno anos atrás!

– Esse é um grande dom, Buddy – disse Frankie. Suas lágrimas brotavam de tão grato que estava. E talvez um pouco bêbado. – Obrigado.

Buddy pareceu constrangido.

– Não é nada. – Ele pegou uma pilha de fichas e começou a contá-las na mão.

– O que você está fazendo? – perguntou Frankie.

– Eu preciso disso – disse Buddy. – Exatamente mil duzentos e cinquenta dólares.

– Para quê? Espere... Esta é outra parte da visão?

– Sem dúvida – respondeu Buddy.

A distância, o vapor apitou outra vez, e o barco estava se aproximando das docas. O primeiro cruzeiro havia acabado, e o próximo iria começar em breve. Frankie não queria que Buddy o deixasse – ele estava contando com o irmão para manter tudo alinhado com suas visões. Mas Frankie tinha de reconhecer que ele tinha a porção da roleta sob controle. E se Buddy tinha um esquema para outra parte do barco, caça-níqueis, Keno ou dados, Frankie não devia ficar em seu caminho. Qualquer jogo no cassino era vulnerável ao seu irmão. Todo prêmio estava ali para ser tomado.

– Vá fazer isso, Buddy – disse Frankie. Ele lhe deu mais 500 em fichas. – Acabe com eles.

Buddy olhou para as fichas extras, em seguida as pôs novamente na mesa em frente de Frankie.

– Eu tenho o que preciso – disse ele. – Só continue jogando. Não pare.

A crupiê fez a bolinha rodar e abriu as apostas.

– Espere – disse Frankie para Buddy. – Eu devo jogar por mais uma hora, certo? Onde encontro você depois?

Buddy verificou o relógio.

– Eu vou encontrar você – respondeu ele e seguiu para o meio da multidão.

Frankie não gostou disso, mas não perdeu a pose. E depois de mais algumas rodadas ficou claro que seu relacionamento amistoso com a bolinha estava intacto. Outros jogadores começaram a copiar suas apostas, e ele podia sentir a atenção das pessoas sobre ele. Era como estar novamente no palco com a Fabulosa Família Telemachus, mas melhor. Ele fazia o número solo. Fechava o espetáculo. Era o astro principal. Gostaria que a mãe pudesse vê-lo agora.

– Vinte e oito – disse Frankie. – No duro. – Um número, pagamento de trinta e cinco para um.

A crupiê deu para ele apenas uma olhada rápida, mas Frankie pôde ler sua reprovação. Ora, vá se foder, mulher!, pensou ele. Estou aqui para ganhar. Eu sei disso, as pessoas sabem disso.

Aí a bolinha caiu no vinte e oito, e risos e aplausos irromperam em volta da mesa. Alguém lhe deu um tapinha nas costas. A mulher ao seu lado, uma ruiva gordinha com olhos verdes simpáticos, riu e pôs a mão em seu antebraço.

Na aposta seguinte, Frankie disse:

– Vamos em frente. – A ruiva engasgou em seco. Era muito satisfatório. Miríades de mãos empurraram fichas sobre o pano, todo mundo querendo participar da festa. Ele mal precisava olhar para a roleta para dizer onde a bolinha ia cair.

Os gritos explodiam como fogos de artifício.

Ele conteve a vontade de fazer uma reverência. Na frente dele havia mais dinheiro do que ele jamais sonhara ganhar.

Um homem de terno escuro e uma placa dourada com seu nome apareceu atrás da crupiê e sussurrou em seu ouvido. A crupiê balançou a cabeça afirmativamente, em seguida se afastou da mesa. O homem com a placa de identificação acenou para chamar outro crupiê, este um homem branco corpulento.

O novo crupiê abriu as apostas. Frankie pegou uma pilha pequena, só mil dólares, e apostou no vermelho. Era o dobro ou nada de pagamento, nem parecia apostar de verdade, mas isso deu a ele tempo para pensar. Dessa vez, ele não tentou controlar a bola, apenas deixou que ela corresse pela pista, sem coleira.

– Vermelho! Trinta e dois! – disse o crupiê. Ele ganhou mais uma vez. O gerente do salão, ou supervisor das mesas, ou o que quer que fosse, não deixou a roleta. Ele olhava para Frankie com uma expressão vazia que podia significar qualquer coisa.

Merda, pensou Frankie. Agora até a pura sorte o estava sacaneando. Ele precisava perder, e agora. Ele deixou a pilha pequena no vermelho e pôs a seu lado mais mil. A multidão pareceu decepcionada. Ir de uma aposta no duro para uma perda de tempo?

Ele, porém, não podia sair da mesa. Isso iria quebrar a visão. E o que aconteceria, então?

– Lenço de papel, campeão? – Era a ruiva.

Ele tinha começado a suar. Suor no estilo Nixon *versus* Kennedy. Ele pegou o punhado de lenços de papel e esfregou os olhos. A bolinha estava zunindo pela roleta, e ele estava pensando: Preto preto preto preto...

– Vermelho! – disse o crupiê novo. – Vermelho sete. Vermelho sete.

– Merda – disse Frankie.

– Qual o problema? – perguntou a ruiva.

– Escolha um número – disse Frankie. Com atraso, ele abriu um sorriso no rosto.

– Acho que é melhor você fazer isso – disse ela.

– Por favor. Qualquer número.

– Vinte e um – disse ela.

– Ótimo. – Frankie botou cinco mil no vinte e um, em seguida observou com medo o crupiê substituir a pilha por um marcador. O supervisor das mesas estava olhando fixamente para ele. Frankie olhou para seu relógio. Só precisava durar mais cinco minutos. Cinco minutos. Aí ele poderia trocar todas as fichas e dar o fora dali.

A ruiva apertou seu braço com mais força quando a bolinha perdeu velocidade.

– Vamos lá, vinte e um! – torceu ela.

– Jesus, só cale a boca – disse ele baixo.

– O que você disse? – Ela retirou o braço.

– Nada, só... – Seus olhos estavam na bola. Meses de prática o haviam ensinado a julgar a velocidade. E a maldita bolinha não estava se dirigindo para a vizinhança do vinte e um: dezenove, trinta e um, dezoito, seis... E então ela caiu. Vinte e um.

– PUTA QUE O PARIU! – gritou Frankie.

Mais tarde, ele percebeu que se pareceu muito com a explosão de uma bomba. A roleta saltou três metros no ar e saiu girando como um disco voador. A bolinha foi lançada sobre a multidão. Todas as fichas em torno da mesa – as pilhas enormes de Frankie, os ganhos de todos os jogadores – explodiram na direção do céu e choveram. Todo cliente em um raio de 15 metros da mesa se transformou em um animal catador delirante.

A ruiva olhou para ele chocada.

– O que você fez? – perguntou ela.

Mãos firmes o agarraram por baixo dos braços. Dois homens grandes de terno escuro o haviam pegado.

– Por aqui, babaca – disse um deles, e eles o conduziram na direção de uma porta.

– Não fui eu! – gritava ele. – Não fui eu!

O

Ele deixou a taverna pensando em números altos. Números altos e planos de contingência. Como diabos ele iria levantar vinte mil? Só havia um jeito.

– Droga! – Ele virou na entrada de carros, bateu em uma fileira de grandes baldes de plástico e os derrubou. Mais acima da entrada de carros havia sacos de mistura de cimento, uma pilha de tábuas de cor clara e um pallet com algo coberto por um encerado. Ele deu ré e estacionou na rua.

Buddy estava agachado perto da porta da frente da casa. Estava martelando uma estrutura de madeira que tinha erguido em torno dos degraus de cimento. Frankie caminhou pela entrada de carros na direção da garagem e dos fundos da casa e o ignorou.

Buddy largou o martelo e se levantou.

– Ele não está aí.

– O Buda fala, veja só – disse Frankie. Em seguida: – Quem não está aí?

Buddy não disse nada.

Frankie caminhou na direção dele. Parecia que estava construindo uma fôrma para refazer o degrau de cimento, que pela última década estava se inclinando. Mas por que agora? Por que qualquer coisa, com Buddy?

– Por que você se interessa por quem estou procurando? – perguntou Frankie. – Talvez eu esteja procurando por Irene.

Buddy apertou os olhos na direção dele. Então Frankie percebeu que o carro de Irene não estava em nenhum lugar à vista.

– Certo, está bem – disse Frankie. – Onde está papai? E não dê de ombros para mim, porra.

Buddy permaneceu imóvel, enfaticamente sem dar de ombros. Depois de trinta segundos, Buddy disse:

– Tudo vai dar certo.

– Sério? Dar *certo*? – Frankie se aproximou, entrando em seu espaço. – Dar certo como a porra do cassino?

Buddy olhou para ele e piscou os olhos.

Jesus Cristo, tudo o que Frankie queria fazer nesse momento era bater nele. Mas nunca pusera a mão no irmão. Quando eram crianças, Buddy era pequeno demais para apanhar, e depois, de repente, ficou grande demais. De qualquer tamanho, porém, não havia sentido em fazer isso. Seria como socar um golden retriever.

O olhar de Buddy ficou vidrado, como se um programa de TV tivesse sido ligado em sua cabeça.

Frankie estalou os dedos para ele.

– Ei. Retardado.

Buddy se focou em Frankie. Ele franziu o cenho.

– Por que você fez isso? – disse Frankie. – Vamos lá. Abra o jogo. – Buddy nunca contara a ele para onde desaparecera com sua pilha de fichas. Nunca contou a ele por que o mandara ao *Alton Belle*, para começo de conversa. Ele deveria estar rico, droga. A Bellerofone teria sido salva, e ele não estaria nas mãos da porra da máfia e se perguntando se a próxima vez em que pusesse a chave na ignição a van iria explodir.

Buddy disse:

– Tudo vai dar...

– É, é, é – disse Frankie. – Claro que vai.

AGOSTO

10

Buddy

A Paranormal Mais Poderosa do Mundo está morta há vinte e um anos. Vida longa ao Paranormal Mais Poderoso do Mundo.

Buddy, entretanto, não se sente poderoso. A contracorrente do tempo o está derrotando. Ele se esforça para permanecer no presente, mas não para de ser arrastado repetidas vezes ao passado. Antigamente, sua memória do futuro era tão grande (e cheia de buracos) quanto sua memória do passado. Mas agora resta pouco futuro. Tudo termina em um mês, em 4 de setembro de 1995, pontualmente às 12:06.

Zap.

Às vezes, quando pensa nesse dia, ele fica aterrorizado. Outras vezes, fica apenas triste. Ele vai sentir falta de muita coisa, mas o que mais dói é que nunca mais verá seu verdadeiro amor.

Ainda assim, em outros momentos, ele se sente grato. Há, sem dúvida, muitas coisas ruins por vir depois da parada brusca, e ele não tem de revê-las repetidas vezes. O futuro não será mais sua responsabilidade. Outra pessoa se tornará o Paranormal Mais Poderoso do Mundo, e ele finalmente vai conseguir descansar.

O pequeno estoque de futuro, no entanto, só deixa mais forte a atração do passado. Ele sabe que não pode chafurdar na história, mas às vezes – como *agora mesmo*, neste exato momento de consciência – ele deseja estar em outra época, em algum momento frio, com neve do lado de fora da janela. Por que nesse *agora* faz 35º e o suor escorre de seu peito nu. Ele está curvado nos degraus da frente, colocando azulejos de cerâmica em fileiras e colunas, e sua cueca está grudada na bunda. Os azulejos devem estar secos antes de serem cimentados no lugar.

– É assim que você quer? – pergunta uma voz. Ah, certo. Matty, a versão de 14 anos, o está ajudando. Ele está misturando a argamassa em um dos baldes grandes de plástico.

Buddy balança a cabeça afirmativamente. Mas aí o garoto passa para outras perguntas. Quer saber tudo sobre a Fabulosa Família Telemachus. Onde eles se apresentaram, o que as pessoas achavam deles. Buddy o ignora. Quanto menos Matty souber, melhor. Pelo menos, Buddy acha que isso é verdade.

Matty não para de falar. Quer mesmo saber sobre a avó. O que ela fazia no palco? Ela trabalhava mesmo para o governo?

– A vó Mo podia viajar para fora do corpo? – pergunta ele.

Essa pergunta faz com que Buddy olhe para o garoto e franza a testa.

– Sabe como é – diz Matty. – Tipo passar pelas paredes?

Buddy olha fixamente para ele.

– Porque isso seria mesmo muito útil, não é? Isso faria dela a espiã perfeita.

Buddy balança a cabeça lentamente.

– A que distância você acha que ela conseguia viajar? Quer dizer, até a Rússia? Frankie disse que os russos também tinham paranormais. Você acha que ela podia ir aonde quisesse?

Buddy sacode a cabeça. Ela não tinha limites, pensa ele. Nada podia detê-la, exceto por uma coisa. O tempo.

+

Sua mãe está sentada na sua frente à mesa da cozinha. Há neve do lado de fora da janela, e dali a pouco seu pai chegará em casa com pizza para o jantar, e o irmão e a irmã entrarão correndo, com os jeans encharcados, os rostos vermelhos pelo vento, depois de andarem de trenó com as crianças maiores. Mas agora, nesse exato momento, ele está na cozinha quente com seus papéis e lápis de cor – e sua mãe. Ela está fazendo o próprio projeto, lendo e relendo uma pilha de jornais de negócios com números sobre negócios. Ela havia chorado, mas depois parou porque viu que ele ficou assustado.

– Mostre-me o que você está desenhando – diz a mãe.

Ele não quer mostrar. É um desenho triste. Mas a mãe tinha visto seus outros desenhos tristes, então ele afasta o braço e ela se inclina para a frente. É um retângulo preto cercado de verde, exceto por alguns rabiscos em vermelho e amarelo.

– São flores?

– Não sou bom em desenhar flores – diz ele.

– Ah, *eu* acho que você é – diz ela. – E eu gosto de saber que haverá flores perto de mim. É mesmo um túmulo muito bonito, Buddy.

Fazia meses desde o programa de TV onde tudo dera errado. A mãe fala sobre todos os seus desenhos tristes como se eles não fossem um problema. Ela pouco chora (pelo menos, não na frente dele). Ela vê através do que ele realmente desenhou hoje, e então diz:

– Por que você não desenha para mim alguma coisa de quando você tiver, digamos, 12 anos?

Ele tenta se lembrar até os 12 anos. E está sentado em um prédio. É verão, e a medalha está pesada e molhada em seu peito. Começou a usá-la em segredo sob a roupa, como o uniforme do Super-Homem. Frankie está ali no prédio, parecendo alto, magro e durão. Um de seus Frankies favoritos. Buddy desenha outro retângulo e a mãe diz:

– Isso não é outro túmulo, é?

Ele sacode a cabeça.

– É uma máquina de pinball – responde ele. – Frankie é muito bom no pinball. Ele joga o dia inteiro.

– Ah – diz a mãe. – Isso é bom. – Ela não se entusiasma com a ideia, ele percebe, mas ela não faz ideia de o quanto Frankie vai ser bom. – E você está lá também?

– Eu só assisto. – Ele desenha a si mesmo ao lado da máquina de pinball e desenha um círculo onde estaria a medalha.

– Seu pai sabe disso? – pergunta ela. – Que vocês dois estão frequentando um fliperama?

Ele dá de ombros. Ele vê o que vê. Ele não consegue ler mentes.

Ela pega uma das folhas de papel em branco e começa a escrever.

– O que está fazendo? – pergunta ele.

– Eu só escrevi: "Quando tiver 16 anos, Frankie vai ser muito bom no pinball."

– Ah.

– Eu gosto de saber o que todos vocês estarão fazendo – diz ela.

– Depois que você estiver morta – acrescenta ele.

– É como um diário do futuro – diz ela. – Você desenha e eu escrevo palavras, mas é a mesma coisa.

– Isso não deixa você triste?

Ela pensa nisso.

– Às vezes. – Ele gosta que ela não minta para ele. – Mas em outros momentos fico apenas feliz porque vocês todos crescem juntos, porque cuidam uns dos outros.

Ele não gosta de pensar na ausência da mãe, no futuro. Mas sabia desde o *Mike Douglas Show* que ela iria deixá-los. Assim como sabe que Irene vai ter um bebê, e o bebê vai ser um adolescente chamado Matthias, e um dia ele e Matthias botarão azulejos marrons nos degraus da frente da casa.

De repente, ele fica tonto. Seu corpo está pequeno e grande ao mesmo tempo. Seu braço perto da janela está frio, mas ele pode sentir o sol nas costas, sentir o suor escorrendo pelos flancos de seu corpo.

– Buddy? – chama a mãe. – Buddy, olhe para mim. – Ela se aproxima do lado dele da mesa e se agacha. Ela vira o rosto dele em suas mãos. – Fique comigo, filho.

Sim. Ali está ela. A mãe está ali. Viva. Viva.

Ela passa a mão por seu cabelo úmido.

– Você está suando – diz ela.

Ele aperta a palma da mão sobre um olho e balança a cabeça afirmativamente.

– Diga-me o que é isso, Buddy – diz ela e aponta para o desenho que ele fez de si mesmo.

– É uma medalha. Eu costumava usar o tempo inteiro, na época.

– Que medalha é essa?

– A que você está prestes a me mostrar – diz ele.

Os olhos dela ficam arregalados. Pensar em sua morte não a fez chorar, mas isso faz. Em seguida, ela sorri, um sorriso brilhante e incontido, e diz:

– Ah, *essa* medalha.

Ela o conduz até o quarto dela no andar de cima e abre uma gaveta.

– Eu ganhei isso há algum tempo, mas logo vai pertencer a você. – Está embalada em um lenço que ela nunca usa porque é extravagante demais, colorido demais. O gosto de Teddy, não o dela. Ela remove o tecido, e o dourado é tão brilhante quanto seu sorriso.

– Você tem um dom maravilhoso – diz a mãe. – Eu sei que às vezes é difícil. Sei que você se preocupa. Mas também sei que você sempre vai fazer a coisa certa, porque você tem um coração bom e nobre. – Ela espera até que ele olhe em seus olhos, em seguida encosta sua testa na dele. – Escute-me – sussurra ela. – Tudo vai dar certo.

+

Irene estaciona com as janelas abaixadas, e ele pode ouvi-la cantar junto com o rádio. Mesmo depois que desliga o carro, ela continua a cantar: "*Ba-a-a-nd, on the run. Doot-do-do-do-doo.*" Buddy adora escutá-la. Ela canta o tempo todo quando é uma criança de nove e dez anos, e praticamente nada quando fica mais velha. Mas nas primeiras semanas de agosto de 1995, pouco antes do fim, ela vira uma Maria von Trapp. Canta toda vez que toma banho, enquanto prepara o jantar. E quando não está dizendo nada, parece balançar ao ritmo de uma música que ele não consegue escutar.

Ele vê os degraus da frente com azulejos novos, tudo já pronto agora, exceto pela limpeza, e em vez de gritar com ele ou perguntar em que diabos ele está desperdiçando seu tempo, ela apenas sacode a cabeça.

– Buddy, esses azulejos são para uso interior.

– E daí? – questiona Matty.

– E daí que vai ficar escorregadio demais no inverno.

– Não está escorregadio – diz Matty. – Experimente.

– Espere até chover – diz ela.

– Apenas experimente.

Irene abandona as reclamações. Ela pisa com uma seriedade fingida, cumprimenta Buddy e Matty pelo trabalho e entra, ainda cantarolando Paul McCartney.

Matty está olhando para ele.

– Estranho, não é? – pergunta o garoto. – Como ela está de bom humor.

Buddy dá de ombros. É hora de passar uma esponja na poeira e no excesso de cimento. E ele tem mais trabalho a fazer antes do pôr do sol: correspondência para enviar, pessoas com quem conversar, uma refeição para preparar. Está esquecendo de alguma coisa? Não do frio. Ele se lembra do inverno. Não, *agora*: o pai chegando em casa, perguntando qual era o jantar. A cor do lenço da mãe. *Não.* Matty indo até o posto de gasolina para comprar leite. E o que mais? Frankie aparecendo procurando por Matty. A sensação da medalha em sua mão pequena.

– Tio Buddy? – diz Matty. – Você está bem?

Buddy se agarra a essa voz. O Matty de 14 anos. Eles acabaram de terminar de assentar azulejos nos degraus da entrada.

– Você está zangado comigo? – perguntou Matty.

Ele sacode a cabeça.

– Nós precisamos de leite.

– Leite?

– Para o jantar. – Buddy caminha na direção de casa. – Tem dinheiro na bancada da cozinha.

– Mas...

Buddy ergue a mão. Já falou mais do que gostaria. Palavras são perigosas. Ele sobe para o segundo andar e fica lá mesmo depois de terminar o banho, de modo que está fora de vista e em segurança quando Frankie entra correndo em casa à procura de Matty. Mas o menino saiu, portanto em vez disso declama para Teddy com sua voz alta demais que está vendendo muito os produtos UltraLife. Repassa os números, fala das percentagens que está ganhando em cada venda. Ele não tentaria enrolar Irene com essa conversa. Mas ela está longe também. Como sempre, está no porão, diante do computador, on-line outra vez.

O que deixa apenas Teddy para absorver as mentiras. Pobre Teddy. E pobre Frankie, que está embaraçado por ter pedido um empréstimo a Teddy, na semana passada, que ele recusou. Claro que recusou. Frankie não dizia para que queria o dinheiro. Agora ele precisa garantir que todo mundo ao alcance de sua voz saiba que ele não precisava mesmo do dinheiro – ele tem grandes planos, um jeito seguro para se dar bem. Buddy pensa no dia no cassino, nas fichas empilhadas diante do irmão, tal como havia prometido, e a bola da roleta o escutando, da mesma maneira que a bola de pinball costumava fazer. Não foi o bastante ter dado a Frankie aquela hora de júbilo? Verdade, apenas uma hora, mas isso é mais do que a maioria das pessoas consegue. Buddy só teve 45 minutos.

+

Ele está com 23 anos de idade quando deixa o irmão sozinho no *Alton Belle*, caminha quase um quilômetro até o Days Inn e a vê, a garota de seus sonhos. Na verdade, ele sonhou com ela por anos.

Ela está sentada em uma banqueta de bar, ligeiramente afastada do balcão, com as pernas bronzeadas nuas cruzadas no joelho. Sua mão gira preguiçosamente o mexedor do drinque. E, ah, aquelas unhas rosa sensuais, da mesma cor de seu batom. O cabelo louro comprido (uma peruca, mas não importa, não para ele) ganha um novo tom de rosa com a luz de néon do letreiro da Budweiser. Seu coração bate forte e o manda na direção dela. Empurra-o pelo salão.

O bar está quase vazio. O hotel, embora a apenas algumas quadras do cais do *Alton Belle*, não oferece nenhuma das atrações de um cassino, e àquela hora cedo da noite ninguém está pronto para afogar as mágoas. Ainda assim, ela está lá. Esperando. Quase como se *ela* tivesse tido uma visão desse encontro.

Ele está pronto. Um dos seus bolsos está cheio de dinheiro, uma fração dos ganhos de Frankie na roleta. (Frankie ainda está no barco se divertindo... por enquanto. Buddy já sente remorso pelo que vai acontecer, embora ele seja impotente para impedir que aconteça.) O outro bolso contém uma chave de hotel em forma de cartão. Sua boca emana um frescor de canela graças às três Altoids que ele mastigou no caminho desde o barco.

Ele se senta a um banco de distância dela. O barman não está em nenhum lugar à vista, e ele não sabe o que fazer com as mãos. Tateia o bolso e põe uma nota sobre o balcão. Vê com surpresa que é de cem.

A mulher diz:

– Um dia bom no *Belle*? Ou ainda não chegou lá?

Ele sorri. Ela é magra e bronzeada, aparenta ter trinta anos. Seus olhos estão realçados por delineador preto.

– Eu tive sorte – responde ele.

– Ou talvez tenha sido sua vez de ganhar alguma coisa boa – diz ela.

É isso o que ele tem dito a si mesmo: não era a sua vez? Ainda assim, suas palavras soam vazias. Tudo o que conhece sobre o turbilhão do passado e do futuro disse a ele que o universo não deve nada a você, e mesmo que devesse, ele nunca pagaria. Nunca se convenceu que esse momento lhe era devido, mas ouvir as palavras saídas de alguém tão bonita faz com que ele queira acreditar nisso. Era sua vez, essa noite, e não a de Frankie. Ah, Deus. O pobre Frankie não sabe o que está prestes a acontecer com ele.

– Não fique tão preocupado – diz ela. – Venha e sente-se mais perto.

Como ele poderia não obedecer? Ele muda para a banqueta ao lado.

– Me diga seu nome – pede ela. Ele gostou da rouquidão em sua voz.

– Buddy.

– Cerise. – Ela põe a mão sobre a dele e a deixa ali.

Ele pode sentir o coração na garganta. Ela sorri.

– Você não precisa ficar nervoso, querido. Você tem mais de 21 anos, não é?

Ele balança a cabeça afirmativamente, sem saber ao certo para onde olhar. Ela está usando um top de alcinhas apertadas e uma minissaia de couro sintético preto que mal chegava ao alto de suas coxas. Ele tem uma lembrança futura de sua calcinha – uma fio-dental verde-limão. Ele precisa mesmo parar de pensar naquela calcinha fio-dental verde-limão.

Ela olha para o colo dele.

– Ah, coitado – diz ela. – Eu acho que você precisa do tratamento completo.

Ele leva a mão ao bolso outra vez, e ela diz:

– Aqui, não. Você tem quinhentos dólares?

– E tenho um quarto aqui – diz ele. – Lá em cima. – Um esclarecimento que provavelmente não é necessário. Ele duvida que eles tenham quartos para hóspedes no porão.

– Então o que estamos esperando? – Ela bebe o resto de seu drinque, em seguida aponta com a cabeça para a nota em cima do balcão.

– Uma nota de vinte paga minha conta, querido.

Ele pega o maço de dinheiro e o folheia. Finalmente encontra uma nota de vinte dólares.

Cerise ri, em seguida se inclina para perto.

– Você provavelmente não quer mostrar todo o seu rolo de dinheiro assim. Isso aqui não é East St. Louis, mas mesmo assim.

– Você tem razão – diz ele. Ela não sabe que ele vai dar tudo a ela em 45 minutos.

Eles pegam o elevador para subir. Ela pergunta o número do quarto e ele diz: “Trezentos e vinte e um.” Ela o conduz até lá sem olhar para as placas de orientação, e à medida que se aproximam, ele está pensando no número do quarto como uma contagem regressiva: três... dois...

Ele deixa que ela entre. Ela olha para o armário aberto, espia no interior do banheiro e diz:

– Você viaja com pouca bagagem.

De início, ele não entende esse comentário, em seguida pensa, Sim. Sem bagagem.

Ela larga sua bolsinha na cômoda ao lado da TV. Quando se vira para ele, se surpreende.

– Querido, você está tremendo. – Então ela entende. Ele pode ver no rosto dela. Ela se aproxima dele e toca seu rosto. – Você não tem nada com que se preocupar – diz ela com delicadeza.

Mas é o que ela diz em seguida que faz com que ele se apaixone por ela. As palavras soam como sinos, para a frente e para trás por todos os Buddys, através dos anos: sentado ao lado de uma janela fria em uma tarde de inverno; discutindo com o irmão em pleno verão; deitado na grama no último dia do mundo.

Ela sorri e diz:

– Tudo vai dar certo.

+

Buddy se agacha ao lado da cama. De baixo, ele puxa uma caixa de metal fechada com cadeado. Gira a combinação e retira o cadeado. Ali dentro há vários envelopes brancos presos com duas voltas de elástico vermelho. Antes, havia tantos envelopes que o elástico vermelho mal conseguia envolvê-los. (Embora tivesse começado com um elástico diferente, que depois ficou velho e arrebentou, ele teve de encontrar um que fosse exatamente da mesma cor e espessura.)

Todos os envelopes estão endereçados a Teddy, exceto o azul que tem nele o nome de Matty. Este Buddy não deve enviar até mais tarde. Ele pega o envelope de cima de Teddy e se assegura de que tenha a data de hoje. Resta apenas mais uma carta para seu pai. Sua missão para a mãe está quase no fim. Ele põe cuidadosamente o cadeado de volta no lugar e esconde a caixa outra vez.

Com o envelope escondido na camisa, ele desce discretamente, tentando ficar fora da visão da porta da cozinha, onde Frankie ainda está falando sem parar com Teddy. Buddy sai pela porta da frente.

Como ele se lembra, há um furgão estacionado mais adiante na rua. Um furgão prata que voltará ali em 4 de setembro.

Ele põe o envelope na caixa de correio e a fecha com um suspiro silencioso. Mais um dever secreto prestes a chegar ao fim.

Por falar em dever, ele pensa e se vira na direção do furgão. O homem atrás do volante, um negro de cabelo grisalho, o observa se aproximar de trás de óculos escuros. Ele provavelmente acha que os óculos são disfarce suficiente. Afinal de contas, eles só se viram uma vez antes, no funeral de Maureen, quando Buddy tinha seis anos de idade. Buddy ergue uma mão amistosa, como se saudasse o estranho, e em seguida caminha até a janela no lado do motorista. Faz um gesto giratório e o motorista abaixa a janela. Há um passageiro no banco traseiro, mas Buddy não vê seu rosto. Ele não vai ver, até 4 de setembro.

O motorista diz:

– Sim?

Buddy tem uma lembrança nítida e exata desse momento, por isso é um alívio não ter de se preocupar com o que dizer.

– Você viu um adolescente passar por aqui?

O motorista olha de relance muito rapidamente para trás, para o homem no banco traseiro. Em seguida, ele sacode a cabeça.

Buddy diz:

– Mandei meu sobrinho, Matty, ir ao posto de gasolina comprar leite, e ele devia estar em casa agora. Fica só a quatro quadras daqui, e eu estava ficando nervoso.

O motorista diz:

– Nós não o vimos.

– Está bem – diz Buddy. – Obrigado mesmo assim. – Ele se vira e volta andando na direção da casa. Está se sentindo orgulhoso de si mesmo, porque não apenas enviou a carta, mas passou perfeitamente pela conversa com o motorista do furgão, com todas as palavras na ordem certa.

Atrás dele, o furgão é ligado, faz uma manobra para dar a volta e vai embora.

– Tudo vai dar certo – diz para si mesmo o Paranormal Mais Poderoso do Mundo. Ele só precisa continuar a fazer seu trabalho, até que não seja mais seu trabalho.

II

Matty

Matty levou um dia para se transformar em criminoso, três semanas para se transformar num superespião psiônico e uma curta caminhada até o posto de gasolina para fazer com que desistisse de viagens astrais para sempre.

Sua vida de criminoso começou no dia em que pegou os cinquenta dólares emprestados com Frankie. Matty levava o dinheiro na mão fechada quando desceu lentamente a escada do porão até o quarto de Malice e chamou seu nome com delicadeza. Cada degrau revelava um pouco mais do porão. Malice morava em um chiqueiro. Roupas não estavam apenas espalhadas pelo chão, elas o cobriam, um amontoado de trinta centímetros de altura de flanela, jeans e camisetas. Não havia muitos móveis – uma cama, uma estante, uma poltrona verde, um engradado de leite que funcionava como mesa de cabeceira, uma TV velha – mas toda superfície plana era uma estrutura de Tupperware, embalagens de comida, CDs e copos. Muitos, muitos copos.

Finalmente ele chegou ao pé da escada. Ela estava sentada na cama dobrável com rodinhas, olhando para o outro lado, com os fones de ouvido e um laptop equilibrado nos joelhos.

– Malice? – chamou ele.

Ela tirou os fones de ouvido e se virou para olhar para ele.

– Mas que merda é essa? – O braço dela bateu em uma pilha de livros, em cima da qual havia um prato com um sanduíche meio comido. O prato virou e caiu de cabeça para baixo em uma pilha de roupas. Malice não fez nenhum movimento para pegá-lo.

– O que você está fazendo aqui?

– Desculpe, eu não quis assustar você. Eu só... uau. – Ele pegou o sanduíche com dois dedos e se arrependeu disso imediatamente. Aquela não era uma refeição recente. – Eu nunca soube que garotas podiam ser tão desleixadas.

Ela desceu da cama.

– Você pode ir embora agora. – Ela estava usando um short de corrida e uma camiseta que dizia SEM EMPATIA.

– Eu vou. – Ele pôs o sanduíche e o prato de volta em cima da pilha de livros. – Eu queria pedir um favor.

– Você não pode sair comigo outra vez.

– Ah, eu não quero... não é isso... – Ele sacudiu a cabeça. – Aquilo não foi minha culpa.

– Você tem tolerância zero, cara. Foi como se tivesse tomado ácido, você ficou completamente doido e depois começou a berrar.

– Não foi minha culpa! – protestou ele. Mas, é claro, não tinha conseguido explicar o que havia acontecido com ele enquanto estava doidão. E até voltar a si com todo mundo olhando para ele, tinha sido uma das melhores noites de sua vida.

– Então – disse Malice. – Você ficou muito assustado?

– Não exatamente. Era sobre isso que eu queria falar com você.

Ele olhou ao redor à procura de um lugar para sentar, mas mesmo a poltrona estava coberta de lixo.

– Você não vai ficar – disse ela. – Qual é o favor?

– Eu quero comprar mais fumo.

Ela riu. Com um pouco de dureza, pensou ele.

– De você – disse ele.

– Não – disse ela. – De jeito nenhum.

– Eu preciso muito disso – disse ele.

– Você *precisa*? Agora mesmo que eu não vou arrumar nada pra você. Você tem 13 anos.

– Quatorze.

– Não vou viciar meu primo em maconha. Além disso, eu não acho que você foi feito pra isso, cara. Quer dizer... – Ela estendeu os braços e começou a dançar, de olhos esbugalhados. – Gaddiga-gaddiga-gaddiga.

– Eu não estava assim.

– Cara, estava muito pior.

Ele abriu a mão e revelou o monte de dinheiro.

– Aqui.

Ela olhou para as notas, mas não as tocou.

– Onde *você* conseguiu quarenta dólares?

– Cinquenta. – Ele não ia dizer a ela que tinha pegado emprestado com seu pai. – Você faz isso pra mim, e eu posso conseguir muito mais dinheiro. Depois.

Os olhos dela ficaram arregalados.

– Seu merda! Você acha que vai ser traficante?

– O quê? Não!

– Matty, não minta pra mim, porra.

– Eu não mentiria pra você. Eu só vou conseguir mais dinheiro depois. E eu poderia pagar a você.

– Quanto?

– Não sei. Você me diz.

– Não – disse ela. Em seguida: – Quanto você vai conseguir depois?

Essa era uma boa pergunta. Quanto dinheiro havia no cofre de Mitzi? Quanto era sua parte? O vô Teddy teria ficado envergonhado por ele não ter esclarecido isso antecipadamente, sendo família ou não.

– Eu não sei exatamente.

– Eu quero duzentos – disse ela.

– Duzentos dólares?

– Taxa de conexão. Como pagar um pedágio. É pegar ou largar.

Ele na verdade não tinha escolha.

– Está bem – concordou ele. – Duzentos...

– Trezentos – disse ela.

– Ah, pare com isso.

– Não importa – disse Malice. – Eu não acredito mesmo em você.

– Ah, eu vou conseguir o dinheiro.

Os olhos dela se estreitaram.

– Isso é parte do projeto secreto?

– O que é secreto, agora?

Ela pegou as notas da mão dele.

– Estou muito cansada dessa merda dos Fabulosos Telemachus – disse ela. – Vocês são especiais pra caralho, mas, sempre que alguma coisa dá errado, põem a culpa em algum "acidente psicocinético". – Ela enfiou o dinheiro na cintura do short, um gesto sem conotações sexuais para ela. – Já é muito difícil com Cassie e Polly em casa, mas agora Frankie está trazendo você pra cá.

– Como? – Matty não estava mesmo acompanhando. Qual o problema das gêmeas?

Malice levantou a cabeça de um macaco de cerâmica e pegou um saco plástico.

– Isso é tudo o que eu tenho comigo, mas posso conseguir mais. Você sabe apertar um baseado?

Ele sacudiu a cabeça.

– Considere essa aula parte do meu preço.

A jornada para superespião psiônico começou naquela noite, na garagem de Frankie. Era muito parecido com o treinamento de Luke Skywalker em Dagobah, exceto que Frankie não era nenhum Yoda e não tinha ideia do que seu aprendiz estava tramando. O Jedi teria de treinar a si mesmo.

– Simplesmente tem de ser aqui fora – disse Matty a ele. Eles estavam fazendo uma cama no chão da garagem com dois colchões de berço, sobras das gêmeas, e alguns cobertores. – E eu não posso ser observado.

– Então eu vou dizer a Loretta que você vai dormir na nossa garagem? – perguntou Frankie.

– Eu sei que é estranho – respondeu Matty. – Mas tenho certeza de que ela já viu coisas mais estranhas, certo?

– Você nem imagina – disse Frankie. – De que mais você precisa? – Matty hesitou, e Frankie insistiu: – Pode dizer.

– Tem uma coisa que ando pensando em pedir a você – disse Matty.

– Fala.

– Quanto tem lá dentro?

– No cofre? – Frankie deu de ombros. – Bem, você vai ser capaz de me dizer, não vai? Você vai simplesmente... – ele agitou os dedos – ... dar uma olhada.

– Ah, certo – disse Matty. – Mas você sabe quanto, aproximadamente?

– Aproximadamente? – disse Frankie. – É muita coisa, Matty. Cem mil, fácil.

– Cem... – A voz dele esganiçou-se.

Frankie riu.

– Nós não vamos fazer isso por migalhas. Nós vamos atacá-los no dia do pagamento, Matty. Assim que seus clientes pagarem, nós *bam*.

Matty de repente pensou: isso significava que eles estavam roubando o dinheiro das vítimas? Talvez a coisa certa a fazer fosse devolvê-lo a elas. Mas na verdade, como descobrir quanto era devido a quem? Você não podia fazer isso sem um livro-caixa, algo com todos os nomes e endereços. E se eles devolvessem tudo, talvez Frankie recebesse aquilo que lhe era devido, mas Matty não receberia nada. Ou melhor: sua mãe não receberia nada. E ele estava fazendo isso por ela, certo?

Tudo era uma questão de momento moral. Quando a propriedade de inocentes se transformava nos ativos corruptos de criminosos – assim que entrava no cofre? Talvez fosse como o milagre da transubstanciação, só que ao contrário. Uma anticomunhão.

– Olá, Matty – disse Frankie. – Você precisa de mais alguma coisa?

– Ah, deixe-me pensar. – Ele examinou o que já tinha: um mapa da área de Chicago aberto no chão, com grandes setas vermelhas marcando o caminho da casa de Frankie até a taverna Mitzi's; duas latas de Coca em um isopor; um travesseiro extra em uma fronha do Meu Querido Pônei. – Eu estou bem – respondeu ele.

Mas estava mesmo?

– Quase dez horas – disse Frankie. – É melhor começar. Vou deixá-lo com... o que quer que você faça.

Frankie fechou a porta da garagem ao sair. Matty levou a mão ao bolso de trás para pegar o fumo.

A porta se abriu.

– Boa sorte – disse Frankie.

Matty ficou absolutamente imóvel.

Frankie ia dizer mais alguma coisa, mas pareceu mudar de ideia e fechou a porta outra vez.

– Ah, meu Deus – disse Matty para si mesmo. Esperou por cinco minutos antes de dar mais uma olhada no fumo. Por fim, pegou um dos três baseados bem apertados que Malice fizera para ele (não conseguiu apertar um sozinho) e acendeu com o isqueiro Bic que ela lhe emprestara. ("Tudo parte do serviço", disse ela.)

Pronto para levantar voo, pensou ele. Ignição.

A decolagem não ocorreu. Ele ficou sentado em sua plataforma de lançamento de colchão de bebê por vários minutos, tragando, tossindo, tossindo e tragando, e disse a si mesmo que tudo iria ficar bem se parasse de se preocupar. E ele estava certo. No mesmo momento em que percebeu que tinha parado de se preocupar, viu que estava sentado ao seu próprio lado.

– Ei, bonitão – disse ele. Seu corpo riu. O baseado pendia entre os dedos. – Talvez você deva largar isso – acrescentou ele.

Seu corpo deu um último tapa, em seguida pôs o baseado no cimento.

– Eu volto logo – disse ele e flutuou através da parede da garagem e pairou alguns centímetros acima da grama. Pensou em observar Malice, mas resolveu não fazer isso. Esse era um hábito que ele devia eliminar. Não podia ser um viciado em drogas, um ladrão *e* um tarado.

Voar, porém, era muito bom. Ele passou por cima do telhado do tio Frankie e se moveu lentamente para dentro das árvores, depois acima das ruas, ganhando altura gradualmente, até conseguir mais um vez identificar as torres da cidade, brilhando a distância. Havia quilômetros de ar sob seus pés, e ele estava apenas levemente perturbado por isso.

Ele pensou: Acho que é uma boa viajar assim. (Viajar. Ha, ha.)

Mover-se não lhe exigiu nenhum esforço: ele foi puxado adiante pelo fio da própria atenção, atraído por qualquer coisa que lhe interessasse. Aquela grande torre de água bem iluminada perto da I-294, pintada como uma rosa. Os jatos, roncando na direção do aeroporto de O'Hare. Rápido como um raio, ele estava voando junto das janelas de um avião, a centímetros do rosto de uma ruiva entediada que olhava para fora.

Matty fez asas com os braços.

– Eu sou um avião astral – disse ele. Longe dali, seu corpo ria; ele conseguia sentir seu eco. – Concentre-se, Matt – disse ele. Onde ficava a Mitzi's? Não tinha ideia. E não conseguia ler o mapa de Chicago sem voltar para a garagem ou tornar a entrar no corpo.

Por falar nisso, onde estava seu corpo?

– Puta merda!

Ele girou no ar e entrou em pânico, perdido no céu noturno. Abaixo, pontos de luz cercavam retângulos escuros de telhados e jardins. Qual das casas era a de Frankie? Da única vez que saíra tão longe do corpo, Matty fora sugado de volta para ele por Malice lhe dando um tapa.

Ele começou a voar sem rumo, aproximando-se de placas de ruas, tentando se lembrar do mapa de Chicago. Por que não o havia estudado mais? Por que não combinara com Frankie para que fosse acordá-lo?

Seu corpo era a âncora, ele chegara a essa distância dele seguindo o que quer que chamasse sua atenção. Talvez, então, tivesse apenas de prestar atenção a seu corpo.

Ele tentou pensar nos braços, no peito. Na garganta. A sensação da fumaça no alto de seus pulmões. Tossiu e sentiu o corpo se mover. O som da tosse pareceu vir de muito longe.

– Está bem, Matty – disse ele em voz alta. Sua voz saiu mais clara, e ele começou a segui-la de volta pela rede de ruas e casas. – Aí vamos nós.

Um minuto depois, ele entrou pelo telhado da garagem. Seu corpo disse:

– Na próxima vez, talvez você devesse viajar *menos*.

Ele só conseguiu chegar à Mitzi's dez dias depois. O maior obstáculo era encontrar um lugar e uma hora para fumar. Não podia ficar sempre na casa do tio Frankie. A casa do vô Teddy, porém, era lotada e caótica. O porão estava fora de questão; a mãe fizera dele seu segundo lar, acampando lá, quando não estava no trabalho, para conversar com o "Joshinator". Buddy podia entrar em qualquer cômodo a qualquer momento. E a garagem era arriscada demais; o vô Teddy tinha um controle remoto para a porta, e a ideia de a porta subir quando ele estivesse apagado no chão o aterrorizava.

Matty enfim se decidiu por um canto atrás da garagem, entre duas moitas bem grandes. Se ele se sentasse de pernas cruzadas, encostado na parede da garagem, ficava invisível, a menos que alguém chegasse bem à sua frente. Ele pensou naquilo como um ninho. Mas a única hora para ir até lá era entre o fim do expediente com Frankie e a volta de sua mãe do trabalho.

Pelo menos era mais fácil viajar durante o dia. Ele decorou o caminho da casa do vô Teddy até a taverna e, depois de algumas viagens, conseguia chegar lá em segundos, desde que não permitisse que sua mente divagasse. Qualquer coisa podia distraí-lo: sirenes e sinos de igreja; velhas e garotas; animais, especialmente pássaros, que eram *incríveis*, e pareciam estar em todo o lugar para onde ele voltasse sua atenção, uma nação de observadores diminutos e intrometidos que não só podiam ver a forma astral de Matty, como a seguiam avidamente.

Esta última percepção paranoica, ele entenderia depois, veio como cortesia da maconha. Estava com problemas para ajustar o seu consumo certo de *cannabis*. De mais, e ele nunca chegava à taverna, de menos, e ele mal tinha tempo de olhar ao redor antes que seu corpo saísse da onda.

E o tempo era um problema. Barney, o Barman, nunca ia até os alarmes das portas durante o dia. Finalmente Matty conseguiu chegar lá cedo uma manhã para vê-lo abrir a taverna e digitar o código de desarme no painel do alarme: 4-4-4-2.

Frankie ficou eufórico. Então, quase de imediato, ele se esqueceu da alegria e começou a se preocupar com o cofre. Dias se passaram sem que Matty conseguisse lhe dar a combinação.

– Qual o problema? – perguntou ele uma tarde na van da Bumblebee. – São só três números.

– Na maior parte do tempo em que estou lá, ela nunca se levanta da mesa – disse Matty. – Eu só a vi abrir o cofre duas vezes, e na primeira vez ela se curvou sobre ele, tão perto que não consegui ver os números. Praticamente em cima dele. E na vez seguinte em que ela foi até o cofre, eu tentei aproximar a visão, mas exagerei. Passei direto pela porta e depois... vrum.

– Vrum? O que é vrum?

Matty sentiu o rosto ficar quente.

– Eu fui parar... longe. Tipo, muito longe.

– Como o quê, Glenbard?

– Passei pela água. Lago Michigan.

– Mas que merda! – Frankie disse isso alto demais e baixou a voz. – Mas que merda.

– Eu sei. Meio que me assustou. Entrei em pânico. Por sorte, o... – Ele quase disse que o efeito da maconha passou, mas conseguiu segurar a tempo. – Eu recobrei a consciência e estava de volta em casa.

– Está bem, está bem, isso é boa notícia – disse Frankie. – Você está ficando mais forte. Você só precisa de controle. É o problema clássico dos Telemachus. Poder *demais*.

Matty gostou do som disso.

– Diga-me de que você precisa – disse Frankie. – Fale com seu treinador.

Treinador?, pensou Matty. Em voz alta, ele disse:

– Acho que preciso passar a noite outra vez em sua casa.

– Por quê?

Na verdade, por quê? Porque (a) ele tinha fumado metade da maconha e precisava refazer o estoque se quisesse permanecer nesse jogo; e

(b) ele queria uma desculpa para ficar na companhia de Malice. A única razão que poderia dar a Frankie, porém, foi (c):

– Minha mãe está desconfiada de tanto tempo que passo sozinho.

– Sei, é claro que está – disse Frankie. – Eu vou lá jantar daqui a alguns dias. Aí eu peço a ela.

– Obrigado, tio Frankie.

– Não é nada. – Ele deu um tapinha no ombro de Matty. – É só mais um obstáculo. Como os doze trabalhos. Você sabe do que estou falando?

– Claro. Hércules.

– *Héracles*, Matty. Aprenda grego. Essa é a sua origem. Nós somos filhos de deuses, pelo menos de semideuses. Nós viemos de *heróis*. Héracles, Belerofonte, Teseu...

– Está bem...

– E o que pode deter um herói quando ele decide fazer algo?

– Nada – disse Matty.

– Exatamente.

Aí o tio Buddy pediu que ele fosse até o posto de gasolina comprar leite para o jantar.

Esse pedido simples resultou em uma tentativa de sequestro por um pedófilo – pelo menos foi isso o que pareceu, no início. Depois de começar em algum momento quando ele tinha quatro anos, e de repetir isso em intervalos frequentes, a mãe descrevera exatamente como isso iria acontecer: um furgão sem janelas iria parar ao lado dele e um homem estranho iria se debruçar e oferecer para lhe mostrar algo *muito legal*. Talvez fosse um cachorrinho. Ou um Game Boy. E o que Matty deveria fazer? Correr, é claro, sair correndo e procurar a mãe.

Agora que aquilo estava finalmente acontecendo, porém, Matty se viu preso à calçada quente, a garrafa de leite suando em sua mão. O predador, um homem negro de idade com cabelo branco, apareceu na janela do banco do motorista do furgão e disse:

– Ei, Matty. Tem um segundo?

E o que Matty fez? Sorriu desconfiado e disse:

– Hum...

– Destin Smalls quer falar com você.

Smalls? O cara que falava ao telefone com o vô Teddy?

– Ele é amigo do seu avô. E de sua avó, Maureen.

Nada de cãezinhos. Só um chamariz fenomenalmente intrigante. Ainda assim, uma deixa para fugir. Em vez disso, Matty esperou enquanto o homem descia e fazia a volta pela frente do furgão prateado. Ele se movia com rigidez, como se tivesse um problema no quadril. Então acenou para que Matty o seguisse.

Matty obedeceu. Pareceria grosseiro não fazer isso.

– Eu também a considerava uma amiga – disse o motorista e estendeu a mão. – Clifford Turner. Foi uma honra servir com ela.

Servir com ela? Minha nossa, pensou Matty. A coisa do governo. Era tudo real.

Cliff puxou e abriu a porta lateral do furgão, o que teve o efeito de um mágico puxando uma cortina para revelar... um homem branco enorme de terno azul apertado no banco traseiro ao fundo.

– Matt. É um prazer conhecê-lo pessoalmente. Eu sou o agente Destin Smalls. – A voz dele estava baixa e confiante. E o chamara de Matt. Ele gesticulou para o banco vazio ao seu lado. – Entre. Tem ar-condicionado.

Ora, *aquilo* era algo saído direto do manual do pedófilo.

– Eu comprei leite – disse Matty.

– Estou vendo.

– Quer dizer, minha família está esperando por mim – explicou Matty. – Eles virão à minha procura.

– Isso não vai levar nem um minuto. Eu só queria me apresentar.

Matty olhou para Cliff.

– Vai ficar tudo bem – disse o homem. – Prometo.

Matty entrou e pôs a garrafa de leite no piso acarpetado. Cliff fechou a porta por fora e os encerrou no interior.

A traseira do furgão, atrás dos bancos, era em grande parte escura, mas piscava e zumbia com equipamento elétrico. O ar-condicionado (que era de fato agradável) era provavelmente necessário para manter todas aquelas máquinas em funcionamento.

Smalls o viu olhando.

– Isso é material de alta tecnologia. Telemetria avançada.

– O que ele faz?

– Nos ajuda a encontrar indivíduos talentosos, Matt. Pessoas como...

Matty tentou conter os espasmos em seu rosto.

– ... sua avó.

– É mesmo? – perguntou Matty. As palavras saíram uma oitava mais alta do que ele pretendia.

– Verdade. Quanto o seu avô contou a você? Você sabia que Maureen Telemachus era a agente de operações mais importante que tínhamos durante a Guerra Fria?

Guerra Fria clássica, dissera Frankie. *Operações de alto risco.*

– Cuba? Maureen esteve lá – disse Smalls. – O Estreito de Gibraltar? Ela nos contou o que aconteceu quando o *USS Scorpion* explodiu e sucumbiu. Foi uma época de muita tensão. Os dois lados com tanto medo um do outro que estávamos em risco real do fim do mundo. Nosso trabalho, o trabalho de sua avó, era descobrir onde os russos guardavam seus mísseis e ficar de olho neles. A pior situação seria se o inimigo acreditasse poder lançar os seus com impunidade.

Matty não sabia o que dizer, por isso falou:

– Uau. – Ele tinha certeza de que aquela era a conversa mais importante de sua vida e não queria que ela se interrompesse só porque ele não entendia a maior parte do que o agente Smalls estava lhe dizendo. Ele sabia da crise dos mísseis em Cuba, mas o resto era um mistério.

– Isso mesmo. E os comunistas tinham seu próprio programa de guerra parapsicológica também. Nós estávamos sempre em alerta contra incursões paranormais.

– Então, a vó Mo e os russos, eles, tipo, lutaram uns contra os outros? – perguntou Matty.

– Lutar?

– Psiquicamente – disse Matty. – Tipo, no plano astral.

– De onde você tirou isso? Revistas em quadrinhos?

– Não – respondeu defensivamente Matty. Se sua mãe estivesse ali, ela saberia que ele estava mentindo. Duelos parapsicológicos eram algo saído direto dos X-Men.

– Você não está muito errado. Os dotados podem sentir uns aos outros. Na verdade, Cliff, lá fora? Ele detectou picos de atividade nesta área.

Matty sentiu o coração bater forte no peito. Cliff o *detectara*? Matty perdeu o fio da conversa; seu pânico o ensurdeceu. Será que eles sabiam o que ele estava tramando com o tio Frankie? Será que eles iriam entregá-los à polícia?

Smalls, porém, continuou a falar.

– Você deve saber que sua família é especial – disse ele em tom confidencial. – Não só sua avó. Seus tios, Buddy e Frankie, costumavam ter habilidades. Sua mãe também.

Matty se fez de bobo.

– Aquilo foi só um número. Um espetáculo teatral. Eles foram desmascarados.

– Foram? – perguntou Smalls. – Talvez. Mas talvez eles tenham apenas parado de se apresentar. A pergunta que tenho naturalmente é se você viu alguma atividade *nova*. Talvez entre suas primas?

– Como o quê?

– Poderia ser qualquer coisa – respondeu Smalls. – A habilidade de mover objetos. Sentir a água se mover no subsolo. Ver coisas a grande distância.

– Eu não sei de nada disso – disse Matty. Graças a Deus Smalls não tinha a habilidade de sua mãe.

O agente Smalls sorriu.

– Só estou pedindo para você ficar de olhos abertos. Você pode fazer isso para mim?

Matty pensou: será que ele queria que eu espionasse minha própria família?

– A ameaça aos Estados Unidos não terminou com a Guerra Fria, Matt. Não mesmo. A União Soviética acabou, mas os russos ainda têm seus próprios paranormais, não duvide disso. Quantos outros governos têm seus próprios agentes? Quantos grupos marginais e organizações terroristas? Pior: quantos desses agentes ruins estão tentando *recrutar* americanos dotados?

Smalls disse sua fala com a gravidade do Velho Testamento. Ou, pelo menos, a gravidade de velhos filmes bíblicos de Hollywood. Matty se encostou no banco, esquecido do leite.

– Isso seria ruim – disse Matty.

– Não só isso. Essas potências estrangeiras podem decidir que não podem se dar ao luxo de permitir que nós também contratemos essas pessoas. Elas podem decidir neutralizar o paranormal.

– O senhor quer dizer, tipo, *matar*...?

Ele sacudiu a cabeça.

– Tenho certeza de que isso não vai acontecer – disse ele de um jeito que sugeria que era exatamente o que poderia acontecer. – Mas há outras maneiras de neutralizar o paranormal. Há dispositivos que podem simplesmente remover essas habilidades. – Ele estalou os dedos. – Como desligar um interruptor de luz.

Meu Deus, pensou Matty. Ele tinha *me* neutralizado.

Smalls levou a mão ao interior do paletó e Matty se agarrou nos braços do banco. A mão do agente saiu segurando um cartão de visita.

– Estou do seu lado, Matt. Quero proteger sua família. Quero ajudá-los. Seu avô não quer que eu fale com nenhum de vocês, porque ele acha que vocês são jovens demais para entender a importância disto. Outro Telemachus poderia ocupar o lugar de sua avó. A pátria daria um suspiro de alívio.

Matty olhou para o cartão, em seguida botou-o no bolso do jeans.

– Se houver algo que eu possa fazer, procure-me – disse Smalls.

Matty emergiu do furgão com a sensação de que muito tempo tinha se passado, embora tivessem sido apenas minutos. O sol brilhava em um ângulo mais oblíquo. As árvores sussurravam juntas de forma conspiratória. Até a garrafa de leite parecia mais pesada, agora carregada com um significado oculto.

Cliff apertou a mão dele outra vez.

– Foi ótimo conhecê-lo, Matty.

– Eu... sim.

– Um dia, quero lhe contar sobre algo que sua avó uma vez fez por mim. Ela me levou junto em uma de suas viagens distantes, muito além do que eu poderia fazer sozinho. Foi uma das experiências mais profundas de minha vida.

– Isso seria ótimo – disse Matty. A menos que Destin Smalls me desligue como um interruptor de luz.

Ele caminhou para casa e entrou. Tinha certeza de que sua família iria ver todo aquele novo conhecimento corroer seu interior como radiação, mas não: o vô Teddy mal tirou os olhos do jornal, enquanto em frente a ele, do outro lado da mesa, atrás de algumas garrafas de cerveja vazias, o tio Frankie explicava algo sobre o cinturão de Van Allen.

– Claro que robôs poderiam atravessar o cinturão e chegar à Lua, mas seres humanos? – A mãe estava ocupada no fogão. Só o tio Buddy, picando cebola e pimentão na bancada, o olhou nos olhos. Matty, repentinamente constrangido, enfiou o leite na geladeira. Mas antes que ele pudesse escapar para o seu quarto, a mãe lhe mandou arrumar a mesa grande.

Ele foi obrigado a transportar pratos e copos dos armários para a sala de jantar, indo e voltando como um pato em uma galeria de tiro.

Matty foi até a mãe e falou em voz baixa.

– Tio Frankie vai ficar para o jantar?

– Não sei. Pergunte a ele.

– Você pode fazer isso?

A mãe franziu o cenho como se perguntasse: qual o seu problema? Em seguida, ela olhou para trás e disse:

– Frankie, você vai comer ou não?

– Você não precisa preparar mais por minha causa – disse Frankie.

– Minha nossa, tem massa suficiente para todos. Sim ou não?

Ele deu um suspiro elaborado.

– Eu queria poder. Mas Loretta e as garotas estão esperando. – Ele se levantou, bebeu o resto da última garrafa e a pôs sobre a mesa.

– De nada – disse o vô Teddy.

Frankie ergueu a mão em uma saudação.

– Ei, Matty, ajude-me a pegar uma coisa na van.

Matty congelou.

– Vamos – disse Frankie, já em movimento. – O resto de vocês, aproveitem sua lauta refeição. Provavelmente será macarrão com queijo na minha casa.

Matty hesitou, então finalmente seguiu o tio até a entrada de carros.

– Então, aconteceu alguma coisa hoje? – perguntou Frankie.

– Não aconteceu nada – disse Matty.

– Nenhuma viagem? Nenhuma visita à taverna? – Ele estava muito ávido. Muito desesperado. – Nós precisamos demais dessa combinação.

– Eu não consigo – disse Matty.

– O quê? Qual o problema? Sua mãe está entrando no caminho?

– Não, não é isso. Eu só não acho que...

– Autoconfiança, eu sabia. – Ele pôs a mão no ombro de Matty e se inclinou para perto. – Eu já passei por isso. Sei como é duvidar de si mesmo. Você só tem de seguir em frente.

– Quero dizer que não posso fazer isso. Nunca. – Ele se esforçou para manter contato olho no olho com Frankie, mas não conseguiu fazê-lo. A orelha direita do tio virou seu foco. – Estou fora. Desisto.

– Desiste? – A voz dele saiu muito alta. – Mas de que merda você está falando?

Matty não sabia mais o que dizer. O governo está atrás de mim? Eles podem me rastrear? Eles podem me *apagar*? Frankie iria tentar convencê-lo do contrário em todos os pontos.

– Você não pode desistir – disse Frankie. – Você é um Telemachus. Nós não desistimos.

– Eu sei, eu sei. – Mas não era por desistir que eles eram mais conhecidos? A Fabulosa Família Telemachus tinha abandonado o palco e caído na mediocridade. Frankie foi o responsável pela bênção anos atrás no dia de Ação de Graças: nós poderíamos ter sido reis.

– Desculpe – disse Matty. Ele estava tentando se segurar. Ele não queria chorar na frente do tio. – Desculpe.

Frankie continuou a falar, seduzindo, envergonhando e implorando em uma combinação acelerada, como um peso-galo treinando com um saco de areia pesado. Matty aguentou os golpes, sem conseguir falar, sem conseguir se mexer. Ele queria desaparecer. Sair voando pelo topo da cabeça e deixar que seu corpo caísse na entrada de carros como um saco de grama molhada. Mas isso era exatamente o que ele nunca poderia fazer outra vez.

12

Teddy

O amor estava a sua espera na caixa de correio, enroscado como uma cascavel. Um envelope branco simples. Ele sabia o que era antes mesmo de ver o nome na letra manuscrita precisa de Maureen, e em um átimo o velho e doce veneno correu para seu coração.

Ah, meu amor, pensou ele. Você me enlouquece mesmo do túmulo.

As cartas chegavam com maior frequência agora, ele não sabia por quê. Houve uma enxurrada delas após a morte de Maureen, depois diminuíram, de modo que durante anos ele achou que elas finalmente tinham parado. Mas esta era a segunda nesse verão. Seria um sinal do fim dos tempos? Ele *estava* ficando velho. Os obituários estavam cheios de homens mais fortes, homens mais jovens, vítimas de derrames, câncer de próstata e enfartes. O estresse dessas cartas era suficiente para acabar com ele. Mo iria matá-lo na caixa de correio.

– Você está bem? – perguntou Irene. Ela estava a seis metros de distância, parada perto do carro. Longe demais para ver a caligrafia no envelope.

– Tiros de papel – disse. Ele enfiou o envelope no bolso do paletó. Haveria tempo para lê-la mais tarde. – Direto na cabeça.

– Como você recebe correspondência no domingo?

Com qualquer outra pessoa, ele diria ter sido uma entrega errada que algum vizinho devia ter posto ali, mas aquela era Irene. Sua única saída era evitar completamente a pergunta.

– Vamos – disse ele. – Graciella está esperando.

Irene não fez nenhum movimento para entrar no carro.

– Nós temos um acordo, não é? Se eu for com você, não importa o que aconteça, você vai cuidar de Matty para mim.

– Sim, sim.

– Quatro dias, da próxima quinta-feira até domingo. – Ele cometera o erro de dar a ela as chaves para que ela pudesse ligar o ar-condicionado, e agora ela os estava mantendo reféns. Estava parada junto da porta do lado do motorista e tamborilava no teto. Ele se contraiu ao pensar em seus anéis arranhando a pintura.

– E você vai *cuidar* dele dessa vez – disse ela.

Ela não iria deixar que ele se esquecesse da vez em que ficou cuidando de Matty quando ele tinha dois anos.

– Ele agora é um adolescente, não um bebê – disse ele. – Dessa vez, se ele beber um copo de gim vai ser de propósito.

Irene deu um resmungo mas entregou as chaves.

Ela conseguiu ficar em silêncio até o terceiro semáforo. Era mais do que ele poderia ter esperado.

– Você confia nessa mulher? – perguntou ela, querendo dizer Graciella.

– E *você*? Você é uma juíza de caráter melhor do que eu. – Na verdade, era por isso que ele insistia em levar Irene junto.

– Ela o está usando – disse ela.

– Eu *quero* que ela me use. Esse é o objetivo da amizade, Irene.

– Ela não é uma amiga se está atrás do seu dinheiro.

– Dinheiro? Que dinheiro? Eu vivo de aposentadoria, pelo amor de Deus.

– Este carro tem um ano. Você compra um novo a cada 18 meses.

– Isso é apenas bom senso. Carros novos são confiáveis. Se você enguiçar nos elevados, provavelmente vai ser morto.

– E os ternos? E os relógios?

Ele respirou fundo. Como dizer aquilo para uma mulher que conseguia farejar uma mentira?

– Só porque não me visto como um mendigo isso não quer dizer que eu seja rico.

– Eu sei sobre a ATI, pai.

Ele fingiu se concentrar no trânsito pelo retrovisor lateral.

– O que é isso agora?

– Cheques chegavam em casa durante todo o meu tempo de colégio, e eles ainda estão aparecendo.

– Você abre minha correspondência?

– Eu não preciso. Posso ver os envelopes. Advanced Telemetry Inc., uma empresa eletrônica privada de telemetria avançada, mas há suspeitosamente pouca informação sobre ela.

– Você me investigou?

– A eles, pai. E descobri que eles são uma espécie de empresa de consultoria.

– Você é uma enxerida. É seu maior defeito.

– Tenho certeza de que você deve ter uma lista deles. Então o que é isso, pai? Você é um consultor? Isso é um remanescente do que você e mamãe faziam? – Ela ergueu as sobrancelhas. – A ATI é a fachada usada por Destin Smalls para pagar a você, não é?

– Não seja ridícula.

– Eu só estou preocupada, pai. Eu não ligo para dinheiro, mas não gosto que essa mulher esteja tirando proveito de um... de você.

– De um velho. Diga.

– Não é preciso. É óbvio que você ficou senil.

– Ela não precisa do meu dinheiro. Ela é da realeza da máfia.

– Então qual é a dela? Você disse que ela não estava interessada em você romanticamente, então ela deve querer alguma coisa. Por que está sorrindo?

Ele se emocionava ao ouvir sua filha mais velha refletir sobre os ângulos de uma questão. Irene sempre tinha sido a mais arguta de seus filhos. Tinha toda a inteligência de Maureen e uma boa dose da astúcia dele. Maureen costumava achar que Buddy era o gênio da família, mas era a pequena Irene que tinha uma mente de faca Ginsu. O detector de mentiras humano. E era por isso que, se ele fosse ajudar Graciella, iria precisar de Irene ao seu lado.

– Achei que você gostasse dela – disse Teddy tentando parecer magoado, sem sucesso até mesmo aos seus próprios ouvidos.

– Gostar não tem nada a ver com isso – disse ela. – Isso é negócio.

Ele riu até o semáforo seguinte.

– Quanto a ATI está pagando a você? – perguntou Irene. Insistente como um maldito terrier. – Em números redondos.

– *Eles* não estão me pagando *nenhum* número – respondeu Teddy. – Nem redondos, nem quadrados, nem paralelogramos. *Eu* estou pagando a mim mesmo.

Ela deu um muxoxo cético, embora pudesse saber que ele não estava mentindo.

– Sou dono da metade – disse ele. – Pare de fazer essa cara. Foi minha ideia abrir a empresa. Quando eu tive um vislumbre de como o governo trabalhava, como eu podia não fazer isso? É um negócio muito maluco. Um padeiro magro, de alto a baixo.

– Você está dizendo isso como se fosse um ditado.

– Padeiro magro! "Nunca confie em um padeiro magro." Isso é um ditado, sim.

– E o que isso tem a ver com o governo?

– Permita-me esclarecer – disse ele. – As pessoas *dentro* do governo não conseguem comer uma fatia do bolo, mas compensam isso jogando os bolos pela janela. Tonéis de bolo. O complexo militar industrial é feito inteiramente de lançadores de bolo e comedores de bolo. Nessa metáfora, o bolo equivale a dinheiro fácil.

– Vamos declarar a moratória das metáforas.

– Uma metatória.

– E dos neologismos.

– A questão é que Destin Smalls é o homem mais ingênuo do planeta, e ainda assim ele conseguiu canalizar milhões para projetos duvidosos. Ele pagava a G. Randall Archibald somas absurdas pelos disparates mais transparentes. Detectores de campo de torção. Canhões de microléptons que nunca funcionavam direito e, ah, só preciso de mais meio milhão para o desenvolvimento...

– Ah, meu Deus – disse Irene. – Isso tem a ver com competir com Archibald. Ainda. De novo.

– Isso tem a ver com ganhar dinheiro, pura e simplesmente – retrucou Teddy.

– Mamãe sabia disso?

Ele ia responder, mas mudou de ideia.

– Então não – disse Irene.

– Ela sabia – disse ele. – Depois de um tempo acabou sabendo. – Antes que Irene pudesse perguntar, Teddy acrescentou: – Sua mãe era muito conservadora em relação a dinheiro, muito conservadora. Não gostava de nada especulativo. Os custos para abrir a empresa eram significativos, e demorou um bom tempo para recuperá-los. Foi muito triste a empresa não começar a dar retorno sobre nosso investimento antes da morte dela.

– Você não pode dizer "nosso" se ela não concordou com ele.

Ainda assim, ela pagou do mesmo jeito, pensou Teddy.

– Ajude-me a encontrar o endereço – disse ele. – Cento e trinta e um. Procure pelo letreiro de uma imobiliária.

Eles o encontraram rápido. NG Group. O estacionamento estava vazio, exceto pela Mercedes de Graciella. Ele parou o carro ao lado do dela e Irene pôs a mão em seu braço.

– Responda uma coisa: Graciella te pediu dinheiro?

– Não – disse ele. A pura verdade.

Irene sacudiu a cabeça.

– Então eu não entendo.

– Você está fazendo a pergunta errada – disse ele. – Não é o que ela está conseguindo de mim, é o que eu estou conseguindo dela.

– Que é?

Ele não podia mentir, não para Irene, mas podia escolher que verdade dizer. Ele pensou em dizer "Vingança", mas isso soaria melodramático. Ele considerou "Justiça", mas soaria ao mesmo tempo melodramático e incongruente.

– Eu consegui estar de volta no jogo – disse ele.

□

Um dos maiores arrependimentos de sua vida foi nunca ter contado a Maureen sobre a ATI. Outro de seus grandes remorsos foi ela ter descoberto por conta própria.

Ele se lembrou daquela noite. Havia chegado em casa de carro em meio a uma tempestade de neve e entrou como o Grande Caçador, trazendo a melhor pizza de Chicago. Maureen tirou os papéis e lápis de cor da mesa da cozinha e toda a família se sentou sob as luzes quentes enquanto Frankie descrevia acidentes de trenó fantásticos, fazendo com que todos rissem, até Buddy. Era quando estavam juntos e próximos assim que ele ficava mais feliz. Eles eram cúmplices, ladrões felizes dividindo o roubo, rindo enquanto o mundo prosaico seguia adiante com suas vidas tristes. Era a melhor coisa depois de estarem juntos no palco.

Depois do jantar, Teddy acendeu um cigarro e observou Maureen lavar os pratos. Ele não era por natureza um homem feliz, mas aquilo chegava muito perto. Então percebeu, na bancada ao lado de seu cotovelo, a pilha de papéis que Maureen removera da mesa para a bancada. Não eram as páginas de colorir de Buddy, como ele supusera depois de ver todos os lápis de cor. Eram contas e documentos bancários. Ele ergueu algumas páginas e viu o logo vermelho da companhia hipotecária. Era trabalho de Teddy cuidar do dinheiro e dos pagamentos da casa. Ele insistira nisso.

Ele repassou a hora anterior na cabeça, sabendo que Mo estivera olhando aquelas páginas antes que ele chegasse. Agora o riso dela pareceu um pouco forçado. Sua atenção estava em outro lugar.

– Você quer falar sobre alguma coisa? – perguntou ele.

Maureen não se virou.

– Tem alguma coisa *sobre o que* conversar?

Ele conhecia aquele tom árido.

Pensando bem, ele era um tolo por achar que ela não iria descobrir mais cedo ou mais tarde. Como um mortal poderia esconder alguma coisa de Maureen Telemachus? Ele havia mergulhado a mão nas economias da família, se é que se pudesse chamar de "mergulho" a uma escavação tão completa, e fizera uma segunda hipoteca.

– O que você fez com o dinheiro? Não me diga que está jogando de novo – disse ela.

Ela achava que ele voltara ao mau caminho. Ironicamente, ele voltara *sim* ao mau caminho, só que para aplicar o dinheiro na ATI.

– O que eu costumava fazer não era jogar – disse Teddy, incapaz de passar indignação pela voz. Naquela época, ele era até mais vaidoso do que agora.

Sem sequer olhar para ele, Maureen deixou claro que não iria engolir aquela mentira. Por que deveria? Já levara anos aturando muitas.

– Ah, Teddy. Tudo pelo que trabalhamos você está jogando fora.

– Não estou, não. Estou *investindo*. Há uma grande diferença.

– Investindo em quê?

– Eu vou contar. Sente-se, por favor.

Ela secou as mãos e se sentou à mesa na frente dele, calada como um juiz de enforcamentos.

– Surgiu uma boa oportunidade de negócio. Tive a ideia de criar uma empresa e de ter um outro investidor para criá-la comigo. Uma empresa com fluxo de receita contínuo, mas isso exigiria um capital inicial, só para fazer acontecer. Custos de curto prazo, retornos de longo prazo.

– Fluxo de receita contínuo – disse ela.

– Isso mesmo!

– Você escutou bem o que está falando? – perguntou ela calmamente.

– Eu quero que *você me escute* – disse ele num tom sóbrio. – Estou tentando colocar comida na mesa. Que outra opção eu tenho? Já tentei de tudo...

– Aquela apresentação na TV – disse Maureen. Ela balançou a cabeça de um jeito que sua filha faria anos depois. – Você ainda está com raiva. Você não esqueceu.

– Nós tínhamos um plano, Mo. Tudo dependia do seu número e você não o fez. – Teddy sabia que Archibald fora escalonado para estragar a apresentação deles. Ele intencionalmente deu aos céticos algo fácil de desmascarar, o velho truque do pé, algo que as câmeras pudessem captar. A família não foi *desmistificada*; a derrota deles foi uma mentira, a condição para a grande reviravolta. Mo faria o número do telefone e deixaria Archibald desnorteado. O famoso cético iria admitir na TV em rede nacional que eles eram paranormais de verdade, e eles fariam uma fortuna.

– O que você queria que eu fizesse? – perguntou Teddy desesperado.

– Arranjasse um emprego. Um emprego de verdade.

– Isso é melhor que emprego. É um empreendimento legalizado.

– Você chega aqui com uma pizza do Nick Pusateri e vem me falar de legalizado?

– Isso não tem nada a ver com ele. – O que era verdade. – Tudo o que fiz foi comprar pizza. – O que era mentira. Ele parara na pizzaria de Pusateri para conversar sobre seu próximo trabalho. Mas não podia contar isso a ela porque prometera que nunca iria trabalhar para esse homem nem para a máfia.

– Então me diga o que é esse investimento – disse ela. – Sem enrolação. Nada desses seus disparates. Conte-me exatamente com quem você está fazendo negócios, e o que você está fazendo.

– Não posso, Mo. Simplesmente não posso. Você simplesmente vai ter de confiar que o que estou fazendo, estou fazendo pela família.

– Confiar – disse ela com amargura.

Ele balançou a cabeça afirmativamente.

– Isso é tudo de que eu preciso. Um pouco de confiança.

– Ainda assim você não pode confiar em *mim* – disse ela. Seus lábios estavam tremendo. – Sua mulher.

– Não até que dê lucro. Aí, eu juro, você vai entender por que eu...

Frankie entrou na cozinha, seguido por Buddy.

– Você pode fazer biscoitos?

– Eu não sou um dos otários que cai na sua conversa – disse Maureen. Ela recolheu os extratos bancários e ignorou os meninos, que estavam clamando por sua atenção. Ele a observou em silêncio, achando que tinham terminado com a discussão. Em seguida, ela entregou a pilha a ele e concluiu: – Isso não é verdade. Eu fui sua primeira otária.

Na manhã seguinte, Maureen informou a ele que tinha aceitado a oferta de Destin Smalls para trabalhar para o governo em um programa novo chamado Projeto Star Gate. E, pouco depois disso, Nick Pusateri acabou com a carreira de Teddy como jogador de cartas.

□

Graciella destrancou por dentro a porta dos escritórios e deixou que eles entrassem. Não houve abraços – ela não era esse tipo de garota –, mas apertou a mão de Irene.

– Bem-vinda ao NG Group.

– Você é o G? – perguntou Irene.

– O N gostava de me manter na ignorância, embora eu fosse a dona no papel.

– E agora você quer ser a dona de fato – disse Teddy.

– Agora eu preciso ser. Não sei o quanto deste negócio é real e o quanto é fachada para outros negócios dos Pusateri. Nem sei se sou a única proprietária. Eu não me surpreenderia se descobrisse alguns sócios ocultos. – Ela os conduziu por uma série de baias vazias até uma sala grande envidraçada, e os corretores ainda não haviam chegado. Apontou na direção do computador e do monitor bege grande. – Nick Jr. me deu a senha do software de contabilidade, mas não sei o que estou fazendo. Seu pai disse que você era boa com isso.

Irene olhou para ele, em seguida disse a Graciella.

– O que você está procurando, exatamente?

– O dinheiro – disse Graciella, e Teddy riu.

Irene começou a trabalhar como... uma especialista em computação. Ligou a máquina e, pelos cinco minutos seguintes, não fez nada além de grunhir e falar consigo mesma enquanto os olhos examinavam a tela, com Graciella pairando a suas costas. Ele nunca teria esperado que sua filha telepata aprendesse contabilidade, mas tinha de admitir que era um prazer ter uma filha com tais habilidades arcanas.

Teddy, instalado em uma poltrona superestofada projetada, evidentemente, para seduzir os clientes a uma confiança infantil, ficou observando as mulheres até ser tomado pelo tédio. Ele verificou o Rolex. Estavam ali há cinco minutos.

– Conte a ela sobre os dentes – pediu Teddy a Graciella.

– Acho que ela está ocupada – disse Graciella.

Irene ergueu os olhos.

– Você disse dentes?

– Você a está distraindo – disse Graciella.

– É pertinente à situação – declarou Teddy. – É por isso que estamos aqui.

– Dentes? – repetiu Irene.

– Eu quero que ela escute de você – disse Teddy a Graciella. Depois para Irene: – Eles são a prova de que Nick Jr. é inocente.

– Ele não é completamente inocente – discordou Graciella. – Mas é o pai dos meus filhos. Eu preciso pensar neles.

– Dentes – insistiu Irene.

Graciella se recostou no batente da janela, cruzou as pernas longas e franziu o cenho, como se pensasse por onde começar. Ela estava linda em uma saia verde justa com blusa laranja, uma combinação que ele não teria achado que funcionasse, mas com toda a certeza funcionava. Mais prova de que as mulheres eram mais corajosas que os homens.

– Isso não pode sair desta sala – disse Graciella. Irene balançou a cabeça afirmativamente, esperando que ela continuasse. Graciella disse: – Você sabe que Nick Jr. vai ser julgado pelo assassinato de Rick Mazzione. E você pode ter lido que Nick pai era dono de parte dos negócios de Rick Mazzione. Ele os tomou, na verdade, quando Rick atrasou as prestações de seu empréstimo. Rick tentou pagar tudo, mas a dívida nunca foi quitada, e Rick começou a reclamar disso abertamente. Ele estava, talvez, ficando com raiva suficiente para procurar a polícia, talvez já tivesse feito isso. Por isso Nick pai decidiu descobrir.

Irene processou essa informação como uma profissional. Nada de sustinhos de menina, nenhuma pergunta equivocada. Mas ela estava nitidamente calculando cada frase. Era por isso que Teddy queria que Graciella contasse a história. Se Teddy tivesse feito isso, Irene só iria saber que Teddy acreditava no que a mulher lhe contara. Com Irene, você sempre tinha de pensar no problema dos relatos de segunda mão.

– É aí que meu marido se envolve – disse Graciella. – Nick pai disse a ele que convidasse Mazzione para uma reunião, e em seguida o levasse para um canteiro de obras. Eles começaram a... lhe fazer perguntas. Nick pai não gostou das respostas e ficou com raiva. Ele deu um soco na boca de Mazzione.

Irene balançou a cabeça afirmativamente.

– Dentes.

– Ele arrancou alguns deles. A mão de Nick começou a sangrar, o que apenas o deixou com mais raiva.

– Ele fica com raiva com facilidade – explicou Teddy para Irene.

– Estou ficando com essa impressão – disse Irene.

– Meu marido me disse que Nick pai ficou meio maluco na hora. Que começou a arrancar os dentes de Mazzione com um alicate. Todos os dentes, exceto os molares. Ele não conseguiu alcançar os molares.

Irene olhou para Teddy.

– Você era amigo desse cara?

– Colega de trabalho – disse ele. – Não é a mesma coisa.

– Então Nick atirou nele. Não o meu marido. Nick pai.

– Seu marido lhe *contou* isso?

– Você não acredita em mim?

– Eu acredito que você acredita em seu marido.

Teddy quase riu.

O problema dos relatos de segunda mão em ação.

– Nick pai fez com que meu marido enterrasse o corpo sozinho – disse Graciella. – Quando eles o encontraram, meses depois, estavam faltando os dentes, eles não estavam na cena do crime. Meu marido os guardara. Ele os mantinha em uma caixa de charutos na gaveta.

– Porque guardar partes humanas como lembrança é uma coisa normal de se fazer – disse Irene.

– Monges guardam ossos de santos – comentou Teddy com lógica.

– Você não precisa defendê-lo – disse Graciella. – Meu marido não é perfeito. E ele nem sempre pensa no que faz. Mas nesse caso foi uma coisa boa.

Irene ergueu uma sobrancelha.

– Porque...

– Há sangue de Nick pai nos dentes de Mazzione. Eles o colocam na cena do crime.

– Eles não aceitaram a palavra de Nick Jr. sobre isso? – perguntou Irene.

– Meu marido não vai testemunhar contra o pai. Ele nunca faria isso. Mas *eu* com certeza vou entregar os dentes para a promotoria. Eu já dei a entender à polícia que tenho provas. Isso, porém, pode ter sido um erro. Nick pai parece saber que eu tenho alguma coisa.

– Você não tem como fazer os policiais calarem a boca – disse Teddy. – Além disso, talvez Nick pai tenha comprado alguns deles.

– Ou muitos deles – disse Graciella.

– Então por que você não fez isso? – perguntou Irene. – Não entregou os dentes? Fez com que Nick pai fosse acusado?

– Porque as acusações podem não se sustentar, e eu quero algo mais que sua prisão – disse Graciella. – Eu quero independência.

De algum modo, quando Graciella era melodramática, funcionava, como laranja com verde. Quem poderia saber?

– Quero minha própria vida depois que meu marido for para a cadeia – disse Graciella. – Quero um negócio limpo sem conexões com a máfia. E quero que meus filhos cresçam sem nunca mais verem o rosto do avô. Vou entregar a ele os dentes por isso.

Teddy observou o rosto da filha. Os olhos dela tinham se estreitado. Era a expressão que Maureen costumava fazer para ele quando ele chegava em casa com bafo de álcool. Droga, Graciella mentira para ela – mentira para os dois?

– Quantas fotocopiadoras há neste prédio? – perguntou Irene.

– Três – respondeu Graciella. – Uma é colorida.

– Vou precisar de cópias de todas as declarações de rendimentos e de todos os livros-caixa que você puder encontrar – disse Irene. – Ah, e disquetes virgens, muitos disquetes.

□

Ele costumava adorar a sensação das cartas em suas mãos. Não havia prazer maior do que se sentar em volta de uma mesa, bebendo, fumando e contando mentiras com homens que o conheciam bem o bastante para nunca lhe deixarem dar as cartas, nem mesmo cortá-las.

– Conte a eles de Cleveland – disse Nick pai.

– Está tudo bem – objetou Teddy. Ele tinha chegado de Ohio apenas algumas noites antes.

– Na verdade, não. Rapazes, vocês não vão acreditar nesta história. – Os rapazes eram Charlie, Teppo e Bert Alemão. Os de sempre. Sua rotina habitual das noites de terça-feira era acampar nos fundos do restaurante de Nick e comer pizza e beber Canadian Mist até o amanhecer. Eles jogavam, Teddy assistia.

– O que aconteceu em Cleveland? – perguntou Charlie. Ele não era lá essa inteligência. Era um milagre que conseguisse falar e dar as cartas ao mesmo tempo.

– Nada – disse Teddy. Ele olhou para Nick, que estava abrindo massa de pizza em uma mesa grande. A melhor parte de jogar na cozinha era que Nicholas os mantinha alimentados. A pior parte era que todo jogo tinha de ser no território de Nick. – Um probleminha num jogo de cartas.

– Vamos lá, o que você fez? – perguntou Charlie, já rindo. Ele era aquele sujeito do bando que sempre fazia merda, uma espécie de mascote que fizera Nick perder quase tanto dinheiro quanto ganhara para ele. Ele sentia que Nick estava com raiva. Todos se moviam com cautela quando Nick estava mal-humorado, pela mesma razão que você trataria nitroglicerina com delicadeza.

– Conte a eles – disse Nick. Seus braços de estivador estavam brancos de farinha até o cotovelo. Ele era um homem grande, e determinado a permanecer tão grande quanto era nos anos 1950. Tinha um topete pintado de preto, usava as mesmas camisas e calças justas que usava na adolescência, e ouvia a estação de músicas antigas na rádio AM. A fixação em sua juventude estava começando a parecer ridícula, mas claro que ninguém ia dizer isso em sua cara. – Foi uma puta armação – acrescentou Nick. – Eu botei Teddy numa situação difícil.

Teddy deu de ombros. Ele não ia reclamar de Nick na frente de três caras.

– Por que nós simplesmente não jogamos cartas? – perguntou ele.

– Eu mandei o Teddy até lá pra ajudar meu primo Angelo – prosseguiu Nick. – Ele tinha entrado num jogo com alguns nova-iorquinos, homens de Castellano.

– Castellano – repetiu Charlie. – Merda. Por quê?

– Angelo foi obrigado a ser educado – disse Nick. – Daí eu disse: "Porra, se você é obrigado a jogar com esses putos, o mínimo que podemos fazer é pegar a grana deles." Eu disse: "Vou mandar um cara aí. Eu mesmo vou bancá-lo, com vinte mil do meu próprio bolso. Esse cara é o maior mestre do baralho."

Os rapazes olharam para Teddy, que ofereceu um sorriso autodepreciativo.

Charlie riu.

– Eles deixaram *você* dar as cartas?

Teddy sacudiu a cabeça.

– Eu estava fazendo o pato.

Nick disse:

– Eu disse a ele pra usar aquela porra do Rolex do Paul Newman e exibi-lo por aí.

Teddy o estava usando agora. Um Rolex Daytona "Paul Newman" 1966 com um mostrador de diamantes. Valia 25 mil, e só iria aumentar de valor. Era como sair por aí com uma casa à beira do lago no braço. Teddy desceu a mão para baixo da mesa.

– Meu trabalho era perder, mas principalmente para Angelo – disse Teddy. – Angelo, porém, estava com dificuldade para acompanhar os nova-iorquinos.

Nick fez uma expressão de desprezo.

– Na verdade, por uma boa razão. Mas, para piorar as coisas, os nova-iorquinos têm dois caras de apoio na sala ao lado, junto com os homens de Angelo. Todo mundo armado até os dentes.

– Puta merda! – exclamou Charlie.

– Mas conte a eles o verdadeiro problema – disse Nick.

Teddy manteve o rosto imóvel, projetando calma. Bom humor.

– Vamos, conte – disse Nick. Uma ordem.

– O verdadeiro problema... – disse Teddy por fim – ... foi que os nova-iorquinos estavam combinados de nos passar para trás. Ficavam sinalizando um para o outro, tentando enganar a mim e a Angelo. Um deles tentou até tirar as cartas de baixo do baralho na hora de dar.

– Com *você*? – perguntou Charlie. – O cara estava tentando trapacear um *mestre*?

– Sem chance – disse Teppo. Ele tinha 1,50m e era atarracado, com cerca de 60 quilos, mas Teddy já o vira esmagar a traqueia de homens com duas vezes seu peso. – Então o que você fez? Começou a trapacear também?

– É claro – respondeu Teddy. – Mas eu não conseguia fazer grandes movimentos quando dava as cartas porque não podia deixar que percebessem que eu tinha sido plantado ali. Eu também não podia deixar que o jogo continuasse, porque Angelo estava perdendo dinheiro em toda mão.

Bert Alemão grunhiu ao refletir sobre o dilema. Ele quase nunca falava. Era mais perigoso que Teppo, e completamente leal a Nick.

– Isso estava acabando com você também – disse Nick. – Admita. Você não gostou de ver aqueles caras tentando trapacear você, Teddy Telemachus.

– Claro que ele estava com raiva! – disse Charlie. – Quem não ficaria?

Cale a droga da boca, pensou Teddy.

– Orgulho – disse Nick. – O orgulho começa a aparecer.

Teddy olhou nos olhos de Nick.

– Sim – disse Teddy. – Um pouco de orgulho.

– Então você teve de vencê-los – disse Nick.

Teddy balançou a cabeça afirmativamente.

Teppo e o Alemão tinham ficado imóveis. Eles podiam perceber a mudança de clima no ambiente. Mas a porra do Charlie estava girando a cabeça entre Nick e Teddy, rindo.

– Como você fez isso? Teddy? Como você fez isso?

– Eu mesmo gostaria de saber – disse Nick. – De algum modo, ele armou a mão seguinte, sem sequer dar as cartas. Como você faz isso, Teddy?

Teddy tamborilou na superfície da mesa, lembrando-se da última mão do jogo. Um dos nova-iorquinos estava dando as cartas. Ele empurrou o baralho para que Teddy cortasse. Teddy fez um corte amadorístico usando as duas mãos e empurrou o baralho de volta.

Muita preparação entrara nessa transação simples. Teddy chegara em Cleveland com todos os baralhos que eles estavam usando naquela noite. Um estava limpo, mas o resto estava marcado, de modo que ele podia ler os relevos sob os dedos ao dar as cartas. Além disso, ele tinha dois baralhos extras, um no bolso do paletó, um em um bolso de feltro costurado debaixo da mesa, armados em dois esquemas diferentes.

Ninguém percebeu quando ele tirou o baralho do bolso de feltro. Ninguém percebeu quando, trinta segundos mais tarde, ele pegou uma carta do baralho do paletó e a enfiou no baralho em sua mão. E ninguém percebeu que o baralho que ele devolveu depois do corte não foi aquele que haviam lhe entregado.

Nick estava esperando por uma resposta. Teddy deu de ombros.

– Isso importa?

Nick sorriu.

– Acho que não.

– Está bem, então *o que* aconteceu? – perguntou Charlie.

– Eu só soube disso pelo Angelo – disse Nick. – E ele teve dificuldade de entender. Mas parece que foi incrível. Sabe, aqueles dois trapaceiros de merda de Nova York, eles receberam mãos incríveis. Eles começaram a apostar um contra o outro, e Angelo era estúpido demais para sair do caminho. Logo as apostas ficam enormes, e todo mundo ainda está dentro. Eles abrem as cartas e um dos nova-iorquinos tem um *straight*, o outro, uma quadra de dois. Incrível, hum? Mas aí que vem o melhor: os dois nova-iorquinos têm um dois de espadas.

Charlie estava rindo, confuso.

– O quê? Puta merda! – Teppo e o Alemão, porém, não estavam rindo. Teddy desconfiava que os dois já tinham ouvido essa história de Nick, e a desconfiança estava transformando suas entranhas em gelo.

– Você pode imaginar o quanto Angelo fica puto – disse Nick. – Ele, nos bons momentos, já não tem a cabeça muito fria. Ele começa a gritar e os nova-iorquinos sabem que alguém acabou de foder com eles, e agora eles estão putos. Os capangas entram da sala ao lado, e é quando a merda bate no ventilador.

Nick, agora, está olhando para Teddy.

– Uma arma é sacada. Angelo levanta as mãos, e a bala atravessa sua mão e entra em sua mandíbula. O médico acha que a mandíbula pode ser consertada, mas a mão, não, a mão está simplesmente fodida. Ele agora vai ter de usar a esquerda.

– Puta merda – disse Charlie. Ele não tinha imaginação com palavrões.

– Eu o levei para o hospital – disse Teddy. – Eu me desculpei com ele.

Os homens refletiram sobre o fim da história como se saboreassem uma refeição.

Aí Nick deu de ombros.

– Eu teria preferido que você tivesse protegido o meu dinheiro.

Teddy sentiu seu coração bater forte uma vez em seu peito. Todo mundo olhou para Nick.

Agora ele não estava nem fingindo trabalhar com a massa. Ele ligou o interruptor do rolo de massa e os dois cilindros grandes aceleraram com um rangido.

Bert Alemão pôs a mão carnuda no braço de Teddy e o puxou para que ele se levantasse.

Mas Teddy não conseguia se levantar. Suas pernas tinham parado de funcionar. O ácido lhe subiu até a garganta.

Teppo e Bert o puxaram para ficar de pé. Charlie disse:

– O que está acontecendo, gente? – Ele era o único ali que não sabia o que estava prestes a acontecer.

– Tire o relógio – disse Nick.

□

Depois de examinar os arquivos por três horas, Irene disse a ele e à Graciella que havia duas coisas claras: havia muita coisa a copiar, e sem dúvida algo suspeito acontecendo com os números. Irene, porém, tinha de ir para o seu turno no supermercado.

– Vamos guardar tudo – disse Graciella. Ela não confiava mais que a papelada fosse ficar em segurança no escritório, porque não sabia quantas pessoas tinham chaves, e a quem essas pessoas eram leais. A única solução era pegar tudo em que pudessem pôr as mãos e levar dali para um lugar onde as mulheres pudessem examiná-lo à vontade. Eles encheram a mala do Buick e a traseira da perua Mercedes de Graciella. Ela seguiu Teddy e Irene até em casa, onde chamaram Buddy e Matty para ajudá-los a descarregar.

Foi uma experiência estranha para Teddy. Sua intenção era manter Graciella longe dos homens da família, de modo a não assustá-la. Mas ela pareceu encantada pela timidez de Buddy, e riu com as piadas hesitantes de Matty. Pensando bem, isso fazia sentido: Graciella estava criando três meninos, e Buddy era tão criança quanto qualquer um deles. Felizmente, ele era uma criança com um hobby. No porão, ele estava construindo prateleiras com sobras de madeira. As caixas de arquivos cabiam perfeitamente no lugar, como se tivessem sido feitas para estar ali.

Graciella não disse nada sobre as proteções de metal na janela, mas perguntou sobre a estrutura grande que estava tomando forma do outro lado do porão.

Buddy baixou a cabeça e subiu a escada.

– Acho que são beliches – disse Matty.

– É melhor não fazer perguntas – recomendou Irene. Ela já estava vestida com o uniforme de poliéster do supermercado. – Preciso ir. Graciella, eu volto aos livros-caixa amanhã.

– Eu não tenho como agradecer a você o suficiente – disse Graciella. Ela foi até Irene e tomou as mãos dela nas suas. – Estou falando sério. Mas um dia vou tentar retribuir.

Teddy pensou: Elas estão compartilhando um momento! Minhas garotas estão compartilhando um momento!

Graciella disse que devia ir também, porque sua mãe provavelmente estaria ficando cansada de cuidar os meninos. Teddy disse:

– Você não pode ir, preciso de sua ajuda com uma coisa. Eu tenho muito gim no freezer, um suprimento enorme de água tônica e uma fartura de pepinos.

– Não tem limas?

– Isso é o Hendrick's. Fatias de pepino, sempre.

– Acho que posso fazer minha parte nesse momento difícil – disse ela.

Eles levaram os drinques para fora, para a luz do sol de agosto, e Graciella disse:

– Vocês têm redes!

– Temos? – Eles tinham. Duas redes mexicanas, penduradas à sombra entre os três carvalhos. Outro projeto de Buddy, pensou Teddy, financiado por esse seu criado.

– Adoro redes – disse Graciella. Ela evitou o trecho de terra (Buddy dera tanta explicação por encher o buraco quanto dera por abri-lo) e relaxou em uma delas, rindo enquanto tentava evitar que a bebida derramasse.

Teddy levou uma das cadeiras de jardim até lá.

– O que você está fazendo? Pegue uma rede – disse ela.

– Não sou chegado a redes – disse ele. Teddy colocou a cadeira em frente a ela, tirou o paletó e o pendurou no encosto. O envelope branco caiu no assento da cadeira. Havia se esquecido dele. Ele o pegou com indiferença e o botou no bolso lateral do paletó. Graciella percebeu, mas não fez nenhuma observação.

Ele se sentou em frente a ela e eles beberam seus drinques enquanto Graciella dizia coisas agradáveis sobre Matty, a casa, o jardim. Talvez algumas fossem mentira, mas ele não se importava. O momento era tão bom quanto qualquer outro de que ele pudesse se lembrar. Um dia quente no fim do verão, uma mulher bonita de laranja e verde como uma flor tropical desabrochando em seu próprio jardim, um copo gelado na mão. Isso fez com que ele quisesse dizer coisas filosóficas para ela. Tentou construir uma frase sobre a velhice, gim amargo e tônica doce – a doce tônica da juventude! –, mas aí perdeu a concentração quando Graciella tirou um sapato, em seguida o outro.

– Eu já lhe contei a história de como meu número foi roubado pelo rei dos programas de TV?

Ela riu.

– Eu acho que eu me lembraria.

– Finalmente! Um público novo – disse ele. – Era 1953, e eu, um colegial que fazia mágica, e L. Ron Hubbard estávamos todos sentados em um bar vagabundo em Los Angeles.

– O cara da cientologia?

– Esse mesmo. Nós estávamos discutindo como era fácil separar um otário de seu dinheiro, especialmente um que fosse um verdadeiro crente. Comecei a demonstrar minhas habilidades para ler bilhetes...

– Aquela coisa dos três desejos?

– Mais uma vez, na mosca, querida. Eu deixei atônitos os bêbados na plateia, e depois um garoto de Nebraska se apresentou, me pagou uma bebida e disse que trabalhava na rádio, mas havia começado como mágico. Eu disse que era difícil fazer mágica no rádio. Ele me pediu para mostrar a ele o número do bilhete, por cortesia profissional. Agora, eu não ia contar a um moleque insignificante como ganhava a vida, mas ele ficou atrás de mim, continuou a me pagar bebidas, então em resolvi: por que não? Ele pagou por um truque. Eu expliquei o número para ele, e você sabe o que ele me perguntou?

– Não tenho ideia.

– Por que o chapéu? Essa é a pergunta. Por que o *chapéu*? Eu disse a ele que o chapéu era todo o número! Não apenas ele distrai os espectadores de olhar para suas mãos; ele concentra atenção. Esse é o teatro, é o drama.

– Tenho de concordar – disse Graciella.

– E o garoto disse: “Talvez pudesse ser maior.” Eu podia tê-lo socado. Ele vai embora do bar e, dez anos depois, eu ligo a TV e o que eu vejo? Aquele garoto, com seu próprio talk-show. E o que ele faz para conseguir risadas? Ele faz o meu número, usando a droga de um turbante!

– Johnny Carson roubou o seu número?

– Carnac, o Magnífico, é o cacete – disse ele.

Ele amava o jeito como ela ria.

– Quanto disso é verdade? – perguntou ela.

– Quanto você quiser – disse ele. – Quanto você quiser.

Graciella começou a balançar na direção dele, depois para longe. Suas unhas dos pés eram cor-de-rosa.

– Já ouviu falar em um cara chamado Bert Schmidt? – perguntou ela. – Eles o chamavam de Bert Alemão.

– Talvez tenha ouvido falar no nome – disse ele.

– Ele testemunhou contra Nick Jr. esta semana.

– Hum. – Ele jamais teria imaginado que Bert entregaria qualquer um dos Pusateri.

– Ele disse que ouviu Nick Jr. se gabar de matar Rick Mazzione.

– Mas não Nick pai?

– Não.

Talvez Bert ainda fosse leal a Nick pai, afinal de contas. Será que o pai estava armando para o próprio filho? Ou Nick Jr. tinha sido estúpido o suficiente para se gabar de um assassinato que não tinha cometido?

– Parece que, em breve, vou estar por conta própria – disse Graciella. – Eu espero mesmo que Irene consiga descobrir o que está acontecendo com o NG Group.

– Tenho confiança completa – disse Teddy. – Ela tem cabeça para números. É um crime que ela não esteja administrando a própria empresa. – Ele afrouxou a gravata. – Mas você tem certeza de que *quer* saber o que está acontecendo?

Graciella fez um ruído de interrogação.

– Digamos que, na verdade, o NG seja uma empresa de fachada – sugeriu Teddy. – Você a fecharia por princípio, e abriria mão de toda a renda?

– Se Nick pai estiver envolvido, sim.

– Meu palpite é que Nick pai está envolvido até o pescoço.

□

Ele nunca fora de dormir muito. Mente inquieta, dedos inquietos. Mas depois do acidente (pois foi disso que ele chamou quando chegou em casa do hospital com as mãos enfaixadas, e foi isso o que Maureen contou às crianças mesmo que ela própria não acreditasse nisso), nem dedos nem mente estavam funcionando, e ele achava quase impossível sair da cama.

Ou melhor, do sofá. Teddy se mudara para o porão ao chegar em casa, um cão ferido indo se esconder. Os comprimidos analgésicos deixavam todas as horas iguais, e no porão ele podia ver televisão ou dormir a qualquer hora, noite ou dia. Os meninos aceitaram o esquema de moradia sem questioná-lo, embora Frankie tivesse perguntado se podia dormir no porão também. Irene tentava repetidamente interrogatórios ao lado do sofá, mas, mesmo em seu estado nublado pelos comprimidos, ele sabia que era melhor evitar suas perguntas do que tentar respondê-las. Abria os olhos e ali estava ela, olhando para ele de cenho franzido. Ela fazia perguntas bruscas como "Por que você não está dormindo na cama?" e "Por que mamãe está chorando?". Ele dizia algo como "É aqui que fica a TV", ou "Todo mundo chora". Que escolha ele tinha? A verdade estava fora de questão. Não podia contar a uma menina de dez anos: "Eu menti para sua mãe, eu a traí, e pus todo o futuro de nossa família em risco." A verdadeira razão por ele ter se mudado para o porão era não ter de ver a expressão no rosto de Maureen quando ela olhava para ele. Queria ficar de mau humor e emburrado na escuridão.

Ele passou o inverno no porão e entrou na primavera, e dormiu em uma cama apenas quando esteve no hospital para as cirurgias das mãos. Toda manhã, Destin Smalls pegava Maureen e a levava até o escritório do governo no centro. (Ela era tão vital ao projeto que viver em Washington D.C. não era exigência; a visão remota, afinal de contas, podia ser feita de forma remota.) Smalls a deixava à tarde, embora nem sempre na hora. Às vezes, Mo – ou sua nova cozinheira assistente, Irene – não botava o jantar na mesa antes das seis. Às vezes, era um pouco mais que comida enlatada aquecida no fogão: macarrão com queijo; sopa de feijão e bacon; ou um lanche, o que as crianças preferiam.

Mo tentou falar com ele. Quando isso falhou, tentou fazer com que ele conversasse com outra pessoa – amigos, seu médico, o cirurgião de mão ou "qualquer um que pudesse ajudar" – sem usar a palavra "psiquiatra", que ela sabia iria aborrecê-lo. Homens de sua geração não iam a psiquiatras, sem dúvida não homens que haviam emergido ilesos da guerra. A sorte de Teddy devia-se, em grande parte, ao fato de nunca ter deixado os Estados Unidos. Ele serviu nas linhas de frente da burocracia, utilizando a máquina de escrever com velocidade de metralhadora, enquanto à noite embarcava em missões ousadas aos bares locais, e se envolvia em jogos furiosos de pôquer.

Mas, depois do acidente, ele sabia que sua sorte havia se esgotado. Começou a ver seu corpo como um veículo não confiável, dado a falhas e defeitos, e tão protetor quanto papelão. Será que era assim que Mo se via, quando estava fora viajando no plano astral? Um dia ele saiu do porão – também conhecido como o poço da autopiedade – para perguntar a ela como era.

Mo estava lavando a louça depois do jantar, esfregando as panelas baratas que ela comprara depois do casamento. Era verão, meses depois que ela contara a ele o diagnóstico. Ele ficou alarmado ao ver como ela parecia exausta, como parecia pálida.

– Aonde você foi hoje? – perguntou ele, fazendo uma voz animada. – Você sabe. Lá fora. – Ele não perguntava sobre seu trabalho desde que ela começara.

– Você sabe que não posso falar sobre isso – disse ela sem rodeios. E estava cansada demais para parecer irritada.

– Eu também tenho autorização de acesso, você sabe.

– Tinha. – Ela movia a esponja automaticamente, como se não estivesse vendo o que as mãos faziam.

– O agente Smalls deve saber que não pode impedir que uma esposa converse com o marido.

Ela olhou para ele com uma expressão muito triste.

– Eu entrei no mar – disse ela.

– *Dentro* do mar? – À caça de submarinos, pensou ele. Smalls era obcecado por submarinos. – Era bonito? A que profundidade você foi?

– Fundo – respondeu ela. – Era muito bonito. – Ela secou as mãos com o pano de prato. – Eu preciso conversar com você sobre uma coisa.

Ele se preparou. Sabia que estava falhando com ela, mas não tinha as palavras prontas para se desculpar. Ou para dizer a ela que iria fazer diferente. Não tinha um plano, um esquema. O que tinha eram duas mãos inúteis, um sofá e uma TV.

Ela se sentou ao lado dele.

– É sobre as crianças – disse ela. Imediatamente ele se sentiu aliviado. – Quero que você prometa que nunca vai deixá-las fazer o que eu faço. Nunca deixe que elas trabalhem para o governo.

– Essa é uma promessa fácil – disse Teddy. Buddy tinha deixado de conseguir prever qualquer coisa. Frankie não conseguia entortar um clipe de papel. E Irene era honesta demais para trabalhar para o governo.

– Isso inclui os netos – acrescentou ela.

– Que netos?

– Um dia nossos filhos vão ter filhos.

– Claro, mas...

– Não discuta comigo! – gritou Mo. A raiva pareceu irromper do nada. Seu corpo parecia desgastado demais para fazer tamanho barulho, e isso a deixou ainda mais vazia. Seus olhos se encheram de lágrimas.

– Prometo – disse ele. Ele era bom de promessas. Elas vinham com facilidade para ele. – Você pode contar comigo – acrescentou.

□

Ele ficou comovido quando Graciella pegou no sono na rede. Mesmo depois de terminar seu drinque, ele não se levantou para preparar outro por medo de despertá-la. Teddy a observou por algum tempo e depois puxou o chapéu para trás para olhar as folhas que se moviam com a brisa. Dois esquilos corriam pelos galhos altos. O chapéu começou a deslizar de sua cabeça, e algo ao tocar a coroa do chapéu o lembrou da carta.

Ele a pegou no bolso do paletó e olhou novamente para seu nome na letra manuscrita precisa de Maureen. Então escondeu o envelope no chapéu só para o caso de Graciella por acaso espiar. Aí ele abriu o envelope, a cola tão velha que a aba quase se soltou sozinha. Lá dentro havia uma única folha grossa de papel de desenho. Ele a desdobrou e deu um grunhido de surpresa.

Graciella se mexeu, mas não acordou.

Ele pegou o envelope e pensou: Droga, Mo. Que droga, você e Buddy.

O desenho em lápis de cor era tão simples quanto se esperaria de uma criança de seis anos. Em um campo verde, havia duas figuras de palito dentro de um retângulo. Uma das figuras usava um triângulo na cabeça.

No canto superior direito, Maureen lhe escrevera uma mensagem:

Meu amor. Buddy diz que o do chapéu é você, e aquela a seu lado é "a namorada do papai". Ele não sabe por que você está em um túmulo, se isso é um túmulo. Cuidado, Teddy.

Fico feliz que você tenha encontrado alguém. Não, isso não é bem verdade. Eu quero ficar feliz. Eu vou ficar feliz. Enquanto escrevo isso, estou muito triste, mas estou tentando ter uma visão maior das coisas. A visão de Buddy.

Por falar no nosso menino, eu lhe peço outra vez: por favor, não fique no caminho dele. Dê espaço a ele.

Beijos,
Maureen

13

Irene

– Não é exatamente a casa dos sonhos da Barbie – disse ela para Graciella. As duas estavam paradas na rua diante de uma casa estilo rancho de 1967, com mato de trinta centímetros no jardim, uma entrada de carros rachada e uma garagem que se curvava sob o peso da gravidade. A placa de VENDE-SE estava encostada na porta da frente, embora a casa tivesse sido vendida dois meses atrás. Ninguém se mudara para lá, e provavelmente jamais mudaria.

– Você está dizendo que o NG Group vendeu isso? – disse Graciella.

– Sim. Pergunte-me por quanto.

Graciella olhou para ela por cima dos óculos de sol.

Irene disse:

– Um milhão e duzentos.

Graciella tornou a olhar para a casa.

– Ela está em cima de um poço de petróleo?

Irene riu.

– Não. É casa pra se comprar e reformar inteira.

– Então meu marido é um gênio do mercado imobiliário. Quem a comprou?

– Essa é a parte interessante – disse Irene. – Você comprou.

– O NG Group?

– Não a princípio. Mas no final, sim. Ela agora está de volta em seu portfólio.

– E você está louca para me contar por quê.

– Estou.

– Vá em frente. Não deixe que eu a impeça.

– Digamos que você tem um milhão em dinheiro que não quer explicar – disse Irene. – Você não pode simplesmente depositá-lo no banco, bancos precisam informar grandes depósitos. Então você procura uma corretora de imóveis amiga e compra uma casinha por um milhão. Mas uma semana ou um mês depois, você decide que não quer mais a porcaria da casa. Então você a vende de volta à corretora pelo mesmo preço, que pega a comissão de corretagem e deposita o resto em sua conta bancária.

– E os bancos não desconfiam de vendas de casas – disse Graciella.

– Na prática, você não vende e compra da mesma corretora – explicou Irene. – Há uma série de imobiliárias com as quais o NG trabalha, e elas estão todas passando dinheiro e propriedades de umas para as outras como fichas em um jogo de pôquer. Não é dinheiro de verdade até que alguém as desconte.

– Você quer dizer quando o dinheiro está totalmente limpo.

– Você entendeu.

– Bem, droga – disse Graciella. – Eu não tenho uma imobiliária. Eu tenho uma lavanderia. – Ela olhou para Iene. – E você está rindo.

– Desculpe, é só que...

– Não se desculpe! Você adora. Descobrir isso tudo. Como eles estão enganando pessoas.

– Não posso evitar – disse Irene. – Fui criada por um trapaceiro nas cartas.

– Quando conheci Teddy, eu estava esperando um milagre. Mas acho que o verdadeiro milagre foi eu ter encontrado seu pai. E você. É engraçado como essas coisas funcionam, a partir de um encontro fortuito. Aquele não era nem o supermercado em que costumo ir. Um envelope apareceu em minha caixa de correio cheio de cupons de descontos e de ofertas para aquele Dominick's. Alguma garotinha deve tê-los mandado, meu endereço estava escrito com lápis cor-de-rosa.

– *O quê?*

Graciella franziu o cenho diante da reação exagerada de Irene.

– Você sabe alguma coisa sobre lápis cor-de-rosa?

– Não, não – disse Irene. E pensou: *Buddy*. – Continue.

– Não tem muito mais. Eu decidi experimentar o supermercado. Aí eu conheci seu pai, e descobri que ele conhecia a família de meu marido. É meio inacreditável.

– Essa é a palavra para isso – disse Irene. Teria de falar com Buddy e descobrir que diabos ele estava tramando. Ela mudou de assunto. – Vou conseguir mais com os registros financeiros depois de minha viagem. – Ela iria para Phoenix no dia seguinte de manhã. Estava se referindo àquilo como "minha viagem". Não "minha viagem ao Arizona" nem "minha grande entrevista de emprego" nem "meu longo fim de semana de puro sexo".

– Quando você quiser – disse Graciella. – Eu vou me assegurar de que você seja paga pelo seu tempo.

– Não precisa fazer isso. Meu pai me pediu que ajudasse. Na verdade, eu poderia ser útil, portanto...

– Seu pai, por mais doce que seja, não pode emprestá-la como um cortador de grama. Você tem habilidades úteis, Irene, e vai ser recompensada.

Com um choque, Irene percebeu que Graciella não estava simplesmente sendo simpática. Ela acreditou que ela estava dizendo a verdade.

☆

Esse era o grande problema de sua habilidade, a razão pela qual quase nunca ajudava: ela só podia detectar quando as pessoas *sabiam* que estavam mentindo. Se as pessoas acreditassem no que estavam dizendo, ela era impotente para determinar a verdade daquilo. A grande lição de sua infância era que a maioria dos adultos, mas especialmente seu pai, acreditava em grande parte da mentira que contavam. Quando tinha dez anos, ela foi até ele e disse: "Tem alguma coisa errada com a mamãe."

Ele estava sentado no sofá no porão, seu quartel-general desde o acidente de carro, assistindo aos Cubs no canal nove, vestido com seu uniforme desde o acidente: camiseta regata, bermuda, sapatos sociais pretos. Estavam em agosto, e naquele ano eles não tinham nada além de calor, névoa e umidade. O porão era um pouco mais fresco que o resto da casa, mas só um pouco.

– Mamãe está bem – disse ele.

– Ela está? – perguntou Irene. Aliviada, sem acreditar, com vontade de acreditar, lágrimas se acumularam quentes por trás de seus olhos.

– Você está na frente da TV – disse ele.

Irene não se mexeu.

– Ela vomitou no banheiro.

Ele finalmente olhou para ela.

– Hoje de manhã – contou ela. – E ontem à noite. – A mãe tentara fazer aquilo em silêncio, mas os sons eram inconfundíveis.

– Hum – disse o pai. Ele ergueu a mão e coçou o queixo, com quatro dedos juntos. Suas mãos tinham se transformado em pás desde o acidente.

– Você acha que ela está gripada? – perguntou Irene.

– Vou perguntar a ela sobre isso.

– Ela não devia estar trabalhando se está doente – disse Irene. – Você devia dizer a ela para ficar em casa.

Ele quase sorriu. Se tivesse deixado o sorriso transparecer, ela teria gritado com ele.

– Você não gosta do agente Smalls, não é?

Fazia um mês desde que Smalls tinha falhado em mentir para Irene. Ele estava apaixonado por sua mãe. O fato de ela continuar a entrar no carro com ele toda manhã, continuar a trabalhar com ele, era inexplicável para ela. O fato de o pai permitir que sua mãe fizesse isso a enfurecia.

– O que você vai fazer em relação a mamãe? – perguntou Irene.

– Eu disse a você que vou perguntar a ela. – Irene pensou: Ele acha mesmo que vai fazer isso.

– Mas ela está bem? – perguntou Irene outra vez.

– Ela está em forma – respondeu ele com fastio.

Mais tarde, Irene começou a fazer o jantar, com Buddy ajudando-a com os ingredientes certos da receita da mãe. Era chop suey, um prato sem graça tão chinês quanto bolo de carne. Quando a mãe chegou em casa, não tentou assumir como normalmente fazia. Ela se sentou na cadeira com Buddy no colo e disse a Irene que ela estava se saindo bem.

– Como foi o trabalho? – perguntou Irene. Isso parecia uma coisa adulta a dizer.

– Atarefado. E o que você fez hoje, Sr. Buddy? Fez algum desenho?

Eles prosseguiram assim, sem falar sobre nada enquanto a carne moída fervilhava na frigideira, até que Irene chamou Frankie e o pai para a sala de jantar. Irene não pretendia perguntar à mãe qual era o problema. Ela morria de medo de que a mãe contasse a verdade.

Quando eles se sentaram, Frankie estava lá para distraí-los. Aos dez anos de idade, ele falava sem parar, antes que a adolescência o deixasse triste, e o desespero do envelhecimento fez com que ele se tornasse falador outra vez. Esse foi o verão em que ele encontrou a *Enciclopédia de deuses e heróis gregos* na Bookmobile e não parava de perguntar ao pai quem a família Telemachus deveria cultuar. Era o único que conseguia fazer o pai rir desde o acidente.

– Nada de paganismo – disse o pai. – Sua mãe não vai aceitar.

A mãe estava mexendo o aipo picado e a carne moída no prato sem comer nada. Quando achou que ninguém estava olhando, seu rosto ficou frio, como se toda sua energia tivesse de se dirigir a outro lugar. Mas Irene estava observando.

– Por favor, atenham-se a Cristo e à Virgem Maria – disse a mãe. Ela levou o guardanapo aos lábios e empurrou a cadeira para trás. – Com licença um instante. – Estava pálida e suando com o calor. Buddy pôs o rosto entre as mãos.

A mãe se levantou e pôs a mão nas costas da cadeira. Mas ao botar peso demais sobre ela, a cadeira virou. Ela caiu de lado, e a lateral de sua cabeça bateu no linóleo com um barulho forte.

Todo mundo pulou de pé. Todo mundo menos Buddy, que manteve o rosto coberto. A mãe estava envergonhada.

– Eu estou bem, eu estou bem, por favor, vão se sentar, eu só perdi o equilíbrio. – O pai a ajudou a sair da sala e a subir a escada até o banheiro.

Ele voltou para a mesa muito tempo depois.

– Mamãe vai descansar. – Ele olhou para Irene. – Tudo vai ficar bem.

Mentiroso, pensou ela.

☆

Eram seis da manhã. Matty estava acordado, mas sonolento, e se ofereceu para carregar a bolsa de Irene até o carro e vê-la partir para Phoenix. Ela sabia que ele estaria dormindo outra vez antes que ela deixasse a entrada de automóveis, mas o esforço a comoveu.

– Sinto-me como se eu o estivesse abandonando aos lobos – disse ela para ele.

– Mas é a minha alcateia – disse ele. – Aúúú.

A piada não a enganou. Nas duas últimas semanas, desde que ele deixara Frankie, Matty estava instável e tenso.

Do andar de baixo, o pai disse:

– Estamos vinte minutos atrasados! Nós vamos sair, ou não?

– Saindo! – disse Matty.

– Me dê um segundo – pediu Irene.

Ela não queria deixá-lo. Já havia criado um bando de crianças selvagens, seus irmãos, e sabia dos riscos. Era alguma surpresa que estivesse tão ávida para encontrar um homem que, para variar, cuidasse dela?

– Então esse sujeito, Joshua – disse Matty. – Você não está *se mudando* para o Arizona, está?

– Você arrumou seu quarto como eu pedi? – Ela aprendera a evitar perguntas observando como os outros evitavam as dela. – Foi o que pensei. Faça isso esta manhã, está bem? E venha cá. – Antes que ele pudesse detê-la, ela o puxou em um abraço. – Amo você, Matty. Não se esqueça de...

Ela se afastou e franziu o cenho.

– O quê? – perguntou Matty.

Ela se abaixou e cheirou a camisa dele outra vez. Ele tentou recuar e ela o segurou pela gola. E cheirou com força.

– Puta merda – disse ela. Os olhos de Matty se arregalaram.

– Vamos andando! – chamou o pai.

– Você está fumando maconha? – perguntou ela.

Matty abriu a boca. A mentira morreu antes de chegar à superfície.

– Agora? – perguntou ele.

– Meu Deus. Você está fumando maconha. Você está fumando maconha. E você faz isso comigo logo na hora em que estou saindo de viagem?

– Fazendo o quê, agora? – perguntou seu pai. Ele estava ao pé da escada, pronto para o serviço: de chapéu, paletó abotoado e abotoaduras reluzentes. Daria um excelente motorista de limusine, não fosse sua atitude petulante.

– Ele não pode sair do quarto – disse Irene. – Por todo o fim de semana.

– O *quarto*?! – exclamou Matty.

O pai olhou para ela, em seguida para Matty, depois novamente para ela.

– Como eu devo assegurar esse encarceramento?

– É bem simples – respondeu Irene. – Você o vigia. Dia e noite. Se ele sair do quarto, bata nele até ele voltar para dentro.

– Parece que você está botando *a mim* de castigo – disse o pai.

– Deus do céu! – exclamou Irene. – Seja uma figura de autoridade pelo menos uma vez.

– Na verdade, isso nunca foi o meu forte – disse o pai. – Agora vamos, não faça isso. – Irene tinha irrompido em lágrimas. – Nós já estamos atrasados.

– Prometa – disse ela.

– Está bem, está bem – disse o pai. – Eu prometo. Além disso, Matty promete. Ele não vai deixar seu quarto exceto para as funções corporais necessárias. Podemos ir agora? Eu vou me encontrar com alguém para o café da manhã.

– Eu prometo também – disse Matty. Ele sabia que ela iria querer ouvir isso diretamente dele.

– Você, cale a boca – disse ela para o filho. Passou por ele e se dirigiu a seu quarto. Ele foi atrás, emitindo gritos de pânico.

– Onde está? – perguntou Irene. – Onde você encontrou? – Ela chutou a porta e abriu seu quarto. Havia roupas espalhadas pelo chão. Para seu nariz recém-sensibilizado às drogas, o quarto fedia a maconha. – Pegue. *Agora.*

Qualquer adolescente com uma mãe normal iria se fazer de desentendido nesse momento. Esperar que ela saísse. Mas Matty sabia que não devia mentir nem demorar. Ela o treinara desde o nascimento a aceitar a infalibilidade de seus instintos. Ele caminhou até a cômoda, abriu a terceira gaveta e enfiou a mão em seu interior. Entregou o saco para ela sem falar. Dois baseados. Um parcialmente fumado.

– Se perder o voo, não me culpe – disse o pai, parado na porta.

– Onde você conseguiu isso? – perguntou Irene.

Matty corou. Vermelho-beterraba, pensou ela, era a cor de quem foi derrotado.

– O trem está partindo – disse o pai. – Lá vamos nós. Piuíí.

No atraso criado pelo avô, Matty encontrou algumas palavras.

– Comprei de alguém mais velho.

– Quem mais velho? – perguntou Irene. – Onde? Eu quero nomes!

– Vou descobrir enquanto você estiver viajando – disse o pai. – Irene. Olhe para mim. Eu vou interrogar o garoto de um jeito que a deixe satisfeita.

Ela consultou seu relógio. Se não saísse agora, perderia o avião.

Ela deu um grito.

Oito horas depois, ela gritou outra vez, em um tom diferente.

– Hummm – disse Joshua, em algum lugar abaixo de seu umbigo.

Os dois não diziam nada. Era disso que ela precisava, e o que ele dava a ela. Pele, suor e a atividade urgente de corpos, livres das interrupções de um lobo frontal transformando freneticamente experiências em substantivos, verbos e adjetivos. Rotulando. Ela precisava da coisa pura, fogo e não "fogo", calor e não "calor". O corpo dele era suficiente para ela. Adorava o cheiro dele, o travo de sua pele. Adorava a umidade em sua nuca. Seus mamilos duros e mordíveis. Gostava até do volume amigável de sua barriga. Eles tinham passado três horas nesse quarto de hotel sem trocar mais que um punhado de frases, e tudo o que ela queria, agora, era viver o resto da vida nesse estado primitivo, não verbal.

Mas claro que isso era impossível. Enquanto estavam deitados lado a lado na cama gigantesca, com os pés se tocando, de mãos dadas, respirando, Irene soltou um "foda" exausto de apreciação.

– Substantivo, querida – disse Joshua. – Do verbo Nós foderemos. Nós estamos fodendo. Nós acabamos de foder.

Esse era o incômodo. Ela o queria assim como a seu corpo: agora, pessoalmente, não por trás de uma tela, separados por satélites. Mas o único caminho para sua mente era através de um enxame ruidoso de palavras. Uma sensitiva mais talentosa podia ter simplesmente estendido a mão e recolhido o mel de seus pensamentos, mas Irene nunca conseguira fazer isso. Palavras, palavras estúpidas, ainda eram necessárias.

– Foder não é um nome adequado para o que acabamos de fazer aqui – disse Irene. – Precisamos de uma palavra melhor. Algo mais festivo.

– Fodatividades? – sugeriu ele.

– Festifelação – disse ela.

– Bacunnilingus!

Embora estivessem em Tempe, a poucos quilômetros da casa dele, ele concordara em se encontrar em um hotel, assim como tinham feito toda vez que ele passara por O'Hare. (A palavra "escala" já virara motivo de risos.) Em Chicago, ela não quisera mostrar a ele sua casa nem apresentá-lo à família, e agora que viajara até o outro lado do país para vê-lo, não queria ver a casa dele também. Não a mobília que, sem dúvida, era melhor do que a dela, não as roupas em seu armário, nem os pratos na pia. Não o quarto de sua filha. Se Irene visse como ele vivia, se conhecesse sua filha, Jun, então haveria apenas duas possibilidades:

ela sentiria uma certa repulsa e o amaria um pouco menos, ou veria a si mesma naquela casa e desejaria se mudar para lá. Não poderia arriscar nenhum desses resultados, ainda não. Seu relacionamento desabrochara na estufa da Terra dos Hotéis. Por que complicá-lo?

Ainda assim, aquela viagem era sobre complicações.

– Você precisa fazer compras? – perguntou ele. – Comprar, por exemplo, sapatos? Ou uma roupa.

– Você acha que eu preciso de roupa?

– Se a entrevista fosse comigo, você não ia precisar de roupa alguma.

– Responda a pergunta.

Ele pensou por um momento.

– Você reclamou que suas roupas formais estavam fora de moda.

Minha nossa, pensou ela.

– Eu fui à Talbots antes de vir para cá. Na verdade, preciso pendurar tudo antes que fique amarrotado.

Mas ainda assim ela não saiu da cama. Não queria pensar na entrevista. Ele a marcara para ela em sua empresa, entregara o currículo no RH e até se assegurara de que a entrevista pudesse ser feita em uma sexta-feira para que eles tivessem todo o fim de semana depois. Isso a irritou, mas ela não podia dizer isso a Joshua. Ele só estava tentando ajudar. E por que mencionar isso, quando na verdade, depois que o processo de contratação estivesse concluído, os empregadores poderiam querê-la por suas próprias qualidades, e ela querer trabalhar com eles? O que superava todas as irritações que se interpunham era seu desespero para sair de sua vida atual. Seu pai estava brincando com a máfia; o filho, fumando maconha, e ela estava dura e trabalhando como caixa por pouco mais de um salário mínimo.

Ela precisava virar o jogo. Fazer um *home run*. Precisava do Grand Slam de todas as metáforas esportivas.

– Eu tenho algo para você – disse Joshua. Ele pulou da cama, e ela admirou sua bunda musculosa em movimento. O homem adorava ficar nu. Ficara livre como um bebê assim que eles fecharam a porta do quarto, e isso permitiu que ela ocultasse a própria vergonha. Os nativos da Terra dos Hotéis não conheciam a vergonha.

Ele pegou algo em sua mala de rodinhas e o escondeu às costas, em seguida estendeu para ela: uma caixa embrulhada para presente, um pouco maior que uma caixa de camisa, amarrada com fita verde. Quando não a pegou de imediato, ele moveu os quadris para balançar o pênis e ela riu.

Foi esse espírito pateta enraizado no seu DNA que a atraiu para ele, a afastou, e a atraiu de novo. Ela era uma mulher séria que tinha crescido cercada por homens bobos; pelas regras normais, ela não iria querer mais saber de homens engraçados, mesmo que galantes. Pela internet, ele sempre a provocava, fazia trocadilhos e xingava em letra maiúscula para defendê-la dos que tivessem ousado ofendê-la naquele dia. Pessoalmente, quando ela o desencorajou a usar palavras, ele se voltou para as brincadeiras físicas.

– Belo laço – disse ela. – Você mesmo o embrulhou?

– O Bráulio segurou a fita para mim.

Ela puxou o papel brilhante e abriu a caixa. Dentro havia uma pasta de couro marrom com um brilho amanteigado. Suas iniciais estavam bordadas na frente.

– Ponha seu currículo aí dentro – disse ele. – E veja: bloco amarelo! Porta-caneta!

– Tudo isso e um couro macio de primeira – comentou ela e puxou o rosto dele em sua direção, e se surpreendeu ao sentir lágrimas nos cílios. Lágrimas, Irene? Sério?

– Sei que você está nervosa – disse ele. – Mas você vai acabar com eles. Você sabe disso, não sabe?

Ela o amava quando ele achava que estava dizendo a verdade. Mas ela o amava o suficiente em todos os outros momentos? Eles se conheciam havia apenas dois meses, e ele já queria que ela atravessasse o continente para ficar com ele, sua noiva encomendada pela internet. Ele falava como se aquilo não fosse problema. Uma grande aventura. Uma travessura. Ele não tinha ideia de como isso era difícil para ela. Principalmente porque ela não lhe contara.

Ele segurou seu braço.

– Vamos lá. Levante-se.

– O que você está fazendo?

Ela segurou a pasta enquanto ele a puxava até um grande espelho de parede.

– Fique na minha frente. – Ele pôs a mão em seus ombros, encostou o rosto no dela e, juntos, eles olharam para o espelho.

– Repita comigo – disse ele. – Eu, Irene Telemachus, vou conseguir esse emprego.

Ela estreitou os olhos.

– Eu, Irene... – disse ele.

– Eu vou conseguir esse emprego – repetiu ela.

– Não para mim. Diga para que você saiba que é verdade.

Irene olhou para a mulher nua no espelho agarrada à pasta como se ela pudesse protegê-la.

– Será muita sorte deles me contratar – disse ela.

Era impossível dizer se a Irene do espelho estava mentindo. Ela não entregava nada.

Joshua enfiou a mão por baixo da pasta e apertou um mamilo.

– Isso mesmo.

A entrevista começou muito bem. Amber, a representante do RH, uma ninfa de vinte e poucos anos construída inteiramente de sardas e atitude positiva, conduziu-a pelo prédio, destacando a sala grande e coletiva onde Irene iria ficar caso conseguisse o emprego. Sua mesa ficaria cercada por mais janelas do que qualquer lugar onde ela trabalhara, exceto por um drive-thru do Burger King. Todos sorriam e eram simpáticos, e Amber se entusiasmava sobre o quanto o ambiente de trabalho era *amigável* e como todo mundo era *tranquilo* e *legal*. A garota acreditava em cada palavra que dizia. E era, sem dúvida, verdade que o código de vestimenta era relaxado. Todo mundo usava roupas informais do sudoeste: camisas polo e calças cáqui, vestidos de verão, até shorts e sandálias. Só a alta gerência parecia usar qualquer coisa com botões, e Irene se sentiu com uma rigidez do leste, circunspecta como uma missionária.

A entrevista propriamente dita começou em uma sala de reuniões grande e envidraçada com uma mesa em forma de prancha de surfe. Amber apresentou-a a Bob, seu chefe em potencial, e a Laurie e Jon, seus colegas em potencial. Estes dois tinham o mesmo cargo, embora Laurie dissesse estar ali havia quatro anos mais.

Bob descreveu o trabalho de consultoria, os tipos de clientes com quem lidavam, o quadro de especialistas que tinham contratados, o tipo de pessoa por quem estavam procurando para se encaixar em sua "família". Jon e Laurie intervinham com detalhes. Cada um deles levou tempo para mencionar o quanto gostavam de Joshua, Joshua era ótimo, afiado como uma faca.

Finalmente chegou o momento do interrogatório. Os outros abriram as pastas, fingindo estudar o currículo de Irene, e ficaram em silêncio.

Irene resistiu à vontade de abrir a pasta. O monograma agora lhe parecia pomposo e ridículo.

– Então, Irene – disse Bob, o chefe. – Eu não vejo um diploma aqui. – Como se ele tivesse acabado de perceber isso.

– Não – disse ela. – Mas tenho experiência em contas e contabilidade e, bem, gestão financeira.

– Sei... – disse Jon. Em seguida, ele se contraiu, desculpando-se. – Mas você sabe que o cargo requer pelo menos nível superior. Em administração, contabilidade ou algum campo relacionado.

– Eu vi isso – comentou Irene. – Mas nós... eu não sabia se isso era uma exigência eliminatória. – Joshua a encorajara a se inscrever mesmo assim.

– Hum – disse Bob.

Outro longo momento de silêncio, como se eles estivessem pranteando a morte de suas perspectivas.

– Algum curso profissionalizante depois do ensino médio? – perguntou Bob. – Talvez cursos em uma faculdade de administração?

Será que ele achava que ela deixaria isso fora do currículo se tivesse feito algum?

– Eu planejo continuar com meus estudos assim que possível – disse ela.

– Isso poderia ser difícil – disse Jon, fazendo uma expressão preocupada. – Quer dizer, enquanto trabalha aqui em tempo integral e cuida de um filho.

Irene não mencionara o filho, e ele não estava em seu currículo.

– Alguma experiência com software contábil?

– Sei usar planilhas – respondeu Irene. – A empresa onde trabalhei por último usava um sistema desenvolvido por eles que era em sua maioria em papel.

– O Aldi's usa um sistema em papel? – perguntou Jon fingindo surpresa.

Filho da puta, pensou Irene. Ele sabia que ela não estava falando do Aldi's.

– Nós temos algo *um pouco* mais complexo – comentou Bob. Jon deu um riso de puxa-saco. Até Laurie riu.

A entrevista prosseguiu em espiral descendente. Ela percebeu que eles tinham concordado com a entrevista apenas como um favor para Joshua, e agora queriam deixar extremamente claro que ela não pertencia àquele lugar, nunca iria pertencer àquele lugar. Amber, a representante do RH, nunca fez nenhuma pergunta, mas anotava, anotava e anotava em seu bloco como uma criança de cinco anos em um banco de igreja.

A pele de Irene ficou quente. Ela pendurou um sorriso fixo no rosto. Manteve a voz firme.

Dez minutos ou uma hora depois, dependendo se você estava do lado insultante ou insultado da mesa, Amber finalmente falou. Ela sorriu e emitiu as palavras obrigatórias de bênção:

– Você quer nos fazer alguma pergunta?

Irene se lembrou de estar no palco, piscando diante das luzes fortes, olhando para o escuro, onde estranhos estavam esperando que ela falhasse. Ela ficou grata quando Archibald os desmascarou e a mãe determinou o fim das apresentações. Passou a detestar ser julgada.

Amber disse:

– Tudo bem, então, se você não tem nada...

– Tenho uma pequena experiência profissional que esqueci de mencionar – disse Irene. O grupo olhou para ela sem qualquer expressão. Mentalmente, eles já tinham seguido para a reunião seguinte, para o candidato seguinte. – Quando eu era menina, minha família apresentava um número paranormal. Teddy Telemachus e sua Fabulosa Família. Parece loucura, eu sei, mas fomos famosos por algum tempo. Nós viajamos pelo país. Nós nos apresentamos até na TV em rede nacional uma vez.

Laurie disse:

– Número *paranormal*?

Bob, o chefe, disse:

– Isso parece interessante, mas não tenho certeza se é relevante para...

– Deixe-me explicar – pediu Irene. – Cada um de nós tinha um talento. Meu irmão podia mover coisas com a mente. Minha mãe era clarividente. E eu era a detectora de mentiras humana. – Ela sorriu, e Amber retribuiu o sorriso automaticamente, embora seus olhos ensolarados estivessem em pânico. – Em algum momento do show, meu pai chamava alguém da plateia e falava sobre minha habilidade. Tudo o que as pessoas tinham de fazer era tentar me contar uma mentira e não serem pegas. Podia ser algo simples, como segurar um ás de paus e me dizer que era um ás de espadas. Ou podiam tentar me dizer sua idade, ou seu peso. Aí papai pedia a elas que anotassem duas verdades e uma mentira, assim como no jogo de salão.

"Às vezes, ficava muito interessante. Se a plateia estivesse boa, papai os estimulava a escrever coisas embaraçosas, coisas um pouco audaciosas.

Eu nem sabia o que algumas das frases significavam. Eu tinha só 10 anos. Mas sabem de uma coisa?"

Ela agora tinha a atenção deles. Mais de vinte anos sem subir num palco, mas as velhas habilidades ainda estavam ali.

– Eu nunca cometi um erro – disse Irene. – Nenhuma vez.

Bob e Jon trocaram olhares. Laurie disse:

– Nenhuma vez? Qual era o truque?

– Era só uma coisa que eu podia fazer. *Posso* fazer.

Bob deu um sorriso desconfiado, sem saber ao certo se ela estava brincando.

– Bom, infelizmente não temos um baralho.

– Eu sei – disse Jon. Ele levou a mão ao bolso e pegou uma moeda de 25 centavos. Ele a jogou para o alto e a cobriu com as mãos. Em seguida olhou para ela.

Irene esperou.

– É cara – disse Jon.

– Não, não é.

Jon riu.

– Me pegou. Mais uma vez.

Bob disse:

– Por que não seguimos adiante, se você não tem nenhuma pergunta, acho que podemos...

– Eu tenho algumas perguntas – disse Irene.

Bob respirou fundo.

– Claro. Pode dizer.

Ela fingiu olhar suas anotações.

– Tudo o que vocês me disseram faz com que esta pareça ser a empresa perfeita – disse Irene. – Algum de vocês procurou emprego fora da empresa, digamos, nos últimos seis meses?

Ninguém falou até que Amber, a representante do RH, disse:

– Eu não acho que essa seja uma pergunta que...

– É claro que não – disse Bob.

– Eu, não – disse Jon.

Laurie sacudiu a cabeça.

– Eu planejo ficar aqui por um bom tempo.

– Hum – disse Irene, como se pensasse sobre aquilo. – Bob e Laurie estão dizendo a verdade, mas Jon...

Os olhos de Amber se arregalaram.

– Onde você procurou emprego? – perguntou Irene.

O sorriso de Jon estava um pouco rígido.

– Eu não sei do que você está falando.

– Viram, isso é uma mentira também – disse Irene. – Bob, você sabia que Jon estava infeliz aqui?

Bob piscou, confuso. A entrevista mudara bruscamente de rumo, e ele estava se esforçando para acompanhar.

– Não importa, nova pergunta – disse Irene. – Bob, você paga mulheres e homens igualmente para fazer o mesmo trabalho?

– É claro – respondeu Bob.

Era mentira, mas ela só o estava preparando para o golpe decisivo. Ela disse:

– E Jon e Laurie, aqui. Os dois são subgerentes, mas Laurie está aqui há mais tempo. Ela ganha mais que Jon?

Laurie se inclinou para a frente e pôs os cotovelos sobre a mesa. Uma mulher que já sabia a resposta.

– Eu preciso alertá-lo – disse Irene para Bob. – Eu nunca erro.

– Quem *é* você? – perguntou Bob.

– Vou considerar isso um não. – Para Laurie, ela disse: – Eu acho que você deveria arrumar um outro emprego. Ou ficar com o de Jon quando ele sair. Só se assegure de pedir o salário dele.

Ela pegou a pasta bonita e se levantou. Sentiu-se tonta, mas não caiu. Não ia se permitir cair.

– Foi realmente um prazer conhecê-los – disse ela. Nenhum deles era um detector de mentiras humano, mas ela estava confiante de que eles iriam conseguir avaliar sua afirmação. Ela saiu andando sem esperar pelos aplausos.

Seis horas depois, Teddy a encontrou junto ao meio-fio do O'Hare.

– Preciso lhe dizer que estou feliz por você ter decidido voltar antes para casa – disse ele.

Irene olhava fixamente pelo para-brisa enquanto eles deixavam o aeroporto. Ela não queria falar. Tinha se exilado da Terra dos Hotéis, mas queria levar aquela ausência de palavras com ela.

– Preciso de sua ajuda com uma coisa. Uma coisa que vai ajudar Graciella. Você gosta de Graciella, não gosta? Vocês realmente pareceram se dar bem.

O pai não perguntou por que ela voltara um dia antes, nem pareceu perceber que ela estava horrível, com os olhos fundos. Mas por que isso seria surpresa? Antes de partir, ele não perguntara por que ela ia ao Arizona nem quem ela estava vendo. Ficou indiferente a seu nervosismo e excitação e agora estava cego a sua tristeza. Seu único interesse na viagem foi quando ela iria começar e terminar, e isso apenas porque queria saber por quanto tempo teria de ser responsável por Matty.

Meu pai é um narcisista, pensou ela. Isso não era um pensamento novo. Ela descobrira quando tinha dez anos que se você não é parte do espetáculo, você é parte da plateia.

Ele pegou a saída errada para a North Avenue, e ela olhou para ele.

– Uma última tarefa – disse ele.

– Só me leve para casa – pediu Irene. Ela já tinha feito muitas viagens de carro com o pai ultimamente, e ficaria feliz se jamais tivesse de fazer isso outra vez.

– Eu a ajudei, agora você me ajuda – disse ele. – Eu preciso muito de você ao meu lado pela próxima meia hora.

– Qual é a sua armação agora?

– Só estou tentando fazer uma coisa boa por uma mulher. – Sua imitação de ofendido não foi convincente.

– Claro, é tudo para Graciella. Olhe para você. Você está praticamente pulando para cima e para baixo atrás do volante.

– Eu gosto de ajudar as pessoas – disse ele.

Ela fez um ruído rude.

– O que foi? – perguntou ele. – Por que está agindo assim?

– Jesus Cristo, pai. Não posso acreditar que ainda estou fazendo isso. Sou uma mulher adulta, e ainda estou... ah, deixa pra lá.

– Fazendo o quê? Por favor, me diga.

– Passei a maior parte de minha vida esperando que você me notasse. – Ela sacudiu a cabeça. – Que desperdício.

– Notar você? Como eu poderia não notá-la? Era você quem me olhava feio sempre que eu fazia algo que sua mãe não teria feito.

– Lá vamos nós. Foi preciso apenas uma fase para voltarmos a como você é a vítima.

– Você está fazendo a mesma cara. Agora mesmo.

– Ocorreu a você perguntar para mim *por que* eu precisava de alguém para tomar conta de Matty?

– Tenho certeza de que era importante.

– Inacreditável.

– Se você quisesse me contar, teria me contado! Desculpe por querer respeitar sua privacidade. Agora, chegamos ao bar.

– Um bar? Nós vamos a um bar?

– Tecnicamente, uma taverna. Você não lembra deste lugar? Eu, às vezes, costumava trazê-la comigo.

– Você nunca me trouxe aqui. Talvez tenha sido Frankie.

– Talvez, talvez.

Ele estacionou na vaga mais perto da porta, que por acaso era uma vaga para deficientes. Irene ia se opor, e ele a silenciou.

– É legal, é legal. Abra o porta-luvas.

Ela encontrou uma identificação de deficiente e a puxou com dois dedos como se fosse um peixe morto ou uma arma carregada. O pai revirou os olhos e pendurou a identificação no retrovisor.

– Faça a volta e me ajude.

– O quê?

– Ajude-me a entrar.

– Saia daí sozinho.

– Droga, Irene, é um pedido simples. Segure meu braço como se eu mal conseguisse caminhar. Ajude-me a sentar, cuide de mim...

– Jesus Cristo, *por quê*?

– Não posso explicar, não agora. Mas pode ter certeza...

– Tenho certeza de que é importante – disse Irene, jogando a bola de volta para ele.

– E é. Com certeza é! – Ele era indiferente ao sarcasmo. – Agora lembre-se: eu estou fraco.

– De cabeça fraca – disse Irene, alto o bastante para que ele escutasse.

Eles representaram o número do velhinho no caminho até a porta da frente. Teddy botava um pé meditativamente diante do outro enquanto a mão segurava o braço dela. Ele era bastante bom nisso. Irene quase podia imaginar a prótese no quadril.

– Uma bengala ia ficar ainda mais convincente – soprou ele para ela. – Talvez aquela com três pés de borracha?

Ela não podia acreditar que estava participando daquilo.

– Ela é a mais triste das bengalas – prosseguiu ele. – Você nem pode fingir que é estiloso. Fred Astaire nunca dançou com uma bengala de tripé.

Irene empurrou e abriu a porta para ele, que entrou mancando. O interior escuro cheirava a cerveja choca e água sanitária barata.

– O de sempre, Teddy? – disse uma forma enorme e indistinta atrás do balcão.

Teddy riu. Para Irene, ele disse:

– Vinte anos que não venho aqui, e Barney ainda sabe minha bebida. – De algum modo, ele fez com que sua voz ficasse mais trêmula, como se ela precisasse da própria bengala de tripé.

– Vamos sentar no balcão – disse Teddy para Irene. Não havia mais ninguém no lugar. Talvez fosse cedo demais no sábado até mesmo para os bêbados.

– Claro, pai – concordou ela de maneira direta. – Deixe-me pegar um banco para você.

– Nada para ela – disse Teddy ao barman. – Você usa o mesmo pano para limpar o balcão desde 1962. Ela não tem os anticorpos para este lugar.

– Vou querer uma cerveja – pediu Irene. – De garrafa. – Barney balançou a cabeça afirmativamente. Ele era quase da mesma idade que seu pai, mas tinha três vezes seu tamanho.

– Então, como vai o lugar? – perguntou Teddy. Ele pôs um tremor extra na voz, um velho esforçando-se para parecer jovial. Eles começaram a conversar sobre pessoas que Irene não conhecia e, ela esperava, jamais iria conhecer.

Irene observou a Irene do espelho beber sua cerveja. Aquela mulher vivia em um universo alternativo chamado Arizona, com um homem que a amava.

Quando voltou da entrevista, Joshua percebeu que ela estava abalada – diferente de seu pai, ele não era narcisista – e não parou de insistir para que ela lhe desse respostas. Palavras. Ela não podia explicar por que ficara com tanta raiva, e por isso não podia explicar por que ela quase ateara fogo à sala de reuniões. Não podia lhe dizer como estava com raiva dele.

– Nunca mais me faça um favor – disse ela para ele e começou a fazer as malas.

Ele tentou conversar com ela por todo o caminho até o aeroporto, não parou de falar enquanto ela trocava a passagem. Ele até pagou a taxa de remarcação, sempre perguntando:

– O que você está dizendo? – Como se ela estivesse falando outra língua.

Só o portão o deteve.

– Você nunca vai deixar o Arizona – disse Irene. Sua raiva tinha se transformado em tristeza, de modo que agora ela estava um caco choroso. – Você não pode partir, não com a guarda compartilhada. E eu não posso simplesmente viver de qualquer migalha que você me dê. Não há futuro para mim aqui.

Como ela podia explicar? Adorava o tempo que passavam na Terra dos Hotéis, mas aquele não era um lugar onde você poderia morar para sempre. A coisa inteligente a fazer era deixá-lo agora.

– Então – disse o pai ao barman. – Mitzi já chegou?

Barney apontou com a cabeça para trás de Teddy. Uma mulher aproximadamente da mesma idade que os homens caminhava na direção de Teddy com os braços estendidos.

– Vejam só o que a gata trouxe da rua – disse ela.

– A gata é minha filha – comentou Teddy com um sorriso.

– E você é um cachorro velho. – Mitzi lhe deu um beijo no rosto. Para Irene, ela disse: – Agora eu me sinto velha. Seu pai costumava falar de você.

– É um prazer conhecê-la – disse ela para Mitzi.

– Ela é uma filha muito boa – elogiou Teddy. – Me leva a todo lugar.

– É bom ter uma mulher forte ao seu lado – disse Mitzi.

– Por falar em mulher forte – disse Teddy para Irene. – Se você procura por um modelo, não precisa procurar mais. Mitzi administrou esse lugar durante tempos de vacas gordas e magras.

– Que sedutor – disse Mitzi. Ela era uma mulher esquelética com ar de ave, com um brilho de tentilhão nos olhos. – Você não está vendendo essa coisa de UltraLife, está?

– O que é isso? – perguntou o pai. Ele não estava fingindo a confusão.

– Frankie começou a trazer com ele – contou Mitzi. – Nossa, elas deram mesmo um jeito em mim.

Irene lançou um olhar duro para o pai. Será que aquela visita era sobre Frankie, e não Graciella? Mas não, Teddy não sabia do que Mitzi estava falando.

– Então Frankie tem passado aqui? – perguntou Teddy.

– Ah, sim – disse Mitzi. – Semanalmente. Na maioria das vezes, semanalmente. Ele deixou de vir algumas vezes.

O pai pareceu abalado.

– Peço desculpas se o garoto está empurrando essa coisa para você. Frankie anda muito empolgado com isso.

Mitzi perguntou:

– Você quer vir ao meu escritório e conversar sobre isso?

O pai hesitou, então disse:

– Nós podemos conversar na frente de Irene. Ela sabe tudo sobre os negócios de Frankie.

Uma mentira completa. Irene não tinha ideia do que estava acontecendo. Ela não ficou tranquila por Teddy não parecer ter a menor ideia também.

– Tudo certo, então – disse Mitzi com ceticismo. Ela se sentou no banco ao lado do de Teddy. Eles agora estavam todos sentados, de costas para o balcão. Barney havia desaparecido na sala dos fundos.

– Então, as visitas de Frankie – disse o pai. – De quanto estamos falando?

– Você sabe que eu normalmente mantenho esses números em segredo.

– Quanto, Mitzi?

– Até ontem, 49.074 dólares e 24 centavos.

Irene de repente se deu conta do que aqueles números significavam. O pai estava chocado também, a julgar por sua expressão congelada.

Mitzi disse:

– Eu pedi a ele para não botar você nisso. Ele vai conversar com Nick na semana que vem. Eles vão resolver isso.

Merda, pensou Irene. Imagens ruins passaram pela sua cabeça, de uma dúzia de filmes violentos. Ela visualizou o irmão tentando se livrar de problemas na conversa, da forma como tentava levar tudo na conversa. Ele nunca havia aprendido que, quando estava se afogando, devia manter a boca fechada.

– Não – disse o pai. – Eu vou falar com Nick. – Irene o observou. Um momento antes, ele não sabia que Frankie devia dinheiro, mas agora estava deixando claro para Mitzi que ele não só sabia da situação, como já tinha posto um plano em ação. Teddy Telemachus, um blefador de classe internacional. Aquela expressão dissimulada de jogador fazia dele a única pessoa na família que podia manter segredos dela. Isso, e a forma como dizia as palavras com o mesmo cuidado com que dava cartas.

– Você quer falar com Nick? – perguntou Mitzi. – Pode não ser uma boa ideia.

– Seu irmão tem muito mais chance de conseguir o dinheiro comigo do que com Frankie – comentou Teddy.

– Não é isso, e você sabe.

– Ele é meu filho, Mitzi. Por favor, faça com que isso aconteça.

Irene não falou até estarem de volta no carro. Ele deixou que ela fosse para trás do volante, para manter as aparências.

– Mas o que diabos foi *isso*? – perguntou ela.

– Estou tão surpreso quanto você.

Isso era verdade. Ele abandonou o blefe agora que estava fora da taverna.

– Eu queria encontrar-me com Nick para conversar com ele sobre Graciella. Mas *isso*?

Ainda assim, ela queria se assegurar de que eles estavam falando a mesma língua.

– Frankie está devendo cinquenta mil à máfia – disse ela.

– Parece que sim.

– Isso explica como ele conseguiu manter a Bellerofone por tanto tempo sem clientes.

– Ele sempre me pedia dinheiro – contou o pai. – Da terceira vez, eu disse a ele que não tinha e que ele devia fechar o negócio, trabalhar para outra pessoa e realmente ganhar alguma coisa. Não achei que ele fosse burro o suficiente para procurar o maldito Nick Pusateri. Todo o sentido de criar filhos é garantir que eles não cometam os mesmos erros que cometemos.

Havia toda uma história que ele tinha quase certeza de que ela não queria saber. Em vez disso, ela perguntou:

– Você não vai pagar, vai?

– Só me leve para casa, Irene. Não. Espere. Leve-me ao Wal-Mart.

Ela ergueu as sobrancelhas.

– Preciso comprar uma bengala e um taco de beisebol – disse ele.

– Eu entendo a bengala.

– O taco é para bater no seu irmão.

– Compremos dois – disse Irene.

14

Frankie

Ele pôde ouvir Loretta chamá-lo de casa. Por fim, ela lembrou da garagem.

O pedaço negro de metal estava aninhado no capô do carro dela como um ovo num travesseiro. O impacto também tinha rachado o para-brisa. A porta do cofre, entretanto, estava fechada. Ainda fechada.

Ela caminhou na direção dele. Estava sentado em uma cadeira de armar ao lado do para-choque dianteiro do carro. O chão coberto por um jardim de latas de Budweiser amassadas – e cadeados. Havia cadeados de todos os tipos espalhados pelo chão de cimento, nenhum deles aberto.

– Posso ajudá-la, Loretta?

Ela viu a calça de moletom, a camiseta e o saco vazio de Doritos. Olhou outra vez para o Corolla e o cofre negro, em seguida novamente para ele.

– Você vai trabalhar hoje? – A voz dela estava surpreendentemente delicada.

– Claro – disse ele. – Que horas são?

– Já passa das nove.

– Hum. – Ele esfregou o queixo. Normalmente teria saído algumas horas antes. Provavelmente deveria ter ido. O trabalho o teria ocupado. Mantido sua mente longe do que estava a sua espera à tarde. De *quem* estava esperando por ele.

– Eu ia ao mercado – disse Loretta.

– Está bem.

Ela olhou fixamente para ele.

– Acho que o leite acabou – avisou ele.

– Eu estava me perguntando sobre o carro – disse ela.

Ele balançou a cabeça lentamente, como se fizesse todo o sentido.

– Então, ele vai funcionar? – perguntou ela.

Ele apertou os lábios. Pensou por um momento.

– É difícil dizer.

– Vou ligar para um dos vizinhos e ver se posso pegar um carro emprestado.

– É – disse ele. – Talvez seja uma boa ideia.

– Ah, e seu pai ligou. Ele quer que você telefone. Diz que é importante.

Ele não iria ligar de volta de jeito nenhum. Estava naquela situação por culpa de Teddy. Pedira ajuda ao pai quando a Bellerofone estava afundando, e depois de uma assistência financeira mínima, o pai não dera mais nada. Não, o grande Teddy Telemachus só apostava nas cartas, nunca nos próprios filhos.

– Matty ligou? – perguntou ele. Esse era o Telemachus de que ele precisava naquele momento. Mas Loretta já tinha saído. Que horas ela disse que eram? Ele devia ter prestado atenção. Havia poucas horas a encher até seu encontro com Nick Pusateri.

O

A primeira vez que Frankie achou que ia morrer foi em 1991, em uma sala pequena no convés inferior do *Alton Belle*, logo depois de ter o nariz quebrado. O cara cujo punho causou o dano era um sujeito branco e musculoso com dentes de coelho e pele rachada pelo sol como uma cadeira de vinil deixada no quintal. Ele estava vestido como um porteiro, mas não estava claro se era o segurança oficial do cassino ou apenas um empregado cuja descrição de cargo incluía a frase: “Outras tarefas, conforme solicitadas.” Ele, sem dúvida, parecia gostar da tarefa de bater nos outros.

Os outros dois homens na sala – um gerente de convés e um homem de cabeça lisa que Frankie achou ser o gerente geral do cassino – avaliaram o trabalho do porteiro e acharam bom.

– Mais uma vez – disse o chefão. Ele era um cara branco e nervoso, cujo bico de viúva negro como petróleo fazia com que parecesse um Eddie Munster de meia-idade.

O gerente de convés, um homem negro de terno brilhante que parecia mais caro que o do chefe, ordenou:

– Diga-nos o que você fez com minha mesa. – Todo mundo parecia bem preocupado com isso. Pela primeira meia hora que Frankie foi detido na sala, os homens repassaram o vídeo do episódio usando um videocassete normal e uma televisão pequena. Eles se recusaram a mostrar as imagens para Frankie, mas ele percebeu por sua discussão sobre ela que a fita mostrava por vários ângulos que as mãos de Frankie estavam a muitos centímetros de distância da mesa de roleta quando a bolinha, a roleta e as fichas voaram pelo ar.

– Foram ímãs? – perguntou o chefe.

Frankie estava ocupado demais engasgando em seco de dor para negar isso imediatamente. Ele estava deitado de lado, observando uma quantidade alarmante de sangue escorrer por seu rosto e se empoçar no chão. Ímãs?, pensou. Ainda a porra dos ímãs? Era a primeira e última teoria deles.

Frankie levou a mão ao lábio superior estourado, com medo de tocar o nariz. Seus dedos voltaram vermelhos, como se mergulhados em uma lata de tinta. Meu Deus. Onde diabos estava Buddy? Por que ele não viu essas coisas acontecerem em suas visões de fichas e riquezas?

Um pensamento ruim passou por sua mente. E se Buddy *tivesse* visto e não se dera ao trabalho de contar a ele?

– Não foram ímãs – disse Frankie. – Ou, se foram, não foram meus. – Sua voz pareceu chorosa a seus próprios ouvidos, devido a um bloqueio nasal. Principalmente.

– Para quem você trabalha?

– Eu... – Ele cuspiu sangue. – Trabalho sozinho.

O porteiro se abaixou e agarrou a camisa de Frankie. Frankie pôs as mãos nos antebraços do homem e sujou sua manga de sangue. Ele emitiu ruídos de protesto ao ser puxado de pé.

– Tirem ele do barco – ordenou o chefe.

Ah, graças a Deus, pensou Frankie.

O porteiro e o gerente de convés o pegaram por baixo de cada braço e o arrastaram para fora da sala e pelo corredor acarpetado, inexplicavelmente, com grama sintética Astroturf. O chefe foi à frente e empurrou e abriu uma porta pesada.

Frankie foi empurrado para um pequeno convés lateral perto da água cintilante. A roda de pás agitava a água à sua esquerda, mas o som era quase abafado pelos risos, campainhas, sinos – o ruído estridente de uma multidão num cassino. Uma lancha a motor grande, vermelha e branca enfeitada com luzes de Natal descansava na beira do convés em uma nuvem de escapamento de combustível. No volante havia um homem de camisa branca e colete preto que parecia estar dando cartas no blackjack. *Outras tarefas, conforme solicitadas.*

– Levem esse sujeito para a garagem – disse o chefe. – E não deixem que ninguém veja vocês.

– Espere aí, garagem? – perguntou Frankie. Eles o empurraram para a frente, ele cambaleou para dentro da lancha e caiu sentado em um banco. O porteiro e o outro homem embarcaram. – Aonde vocês estão me levando?

– Cale a boca ou vou botar uma mordaça em você – disse o porteiro.

Frankie calou a boca. Uma frieza encheu seu estômago. Ele se segurou no banco quando a lancha contornou a roda de pás do barco e apontou na direção da margem. Eles não estavam voltando para a área de carga fortemente iluminada onde ele e Buddy haviam embarcado no *Alton Belle*, porém mais para o sul, onde uma linha esporádica de postes de luz marcava a beira do rio.

Eles estão me levando para longe da multidão, pensou Frankie. Para longe de testemunhas. Nessa "garagem" eles podiam fazer qualquer coisa com ele. Durante toda sua vida, Teddy lhe contara histórias sobre gângsteres que conhecera, capangas com socos-ingleses, bandidos com pistolas, prostitutas com canivetes de mola enfiados nas ligas. Personagens de cinema. Teddy era o herói dessas histórias, um trapaceiro com mãos rápidas e uma boca ainda mais rápida. Frankie desejara ser esse cara, o vigarista de fala mansa, mas, quando ele cresceu, não faziam mais filmes desse tipo. Tudo o que restava eram histórias contadas por outros, histórias de nossa-você-devia-ter-visto, e rolos mal editados com os melhores momentos.

Então ali estava ele, um trapaceiro fracassado de cassino em uma lancha com marginais ligados ao crime organizado... e ele não conseguia pensar em nenhuma droga de coisa a dizer. Iria morrer, choramingando, com o próprio sangue sujando sua camisa.

A lancha avançou na direção de um cais mal iluminado. No último instante, o condutor botou o motor em marcha a ré, girou o volante e alinhou a lancha em paralelo com a mata com um baque muito suave. Frankie decidiu que talvez ele fosse primeiro um barqueiro e depois um crupiê de blackjack.

O porteiro pegou Frankie pela nuca e se aproximou de seu ouvido.

– Você vai falar agora, babaca.

O gerente de convés subiu no cais, em seguida se virou para puxar Frankie para cima. Um par de faróis se acendeu, transformando o empregado do cassino em uma silhueta. Uma voz alta disse:

– Nós assumimos agora, rapazes.

Uma figura enorme apareceu nas luzes. O grandalhão agitou um distintivo na direção do gerente de convés, em seguida olhou para baixo, para a lancha.

A mão do porteiro apertou a nuca de Frankie.

– Quem é você afinal? – perguntou Frankie.

O homem riu.

– Você está mesmo escolhendo a mim?

Era um bom argumento. Frankie livrou-se do braço do porteiro e saiu sozinho da lancha.

– Sou o agente Destin Smalls – disse o grandalhão, estendendo a mão.

O nome soou uma campainha distante. Frankie apertou a mão e algemas surgiram em seus pulsos como um truque de mágica.

– Você está preso – declarou o agente Smalls.

O

Ele dirigiu na direção da casa do pai com o ar-condicionado soprando forte em seu rosto.

– Abrace a vida – disse ele a si mesmo. Abrace o fato de que Matty o abandonara, forçando-o ou a desistir do roubo ou a aprender a fazer tudo sozinho. Abrace as duas semanas que passara tentando abrir fechaduras com a mente, sem conseguir abrir nenhuma. Abrace sua incapacidade de fazer o disco do segredo do cofre conseguir girar.

O fracasso em aceitar a realidade só levava à frustração, e a frustração à raiva. O que a raiva fazia por você? Um homem adulto erguendo um cofre nos braços e tentando jogá-lo no concreto, antes que suas costas cedessem. Raiva fazia com que você conseguisse derrubar um cofre em cima do capô de um Toyota Corolla que ainda devia dois anos de prestações.

Certo, esqueça isso. O que está feito, está feito. Assim é a vida. Abrace-a.

Mas Frankie estava atrás de algo mais. E ele precisava muito explicar isso a Matty.

Em casa, a porta da garagem estava aberta e o Buick de Teddy não se encontrava lá, graças a Deus. O carro de Irene também não. Frankie caminhou até a porta da frente e seus degraus ridiculamente azulejados. Um novo extintor de incêndio tinha sido instalado ao lado da porta, o suporte aparafusado direto no tijolo. Por que botar um extintor de incêndio *fora* da casa? Quem podia saber? Isso era Buddy. Depois de todos os projetos malucos, talvez estivesse planejando incendiar o lugar. Se aquela fosse a casa de Frankie, ele teria expulsado o irmão meses atrás.

Estava mais fresco no interior da casa, mas só um pouco. Teddy, um muquirana filho da puta, nunca instalara ar-condicionado central, pusera apenas um aparelho na janela de um cômodo: o próprio quarto.

– Matty? – chamou ele. Não havia ninguém na sala nem na cozinha. Então ouviu um barulho no subsolo.

A porta do porão tinha sido removida, tudo arrancado até o batente. Em seu interior, havia painéis de metal presos nas janelas, prontos para se dobrarem para baixo, como blindagem em um navio da Guerra Civil Americana. Beliches estavam em construção contra a parede do fundo, à espera de... membros da tripulação? Jesus Cristo, se Buddy alagasse o quintal dos fundos, ele poderia recriar a batalha do *Monitor* com o *Merrimack*.

Matty, no entanto, estava envolvido em um ato de desconstrução. Estava ajoelhado ao lado da mesa, puxando fios de trás do monitor do computador.

– Matty, precisamos conversar – disse Frankie.

– Ah! Tio Frankie. Oi. – O menino parecia infeliz.

– O que você está fazendo? – perguntou Frankie.

– Mamãe disse que precisamos desmontá-lo. Disse que não o quer nem na casa.

– Pensei que ela adorasse essa coisa.

– É, bom, ela anda muito chateada ultimamente. Chorando o tempo todo. Ela terminou com Joshua.

– Quem é Joshua?

– O namorado dela? Em Phoenix? Enfim, acabou, e ela não me deixa usar o computador.

– Parte de seu castigo com essa história da maconha?

Matty fez uma careta.

– Ela contou a você?

– O vô Teddy. E é muita hipocrisia, se você quer saber minha opinião. Irene costumava fumar muito quando estava no colégio. Provavelmente porque Lev era praticamente um traficante.

– *O quê?*

– Isso agora não importa. Esqueça o computador. Nós precisamos conversar, de homem para homem.

– Tio Frankie, desculpe por não conseguir...

– Não estou aqui para convencê-lo a voltar a trabalhar na coisa.

– Não está?

– Venha cá. – Frankie o conduziu até o sofá, que estava em meio a um amontoado de móveis normais que restavam e Buddy empurrara para o cetro do porão. – Sente-se comigo, Matty.

O garoto se sentou encurvado, olhando para os pés.

Frankie disse:

– Estou aqui para pedir desculpas. – Matty ia protestar, mas Frankie ergueu a mão. – Não, não. Eu falhei com você. Aconteceu algo que fez com que você se afastasse de mim, e eu quero saber o que é... para que eu possa consertar as coisas.

– Você não fez nada.

– Sua mãe descobriu? Ela está castigando você por mais do que a maconha?

– Não! Eu não contei nada a ela. Ela não tem ideia de nada sobre... nosso negócio.

– Então eu não entendo – disse Frankie. – O que aconteceu que o fez mudar de ideia?

Matty não disse nada por um longo momento.

– Acho que fiquei com medo – disse ele por fim.

– Com medo de quê?

O garoto não respondeu.

– Você achou que ia ser pego? – perguntou Frankie.

Matty pareceu se afastar dele, o que Frankie interpretou como um gesto de aquiescência.

– Isso é impossível – disse Frankie. – Você não está fazendo nada. Você só está flutuando por lá, invisível. Eu estou fazendo todo o trabalho, e sou eu quem está assumindo o risco. – Jesus, como estava quente ali. Ele estava suando só de estar sentado. – Você precisa saber que, se eu for pego, nunca, nunca vou contar a ninguém que você estava envolvido.

Matty ergueu os olhos, surpreso. Merda. Essa possibilidade nunca lhe ocorrera.

– E se houver pessoas que consigam me ver? – perguntou Matty.

– Quem? Que pessoas?

– Não sei, tipo o governo?

– Está bem, eu entendi – disse Frankie. – Isso é minha culpa. Eu te contei muita coisa sobre a vó Mo e suas histórias de espionagem. Mas o que eu contei a você? A Guerra Fria acabou. O governo parou com essas coisas.

– Parou mesmo?

– Claro. Mas não é disso que você tem medo de verdade.

Matty esperou.

– Você está com medo de usar seus poderes! Você sabe que tenho razão. Você nem consegue dizer a palavra P-O-D...

Matty tornou a olhar para os pés.

– Diga. Experimente.

– Poderes – disse Matty em voz baixa.

– Isso mesmo. Você *tem* poderes, você é *poderoso*. O que há para você ter medo? Você não pode passar a vida aterrorizado de usar o que Deus lhe deu. Você ainda quer ajudar sua mãe, não quer?

Ele não respondeu.

Frankie disse:

– Ela trabalha naquele supermercado de merda, vestindo aquele uniforme de merda, ganhando um salário de merda. Ela não consegue nem ir morar sozinha! Como diabos você vai conseguir ir para a faculdade? Como ela vai conseguir pagar por isso? Porque você é inteligente, Matty. Se quer ir para a faculdade, é melhor ir. Ou não. Com seu tipo de poder, você não precisa ir. O que você *não* quer é acabar trabalhando num emprego sem futuro, com um bando de filhos sobre os quais você não tem controle, se perguntando que diabos aconteceu com sua...

Frankie acenou com a mão, como se estivesse limpando um quadro--negro.

– Nada disso importa. É preciso foco.

– Você quer que eu tenha foco? – perguntou Matty.

Frankie não sabia bem ao certo. Um deles precisava.

– Sei que você quer ajudar sua mãe – disse Frankie, baixando a voz. – E sei que você quer me ajudar. Mas você também precisa pensar no que vai ajudar *você*. Isso não é só sobre o... aquilo que nós temos praticado. Isso é apenas a oportunidade que temos à nossa frente no momento. Pense nisso como um primeiro passo. Você vai dar muitos passos, Matty, tantos passos que nem sei onde você vai parar. Talvez do outro lado da lua! *Porém...* – Ele passou o braço em torno dos ombros de Matty. – Você precisa pensar em quem é. Você é um Telemachus.

– Eu sei, mas...

– Nada de mas. Você sabe que dia é hoje?

– Quinta-feira?

– A última quinta-feira do mês, que acontece bem antes da última sexta-feira do mês. E você sabe o que é *isso*.

– Hum...

– Dia de pagamento, Matty. O grande dia de pagamento. E devido a circunstâncias além de meu controle, esta é a última vez que eu, *nós* vamos ter para tentar pegar o que há no cofre.

– O que está acontecendo?

– É complicado demais explicar. – Frankie olhou para o relógio, aí viu que tinha esquecido de botar o relógio de manhã. Ele deu um pulo do sofá. – Eu preciso ver um cara. Falo com você depois. Mas enquanto estou fora, pense sobre seu futuro, Matty, pense em abraçar quem você é. Você precisa abraçar a vida.

– Ou a UltraLife – disse Matty em voz baixa.

– Isso! Exatamente. Eu sabia que podia contar com você.

O

Frankie passou a primeira hora de sua prisão sozinho em um quarto de motel tentando abrir as algemas com a mente. O agente Smalls o havia colocado no quarto e dito a ele que esperasse "até estarmos preparados".

Frankie não tinha ideia do que ele queria dizer com isso. Preparar o quê, aparelhos de tortura?

Ele se sentou na beira da cama de casal mais perto da porta e olhou fixamente para os punhos, desejando que os grilhões se abrissem. Ou destrancassem. Ou apenas tremessem. Mas tudo em que podia pensar eram fichas voando pelo ar e braços o agarrando. Duvidava que pudesse mover um clipe de papel agora.

Sua camisa ainda estava molhada, não de borrifos do rio, mas de suor. Ele tinha certeza de que os funcionários do cassino o estavam levando para ser espancado ou morto. Quando Destin Smalls apareceu, Frankie ficou aliviado, mas quanto mais as algemas permaneciam, quanto mais ficava sentado naquela colcha florida cheirando a detergente industrial, mais ele desconfiava de que tinha feito no máximo um movimento lateral: pulado de uma gaiola para outra.

A porta se abriu e Frankie ergueu-se num salto. O agente Smalls enchia o espaço. O homem devia ter sessenta e tantos anos, mas Frankie não pensou em derrubá-lo e fugir. Você poderia se machucar ao se jogar contra uma parede, mesmo uma parede velha.

– Eu gostaria de chamar meu advogado – disse Frankie.

– Claro – concordou o agente e o segurou pelo cotovelo.

Era quase de manhã, mas não havia luz no céu, exceto pela pequena face amarela da placa do hotel Super 8. O estacionamento estava escuro. Frankie sentiu outra esperança morrer. Não havia ninguém à vista para testemunhar aquele cárcere ilegal.

– Você não se lembra de mim, lembra? – perguntou o agente. – Eu fui a sua casa dezenas de vezes antes da morte de sua mãe.

– Para fazer o quê, perturbar meu pai?

– Isso era um benefício extra.

A viagem foi de um metro e meio até a porta do quarto seguinte do motel. Smalls abriu a porta e empurrou Frankie de leve para dentro.

– Você se lembra *dele*? – perguntou Smalls.

Um gnomo careca com um bigode de pontas curvadas para cima estava sentado atrás de uma mesa redonda cheia de equipamentos elétricos. O bigode encerado e enrolado ficara grisalho em algum momento dos últimos vinte anos, mas Frankie o reconheceu bem.

– Filho da puta – disse Frankie.

– É um prazer vê-lo também, Franklin – retrucou o Incrível Archibald. – Por favor, sente-se.

O agente Smalls destrancou as algemas e apontou na direção da cadeira em frente a Archibald. Os dispositivos na mesa entre eles zuniam e apitavam. Cabos desciam até o chão e serpenteavam na direção de uma pilha de caixas de metal. O ar cheirava a ozônio e colônia pós-barba.

G. Randall Archibald ergueu uma das mãos de Frankie como uma manicure e começou a colocar dedais de ponta de borracha sobre os dedos. De cada dedal saía um feixe de fios que levava até uma das máquinas.

– O que é isso? – perguntou Frankie. – Alguma espécie de detector de mentiras?

– De certa forma – respondeu Archibald. – Os itens a sua frente compreendem um detector de campo de torção, em versão móvel. Com ele, posso medir o potencial psiônico dentro de 2,3 taus.

Frankie tentou dar uma expressão de escárnio, mas o que saiu foi um grunhido. Ele não tinha ideia do que era um tau, mas tinha certeza de que não iria admitir isso.

– Eu lhe asseguro – disse Archibald. – É *bem* preciso. Não tão bem sintonizado quanto a versão maior em meu laboratório, é claro. Esse detector de campo de torção principal é sensível o bastante para captar 0,3 tau. – O gnomo falava na dicção precisa e entrecortada de um nerd. – Não deve haver necessidade de uma medição tão sensível no seu caso. Eu entendo que você já teve uma noite *muito* ativa.

– O que quer que aqueles caras disseram, eles estavam mentindo.

– Ou eles não *sabem* o que viram. Meu trabalho, esta noite, é determinar se essa atividade tinha alguma relação paranormal, ou apenas mais truques aplicados pelo filho de um trapaceiro e vigarista conhecido.

– Ei! Eu não vou ficar aqui sentado e...

Smalls pôs duas mãos grandes em seus ombros e o empurrou de volta para o assento.

– Fique.

– Eu achei que você fosse um *cético* – disse Frankie, quase cuspindo a palavra. Em sua família, não havia nada mais desprezível.

– Eu, sem dúvida, sou – disse Archibald.

– Eu já o vi no Johnny Carson. O que você fez com aquela médium da Austrália? Humilhá-la como fez conosco? Isso foi cruel.

– Isso não pareceu afetar sua carreira. Ela continuou e ganhou muito dinheiro.

– E aquilo com o curandeiro, que sabia quais as doenças das pessoas! As pessoas acreditavam nele, e você o destruiu.

– Ele estava usando um rádio no ouvido para receber diagnósticos de Deus, que parecia soar muito como sua esposa. Ele era um embuste. Uma fraude. Você é uma fraude?

Se eu disser sim, Frankie pensou, isso me torna mais culpado de tentativa de roubo, ou menos?

Archibald não quis esperar por uma resposta.

– Eu aconselho o governo a usar a ciência, não a fé cega, para separar o trigo com dons do joio fraudulento. *Você* não quer saber se tem o dom de sua mãe, Franklin?

– Eu não preciso de você nem de suas máquinas para me dizer.

– É claro que não. Você acredita em si mesmo! Como sua mãe acreditava em você, transferindo essa fé para você na forma de todas as religiões familiares. Entretanto... – Ele se debruçou sobre um painel de controle ornamentado com mostradores e botões. – Não seria bom ter prova concreta, prova *científica* de sua habilidade? Um selo de aprovação, se desejar. Um diploma para pendurar na parede.

Ah, Frankie queria isso. Mais do que qualquer coisa. Ele tinha crescido sentindo-se como um príncipe no exílio: toda a sua família negara seu lugar de direito devido a cientistas céticos e presos a regras e a um governo nas sombras com medo de seus poderes.

– Não vai funcionar – disse Frankie. Os dedais de borracha ainda estavam presos aos dedos da mão esquerda, e ele não fez movimento para retirá-los. – O método científico reduz nossos poderes.

– Você está citando seu pai – disse Smalls.

– A mente de um cético causa interferências. Foi assim que você nos fez falhar no *Mike Douglas Show*.

– Foi *isso* o que aconteceu? – perguntou Archibald. – Só eu ali parado no palco com vocês fez com que todos os seus truques falhassem?

– Não eram truques.

Archibald entregou a ele outro dedal.

– Então vamos provar isso. Eu *quero* que você se saia bem, Franklin. O agente Smalls sem dúvida quer que você se saia bem. Desde 1974, quando sua mãe morreu, seu país está sem sua maior arma.

Frankie olhou fixamente para ele.

– É verdade?

Smalls deu a volta na mesa e se abaixou, de modo a olhar nos olhos de Frankie.

– Escute. Maureen Telemachus era o recurso de espionagem mais poderoso do mundo.

Por toda sua vida, Frankie seguiu atrás do pai, pegando cada uma das pistas que ele soltava sobre o trabalho da mãe no governo: uma referência indireta à Guerra Fria, uma reclamação sobre programas secretos, um comentário cifrado sobre submarinos e psiconautas. Frankie montava esses fragmentos em um filme de espionagem de ficção científica que passava em sua cabeça. James Bond com uma bolsa e poderes mentais, estrelado por Maureen Telemachus. Ele ficava empolgado ao pensar que mesmo que sua Fabulosa Família não pudesse ser publicamente famosa, ela era secretamente poderosa. Só quando cresceu, e Irene observou que muitas das histórias do pai não eram, no sentido estrito da palavra, verdadeiras, ele se permitiu questionar se Teddy podia estar exagerando sobre sua mãe também. Agora ele se odiava por duvidar dele.

– Eu sabia – disse Frankie com um aperto de emoção na garganta. – Eu sabia que ela era grande.

– Mas agora ela está morta – disse Smalls. – E nós precisamos de sua ajuda.

Será que eles sabiam que ele não tinha talento para a clarividência? Ele movimentava coisas. Coisas *pequenas.*

Archibald disse:

– Nós viemos até aqui e precisamos só de cinco minutos de cooperação.

Frankie apontou com a cabeça para o detector de campo de torção.

– Foi assim que vocês me encontraram?

– Como? – perguntou Smalls.

– Me localizaram esta noite. Quer dizer, vocês podiam ter me encontrado a qualquer momento em Chicago, mas vocês apareceram esta noite, neste lugar, logo depois que eu... depois do problema no cassino. – O que levantou outra questão: como eles tinham chegado ali tão rápido? Eram pelo menos quatro horas de viagem de carro desde Chicago. – Vocês vieram de St. Louis? – perguntou Frankie. Isso ficava a apenas 45 minutos de carro.

Smalls e Archibald não olhavam diretamente um para o outro.

– Nós estávamos de olho em você havia muito tempo – disse Smalls. O que não era uma resposta.

– Pensando nisso, como vocês apareceram no cais exato no meio da noite?

– Por que não fazemos o teste primeiro, depois podemos responder a todas as suas perguntas? – sugeriu Archibald.

Faróis atingiram as cortinas. O agente Smalls olhou para a janela e franziu o cenho.

– Você já pediu comida chinesa? – perguntou ele a Archibald. O gnomo sacudiu a cabeça.

Smalls levou a mão às costas e sua mão saiu de lá com uma pistola.

– O que é isso? – perguntou Frankie e se levantou.

– Parado aí – disse outra vez Smalls. Frankie estava se sentindo cada vez mais como um cachorro. – E cale a boca.

Alguém bateu na porta.

– Abra, droga! Eu sei que você está aí dentro, Smalls! – Era Teddy.

– Ele está armado, pai! – gritou Frankie.

Teddy não pareceu escutá-lo, porque as batidas continuaram. Smalls abriu a porta com a arma ao lado.

– Teddy, como diabos você encontrou este lugar?

– Saia do caminho, maldito brutamontes. Meu garoto está aqui? – Teddy entrou com boa aparência, apesar da hora, vestindo um terno *sharkskin* e um chapéu cinza combinando. Quando viu o resto do quarto, ele parou de repente. – *Archibald?* Você está trabalhando com *Archibald*?

Frankie levantou da cadeira e se afastou da mesa.

O Incrível Archibald se levantou, o que o fez apenas uma pequena diferença em sua altura.

– Boa noite, Teddy.

– Eu espero esse tipo de merda de você – disse Teddy para o homem. – Mas você, Smalls? – Ele girou na direção do homem grande. – Você fez uma promessa.

– Eu mantive a promessa – disse o agente. – Ela disse para não envolver as crianças. Mas não são mais crianças. Frankie é um homem adulto que pode tomar as próprias decisões.

Teddy apontou um dedo para ele.

– Essa é a frase mais mentirosa, traiçoeira e egoísta que eu já vi sair dessa sua cara de pau. Você devia ter vergonha, Destin, porque uma coisa é certa: Maureen teria vergonha de você.

Smalls não disse nada.

– Vá para o carro, Frankie – ordenou Teddy. – Nós vamos embora.

– Nós não acabamos com os testes – disse Archibald. – Frankie, você não quer saber qual é a sua situação?

– A situação dele? – questionou Teddy, zombando. – A situação dele é comigo. Vamos.

Frankie saiu do quarto atrás do pai. O céu da manhã brilhava cor de pêssego, mas o sol estava escondido atrás do motel, esperando que a costa ficasse limpa. Eles caminharam até o Buick mais recente de Teddy, um Park Avenue turquesa. A porta do lado do passageiro estava trancada.

Teddy não fez movimento para entrar no carro nem destrancá-la.

– Que diabos você estava fazendo com esses sanguessugas? No maldito sul de Illinois?

Frankie hesitou. Será que o pai sabia sobre o cassino ou não?

– Não sei como eles me encontraram – disse Frankie com sinceridade. – Smalls me prendeu, me trouxe para cá e, quando vi, Archibald estava botando fios nos meus dedos.

– Coincidências não existem – disse Teddy. – O que você fez?

– Espere, como *você* me encontrou?

Antes que Teddy pudesse responder, um táxi branco entrou no estacionamento e parou bem atrás deles. Buddy saiu pela porta traseira e o motorista desceu a janela. Buddy levou a mão ao bolso e retirou uma pilha de fichas de cassino. Ele as botou nas mãos do motorista. Em seguida, levou a mão ao outro bolso e repetiu o procedimento. O táxi foi embora.

– Onde diabos você esteve? – perguntou Frankie.

Buddy seguiu na direção deles com um sorriso sonolento. Parou ao lado da porta traseira do Buick e esperou pacientemente, com as mãos nos bolsos agora vazios.

– Meu Deus – disse Teddy. – Eu sou mesmo abençoado.

O

A sala dos fundos da lavanderia automática cheirava a detergente perfumado, alvejante e óleo de motor. Nick Pusateri pai estava parado atrás de uma mesa grande de madeira com um monte de moedas soltas de 25 centavos à sua frente e uma pilha de embalagens cheias de moedas ao lado. A um primeiro olhar, Frankie achou que Nick devia estar embalando as moedas, mas era o contrário; ele as estava abrindo e jogando na pilha. Ele gesticulou para que Frankie se sentasse em uma cadeira de plástico, em seguida não disse nada enquanto abria outro tubo. Finalmente, olhou para ele e disse:

– Você está com insolação, ou alguma coisa assim?

Frankie riu. Não foi um riso convincente, mas foi o melhor que conseguiu. Será que estava com o rosto assim tão vermelho? Ele se sentiu suar através da cueca. Como devia dar seguimento ao plano se seu corpo insistia em traí-lo?

O plano era simples: atrasar, humilhar-se e seduzir. Tudo de que precisava era que Nick dissesse que aceitava o dinheiro em quatro dias. Se ele concordasse com isso, Frankie podia suportar todas a ameaças, consentir com qualquer punição, aceitar quaisquer termos para o pagamento, por mais shylockianos que fossem – desde que entrassem em efeito depois de segunda-feira. Depois do Dia do Trabalho, o trabalho de Frankie estaria acabado, e ele iria pagar Nick com a droga de seu próprio dinheiro.

– Não é nada – disse Frankie. – O calor do verão me afeta.

Nick resfolegou.

– É a umidade. – Ele pegou mais uma embalagem cheia de moedas, sopesou-a nas mãos e xingou. Abriu-a também e jogou as moedas de 25 na pilha. – Chicago em agosto me dá vontade de me mudar para a maldita Islândia. – O topete de Nick tinha muitos fios grisalhos, mas ele se aferrava a seu visual jovem. Usava uma camisa Tommy Bahama azul meio aberta para exibir uma corrente de ouro emaranhada nos pelos peitorais grisalhos. Seus braços eram musculosos, e os nós dos dedos pareciam anormalmente grandes. Ele franziu o cenho para outra embalagem, em seguida abriu-a também.

Que diabos estava acontecendo com as moedas de 25 centavos?

– Seu pai, ele podia fazer coisas com moedas – comentou Nick. – Com fichas também. Ele as rolava nas mãos, pegava do ar. Um homem incrível.

Frankie ia perguntar: Há algum problema com as embalagens de moedas? Mas achou melhor não fazer isso. *Atrasar, humilhar-se e seduzir.*

– Estou surpreso que você não o tenha trazido junto – disse Nick.

– Quem, meu pai? Por que eu o traria para isso?

Nick ergueu os olhos.

– Vocês dois não conversam muito, não é?

– Nós conversamos – respondeu Frankie na defensiva. Enquanto outra parte de seu cérebro perguntava alto: *O que Teddy disse? O que ele sabe sobre isso?* – Não sobre negócios. Eu não o envolvo de jeito nenhum nessas coisas. Ele está aposentado.

Nick balançou a cabeça afirmativamente.

– Soube que ultimamente ele anda muito frágil.

– Acho que ele está desacelerando um pouco – disse Frankie. Ele não teria descrito Teddy como frágil, mas, ei: *seduzir*.

– O tempo chega para todos nós – afirmou Nick. Ele pegou outra embalagem, segurou-a e disse: – Babacas!

– Qual o problema? – perguntou Frankie. Ele não conseguiu evitar.

– São uns filhos da puta trapaceiros – disse Nick. – Você precisa conferir cada pacote. Às vezes, eles põem uma moeda a menos, ou uma de menor valor, ou alguma merda canadense. Se quer alguma coisa, você precisa fazer por conta própria.

– Mas...

– Mas o quê?

Frankie ia perguntar: Vale mesmo a pena perder seu tempo conferindo cada embalagem de moedas e depois tornar a embalá-las? Em vez disso, disse:

– Mas o que se pode fazer, não é?

Nick olhou fixamente para ele.

– Quem poderia pensar que o pequeno Frankie estaria sentado aqui nessa cadeira? – Ele envolveu os dedos em torno do rolo.

Bile quente subiu do estômago de Frankie para sua garganta. Ele se segurou e se firmou. *Atrasar*, *humilhar-se e seduzir*. Da frente da loja vinha o zumbido de grandes secadoras. Havia clientes lá fora, clientes que chegariam correndo se Frankie começasse a gritar. Ou sairiam correndo do lugar. De qualquer modo, possíveis testemunhas que poderiam ser localizadas pela polícia caso Frankie fosse assassinado ali.

Finalmente, ele conseguiu respirar.

– Quero dizer, logo de cara, que não quis desrespeitar o senhor nem sua irmã ao deixar de fazer meus pagamentos. Sei que foi errado, e desejo sinceramente reparar isso. Também quero lhe assegurar que posso pagar, integralmente, na segunda-feira.

Nick franziu os olhos na direção dele.

– É mesmo?

Frankie balançou a cabeça afirmativamente.

– Bem, isso seria uma notícia incrível. – Ele pousou o rolo e passou a mão pela pilha de moedas. – De onde vem esse dinheiro, se não de Teddy?

– Eu tenho amigos.

– Mas você tem patrimônio? É nisso que estou interessado. Fale-me disso.

– Patrimônio?

– Essa van em que você chegou. Acho que vale quinze mil dólares no preço de tabela. É sua?

– Eu devo dezesseis nela.

– Ai. Está bem, mas ainda assim. Patrimônio. E o carro da família, o que você está dirigindo.

– Um Toyota Corolla 1991.

– Em boa forma?

– Ele tem um amassado bem grande no capô.

– Sei de um cara que conserta amassados. Vamos dizer que vale cinco mil. E a casa?

Frankie tentou sorrir.

– Não sei por que a casa importa. Eu vou ter o dinheiro na segunda-feira.

Nick fez um gesto para que ele se apressasse.

– Quanto você acha que ela vale?

– Hum, não sei. – Ele não sabia aonde aquilo iria levar. – Nós pagamos 60 mil há seis anos. Então talvez 70? Setenta e cinco, com sorte?

– Quanto vocês têm dela?

– Sr. Pusateri...

– Quanto.

Frankie tentou pensar. Uma corda havia se apertado em torno de seu peito, forçando a abertura dos poros pelo seu corpo. Ele estava cheio de furos, jorrando como um regador de gramado.

– Os pais de Loretta nos emprestaram 25 mil para a entrada, por isso...

– Isso é que é família. Quanto devem ao banco?

– Trinta e cinco. Trinta e quatro, talvez.

– Bem, aí está. Dinheiro parado esperando. – Nick caminhou até uma mesa de metal no canto e pegou um telefone.

Frankie tentou respirar. Suportar todas as ameaças, ele disse a si mesmo. Mais quatro dias. Depois de segunda-feira, nada disso iria importar.

Nick estava dizendo:

– Sou eu, Lily, deixe-me falar com... não, Cristo, não, não Graciella. Passe-me para Brett. – Frankie olhou fixamente para os tubos de moedas. Cada um valia 25 dólares. Será que era tão paranoico que tinha de checá-los todos? Ou talvez apenas gostasse de passar as mãos por eles, como Smaug ou o Tio Patinhas.

– Brett! – disse Nick. – Preciso que você me faça uma avaliação. – Ele olhou para Frankie. – Qual o endereço? – Frankie o recitou, e Nick o disse ao telefone. – Isso, Norridge. Dois quartos, porão. Frankie, o porão está construído?

Frankie sacudiu a cabeça.

– Inacabado. Um banheiro. Acho que em "bom estado". Está bem. Mas se apresse.

Nick levou o fone ao peito. Para Frankie, ele disse:

– Quando meu filho abriu o negócio, tudo ficava em arquivos, mas agora eles podem pesquisar tudo nos computadores. Minha ideia. Nick Jr., ele não tinha ideia do que estava fazendo.

Frankie pensou: Tão inovador que vai ser julgado por assassinato.

Brett voltou à linha. Nick ouviu por um minuto, em seguida disse:

– Ah, as duas estão na escritura? Está bem, ainda dá para fazer. Então se recebemos por ela 60, gastarmos o mínimo possível em carpetes e pintura... Hum-hum. Certo. Taxas de transferência habituais. Entendi.

Nick desligou.

– Tenho boas e más notícias – disse ele. – Você vai conseguir pagar 30 mil de sua dívida. Você ainda me deve 20, mas mantém a van e continua a trabalhar, e continua a me pagar.

– Você está tomando minha casa?

– Não, estou comprando sua casa. E o Toyota. Agora vêm as más notícias.

Um som escapou do peito de Frankie, parte grunhido, parte soluço. Um ruído que ele não sabia que seu corpo podia fazer.

– Sua mulher está na escritura, então vamos ter de buscá-la.

– Está bem, está bem – disse Frankie. Ele estava com dificuldade para respirar. – Eu posso trazê-la aqui na semana que vem, e nós podemos.

– Não, Frankie. Agora.

– Agora? Mas na segunda-feira eu posso...

– Na segunda-feira você pode me pagar o resto, quando seus *amigos* aparecerem com todo seu dinheiro.

– Está bem. – Ele respirou. – Está bem.

– Por que você está olhando para a porta?

Ele estava procurando por Teddy. Pelo agente Smalls. Por Irene. Por qualquer um que chegasse, no último instante, para tirá-lo daquela situação.

O PRECIPÍCIO

15

Buddy

Ele olha fixamente para o relógio, esperando que os losangos de luz se reconfigurem e sinalizem o fim da contagem regressiva até o Zap. Os LEDs formam números – 1, 1, 5, 9 – que tremulam com significado.

Nada acontece.

E se ele estiver preso nesse momento? E se sua consciência, finalmente se rebelando de sua existência pendular, tivesse decidido repousar ali, naquele segundo, para sempre? Não seria o momento que ele teria escolhido – esse seria 1º de setembro de 1991, às 23:32, quase exatamente quatro anos atrás, quando estava deitado em uma cama de hotel – mas uma parte dele ficaria aliviada por aterrissar em qualquer lugar. Não ter de seguir em frente, abandonar seus preparativos para o apocalipse. Parar de se importar. Porque, assim que o relógio marcar a meia-noite, começa a contagem regressiva para o nada.

Quatro dias até o aniversário de morte da mãe. Quatro dias até o Zap.

Ele tenta conter o pânico. Não consegue parar de se importar, por isso não pode se dar ao luxo de deixar de acompanhar o agora. Há muita coisa a fazer. E, ainda assim, ainda assim as luzes vermelhas brilhantes do relógio recusam a se mover. *Ainda* é agora? Os LEDs fazem com que ele pense em elétrons e em buracos de elétrons, e de repente, é 14 de novembro de 1983. Ele tem 15 anos e está escondido em uma baia de estudo na Biblioteca Pública de Elmhurst, lendo um artigo na *Scientific American* sobre como funcionam diodos que emitem luz. O passo chave é quando um elétron é forçado para um espaço em uma estrutura atômica, como uma das bolas de pinball de Frankie caindo em um buraco especial. Esse mergulho repentino libera não pontos de bônus, mas energia em forma de fótons.

Ele vira a página, rindo consigo mesmo. Cada gota é um evento quântico. Tão belo...

E então está de volta, olhando fixamente para o relógio. Nem mesmo o Paranormal Mais Poderoso do Mundo pode saber se um elétron cairá em um buraco em especial, ou sequer se cairá. Dispositivos eletrônicos dependem em vez disso de probabilidade estatística. Muitos buracos, muitos elétrons. Aplique voltagem suficiente, e elétrons *suficientes* vão quase certamente se encaixar no lugar, fazendo com que o diodo emita luz.

Buddy tentou explicar seu trabalho para uma única pessoa. O nome dela era Cerise. É Cerise. *Não tenho como saber todos os detalhes, mas consigo identificar tendências*, diz ele para ela. *E, às vezes, eu dou um empurrãozinho nas coisas.* Cerise não entende. Como ela poderia? Como ele pode fazê-la entender como é manter o controle de um trilhão de bolas de pinball quicando em um número infinito de caminhos? Tudo depende de mandá-las para as canaletas certas, para os obstáculos certos, exatamente no momento certo. Será que há alguma metáfora – usando elétrons, bolas de pinball ou de roleta – suficiente para explicar como seu trabalho é estressante?

– Ah, querido – diz Cerise. – Você está ficando estressado agora.

Ele se sacode e volta a 1995, nos últimos poucos segundos de agosto.

São 23:59. Não há ponteiro dos segundos no relógio digital. Não há como saber se 00:00 vai chegar em breve ou nunca.

Lá embaixo, a porta da frente se abre e o som o tranquiliza de que o tempo ainda está correndo. (A menos... isso é uma lembrança da porta se abrindo?) O visitante é Frankie, com uma bolsa grande na mão. Um pária, um exilado, um refugiado do território doméstico. Irene está acordada (ela dorme menos que Buddy atualmente) e pergunta a Frankie que diabos está acontecendo. Frankie resmunga uma resposta, mas está tudo bem que Buddy não consiga ouvir todas as palavras nesse momento; mais tarde eles vão conversar mais, e vai haver donuts e café, apesar do fato de ser muito tarde. Irene vai erguer a caneca e dizer...

Não!

Ele não consegue saltar à frente no futuro. Ele precisa ficar de guarda. Aqui. Agora.

Ele olha outra vez para o relógio. Uma voltagem derruba elétrons em seus túmulos e de repente é...

SETEMBRO

16

Buddy

... e ele está descendo a escada para a cozinha, onde a irmã e o irmão estão sentados à mesa, sem donuts. Os donuts vêm depois. Irene está tentando fazer com que Frankie lhe conte o que aconteceu com ele esta noite. Frankie está mudo, esforçando-se para encontrar as palavras. Buddy os observa das sombras por um minuto inteiro, com o coração tenso, até que Irene o percebe.

– Buddy – diz ela. – Você está bem?

Mas ele não está bem. Quem está? Ninguém nesta casa, isso é certo. Frankie está olhando para o nada, um homem perdido. Buddy se aproxima da mesa. Ele agita os dedos, com a palma da mão para cima.

Frankie olha para ele, mas mal o vê.

– Acho que você está bloqueando a entrada de carros – diz Irene.

Buddy repete o movimento dos dedos. Frankie dá um suspiro – não um suspiro falso, mas um profundo de blues do Delta – e leva a mão ao bolso.

Buddy caminha na direção da porta da frente balançando as chaves de Frankie e, atrás dele, Irene diz para o irmão:

– Só comece por Loretta. Por que ela expulsou você? Isso tem a ver com o dinheiro que você deve?

– Você sabe sobre isso? – pergunta ele com voz tímida.

Buddy caminha até a entrada de carros, destranca a porta traseira da van da Bumblebee. Ele remexe no escuro até encontrar a caixa que uma vez vira a si mesmo encontrando. Em seguida, usa uma chave para rasgá-la e abri-la. Dentro estão as previstas quatro latas grandes de suco Goji Berry em pó. Abre uma e expõe um conteúdo que parece negro sob essa luz, em seguida enfia um dedo ali dentro e o põe na boca, estilo *Miami Vice*. Tem sabor de giz e remédio para tosse. Ele cospe várias vezes para tirar o gosto da boca.

Ele se sente mal pelo que está prestes a fazer. Tenta não machucar ninguém, e na maioria do tempo se recorda o bastante para saber que não está machucando ninguém para sempre, ou não tanto quanto parece à primeira vista. Como com Frankie. Sim, foi aterrorizante para ele quando os funcionários do cassino o agarraram, mas nada realmente ruim aconteceu, e Frankie já tinha aprendido a apanhar. Mas isso, isso é diferente. Ele não consegue se lembrar do que acontece depois de 4 de setembro. E se o que fizer esta noite tiver desdobramentos mais abrangentes além dessa data?

E, ainda assim, ele tem de seguir em frente, como dita a sua memória do futuro.

Buddy leva a mão ao bolso e pega o pacote de inseticida em pó. Ele o derrama no goji, mexe um pouco com o marcador que levou consigo. Não mexe demais, porém. A primeira dose vai ser tirada de cima. Em seguida, atarraxa a tampa e escreve: *Abrace a vida!*

Ele leva apenas vinte minutos para fazer a entrega – o trânsito está leve a essa hora da noite – e se lembra de parar no Dunkin' Donuts. Ele pede uma dúzia, a maior parte com cobertura de chocolate e confeitos granulados (gosta especialmente de confeitos granulados), e acrescenta um folhado *bear claw* à dúzia. Está levando a caixa na direção de casa quando se lembra de que há algo que deve fazer primeiro. Algo relacionado à garagem. Ah! Sim.

Na garagem, o Buick grande de Teddy está dormindo. Buddy abre o lado do motorista e se contrai ao ouvir a campainha absurdamente alta da porta. Equilibrando a caixa de donuts em uma das mãos, ele se abaixa e leva a outra mão sob o banco do motorista. Ele a retira com seu prêmio, um saco Ziploc contendo dois cigarros de maconha, um parcialmente consumido. Melhor não misturar isso com os donuts. Ele enfia no bolso para depois.

Frankie e Irene ainda estão à mesa, mas ficaram em silêncio. Frankie está sentado com a cabeça entre as mãos. Irene olha fixamente para o tampo da mesa, de braços cruzados sobre o colo. É como se eles estivessem jogando um xadrez invisível e tivessem perdido a posição das peças.

Buddy abre a caixa de donuts e deixa que Frankie escolha primeiro. Um *ah* baixo de surpresa escapa dos lábios do irmão. Ele pega o *bear claw*. O *bear claw* é seu favorito. Sempre foi, sempre será.

+

Não há donuts suficientes no mundo para reparar o que ele faz com o irmão em Alton. É um ato de egoísmo. Egoísmo nascido de grande necessidade e de uma curiosidade verdadeira e abrasadora, mas egoísmo mesmo assim.

Ele se deita na cama ao lado de Cerise, que tem cabelo comprido, louro e totalmente artificial. O que ele experimentou na última hora, entretanto, é real, a coisa mais real pela qual já passou. Por grandes extensões de minutos, ele estava inteiramente em seu corpo, no momento. Sua mente não estava viajando pelo passado, nem pelo futuro. Ele não estava olhando fixamente para um relógio aceso congelado em 23:59.

– Você está se sentindo bem, querido? – perguntou ela.

– Nunca me senti melhor.

– Eu percebo por esse sorriso bobo em seu rosto. – Ela ri. Sua voz é baixa e sexy. Ela brinca com o lóbulo de sua orelha, e ele ri com ela. Ainda perto de seu ouvido, ela sussurra: – Esta é sua primeira vez com uma garota como eu?

As orelhas dele queimam. Ele está corando.

Ela joga a cabeça para trás e ri.

– Eu achei que fosse! Você está muito *entusiasmado*.

– Eu nunca conheci ninguém como você – diz ele. – Apesar disso... – Ele espera até que ela esteja olhando para ele outra vez. Até que os olhos dela fiquem mais suaves. Ele acrescenta: – Eu sempre a conheci. Passei a vida inteira esperando por você.

– Hum. – Ela beija sua testa e empurra seu cabelo para trás. – Como você é meigo.

Ele fecha os olhos.

– Eu só quero ficar aqui deitado para sempre – diz ele. – Em casa eu tenho que... bom, meu trabalho é bem estressante.

– O que você faz?

Ele quer contar tudo a ela, do primeiro placar de beisebol que adivinhou, até o dia em que sua mãe lhe deu a medalha.

– Meu trabalho é prever o futuro.

– Aah. Você é corretor de ações?

– É mais ou menos isso. Eu tento adivinhar o que vai acontecer, e descobrir um meio de chegar ao melhor resultado. É impossível conhecer todos os detalhes...

– Quem consegue? – pergunta Cerise.

– Pois é – diz ele. Ele se senta. – Mas eu consigo identificar tendências. E, às vezes, eu dou um empurrãozinho nas coisas.

– Ah – diz ela. – Você é um desses tipos Mestre do Universo, não é? – Ela o está provocando. – Que negocia com informações confidenciais?

– Não é assim. – Mas não é? Todo o resto das pessoas está fora da máquina, e ele está correndo sob o vidro, empurrando as bolas de pinball sem ser atropelado. Quer dizer isso a ela. Quer explicar tudo para ela, mas seu próprio hábito de silêncio está entrando no caminho. Deseja dizer a ela que, do outro lado da cidade, seu irmão está sendo arrastado de um barco para outro.

– Ah, querido – diz Cerise. – Você está ficando estressado *agora*. Isso não pode acontecer. – Ela pega sua mão e a põe sobre a dela. – Você tem todo o tempo de que precisa.

– Eu queria que isso fosse verdade – comenta ele.

Ela o silencia.

– Não seja assim. – Ela se volta para ele, e ele sente o pau de Cerise endurecer em sua mão. Embora estivesse visualizando aquela noite há anos, ele fica impressionado a cada momento com o fato de estar com outra pessoa. Ele achou que seria como masturbação, só que um pouco melhor.

Ele estava errado. Muito, muito errado.

Ela diz:

– O que mais você quer experimentar, em seu primeiro dia em ação?

– Tudo – responde ele.

Devagar, ela ensina a ele como lhe dar prazer. Sim, os dois têm equipamentos parecidos, mas não são a mesma coisa. Cerise é Cerise. Um milagre e um mistério.

+

Ele se vê a uma mesa de cozinha, com cartas na mão, três dias antes do Zap. Depois de algum tempo, eles fazem barulho suficiente para que Matty pare de fingir estar dormindo e desça. Ninguém se preocupa em acordar Teddy. Ele ronca como um homem duas vezes o seu tamanho, e seu sono é impenetrável.

Irene fez um bule de café, mas Frankie trocou para cerveja, e Buddy está em seu segundo copo alto de leite. Matty come o último donut com cobertura de chocolate – esse é o *seu* favorito – e pergunta:

– Então estamos tendo uma festa?

– Achei que você estivesse de castigo – diz Frankie.

Matty lança um olhar preocupado na direção dele, mas Irene não está no clima para impor regras.

– O jogo é stud de sete cartas – diz ela para o filho. – Apostas na melhor e na pior mão, pingo de cinco centavos.

– Cinco centavos? – disse Matty. – Bem alto.

– É por isso que você precisa de um emprego – diz ela.

– Para perdê-lo no seu pôquer?

– Ou ganhar muito – diz Frankie.

Matty afastou os olhos de Frankie, embaraçado. Ele encobre isso puxando seu short de corrida e emitindo uma voz de enfado.

– Acho que você precisa arriscar dinheiro para ganhar dinheiro.

Irene ri, encantada com seu filho, e Matty não esconde o prazer com isso. Buddy é lembrado outra vez que aqueles dois viveram por conta própria por anos, uma unidade independente.

Dentro de uma hora, Buddy desaparece no andar de cima. Ele pega o envelope azul na caixa trancada em seu quarto, o que tem nele o nome de Matty. Em seguida, vai até o quarto de Matty no sótão, tira os lençóis da cama do garoto e bota limpos. Frankie vai ter de ficar com o quarto de Matty, porque os beliches novos no porão são muito pequenos para ele. Matty, porém, vai caber. Buddy desce, abre um conjunto de lençóis do Kmart e forra um dos beliches. Nas molas da cama acima, ele põe o envelope e o saco Ziploc.

Aí ele sobe para o próprio quarto. Espera dormir por algumas horas antes de retomar os preparativos para o Zap, incluindo a instalação de uma nova porta de incêndio no porão.

Mas isso é daqui a uma hora. Agora Irene lhe dá cartas. Entretanto, não há dinheiro a arriscar; todo mundo está jogando com punhados de moedas do jarro de troco de Teddy.

Buddy está jogando vários jogos ao mesmo tempo, em eras diferentes. Sua mãe pergunta se ele tem algum sete. Teddy se inclina para perto, com as mãos cobrindo as próprias mãozinhas de Buddy, enquanto lhe ensina como espiar a segunda carta na hora em que elas são dadas. Uma Irene de 14 anos, entediada dos deveres de babá, faz um jogo de paciência spider enquanto ele observa. Frankie pergunta:

– Você está dentro ou fora?

– Eu tenho dois setes – diz Buddy.

– O quê?

Resposta errada. De repente, ele está de volta a 1995, três dias antes do Zap. Do fim da história. Não há lembrança de jogos de pôquer futuros. Este é o último que ele vai jogar. Nunca mais vai ganhar outra mão de seu irmão, nem ver a irmã franzir o cenho sobre as cartas. E ele nunca mais vai ver Cerise outra vez.

Irene toca seu braço.

– Buddy?

Ele tenta se concentrar nas cartas. Não há setes em sua mão, apenas uma série de cartas sem muita ligação que nunca vão se transformar em uma sequência nem em um flush, e ele sabe que não deve tentar blefar contra Irene. Ele abandona suas cartas e sai da rodada.

Tudo bem. Uma distração a menos. Ele pode observar sua família, todos eles, jogarem ao longo das décadas.

17

Matty

O envelope azul estava enfiado nas molas acima de seu beliche. Estava endereçado a ele, com letras pretas que ele não reconheceu. Dentro havia uma única folha, de um bloco amarelo. A tinta estava esmaecida e falhada.

Caro Matty

Nós nunca nos conhecemos, e para minha grande tristeza, nunca iremos. Ai de mim, como minha avó costumava dizer. Imagino que esta seja minha única chance de soar como uma avó.

Minhas desculpas pela caneta. Está horrível, mas eu não quero pedir outra à enfermeira.

Eu lamento conhecer tão pouco sobre você. Disseram-me que você é muito inteligente, trabalha muito e tem bom coração. Também sei que você é filho de minha filha, e como tal foi criado por uma pessoa brilhante, preocupada e extremamente protetora com quem pode ser um inferno de se viver. Espero que ela não tenha sido muito dura com você. Se minha própria mãe pudesse dizer quando eu estava mentindo, eu nunca teria fugido para conhecer seu avô.

Também me disseram que você experimentou recentemente algo sobre o que eu conheço um pouco. Se está preocupado com onde seus dons podem levá-lo, não tenha medo. Mas eu tenho um conselho.

Primeiro, posso lhe contar um segredo? Eu só contei isso para mais uma outra pessoa, seu avô. Mas você merece saber.

Trabalhei para o governo de 1962 a 1963, e outra vez neste último ano (1974). Eu era uma "vidente remota", embora este título não seja preciso. Eu não era nada remota. Eu voava. Nos céus, nas profundezas da terra, sob os oceanos. Não havia nenhum lugar aonde eu não pudesse ir. Meu trabalho era descobrir todos os segredos de nossos inimigos. Eu adorava voar. Você gosta? Deve gostar.

Tudo isso é tecnicamente "Confidencial", mas não é o segredo que quero contar a você, que é: eu logo depois entrei em contato com o outro lado. Um colega soviético e paranormal chamado Vassili Godunov. Ele é – era? – um homem bom que amava seu país tanto quanto eu amava o meu. Nós percebemos que, juntos, podíamos localizar cada silo de míssil em nossos dois países, encontrar todo submarino, rastrear todo bombardeiro. Também descobrimos que, se déssemos a nossos governos essa informação, eles poderiam destruir o mundo. Sei que isso parece melodramático, mas é verdade. Nenhuma superpotência jamais pode ficar confiante demais. Nenhuma jamais pode achar que pode atacar primeiro e destruir o arsenal da outra. (Pesquise "Destruição Mútua Assegurada". A Enciclopédia Britânica *que comprei ainda existe?)*

Então nós mentimos. Eu menti para Destin Smalls, o homem para quem trabalhei; Vassili mentiu para seus superiores. Nós relatávamos visões triviais com grande especificidade, para mantê-los impressionados com nossas habilidades. Mas, para qualquer alvo de grande valor, os detalhes que relatávamos eram vagos demais para que se pudesse tomar qualquer medida. (Eu aprendi esse truque com seu avô.) Nós mantivemos o mundo em segurança ao mantê-lo na ignorância.

Eu vou lhe contar isso não para assustá-lo, mas porque você merece saber os riscos, e eu sou a única pessoa a dar a notícia. Meu conselho é: não deixe que os canalhas usem você. Se, mais tarde, você quiser usá-los, vá em frente. Teddy iria aprovar. Seu único dever, agora, é cuidar de si mesmo e de sua família, e deixar que eles cuidam de você.

Preciso terminar. Estou cansada e escrevendo com uma Bic barata em uma cama desconfortável e tenho mais uma carta a escrever antes de apagar.

Tenha viagens seguras.

A assinatura dela era bonita: um "M" montanhoso, um "T" alto com letras belas e pontiagudas depois de cada uma.

Bem no pé da página, havia isso:

P.S.

Como posso amar alguém que nunca conheci? Um mistério.

Também enfiado nas molas havia um saco plástico que continha os dois baseados que Irene confiscara: um inteiro, um parcialmente consumido.

Minha avó, pensou Matty, está mandando drogas do além-túmulo.

Como ela sabia o que estava acontecendo com ele? Será que ela podia viajar para o *futuro*? Mesmo que pudesse fazer isso, quem entregou os extremamente físicos envelope e saco Ziploc?

A carta e a maconha o estavam assustando, mas a mensagem de seu aparecimento simultâneo era inconfundível: era seu dever ajudar Frankie.

Meia hora mais tarde, ele saiu, foi para o ninho atrás da garagem do vô Teddy e acendeu um dos baseados. Precisava botar o máximo possível nos pulmões antes que não conseguisse mais continuar fumando. Ele pensou: Isso não é uma escolha de vida saudável. E depois: O dever me chama.

Ele ficou fora do corpo por horas, a maior de suas viagens registradas. Entrou flutuando na taverna Mitzi's, no escritório de Mitzi, praticamente na sombra de Mitzi. Sexta-feira, dia de pagamento, deixava seu escritório muito mais interessante do que em visitas anteriores. Ele a observou receber uma visita após a outra, todos homens, a maioria deles branca, que lhe traziam envelopes de dinheiro. Mitzi os botava na gaveta da escrivaninha, conversava por dez segundos, em seguida mandava o homem embora.

Assim que eles deixavam a sala, ela colocava os envelopes no cofre. Era nesse momento que Matty entraria em ação, aproximando dela sua cabeça fantasma e dando uma olhada no segredo. Mas Mitzi continuava a tornar impossível ler a combinação. Ainda sentada, ela se curvava sobre o cofre, com a mão em garra cobrindo todo o segredo, e girava o disco rápido, mal olhando para os números. Até onde ele sabia, ela mantinha a mesma combinação havia décadas e podia fazer isso de olhos fechados. Depois de algumas horas, ele *achou* ter o primeiro número – 28 –, mas mesmo isso era um palpite, porque o disco tinha pequenas marcas entre cada cinco números, e podia ser 27 ou 29.

Mitzi quase nunca saía da sala. Entre uma visita e outra, ela fumava, comia uma lata de amendoins, lia o jornal e bebia café. Matty leu por cima de seu ombro e sugeriu mentalmente soluções para as palavras cruzadas. (Ele em geral errava; Mitzi era muito boa em palavras cruzadas.) Ele matava tempo flutuando pela sala, espiando em toda fresta. O quanto seu corpo de sombra era maleável? Será que podia se encolher ao tamanho de um camundongo e começar a procurar entre as paredes?

Ele também passou um tempo refletindo sobre a moralidade de roubar daquela velha, e se era aquilo que a vó Mo quisera dizer com ajudar a família. Frankie dizia que Mitzi era uma grande criminosa, mas para Matty ela parecia uma velha entediada fazendo um trabalho maçante.

Houve uma grande mudança em sua rotina quando ela encheu um copo de água para fazer uma bebida que não era café. Ela abriu uma lata de Goji Berry que estava no chão e mexeu uma porção farta de pó. A lata não estava ali ontem. *Abrace a Vida!*, estava escrito com marcador na tampa. Frankie, evidentemente, podia vender aquela coisa para qualquer um, até sua pior inimiga.

Outro homem entrou e pagou. Matty tentou outra vez ver através das mãos de Mitzi, e mais uma vez não viu nada. Ele sentiu seu corpo – seu corpo verdadeiro – dolorido de ficar sentado por tempo demais em uma posição. O efeito da maconha estava passando.

Ficou satisfeito por não ter dito a Frankie que estava tentando outra vez. Mais um fracasso mataria o homem. Ele parecia muito triste ontem à noite. Loretta ficara com raiva dele e o expulsara de casa. Ele não falou sobre isso na frente de Matty, mas isso tinha nitidamente a ver com seus problemas de dinheiro. O que fez com que Matty se sentisse ainda pior por sua traição.

Aí chegou a carta, e o meio de ajudar. Que escolha ele tinha?

Mitzi se levantou da mesa e caminhou até o banheiro. Era sua terceira ida em meia hora. Ele nunca a seguira até lá. De jeito nenhum. Quando voltou, parecia pálida. Ela se sentou atrás da mesa assim que outro cliente, um cara idoso e branco com cabelo grisalho espetado, entregou seu pagamento da semana. Mitzi mal parecia estar prestando atenção enquanto ele falava, e nem se deu ao trabalho de botar o envelope na gaveta. Quando ele saiu, ela se inclinou na direção do cofre.

Matty se aproximou, ansioso para tentar uma ideia nova. Pensou em seu corpo ficando mais magro. Ele se esticou como o Sr. Fantástico, fino como uma folha de papel, e enfiou seu eu transparente entre Mitzi e o cofre. Estava a menos de dois centímetros de sua mão quando ela tocou o segredo.

Ela girou o disco e parou. Nunca tinha parado assim antes, mas ele não ia questionar isso. Ele contou as marcas e viu que o primeiro número era sem dúvida 28. Um a menos! Aí ela tornou a girar o disco e parou. Sua mão escorregou. No momento seguinte, uma gosma vermelha respingou na frente do cofre.

Matty recuou alarmado. O resto da sala ficou visível para ele. Mitzi caíra da cadeira e estava deitada no chão. Havia vômito de goji por toda parte. Ela havia parado de vomitar, mas sua boca ainda estava em movimento, chamando, embora ele não conseguisse dizer o que ela estava falando.

Ele se moveu até o lado dela.

– Você está bem? – perguntou a ela, mas claro que ela não podia escutá-lo. Não podia gritar por ajuda, não podia ajudá-la a ficar de pé. Ele não tinha nada além de uma voz fantasma e um par de mãos fantasmas. Inúteis! Ele teria de retornar ao corpo e ligar para a emergência. Mas o que aconteceria depois? *Oi, eu sei que estou a vários quilômetros de distância, mas sei de fato que há uma senhora muito doente em seu bar.*

A porta do escritório se abriu. O barman, um coroa com uma carantonha de vários queixos, entrou, se abaixou e ajudou Mitzi a se levantar. Ele a acompanhou ao banheiro, e ele e Matty esperaram por dez, depois 15 minutos até ela reaparecer. Ela ainda parecia péssima. Por fim, o barman a conduziu pela porta dos fundos até um carro e eles foram embora.

O que ele deveria fazer agora? Mitzi saíra sem sequer guardar o último envelope. Ele sabia só um número da combinação. A única pessoa que restava no bar era a garçonete, e ele tinha certeza de que ela não iria abrir o cofre.

Ele tinha falhado.

* * *

Ele encontrou Frankie no porão, interrogando Buddy sobre o dano que estava causando na casa. Aí Frankie finalmente o percebeu parado na escada e disse:

– O que é?

– É sobre nosso negócio – disse Matty.

O rosto de seu tio se iluminou, e isso fez com que Matty se contorcesse por dentro. Eles foram para a cozinha, fora do alcance dos ouvidos de Buddy, e Matty disse:

– Comecei de novo. A visitar a Mitzi's. Acabei de ir lá.

– Ah, meu Deus! Isso é fantástico! Você conseguiu a combinação?

– Era isso que eu queria lhe contar. Eu não consegui. E não vou conseguir fazer. O dia de pagamento foi cancelado.

O telefone tocou. Frankie o ignorou.

– Do que você está falando?

– Houve um problema – disse Matty. – Mitzi passou mal e foi embora.

– Passou mal? *Passou mal?* Mitzi nunca passa mal.

– Foi bem feio. Muito vômito. – O telefone não parava. – Talvez eu devesse atender.

– Não atenda. Pode ser qualquer um – disse Frankie. – Só me conte o que aconteceu.

Matty não queria dizer o que Mitzi tinha bebido quando vomitou. Em vez disso, ele disse:

– Não acho que ela vai voltar. Não há ninguém lá, só uma garçonete.

– O dia de pagamento nunca é cancelado – disse Frankie. – Seria como cancelar... – Ele fez um som rouco e molhado, à procura da palavra. – A *gravidade*. Não é possível nos domínios da física.

Buddy apareceu na porta da cozinha. Ele apontou na direção da porta da frente.

– A campainha tocou.

– Bem, atenda, idiota! – disse Frankie.

Buddy sacudiu a cabeça lentamente. Frankie passou por ele a caminho da porta. Matty aproveitou a distração e atendeu o telefone. Qualquer coisa era melhor do que pessoas gritando com você.

– Alô?

Uma pausa, em seguida um homem disse:

– Ah! Oi. É Matty? – Matty não reconheceu a voz.

– Sim?

– É bom conhecê-lo. Sua mãe me contou muito sobre você.

– Hum...

– Eu gostaria de saber se ela está em casa.

– Quem gostaria de falar com ela?

– É Joshua. Joshua Lee.

O namorado. Ou, como Matty começara a pensar nele, o Pênis de Phoenix.

– Ela não está em casa agora. Está no trabalho.

– É difícil encontrá-la. Você sabe quando ela volta? Ou se tem uma hora melhor para ligar?

– As coisas estão meio movimentadas aqui – disse Matty.

– Certo. Está bem. Eu volto a ligar à noite. – Ele parecia desesperado. Não, parecia um cara desesperado fingindo não estar. – Se você a vir, diga a ela... espere. Não, tudo bem. Eu só ligo de novo.

Matty desligou. Buddy estava olhando para ele.

– Ele tem ligado muito? – perguntou Matty.

Buddy assentiu.

– É Malice? Quero dizer, Mary Alice? – Ele achou ter ouvido a voz dela. Matty saiu e Frankie estava parado no gramado da frente, dizendo:

– Vamos lá, Loretta. Por favor, saia do carro! – Malice estava parada perto, segurando um saco de lixo cheio e volumoso. Ela viu Matty e caminhou até ele.

– Você fica com isso? – perguntou ela. – Ele não quer pegar.

– O que é?

– Roupas. Algumas outras coisas de que ele vai precisar.

– Nossa, sua mãe está com muita raiva. – Matty não reconheceu o carro, nem a mulher ao volante. Aparentemente, uma das amigas de Loretta. Loretta estava sentada no banco do carona, olhando diretamente à frente, com a janela firmemente levantada. – O que aconteceu?

– Ele não contou a você? Nós temos que vender a casa. Tipo, hoje.

– O quê? Isso é loucura. Por quê?

Malice deu para ele um olhar de soslaio.

– Você não tem mesmo ideia. Você quer me dizer no que vocês estavam trabalhando?

– Eu... eu não posso. – Ele se sentiu muito embaraçado. – Eu gostaria de poder.

Loretta tinha finalmente abaixado a janela – mas só para gritar com Mary Alice.

– Espere – disse Matty. Ele se aproximou de Malice e falou em um sussurro. – Você tem, hum, um pouco de maconha com você?

Malice recuou.

– Você está de sacanagem comigo?

– Eu não pediria, mas só me resta meio baseado, e é muito...

– Mary Alice! – gritou Loretta. – Entre no carro!

Matty segurou a bagana do baseado entre o indicador e o polegar, acendeu o isqueiro e deu baforadas para carburá-lo. Seu último resto de combustível de foguete...

Ele voou de volta para a taverna, sem perder tempo com trânsito. Lá dentro, estava mais cheio do que durante toda a tarde, mas estava um silêncio de esquadrão antibombas. Havia uma dúzia de homens de várias idades sentados no bar ou nas mesas redondas e cheias de marcas, olhando fixamente para suas bebidas como se tentassem decidir se cortavam o fio verde ou o vermelho.

Matty deu a volta rapidamente pela borda do salão, ansioso para sair, mas sabendo que não poderia encarar Frankie se não descobrisse ao menos se o dia de pagamento havia continuado. O barman havia retornado, mas ele também não estava falando com ninguém.

Matty pôde sentir o puxão de seu corpo em casa. Tinha feito com que o tio Frankie prometesse manter a mãe afastada do jardim dos fundos quando ela voltasse do trabalho. Ele começou a perguntar por quê, então abruptamente disse: "Não se preocupe. Eu vou cuidar disso. Faça o que tem de fazer."

O bar o estava deprimindo. A porta de Mitzi estava fechada, e ninguém estava fazendo nenhum movimento para entrar. Ele decidiu dar uma passada rápida só para se assegurar de que o cofre não estivesse aberto, e em seguida ir para casa e encarar a ira de Frankie. Ele estava flutuando na direção da porta quando o barman fez sinal para um cliente e o homem se levantou e começou a caminhar na direção do escritório de Mitzi. Será que Frankie estava certo e o dia de pagamento havia continuado?

Matty passou pela parede, entrou no escritório de Mitzi e se surpreendeu ao ver alguém novo atrás da mesa. O homem era pelo menos tão velho quanto Mitzi e o vô Teddy, mas parecia um Elvis deixado por tempo demais ao sol: topetão grisalho, dentes brancos, braços parecendo carne-seca. Sua roupa era da época do Elvis também. A camisa preta de mangas curtas tinha uma estampa de chamas, como se ele estivesse não prestes a entrar em um Chevy 57, mas a se transformar em um.

O cara do bar não se sentou. Ele entregou um envelope, o Elvis Velho pegou o dinheiro e contou na frente do homem, batendo as notas sobre a mesa como se tivesse certeza de que ia pegar o cara tentando enrolá-lo.

Mitzi não era assim. Ela mal olhava para o dinheiro, só passava os dedos por ele enquanto ainda estava no envelope, e em seguida falava educadamente com o cliente. Às vezes todo mundo sorria. Às vezes o cliente tinha de começar a explicar.

Evidentemente o dinheiro estava certo. Elvis dispensou o cliente com um aceno e se voltou na direção do cofre antes que o cara saísse da sala. Em seguida, pegou um pedaço de papel e começou a girar o segredo.

Matty correu para a frente.

Elvis puxou e abriu o cofre, ainda segurando o pedaço de papel. Matty se esticou, desejando que seus globos oculares se aproximassem.

Hum, 28, 11 e... polegar. O dedão sujo de gordura de Elvis cobria o único número que interessava a Matty.

– Polegar, polegar, polegar... – cantarolou Matty.

O homem girou a cabeça na direção da porta – talvez alguém tivesse batido? –, em seguida deixou o papel cair. Matty se abaixou rápido, tentando se concentrar nos algarismos, e o homem o pegou do chão.

– Ah, essa não! – gritou Matty. O que ele não faria por um par de pegadores longos. Qualquer coisa.

A porta se abriu e o Topetão começou a falar com o cliente seguinte. Matty olhava desolado para o cofre, e então percebeu que a porta ainda estava aberta.

Ainda aberta.

Matty voou cerca de um metro e se virou até conseguir ver a frente da porta. O disco ainda estava parado no último número: 33.

– Vinte e oito, onze, trinta e três – disse Matty.

Ele girou e ergueu suas mãos fantasmas. – Vinte e oito, onze, trinta e três! – O Topetão e o novo visitante continuavam a conversar, indiferentes.

Matty passou pelo telhado, cantarolando os números para si mesmo, de modo a não esquecer. Esticou os braços como o Super-Homem e seguiu para casa. Deus, ele adorava voar. E agora sabia que a vó Mo adorava isso também. Foda-se Destin Smalls. Que os agentes safados do governo fossem atrás dele. Ele iria salvar Frankie! Salvar a mãe!

A duas quadras de casa, ele se aproximou dos telhados e passou zunindo por uma série de carros estacionados. Algo sobre um dos veículos chamou a atenção de seu cérebro nublado pela maconha. Ele pairou no ar e deu a volta.

Havia um furgão prata parado embaixo de uma árvore. Aí a porta do lado do motorista abriu e um negro de cabelos grisalhos desceu. Cliff Turner. Ele pôs as mãos nos quadris, olhou para a árvore e se virou – olhou nos olhos de Matty.

Turner balançou a cabeça lentamente, em seguida o cumprimentou.

Matty, em pânico, foi puxado bruscamente de volta a seu corpo como um io-iô. Ele gritou, abriu os olhos e viu... o vô Teddy.

Ele estava sentado em sua cadeira de jardim de pernas cruzadas, com o chapéu sobre o joelho.

Matty deu um pulo.

– Vovô!

O avô ergueu a mão.

– Calma. Você não...

Matty girou para trás. O furgão prata estava muito perto. Ele podia estar ali a qualquer minuto.

– Qual o seu problema? – perguntou o vô Teddy.

Matty tentou se acalmar.

– Nada – disse ele.

– Você sabia que a maconha pode causar paranoia? – O vô Teddy segurava a bagana do baseado com dois dedos. – Eu tive de apagá-lo. Você não quer desperdiçar. Isso é caro.

– Desculpe. Eu sei! – Não havia sirenes. Nenhum cantar de pneus na entrada de carros. Só um jardim dos fundos silencioso, algumas redes vazias e seu avô. Há quanto tempo ele estava observando? Pelo menos tempo o suficiente para puxar uma cadeira. Graças a Deus, Matty não estava usando seu método de viagem original.

– Calma, agora. Você não está encrencado – disse o vô Teddy. – Há quanto tempo você faz isso?

– Eu só tentei algumas vezes.

Ele riu.

– Não estou falando de fumar. Eu já vi essa expressão antes, Matty.

Essa expressão. Claro que o vô Teddy reconheceria um transe. Tinha sido casado com a maior vidente e viajante astral de todos os tempos. Talvez a carta tivesse sido entregue por ele.

– Você parecia muito longe – disse o avô. – A que distância estava?

– Não muito longe. – Matty não sabia o que fazer com as mãos. Será que devia se sentar? Encostar-se despreocupadamente na garagem? Não. Não havia como ele sair daquilo despreocupadamente. O contrário era o melhor que podia fazer.

O vô Teddy, porém, parecia perfeitamente relaxado.

– Qual a distância maior que você já foi?

– Hum... – Matty estava com dificuldade para se concentrar. Será que Turner e Smalls estavam seguindo para lá agora mesmo?

– Apenas faça uma estimativa – disse o vô Teddy.

– A que distância fica o lago?

– Isso é muito bom.

– É?

– Para um garoto de 13 anos é fabuloso.

Fabuloso. Ele era fabuloso. Nem se deu ao trabalho de mencionar que, agora, tinha 14 anos.

– Então me diga – disse o vô Teddy. – Por que você ainda está tremendo como vara verde?

Matty não queria dizer. Mas estava aterrorizado para não fazê-lo.

– O governo. Eles acabaram de me ver. Enquanto eu estava, você sabe.

– O governo? Quem?

– O nome dele é Clifford Turner. Ele trabalha com Destin Smalls? Ele olhou direto para mim. Ele me *viu*.

– Que surpresa. Cliff, na verdade, tem algum talento.

– Você o conhece?

– Ah, eu o conheço. Um cara legal. Eu só não achava que ele tinha isso nele. – O vô Teddy não pareceu tão chocado quanto deveria ter ficado. Mas ele não era o mestre de não demonstrar seus sentimentos? – E como você soube seus nomes? Ele falou com você?

– Não dessa vez.

– *Dessa* vez? Isso já aconteceu antes?

– Não, não assim. – Matty contou rapidamente a ele sobre o encontro com Smalls e Turner semanas antes, quando eles o pararam na calçada. Ele falou rápido, imaginando equipes da SWAT convergindo para aquele local.

– Smalls ameaçou você? – perguntou o vô Teddy.

– Não! Quer dizer, não fisicamente. Ele só disse que podia me desligar. Desligar meu poder. Como um interruptor de luz, disse ele.

– Jesus – disse Teddy. – A maldita arma de microléptons.

– O que é um micro...

– Uma geringonça de um milhão de dólares. Não se preocupe com isso. Mais alguém sabe o que você consegue fazer?

– O tio Frankie.

– Você procurou Frankie para falar sobre isso? Sua mãe eu podia entender, mas...

– Eu nunca consegui contar a minha mãe. Mas Frankie, eu sabia que ele ficaria... empolgado.

Teddy concordou com um grunhido.

– Você provavelmente tem razão sobre sua mãe também. – Ele olhou para o baseado em sua mão. – E isso ajuda, não é?

Matty balançou a cabeça afirmativamente.

– Alguém deveria fazer uma pesquisa sobre isso.

– O que nós vamos fazer?

Teddy sorriu. Por causa do "nós"?

– Sua cobertura acabou, garoto – disse ele. – Destin Smalls vai usá-lo como um bilhete de volta para o jogo.

– Que jogo?

– O único que interessa aos homens da minha idade: relevância. Mas não se preocupe. Eu vou cuidar dele. Logo depois de ver uma amiga minha. – Ele entregou o baseado a Matty. – É melhor esconder isso. – Em seguida, ele se levantou e alisou os amassados de sua calça. – Enquanto isso, é melhor você entrar e vestir roupas limpas. Sua mãe está chegando em casa.

Ah, sim. Melhor tomar um banho também.

Teddy saiu em seu carro. Matty entrou em casa e foi parado antes de chegar ao banheiro.

– E então? – disse Frankie.

– Vinte e oito, onze, trinta e três – respondeu Matty.

18

Teddy

De algum modo, sem perceber, ele parou de se apaixonar por uma nova mulher a cada dia. Esqueceu-se desse hábito como um guarda-chuva que se esquece em um restaurante porque já não há mais chuva. Era tarde demais – tarde no verão, tarde na vida – para perceber que tinha abandonado sua busca por uma dose diária. Ainda assim, ali estava ele, sozinho na fortaleza reluzente de uma cozinha em uma manhã de domingo, sentindo-se como se estivesse sentado à luz do sol. Tudo por causa de um encontro aleatório com uma mulher em um supermercado.

Desde a morte de Maureen, ele não sentira vontade de *conhecer* uma mulher, apenas amá-la, breve e intensamente, e seguir em frente. E estava claro, depois de entrar nessa casa, que mesmo que Graciella conseguisse amá-lo, ela não ficaria feliz de partilhar sua vida decrépita. Olhe só essa cozinha! Uma pedreira de granito, interrompida apenas por trechos enormes de aço inoxidável, disposta sobre um piso simples de cerâmica. Sua xícara de café estava sobre uma tábua de teca grande como uma ponte levadiça. Nessas mansões modernas, a cozinha servia ao mesmo tempo como fábrica e showroom, como uma daquelas fábricas da Toyota operadas por robôs. Até o telefone em que ele estava falando parecia mais caro que um de seus relógios.

– Essa é minha oferta final – disse ele. – Um teste.

– Eu vou trazer Archibald – respondeu Destin Smalls. – Isso não é negociável.

Uma criança entrou correndo, gritando algo sobre baterias, e parou bruscamente ao ver Teddy. Era o menor, com cerca de oito anos, o que ele vira no jogo de futebol. Alex? Não, Adrian. Teddy não vira nem ouvira os outros dois garotos desde que entrara na casa. Ele duvidava que pudesse achá-los se fosse procurar por eles; a propriedade ocupava vários fusos horários.

– Você é Teddy – disse Adrian.

– Para você, Sr. Telemachus. E estou ao telefone. – Para Smalls, ele disse. – Então, negócio fechado?

O agente levou um bom tempo para responder. Estaria farejando uma armadilha? Talvez, mas ele estava muito ávido.

– Fechado.

Teddy desligou o telefone, satisfeito. Uma tarefa terminada – ou pelo menos, suspensa, por enquanto.

– Mamãe diz que você faz mágica – disse o menino.

– Eu faço *truques* de mágica. Há uma diferença. Mas eu só os faço por dinheiro.

– Eu não tenho nenhum dinheiro.

– Ah, você tem dinheiro – disse Teddy. – Olhe só para esta casa.

O garoto não entendeu.

– O senhor não pode me mostrar de graça?

– Desculpe. Sem grana, sem truque.

– Isso é maldade.

– É. Mas é o tipo de maldade que ensina alguma coisa a você.

Graciella reapareceu do porão segurando aquela lancheira verde de desenho animado. O garoto girou na direção dela e disse:

– Ele não quer me mostrar nenhum truque de mágica.

– Deixe o Sr. Telemachus em paz. Nós vamos agora para o taekwondo. Vá buscar seu uniforme.

– O que tem aí dentro? – perguntou o menino enquanto estendia a mão para pegar a lancheira.

Ela a ergueu de seu alcance.

– Quimono e faixa. Vá!

Ela o observou sair correndo da cozinha.

– Ele não entende o que está acontecendo. Estou tentando fazer a coisa certa, mas nunca sei bem o quanto eles aguentam. Se fossem mais velhos, talvez conseguissem aguentar.

– Você nunca para de se preocupar – disse ele. – Você nunca para de ser mãe deles.

Ela se sentou distraidamente, ainda contemplando o dano. Estar assim tão perto dela o intoxicava. Ele adorava o cheiro dela. O brilho de suas pernas bronzeadas. As unhas pintadas dos dedos dos pés. Gostava até do jeito como sua testa se franzia.

– Veja meu filho adulto – disse Teddy para distraí-la de seu nervosismo. – Ele se meteu em uma encrenca.

– Buddy? Ele pareceu um pouco...

Ela não queria terminar a frase, e Teddy deixou que ela não precisasse fazer isso.

– Não, Buddy é só doido, é Frankie quem atrai problemas. Só espero que seus maus hábitos não tenham passado para Matty.

– Ele está com problemas também?

– Ele tem passado por poucas e boas – disse Teddy. – Meteu-se com o tipo errado de gente, atraiu atenção das autoridades. – Esta deve ter sido a melhor não explicação que ele já dera.

– É por isso que Irene anda aborrecida?

– Irene está aborrecida? Ela disse que estava aborrecida? – Ele mantinha a filha completamente por fora da questão de Matty. Precisava que ela se concentrasse no caso de Nick, sem se preocupar com espiões e agentes.

– Ela não me ligou desde que voltou da viagem, por isso eu liguei para sua casa – disse Graciella. – Ela me deu uma atualização sobre o que tinha descoberto com os papéis da empresa, mas ela parecia... magoada.

– Irene é sensível. Tenho certeza que não é nada.

O cenho franzido surgiu e desapareceu por um instante. Ele não soube como interpretar isso. Se estivessem jogando pôquer, aquilo teria telegrafado que ela havia recebido uma carta ruim, e ele teria apostado contra ela. Mas no jogo das Mulheres Reais, ele sempre era um novato.

Ele disse:

– Mas ela certamente está trabalhando duro naqueles documentos.

– Acho que é alguma coisa. – Ela lhe entregou a lancheira. – Segure isso. Preciso chamar esses meninos. – Ela foi até um intercomunicador e apertou um botão. – Adrian! Luke! Nós vamos para o taekwondo! Julian, é melhor seu dever de casa estar pronto antes de eu voltar!

Um ruído de estática e uma voz disse:

– É fim de semana de feriado, mãe. – Ele parecia entediado.

– Está bem, pode terminar até domingo. Quanto aos outros, estou saindo em trinta segundos. Vinte e nove!

Ela olhou para Teddy.

– A escola começou há apenas uma semana e Julian já está para trás.

– Ele vai ficar bem. Você disse que a escola nova era melhor, não é?

Graciella acompanhou Teddy até a porta da frente. Ela olhou para a lancheira e fez uma expressão contrariada.

– Eu não gosto disso, de mostrá-los a ele.

– Ele não vai acreditar a menos que os veja. Do contrário, é muito maluco.

– Então vamos dizer que ele acredite e faça uma promessa. Como eu poderei acreditar *nele*?

– É por isso que você tem que deixar que eu faça a negociação. Eu vou saber se ele está mentindo. Eu tenho minha arma secreta.

– Tenho certeza que Irene não gosta nada que você fale dela desse jeito.

– Você tem de admitir que ela é incrível. E não só para leitura de mentes. Essa garota é um gênio das finanças.

– Eu preciso dela – disse Graciella. – Não importa o que aconteça no julgamento na terça-feira, a imobiliária tem de ser limpa a partir de agora.

A defesa estava prestes a se encerrar. Bert Alemão e vários outros já haviam implicado Nick Jr. no assassinato. Se Nick Jr. não testemunhasse contra o pai – e havia uma última chance para ele subir ao banco das testemunhas na terça –, então restariam os argumentos finais. O júri podia dar o veredito até o fim da semana.

– Nick vai para a cadeia, ou então o pai dele – disse Graciella. – De qualquer jeito, eu não vou voltar para ele. Não quero que tudo isso siga meus filhos pelo resto de suas vidas como um cheiro ruim.

Teddy não sabia ao certo se um neto de Nick Pusateri pai poderia ter um cheiro de rosas, mas não comentou nada.

– Você está fazendo o que é certo – disse ele.

Ela destrancou a porta da frente e apontou com a cabeça para a lancheira.

– Você acha que se eu insistisse nisso, ele invadiria minha casa?

– Não vamos pensar nisso – disse ele. Porque Nick pai teria de ir atrás. Ele não podia deixar as coisas como estavam e esperar que Graciella mudasse de ideia sobre os policiais. – Então... você tem alguém morando aqui com você?

– Além dos meninos? Não. Mas tenho um sistema de alarme caro.

Ele balançou a cabeça como se isso fosse fazer muita diferença. Os homens de Nick pai tinham atirado em pessoas em suas próprias casas. Tinham explodido carros por controle remoto bem nos subúrbios. O *Sun-Times* vinha publicando histórias sobre assassinatos do crime organizado durante todo o julgamento.

Graciella pareceu saber o que ele estava pensando.

– Ele nunca correria o risco de machucar os netos – disse ela.

– Não, não. Mas mesmo assim. – E pensou: Mesmo assim, tem você.

– Preciso que eles fiquem fora disso, Teddy. Nada mais de contato com os Pusateri, todo esse negócio da família.

– Eu te prometo, vou fazer o possível para que dê certo.

Adrian desceu apressado a escada com o quimono branco aberto e arrastando a faixa verde, seguido por um irmão magricela alguns anos mais velho. Este era Luke. Seu uniforme estava bem amarrado, e ele usava o cabelo castanho caído sobre o olho esquerdo como uma garota de capa de revista dos anos 1960.

– Esse é ele – disse Adrian como se estivesse dedurando Teddy. – Ele não faz mágica.

– Nada de truques! Estamos atrasados – disse Graciella.

Teddy acenou para que o menino pequeno se aproximasse.

– Venha cá, seu sapato está desamarrado. – Adrian adiantou-se com relutância e ofereceu um tênis arranhado, ainda assim vistoso, estampado com bichos verdes de desenho animado brandindo espadas, cada um deles, sem dúvida, possuidor de habilidades únicas e de uma biografia elaborada. Teddy se abaixou. – Conheço pessoas que podem fazer mágica. Mágica de verdade. E o que isso vale para elas? Nada. – Ele fez um esforço para segurar o cadarço entre o indicador e o polegar. Seus dedos tinham se transformado em tesouras enferrujadas. Antigamente, décadas atrás, antes de Nick pai, eles podiam fazer cartas dançarem. Moedas, papéis, até anéis de noivado apareciam e desapareciam, seu toque tão silencioso e rápido quanto um espelho refletindo a luz do sol. Antigamente, ele era um fantasma da mesa de carteado. Talvez fosse hora de o fantasma voltar a atacar.

– Fazer mágica de verdade – prosseguiu ele, mantendo o discurso profissional. – Essas coisas deixam as pessoas mais infelizes do que se não tivessem mágica nenhuma, porque isso não faz nenhum bem a elas. Mas se você sabe fazer um *truque* de mágica, você é pago. Você quer ser pago?

Adrian balançou a cabeça afirmativamente.

– Outro sapato. Bem. Agora o negócio é o seguinte. – Graciella estava parada na porta, escutando. – A mágica é fácil. Os truques é que são difíceis. Você precisa ser esperto, precisa estar preparado e precisa ser paciente. Às vezes, leva muito tempo para um truque dar dinheiro. Anos, até. A maior parte das pessoas não consegue esperar tanto. Elas só querem tirar coelhos da cartola e puf.

– Eu sou paciente.

– Veremos.

– Então quando o senhor vai me mostrar um truque?

– Você implore, pegue emprestado ou roube uma nota nova de um dólar, e aí nós conversamos.

Graciella riu.

– Pro carro! Agora!

Teddy se levantou com um estalo embaraçoso dos joelhos.

– Você não pode mandar uma criança roubar dinheiro, Teddy. Mesmo assim... – Ela o beijou no rosto. – Ainda fico feliz por ter conhecido você naquele dia no supermercado.

– Tenho uma confissão a fazer – disse Teddy. – Eu não esbarrei em você por acidente. Eu a vi, achei você uma mulher bonita e tratei de me aproximar o bastante para fazer meu truque de leitura da mente.

– Ah, eu sei disso.

– Sabe?

– Quantas mulheres caíram nessa?

– Eu me reservo o direito de me manter calado.

– Bem, esse não foi o milagre. Foi o fato apenas de você estar ali. De você por acaso conhecer Nick pai e estar disposto a ajudar, de Irene estar disposta a ajudar também. Vocês dois são meu par de ases no bolso.

Ela sabia que ele ia gostar dessa metáfora, e ele gostou de saber que ela sabia. Ele caminhou até seu carro, cantarolando consigo mesmo, balançando a caixa de plástico que levava os dentes de um homem morto.

□

Ele costumava não ter problema em fazer promessas. Quando pediu Maureen em casamento, disse: "Você nunca vai se arrepender." Quando a filha deles nasceu, disse: "Vou ser o melhor pai do estado de Illinois." E quando Maureen contou que estava doente, ele disse: "Você vai ficar boa."

Era uma manhã congelada no fim do inverno. Ele a encontrou no quarto, o rosto com aquela expressão peculiar da clarividente trabalhando: cabeça inclinada, boca apertada, os olhos se remexendo sob as pálpebras fechadas como uma sonhadora.

– Tem um tumor – disse ela.

Ela descobriu aquilo por conta própria. Estava passando mal do estômago havia semanas, e parara de comer. Então, depois do que chamou de "uma intuição", ela voltou sua atenção para o próprio corpo. Uma visão não tão remota.

Ele disse:

– Você não é médica. Deixe de ser dramática. – Ele já tinha sido mais simpático. Eram sete da manhã e ele estava cansado, desempregado e com dores. Havia passado a maior parte da noite no porão, assistindo à TV e fazendo fisioterapia, que, nesse caso, assumia a forma de levantar repetidamente uma garrafa pesada com as mãos enfaixadas.

– Eu já fui ao médico. – O que ela queria dizer eram "médicos". Semanas antes, ela marcara uma consulta para ver primeiro o médico da família, depois o ginecologista, em seguida um oncologista. Ela disse: – Eu não podia contar a você até ter certeza.

– Mas não podemos saber ao certo até fazerem uma biópsia. Eles fizeram biópsia?

– Está marcada para a semana que vem.

– Então pode não ser nada.

Depois que os resultados dos exames chegaram, com evidência inegável de tumores celulares epiteliais, ele dobrou a aposta: os médicos estavam errados, os exames estavam errados, e mesmo que não estivessem, ela podia entrar em remissão a qualquer momento.

Ela parou na entrada do porão, de braços cruzados, segurando as lágrimas.

– Precisamos conversar sobre o que contar às crianças – disse ela.

– Contar o que a eles? Não há nada a contar – disse ele do sofá. – Nós vamos vencer isso.

Em 1974, ninguém que ele conhecia "vencia" o câncer. Meia dúzia de amigos tinha apanhado a variedade do pulmão – eles eram uma geração de chaminés – e tinham morrido em poucos anos. Um morreu de câncer de cólon, outro de algum tipo de melanoma. Câncer no ovário era outra coisa. Eles o chamavam de "assassino silencioso" porque os sintomas iniciais – dores no estômago, vontade de urinar, perda de apetite – eram facilmente desprezados. Os tumores cresciam, e só quando o sangramento começava descobria-se que alguma coisa tinha dado muito errado. A essa altura era tarde demais.

Durante toda a primavera e o verão, ele evitou toda menção à palavra câncer. Não conversava sobre isso com Maureen. A crença dogmática dela de que estava condenada o enfurecia. Era uma rendição. Pensamento negativo. Ele sabia que se falassem sobre morte, se a planejassem, apenas dariam a ela poder sobre eles. Por que convidar o espectro a sua casa, servir a ele uma xícara de café, deixar que pusesse seus pés ossudos em cima do sofá?

Não. Eles iriam derrotar o câncer, trapaceando se necessário. Teddy estivera treinando para o trabalho por toda a vida.

Mas mesmo ele não podia permanecer cego às mudanças em seu corpo. Ela emagreceu durante aquele verão. A diferença de idade antes era escandalosa, mas agora ela o estava alcançando, envelhecendo três vezes mais rápido e abrindo caminho para ultrapassá-lo. Em agosto, ela estava chegando em casa do trabalho exausta. Irene, então, cozinhava, e Maureen se sentava com Buddy no colo e olhava pela janela como se já estivesse do outro lado.

Certa noite no fim de agosto, ela se levantou para lavar a louça do jantar, e ele observou seus braços magros esfregarem as panelas. Foi a noite em que ela fez com que ele prometesse nunca permitir que as crianças trabalhassem para nenhum governo. Ele zombou dela, e ela gritou com ele, desperdiçando o fim de sua energia. Ele se sentiu horrível. Desculpou-se e prometeu fazer tudo o que ela pedia – tudo sem se permitir pensar que haveria uma época em que ele teria de cuidar das crianças sem ela.

– Eu quero que você volte – disse ela naquela noite. – Volte para o quarto.

– Tem certeza? – perguntou ele.

– Jesus, Teddy. – Desesperada. Ela se encostou nele e ele passou a mão em torno de seus ombros. Ela parecia leve demais. Uma garota com ossos de casca de ovo.

Eles foram para o quarto e se deitaram lado a lado, de costas, como se experimentassem jazigos.

– Eu preciso dizer uma coisa – disse ela.

O peito dele ficou frio, temendo o que ela diria em seguida.

– Eu fiz uma coisa ruim – anunciou ela.

Ele ficou aliviado. Não havia nada que Maureen pudesse fazer tão ruim quanto ele tinha feito, nenhum peso tão grande quanto o que ele carregava, e ele apreciava qualquer mudança na balança.

– Você pode me contar qualquer coisa – disse ele.

O que ela contou foi, a princípio, impossível de acreditar. Ele teve de repassar partes daquilo várias vezes.

Depois que acabou, ele pensou por um longo minuto e então disse:

– Você traiu o governo americano.

– Sim.

– E corrompeu as redes de captação de inteligência do país.

– Sim.

– E o que mais? Ah, se aliou com um dissidente russo para acabar também com o programa soviético de guerra parapsicológica.

– Hum-hum.

– Meu Deus, Mo, você é uma *criminosa* internacional.

– Basicamente – disse ela.

Eles riram juntos, como nos velhos tempos.

– Eu tenho muito orgulho de você – disse ele.

Ela implorou a ele que parasse de falar pois seu estômago doía. Não, doía muito. Ele rolou de lado para ver seu rosto. Com a mesma velocidade, a concentração dela desviara dele para a dor.

Aproximadamente um minuto depois, ela falou sem abrir os olhos.

– Precisamos conversar sobre o que dizer às crianças.

– É sobre aquilo do governo? Eu prometi a você, eles nunca vão trabalhar para eles.

– Estou falando sobre mim – disse ela. – Buddy já sabe, mas...

– Você contou a *ele*?

– Ele já sabia. Ele desenhou meu túmulo.

– Ah. – Ele achava que tudo tinha parado para o menino. Mas talvez ainda houvesse algum talento ali. Era um tipo muito difícil de interpretar.

Mo disse:

– Mas Irene e Frankie têm de saber o que vai acontecer.

– Eu vou ajudá-la a contar a eles – disse ele. Ele tocou a mão coberta de cicatrizes em seu rosto. – Amanhã. Eu prometo.

Ele era muito bom em fazer promessas, porque tinha muita prática.

□

Do porão veio o gemido agudo de uma furadeira a toda força em peças de madeira. Será que ele queria ao menos olhar? Por semanas evitara descer até ali, com medo que visse o dano e estourasse uma artéria. Mas a montanha não iria até Teddy, por isso ele teria de ir à montanha.

Buddy estava parado no pé da escada, usando as duas mãos para furar a parede ao lado da porta do porão. O batente da porta era de metal novo reluzente, e a velha porta de madeira tinha sido substituída por uma de aço. A porra de uma porta de aço.

Meu Deus.

Havia um despertador aos pés de Buddy, quebrado e com fios para fora. Havia um rolo de fio novo ao seu lado.

Teddy respirou fundo antes de falar.

– Buddy. Buddy. Ei. – O corpo grande finalmente o escutou e soltou o gatilho da furadeira, mas não se virou. – Você podia largar isso por um segundo?

Buddy olhou para trás com a furadeira inclinada para cima, um caubói segurando o fogo.

– Não vou perguntar o que você está fazendo – disse Teddy. – Tenho certeza que tem suas razões. – Buddy não falou nada. Esperava que a interrupção acabasse.

– Só quero seu conselho sobre uma coisa – disse Teddy.

A expressão de Buddy se contraiu.

– Vamos lá – encorajou Teddy. – Sente-se comigo por um segundo.

Buddy pôs a furadeira com relutância no chão, e Teddy o conduziu pela porta de aço até o porão. Estava escuro, ali, mais escuro do que deveria estar. A fileira de janelas na altura do jardim estava toda coberta.

Teddy acendeu as luzes. As janelas haviam sido seladas com chapas de metal.

– O que diabos você...? – Ele se deteve. Ele não ia criticar. Não ia questionar.

Buddy não tinha se limitado a remodelar e fortificar – ele também tinha redecorado. Um sofá usado de dois lugares e três poltronas caindo aos pedaços, todas de cores diferentes, estavam dispostos em torno de uma TV de 26 polegadas, com um aparelho de videogame conectado a ela. Havia luminárias de várias épocas, nenhuma ainda conectada. A mesa que Irene estava usando tinha sido empurrada para o lado, sem o computador. E contra a parede mais distante havia quatro beliches sem pintura.

– Sente-se – disse Teddy. Cada um deles pegou uma poltrona. – Preciso ir a um lugar esta tarde, falar com alguém com quem não quero falar. Você sabe alguma coisa sobre isso?

Buddy olhou para o lado.

– Se vai dar errado, eu gostaria de saber. Você pode ter alguma antevisão? Alguma coisa como você costumava ter?

Buddy se recusava a fazer contato visual.

– Está bem, você não quer conversar. Entendo. Você e eu, nós não temos conversado muito ultimamente. Eu sei que costumava botar muita pressão sobre você, antigamente. E sei que isso era errado.

Buddy parecia estar se segurando à cadeira pela força de vontade.

– Mas eu tenho um problema de verdade agora, e os riscos são altos – disse Teddy. – Então que tal isso? – Ele levou a mão ao bolso do paletó e sacou um envelope pardo. – Você não precisa dizer nada. Só balance ou sacuda a cabeça, está bem? Um gesto afirmativo ou negativo. – Ele se inclinou para a frente observando o rosto do filho. – Buddy, isso vai ser suficiente?

Os olhos de Buddy passaram pelo envelope e se afastaram, como se fosse uma luz forte demais.

Teddy disse:

– Tudo o que estou pedindo é uma sacudida ou...

Buddy ergueu-se num salto e saiu do porão. Teddy o ouviu subir ruidosamente a escada e sair batendo a porta dos fundos.

– Droga – disse Teddy. Ele teria de fazer aquilo às cegas. Subiu até o quarto, abriu a porta do armário e girou o segredo para abrir o cofre. A prateleira de cima tinha uma pilha de cartas de Maureen, a de cima a que ele abrira no mês anterior, enquanto Graciella estava na rede.

Ele as sorvia quando chegavam ao longo dos anos, cada traço de caneta como um arranhão em seu coração, invocando-a à vida e a matando outra vez no mesmo momento. As palavras dela o aconselharam, acalmaram e reprovaram, ajudaram-no a navegar o campo minado dos anos. Fizeram dele um pai melhor, um homem mais sábio. Cada carta era um ás no bolso.

Mas as cartas não haviam lhe dito o que fazer agora, e nenhuma chegara hoje. Ele ultrapassara o alcance dos conselhos de Maureen. Caíra pelas bordas do maldito mapa. Ele teria de avançar no escuro, guiando-se com suas próprias luzes. Improvisando.

Na parte baixa do cofre havia uma bandeja de veludo negra. Ela a retirou e a pôs em cima da cama.

Dispostos no veludo havia dois pares de abotoaduras de ouro, a aliança de casamento de Maureen, um alfinete de gravata de diamante e quatro relógios de valores diferentes: um Tag Heur, um Citizen para o dia a dia, um Audemars Piguet Royal Oak e aquele que ele estava procurando. Era um quase gêmeo do relógio que estava usando, um Rolex Daytona "Paul Newman" 1966 com mostrador de diamante, e um novato que examinasse sua coleção teria achado um segundo deles redundante. Teddy, entretanto, guardava o que estava no cofre por razões sentimentais. Se ele fosse ver Nick Pusateri pai, havia apenas um relógio que ele gostaria de usar.

Ele deu corda, acertou a hora e percebeu que era hora de ir.

Saiu à procura de Irene e não foi difícil encontrá-la. Sempre que ela não estava trabalhando, ficava à mesa da sala de jantar. Ela transformou o aposento no centro de comando para sua dissecação das finanças da imobiliária NG Group. Caixas de arquivo estavam empilhadas no chão, e o computador novo dela estava montado no meio da mesa, provavelmente arranhando a madeira. Frankie estava falando em voz alta em seu ouvido enquanto Irene mantinha os olhos na tela.

– Não seria apenas um fliperama – disse a ela a Frankie. – Nós teríamos comida, bebida, eventos esportivos...

– Achei que você tivesse parado com computadores – disse Teddy para Irene.

– Este foi desconectado da Supervia da Informação.

– O quê?

– Pai. Pai – disse Frankie. – Diga a Irene. Você precisa investir seu dinheiro em vez de deixá-lo parado ali, certo? – Ele estava falando rápido, a marca de um homem desesperado. Loretta o botara para fora, e Teddy tinha boa ideia do motivo.

Teddy disse:

– Que dinheiro? Você está quebrado.

– Mas e se eu não estivesse, hein? Eu estou falando de um fliperama, uma coisa de toda a família, como o Chuck E. Cheese sem a porra dos robôs e dos personagens fantasiados. – Frankie sempre tivera medo de pessoas com fantasias. Nunca se sentava no joelho do Papai Noel, saía correndo aterrorizado do coelho da Páscoa do shopping. – Nós servimos boa comida, boa cerveja, tocamos boa música. E o grande negócio é o seguinte: nada de videogames.

Irene finalmente ergueu os olhos do computador.

– Você vai abrir um fliperama – disse ela com voz desanimada. – Sem videogames.

– Nada além de pinball de verdade – disse Frankie. – Ele está pronto para fazer sua volta. Os garotos vão adorar.

– Você é um idiota. – Ela não olhou bem para Teddy. – Você sabe o que esta família faria por você? Você jogaria tudo fora e não tem ideia do que nenhum de nós...

– *Irene* – chamou Teddy interrompendo. – Hora de ir.

– Aonde vocês vão? – perguntou Frankie.

– Sair para fazer uma tarefa – respondeu Teddy. – Entregar comida para um amigo doente. Irene, você está pronta?

– Deixe-me pegar meus sapatos – disse ela. Ela fez algo no teclado do computador, em seguida se levantou. – Não toque nas minhas coisas – pediu ela para Frankie. – E, por favor, acorde meu filho? Ele vai dormir o dia inteiro.

– Deixe que ele durma – disse Frankie. – Ele merece.

– Por quê?

Frankie hesitou.

– Por ser um bom garoto que ama sua mãe.

Ela bufou e subiu para seu quarto.

Frankie virou-se para Teddy.

– Isso é totalmente Irene. Convencional. Não assume riscos. Mas você entende, não é? Não posso simplesmente continuar a trabalhar como técnico de telefonia. Como Loretta pode me respeitar se eu sou um *instalador*? O que minhas meninas devem pensar? Tenho de trabalhar por conta própria. Tenho de fazer algo pelo qual eu seja apaixonado. Você não acreditaria nas ideias que tenho para esse lugar. Estava pensando em fazer um fliperama verdadeiro e em estilo antigo, com, tipo, objetos dos anos 1950. Você poderia entrar nisso comigo!

– Meu garoto, meu garoto – disse Teddy. Ele caminhou adiante com as mãos estendidas, como se fosse dar um abraço.

Frankie olhou para ele com avidez.

– Você podia ser meu sócio! Sócio silencioso, talvez, já que você nunca nem foi a um fliperama, mas você podia botar...

Teddy segurou a cabeça de Frankie.

– Pare com isso. Só... – Ele não sabia o que fazer com aquele garoto. Nunca soube. Ele era o garoto que queria tudo, e não sabia como conseguir. Horas no canto, tentando levitar clipes de papel. – Pare com isso.

Frankie tentou falar através das bochechas espremidas.

– Não – disse Teddy. – Eu amo você, mas você está acabando comigo, simplesmente acabando comigo.

□

Na manhã depois que ele levou Maureen para o hospital e passou a noite ao lado de seu leito, ele foi em casa para tomar um banho e pegar algumas coisas que ela pedira. A Sra. Klauser, a vizinha, passara a noite na casa e fizera panquecas para as crianças.

Teddy chamou as crianças na sala e tentou fazer com que elas se sentassem, mas Frankie não ficava quieto, não parava de tentar explicar o milagre que acontecera em sua cozinha:

– As melhores panquecas *de todas*. A Sra. Klauser é a *melhor*. Eu quero panquecas *todo dia*.

Buddy estava mais quieto que o habitual, em seu próprio planeta, curvado sobre um carro Hot Wheels e o empurrando pelo tapete. Só Irene parecia entender o que estava acontecendo. Tinha quase onze, só um ano a mais que Frankie, mas parecia uma década mais madura, um membro pleno e votante do Parlamento da Seriedade. Teddy estava quase certo de que ela era superior a ele.

– Mamãe está no hospital? – perguntou ela. Ele estava planejando chegar devagar à palavra com "H", mas Irene pulara à frente no roteiro.

– Era sobre isso que eu queria conversar com vocês – disse Teddy. – Ela não estava se sentindo bem, então achamos que o médico devia...

– Ela vai morrer? – perguntou Irene.

Isso não estava mesmo no roteiro de Teddy.

– Não, é claro que não! Nós só estamos verificando algumas coisas e... droga.

Lágrimas já estavam correndo pelo rosto de Irene. Ele devia ter previsto isso.

– Ela está muito doente – disse Teddy. – Isso é verdade. Mas os remédios que eles têm hoje, os instrumentos que têm à disposição... É simplesmente incrível. Eles têm uma máquina lá que elimina as coisas ruins. Pá, como uma pistola de raios.

– Eu sei sobre a radiação – disse Irene. – Ela tem feito isso há meses.

– Sim, mas... – Droga, o que Irene sabia? – Nós precisamos deixar que os remédios funcionem. Não estamos desistindo, porque nós não somos assim. Frankie, pare com isso. – O menino estava parado à frente de Buddy, deliberadamente bloqueando o carro Hot Wheels com o pé. – Deixe Buddy em paz. Você ouviu o que eu estava dizendo?

– Mamãe está no hospital – disse Frankie.

– Isso mesmo. Agora, mais tarde eu volto para buscar vocês. A Sra. Klauser vai vestir vocês todos, e podemos ir lá para uma visita, está bem? Eu quero que lavem a cabeça. Todos vocês. E vistam alguma coisa bonita.

Frankie pediu.

– Você pode dizer uma coisa à mamãe? – Buddy desviou o carro para outra direção, de costas para o resto deles.

– Claro, claro – disse Teddy. Ele se agachou para olhar Frankie no olho. – O que você quer dizer a sua mãe?

– Ela devia comprar xarope de mirtilo. Como a Sra. Klauser. O gosto é uma delícia.

– Xarope – disse Teddy.

– Mirtilo. Posso ir brincar agora?

Irene não se movera, nem para esfregar as lágrimas do rosto.

– Preciso de sua ajuda – disse Teddy a ela. Ele se levantou e alisou o amarrotado na calça de lã. – Você pode ajudar a arrumar os meninos?

Ela balançou a cabeça afirmativamente.

– Boa menina. Eu sempre pude contar com você.

□

Ele ainda estava apoiado nela, agora literalmente. Foi mancando até a Mitzi's usando a recém-comprada bengala de tripé, mas, para aumentar o drama, fez com que Irene mantivesse a mão em seu bíceps, como se a qualquer momento ele pudesse estabacar-se na calçada. Disse a ela que mantivesse uma das mãos nele o tempo inteiro, e que não se esquecesse de ser simpática.

Outra manhã de fim de semana, outra taverna vazia. Barney trancou a porta depois que eles entraram. "Não quero nenhum bêbado entrando aqui", ele disse, e apontou com a cabeça na direção da porta aberta do escritório. Ele e Irene levaram algum tempo para chegar lá.

Nick Pusateri pai estava sentado atrás da mesa. Diferente de Barney, que parecia um colchão de ar inflado e esvaziado demasiadas vezes, Nick era essencialmente o mesmo homem, só mais desgastado. Teddy pensou: Deus nos preserve da longevidade dos babacas.

– É ótimo ver você – disse Teddy.

Nick deu a volta na mesa e apertou a mão dele, com um aperto propositalmente esmagador. Teddy não teve de fingir a expressão de dor, e ele viu Nick saborear esse sinal de fraqueza. Teddy não deixou que transparecesse que seu único desejo era enfiar sua bengala de tripé pela garganta do homem. Sim, daria mais trabalho do que uma bengala comum, mas valeria o esforço.

– E você deve ser a pequena Irene – disse Nick.

Irene deu um sorriso contido. Teddy esperava que ela conseguisse fingir ser a filha atenciosa durante essa reunião. Ela era naturalmente franca, como a mãe. Ardis eram o departamento de Teddy.

Eles se sentaram em lados opostos da mesa. Nick tinha seis lápis alinhados sobre a superfície cereja, todos perpendiculares à borda, todos apontados exatamente do mesmo tamanho. Então, pensou Teddy. Ele está estressado. O TOC de Nick sempre entrava em funcionamento quando ele estava estressado. Tinha de ser a pressão do julgamento.

Nick disse:

– Você está com boa aparência, Teddy.

A mão de Irene se apertou em seu braço. Teddy sorriu, manteve os olhos em Nick.

– E esse corte de cabelo nunca envelhece. – Ele se inclinou na direção de Irene. – Porque não pode envelhecer, literalmente.

Irene mantinha o sorriso no lugar.

– Porque é falso – disse Teddy.

– Hum-hum – concordou ela sem mover os lábios.

– Uma *peruca*.

– Eu entendi, pai.

Nick riu como se fosse uma coisa que ele tinha visto as pessoas fazerem em filmes.

– Ainda me dando trabalho mesmo depois de todos esses anos. Que bom que você ainda tem alguma coragem, Teddy.

Teddy deu de ombros.

– Mitzi não vem?

– Ela está se sentindo mal. Ficou doente.

– Sinto muito por isso – disse Teddy com sinceridade. – Ela parecia bem no outro dia.

– Ela vai se recuperar. Ela é durona.

Eles concordaram sobre isso. Teddy contou a história da vez em que Mitzi bateu com um telefone na cabeça de um bêbado incontrolável.

– Qual era o nome dele? Está bem na ponta da minha língua. – Ele fez um gesto trêmulo com uma das mãos, agindo como um velho debilitado, o ancião cabeça de vento. O nome da vítima era Rick Weyerbach, um eletricista da Candlelight Dinner Playhouse antes de machucar as costas. – Enfim, era um cara grande. Duas vezes o tamanho dela, e *bam*, bem na têmpora.

Nick riu, e dessa vez quase soou humano.

– O telefone era um daqueles monstros de baquelite que pesam cinco quilos – explicou Teddy para Irene. – Botou o cara no hospital.

Nick gostou disso, Teddy viu. Ele gostava de qualquer história sobre os temíveis Pusateri. Pelo menos qualquer história que não estivesse na primeira página do *Sun-Times*.

– Então – disse Nick. Ele franziu o cenho para um dos lápis e fez um ajuste microscópico. – Estou me encontrando com você em respeito a nossa história.

– Eu agradeço por isso – disse Teddy.

– Mas seu garoto já esteve aqui, e nós fizemos um plano de pagamento.

Frankie foi por conta própria. Droga. Teddy não havia contado a Frankie deliberadamente o que estava tramando, para que o garoto não fizesse alguma coisa estúpida. E agora ele tinha ido e feito uma estupidez mesmo assim.

Teddy deixou transparecer sua irritação.

– Eu disse a Mitzi que queria negociar um acordo.

Nick deu de ombros.

– Ele é um homem adulto. E se você está aqui para recuperar a casa, isso não vai acontecer.

Essa era a primeira vez que Teddy ouvia falar sobre uma casa. Mas isso podia explicar por que Frankie tinha se mudado para a casa de Teddy.

– Por que pegar a casa de um homem quando você pode ficar com dinheiro vivo? – perguntou Teddy. Ele levou a mão ao bolso do paletó, um movimento ao qual Nick prestou muita atenção. Os dedos artríticos de Teddy saíram com o envelope. Teddy o pôs na mesa, com cuidado para não perturbar os lápis. – Aí tem 50 mil. Mitzi me disse a quantia total quando eu a vi.

– A quantia total – disse Nick, botando nisso um toque cético.

– Há algum problema?

– Só que você a viu há mais de uma semana.

– Ah – disse Teddy. Ele fingiu não entender que mais de uma semana significava que havia juros. – Quanto?

– Não são só os juros – disse Nick. – Muita coisa mudou. O mercado imobiliário, por exemplo.

– E como vai isso?

– Está crescendo muito, Teddy. Crescendo muito.

Irene apertou o braço de Teddy.

– Quanto para acertar as coisas? – perguntou Teddy. – A casa, o restante da dívida de Frankie, tudo.

– Você não tem esse tipo de grana, Teddy.

– Experimente.

– Cem mil.

Teddy deixou que a decepção ficasse visível em seu rosto.

– E o relógio.

– O quê? – A mão de Teddy correu para perto de seu pulso, como se inconscientemente para protegê-lo.

Irene pareceu chocada.

– O que você quer dizer com o relógio dele? Isso é seu orgulho e sua alegria.

– Ele me deve isso – disse Nick. – Ele me deve há vinte anos. Eu devia tê-lo tomado na época, mas eu o botei na porra de seu pulso e o deixei ir.

– Nós estamos de saída – disse Irene. – Vamos, pai.

– Não.

Teddy ergueu a cabeça. Ele retirou um segundo envelope e o pôs em cima do primeiro. Então, sem olhar para o relógio, ele abriu a pulseira de aço e o puxou por cima dos dedos. Ele o largou no meio da mesa e fez os lápis rolarem.

Nick pegou os lápis rapidamente. Só depois de alinhá-los outra vez ele pegou o relógio.

– Minha nossa, é bonito. Paul Newman costumava usar um desses quando corria.

– Não diga – disse Irene.

– Ele valia 25 mil quando seu pai o ganhou em um jogo de pôquer. E agora? Quem sabe.

– Certo. Vamos, pai.

Teddy pôs a mão sobre a dela, de modo que ela não a retirasse de seu bíceps.

– Tem mais uma coisa – disse ele.

Nick ergueu as sobrancelhas.

– É sobre seu filho – anunciou Teddy. – E sua nora.

– Graciella? – Nick pareceu realmente confuso.

– Ela quer que você nunca mais torne a vê-la. Nem aos garotos.

– Mas que porra isso tem a ver com você?

– Eu disse que falaria com você em nome dela.

– Você está *falando*? Com *minha família*?

– E ela quer que você saia da empresa imobiliária de Nick Jr. Ela não vai mais ser sua fachada. Não vai mais lavar dinheiro.

Nick ainda não parecia entender.

– Graciella disse isso a *você*. Um estranho.

– Nós não somos estranhos. Eu a conheci no supermercado. Por acaso. – Ele ergueu a mão. – Isso não importa. A questão é que ela está oferecendo algo em retorno.

– E que porra seria essa?

– Sua liberdade. – Ele apontou com a cabeça para Irene. Ela abriu a bolsa e pegou a lancheira. Nick pareceu impaciente. Aí Irene pegou o recipiente de plástico transparente dos dentes e o pôs junto dos envelopes de dinheiro. Ela foi educada o bastante para não perturbar os lápis.

– Eles moravam na boca de Rick Mazzione – disse Teddy. – Antes de você arrancá-los. Nick Jr. diz que parte do sangue neles é seu, embora o FBI não precise aceitar sua palavra sobre isso. Eles têm laboratórios para esse tipo de coisa.

Nick pegou o saco. Ele bateu no fundo dele, como se para testar se os dentes se moviam de maneira realista.

– Graciella não vai tomar nenhuma providência em relação a você – explicou Teddy. – Ela não falou com os tiras. Tudo o que ela está pedindo é que você prometa nunca contatá-la, nem ver os meninos, outra vez.

Nick não conseguia tirar os olhos dos dentes.

– Ela quer que eles fiquem fora dessa vida – disse Teddy.

– O imbecil os guardou – comentou Nick com voz distante. – Por que ele faria isso? Por que merda ele guardaria os dentes?

– Por que os filhos fazem qualquer coisa? – disse Teddy. – Eles nos decepcionam. Metade do tempo eles estão tentando ganhar nossa aprovação, metade do tempo eles querem nos enterrar.

Irene enfiou as unhas no braço dele. Isso não era um sinal, exceto se o sinal fosse: "Eu estou puta com você."

– Então o que você diz? – perguntou Teddy.

Nick esfregou a mão no rosto.

– Onde estão os outros dentes?

– Não sei – disse Teddy. – Eu disse a ela para guardá-los em um lugar seguro.

– Você está com eles, não está?

– Não sou tão burro – respondeu Teddy.

– Ah, é, sim. Você é um idiota se acha que pode ficar entre mim e meus netos.

– Pode ser, mas eu senti que tinha de ajudá-la. Ela estava com medo de falar com você.

– Por que ela ficaria com medo de mim? – perguntou Nick confuso. – Eu sou o vovô. Sou a droga do vovô.

– Tudo que ela quer é sua palavra – disse Teddy. – Se você prometer abrir mão de todos os seus interesses na imobiliária, e prometer que não vai atrás dos garotos, nem tentar machucá-la, ela vai lhe dar o resto dos dentes.

Nick sacudiu a cabeça sem acreditar.

– Só sua palavra – disse Teddy.

Nick se debruçou sobre a mesa. Teddy podia ver lágrimas se formando em seus olhos. O velho Nick nunca chorava. O velho Nick nem tinha canais lacrimais. Então talvez Graciella estivesse certa, e os netos tivessem provocado uma mudança no demônio. Ele não quisera contar a Graciella que achava impossível, mas desejava que provassem que estava errado.

– Juro sobre o túmulo da minha mãe – disse Nick, com a voz rouca de emoção. – Eu *nunca* machucaria Graciella. Ela é como minha própria filha. Mas se ela... – A voz dele ficou embargada. – Se ela não quer que eu veja os meninos, se ela acha que isso é realmente melhor para eles? Então eu faço. Eu faço por eles. Porque amo esses meninos.

Irene apertou com força o braço de Teddy.

– Fico muito feliz em ouvir isso – disse Teddy. – Vou contar a ela a boa notícia.

Nick não apertou as mãos deles quando saíram. Ele estava olhando fixamente para a mesa. Para seus lápis, dois envelopes e uma coleção de suvenires.

Irene o ajudou a entrar no banco do passageiro. Nenhum deles falava.

Ele montara o número sem graça na taverna algumas semanas antes apenas para ter uma desculpa para ter Irene na sala com ele quando se encontrasse com Nick. Ele precisava dela ali, ouvindo o homem falar. Todo aperto em seu braço significou uma mentira daquele canalha.

Eles estavam a três quilômetros da taverna quando Teddy disse por fim.

– Então?

– Ele está mentindo, totalmente.

Teddy deu um suspiro. Claro que ele estava. Que vergonha ter razão.

– Vamos – disse Teddy. – Precisamos alertar Graciella.

19

Irene

No fim, havia apenas um lugar para levá-los. Irene abriu a porta da frente da casa, olhou em seu interior para se assegurar que Buddy não estivesse nu ou algo assim e disse para Graciella:

– Na verdade, temos muitas camas extras.

Graciella não queria sair de casa. O pai, porém, conseguiu persuadi-la sem gerar pânico. Ele apresentou a ideia de dormir em sua casa como uma brincadeira, um pouco de diversão para os meninos, enquanto de algum modo transmitia a ideia de que seu sogro sociopata podia realmente querer invadir a casa de Graciella, raptar seus netos e atirar na cabeça dela. Graciella recebeu essa notícia implícita melhor do que Irene esperava. A primeira emoção da mulher, porém, pareceu não ser medo, mas raiva. Ela estava com raiva de Teddy, ou talvez com raiva de si mesma por ter concordado com ele. Irene sabia exatamente como ela se sentia. Além disso, quem iria querer deixar aquele palácio? Irene sabia que Graciella tinha dinheiro, mas só percebeu quanto quando viu aquela casa.

E agora, infelizmente, Graciella estava vendo a deles. Irene a conduziu para dentro. Buddy não estava em nenhum lugar à vista, mas deixara um cavalete de serrador no meio da sala de estar. A serragem cobria tudo.

– Hum, estamos fazendo pequenas reformas.

– Eu sei – disse Graciella. – Eu estive aqui mais cedo.

– É mesmo? Então entre.

Os filhos dela olharam ao redor da sala sem dizer nada. Não tinha sido fácil tirá-los de sua casa também. Os dois meninos mais novos, Adrian e Luke, não tinham a menor ideia de como fazer uma mala, e o adolescente, Julian, parecia achar que se ele se escondesse em seu quarto, então de algum modo iriam se esquecer dele e deixá-lo ficar em casa. Felizmente, tanto Graciella quanto Irene sabiam como reunir jovens machos.

E chamá-los.

– Matty! – chamou Irene. – Nós temos companhia!

Não houve resposta do porão. Será que estava dormindo outra vez? De quanto descanso um adolescente precisava?

O pai entrou pela porta dos fundos.

– O carro está guardado – disse. Ele tivera a precaução de estacionar o Mercedes de Graciella na garagem e fora de vista. – Sei que é bobagem, talvez desnecessário, mas por que não? Não faz sentido anunciar sua presença.

Adrian, o mais novo, entregou uma nota de um dólar para Teddy.

– *Agora* o senhor pode fazer um truque de mágica?

O pai pegou o dólar dele.

– Você acha que foi paciente, hein?

O garoto assentiu.

– Então está bem. Já ouviu falar no banco sapato? – O pai se sentou na otomana e tirou um sapato preto reluzente em estilo inglês. – O primeiro passo, digamos assim, é fazer um depósito. – Ele dobrou a nota com os dedos rígidos e a pôs no interior do sapato. Até ferramentas rudimentares podiam fazer trabalhos rudimentares. Talvez o suficiente para enganar uma criança. – Aí nós esperamos que ele renda juros. Não se preocupe, garoto, essas todas são piadas que você vai entender um dia e apenas *rir*. – Ele pôs o sapato de volta outra vez e se levantou. – Agora é a parte difícil. Como fazer uma transferência de sapato para sapato? – Ele deslizou o sapato com o dinheiro para a frente. – Vamos tocar a ponta dos pés, hein? Não, o outro pé; pé direito com pé direito. Aperte a ponta contra o meu. Isso, sabe, permite que combinemos nossos dedos. Não? Nada? Está bem, agora damos uma ordem ao dinheiro. Isso se chama ordem de pagamento.

Graciella deu um suspiro.

– Como eu mencionei, um dia, hilariante. Você está pronto? – Adrian olhou para os irmãos, em seguida balançou a cabeça afirmativamente. O pai disse: – Repita comigo. Ordem de pagamento!

– Ordem de pagamento – disse Adrian.

– Transferência! – disse o pai, e chutou a ponta do pé de Adrian com a sua. O menino deu um pulo para trás como se tivesse levado um choque. O pai disse:

– Agora vamos ver se a transferência foi feita. Tire o sapato, meu garoto.

Adrian sentou no chão e tirou o sapato.

– Embaixo da palmilha – disse o pai. – Isso mesmo, puxe fora.

O garoto puxou a palmilha de espuma. Embaixo havia uma nota dobrada.

– Deu certo! – gritou Adrian. Ele desdobrou a nota. – E é de cinco!

– Puta merda – disse Graciella.

– Mãe! – disse Adrian.

Graciella riu.

– Como você fez isso? – perguntou ela ao pai.

– Ele nunca vai contar – disse Irene. Ela nunca vira aquele antes. Era um truque bastante bom. Ele não tocara no sapato do menino, exceto para chutá-lo de leve com o pé.

– Agora a melhor parte – anunciou o pai. – Vocês, garotos, gostam de videogames? Porque nós temos um montado aqui embaixo.

– Que tipo de videogames? – perguntou Adrian.

– Um sei-lá-o-que novinho.

– Um Super Nintendo?

– Sem dúvida – disse o pai. – Por ali.

Irene disse:

– Se houver um garoto lá embaixo, acordem-no.

Adrian, com apenas um pé calçado, desceu a escada aos pulos. Os mais velhos o seguiram.

O pai estava excitado com todo esse teatro, apesar do perigo. Ou talvez por causa dele. Irene sempre soube que o pai tinha sido um jogador, o que Frank chamava eufemisticamente de "arriscador". Ela achava que ele tinha deixado isso tudo para trás. Depois da morte da mãe, ele ficou primeiro deprimido e desinteressado, depois frustrado e desinteressado, e por fim apenas desinteressado. Durante todo esse tempo, ela achava que ele não gostava de crianças, mas talvez não gostasse apenas de *seus* filhos. Só uma plateia de estranhos o achava divertido.

– O que vamos fazer para o jantar? – perguntou ele a Irene.

– Não olhe para mim – disse ela. – Onde está Buddy? E Frankie?

– Buddy está lá atrás, limpando a grelha. De Frankie, eu não tenho ideia. – Ele bateu palmas. – Acho que vamos pedir comida fora. Do que os meninos gostam? – Os olhos dele se iluminaram. – Que tal frango frito? Meninos adoram qualquer comida que venha em baldes. Eu vou comprar. Vocês, garotas, fiquem à vontade. Prepare uma bebida para ela, Irene. Graciella gosta de Hendrick's. – E então ele saiu.

– Uau – disse Irene.

– Acho que ele gosta disso – disse Graciella.

– E está com um pouco de medo de ficar na sala com você.

– Você acha?

– Ele não quer desapontá-la – disse Irene. – Não se preocupe. Ele vai, mais cedo ou mais tarde.

Graciella deu para ela um olhar intrigado.

– Que tal uma bebida?

Elas se sentaram à mesa da sala de jantar, em meio às pastas e caixas da imobiliária NG Group. Graciella pegou uma das listas que Irene tinha marcado com caneta vermelha.

– É muito ruim?

– Podia ser pior – respondeu Irene. Ela explicou o que tinha encontrado nos dois últimos anos de arquivos. Pelo número de imóveis negociados, a maior parte dos negócios era legítima. Mas o fluxo de caixa concentrava-se em negociações de casas suspeitas, e quase todas elas feitas por um corretor. – Se você quiser passar a empresa a limpo, vai precisar despedir esse sujeito, Brett. E se quiser ter lucro, os outros corretores precisam vender muito mais casas.

– Eu agradeço por você não estar dourando a pílula.

– Quem tem tempo?

– Eu vou brindar a isso.

As duas brindaram.

– À porra do Nick.

– Filho *e* pai – disse Irene.

– E aquele seu cara? – perguntou Graciella. – Como estão indo?

– Nada bem – respondeu Irene.

– Achei que você pareceu triste depois da viagem. Você rompeu com ele?

Rompeu. Com Lev, seu quase marido, e com outros namorados, a palavra parecia certa; ela rompia com eles em sua vida, deixava que despencassem como o estágio consumido de um foguete Apollo. Era mais forte sem eles, e nunca olhou para trás. Com Joshua, porém, era como se tivesse deixado uma parte de si mesma para trás. Foi ela quem ficou machucada, incompleta, sem rumo. Destinada a ficar fria e morrer sozinha.

Ela, porém, precisava de uma história para contar a Graciella, por isso invocou um destino diferente.

– Nunca iria dar certo – disse ela. – Ele não pode deixar Phoenix. Ele tem uma filha, e eles têm guarda compartilhada. Ele queria que eu me mudasse para lá, arrumasse um emprego em sua empresa, mas eu não passei nem pela entrevista.

– O que aconteceu?

– Descobri que eles tinham instituído uma taxa de útero.

Graciella riu.

– Ah, um desses lugares.

– Vamos só dizer que eu nunca vou trabalhar para aqueles putos. Só espero que eu não tenha feito com que Joshua fosse demitido.

– Ele está com raiva de você?

– Não! Ele se sente culpado. Diz que devia ter se informado mais sobre aquilo em que estava me colocando. Ele acha que eu sou ótima e ninguém mais é digno.

– Parece que você está no alto do pedestal, que é o seu lugar. Qual o problema?

– O problema é que ele se ilude.

Graciella levou dois dedos aos lábios apertados e se debruçou para a frente – o sinal usado por pessoas sensatas para indicar que elas *teriam* cuspido a bebida se rissem, se fossem um adolescente ou Lou Costello. Irene apreciou o gesto. Graciella engoliu e disse com um sorriso.

– Explique.

– Nós só nos conhecíamos havia alguns meses – disse Irene. – Nós mal passamos tempo um com o outro. Ele nem conheceu minha família! – Ela não disse: "E eu nem conheci a dele." – Ele insiste em falar como tudo vai ser tão fácil, tão maravilhoso, nada além de unicórnios no jardim. Ele não tem ideia de como seria viver comigo todo dia.

– A coisa paranormal?

– Ah. Teddy lhe contou sobre isso?

– Ele não tem nenhuma vergonha disso.

– Bem, eu simplesmente sei que não conseguiria lidar com isso quando ele começasse a mentir para mim.

– A gente sempre se surpreende com nossa capacidade de conseguir lidar com alguma coisa – disse Graciella. – Eu sabia o que Nick era quando o conheci. Era parte da atração. E por quase vinte anos não houve problema. Eu não precisava pensar no que ele fazia com o pai. Eu sabia que ele ainda estava fazendo coisas, coisas não muito legais, mas *nossa* família era boa. Se ele não tivesse sido preso, eu ainda seria a dona de casa perfeita.

– Deve ser legal – disse Irene.

– Ser feliz?

– Viver assim. Não perceber as mentiras.

– Ah, eu percebia.

– Sério?

– Você não foi casada, foi?

– Fui ameaçada disso uma vez.

– O segredo é o seguinte. Vocês dois precisam mentir de vez em quando para fazer com que funcione. Ele diz: "Você está ótima com essa roupa." Você diz que ele tem razão sobre Clinton. E quando ele chega em casa às três da madrugada com um saco plástico cheio de dentes, você se assegura de não perguntar a quem eles pertencem.

– Jesus – disse Irene.

Graciella olhou fixamente para seu copo.

– Você tem razão. É horrível. Como eu vivi assim? – Os olhos dela brilharam. Irene nunca vira Graciella ficar emocionada.

– Eu sabia quando Nick não estava onde dizia estar – disse ela. – Ou quando ele inventava alguma história quando estava trabalhando para o pai. E eu simplesmente... deixava passar.

– Você tinha de pensar nos meninos – disse Irene.

– Eu estava pensando em mim mesma. Em todas as coisas que eu tinha.

– É mesmo uma casa muito boa – comentou Irene.

Graciella deu de ombros, admitindo isso.

– Joshua tem boa situação financeira?

– Melhor que a minha.

– E você o conhece há dois meses.

– Quase três. Nós nos conhecemos pela internet.

– Pela internet. Eu não entendo isso. Quanto tempo você esteve pessoalmente com ele?

Irene tentou contar os dias.

– Talvez uma semana, no total? Dez dias?

– Isso é loucura, Irene. Dez dias e ele quer que você se mude para o Arizona?

– Eu sei. Isso não se parece comigo.

Mas o que se *parecia* com ela? Ficar em casa e cuidar dos meninos, claro. Ser a Adulta Designada na sala. Colocar-se em segundo plano. Ela disse:

– Simplesmente não sei mais ao certo que pessoa eu quero ser.

– Fique aqui, então – sugeriu Graciella. – Trabalhe para mim. Cuide do dinheiro.

– Você quer que eu seja sua contadora?

– Vamos contratar a porra de um contador. Eu preciso que você seja minha principal funcionária do financeiro. Alguém que saiba onde todos os corpos estão enterrados.

Irene fez uma careta.

– Monetariamente falando – disse Graciella.

– Você está falando sério?

– Mortalmente sério. – Em seguida: – Eu preciso mesmo encontrar um modo diferente de me expressar.

– Vou pensar nisso – disse Irene.

– Entendi. Isso é você sendo adulta. Não impulsiva. Vamos beber mais.

Alguns minutos depois, o Buick do pai passou pela janela panorâmica a caminho da entrada de garagem. Irene disse:

– Vamos chamar os meninos.

Mas Matty não estava em nenhum dos beliches. Irene subiu até o sótão e bateu na porta de seu quarto.

– Jantar, garoto! – Sem resposta, ela tornou a bater. – Matty?

Ela tentou a maçaneta. Ela não girou – o que significava que Matty a havia trancado por dentro – mas a porta não estava encaixada no batente. Ela a empurrou e abriu.

Matty estava deitado na cama com a mão embaixo das cobertas. Jesus Cristo, não de novo, pensou ela. Ela começou a sair do quarto então percebeu que os olhos dele estavam bem abertos.

– Matty?

Ela agitou a mão em frente aos seus olhos.

– Matty? Você está me ouvindo? – Ele não se mexeu. Ela pôs a mão em seu pescoço e verificou que ele ainda estava respirando.

– Droga – disse ela. Seu filho era a porra de um viajante astral.

☆

Foi na viagem de limusine até o cemitério que ela pensou: Talvez agora nós sejamos normais. No fim da cerimônia, ela se deu conta: Não. Nunca vai acontecer.

A caminho dali, o pai parecia estar em transe. Ele se sentou no banco de trás com o chapéu ao lado, vendo os postes telefônicos passarem. Foi Irene quem teve de manter Frankie e Buddy na linha. Buddy se recusara a se sentar no banco, e estava deitado no tapete do chão, desenhando com lápis de cor em seu grande bloco de papel. Frankie não parava de botar os pés em cima dele e de dizer coisas como: "Nossa, como esse descanso de pés é confortável!" Buddy afastava seus pés com um tapa, e Irene gritava com os dois, assim que ela afastava os olhos, todo o processo recomeçava.

O pai os ignorava. Isso só a deixava com mais raiva dele. Estava furiosa por ele nunca ter voltado do hospital para levá-los para ver a mãe. A Sra. Klauser fizera com que todos tomassem banho e vestissem roupas elegantes, como se estivessem se preparando para subir ao palco. Aí eles foram forçados a ficar pela casa, sem permissão de brincar lá fora porque iriam se sujar. Depois de três horas de espera, o telefone tocou. A Sra. Klauser lhes disse que eles não iriam ao hospital. Só Irene soube o que aquilo significava.

O pai devia tê-los levado naquela manhã. A mãe não teria se importado com a aparência deles. Mas como ele era muito preocupado com *aparências*, Irene não pôde se despedir da mãe. Nenhum deles pôde.

Bom, pelo menos agora, o número estava acabado. Não havia mais a Fabulosa Família Telemachus sem a mãe. Agora eles poderiam ser iguais a todo mundo.

A cerimônia à beira da sepultura não estava nem de perto tão cheia quanto o velório na noite da véspera, ou a cerimônia na igreja naquela manhã, mas ainda havia mais de cem pessoas reunidas em torno do caixão. O pai saiu da limusine sem olhar para trás, deixando os garotos com Irene.

– Deixe o livro de colorir no carro – disse ela a Buddy. – Ponha a camisa para dentro da calça – disse a Frankie.

– Você não manda em mim – retrucou ele.

– Pare com isso – reclamou Irene. – Este é o *enterro* da mamãe.

– É mesmo? Eu não tinha percebido. – Frank tinha se transformado em um idiota desde o momento em que o fizeram botar uma gravata.

O funcionário da funerária os levou até uma tenda sobre o local da sepultura, depois até a frente da multidão, bem ao lado da cova. Eles se sentaram em cadeiras brancas de armar enquanto a maioria das outras pessoas permaneceu de pé.

Alguém pôs a mão no ombro de Irene. Ela olhou para cima e percebeu que era uma mulher ruiva que nunca tinha visto antes.

– Meus pêsames, querida – disse a mulher. – Se precisar de alguma coisa, pode contar conosco.

– Qualquer coisa – disse o homem ao lado da ruiva. Era Destin Smalls, enorme como sempre.

Mais tarde, Irene desejou ter dito: "Tudo o que eu quero é que vocês deixem nossa família em paz." Mas na hora ela disse apenas: "Obrigada", e se virou.

O padre disse mais algumas palavras, mas Irene não estava ouvindo. O que restava a dizer? Sua mãe estava morta; e Irene, aprisionada ali, o próximo adulto disponível no comando.

Finalmente, chegou a hora de o caixão baixar à terra. Irene segurou a mão de Buddy, tanto por ela quanto por ele. Alguns funcionários da funerária de terno preto se abaixaram ao lado da estrutura de metal que cercava o caixão e abriram alguns fechos. O sacerdote não parava de falar enquanto os homens trabalhavam com as correias grossas que seguravam o caixão cor de níquel. Ele desceu alguns centímetros, em seguida parou.

Os funcionários da funerária se entreolharam, baixaram as correias um pouco mais, mas o caixão não descia. Ele planava, sem apoio. Um murmúrio percorreu a multidão. O pai não parecia perceber que havia algo de errado. Ele estava com o olhar distante, mordendo o lábio.

Irene se voltou para Frankie. Lágrimas desciam pelo rosto dele. Estava parado imóvel, de punhos cerrados.

Irene se aproximou de seu ouvido.

– Pare com isso – pediu ela.

Frankie sacudiu a cabeça.

– Está tudo bem – disse ela. – Está tudo bem. – Só... deixe que ela desça, com delicadeza, está bem?

O caixão de repente mergulhou cinquenta centímetros e a estrutura de metal balançou. Alguém na multidão gritou.

– Pare de me dizer o que *fazer*! – gritou Frankie e correu para o carro.

☆

Não havia nada a fazer além de trancar a porta e esperar que Matty voltasse para seu corpo. Graciella viu que havia algo errado.

– Está tudo bem?

– Ele vai comer mais tarde – disse Irene.

O pai distribuiu pedaços de frango.

– Uma coxa para o cavalheiro com os tênis das Tartarugas Ninja! Um peito para o jovem forte do outro lado da mesa. E um belo par de sobrecoxas para o rebelde indomável Luke.

Irene o segurou pelo braço.

– Você pode ir lá fora, um instante?

– Espere sua vez, querida, esses garotos estão...

– *Agora*.

O pai finalmente olhou-a nos olhos e percebeu seu estado de ânimo.

– Hum, Graciella, você podia introduzir seus rapazes ao milagre da salada *coleslaw* do Brown's? Nós já voltamos após esta breve interrupção.

Irene o conduziu ao quintal dos fundos. Buddy estava desenrolando um fio vermelho e o esticando pelo gramado como se instalasse um sistema de rega. Quando ele os percebeu, largou o fio e caminhou na direção da garagem.

– Parem! – disse Irene. – Isso é com vocês dois. Vocês sabiam sobre Matty?

Buddy ergueu as mãos e se afastou.

– Volte aqui, Buddy. – Ele entrou na garagem pela porta lateral. – Droga!

– Do que você está falando? – perguntou o pai.

– Viagem astral – disse Irene. – Visão remota. Como quer que vocês chamem... o que mamãe costumava fazer.

– Você está dizendo que Matty é um paranormal?

– Não me enrole, pai.

– Do que você está falando? – perguntou ele inocentemente.

– Você ainda está fazendo a mesma coisa!

O pai olhou para a casa.

– Talvez devêssemos manter nossas vozes... quero dizer, hum, vamos falar mais baixo.

– Você sabia disso?

– Eu soube recentemente que, sim, o menino tem alguma habilidade. Ele teve algumas experiências, claro.

– Ele agora está lá em cima. – Ela apontou na direção do quarto no sótão e do ar acima dele. – Voando pelo espaço. Quando você ia me contar?

– Logo. Matty achou que você não ia receber isso bem. Ele pediu conselho a Frankie, e depois eu...

– Ele contou a *Frankie*? – De repente, as noites em que o filho dormira na casa de Frankie fizeram sentido. – O que vem agora? Montar um espetáculo outra vez?

Teddy ergueu as sobrancelhas.

– Você acha que Matty estaria disposto a fazer isso?

– Não! – gritou Irene. – Não importa o que ele queira. Ele tem 14 anos!

– Você tinha nove quando começamos. Buddy só tinha cinco.

– Você não ganha nenhum prêmio de paternidade por isso.

Graciella abriu a porta dos fundos.

– O frango está esfriando.

– Nós não terminamos de falar sobre isso – disse Irene ao pai. – Não estamos nem perto.

Irene entrou na sala com passos fortes.

– Graciella, quero começar na segunda à tarde. Porque na segunda de manhã eu vou me mudar desta casa.

– Está bem... – disse Graciella.

– Segunda-feira é feriado – observou o filho mais velho dela.

– Eu trabalho em feriados – disse Irene.

– Quem está se mudando?

Matty apareceu na porta da cozinha. Cabeças giraram.

– O que foi? – perguntou ele. – O que eu perdi?

– Você e eu, lá fora – disse Irene. – Agora.

– Posso pegar um frango antes? Estou faminto.

Irene respirou fundo.

– Um pedaço.

Irene se sentou na varanda da frente – a nova varanda da frente com seus azulejos lisos demais – e desejou ter um dos baseados do filho para fumar.

O pai de Matty gostava de fumar. Irene também, antigamente. Mas esse era só mais um mau hábito que ela largara com Lev Petrovski. Ela nunca contou a Matty por que não se casou com o pai dele. Talvez fosse hora de remediar isso.

Ela só quisera duas coisas do homem. (*Homem*. Nem tanto. Ele tinha 19 anos, na época, não tinha nem idade para beber, exceto em Wisconsin.) O primeiro era um DNA de certa qualidade, pelo qual ela queria dizer DNA normal, sem nada excepcional, cheio de genes dominantes que afogariam qualquer traço especial que a criança pudesse herdar da mãe e da avó. Ela não queria uma criança com dons, um Fabuloso Telemachus: ela queria um filho ou filha normal que nunca ficaria tentado a se exibir em um talk-show em rede nacional.

A segunda era a presença de Lev. Sua presença contínua. Parecia pouco exigir que ele permanecesse por perto depois do nascimento da criança, mas Lev não conseguiu fazer nem isso. Na noite em que ela entrou em trabalho de parto, ele não foi encontrado em lugar nenhum. À uma da manhã, ele estava com os amigos, inalcançável. Ela dissera a ele para arrumar um pager, mas claro que ele não fez isso.

Foi o pai que a levou para o hospital. Ele, porém, não quis entrar na sala de parto. "Eu não posso com essas coisas", disse ele como se um vislumbre da boceta da filha em funcionamento fosse deixá-lo louco. Ela entrou sozinha e se deitou sozinha em uma sala que, para seu sentido do olfato aumentado pela gravidez, era um banho fumegante de desinfetante.

Nunca sentira tanta falta da mãe. Houve outros marcos importantes – aniversários, a morte de seu gato, sua primeira menstruação, sua formatura no secundário – depois dos quais Irene se escondia para olhar fixamente para a foto da mãe e manter conversas de um só lado entre mãe e filha. Mas aquela noite no hospital, empurrando para fora uma criança nas mãos de estranhos, fez com que ela sofresse de saudade. Mesmo quando finalmente botaram o filho a seu lado, ela se sentiu ferida uma segunda vez, porque não podia mostrá-lo a ela.

Lev apareceu mais tarde naquela manhã. Ele se desculpou várias vezes. Expressou assombro com o bebê. Disse todas as coisas certas que você deve dizer depois de fazer todas as coisas erradas, mas algo havia se fechado no coração dela. Ele viera direto dos bares, com as roupas impregnadas com fumaça de cigarro, e ela mal conseguia tolerá-lo segurando o filho dela. Antes que ele deixasse o quarto, ela decidiu que ele nunca mais voltaria a segurar Matty.

A presença dele não era mais necessária. E 14 anos depois, revelou-se que Lev tinha falhado até na porção do DNA do teste. Os genes dos Petrovski não eram páreo para a magia dos McKinnon.

Era hora de ter a conversa que ela estava temendo. Explicar as abelhas e os passarinhos não era nada em comparação com os psicopatas e os paranormais. Irene tinha 31 anos de idade, a mesma idade da mãe quando morreu, e parte dela sempre acreditara que estaria morta antes de ter de enfrentar aquele momento. Mas não.

Sorte dela.

Estava prestes a entrar outra vez e procurar Matty quando a van amarela da Bumblebee de Frankie virou na entrada de carros e parou cantando pneu. No momento seguinte, um caminhão alugado de transportadora de seis metros parou junto ao meio-fio e estacionou em frente a casa.

Loretta saiu da van e subiu a rampa, carrancuda como um demônio. As gêmeas corriam atrás dela.

– Ei, Loretta – disse Irene. – O que está acontecendo?

– Nós estamos nos mudando para cá. Nós somos umas malditas refugiadas.

Irene saiu do caminho antes que fosse atropelada. As gêmeas se jogaram sobre ela com um abraço de quatro braços.

– Tia Reeene! Nós fomos expulsas da nossa casa.

– Uns caras apareceram e botaram todas as nossas coisas no gramado!

– Papai arranjou um caminhão.

– Não digam? Bem, entrem e peguem um pouco de frango para vocês, meninas.

Mary Alice desceu do caminhão e atravessou o gramado. Frankie a seguiu, parecendo mais ter sido atropelado por um caminhão do que dirigido um.

Mary Alice captou o olhar de Irene, em seguida sacudiu a cabeça e entrou.

Frankie olhou para ela.

– Um revés temporário – disse ele.

– Quem expulsou você? – perguntou Irene.

– É complicado. Matty está aí?

– Fique longe de Matty, droga.

– O que foi agora? Por quê?

– Você me ouviu. Você não é a porra do *treinador* dele. Você espere bem aqui. Não se mexa.

– Você não pode me dizer o que fazer. Eu sou um adulto...

Ela bateu a porta às suas costas antes que ele pudesse terminar. Matty estava parado no corredor com Mary Alice, conversando em voz baixa. Ele estava segurando um prato branco de isopor carregado com frango frito demais e uma pilha de purê de batata.

– Você – disse Irene, apontando para ele. – Para cima.

– Achei que você quisesse conversar comigo.

O garoto não sabia como era uma sentença suspensa.

– Para o seu quarto! – ordenou ela.

– Posso levar a comida?

– Considere sua última refeição – disse ela com voz gélida.

Matty trocou um olhar sombrio com Mary Alice, em seguida subiu com seu prato de trabalhador.

Irene levantou a voz.

– Pai, preciso de você aqui fora!

Ele saiu da cozinha, ainda brincando com alguém que ela não podia ver. Ele viu o rosto de Irene e franziu o cenho.

– Você precisa ouvir isso – disse ela e tornou a sair.

Frankie agora estava na varanda.

– Não meta papai nisso – disse ele. – Eu estou cuidando da situação.

– Você não tem ideia – disse Irene.

O pai saiu, o que forçou Irene e Frankie a descerem a rampa.

– O que está acontecendo? – perguntou ele.

– Nick tomou a casa dele mesmo assim – respondeu Irene.

– Bem, você falou que ele estava dizendo apenas mentiras – disse o pai.

Frankie estava desnorteado.

– Você sabe sobre Nick?

Graciella saíra de casa atrás de Teddy.

– Que Nick?

– Nós temos um problema – disse o pai.

– Nós vamos precisar de mais frango – disse Graciella.

– Jesus Cristo – disse Irene em voz baixa. – Para mim chega.

– Pelo menos de 48 pedaços – acrescentou Graciella.

– Chega de toda essa droga de show.

O pai pareceu finalmente escutá-la.

– Todo mundo se acalme – pediu ele. – Vou resolver isso.

– Ninguém precisa resolver nada – disse Frankie. – Eu tenho tudo esquematizado. Esquematizado!

Irene gritou sem dizer palavras. Todo mundo olhou para ela como se esperasse uma tradução.

Sem dúvida, eles entendiam. Não era sensato criar um filho naquela casa, naquelas condições. Ele seria normal, droga. Ele seria *entediante*.

Ela perguntou para Frankie:

– Onde você alugou esse caminhão de mudança?

20

Frankie

O plano era simples. Fingir dormir. Sair escondido de casa. Esvaziar o cofre de Mitzi e Nick.

O primeiro passo desmoronou quando ele se viu incapaz de permanecer imóvel. Não eram apenas os nervos, era a porra da umidade. Tinha sido exilado para o sofá da sala de estar, onde havia apenas janelas para refrescá-lo.

Levou uma eternidade para todos na casa sossegarem. As gêmeas deviam estar dormindo com Loretta em um dos quartos do sótão, mas estavam muito empolgadas com a excitação de estarem na casa do vovô Teddy com todos aqueles garotos estranhos correndo de um lado para outro. Elas não paravam de inventar desculpas para se levantar. Cada uma delas visitou o banheiro, em seguida desceu até a cozinha para buscar "água fresca" (porque a água do banheiro era quente demais?) e em seguida apareceu ao lado do sofá dele para lhe pedir que fizesse "leites achocolatados". As garotas estavam desesperadas para descobrir o que os outros garotos estavam fazendo no porão. Irene e Graciella tinham descido até lá às onze e disseram a eles para apagar as luzes, mas era impossível saber dali se eles tinham obedecido. Buddy havia instalado uma porta que parecia de cofre e, quando ela estava fechada, nem luz ou som escapavam.

Cerca de vinte minutos se passaram sem interrupção das gêmeas. Ele queria esperar até meia-noite, ainda faltavam 45 minutos. Meia-noite parecia auspicioso. Ninguém exceto Matty sabia o que ele planejava – e o plano estava avançando, droga. Sim, seu pai tinha "falado" com Nick Pusateri. O pai não quis lhe dizer sobre o que tinham conversado, mas obviamente não havia funcionado. Os homens da máfia apareceram em sua casa, expulsaram sua família, jogando seus pertences no gramado: móveis, brinquedos de criança, toda a louça, pilhas de roupas. Frankie apareceu bem a tempo de afastar Loretta de um sujeito. Frankie sabia que não devia interromper nem discutir com o "pessoal da mudança"; mexer com bandidos supostamente armados era um jeito rápido de ser morto. A fúria de Loretta, porém, a deixara corajosa. Só a presença de suas filhas (chorando, com medo) a impediu de matá-los. E a ele. Ah, ela não tinha esquecido que aquilo era culpa dele.

Outro período de minutos passou rastejando. Seus olhos tinham se ajustado à escuridão, mas ele ainda não conseguia ver o mostrador de seu relógio. Apurou os ouvidos e ficou aliviado ao constatar que a casa estava em silêncio.

Ele se sentou. As costas de sua camisa eram um trapo molhado apesar do lençol que Buddy jogara por cima das almofadas de couro.

– Você está pronto? – sussurrou consigo mesmo. – Está na hora, Frankie. Hora de... – Ele quase disse "Abraçar a vida", mas já estava farto da UltraLife. Se provasse mais qualquer coisa de goji, iria vomitar as tripas.

Usando adivinhação e pistas de formas indistintas, procurou calça, meias, sapatos. O bolso da calça guardava o pedaço de papel importante. A bolsa de ferramentas vazia estava em sua mão. Havia apenas mais duas coisas de que precisava antes de sair de casa.

Ele desceu a escada e quase tropeçou na enorme furadeira industrial que Buddy deixara no chão – embora Frankie estivesse procurando por ela. O irmão a estava usando para aparafusar um relógio digital na parede ao lado da porta do porão. Por quê? Quem diabos podia saber. Era mais fácil conseguir respostas de um chimpanzé. Mas pelo menos os dígitos vermelhos lhe diziam a hora exata: 11:25. Jesus. Ainda não eram nem 11:30.

Ele empurrou a porta de metal. Ela se arrastou e abriu com um som que ele não teria percebido sob a luz do dia, mas cujo volume noturno subia ao 11. O ambiente ali dentro estava iluminado apenas pelo brilho das luzes indicativas do Super Nintendo. De algum modo, isso deixava o local mais escuro.

– Matty? – sussurrou e entrou no porão. Os novos beliches ficavam colados na parede do fundo, mas qual era o de seu sobrinho? – Ei. Matty. – Seu pé prendeu em um fio de energia invisível, mas ele se equilibrou.

– Ele está aqui – sussurrou uma vozinha diminuta.

– Obrigado – respondeu Frankie. Nossa, como era fresco ali embaixo. Buddy tinha instalado um ar-condicionado? Mas por que merda ele estava derretendo lá em cima?

– Oi – chamou uma voz familiar.

Frankie se virou em sua direção.

– Marco.

– Polo – disse Matty.

Todo mundo ainda estava sussurrando. O garoto parecia estar no beliche debaixo. Frankie se abaixou e seguiu lentamente adiante, com a mão pairando à sua frente no escuro para impedir que ele quebrasse o crânio contra a madeira.

– Eu preciso que você fique de atalaia – disse Frankie.

– O quê?

– Você sabe. Me vigiar. Lá em cima.

– Você ainda vai fazer isso?

– Sim, eu vou fazer. Claro que vou. Nós não somos os Telemachus?

– Sim, mas...

– Eu preciso de você, Matty. Você é meu... – Ele tentou pensar em um grande auxiliar da mitologia grega, mas Castor e Pólux eram a única dupla dinâmica em que conseguia pensar, e Frankie na verdade não queria pensar nas filhas nesse momento. – Você é minha sentinela.

As luzes do porão se acenderam. Frankie se levantou e bateu com força a parte de trás da cabeça na estrutura do beliche. Ele cambaleou para trás e quase caiu de bunda.

– Que diabos você está fazendo? – Irene estava parada na porta, de short e camiseta, com a mão no interruptor. O filho mais velho de Graciella se sentou no beliche de cima, e o mais novo, que tinha falado com Frankie no escuro, automaticamente cobriu a cabeça com o cobertor.

– Eu estou *tentando*... ter uma *conversa* – disse Frankie, reunindo sua dignidade.

– Este não é o momento – disse Irene.

– Eu só queria...

– *Fora*.

– Tudo bem, tudo bem – disse Frankie. Ele tentou lançar um olhar significativo para Matty, mas os olhos do garoto estavam na mãe. – Estou indo. Não precisa ficar me *vigiando*.

Irene o alcançou quando ele estava se dirigindo à porta da frente.

– Qual o seu problema? Aonde está indo? E o que tem na bolsa?

– Nada. Está quente, Irene. Não consigo dormir.

– Quero conversar sobre Matty. Me dê a porra de dois segundos.

– Eu, na verdade, tenho que ir.

– Aonde? – perguntou ela, desesperada. – *Lá fora?*

Ele resmungou.

– Não posso deixar que você fale com Matty agora – disse ela. – Não até eu descobrir o que está acontecendo. – A luz da varanda estava acesa, e o rosto dela estava meio na sombra. Ela parecia ao mesmo tempo mais velha e mais jovem.

– Ora – disse Frankie. – Você sabe o que está acontecendo.

– Não, não sei. Mas quando eu conseguir conversar com Matty, quando não tivermos cinquenta pessoas na casa...

– Você vai mesmo tirá-lo de nós?

Irene piscou para ele.

– Para Phoenix? – perguntou ele.

– Não – respondeu ela. – Provavelmente não. Mas não posso ficar aqui. Não com tudo... isso.

– Entendo, é por isso que Matty não conseguiu conversar com você. Você odeia tudo sobre nossa família.

– Isso é loucura. Eu não odeio tudo.

– Só as partes importantes. Escute, Matty queria alguém com quem conversar e não fizesse com que ele se sentisse envergonhado, está bem? Isto é algo de que se orgulhar. Ele, na verdade, é muito bom em visão remota, talvez ainda melhor do que a mamãe foi um dia. Mas é assustador, e quando aconteceu com ele, ele me procurou, porque sabia que eu ia achar que era *ótimo*.

– Eu fico feliz por ele ter feito isso.

– O quê?

– Fico feliz por ele ter conversado com você. Ele precisava de alguém, e se não podia ser eu, ainda bem que foi alguém da família.

– Está bem... – Frankie não conseguia pensar no que dizer.

– Mas isso acabou – disse Irene. – Chega de encher a cabeça dele com glórias de percepção extrassensorial até eu saber a história toda... por ele.

– Certo. A história toda.

Os olhos de Irene se estreitaram.

– Porque é disso que você precisa! – disse Frankie. – Tudo. Do começo ao fim.

– Foi você quem deu a maconha para ele, não foi?

– Você está usando seu poder em mim, Irene?

– Eu não sei, você está tentando me enrolar?

Ele riu.

– Está bem. Escute. Eu *não* dei maconha a seu filho. Está me ouvindo? Isso não aconteceu.

– Eu ouvi.

– Bem, agora, se me der licença, vou respirar o ar da noite.

Ele saiu para a varanda e quase escorregou no piso escorregadio pela condensação. O ar da noite, na verdade, estava denso e úmido como gás do pântano.

– Meu Deus, esta umidade... – disse ele. – É... qual a palavra? Nauseante.

– Como um infomercial da Sally Struthers – comparou ela.

– Exatamente. – Irene sempre sabia a coisa inteligente a dizer.

– Sinto muito por sua casa – completou ela.

– Um revés temporário – concluiu ele, entrando na van.

Essa Irene. Sempre a inteligente. Era apenas um ano mais velha, mas ele sempre achou que ela entendia das coisas e ele, não; parecia falar em uma língua que ele não entendia. A língua dos adultos. Das mulheres. Quando eram pequenos, Irene e a mãe trocavam um olhar, e era como se estivessem transmitindo informação de uma para a outra em uma frequência disponível apenas para as fêmeas da espécie. Ele crescera com duas mães e fora incapaz de agradar a qualquer uma delas.

Não como Buddy. Buddy era um caos emocional, ainda assim, de algum modo, amado. A mãe e Buddy compartilhavam algo inacessível a ele. Frankie via os dois trocando carinhos, sussurrando um com o outro, e sabia que não havia espaço para ele ali.

Ele voltou a atenção para o pai. Um osso duro de roer, mas o homem com as chaves para todos os aposentos trancados. Frankie não queria ser *como* o pai, queria *ser* ele. Queria vestir um terno elegante, puxar um chapéu fedora baixo sobre os olhos e botar um rolo de dinheiro sobre a mesa. Teddy Telemachus era o oposto de invisível. Ele atraía seus olhos, e ao mesmo tempo dirigia sua atenção para o que quer que quisesse que você visse – uma mão vazia, um relógio cravejado de diamantes, a aba de um chapéu – enquanto ele fazia sua mágica.

Irene costumava dizer que a única coisa com a qual o pai se preocupava era o número. Mas isso não significava que ele não se importasse com a família. A família era o número, e o número era a família. Mas na época em que eles estavam em turnê, Frankie sabia, no fundo, que ele não estava tendo sucesso como *performer*, nem como filho. Não conseguia entortar um clipe de papel. Não conseguia levitar um copo de água. Não deve ter surpreendido ninguém quando o Incrível Archibald revelou que a habilidade de Frankie nada mais era que o pai chutando a mesa para fazê-la ganhar vida. O pai fazia todos os truques de Frankie desde que eles começaram a se apresentar. Irene não precisava de ajuda, tinha uma habilidade real. Buddy, quando não estava tendo um ataque, podia acertar todos os resultados na Roleta Mágica. E, é claro, a mãe era a melhor de todos, um talento de nível internacional em um número de vaudeville de segunda classe.

E Frankie? Frankie era o impostor.

Só no funeral da mãe ele finalmente conseguiu mover alguma coisa, mas nem por isso podia levar o crédito. O poder parecia vindo de fora dele, chegando por sua livre e espontânea vontade enquanto ele observava a mãe ser baixada a terra. Depois, nada, por anos, até encontrar o pinball e, mais uma vez, sentiu que não estava tão no controle da máquina quanto comungando com ela. O elo podia romper-se a qualquer momento. Seu poder não era algo que possuísse, mas um companheiro arisco que ele tinha de cortejar para o seu lado, e que desaparecia assim que ele demonstrava medo.

Ele teria passado a vida inteira perseguindo essa sensação se não tivesse entrado naquele bar na Rush Street e conhecido Loretta. Ela foi a primeira pessoa que o achou especial. Na manhã depois que fizeram amor pela primeira vez, ele começou a vestir a calça para ir embora, mas ela o segurou pelo cós e o puxou de volta para a cama. "Talvez você não entenda", disse ela. "Mas você agora é o meu homem."

Ele não soube como responder. E ela disse: "Você vai compreender."

Ele compreendeu. E ficou com ela. Loretta era dez anos mais velha do que ele, mas, ao designá-lo como seu homem, ela o promovera à vida adulta completa. Ela queria que ele a ajudasse a criar a filha e a fazer mais filhos. Ela queria que seus filhos fossem Telemachus. E quando disse a ela que queria abrir um negócio próprio, ela acreditou nele. E quando dizia que queria fazer algo grande, ela acreditava nele também. Ela caiu em seu embuste.

Esse foi o erro *dela*. O dele foi ter caído nele também. Agora a única saída dessa situação, dessa embrulhada que criara, era transformar todas as mentiras em verdades.

Ele tinha de fazer algo grande.

A paranoia que acompanhava um ato de grandeza, entretanto, era exaustiva. Faróis pareciam segui-lo. Na North Avenue, ele teve certeza de que um carro da polícia estava na sua cola, mas aí o veículo o ultrapassou e ele viu que era apenas um sedã com bagageiro no teto. Um bagageiro! Como aquelas coisas eram permitidas?

Frankie estacionou na rua, a uns 15 metros da entrada do beco atrás da taverna Mitzi's. Ficava fora de vista de qualquer câmera de vídeo que Mitzi pudesse ter instalado, ainda assim a menos de cem metros da porta dos fundos. Não longe para correr, mesmo com um saco de dinheiro. Sua bolsa de ferramentas serviria para isso.

Pensar nas câmeras de vídeo lembrou-o de seu disfarce. Ele levou a mão embaixo do banco e pegou o boné dos White Sox que comprara no Osco. Ninguém desconfiaria que era Frankie Telemachus com a porra de um boné de beisebol. Ele repassou na cabeça a lista das coisas a fazer. Disfarce, bolsa de ferramentas... e o que mais? Sim, as chaves do reino. Acendeu sua lanterna da Bumblebee e verificou o pedaço de papel que levava consigo. Havia dois conjuntos de números nele: um para o alarme da porta, outro para o cofre. Matty lhe fornecera os dois.

Ele falou para o ar acima da van: – Você está de vigia, Matty?

Não houve resposta. Esse era o maior defeito da visão remota, ela só funcionava para um lado. Alguém precisava inventar um telefone celular para clarividentes. Você podia chamá-lo de...

Um Chevelle dos anos 1960 passou por ele, devagar, e virou na rua seguinte.

Devagar *demais*?

Não, pensou ele. A paranoia o estava confundindo. Fazendo com que protelasse. E, pior, o nome do serviço de telefonia para clarividentes lhe escapou. Um trocadilho muito bom estava bem na ponta de sua língua, e ele o perdera. Ele se sentou por um momento, tentando se lembrar. Era um nome de empresa.

Droga! Estava protelando as coisas outra vez.

– Está bem, Matty – disse Frankie para o éter. – Eu vou entrar. Se eu tiver problema, *não* chame os tiras! Vá procurar o vô Teddy. Se ele não acordar, encontre o tio Buddy. Em último caso, sua mãe.

Ele, na verdade, devia ter dito isso tudo antes de sair. A enxerida e estúpida Irene.

Ele baixou o boné até os olhos, pegou a bolsa de ferramentas e seguiu pelo beco com a lanterna apagada. O beco estava tão escuro que ele ficou com medo de tropeçar e se empalar em alguma coisa. Por fim, ligou a lanterna. Muito clara! A luz de um ladrão. Ele correu até a porta dos fundos da taverna e apontou a luz para a tranca.

Esta era a parte mais arriscada do plano, o passo que aterrorizava. Ele respirou fundo e segurou a maçaneta.

Roubar Mitzi exigia três coisas: o código do alarme, a combinação do cofre e um meio de passar pela porta dos fundos. Quando Matty confidenciou a ele o que conseguia fazer, as duas primeiras partes do quebra-cabeça estavam solucionadas. Tudo o que Frankie precisava fazer era passar pela porta.

Ele passou semanas treinando na garagem, como tinha feito antes de ir ao *Alton Belle*. Concentrou a mente nos cadeados, nas entranhas de fechaduras de portas, olhou fixamente para portas de todos os tipos. Invocou todo grama de psicocinese do seu corpo.

E fracassou. Todas as vezes.

Buddy Telemachus, naquela noite no cassino, destruíra seu último fiapo de confiança. E sem confiança, ele não era nada. Mas se o irmão tinha tirado isso dele, pelo menos Frankie podia tirar uma coisa de Buddy.

Ele abriu a bolsa de ferramentas e tirou a furadeira gigante do irmão. A broca da furadeira parecia uma carga de artilharia da Segunda Guerra Mundial. Apertou o gatilho, fez o metal girar à velocidade máxima e o enfiou na fechadura.

O ruído alto e estridente quase fez com que largasse a furadeira e saísse correndo, mas ele sabia que, se parasse agora, jamais teria outra chance. Segurou o dispositivo trêmulo com as duas mãos e furou. Com um estalido metálico, a broca da furadeira entrou.

Isso, caralho. Se ele não podia contar com seu poder, podia pelo menos contar com a Black & Decker.

Ele enfiou dois dedos no buraco para retirar os restos da trava da fechadura. Em seguida, puxou a porta na sua direção.

A porta não se moveu até que, de repente, ele conseguiu.

E viu o painel do alarme. A cinquenta centímetros da porta, o teclado estava aceso e bipando.

Ele entrou. O bar estava escuro, mas ele conhecia bem aquele corredor. E o código do alarme era simples; tão simples que o havia memorizado. Ou assim achava.

No console, uma contagem regressiva mostrava: 28, 27...

Onde estava a merda do pedaço de papel? O papel tinha sumido. Começava com um quatro, pensou ele.

Então encontrou o papel no outro bolso e o segurou sob a luz da lanterna. 4-4-4-2. Ao vê-lo, ele se lembrou.

Digitou os números. O painel levou um tempo, depois piscou duas vezes. Ele apontou a lanterna para o mostrador de LCD. A contagem regressiva continuava: 18, 17...

– Merda – disse. Ele olhou outra vez para o papel: 4-4-4-2, como tinha digitado. Apertou o número outra vez, devagar.

Ficou olhando fixamente para o console do alarme, cego pelo pânico. Que diabos estava errado?

– Jesus, Matty! – disse ele em voz alta. – Você fez uma cagada? Você fodeu comigo? – O console mostrou 8, depois 7. – Malditos números!

Então percebeu a tecla *enter*.

Ele a apertou. A contagem regressiva foi substituída pelas palavras PRONTO PARA ARMAR.

Ele desabou contra a parede, respirando com dificuldade. Aí levantou a camisa e esfregou o suor do rosto.

– Entrei – disse ele para o possível Matty. – Desculpe pelos palavrões.

Precisava agir com tranquilidade com Matty, mas sabia no fundo que nunca mais poderia fazer isso. Talvez ladrões de verdade tivessem prazer com o perigo. Talvez pessoas como seu pai pudessem se sentar a uma mesa de pôquer e roubar gângsteres enquanto os olhavam nos olhos. Mas Frankie não era esse cara.

Se ele saísse, naquele exato segundo, escaparia como um homem livre. Mas e depois? Se recuasse agora, nunca iria recuperar a casa, e Loretta nunca iria perdoar-lhe. Ele poderia perder tudo: o casamento, as gêmeas e, na certa, Mary Alice, que se ressentia de sua presença. Queria ser essa presença. Queria ser o cara que esteve presente mesmo quando ela queria que ele saísse, pois queria ser melhor que o pai vagabundo dela.

Não. A única saída era ir em frente.

Ele pôs a furadeira na bolsa, então seguiu a luz de sua lanterna pelo corredor até a sala principal. O letreiro da Bud Light brilhava na janela, projetando uma coloração vermelha na superfície do balcão do bar. Será que mantinham as chopeiras ligadas à noite? Ele deveria pelo menos levar uma garrafa de uísque antes de sair.

A porta do escritório de Mitzi estava destrancada. Ele deu a volta na mesa e apontou a luz para o cofre preto.

– Está bem, Matty – disse ele. – Lá vamos nós. – Ele se agachou ao lado do cofre e segurou o pedaço de papel sob o brilho da lanterna. O segundo conjunto de números era a combinação do cofre: 28-11-33. Seus ouvidos latejavam.

– Eu peço desculpas antecipadamente por qualquer palavrão – disse ele.

Ele girou o disco para limpá-lo, em seguida girou até cada número, esquerda, direita, esquerda. Não havia indicação de que a combinação estivesse certa. Ele abaixou a maçaneta e puxou.

A porta se abriu.

– Porra, obrigado, Jesus – disse Frankie. Palavrões felizes eram permitidos, decidiu ele. – E obrigado, Matty.

De repente, ele lembrou do nome do serviço de telefonia imaginário: Astral Turismo & Telefonia. AT&T. Ah! Ele tinha de contar essa para o garoto.

Ele apontou a lanterna para o interior do cofre. Não conseguiu processar direito o que viu. Afastou a luz, depois voltou, em seguida passou-a por todo o interior, como se procurasse por fundos falsos, por espelhos. Do fundo de sua garganta saiu um gemido agudo, como ar sendo apertado para fora de um balão.

O cofre estava vazio. Ou quase: havia uma lancheira de criança na prateleira de cima. Era pequena demais para guardar aquilo de que precisava.

O interior de sua cabeça ecoava com as mesmas quatro sílabas *SEM DINHEIRO SEM DINHEIRO SEM DINHEIRO...*

Ele pegou a lancheira, um modelo de lateral macia das Tartarugas Ninja. *Dinheiro?*, perguntou à caixa. Ele puxou o zíper. No interior havia um recipiente plástico com os restos de alguma pipoca, ou talvez chicletes brancos.

Nada de dinheiro.

Nem mesmo uma porra de garrafa térmica.

– Droga! – gritou. – Só preciso de ter sorte uma vez. Uma vez, porra!

Houve uma coisa que aprendera nesse verão enquanto treinava sem sucesso arrombar fechaduras: se ficasse muito, muito frustrado, possuía a força para pegar um cofre e erguê-lo acima da cabeça. Claro que também aprendera que, se perdesse o equilíbrio, podia deixá-lo cair por acidente no carro da esposa.

Dessa vez, quando pegou o cofre – primeiro, ele o ergueu até a altura da cintura, depois até o peito – ele escolheu seu alvo. Jogou-o sobre a mesa de Mitzi e o estrondo explosivo de madeira foi tão satisfatório que quase o acalmou.

Então ele pensou: Eu deveria dar o fora daqui.

Desceu à toda pelo corredor até a porta dos fundos. Por que Mitzi teria removido o dinheiro? Já estava em um cofre! As pilhas de dinheiro deviam estar ali, esperando por ele. Ele devia comprar a casa de volta – não, comprar uma casa nova, com dois banheiros e ar-condicionado instalado. E um carro novo também. Chegaria em casa como um herói grego em sua biga Toyota, e as gêmeas iriam correr para ele. Até Mary Alice iria sorrir. E Loretta – Loretta não iria deixá-lo.

A porta dos fundos não trancaria, é claro. Ele a puxou e fechou da melhor maneira possível, em seguida saiu andando pelo beco, ainda furioso. Precisava conversar com Matty. Quando os Pusateri tinham retirado o dinheiro, e por que o garoto não estava observando quando eles fizeram isso? Talvez ele conseguisse espionar a casa de Nick e descobrisse onde guardava a grana. Não havia como aquele mafioso botar tanto dinheiro como aquele em um banco.

A parede ao lado dele de repente foi iluminada pela passagem da luz de faróis: até sua silhueta pareceu surpresa. A polícia! Por um momento longo, ele ficou paralisado, esperando a irrupção de luzes estroboscópicas às suas costas, o berro de uma sirene. Mas nada, nada além do barulho de uma porta de carro se abrindo. O som destravou suas pernas. Ele correu confuso pela rua, com a bolsa de ferramentas batendo ruidosamente ao seu lado, e virou rapidamente a esquina.

Chegou à porta do motorista da van e bateu o cotovelo no retrovisor grande, tentando se apoiar. Abriu a porta, jogou a bolsa de ferramentas e a porra da lancheira lá dentro. Onde estavam as chaves? Procurou em um bolso e não encontrou nada. Será que tinha deixado cair? Onde estava a lanterna? Ele enfiou a mão no outro bolso.

Chaves!

Ligou a van e verificou os retrovisores. O espelho do lado do motorista estava torto, mas o do lado do passageiro mostrava a sombra de um gigante saindo correndo do beco. Ele se virou e levantou o braço. Se não tinha uma arma, era uma imitação bem convincente.

Barney, pensou Frankie. Como Barney tinha chegado ali tão depressa? Por que estava ali?

Frankie saiu cantando pneus, e sua cabeça ecoou com as mesmas quatro sílabas por todo o caminho de casa.

Sem dinheiro.

Sem dinheiro.

Sem dinheiro.

4 DE SETEMBRO

21

BUDDY

O Paranormal Mais Poderoso do Mundo está de pé em frente ao calendário com um lápis de cor na mão. Cada quadrado numerado, por convenção, é uma caixa para guardar tudo o que vai acontecer naquelas vinte e quatro horas. As caixas enchem a página, mas não adianta olhar para trás nem para a frente. Não para ele. O único quadrado que, agora, significa alguma coisa é o de hoje.

Um círculo rosa-arroxeado já cerca aquele quadrado. Ele fez a marca meses atrás, com esse mesmo lápis de cor.

Zap.

Ele se sente tonto, como se estivesse parado à beira de uma piscina, vendado. A cadeia infinita de dias passados está tentando abrir caminho às suas costas, empurrando-o para a frente. A piscina está cheia ou vazia? Quando ele cair (e vai cair, isso ele sabe), vai se estatelar no cimento, ou ser acolchoado pela água? Não sabe. Não sabe, e não saber o enche de medo. Deve ser assim para todas as outras pessoas, todo dia, e ele não sabe como elas aguentam.

São 6:30 da manhã, e ele tem muito a fazer antes que o futuro termine às 12:06. Tem pensado em algumas dessas coisas há anos. Imagens dos acontecimentos do dia que ele guardou como fotos em uma carteira. Alguns ele desenhou anos atrás, à mesa da cozinha, enquanto a mãe o encorajava. Mas há outros eventos que estão na sombra. Não olhou com muita atenção para eles, porque, ao se lembrar deles com clareza, iria transformá-los de possibilidades em certezas, e ele não quer nada fechado.

Mas, ah, essas sombras são assustadoras. A ideia de ricochetes o assombra.

Ele ergue a mão e não se surpreende por ela estar tremendo. Ele se firma ao se concentrar no lápis de cor. É sua cor favorita, um tom específico de rosa. Quando sua mão fica firme outra vez, ele desenha um X sobre a caixa que guarda o dia.

– Você acordou cedo – comentou Irene.

Ele guarda o lápis de cor. Irene ainda está sonolenta, ainda cansada. Provavelmente não dormiu bem no quarto do sótão. Ela teve de dividir a cama com Mary Alice. Irene põe um filtro na cafeteira e pega a lata.

– Eu estava pensando que deveríamos fazer um piquenique – diz ele. – Bem aqui. Salsichas para as crianças. Hambúrgueres e linguiças para os adultos.

Ela olha para ele com um sorriso curioso no rosto.

– Olhe para você, falando e tudo.

– Eu estava pensando em dois pacotes de salsichas – diz ele. – Um quilo e meio ou dois de carne moída, mas... não sei. Não sei quantas pessoas vão comer. – O piquenique, se acontecer, vai ocorrer do outro lado da história.

– Você sabe fazer as linguiças de cordeiro da mamãe? – perguntou Irene. – Aquelas com queijo feta e hortelã?

– Ah. – Ele se lembrava de fazer bolos de carne moída, mas achava que estavam fazendo hambúrgueres. Hum.

– Você não precisa fazer, se já se decidiu por hambúrgueres – diz Irene.

– Não, tudo bem. – A mãe aprendera algumas receitas gregas, a maioria por pedido de Frankie, e Buddy as decorara. Seria bom fazer isso não aniversário da morte dela. – Você pode ir ao mercado para mim?

Ele anota os ingredientes, triplicando a receita habitual para o número de pessoas na casa. Aí começa a escrever as instruções.

– Só por garantia – diz ele. – Eu posso não ser capaz de... – Ele não termina a frase.

– Você parece muito nervoso – observa Irene. – Não se preocupe. Tudo vai dar certo.

– O que você disse? – Ele ergue o rosto. Seus olhos estão banhados de lágrimas. Inesperadas, não solicitadas. Uma das primeiras surpresas do dia.

– Ah, Buddy. – Ela ergue o braço e põe a mão em seu pescoço. – Desculpe. Eu sei que ter muita gente em casa o deixa estressado.

Ele respira fundo. Há muitos pratos para manter girando, e alguns deles estão começando a bambear.

– É muita coisa para cuidar – diz ele.

MATTY

Ele estava voando acima da água. A água azul de ardósia se estendia até o horizonte, até a mancha dourada do sol nascente, e ele se moveu em sua direção ao longo da trilha brilhante e ondulada da estrada do alvorecer. Não conseguia sentir nada, ouvir nada. Não havia *velocidade*. Talvez ele nem estivesse se movendo, apenas pairando no lugar enquanto o planeta girava abaixo dele. E ao pensar no planeta, ali estava ele, uma orbe azul e verde brilhando abaixo de seus pés. Tão bonito. Ele olhou para cima, para o negro do espaço, e percebeu uma estrela piscando para ele. Ou seria Marte? Ele se aproximou...

... e acordou com um grito.

Um sonho. Seria mesmo? Será que seu eu astral podia escapar enquanto ele estava dormindo? E se não conseguisse achar o caminho de volta? Mais uma coisa com que se preocupar.

Meu Deus, ele precisava fazer xixi.

Ficou deitado no beliche, olhando para cima, para molas e ripas. Nenhuma entrega nova, graças a Deus. O porão estava escuro exceto por uma fresta nas persianas de metal novas de Buddy. Que horas eram?

Finalmente, sua bexiga o tirou da cama. Quando desceu do beliche, toda estrutura rangeu e balançou. Talvez aquelas não fossem as estruturas mais permanentes já construídas por Buddy.

– Ah, pare com isso – reclamou uma voz acima dele.

– Desculpe – disse Matty.

Julian, o mais velho dos Pusateri, fez um ruído de desdém entre os dentes. Até no escuro ele podia revirar os olhos. Matty decidira na última noite que não gostava dele, e não apenas porque o garoto mais velho havia lhe dado uma surra no Super Mario. Toda vez que o tio Buddy entrava, Julian fazia uma careta. Quando Malice desceu, ele franziu o cenho para ela e disse:

– É claro. Uma gótica.

Os outros beliches, contendo os dois Pusateri mais jovens, estavam a sua direita, o que significava que o banheiro do porão ficava a sua esquerda. Ele saiu em sua direção.

Julian disse:

– Qual o *problema* de vocês?

– Nenhum – respondeu Matty sem olhar para trás. Ele aprendera a lidar com as agressões aleatórias de garotos mais velhos. A escola era um parque para cães, com todos os cachorros grandes sem coleira, os filhotes tendo de se defender, e os professores distantes e inúteis. O truque era manter a cabeça baixa e seguir em frente.

– Estou falando de *todos* vocês – disse Julian.

– *Ei.* – Matty girou para encará-lo, movido por um clarão de raiva. – Você não nos conhece.

– Eu sei *o que* vocês são. – Mas ele não parecia muito certo. Parecia tão surpreso quanto Matty por alguém mais jovem e mais pobre ousar discordar dele.

– Você não sabe merda nenhuma. Nós aparecemos na TV. Nós somos a Fabulosa Família Telemachus.

– Ah, bem, faça alguma coisa fabulosa. – Julian desceu da cama. – Estou falando sério. Faça alguma coisa. Agora.

Matty ficou firme.

– Pergunte-me se tenho troco para uma nota de cinco.

– O quê?

– Pergunte. Depois me dê uma nota de cinco.

– Vá se foder.

Matty deu de ombros.

– Está bem. Esqueça.

– Não, espere. – Ele levou a mão ao bolso do jeans e tirou uma carteira de náilon. – Tenho uma nota de dez. Serve?

Matty fingiu pensar nisso.

– Está bem. Agora faça a pergunta.

– Tem troco para uma nota de dez, cara de bosta?

– Claro, filhote de cruz-credo. – Matty dobrou a nota de dez, espalmou-a e desdobrou uma nota de dois dólares. Ele a estalou e a mostrou a ele. Foi sensacional ver seu rosto.

– Mas que porra! Onde estão meus dez dólares? Como você fez isso?

– Eu ensino a você por vinte – disse Matty.

– Fechado.

– Depois – disse Matty. – Eu preciso mijar.

Depois do banheiro, ele subiu. O tio Buddy estava parado junto do fogão, colocando e enrolando pedaços de massa de canela em um tabuleiro para fazer enroladinhos.

– Eles vão ficar prontos em alguns minutos – disse Buddy. – Sua mãe foi até a mercearia.

– Obrigado. – Era estranho que o tio Buddy falasse com ele sem ser solicitado. Estranho, mas legal.

A casa estava quieta, todo mundo com a exceção de Buddy ainda estava nos quartos, o que era bom, porque Matty precisava de um pouco de privacidade. Ele foi até a sala, onde um tio Frankie seminu estava deitado no sofá como um marinheiro afogado emaranhado em pano de vela. Matty se abaixou ao lado dele e tocou seu ombro. Então ele o cutucou.

Frankie abriu um olho. Levou um bom tempo para que a consciência se espalhasse para o resto de seu rosto.

– Então? – perguntou Matty.

– Sem dinheiro – respondeu Frankie com voz rouca.

– O quê?

O segundo olho se abriu.

– Sem. *Dinheiro.*

– Mas o cofre...

– Vazio. Pelo menos... – Ele torna a fechar os olhos. – Não tinha nada de útil.

– Sem dinheiro – disse Matty com assombro.

– Que horas são? – perguntou Frankie.

– Não sei. Oito e alguma coisa?

– Merda. – Em seguida: – Desculpe. – Ele se sentou, tossiu com força. Em seguida olhou Matty nos olhos. – Você não os viu retirar o dinheiro nem nada?

– Não! Toda vez que alguém pagava, ele botava no cofre. Eu juro.

Frankie olhou para o chão. Depois de algum tempo, Matty perguntou:

– O que nós vamos fazer?

– Nós não vamos fazer nada – disse Frankie. – Não há nada *a fazer*. Estamos fodidos.

Todo esse trabalho, pensou Matty. Todo esse aborrecimento, e não havia nenhum resultado? Nada que ele pudesse dar a sua mãe?

Frankie estava olhando para alguma coisa atrás de Matty. Matty se virou, e Malice estava olhando fixamente para eles. Ela parecia muito mais jovem sem maquiagem, mais frágil.

– Quem são esses caras? – perguntou ela e apontou com a cabeça para a janela.

Matty se levantou. Um furgão prata havia chegado à entrada de carros.

– Não os deixe entrar! – disse Matty a Malice. Ele subiu correndo, pensando: Eles vieram me buscar.

TEDDY

Alguém bateu na porta de seu quarto.

– Vô Teddy? – chamou Matty com voz frenética. – Você está aí? O agente Smalls está aqui!

Já?, pensou Teddy. Eles tinham combinado às nove.

– Desço num minuto – disse ele. Felizmente, ele já tinha se banhado e vestido. Botara um de seus melhores ternos feitos sob medida, um risca de giz preto e grafite feito à mão por nada menos que Frank DeBartolo. A gravata era de estampas curvas roxas, com o alfinete de gravata de diamante. As abotoaduras de ouro eram um prêmio por destaque em serviço que ele ganhara de um membro de uma fraternidade secreta de mestres maçons em 1958. Restava escolher o acessório final na bandeja de veludo negro. Mas na verdade, não havia nenhuma escolha.

Ele pegou o Rolex Daytona. Era o gêmeo do que Nick Pusateri tomara dele. Havia isso em gêmeos: eles nunca eram realmente idênticos, mesmo que parecessem ser à primeira vista. Um deles podia valer vinte mil; o outro, vinte dólares. Era difícil dizer, a menos que você conhecesse seus relógios. Nick não conhecia, é óbvio. Mas não foram apenas os diamantes falsos que o enganaram. O homem era cego por troféus. Tudo o que Teddy precisou fazer foi agir como se estivesse sentido quando foi levado dele, e o gângster achou ter ganhado algo valioso, devido ao quanto tinha custado a seu inimigo. Ele nunca desconfiaria que era uma falsificação, porque isso iria significar que sua vitória era falsa. Depois que um homem se comprometia emocionalmente com um golpe, era quase impossível rastejar de volta para a objetividade.

Ele apertou o relógio no pulso e sentiu a qualidade irradiar pelo braço. Troféus não podiam cegá-lo se você sabia exatamente o quanto eles valiam.

Ele devolveu a bandeja ao cofre e o enfiou por baixo das cartas de Maureen.

No andar de baixo, Frankie estava parado na porta da frente, bloqueando a entrada de Destin Smalls. Matty pairava nervosamente atrás de Frankie.

– Deixe que eles entrem – disse Teddy. – Vamos acabar com isso. – Ele deu um tapinha no ombro de Matty. – Não há nada com que se preocupar. Confie em mim, certo?

Frankie se afastou para o lado, e Smalls se abaixou e passou pela porta.

– Nós não vamos demorar – disse ele.

– Você sabia que Smalls vinha? – perguntou Frankie, revoltado. – Com *ele*?

Ele era G. Randall Archibald. O mágico entrou carregando uma mala de metal. Cliff Turner entrou atrás com mais caixas na mão e um rolo de fio elétrico pendurado em um ombro.

Archibald estendeu a mão para Matty.

– É um prazer conhecê-lo. Eu lhe asseguro que todo o procedimento é indolor.

– Que procedimento? – perguntou Matty.

– Um teste simples de potencial psiônico – disse Archibald. – Nós vamos armar aqui perto do sofá.

Buddy entrou na sala com uma bandeja de enroladinhos de canela cobertos de creme branco como os do shopping. Ele os pôs sobre a mesa de centro e desapareceu sem dizer palavra.

– Que tal um café? – perguntou Teddy. – Cliff?

– Seria ótimo, Teddy – respondeu o homem.

Archibald ergueu as sobrancelhas peludas.

– Está certo, você também – disse Teddy. Para Frankie ele acrescentou: – Filho, você podia pedir a Buddy para trazer um pouco de café para esses rapazes, e uma xícara de água quente para o agente Smalls? Além disso, e isso é só uma sugestão, vista uma calça. – Frankie parecia estar de ressaca. Ele não teria culpado o garoto se ele tivesse bebido muito na noite passada.

– Eu vou subir – disse Frankie.

– Certo. Matty, você podia falar com Buddy? E depois por que você não espera no porão até que estejamos prontos? – O garoto ficou feliz por escapar. Mary Alice foi com ele.

Cliff trouxe mais caixas do furgão, e Archibald pulava pela sala prendendo cabos, conectando dispositivos e ligando luzes coloridas como um elfo de Natal. Teddy se sentou para assistir ao show. Deus, como ele queria poder fumar um cigarro, mas o lugar estava cheio demais de mulheres reprovadoras e crianças impressionáveis.

Graciella desceu, parecendo naturalmente elegante como sempre, usando um vestido leve de verão com o cabelo preso para trás. Ela examinou a sala de estar e disse:

– Nós estamos filmando um documentário?

Eles apresentaram Graciella a Cliff, que não sabia quem ela era, e Smalls, que fingiu não saber. Archibald beijou a mão dela.

– Ah, já ouvi falar de *você* – disse Graciella.

– Infelizmente, minha publicidade anterior não pode me ajudar agora – comentou o pequeno gnomo branco. – Eu me aposentei dos palcos. E ainda assim... – Ele fez seu lenço desaparecer e reaparecer. – Não consigo evitar de me apresentar na presença de beleza.

– Você é pior do que Teddy – retrucou Graciella com aprovação. – Não deixe que meus filhos o vejam fazer isso, eles vão perturbá-lo o dia inteiro.

Ela puxou Teddy de lado.

– Mas o que eles estão fazendo aqui?

– Eu fiz um acordo – respondeu ele. – Um teste. Se Matty fizer muitos pontos, Destin pode relatar o resultado e manter seu programa em funcionamento até Matty completar 18 anos. Aí Matty pode tomar sua própria decisão. – Ele não mencionou que prometera manter as crianças longe de Smalls, porque isso iria exigir mais explicações sobre como ele, na verdade, não estava quebrando sua promessa.

– Estou falando *hoje* – disse Graciella. – Se Nick aparecer...

– Ele não vai conseguir fazer nada. Veja todas essas pessoas! São muitas testemunhas! Além disso, aquele homem? – Ele apontou com a cabeça para Destin Smalls. – Aquele homem ali é um agente do governo.

Não há ninguém melhor para ter por perto em casa se por acaso seu sogro de mente criminosa apareça.

Ela não pareceu tranquila.

– Eu lhe garanto – disse ele. – Não há lugar mais seguro.

Enquanto Archibald e a equipe se preparavam, crianças começaram a surgir pelas portas, muitas delas levando pistolas de água. As mais novas não paravam de perguntar o que os homens estavam fazendo. Teddy inventava uma história diferente a cada vez: gravando canções de insetos; congelando o tempo; preparando um karaokê. Esta última foi um erro. As três garotinhas ficaram loucas.

Três?, pensou Teddy.

– Onde está o microfone? – perguntou a menina asiática.

Ela podia ter qualquer idade entre sete e 12. Teddy revisou a lista de crianças que ele sabia estarem na casa, separou-as por gênero, idade e raça, e não encontrou nada. Graciella e Irene não estavam na sala.

– E quem seria você? – perguntou Teddy.

– June – disse ela.

– Oi, June.

– June – pronunciou ela de um jeito um pouco diferente.

– June.

Ela já estava entediada de tentar corrigi-lo.

– Não é na verdade karaokê, é?

– Não, não é – admitiu ele. – É para psicometria altamente avançada. Você mora aqui perto?

Ele não obteve resposta. Uma das gêmeas deu um grito de alegria e saiu correndo da sala, e a não exatamente June foi atrás.

Nesse momento Irene entrou pela porta carregando dois sacos de compras.

IRENE

– Mas que porra é essa?

A sala de estar tinha sido transformada em laboratório: caixas pretas de onde saíam fios e cabos; meia dúzia de antenas parabólicas em tripés, como guarda-chuvas invertidos; caixas de controle na mesa de centro e no chão.

Destin Smalls a cumprimentou com um olá animado, e G. Randall Archibald – o Incrível Archibald em pessoa – acenou para ela de perto do sofá.

Teddy a conduziu na direção da cozinha.

– Nada com que se preocupar, Irene. Só um pouco de ciência.

– Onde está Matty?

– Lá embaixo, brincando. Em perfeita segurança.

Ela deu a ele um olhar sombrio.

– Você está sabendo disso, não é?

– Estou ofendido só por você perguntar. Pare com isso.

Buddy passou por ela carregando uma bandeja de xícaras de café. Irene foi até a cozinha com as compras, onde havia alguém na bancada cortando hortaliças. Esse alguém era Joshua.

Ele pousou a faca e saltou para a frente, bem a tempo de agarrar um saco que escapou das mãos dela.

– Oi – disse ele.

O corpo dela estava tendo uma reação química completa. Ela queria se jogar sobre ele. Desejava fugir. Queria que *ele* fugisse, e então ela iria pegá-lo, derrubá-lo e apertá-lo no chão.

Sua boca, por fim, conseguiu produzir palavras.

– O que você está fazendo aqui?

Ele pôs o saco sobre a bancada.

– Você não sabia que eu estava vindo?

– Como diabos eu podia saber que você iria vir? – Raiva, mesmo raiva falsa, era bom. Isso dava a ela algo a que se segurar.

– Seu irmão nos convidou para um piquenique – disse ele.

– Buddy? – E então: – Nós? – Ela olhou para a criança desconhecida no grupo que passou correndo por ela. – Jun está aqui?

– Está. Era meu fim de semana, e eu pensei: ei, aventura.

Ela não conseguia pensar no que dizer.

– Ele não contou a você – disse Joshua.

– Não.

Ele soprou através dos lábios.

– Está bem. Me desculpe. Nós vamos embora.

– Você não pode fazer isso – disse ela. – Tenho dois quilos de cordeiro moído no carro.

– *Dois quilos?*

– Achei que Buddy estivesse superestimando, mas na verdade ele pode ter acertado bem no alvo.

– Certo – disse ele. – Nós e os caras do karaokê.

Ele a ajudou a carregar as compras e a botar os perecíveis na geladeira já lotada. Durante o processo, ela tentou descobrir o que estava acontecendo em seu corpo e em seu cérebro.

– Então... – disse ele.

Ela o deteve.

– Onde está Buddy?

– Lá fora? – respondeu ele.

Ela pegou a mão de Joshua e o levou para fora. Buddy estava no jardim, debruçado em cima do mesmo dispositivo em que estava trabalhando na véspera. Dois fios, um vermelho e um azul, corriam por alguns metros, depois desapareciam no gramado.

– Buddy – chamou ela. Ele não respondeu. – Buddy, olhe para mim.

Ele se levantou com relutância. O dispositivo em que estava mexendo era uma garrafa metálica laranja. Os fios terminavam em uma junção encimada por um grande botão vermelho.

– O que é isso, uma bomba? – perguntou ela.

Os olhos de Buddy se arregalaram. Então ele sacudiu a cabeça.

– Estou brincando – disse Irene. – Buddy, eu queria que você conhecesse Joshua pessoalmente. Ele e a filha vieram lá do Arizona.

– Nós já nos conhecemos – informou Joshua. – Ele estava na rua quando chegamos.

– Que simpático – disse ela.

– Não fique com raiva dele – pediu Joshua no ouvido dela.

– Tem mais alguém vindo sobre quem eu deva saber? – perguntou ela a Buddy. – Mais alguém vai aparecer? Você sabe, caso precisemos de mais paleta de cordeiro.

Buddy fez uma careta.

– *Quem?* – perguntou Irene com veemência.

– Surpresa – disse ele em voz baixa.

– Jesus Cristo.

As crianças passaram correndo outra vez. De algum modo, elas haviam obtido pistolas de água, e as crianças maiores estavam carregando Super Soakers gigantes, o AK-47 das armas de água. Jun estava sorrindo e gritando com o resto deles. Cedo ou tarde, alguém estaria chorando, mas por enquanto todas pareciam felizes. Buddy olhou para elas, em seguida cobriu o botão vermelho com uma tampa de metal que se fechou.

– A garagem – disse ela para Joshua, e pegou sua mão outra vez. Não havia razão lógica para que precisasse arrastá-lo fisicamente de um lado para outro. Mas ela recebia uma carga toda vez que o tocava, que fervilhava em sua corrente sanguínea.

A perua Mercedes de Graciella ocupava a maior parte do espaço. Irene abriu a porta do bagageiro e gesticulou para que ele se sentasse ao lado dela.

– Belo carro – elogiou Joshua.

– Ele pertence à máfia – disse ela. – É uma longa história.

Eles não disseram nada por talvez meio minuto. O ar se aqueceu entre eles.

– Você foi embora meio de repente – comentou Joshua.

– Espero que você não tenha sido demitido por minha causa – disse ela.

– Eu? Não. Outros, porém...

– Sério?

– O problema de gênero incomodou. O gerente que entrevistou você, Bob Keane? Já saiu. Tecnicamente, está de licença, mas isso só até terminarem a papelada.

– Nossa.

– Ainda não acho, porém, que vão contratar você – disse ele.

– Obrigada por ser franco.

– Estou tentando.

Não o beije, pensou ela. Beijá-lo iria estragar tudo.

– O que você está fazendo aqui? – perguntou ela.

– Tenho tentado ligar. Você recebeu alguma das minhas mensagens?

Ela afastou os olhos, envergonhada.

– Algumas.

– E você também não entrou na internet. Você não me deixou nenhuma escolha. Eu tive que vir.

– Eu disse a você que nós tínhamos terminado.

– Mas isso foi tudo o que você disse! Você estava com muita raiva depois da entrevista. Começou a fazer a mala e tudo o que dizia era que não iria dar certo, que nós não tínhamos futuro e você precisava ir embora.

– Porque é verdade – disse ela. – Nós só estamos brincando. Você não vai deixar Phoenix. Você não pode. Eu não posso culpá-lo por isso.

– Então venha comigo.

– Eu tenho um emprego aqui – disse ela.

– No *Aldi's*?

Ela não gostou do jeito que ele disse isso, embora ela normalmente dissesse o nome com o mesmo tom de descrença: *Aldi's?*

– Não, eu tenho uma oferta de emprego de escritório com uma empresa. Como... – Parecia ridículo dizer chefe do departamento financeiro. – Chefe de finanças.

– Sério? Irene, isso é ótimo!

– E eu quero fazer isso.

– É claro que sim – concordou ele. – Quero dizer... – Ele respirou fundo. – Eu estou muito feliz por você.

Ele estava dizendo a verdade. Embora isso significasse que ela estava escolhendo o emprego a ele.

– Eu só quero que você seja feliz – disse ele. – Você merece ser feliz.

Também a verdade. E ela se sentiu horrível.

– O que nós tivemos foi divertido – comentou ela. – Aquelas noites na Terra dos Hotéis... eu amei. Mas não era vida real. Não era sério.

– Eu achei que fosse muito sério – disse ele.

– Você precisa encontrar alguém que possa estar com você e com Jun. E eu preciso de alguém que consiga lidar comigo e com Matty. Isso nunca iria funcionar. – Ela lhe deu um beijo no rosto. – Eu gostei de cada minuto, mas acabou.

– Acabou?

– Sinto muito – disse ela e tornou a lhe dar um beijo no rosto. – Sinto muito mesmo.

FRANKIE

Frankie tinha se transformado em um fantasma para sua mulher. Loretta fez o cabelo enquanto ele falava, botou a maquiagem, ignorou-o enquanto se vestia. Então passou direto por ele, ou perto o bastante.

Ele desceu atrás dela. Ela disse olá para Teddy, perguntou sobre os homens na sala de estar ("Testes aleatórios", disse a ela Teddy). Ela se serviu uma xícara de café e em seguida saiu andando para o jardim dos fundos.

Todo o tempo, ela nunca olhou para Frankie, nem quando ele dizia, repetidas vezes:

– Loretta, me desculpe.

Buddy transformara o jardim dos fundos em uma cozinha ao ar livre. Havia cordeiro moído em grandes tigelas de aço inoxidável, e um prato continha uma montanha de hortelã recém-picada. Nossa, ele adorava as linguiças de cordeiro da mãe. Buddy estava na grelha, envolvendo batatas em papel-alumínio. Loretta agradeceu a ele pelos rolinhos do café da manhã. Ele balançou a cabeça e continuou a trabalhar.

Loretta acendeu um cigarro – sua primeira e favorita fumada do dia. Ele parou ao lado dela e eles fingiram observar as crianças brincando. Um dos meninos Pusateri tinha perdido a Super Soaker e subira em uma árvore, e os mais novos estavam tentando disparar nele suas pistolas de água menores. Por sorte, elas ignoravam a garrafa de metal laranja que estava no gramado a pouco mais de um metro da árvore. Resto de um dos projetos de Buddy, sem dúvida. E conhecendo Buddy, ela podia conter qualquer coisa, de ar comprimido a gás mostarda.

Depois de dois minutos, Frankie cedeu e quebrou o silêncio.

– Por favor, querida – disse ele. – Por favor, diga alguma coisa.

Se ela apenas falasse com ele, ele teria uma chance de conquistá-la de volta. Ela já ficara com raiva dele no passado – meu Deus, sim, uma centena de vezes –, embora nunca tão total e completamente como estava agora. Mas se ela o escutasse, ele poderia encontrar uma brecha em sua raiva e conseguir enfiar algumas palavras. Poderia abrir seu coração com um pé de cabra.

Seu maior medo sempre tinha sido o exílio. O dia em que Loretta decidisse que tinha tido o suficiente dele e o deixasse, levando seu amor e as meninas para longe dele. Sabia que sozinho não era nada. Menos que nada. Uma subtração. Um buraco negro. Um aproveitador. Se tudo isso não servisse a nenhum propósito, se ele não pudesse se virar e derramar tudo de volta para sua família, estava perdido.

Ele disse:

– Eu fiz isso por você, sabia?

Isso a pegou, ela olhou para ele e sua aversão cortou através da fumaça.

– Por você e as meninas – disse ele.

– Você perdeu a casa – disse ela. – Por *nós*.

Ela falou! Ele tentou não demonstrar seu alívio.

– Isso é verdade – concordou ele. – Mas a razão...

– Você transformou as suas filhas em umas *sem-teto*.

– Temporariamente – disse ele. – Eu vou resolver as coisas.

Ela sacudiu a cabeça com os olhos a meia distância. Deu um trago no cigarro. Soltou a fumaça. Ele tinha ficado invisível outra vez.

– Loretta...

– Ninguém me culparia se eu fosse embora – disse ela em voz baixa. – Quando você faliu e perdeu a empresa, minhas amigas disseram que eu devia ir embora. Quando você passou um ano fingindo tocar um cassino em nossa garagem, eu não disse nada. Fiquei em silêncio até quando você derrubou um cofre no meu carro.

– A coisa do cassino foi só por alguns meses – retrucou ele. – E o cofre foi acidente.

– Mas isso. Você pega dinheiro emprestado com a máfia? Por quê, Frankie? Que diabos você está tentando fazer?

Polly os avistou e correu até eles, seguida por Cassie e uma garota chinesa mais velha. Todas levavam pistolas de água coloridas.

– Podemos dormir no porão esta noite com Jun?

– Jun mora no deserto – disse Cassie. – Ela vê escorpiões o tempo todo.

– Quando é o piquenique? – perguntou Polly.

– Vocês não acabaram de comer rolinhos de canela? – perguntou a elas Loretta.

– Nós queremos cachorro-quente – disse Polly.

O mais novo dos garotos Pusateri, que parecia ter a mesma idade que as gêmeas, desistiu de tentar atirar no irmão e correu até elas.

– *Quando* são os cachorros-quentes?

Frankie disse:

– Vão brincar, crianças. Os adultos precisam conversar. – Smalls e o resto da família estavam em casa, e Buddy não estava se mexendo. Ele acenou com a cabeça na direção da garagem. – Me dê dois minutos – disse ele para Loretta. – Por favor.

Ele passou pela porta lateral e ficou surpreso ao ver uma grande perua Mercedes – com o bagageiro aberto.

Loretta fechou a porta da garagem. Ela o surpreendeu ao falar primeiro.

– Sei que você ama as meninas. Mary Alice tanto quanto as gêmeas.

– Isso é verdade. E amo você. Eu vou consertar as coisas. Eu tenho planos. Vou recuperar a casa, e as coisas vão ficar ótimas.

– Eu não preciso de ótimo – disse Loretta. – Não preciso que *você* seja ótimo. Eu só preciso que você esteja *aqui.*

– Eu estou aqui! Estou aqui pela família.

– Não, eu não sei onde você está. E eu não vou aonde quer que isso seja. Eu não posso viver assim – disse ela. – Não posso aguentar... – Os dois ouviram o barulho. O grunhido animal.

Loretta franziu o cenho para a janela lateral do veículo. Frankie se virou. Na traseira da perua havia duas formas. Ele se inclinou para a frente e pôs a mão sobre o vidro.

Irene e um cara chinês olharam para ele. Eles estavam esticados no bagageiro, e a proporção de pele para roupa era maior do que ele teria esperado.

Droga. Não havia nenhum lugar ali onde se pudesse ficar sozinho?

Loretta saiu andando da garagem.

– *Agora* você resolve transar? – questionou Frankie. – Jesus, Irene. – Ele foi para o jardim atrás da esposa e torceu para que ela ainda fosse sua esposa quando o dia terminasse.

22

BUDDY

O Paranormal Mais Poderoso do Mundo nunca vai ter 28 anos. Ele se pergunta se é o estresse do dia que vai matá-lo. Por exemplo: as malditas proteções das janelas! As janelas no nível do jardim corriam pelo pátio e, ainda assim, as chapas de metal que ele instalara tinham sido erguidas e abertas.

Ele também nunca vai comer aquelas linguiças de cordeiro. Com a ajuda de Joshua, ele conseguiu picar todo o alho, e por conta própria misturou dois quilos de carne moída com outra pilha da mistura de hortelã com feta, mas agora está praticamente sem tempo, e precisa fazer todas as linguiças. Está preparando a comida ao ar livre pois ali (a) há espaço suficiente, e (b) ele se lembra de cozinhar pela manhã.

Loretta sai andando da garagem, parecendo triste, e Frankie sai atrás, falando sem parar. Ele quer dizer aos dois que tudo vai dar certo, mas ele não sabe disso, na verdade, não. Depois das 12:06 de hoje, eles vão ser território não mapeado.

Ele está com problemas para se concentrar quando o tempo se aproxima da hora zero. E minuto zero, e segundo zero. Embora o segundo tenha sido sempre um mistério. O conhecimento que ele tem é acurado, mas não é perfeito. A exatidão lhe escapa.

Ele pega sua lista de tarefas e a repassa pela terceira vez em três minutos:

✓ limpar grelha
✓ pistolas de água
✓ furadeira (bolsa de Frankie)
✓ compressor
✓ proteção das janelas
✓ batatas
linguiças de cordeiro
porta da frente
salada de batata?
porta do porão
cachorros-quentes
outros
✓ proteção das janelas DE NOVO

E, no final, ele rabisca um acréscimo:

TRANCAR A PROTEÇÃO DAS JANELAS!!!!

Ele verifica seu relógio. As linguiças vão ter de esperar. Ele entra e vai até a pia da cozinha, lava as mãos e segue para a sala de estar.

Graciella vê Buddy e pergunta:

– Você tem certeza que eu não posso ajudar?

Ele a descarta com um aceno, em seguida se lembra de algo.

– Quando a campainha tocar, mande Teddy atender. – Depois pega a caixa de ferramentas no armário do corredor e resgata a furadeira na bolsa de ferramentas de Frankie.

– Podemos ter o menino? – pergunta Archibald.

– Tente parecer menos ameaçador – diz Teddy. Ele chama Matty, e ele sobe do porão, de banho recém-tomado e roupa limpa, mas desconfiado.

– Sente-se aqui – diz Archibald. – Bem aqui no sofá. – Para Buddy, aquilo soa igualmente ameaçador.

Destin Smalls diz para Matty:

– Lembre-se do que eu disse a você sobre sua avó? Mais tarde, você vai ver isto como o momento em que você entrou nos sapatos dela e seguiu seus passos.

– O quê, de salto alto? – diz Teddy, e Graciella ri daquele seu jeito baixo e rouco. Teddy adora uma plateia.

Archibald prende eletrodos com fita às costas das mãos de Matty, cantarolando enquanto trabalha. Matty fica sentado imóvel, como um prisioneiro sendo preparado para a cadeira elétrica. Buddy tem muito a fazer, mas ele quer ver essa parte. E como se lembra de ver, ele sabe que tem tempo suficiente antes de ter de descer até a caixa de fusíveis.

– Agora, por favor, eu quero que você se concentre – diz Archibald a Matty. – Concentre sua atenção no furgão prata lá fora. Você consegue vê-lo?

– Não – diz Matty.

– Feche os olhos e faça o que você faz normalmente quando tem visão remota.

– É o que estou dizendo... eu não consigo fazer isso. – Ele olha para Teddy. – Eu tenho uma... rotina que preciso seguir.

– Que tipo de rotina? – perguntou Smalls. – Meditação? Alguns de nossos agentes operacionais...

– Você não precisa que ele saia do corpo – interrompe Teddy. – Só registrem seu estado de tau em repouso e podemos ir direto ao assunto.

– Será que isso vai nos dar aquilo de que precisamos? – pergunta Smalls a Archibald.

– Só há um jeito de descobrir – diz o homem baixo e careca. Ele aciona duas chaves no painel de controle e põe o dedo sobre um terceiro botão.

– Começando a medição... agora.

Ele aperta o botão. A agulha do maior mostrador pula para a zona vermelha e permanece ali. Um zumbido começa em uma das máquinas e fica cada vez mais agudo.

– Hum – diz Archibald.

Um clarão irrompe de um dos dispositivos. Um estalo alto ecoa de baixo, e todas as luzes da casa se apagam.

Buddy corre até o porão onde Mary Alice e Julian, filho mais velho de Graciella, estão sentados em frente à TV agora vazia, segurando controles de videogame.

– O que aconteceu? – pergunta Mary Alice.

Buddy vai até a parede dos fundos, abre a caixa de fusíveis e religa os disjuntores. As luzes voltam, assim como a TV.

Buddy passa por eles e começa a trabalhar nas chapas de proteção das janelas, com a furadeira que pegou na bolsa de ferramentas de Frankie. Cada chapa tem uma borda que se apoia sobre a madeira. Não tem tempo para ser inteligente, por isso enfia parafusos direto através da borda e na madeira. Ele deseja muito que tivesse se lembrado disso mais cedo. Podia ter feito trincos. (Só que não teria feito os trincos, porque não se lembrava de fazer isso. Estava cansado demais de o Buddy do Futuro ser tão idiota.)

Depois que ele termina, Julian diz:

– Isso foi... barulhento.

Buddy guarda a furadeira.

Julian diz:

– E está escuro demais aqui.

– Está perfeito – diz gentilmente Mary Alice. – Menos luz.

Buddy vai até a lavanderia e pega os produtos comprados algumas semanas atrás. Um deles é um prato raso de metal. Ele o enche no tanque e leva tudo para o quarto grande. Põe a tigela no chão e entrega o saco plástico a Mary Alice. A garota parece confusa.

Buddy mostra-se compreensivo. Por um longo tempo, essa foi a lembrança que mais o confundia. Mas agora ela fazia perfeito sentido.

– Eu já volto – diz ele.

Ele corre até a casa da Sra. Klauser e bate na porta da frente. Ele pode ouvir Miss Poppins latindo de excitação, e um segundo barulho ainda mais estridente. Os latidos aumentam em intensidade quando a Sra. Klauser abre a porta.

– Eu estava me perguntando se eu podia pegar o Mr. Banks emprestado – diz ele.

Ela ri.

– Pode levá-lo o dia inteiro! Não sei como você me convenceu disso. Ele é um terror! – Mas ela está sorrindo. E também mais energética do que em meses.

Buddy cumprimenta Miss Poppins com um carinho na cabeça, mas aí pega a bola de pelo branco ao seu lado. Mr. Banks mal tem dois meses de idade, cabeça e pata desproporcionais, e seu pelo de filhote é muito macio. Buddy aproxima a cara da criatura da sua, e ela lambe seu rosto. Mr. Banks ainda tem aquele cheiro maravilhoso de filhote.

Ele leva o cachorro de volta até sua casa, e assim que entra no quintal dos fundos, tem a atenção de todas as crianças. Elas correm para ele e o cercam. Gritando.

– Não o assustem – diz Buddy. – Este é o Sr. Banks. Eu gostaria de saber se vocês podiam cuidar dele para mim, só um pouco?

Essa é uma pergunta retórica. Eles o seguem como se ele fosse o flautista mágico, e ele os conduz até o porão. Até Matty, agora livre dos dispositivos fumegantes e da atenção dos homens do governo, foi atraído pela comoção.

Buddy diz para Jun:

– Você já cuidou de um animal de estimação?

Ela balança a cabeça, excitada.

– Eu tenho um gato.

– Então você é a responsável. Não deixe que eles o esmaguem. – Ele põe o filhote nos braços dela.

Ele faz uma rápida contagem de cabeças: três Pusateri, as gêmeas, Mary Alice, Matty e Jun Lee. Oito é o número certo, então isso é um alívio.

As crianças não percebem quando ele sai, e ninguém reclama quando ele fecha a porta de aço. Ele verifica seu relógio: 11:32. Muito pouco tempo! Coloca o cronômetro ao lado da porta para trinta minutos e aperta *enter*. As trancas magnéticas se fecham com um ruído tranquilizador.

MATTY

Ele ainda estava abalado depois de fritar o sistema elétrico da casa, mas tinha de admitir que o cachorrinho ajudava a acalmá-lo. Quando as luzes explodiram, o vô Teddy correu e o desconectou, apesar das objeções de Destin Smalls.

– Um teste! – disse Teddy. – O acordo foi esse. – Eles continuaram a discutir, e Matty escapou para o porão com as outras crianças para brincar com o cachorro.

Até Malice estava se divertindo. De algum modo ela tomara posse de um saco de brinquedos de cachorro. Dentro havia um osso de verdade, uma bola de borracha e uma seleção de bonecos de apertar na forma de pequenos animais que Mr. Banks supostamente iria adorar matar. Ela os distribuiu para as crianças mais novas, e elas pareceram mais excitadas com eles que o cachorro.

Depois de brincar de Papai Noel, Malice se sentou ao lado dele. Ele percebeu que o cheiro dela também o acalmava.

– Então – disse ela em uma voz modulada para que apenas ele pudesse escutar. – Minha mãe e Frankie provavelmente vão se divorciar.

– Uau. Sério?

– A coisa não parece boa.

– Eu sinto muito, mesmo.

– Você pode me dizer *agora* o que você e Frankie estavam tramando?

– Hum...

– Porque, seja lá o que for, isso fez com que a casa fosse tomada de nós.

– Eu não sei o que ele estava...

– Não diga isso. Não. Se você mentir para mim, porra, eu não vou conseguir aguentar.

– Eu não quero mentir para você – disse ele.

– Então não minta, só me conte. Por favor.

Ele não ia contar a ela sobre o pai e a coisa dos mafiosos. Mas seria um alívio ter uma pessoa de sua própria idade que soubesse pelo que ele estava passando. Especialmente se fosse Malice.

Ele olhou ao redor. O lugar estava cheio de crianças, mas elas estavam todas prestando atenção ao cãozinho.

– Ele estava me ajudando – disse Matty. – Me ajudando a fazer coisas.

Ela esperou que ele explicasse.

– Eu sou como a vó Mo – explicou ele. – Eu posso viajar para fora do corpo e ver coisas.

– Você está de sacanagem comigo? – Isso podia ter soado duro vindo de outra pessoa, mas a forma como ela falou significava: *Isso é incrível.*

– Você acredita em mim? – perguntou ele.

Ela revirou os olhos.

– Jesus, Matty. Eu sou da família. As merdas que eu vi?

O alívio fluiu por ele como água fria. Ele não sabia o que ela queria dizer sobre ver merdas; ele não tinha *visto* nada até que algo acontecera com ele. Antes disso eram apenas histórias e rumores de família.

– No início, achei que estivesse enlouquecendo – disse ele. – Estou ficando melhor nisso, mas ainda preciso... de ajuda. Para fazer com que aconteça. Psicológica e, hum, fisicamente.

– Então é *aí* que eu entro – disse Malice.

Ele se sentiu corar.

– Está tudo bem – disse ela. – Não há nada do que se envergonhar. É verdade, você é um pouco novo...

– Você acha?

– Claro. Mas agora faz sentido por que você estava tão desesperado. Você precisava ficar doidão.

Ele levou um momento para processar isso.

– Certo – disse ele. – Foi *aí* que você entrou.

– Embora eu tenha de lhe dizer uma coisa: eu nunca vi alguém fumar e ficar de pau tão duro.

Sua garganta se fechou, e ele tossiu.

– No playground... – disse ela, alheia a sua agonia. – Cara, Janelle e eu olhamos para você, e você estava, tipo, bem duro!

Ele cobriu o rosto. Ela se inclinou sobre seu ombro.

– Está tudo bem. Janelle acha que você é um pervertido de nascença, desde aquela noite no sótão. – Ele estava grato por ela manter a voz baixa.

– Foi a primeira vez – disse ele.

– A primeira vez em que você se masturbou?

Ele descobriu o rosto.

– Não! – Espere, isso fazia com que ele parecesse mais ou menos pervertido? – A primeira vez em que deixei meu corpo. E viajei.

– Sério? E pensar que eu estava lá.

– Às vezes é isso o que me faz viajar – disse ele. Ele não podia acreditar que estava contando isso a ela, mas ela estava sendo tão franca com ele, tão tranquila, que ele tinha vontade de lhe contar tudo. – Certas emoções acontecem, e bum.

– Emoções sexuais.

– Hum... sim.

– Então você é tipo o Hulk, mas com ereções?

– Ah, meu Deus.

– O Hulk tarado.

– Pare, por favor.

Ela sorriu para ele.

– Isso não é nada para se envergonhar.

– Você está sendo muito legal em relação a isso – disse ele.

– Eu só queria saber o que estava acontecendo – disse ela. – Tudo o que você precisa fazer, agora, é explicar como o fato de Frankie ajudar você fez com que nós fôssemos expulsas de casa.

E assim a armadilha se fechou.

– Pode contar – disse ela.

TEDDY

Era preciso reconhecer isso em Destin Smalls: ele era persistente. Mesmo enquanto Archibald e Cliff desconectavam e desmontavam o equipamento, ele estava pedindo um segundo teste.

– Não vai acontecer – disse Teddy. – Não hoje.

A campainha tocou. Graciella disse a Teddy: – Acho que é para você.

– Então esta semana – insistiu Smalls. – Você e o garoto vêm ao meu escritório. Nós precisamos de uma medição, uma avaliação apropriada de tau. Dessa vez, vamos fazer isso com um sistema elétrico industrial.

– Prometo a você que nós vamos – disse Teddy.

– Pode confiar nele – disse Graciella. E, ah, isso emocionou Teddy. Uma mulher defendendo sua honra. Ela era uma mulher muito melhor do que sua honra merecia.

A campainha tornou a tocar.

Smalls disse a ela:

– Você não se lembra de como se conheceram? Ele estava enganando você. Este é Teddy, o Grego. Ele pegou seu nome do truque grego, sua especialidade. Ele só mudou de nome quando...

– Chega disso! – disse Teddy. Smalls nunca perdera sua necessidade de expô-lo, embaraçá-lo. Bom, Teddy ficou com a garota, não foi? Todo mundo se apaixonava por Maureen, mas ele era o único que ela também amava. Esse era um trunfo que Destin jamais poderia derrotar.

Teddy abriu a porta, e o ar em seu peito se transformou em gelo.

Era Nick Pusateri pai.

Ele estava parado no degrau de azulejo, parecendo suado, os olhos brilhando como um homem louco. A peruca provavelmente aprisionava calor como um capacete da Segunda Guerra Mundial. Atrás dele, Barney assomava infeliz.

Teddy se esforçou para abrir um sorriso.

– O que posso fazer por vocês, rapazes? – Só muito treino impediu que sua voz ficasse embargada.

– Você se importa se nós entrarmos? – perguntou Nick.

– Eu adoraria convidá-los a entrar – disse Teddy, mentindo desesperadamente. – Mas estamos em meio a uma reunião de família.

– Foi para isso que eu vim – retrucou Nick. – Família. – Ele empurrou Teddy no peito, com a mão espalmada, e o mandou cambaleando para trás. Teddy recuperou o equilíbrio e Nick acrescentou: – Parece que você está se movimentando um pouco melhor agora.

Ah, Deus, ele estava na sala. O diabo nunca entrara em casa antes. Mesmo com todos os seus fracassos ao longo dos anos, Teddy nunca permitira que isso acontecesse.

Smalls e Graciella tinham ficado de pé. Archibald estava observando de baixo de suas sobrancelhas grossas. Barney tentava contar cabeças e ameaças. Nick, porém, olhava fixamente para Graciella.

– Que porra ela está fazendo aqui? – perguntou Nick. Sua voz estava alterada pelo ultraje. Teddy nunca o vira com tanta raiva, tão fora de controle.

– *Ela* está parada bem aqui – disse Graciella.

– Ela é minha convidada – disse Teddy. Sua mente corria. Se Nick não estava ali atrás da família dela, então estava atrás da de Teddy. – O que você quer, Nick?

– Estou aqui para devolver uma coisa – disse Nick. Ele balançou a cabeça para Barney. O barman grande ergueu a mão e Teddy ficou tenso. Mas não era uma arma: era uma lanterna grande e amarela com a logomarca de uma abelha impressa na lateral. – Isso parece familiar, não é? Parece muito com a porra da abelha da merda da van do pequeno Frankie.

Teddy estampou um sorriso confuso no rosto. *O que Frankie tinha feito?* Será que tinha ido à taverna e dito alguma coisa estúpida? Ameaçado fazer algo estúpido?

– Bem, obrigado por trazerem de volta, eu não sabia que ele a havia perdido, mas tenho certeza de que ele agradece...

– Você acha que eu sou a porra de um idiota? – perguntou Nick.

Destin Smalls chegou para a frente. Ele era o único na sala maior que Nick ou Barney, e Teddy ficou feliz por tê-lo ali. Barney e o agente se olharam nos olhos como duas locomotivas a vapor nos mesmos trilhos.

– Não sei do que você está falando – disse Teddy. – Honestamente.

– Você acha que pode arrombar meu bar e eu não vou saber que é você? O fato de ter mandado o merda de seu filho não faz diferença.

– Eu não mandei Frankie a lugar nenhum. Acalme-se, Nick, vamos discutir isso como...

– Vá se foder, Teddy.

– ... cavalheiros. – O único problema era que Nick não era nenhum cavalheiro, ele era um sociopata. Com uma arma. Sua camisa cobria o volume de algum tipo de pistola enfiada no cós da calça.

– Há crianças aqui – disse Teddy, baixando a voz. – Seus netos entre elas.

– Devolva-os! – gritou Nick. Seus olhos estavam saltando, e sua mão tinha se movido para repousar sobre aquele volume por baixo da camisa. O que ele estava pensando, aparecer ali em plena luz do dia, pronto para atacar? Estava perdendo o controle. Talvez fosse o estresse de esperar que os federais batessem à sua porta. A ameaça que seu negócio, não, todo seu modo de vida, desaparecesse com a batida de um martelo. – Agora mesmo, porra!

– Devolver o quê? – perguntou Teddy. – Estou sendo franco, aqui. Eu não sei do que você está falando.

– A porra dos *dentes*.

– Dentes? – perguntou Archibald.

– É uma longa história – disse Graciella. Ela se aproximou de Nick, e Teddy ficou orgulhoso de como ela parecia calma. Ela morria de medo do velho, ela lhe dissera isso, mas ninguém notaria isso.

Ela abriu a bolsa e pegou um saco plástico.

– Aqui. A outra metade. Agora você tem todos eles, todas as provas. Eu só queria que meus filhos ficassem fora disso.

– Agora eu quero o resto! Tragam a minha lancheira!

Teddy disse:

– Você tem todos eles. Os que entregamos a você antes, e estes. É isso.

– Frankie – disse Nick. – Tragam o imbecil aqui, *agora*.

– Eu não vou fazer isso – negou Teddy.

Destin Smalls tinha feito a volta na mesa de centro.

– É hora de vocês irem embora – disse ele. – Agora.

– Mas quem é a porra desse cara? – questionou Nick.

– Destin Smalls, agente federal – respondeu Smalls. – Eu repito, é hora...

– Cale a boca – ordenou Nick. Ele ergueu o braço e o estrondo abalou as paredes. Smalls caiu de costas sobre a mesa de centro. Cliff gritou e Graciella berrou, embora Teddy mal conseguisse ouvi-los acima do zumbido em seus ouvidos.

– Que se foda – disse Nick. Ele não guardou a pistola. – Eu mesmo vou pegá-lo.

IRENE

– Mas que diabos? – perguntou Irene. O grito de Teddy chegara até a garagem, seguido por um estampido alto. Agora havia mais gritos raivosos, de homens cujas vozes ela não reconhecia.

– E tudo estava correndo tão bem – disse Joshua.

Estava indo bem – muito bem – pelo menos até que Frankie e Loretta os interromperam. Então, de repente, era novamente a noite dos tempos do colégio, no banco de trás da Máquina Verde com Lev Petrovski, quando o guarda bateu na janela. Joshua, entretanto, era mil vezes melhor de cama do que Lev jamais tinha sido. Depois da interrupção, eles recomeçaram de onde haviam parado – não fazia sentido interromper a corrida quando estavam tão perto da linha de chegada –, mas agora isso. Parecia que tinha começado uma briga.

Claro que não podia haver algo como um piquenique comum com sua família. Por que esperar um comportamento mentalmente são no dia em que seu namorado aparecia para uma visita? Joshua jamais iria querer se envolver naquela loucura. Jamais iria querer expor Jun àquelas pessoas. Ele deixaria Irene, não importava a qualidade do sexo no carro.

– Isso não muda nada – comentou Irene. Ela vestiu o short. Lá fora, Loretta gritou.

– Claro que não – disse Joshua. Ele conseguiu vestir a calça antes que ela abrisse a porta lateral da garagem.

O jardim estava cheio de raiva. Loretta estava gritando com dois homens parados de costas para Irene, e Frankie estava tentando entrar entre eles. Aí ela se deu conta de quem eram os homens.

– Puta merda – disse Irene. – É Nick Pusateri. – Antes que ela pudesse explicar para Joshua quem era, a porta da cozinha se abriu bruscamente, e mais pessoas saíram correndo: primeiro seu pai, depois Graciella e, no momento seguinte, G. Randall Archibald.

Havia algo na mão de Pusateri. Aí ele deu um passo à frente e acertou Frankie no rosto com aquilo, e seu irmão caiu.

– Ele tem uma arma! – disse a ela Joshua.

Ah, Deus, pensou ela. Onde estavam as crianças? Ela precisava se assegurar de que nenhuma delas saísse da casa.

– Dê a volta e vá para a frente da casa – recomendou Irene para Joshua. Ele começou a se opor, e ela disse: – *Escute.* Reúna Jun e as garotas. Merda, todas as crianças.

Tarde demais, ela pensou: E ligue para a emergência!

Nick Pusateri apontou a pistola para Frankie, que estava deitado de lado, cobrindo o nariz ensanguentado.

– Ei! – gritou Irene. Ela atravessou o gramado. – Pusateri! Olhe para mim!

Nick olhou rapidamente para trás.

– Jesus, você também, não.

– Só me diga o que você quer e vamos pegar para você.

– Eu quero o que esse filho da puta me roubou. – Ela continuou andando na direção dele, lentamente. – Faça isso e ninguém se machuca.

Nick Pusateri, para a completa falta de surpresa dela, estava mentindo outra vez.

FRANKIE

Era como se alguém tivesse jogado um balde de tinta no rosto dele, e a cor chamava-se Dor Cegante. Ele lera o termo "coronhada" em romances policiais, e nunca imaginara precisamente o que significava. Sem dúvida jamais imaginou que isso aconteceria com ele.

O que doía ainda mais que o golpe era a injustiça dele. Ele não tinha um tostão do dinheiro de Nick, então como poderia pagar-lhe de volta? Frankie não roubara nada, ainda assim tudo ia ser tirado dele. Estava de volta ao estacionamento do White Elm depois que o Royal Flush tinha sido levado dele. Nick e Barney eram iguais a Lonnie. Caras violentos.

Mas pior: dessa vez a humilhação seria testemunhada não apenas pela irmã e o irmão, mas pela mulher que ele amava. Ele só torcia para que as meninas não estivessem vendo aquilo.

Loretta se abaixou e passou os braços em torno de Frankie. Irene e Nick pai estavam gritando um com o outro, algo sobre dentes. Aquilo não fazia sentido.

Nick berrou com Irene:

– Cale a boca! – Em seguida agitou a arma na direção de Frankie com vigor renovado. – Onde está?

– Onde está o quê? – perguntou Frankie. Sua voz estava abafada pelo sangue e cartilagem machucada, mas ele tentou parecer sincero, porque ele sinceramente não tinha ideia do que Nick estava falando.

– A porra da minha lancheira!

Ele teve uma ideia.

– Lancheira? – Isso saiu como *ancheia*, mas Nick entendeu a ideia.

– Que porra eu acabei de falar?

– Abaixe a arma – disse outra voz. Era Archibald. Ele tinha sacado a própria pistola.

Nick piscou na direção dela.

– Que porra é essa, um brinquedo? – Ele olhou para Barney para se assegurar de que ele estava vendo aquilo também. – Alguma merda estilo Buck Rogers?

– Eu lhe garanto que não é brinquedo – respondeu Archibald. – Isso, meu amigo, é uma pistola de microléptons.

– Mas que porra é um lépton?

– A pistola de microléptons... – disse Archibald com uma voz calma e professoral. – Rompe campos de torção, o meio pela qual energias psíquicas se propagam. Quando apontada para um indivíduo psiônico, ela destrói permanentemente sua habilidade de gerar esses campos. Mas quando apontada para um não psiônico, ela causa ataques e paralisia instantâneos.

Nick olhou fixamente para ele.

– Vocês são todos loucos.

Frankie não podia discordar disso.

– Olhe, eu não quero a lancheira – disse ele a Nick. – Você pode ficar com ela. Está na minha van. – Pelo menos, lá tinha sido a última vez em que ele se lembrava de vê-la. Estava muito abalado na noite passada.

– Eu vou pegar – ofereceu-se Buddy. Ele saiu de trás da árvore. Frankie nem sabia que ele estava ali.

– Faça isso – falou Nick Pusateri. Para Frankie, ele disse: – Mas não você, você fique parado. Se acontecer alguma coisa, você leva bala primeiro, seu merda.

Foi quando Loretta começou a gritar com o chefe do crime organizado dos subúrbios do oeste.

23

BUDDY

Ele passa correndo pela van. Disse a Nick Pusateri que ia ao veículo buscar a lancheira das Tartarugas Ninja, mas isso é mentira. Na entrada de carros há uma Super Soaker amarela. Ele a pega, e ela está tão cheia de água quanto ele se lembra. Graças a Deus.

Ele não pensou que o fim seria assim tão difícil. Principalmente porque não tentava nem pensar nisso. A dádiva de seus momentos finais serem tão frenéticos, tão abarrotadamente cheios de detalhes, era que isso tornava impossível ruminar. Refletir. Mesmo agora, há tantas coisas que ele precisa fazer que mal tem espaço em sua cabeça para pensar no Zap.

Mas ele está ali. Pode ouvir o barulho, e é a última coisa de que se lembra antes que o futuro fique negro. Seu coração se encolhe em desespero. O mundo vai continuar sem ele.

Ele verifica o relógio: 11:55. Faltam onze minutos, talvez menos. Só consegue se lembrar da posição do ponteiro dos minutos. Por que não prestou mais atenção a esse momento final? Seria *muito, muito útil* saber o exato segundo em que a história parava.

Na porta da frente, ele aponta a Super Soaker para o piso e começa a apertar o gatilho. Esvazia todo o tanque nos azulejos até que eles fiquem reluzentes. A água não escorre. Ele dispôs os azulejos um pouco côncavos, o suficiente apenas para guardar uma poça rasa.

Ele passa pela água na ponta dos pés e entra na sala. Clifford Turner está agachado em cima de Destin Smalls, apertando sua jaqueta embolada contra o ombro do homem. Smalls está gemendo de dor. Buddy se sente péssimo em relação ao agente. Mas ele não via como evitar isso – era um fato do dia, impossível de mudar.

Ele volta até o telefone na parede da cozinha e liga. Antes que alguém atenda, Joshua Lee entra apressado na sala. Deu toda a volta na casa correndo e entrou pela porta da frente.

– As crianças! – diz ele, quase sem fôlego. – Onde estão as crianças?

– Em segurança – comunica Buddy, em seguida ergue um dedo para pedir silêncio. A telefonista, uma mulher, diz:

– Nove, um, um. Qual sua emergência?

Ele quer dizer: O futuro está morrendo. Ele quer contar a ela: Estou prestes a ser apagado.

Em vez disso, repete o que se lembra de dizer:

– Houve um tiroteio. O homem armado ainda está aqui. Por favor, mande a polícia.

Joshua pergunta:

– Onde está Jun? Onde estão as crianças?

– Lá embaixo – diz Buddy. Na verdade, ele pode ouvir uma delas batendo à porta do porão. Ele lhe entrega o fone. – Diga à telefonista o que ela precisa saber.

Ele caminha até o jardim dos fundos, dando a volta no grupo de pessoas com raiva sem olhar para elas. Nick Pusateri diz:

– Ei! Onde diabos está a bolsa?

Buddy marcha na direção da árvore, ignorando-o. Seu coração bate forte no peito. Finalmente, ele chega ao ponto de que se lembra, ao lado do compressor de ar. Ele é parte de um triângulo especial. Em um vértice há um mafioso septuagenário segurando uma automática .45. Do outro, um mágico de palco aposentado apontando uma arma de raios paralisante. E no terceiro ponto do triângulo, o Paranormal Mais Poderoso do Mundo e um tanque de ar.

No meio desse triângulo estão Irene, Frankie e Loretta. Loretta está ameaçando cortar as bolas do chefe do crime organizado dos subúrbios do oeste.

Buddy abre a proteção de metal do controle de pressão, expondo o botão, e verifica o relógio. São 11:57, e o ponteiro dos segundos está descendo pelo lado direito do mostrador.

MATTY

– Não vai abrir – disse Julian. – Qual o problema deste lugar?

– Cale a boca, Julian – mandou Malice. Ela estava na janela, com o ouvido grudado nas chapas de metal. Todos tinham ouvido o estrondo vindo de cima. Matty dissera às outras crianças que tinha sido o equipamento de Archibald estourando outra vez, mas agora ele não tinha certeza. Malice disse: – Tem um monte de gente gritando, e não sei por quê.

– Não assustem as crianças – disse Matty. Mas ele não precisava se preocupar com elas. Todas as cinco crianças menores estavam fascinadas com Mr. Banks, e o filhote estava fascinado também. Ele estava parado em cima do peito de Luke, lambendo agressivamente seu rosto, o que fez com que Adrian e as garotas rolassem de rir. Cassie e Polly pareciam especialmente excitadas, à beira da loucura; um bicho de pelúcia tinha ganhado vida! Era um milagre do Dia do Trabalho.

Matty girou a maçaneta da porta e puxou, mas a porta não se mexeu.

– Isso é estranho – comentou ele.

– Eu falei pra você – disse Julian. Ele afastou Matty para o lado e tentou outra vez.

Malice disse:

– Nós precisamos sair daqui. – Ela parecia preocupada. Ele nunca vira Malice desse jeito. Seu modo habitual, exceto quando estava com os amigos, era Desinteresse Profundo.

– Tenho certeza de que alguém vai acabar nos ouvindo – assegurou ele.

– Foda-se. – Ela o empurrou para a lavanderia e fechou a porta atrás deles. – Você precisa sair e olhar. Ir lá fora.

Aí ele percebeu o que ela estava falando.

– Eu não posso simplesmente ir – disse ele. – É necessário... preparação.

– Eles estão machucando meu pai!

– Está bem, está bem. Você tem maconha aí?

– Nós não temos tempo pra isso – respondeu ela. – Me dá sua mão. – Ela pegou a palma da mão dele e a apertou contra o seio esquerdo.

– Eita! – exclamou ele.

– Que tal isso? – perguntou ela. Muito legal, pensou ele. Mas não era isso o que ela estava perguntando.

Ela estudou o rosto dele.

– Não se preocupe, eu seguro você.

– Está bem, mas eu ainda assim não posso simplesmente...

Ela segurou sua virilha.

Ele deu um pulo, surpreso. Seu corpo, porém, não tinha se mexido. De repente, ele estava flutuando a um metro dele, sua psique misturada com uma prateleira cheia de produtos de limpeza. Malice ainda estava com a mão na sua virilha. O queixo de seu corpo caiu, em seguida ele começou a tombar. Malice o agarrou em torno da cintura gorducha e o baixou até o chão de modo que suas costas ficassem apoiadas na máquina de lavar.

– Saia daqui – disse a ele Malice. Os olhos dele tinham se revirado, mas seu rosto mantinha uma expressão de assombro.

Ele girou em pleno ar, atravessou rapidamente o aposento cheio de crianças, passou pelas chapas de metal da janela e foi até o jardim dos fundos. Sua família estava reunida perto de uma árvore. A mãe e Frankie estavam tentando segurar Loretta, enquanto Buddy permanecia nervosamente atrás deles, com a mão apoiada em uma máquina. Em frente a eles havia dois homens: o barman da Mitzi's e o coroa com penteado anos 1950 que ele vira no escritório de Mitzi. O Elvis Velho. Ele estava brandindo uma arma e Matty pensou: Ele vai atirar em Loretta.

Aí Teddy entrou na frente dos homens e Matty pensou: Não, Elvis vai atirar no meu avô.

TEDDY

Quando era mais novo e mais estúpido, Teddy achava que morrer baleado seria o coroamento de sua carreira. O *Sun-Times* escreveria a história de sua vida e o mundo iria finalmente conhecer o jogador de cartas mais habilidoso de Chicago. Mas isso foi antes de conhecer Maureen, antes que ela lhe desse esses filhos – que, infelizmente, tinham todos decidido se congregar diante de um louco.

– Você não pode vencer – disse Teddy. – Você está em inferioridade.

Nick riu.

– Você está falando por causa *daquele* cara?

Archibald ainda apontava a pistola de microléptons para Nick, mas a arma era menos que inútil com um não paranormal. Ele estava mentindo quando disse que ela causava ataques e paralisia. Teddy acreditava no poder da sugestão, mas Nick estava além de sugestão e bem dentro do domínio da loucura.

– Não, quero dizer... – Um brilho de luz, como o reflexo de um vidro de relógio, o distraiu. Ele reluziu da casa até um ponto à frente dele. O que não fazia sentido, porque a luz tinha de refletir em algo para ser vista, e aquela luminescência vaga... já havia desaparecido. Um truque da luz. Ou de sua mente envelhecida.

– Ele está falando por nossa causa – disse Irene. – Nós somos a Fabulosa Família Telemachus, babaca. E você está ferrado.

– Saia da frente – ordenou Nick.

– Sem chance – opôs-se Teddy. De repente, Graciella estava ao lado dele. E disse: – Querida, deixe que eu...

– *Querida?!* – gritou Nick.

– Vá para casa – disse Graciella para Nick.

– Ah, eu vou. Vá buscar os meninos. Eles vêm para casa comigo.

– Isso não vai acontecer – negou Graciella.

– Eu mato você aí mesmo onde está – disse Nick. – Eu mato todos vocês.

Sem virar a cabeça, Teddy disse:

– Irene?

Ela pôs a mão em seu ombro e não apertou. Não era blefe, então. Nick era mesmo louco assim. Teddy teria de apelar a um poder superior.

– Barney – chamou ele. – Você vai mesmo para a cadeira elétrica por esse cara?

O barman deu um suspiro profundo e depois disse:

– Vamos, Nick. Vamos embora.

Nick se virou para ele.

– O que você disse?

Barney segurou a pistola com as duas mãos e a arrancou de Nick. Foi a coisa mais corajosa que Teddy já tinha visto.

– Nós acabamos aqui – disse Barney.

– Que droga! – gritou Nick e se jogou em cima do barman.

Os dois homens estavam com as mãos na pistola. Barney na coronha, Nick com as duas mãos em torno do cano. Nick a puxou para o lado, e por um momento horrível a arma ficou apontada para Teddy. Aí, por um momento pior, ela se virou bruscamente na direção de Graciella. Teddy a puxou para perto de si e o chão explodiu sob seus pés.

Ele não teve tempo nem de gritar.

IRENE

Mais tarde, quando teve tempo de pensar em tudo aquilo, ela ainda não conseguia decidir o que ocorrera e em que ordem. No momento, entretanto, tudo pareceu acontecer ao mesmo tempo: ela gritou, seu pai e Graciella desapareceram, uma arma disparou.

A arma. Nick e Barney ainda estavam lutando por ela, grunhindo como ursos. Ela não sabia dizer quem estava ganhando. Os homens haviam se transformado em um emaranhado de braços, uma massa furiosa e cambaleante.

Que diabos tinha acontecido com seu pai? Um buraco aparecera onde eles estavam parados.

Não, reaparecido. Buddy o escavara no início do verão. Mas ele o havia enchido? Irene, Frankie e Loretta estavam paralisados. Cinquenta centímetros mais perto e eles teriam caído dentro dele também. E Buddy...

Buddy jazia no chão atrás dela.

Por um longo momento, o corpo dela ficou imóvel. Aí, sem lembrança de que fez um movimento, ela estava de joelhos ao lado dele. Buddy estava imóvel, a cabeça virada para longe. Frankie e Loretta não haviam percebido que ele estava caído; a atenção dos dois estava fixa nos homens em luta.

A arma disparou uma segunda vez, seguida por outro som. Ela se encolheu, e logo percebeu que o segundo som era o ruído de metal contra metal: um ricochete.

Os olhos de Buddy estavam abertos. Ele estava olhando para a garrafa de metal laranja. Sua mão repousava ao seu lado como se fosse um cão que precisasse ser tranquilizado. Sua outra mão estava sobre o peito.

Ela tocou seu rosto.

– Você está bem? Fale comigo.

– Não tenho certeza – respondeu ele. – Mais alguém foi atingido? Eu não conseguia me lembrar de tudo. Eu não consegui ver tudo. Desculpe.

Mais alguém?, pensou Irene. Ela olhou para a mão dele, a forma como ele a estava apertando sobre a camisa.

– Está quase na hora – disse ele.

Ela percebeu que ele não estava olhando para a garrafa de metal, estava olhando para seu relógio.

Alguém deu um grito de fúria. Ela ergueu os olhos. Nick Pusateri tinha pegado a arma. Ele a erguia como se fosse dar um tiro de largada com ela. Sua peruca tinha sido puxada para trás, mas ainda estava costurada na parte de trás da cabeça; ela pendia sobre sua nuca como uma pele.

Barney estava deitado no chão, com as mãos no pescoço.

– Vão se foder todos vocês – disse Nick. O cano da arma se movia bruscamente em sua mão trêmula. Se puxasse o gatilho, podia acertar Frankie ou Loretta. Se apontasse alguns graus mais alto, só a árvore seria atingida. Se baixasse alguns graus, Irene e Buddy podiam ser baleados.

Irene teve tempo para pensar. Sim, ele está dizendo a verdade. Nós estamos todos fodidos.

FRANKIE

Ele não conseguia tirar os olhos da arma. Ela se remexia e se agitava, comandando sua atenção como uma bola de pinball. O fato de um homem a estar segurando era quase imaterial.

Buddy estava deitado no chão atrás dele, provavelmente baleado. Irene estava debruçada sobre ele, falando, embora ele não conseguisse ouvir o que ela estava dizendo. A pistola era tudo.

Quando ele jogava pinball, houve muitos momentos em que a bola se movia rápido demais, zunindo pela máquina, respondendo apenas à física dos obstáculos. Todo jogo, por melhor que tivesse sido até então, terminava do mesmo jeito: a bola descendo e seguindo na direção do buraco, sem nada que ele pudesse fazer a respeito. A espera quase o deixava sonolento.

Ele sentiu a mão de Nick se tensionar no gatilho. Viu a arma virar em sua direção. Foi um alívio, na realidade. Então a boca do cano se moveu alguns centímetros e ele percebeu que a bala não iria acertá-lo.

A arma disparou. E disparou outra vez, e de novo. Rápido assim.

Loretta disse:

– Ah. – Ela olhou para baixo e seus olhos se arregalaram.

Uma bola prateada pairava no ar a alguns centímetros do seu peito. As balas tinham se juntado numa coisa só. Enquanto ela observava, elas se volatilizaram e se transformaram em um pequeno rolimã perfeito. Então a gravidade voltou a atuar e a bola caiu no chão.

– Meu Deus, caral... – Nick deu um passo para trás, boquiaberto, sem conseguir terminar o palavrão. Ele estava com medo. Com tanto medo quanto Lonnie. Aí ele se virou e correu na direção da casa, ainda segurando a arma.

Irene disse:

– Frankie.

Ele olhou para trás. Irene se agachou ao lado de Buddy, que estava deitado no chão com a mão no peito.

– As crianças – disse ela.

Ah, Deus. As crianças estavam na casa.

– Pegue aquele filho da puta – ordenou Loretta.

Nick chegara ao pátio dos fundos. Archibald deu um passo à frente, e Nick gritou e apontou a arma para seu rosto. Aí ele puxou e abriu bruscamente a porta e desapareceu no interior. Frankie ouviu um segundo disparo um momento depois.

– Cuide de Buddy! – gritou Frankie para Loretta e correu na direção da casa. Ele entrou apressado e teve de parar repentinamente. Um homem de cabelo escuro estava ajoelhado no chão da cozinha, com a mão na boca ensanguentada. Era o cara com quem Irene estava fazendo sexo no carro.

– *Aama* – disse o namorado.

– Ele tem uma arma. Eu sei.

– Não. *Aama.* – O namorado ergueu a mão. Ele estava segurando a pistola de Nick.

– Como conseguiu fazer isso?

– Por ali – disse o cara e apontou na direção da sala.

Nick tinha chegado à porta da frente. As crianças tinham saído por lá? Em seguida, Nick empurrou e abriu a porta, e caiu. Seus pés voaram no ar e ele atingiu o chão.

As pessoas costumavam perguntar a Frankie: "Você parece um lutador, você tem experiência no ringue?" E Frankie lhes contava histórias de luta, sobre como nada tinha a ver com luta livre profissional. Ninguém sai voando das cordas. Ninguém aplica "quedas atômicas". Não, um lutador de verdade bota você no chão e o sufoca.

Frankie nunca tinha sido lutador, de verdade, não. Mas havia assistido a muita luta na TV.

Dois segundos depois, ele se lançou pela porta da frente e se jogou em cima de Nick Pusateri como a porra do Andre the Giant.

24

BUDDY

Ele está tentando se concentrar apesar de todas as distrações. A dor em seu peito é aterrorizante, e o rosto choroso de Irene faz com que ele queira acalmá-la, mas não há tempo.

Ele estreita os olhos na direção de seu relógio. O ponteiro dos segundos está subindo, subindo. Finalmente, ele chega à marca que representa o doze. São 12:02. Ele imagina o som da fechadura magnética destravando na porta do porão, mas está longe demais para escutá-lo. Pior, não tem lembrança das crianças saindo em segurança do *bunker* que construiu para elas. Só consegue se lembrar dos sessenta segundos seguintes.

Não é uma lembrança interessante. A maior parte dela envolve ele deitado ali no chão, com Irene chorando em cima dele. E se lembra do pai gritando por ajuda.

Até agora, o plano está funcionando, isso se obedecer aos ditames de uma memória falha pode ser chamado de plano. Nos últimos sete meses, ele viveu em estado de estresse, constantemente preocupado de estar se esquecendo de um detalhe chave, ou de ter confundido alguma parte da visão. O resto do tempo passou com medo de estar se lembrando demais, se fechando no futuro quando precisava deixar mais nas sombras, permitindo que o livre-arbítrio... fosse livre. De qualquer modo, era uma armadilha. Quando era menino, ele viu muita coisa, e não mudou nada.

Pelo menos, nada para melhor. E se, ao tentar ver menos, ele tivesse tornado tudo pior?

Irene esfrega as lágrimas dos olhos.

– Está tudo bem – diz ela. – Eu estou aqui.

– Que bom – diz ele.

Loretta, chorando rímel, se debruça sobre ele e avisa:

– Eu vou ligar para a emergência. – Ele não diz a ela que já ligou para lá. Vai fazer com que ela se sinta útil se puder ajudar.

Irene põe a mão sobre a dele.

– Vou precisar dar uma olhada rápida, está bem?

Ele se lembra desse momento, então como pode detê-la? Logo ela vai fazer o que quiser. Ele tira a mão do caminho.

Ela vê o buraco em sua camisa e franze o cenho.

– Está tudo bem – assegurou ele. Isso significava que não estava doendo, demais.

Ela desabotoa um botão, depois outro.

– O que é isso, Buddy?

– Mamãe me deu – diz ele.

Ela levanta a medalha de seu peito. Ele faz uma careta, porque o impacto o machucou. Aí ela olha para sua pele. Não há sangue.

– Você é um filho da mãe sortudo – diz ela.

– Não – discorda ele. – Não sou.

MATTY

Ele voltou bruscamente ao seu corpo, com tanta força que abalou a máquina de lavar. Em seguida, abriu os olhos e Malice estava agachada em frente a ele, seu rosto preocupado a centímetros do dele.

– Eu ouvi tiros! – disse ela. – O que está acontecendo?

Ah, Deus, o que *não estava* acontecendo?

– Houve uma explosão e o vô Teddy caiu, logo depois atiraram no seu pai...

– O quê?!

– Mas ele não foi baleado! Agora está no jardim da frente, e eles estão brigando...

Julian berrou:

– A porta abriu!

Malice saiu correndo da lavanderia. Matty se ergueu de pé, sentindo-se tonto. As crianças tinham parado de brincar com Mr. Banks. Jun o aninhou nos braços. As outras crianças pareciam assustadas.

Malice saiu correndo pela porta, e Polly e Cassie foram atrás dela.

– Jardim da frente! – berrou Malice.

– Não vá lá fora! – disse Matty.

Julian deu para ele um olhar de desprezo e deixou o porão. Matty virou-se para Jun.

– Você toma conta. Não deixe que Luke e Adrian subam até lá, está bem?

– Eu sou mais velho que ela! – protestou Luke.

Matty subiu correndo a escada e viu Malice, as gêmeas e Julian correndo na direção da porta da frente.

– Parem! – gritou ele. – Eles estão armados! – Eles o ignoraram e correram na direção do jardim da frente.

Frankie estava montado em Nick Pusateri e o socava. Nick protegia o rosto com os antebraços.

As gêmeas gritaram. Frankie olhou para trás. Seu rosto estava coberto de sangue, como estava quando Matty o vira no quintal dos fundos. As meninas tornaram a gritar.

– Voltem – disse Frankie.

E, nesse momento, Nick o acertou com força no queixo. Frankie caiu de lado. Nick se levantou. Ele parecia duas vezes mais velho do que alguns minutos antes. A peruca havia desaparecido, revelando um crânio sem pelos exceto por uma franja nas têmporas.

– Esse é o cara que atirou no seu pai – disse Matty. Ele devia ter dito "tentou atirar". Ele não tinha tempo para explicar o que vira.

Nick se aproximou de Frankie. Malice gritou.

– Saia de perto dele! – As gêmeas retomaram seus gritos em miniatura. Nick ergueu uma bota. A calça se ergueu e revelou chamas vermelhas bordadas no couro negro.

Atrás de Matty, Julian disse:

– Vovô?

Nick olhou para a porta e baixou a bota. Talvez tenha sido ver o neto. Talvez finalmente estivesse ouvindo as sirenes. De qualquer forma, ele recuou, respirando com dificuldade. Em seguida, olhou ao redor como para se situar. Fez a volta e foi cambaleante até um sedã reluzente rabo de peixe que parecia ter acabado de sair de um showroom da Plymouth em 1956.

Frankie gemeu e tentou se sentar. Matty disse:

– Ele está fugindo.

Malice pediu para as gêmeas:

– Meninas, olhem para mim. – Cassie e Polly estavam chorando, mas elas escutaram. – Meninas, sabe aquela coisa que vocês nunca devem fazer?

Cassie balançou a cabeça afirmativamente, e Polly passou a mão pelo nariz.

Malice apontou para o carro.

– Sério? – perguntou Polly.

– Façam agora – disse Malice.

– Está bem – concordou Cassie.

Nick estava a cinco metros do Plymouth quando o capô saltou da carroceria em uma chuva de fagulhas e girou para longe. A bateria do carro estava em chamas. E aí todo o motor se incendiou.

Nick parou de andar. Ele olhou fixamente para o carro por um longo momento, e então se sentou na grama.

TEDDY

Morrer baleado era uma coisa. Mas ele nunca pensara em ser explodido.

Houve um estrondo surdo, o chão se abriu sob seus pés, e ele e Graciella despencaram. Eles aterrissaram, emaranhados um no outro, e quicaram. Em seguida, tornaram a cair, e o cotovelo dela o atingiu nas costelas. Foi a dor que o convenceu de que não estava morto.

Eles aterrissaram em uma pilha de colchões.

Terra caiu sobre seus rostos. Antes que conseguissem que o ar voltasse a seus pulmões, eles ouviram tiros. Ele nunca tinha usado a palavra "fuzilaria" antes, mas acabara de experimentar isso. Então Frankie passou correndo pelo buraco sem olhar para baixo, e não havia barulho exceto pelo ruído distante de sirenes.

Finalmente, eles limparam a terra do rosto e recuperaram o fôlego nos pulmões. Graciella perguntou o óbvio:

– O que aconteceu?

– Buddy – respondeu Teddy.

– Nós precisamos sair daqui – disse Graciella. – Os meninos estão lá em cima. – Mesmo coberta de terra, mesmo louca de ansiedade pelos filhos, ela era bonita.

Ele procurou um meio de subir. O buraco era mais do que um buraco, ele tinha uma *estrutura*. As paredes de terra estavam sustentadas por sarrafos, com o intervalo de um metro entre eles e outros atravessados. Uma estrutura de madeira na boca ancorava uma série de pistões hidráulicos. Estes estavam mantendo a porta fechada, até que, repentina e violentamente, não estavam mais.

Era a droga de uma armadilha de tigres.

Teddy sabia do buraco, ele vira Buddy escavá-lo, mas achava que o garoto o havia enchido, não coberto a porta de alçapão com grama. Alguém podia ter morrido.

– Você consegue subir e sair? – perguntou Graciella.

– Hum – disse ele, como se considerasse aquilo seriamente. Se fosse mais jovem, talvez conseguisse subir pelos sarrafos atravessados até o ponto em que os apoios estavam bloqueados pela porta, em seguida saltar masculamente e se erguer de pé. Ele se perguntou se alguma vez tinha sido tão jovem. Ou másculo.

Em vez disso, ele gritou por ajuda. E gritou de novo. Depois de algum tempo, duas cabeças surgiram na borda da cova. Archibald e Clifford.

– Está todo mundo bem? – perguntou Graciella.

– Eu ia lhes fazer a mesma pergunta – disse Archibald.

Clifford disse:

– Os tiros terminaram. A polícia está aqui. Destin está ferido, mas está bem.

– As crianças também estão bem – disse Archibald.

Graciella não pareceu aliviada.

– Tirem-me daqui. Agora.

– Não tem ninguém aí em cima com menos de setenta anos? – perguntou Teddy.

– Você quer ajuda ou não? – perguntou Archibald.

Teddy entrelaçou as mãos e se inclinou para que Graciella apoiasse seu pé. Os homens em cima a puxaram e tiraram dali. Meu Deus, ela tinha pernas lindas. Ele estava quase triste por não terem passado mais tempo ali embaixo, aprisionados como mineiros depois de um desabamento. Podiam ter ficado mais unidos enquanto esperavam que o almoço fosse baixado por cordas.

Archibald e Cliff tiveram de deitar de bruços para alcançá-lo.

– Só um momento – disse Teddy. Pegou o Borsalino que fora parar na parede de terra durante a queda. Ele o limpou e o pôs com firmeza na cabeça.

– Agora – disse ele. – Os homens o puxaram pelos dois braços, e ele sentiu as costuras do terno DeBartolo arrebentarem nos ombros.

Archibald e Cliff o puxaram sobre a grama como um golfinho de um tanque. Quando ele ficou de pé, Graciella tinha chegado em casa, chamando os nomes dos filhos.

Aí Teddy viu Buddy. Irene estava sentada ao lado dele com lágrimas nos olhos.

Não Buddy, pensou Teddy. Ele não aguentaria se Buddy se machucasse. Ele era o inocente deles. O mais amado por Maureen.

Teddy olhou para Archibald.

– Achei que você tinha dito...

– Eu estava falando das crianças pequenas – disse ele.

IRENE

Ela viu o pai e Graciella serem puxados do buraco e então a ficha caiu. As provas estavam espalhadas pela casa e pelo terreno. O sumidouro instantâneo. As chapas de metal nas janelas à prova de ricochetes. A medalha no peito de Buddy.

Ela se inclinou para perto do irmão.

– Você fez isso, não foi? Você viu tudo.

– Está todo mundo bem? – perguntou ele desesperadamente.

– Está todo mundo bem – disse Joshua. Ela ergueu os olhos e ele a estava estudando com uma expressão preocupada e desesperada. Jun estava ao seu lado, com um cãozinho branco nas mãos. De onde diabos isso tinha vindo? E por que Joshua não tinha fugido? Toda essa loucura, e ele estava preocupado com ela. Ele viera à procura *dela*.

– E o papai? – perguntou Buddy.

– Ele está bem, Buddy! Ele está bem!

Ele irrompeu em novas lágrimas.

– Está tudo bem, está tudo bem – assegurou ela enquanto o abraçava. – Você fez bem. Veja, papai está chegando. – Ele estava caminhando em sua direção, de cenho franzido. A expressão de preocupação do pai se parecia muito com sua expressão de raiva, por isso era difícil interpretar seu estado de espírito.

– Eu salvei um deles, pelo menos – disse ele.

– Você salvou todo mundo, Buddy. Todas as...

Ah. Ele estava falando em um de seus pais.

– Eu acho que agora só quero descansar – disse ele.

– Só não vá dormir.

– Não é esse tipo de cansaço – disse ele. – Eu não posso continuar assim. *Sabendo*. Eu me preocupo o tempo inteiro.

Meu Deus. O tempo inteiro? Isso explicava muito sobre Buddy.

– Eu sinto muito – disse ela. – Eu não sabia. Cuidar de vocês... Esse devia ser meu trabalho.

– Você não entende – disse ele. – Eu não aguento mais.

Ela ouviu a verdade em sua voz e se encolheu.

– Sei que essa é a sensação agora – disse ela. – Mas algum dia, em breve...

– Eu não quero saber sobre *algum dia*. Eu não quero saber mais nada disso. Eu só quero que isso... pare. Tem uma coisa que você vai fazer para mim, agora, Irene.

O pai perguntou:

– De que diabos ele está falando? – Ele assomou sobre eles com uma careta. De perto, não havia ambiguidade: Buddy estava perturbado.

– Não finja que você não sabe – disse Archibald.

– Essa coisa – disse Irene ao mágico. Ela olhou para sua mão. – Isso funciona?

– É claro – respondeu Archibald.

– Você está falando a verdade – disse Irene. Ela queria que Buddy ouvisse isso.

A pistola, aquela arma de microléptons, parecia algo que ela encontraria quando era criança na loja de dez centavos Ben Franklin. Ela estendeu a mão espalmada. Os olhos de Archibald se estreitaram. Então ele a pôs em sua mão.

A arma era surpreendentemente pesada. Buddy a observou enquanto ela a sopesava.

– Isso é irreversível – disse Archibald para Buddy. – Você entende? Ele olhou ansiosamente para a arma, como se tivesse encontrado uma fotografia de alguém que tinha esquecido. Ela acreditara por anos que o dom de Buddy havia desaparecido com a morte da mãe. Depois do enterro ele nunca adivinhou outro placar dos Cubs, nunca escreveu outro número de loteria. Se alguma vez sentiu falta de seus momentos com a Roleta Mágica, esperando pelo aplauso da multidão, ele nunca falou disso. Em vinte anos, mal tinha falado. Mas a roleta nunca parava de girar. Ele carregava sozinho o conhecimento disso, em silêncio.

Ela apontou a pistola para sua cabeça, de onde imaginava que vinha seu grande poder.

Buddy olhou para seu relógio, em seguida ergueu um dedo.

– Espere – disse ele.

FRANKIE

Suas filhas olhavam para ele como se fosse um peixe estranho jogado nas margens do lago Michigan. Ele se perguntou o quanto sua aparência estava ruim. Seu nariz com certeza não estava onde deveria estar. Vários dentes estavam disputando novas posições. Uma pálpebra se fechara para a temporada.

– Você foi corajoso – disse Cassie.

– E muito forte! – disse Polly.

Luzes vermelhas e azuis piscavam contra a lateral da casa. Mary Alice se agachou ao lado da cabeça dele.

– Nós o pegamos? – perguntou Frankie. Sua voz não parecia nada normal.

– Ah, nós pegamos, sim, pai – respondeu Mary Alice. – O cara do governo só botou um joelho em suas costas.

– Isso é bom – disse ele.

Eles ainda estavam sem dinheiro. Ainda estavam sem casa. Mas Mary Alice o havia chamado de pai. Então isso era alguma coisa. Ele se sentiu como Odisseu, finalmente voltando para casa, para encontrar sua família à sua espera.

Então ele se lembrou.

– Buddy. – Ele se sentou e quase caiu para trás outra vez quando uma costela espetou o lado de seu corpo. – Ajudem-me a me levantar.

– O que tem ele? – perguntou Matty. O garoto estava com um extintor de incêndio. Estava apagando áreas de fogo na grama e os pedaços espalhados de peças automotivas em chamas.

– Agora. Por favor.

Frankie cambaleou pela casa, com Mary Alice e Matty o segurando. No quintal dos fundos, sua família cercava o ponto onde Buddy estava deitado.

– Ele está bem? – berrou Frankie. – Respondam-me!

G. Randall Archibald chegou para trás, e ele conseguiu ver Irene segurando a arma de microléptons contra a têmpora de Buddy.

– Irene – chamou Frankie. – Mas que merda você está fazendo?

Irene o ignorou. Buddy olhou para ele e sorriu.

– Você está bem – disse ele.

– Pronto, agora? – perguntou Irene a Buddy.

Ele olhou para seu relógio.

– Doze e seis – disse ele. – Perfeito.

Frankie disse:

– Será que alguém podia...

Irene apertou o gatilho. A arma disparou com um zumbido e um estampido elétricos:

Zap.

OUTUBRO

25

FRANKIE

Ele estava cercado por mulheres. Pelo menos duas, e possivelmente todas as três, estavam prestes a ficar irritadas com ele.

– Eu não vou assinar – disse ele.

– Por quê? O preço está alto demais? – perguntou Irene.

– É a papelada – disse Frankie. – Está toda errada.

Graciella se debruçou sobre a mesa da sala de reuniões.

– Confie em mim, está tudo em ordem. Os formulários bancários, o seguro, tudo é bem padrão. Nós normalmente não fechamos um negócio assim, mas está tudo em ordem.

– Só assine, Frankie – disse Loretta.

Ele baixou a caneta.

– Não. Não vou fazer isso. O nome está errado.

Graciella franziu o cenho.

– Franklin Telemachus e Loretta Telemachus. Seu nome não é Franklin?

– O nome dele é Franklin – respondeu Irene.

– Eu não quero que meu nome esteja aí – disse ele. – Só o de Loretta.

– Do que você está falando? – perguntou Loretta.

– Eu quero que ela seja sua – disse Franklin a ela. – Só sua. Ninguém mais vai tirar a casa de você outra vez.

– Bom, tecnicamente – disse Irene. – Se você é casado, em alguns casos o tribunal pode...

– Cale a boca, Irene – mandou Frankie. – É dela. Eu não quero nenhuma parte.

Loretta pôs a mão sobre a dele.

– Você não precisa, Frankie.

– Eu já me decidi.

– Você não podia ter me dito essa porra antes que eu preparasse toda essa papelada? – perguntou Irene.

– Isso foi um erro, desculpe. – A verdade era que a ideia só lhe ocorreu quando ele viu seus dois nomes no papel.

– Certo. – Ela pegou a pilha de documentos. – Vou pedir a umas secretárias para me ajudarem. Isso vai levar alguns minutos.

– Quem quer café? – ofereceu Graciella.

Eles beberam café e falaram sobre criar filhos. Todos eles, na verdade, queriam um cachorrinho. Aí Frankie disse:

– Então acho que vamos vê-la no julgamento de Nick pai.

– Tem tempo. Essas coisas levam mais do que você pensa.

– Sinto muito por Nick Jr. – disse Loretta.

– O importante é lembrar que trinta anos não são prisão perpétua – disse Frankie. – Eles têm um serviço de saúde excelente lá dentro.

– Jesus, Frankie – disse Loretta, mas ela estava rindo.

– O que foi? Eles têm.

– E não foi uma sentença tão ruim quanto poderia ter sido – comentou Graciella. – E pelo menos ele não precisou testemunhar contra o pai.

– Isso é considerado pior do que qualquer coisa – disse ele. Então percebeu que seu próprio testemunho contra Nick pai poderia lhe causar problemas. Decidiu que o inteligente a fazer era nunca falar com ninguém da máfia outra vez, incluindo Mitzi.

Depois de quase vinte minutos, Irene voltou com uma pilha recém-impressa de documentos.

– Nós não vamos mudar mais nenhuma palavra – disse ela.

Levou vários minutos para Loretta assinar e rubricar cada página, com Graciella e Irene explicando o que ela estava assinando e por quê.

– Agora o último passo – anunciou Irene. – Pagamento.

– Não olhem para mim – disse Frankie. – Agora é tudo com ela.

Loretta sacudiu a cabeça e abriu a bolsa.

Irene disse:

– Normalmente só aceitamos cheques visados...

Loretta entregou a ela uma nota de um dólar novinha.

– Mas, neste caso, dinheiro é aceitável.

As meninas estavam esperando por eles no foyer, onde as gêmeas recortavam revistas.

– Malice falou que nós podíamos! – disse Cassie.

– Eu pedi as antigas – disse Mary Alice.

– Vamos ver nossa casa nova – convidou Frankie.

– Você quer dizer nossa casa velha – retrucou Polly.

– É a mesma coisa – disse Frankie. Os federais por muito pouco não confiscaram a casa. Irene desconfiava, porém, que Graciella fizera algum tipo de oferta de cooperação nos outros imóveis que os Pusateri estavam negociando através da empresa, e que isso por fim liberou a casa para venda. Agora eles a possuíam, sem dever nada. Nem mesmo uma hipoteca.

Eles se empilharam no Festiva de Irene, um carro que ganhou o prêmio de distância mais irônica entre o nome e a experiência de dirigir. Não que ele pudesse dizer isso em voz alta; Irene o estava emprestando a eles até que encontrassem um substituto para o Corolla de Loretta, e ele não ia ser exigente com um carro emprestado. Felizmente, a família estava tão de bom humor que o interior apertado não conseguia desanimá-los. Isso até ele virar para a esquerda, na Roosevelt, em vez de para a direita, e Loretta lhe lançar um olhar duro.

– Só uma parada – disse ele.

Ele entrou no estacionamento, desviando com cuidado dos buracos, e estacionou em frente a um prédio parecido com um armazém. As paredes ainda eram basicamente brancas, mas os anos as haviam pintado de sujeira e ferrugem.

– O que nós estamos fazendo aqui, Frankie? – perguntou Loretta.

– Nós queremos ir para casa – disse Polly.

– Vamos lá, só dar uma olhada, meninas. – Ele foi até as portas da frente de metal e pegou o conjunto de chaves que Irene lhe emprestara. O NG Group estava cuidando do imóvel.

– Isso era um point e tanto antigamente. Pessoas nos anos 1950 costumavam vir vestidas de gravata e vestidos elegantes. O White Elm não era só um rinque de patinação, era um destino. – Ele empurrou e abriu a porta. Um cheiro úmido rolou para fora.

– É um destino para alguma coisa – disse Mary Alice.

– Imaginem – disse Frankie. – O maior e mais completo fliperama só com máquinas de pinball em Chicago.

– Pinball? – perguntou Mary Alice. – Sem videogames?

– Claro que não.

– Nenhum adolescente vai vir aqui se você não tiver videogames.

– Eu lhe digo, garota, está prestes a acontecer a volta do pinball.

– Nós não vamos comprar isso – disse Loretta.

– Vamos dar uma olhada, depois podemos falar sobre o assunto.

IRENE

– O que eu estou esquecendo? – perguntou ela.

– Que nós devíamos ter saído meia hora atrás? – disse seu pai.

– Homem engraçado de chapéu.

Graciella e o pai riram. Eles achavam sua preocupação divertida, talvez porque normalmente ela fosse a pessoa mais organizada no prédio.

– Viajar me deixa nervosa – disse Irene.

– Sei, *viajar* – brincou Graciella, e os dois riram outra vez. Eles estavam sentados no sofá na sala de espera, encostados um no outro. Irene não conseguia entendê-los. Graciella jurava não haver nada sexual acontecendo, mas os dois saíam para jantar juntos, viam filmes e, o mais desconcertante, ficavam juntos na casa de seu pai com todos os filhos dela correndo ao redor. Ela estava feliz pelo pai, mas não lhe parecia ser algo saudável para Graciella.

– Eu sei que há alguma coisa – disse Irene. Ela pusera sua mala no bagageiro do Buick do pai nesta manhã, então isso estava resolvido. Portanto, devia ser algo do escritório.

– O carregador do celular – lembrou-se Irene. Ela foi até o escritório e desconectou o carregador da parede. Seu Motorola tinha se tornado indispensável rapidamente. Claro que Matty queria um. Ela o mandou voltar a trabalhar e economizar quinhentos dólares.

– Eu tenho compromissos, sabia? – disse o pai. – Pessoas para ver.

– Estou pronta, estou pronta – disse Irene.

Graciella a abraçou para se despedir, e em seguida se voltou para seu pai. Eles se beijaram. Nos lábios.

– Obrigado por toda a ajuda com Frankie – agradeceu o pai.

– Era o mínimo que eu podia fazer – disse Graciella e o beijou uma segunda vez.

– Jesus – disse Irene. – Eu estou no carro.

Irene e o pai não conversaram na estrada. Estavam a dez minutos de O'Hare quando o pai disse:

– Você está fazendo aquela coisa com o rosto.

– É só meu rosto normal.

– Você costumava fechar a cara assim quando os meninos se comportavam mal. Ou eu. Não se preocupe com Matty. Eu vou fazer com que ele se comporte. Nada de maconha, cocaína, e praticamente nenhuma puta.

– Não é de você que eu estou com raiva – disse ela.

– Você não precisa ir vê-lo – disse o pai.

– Ah, preciso. – Ela sentia como se fosse morrer se não fizesse isso. Essa era sua terceira viagem a Phoenix desde o Dia do Trabalho.

– Quero dizer que ele poderia vir aqui. Ele é um herói! Arrancou a arma das mãos de Nick.

– Nick o atropelou e a arma saiu voando.

– Claro, mas Joshua a agarrou. Isso é coisa de heróis, menina. Diga a ele para voltar e podemos ir os dois casais ao Palmer's.

– Isso não vai rolar, pai. – Ela não queria que Joshua voltasse a sua casa, ainda não. Se algo não normal acontecesse, qualquer coisa, ele teria transtorno de estresse pós-traumático permanente.

– Tudo bem. Então mude-se para lá – sugeriu o pai. – Você é jovem.

– Eu adoro meu emprego.

– Bah.

– Eu também não acho que consigo morar com ele. Nós conseguimos ficar juntos por um fim de semana, mas depois disso as mentirinhas simplesmente começam a se acumular. Todo dia há um deslize, e eu fico cada vez mais paranoica.

– Então você precisa perdoar-lhe todo dia. Em que isso é diferente de qualquer casal? Sua mãe? Ela precisava me perdoar cinco vezes antes do café da manhã.

– Você é um exemplo e tanto, pai.

Ele parou junto do meio-fio, em seguida estendeu a mão para destravar o porta-malas.

– Boa sorte por lá, garota.

– Eu só queria saber onde isso vai dar.

– Quem sabe?

– Bom...

– Nem mesmo seu irmão, não mais.

Pobre Buddy. Irene esperava que ele estivesse feliz, agora que caminhava pelo escuro como todas as outras pessoas comuns.

– Você tem notícias dele? – perguntou ela.

– Nenhuma palavra, nenhuma palavra.

– Não sei se isso é bom ou ruim.

– Nem eu.

Ela puxou a bolsa do porta-malas e ficou surpresa ao ver que o pai tinha saído do carro. Ele nunca fazia isso.

– Você só precisa saber uma coisa – disse ele.

– É?

– Quando seu homem diz que ama você, ele está dizendo a verdade?

– Isso é muito profundo, pai.

– Responda a pergunta. Ele está?

– Toda vez – disse ela. – Toda maldita vez.

TEDDY

Um novo amor chega e lhe dá um tapa na bunda, exige sua atenção, faz seu pulso acelerar. Um velho amor fica deitado à espera. Ele está ali à noite quando seus olhos estão se fechando. Ele entra na cama com você, passa seus dedos fantasmas pelo seu cabelo, sussurra seu nome secreto. Um velho amor nunca morre.

O envelope, dessa vez, foi entregue pela Sra. Klauser, a vizinha.

– Buddy me entregou isso há um mês – disse ela, que segurava a guia de dois cachorros, um deles filhote. – Ele fez com que eu prometesse não entregar até hoje. Espero que não haja problema.

Múltiplas mãos tinham se envolvido – uma tinta irregular para o nome dele, e lápis de cor (*lápis de cor!*) rosa para a data de hoje, escritos com décadas de distância, supôs ele.

– Ah, e isso também – acrescentou ela. Uma caixa laranja e branca, endereçada com o mesmo lápis de cor a Matthias Telemachus. Teddy entrou em casa, pôs o pacote sobre a mesa, em seguida parou, surpreso.

A casa estava em silêncio. Nenhuma serra nem furadeira. Nenhuma menina gritando por causa de bichos de pelúcia. Ninguém reclamando alto sobre quem bebeu todo o leite.

Hum.

Foi um alívio quando ele ouviu um baque no andar de cima. Subiu a escada e bateu à porta de Matty.

– Você está pronto? – perguntou.

– Quase – respondeu ele.

Teddy foi até seu quarto. Ele aproximou o envelope do nariz, tentando captar um aroma dela. Nada. O papel era velho, e tinha viajado por máquinas e caixas de correio para alcançá-lo. Qualquer aroma que captasse agora seria imaginário. Ele levou o envelope à frente do chapéu, como costumava fazer, em seguida o abriu.

Querido Teddy

Espero que você receba essa carta aí no futuro. Buddy diz que não pode ver nada depois de setembro desse ano, e eu tenho muito medo do que isso possa significar. Se você estiver triste agora, como eu estou, então o mundo é ainda mais cruel do que eu temia.

Tenho conseguido dar escapadas para passar em casa e ver as crianças. Isso exige muito de mim, mas vale a pena. Como nós fizemos filhos tão bonitos? Nosso melhor truque. Eu sinto tanto por deixá-lo sozinho com eles. Não há mágica que nos tire fora dessa. Eu sei que meu corpo nunca vai deixar este hospital.

Eu não tenho mais avisos para você, meu marido, meu único e verdadeiro amor. Não tenho mais conselhos, exceto este: seja feliz. Você sempre foi melhor nisso do que eu.

Acho que vou dar uma nadada agora.

Amo você,

Mo

P.S.
Cedo ou tarde você vai ter de dizer às crianças que elas não são gregas.

– Não mesmo – disse Teddy.

Ele não tentou se levantar. Deixou que o peso dos anos rolasse sobre ele e o segurasse ali.

Ele esfregou lágrimas de velho de seu rosto, tossiu para limpar a garganta. Havia pessoas a ver, jogos a terminar. Girou o segredo, abriu o cofre do closet e pôs essa última carta em cima da pilha.

Matty estava esperando por ele na sala. Parecia nervoso.

– Não se preocupe, garoto – disse Teddy. – Você vai se sair bem. Você é um Telemachus.

Matty deu um sorriso tímido.

– Descendente de semideuses.

– Sim, bem, não acredite em tudo o que ouve.

Ele dirigiu pela Rota 83 na direção de Mount Prospect. Depois de algum tempo, disse:

– Então, Matty, quando você está lá em cima, voando por aí, você já viu alguém?

– O que você quer dizer com isso?

– Outras mentes. Espíritos, talvez. Almas.

Matty pensou nisso.

– Você está falando sobre a vó Mo.

Teddy deu um suspiro.

– Acho que estou.

– Sinto muito... eu não sei se funciona desse jeito – disse Matty.

– Está certo.

– Mas vou continuar procurando.

Teddy riu.

– Faça isso. Seria muito bom.

Eles entraram no prédio onde Dustin Smalls tinha alugado uma sala. Smalls, com o braço ainda na tipoia, os recebeu à porta. Ele apertou desajeitadamente a mão dos dois, tão solenemente quanto um soldado ferido cumprimenta suas tropas.

– Agradeço por terem vindo.

– Você não nos deu muita escolha – disse Teddy.

– O garoto ainda está melhor sob nossa proteção – disse Smalls, sem negar. – Eu só quero o melhor para ele.

– E para você.

– As duas coisas por acaso coincidem.

– Certo, certo. Vamos acabar com isso.

G. Randall Archibald esperava na sala ao lado, no comando de uma série de transformadores e painéis de controle que zuniam. O familiar logo da Advanced Telemetry Inc. estampado nas peças maiores.

– Matthias! – disse o homenzinho careca. – É bom tornar a vê-lo. Nós vamos usar detectores de alto ganho em vez do equipamento portátil, sem risco de explosão desta vez, eu lhe garanto. – Ele fez com que o garoto se sentasse em frente à máquina como antes e começou a conectá-lo aos eletrodos. – Nós vamos só tentar mensurar outra vez a distorção do campo de torção. Como sabe, não haverá nenhum desconforto para você.

– Ok – disse Matty. O garoto parecia irrequieto e nervoso.

– Vamos tentar um pouco de experiência extracorpórea, que tal?

Matty fechou os olhos e respirou fundo. Quase instantaneamente, a agulha do detector saltou para a direita.

Smalls levou um susto.

– Não fique de pau duro – recomendou Teddy. – Esse é o meu neto.

A agulha pairou sobre o nível 5 mil de tau.

– Vejam! – disse Archibald. – O mais alto já registrado!

– Você não sabe o que isso significa para o país – declarou Smalls.

– Por favor – disse Teddy. – Você só o está usando para conseguir novos fundos para o Projeto Star Gate.

– Nós vamos nos assegurar de manter sua identidade em segredo.

– Assim como mantiveram em segredo a de Maureen? Quantas pessoas no Pentágono sabem o nome dela? Sabem o *nosso* nome?

Matty estava sentado absolutamente imóvel, com os lábios apertados. A agulha subiu ainda mais.

– Nós precisamos recuperar o programa de guerra parapsicológica – disse Smalls. – Agora que temos Matt, isso é possível.

– Não, sinto muito, não vamos entrar nessa – discordou Teddy. – Eu acho que vocês jamais conseguirão manter alguém como ele em segurança. Não alguém tão valioso.

– *Você* acha que pode mantê-lo em segurança, melhor do que o governo?

– Na verdade, não.

Smalls parecia desesperado.

– Então por que estamos discutindo?

– Por nada – disse Teddy. – Nada mesmo. Matty?

O garoto abriu os olhos. Ele viu chocado a arma na mão de Teddy.

Smalls disse:

– Você não faria isso. Buddy fez sua própria escolha, mas Matty tem potencial demais! Você não pode fazer isso.

– Para salvar sua vida, eu posso. Desculpe, Matty. – Ele puxou o gatilho. A pistola de microléptons emitiu um zumbido, cada vez mais alto, e então o capacitor disparou com um estampido alto. Não houve sinal visual do raio de distorção. Teddy pensou: isso seria mais impressionante se houvesse algum tipo de efeito laser.

O efeito em Matty, porém, foi imediato. O garoto gritou e levou as mãos à cabeça. Seu corpo começou a tremer como se estivesse tendo um ataque, então, de repente, sua cabeça caiu para trás e ele desabou no assento.

– O que você fez?! – exclamou Smalls.

Archibald estudou o painel de controle principal.

– Não há sinal. Nenhum campo. – Ele ergueu os olhos, surpreso. – Ele está inerte.

Teddy se ajoelhou diante do garoto.

– Matty, fale comigo. Você está bem?

Ele olhou ao redor, atônito.

– Eu me sinto... diferente – disse ele.

– Você percebe o que fez? – perguntou Smalls.

– Nós vamos para casa – disse Teddy. – Não volte a nos incomodar.

MATTY

Ele estava com medo de falar até que chegaram à interestadual.

– Então – disse ele por fim. – Eu exagerei?

O vô Teddy riu.

– Você, meu garoto, é um ator nato. A tremedeira foi um toque de gênio.

– Isso meio que passou pela minha cabeça, então resolvi fazer. Mas na verdade, eu não sabia ao certo como a arma afetou o tio Buddy e me preocupei que...

– Não! Não! Garoto, quando um pato está tão comprometido quanto Smalls, é quase impossível exagerar. Você o pegou, meu garoto, você o pegou.

A risada de Matty ficou mais contida. Ele não parava de pensar na expressão no rosto de Destin Smalls quando a pistola de microléptons disparou. Foi como se *ele* tivesse levado o tiro.

– Acho que você merece um drinque – disse o vô Teddy. – Algo tropical. – Eles saíram na 294 e desceram pela Grand Avenue. – Eu tinha um amigo que amava drinques tropicais. Eu cresci com ele, nós dois adorávamos mágica, queríamos ser Blackstone. Nós dois, os meninos mais baixos da turma, uma dupla insignificante. Ele acabou se transformando num artista especialista em fugas muito bom, depois começou a inventar truques para as pessoas. Um mágico dos mágicos, sabia? Grande mente ilusionista. Enfim, ele nunca gostou de bebidas fortes, mas, por Deus, você lhe dava uma bebida da cor de Koool-Aid, enfiava um guarda-chuvinha nela e ele bebia mais do que você. – Ele estacionou em frente a uma cabana de madeira com um letreiro vistoso na frente: HALA KAHIKI LOUNGE. – Você vai adorar esse lugar.

O interior era um cenário de filme melodramático da madrugada na WGM: paredes com deuses das ilhas fazendo caretas, colares de flores de plástico e lanternas de papel, e bambu suficiente para construir um porta-aviões indonésio.

– Não se preocupe, os Pusateri não têm nada a ver com isso. – Matty não sabia que devia estar preocupado com isso até que ele o mencionou.

Eles pegaram uma mesa nos fundos do salão. A garçonete, uma mulher gorducha e de cabelo curto na casa dos cinquenta, cumprimentou seu avô com um beijo no rosto.

– Patti, este é meu neto, Matty. Nós estamos comemorando. Que tal uma Piña Colada? Você gosta de coco, garoto?

– Virgem? – perguntou Patti a Matty.

Ele sentiu o rosto esquentar.

– Hum...

– Semivirgem – disse o avô. – Dê um gostinho a ele. Como eu disse, é um grande dia, grande dia. – Ele tamborilou as mãos na mesa, tão cheio de energia quanto Matty. – Então, como vai a escola?

Como vai no colégio? Ele mal pensava no colégio, mesmo quando estava lá. Nada parecia tão real quanto as coisas que tinham acontecido com ele nesse verão. Depois de Nick Pusateri pai, quem poderia temer um veterano do secundário? O que um professor de matemática podia fazer com ele?

– Tudo bem – respondeu Matty.

As bebidas chegaram. A de Matty era uma espécie de líquido leitoso branco com uma grande fatia de abacaxi montada na borda do copo. Ele o bebeu pelo canudinho e sentiu uma pontada de congelamento incipiente da cabeça. Ou talvez fosse o álcool. Matty não tinha ideia do que havia no drinque, ou o que ele faria com ele. Só havia fumado maconha.

O avô acenou para alguém na porta.

– E ali está meu amigo agora.

G. Randall Archibald atravessou o salão.

– Mai tai, minha querida Patricia! E uma travessa de lulas! – Ele deu um tapa no ombro de Matty. – Que performance! Nós devíamos sair em turnê!

Matty estava muito confuso. Archibald apertou a mão do vô Teddy e se jogou na cadeira.

– Ufa!

– E então, Smalls engoliu a história? – perguntou o avô.

– Literalmente. E está planejando grandes encomendas. Depois que superou a decepção de perder Matty, ele percebeu as possibilidades de defesa. A pistola de microléptons é a maior arma já criada para combater espiões paranormais, no exterior e no país!

Matty não conseguia entender o que estava acontecendo. Era como se Hitler tivesse se sentado à mesa com eles, e o avô estivesse perguntando sobre o tempo em Berlim.

– Então ele caiu – disse o avô. Ele não conseguiu segurar um sorriso.

– Se *caiu*? Ele já está falando em propostas, de levar a pistola direto para os militares – contou Archibald. – Ele está animado para nos conseguir um contrato, não importa se o Star Gate for cancelado. A segurança dos Estados Unidos depende disso.

O avô estava balançando a cabeça afirmativamente.

– Eu estava achando que devíamos acrescentar um componente visual. Os efeitos sonoros são ótimos, mas um efeito laser ia ajudar muito a vender.

– Esperem, esperem, esperem – disse Matty por fim. – Vocês dois estão *trabalhando* juntos?

Os homens olharam sorrindo para ele. Ele não estava achando graça. Tudo o que sabia sobre sua família não estava errado, exatamente, mas virou sessenta graus. Era como a grande estátua vermelha de Picasso no centro da cidade – ela se transformava em algo diferente quando você encontrava um novo ângulo.

– Há quanto tempo isso está acontecendo? – perguntou Matty.

– Desde o começo – respondeu Archibald. – Antes mesmo de haver uma família Telemachus. – Suas sobrancelhas se arquearam. – Ou um Telemachus.

– Mas você nos destruiu! Na TV!

O mágico pareceu decepcionado.

– Aquilo foi lamentável.

– Lamentável? Você estragou tudo.

– Aquilo não foi culpa de Archie – disse o vô Teddy. – Ele estava seguindo o plano. Sua avó devia entrar e fazer seu melhor truque. A plateia teria engolido. E então ele...

– E então eu – interveio Archibald. – O desmascarador de paranormais mais famoso do mundo, teria passado vergonha. Uma grande vergonha. Meu endosso de autenticidade, minha sanção, iria catapultá-los acima até mesmo daquele embusteiro israelense.

– Que ele queime no inferno – praguejou Teddy.

– Mas isso não aconteceu – disse Matty.

– O destino interveio – prosseguiu o avô. – E sua avó se recusou a tentar outra vez. Eu devo admitir que fiquei abatido por um tempo. Mas no fim, foi melhor assim. O que nós teríamos conseguido com a fama?

– Cadeia, talvez – disse Archibald.

– Tristeza – respondeu o avô.

– Melhor ficar com o dinheiro – disse Archibald.

O avô pôs a mão no ombro de Matty.

– A empresa que Archie e eu abrimos, a ATI? Ela foi feita desde o início para sugar tanto dinheiro das tetas do governo quanto possível. O leite estava secando, com a aposentadoria de Smalls. Mas agora que o velho está animado...

– Estamos de volta aos negócios – declarou Archibald.

– Desculpe, eu não podia lhe contar o que estava acontecendo – disse o avô. – Não queria entregar nosso jogo.

Patti trouxe o drinque de Archibald, uma coisa alta cor de laranja decorada com um toque de algo verde, uma fatia de abacaxi e um guarda-chuva rosa. Archibald o ergueu no alto.

– À ATI.

– Archibald & Telemachus Inc. – respondeu o avô.

– Está bem, mas, mas... – O número de perguntas na cabeça de Matty estava se transformando em um engavetamento de vários veículos. – A pistola de microléptons é verdadeira ou não?

– Ah, ela é real – respondeu Archibald.

– E totalmente falsa – disse o avô.

– Já ouviu falar em placebo? – perguntou Archibald.

Matty assentiu, embora não soubesse ao certo o que significava a palavra.

– A pistola, meu jovem, é aquele primo afastado do placebo, o *no*cebo. Se um placebo fornece falsos benefícios, o nocebo provoca falsos danos. O dano ao paciente é psicogênico, mas não menos real.

– Se você acreditar nela, ela vai machucar – explicou o avô.

– Nós a testamos em vários "paranormais" – disse Archibald. – Quando explicamos o que a pistola faz com o campo de torção, eles perdem todos os seus dons. Claro, metade dessas pessoas eram fraudes...

– Fraudes inconscientes – acrescentou o avô.

– Então estamos fraudando as fraudes.

Matty levou um momento para pensar nisso.

– Então o tio Buddy...?

– Buddy precisava ser normal – disse o avô. – Foi um tiro de misericórdia.

Matty tomou um gole da bebida, pensando. Os dois homens começaram a falar sobre os detalhes de contratos com o governo. Quando as lulas chegaram, o avô o notou e perguntou:

– Qual o problema, meu garoto?

– Nada – disse Matty. – Eu só estava me perguntando sobre... mim.

– Você?

– Meu poder é real, não é?

– Meu garoto, meu garoto – disse o vô Teddy. – Só porque há muitos cacos de vidro no estojo de joias isso não significa que não haja alguns diamantes. Você, Matthias, é descendente da grandeza.

– Eu sei, eu sei, semideuses.

Archibald resfolegou.

– Estou falando de Maureen McKinnon – disse o avô. – A Paranormal Mais Poderosa do Mundo. Eu fiz aquela medalha para ela num Natal. Uma piada entre nós, mas *não* uma piada, porque, deixe-me lhe dizer, Mathias, ela era sem a menor dúvida uma paranormal de verdade.

– À bela Maureen – brindou Archibald, erguendo o copo outra vez.

– Ao amor da minha vida – disse o avô.

Matty ergueu sua piña colada.

– À vó Mo.

BUDDY

Ele virava as páginas plastificadas em um fervilhar lento de pânico. Cada foto era mais estimulante que qualquer foto pornográfica que já havia visto: tiras de frango sedutoramente arrumadas; um reluzente assado de panela; quesadillas molhadas e suculentas; pilhas fumegantes de spaghetti. Opções demais. Demais. A seção Monte seu Próprio Hambúrguer fez seu coração acelerar. Por anos ele soubera o que pedir, porque se lembrava do que pedir. Era uma repetição natural que muito tempo atrás deixara de parecer estranha e se tornara reconfortante: refeições lembradas eram a suprema *comfort food*. Mas ser solto em um ambiente onde não só quase tudo podia ser pedido, e se isso não funcionasse, algo podia ser montado com um número infinito de ingredientes? Que loucura.

Então ele virou a página e um guincho lancinante escapou de sua garganta. *Café da manhã a qualquer hora.*

A garçonete apareceu. Ela era mais baixa do que Buddy e dez anos mais velha, com um queixo fino e um nariz um pouco grande demais para o rosto.

– Vê alguma coisa que você gosta? – perguntou ela.

Por um momento, Buddy não conseguiu falar. Ele respirou fundo.

– O Denny's é um inferno de livre-arbítrio irrestrito.

A garçonete riu.

– Eu concordo com o inferno. Você quer começar com uma bebida?

– Só chá gelado, obrigado.

A garçonete deu um sorriso indecifrável, em seguida saiu andando. Buddy tinha pedido para sentar em sua seção. Pelas quatro semanas anteriores, ele esteve envolvido em sua própria experiência de escolha. Será que, agora, ele podia viajar para qualquer lugar? Falar com qualquer pessoa? Tinha se tornado aquela coisa aterrorizante e aterrorizada: um agente livre. E ainda assim era empolgante. Não era responsável por ninguém além de si mesmo, e podia fazer o que quisesse. Pelo menos até que seu dinheiro acabasse. Ele tinha viajado para Alton, em Illinois, depois para St. Louis, no Missouri, e depois, seguindo rumores e referências, até duas outras cidades pequenas do Meio-oeste. A cada passo, o número de decisões que tinha sido obrigado a tomar era quase paralisante. Mas ele as havia tomado. Ele as tomara sem saber se eram certas ou erradas. Por fim, ele chegou, às 9:30 da noite, a um restaurante de rede praticamente vazio em Carbondale, em Illinois.

E estava muito nervoso.

Para se acalmar enquanto esperava, pegou o lápis de cor e desenhou uma linha sobre o jogo americano de papel. Desenhara essa linha várias vezes durante sua viagem, em guardanapos e papel de carta de hotéis, para lembrar a si mesmo de onde viera e para onde estava indo. Chame isso de sua linha da vida. Ele fez uma marca perto da extremidade direita da linha que era 4 de setembro de 1995. Até essa data, sua mente andava de um lado para outro da linha, se lembrando nas duas direções. Mas agora, ele estava na extremidade da linha que avançava a cada momento. Nunca sabia quando ela ia acabar. Ele não parou de desenhar até que a garçonete retornou com um copo de chá.

– Cor bonita – disse ela. – O que acontece depois? – Ela apontou com a cabeça para os números que Buddy tinha distraidamente desenhado na extremidade direita da linha: 2 11 2016.

– Não tenho ideia – respondeu Buddy. De repente, ele ficou embaraçado. Devia estar parecendo uma criança pequena. – Você se lembra de mim?

A garçonete olhou na direção da mulher que trabalhava na caixa registradora.

– Não estou mais nesse ramo de trabalho.

– Não! Eu não quis dizer isso! Desculpe. Eu só me perguntei...

– Eu fui me informar sobre você – disse ela. – A história que você me contou. Você foi mesmo famoso em certa época.

– As coisas não acabaram bem.

– O que acaba bem? – A mulher na caixa registradora foi até a cozinha e a garçonete pareceu relaxar. – Então você está me seguindo, Buddy? – Depois ela acrescentou rapidamente: – Estou só brincando, está tudo bem.

Ah, mas ele a estava seguindo, por dois estados e quatro semanas. Buddy disse:

– Eu queria... – O que ele queria? Esse momento era muito diferente do que imaginara. Ele não tinha memória para guiá-lo. O roteiro estava em branco.

– Eu só queria dizer obrigado. Você foi muito legal comigo.

– E você era um garoto gentil. – Ela estendeu a mão. – Eu sou Carrie.

– Carrie – repetiu Buddy, como se ele não tivesse descoberto esse nome no início de sua busca. – É um prazer conhecê-la.

– Então – disse ela. – Você decidiu o que quer?

26

MATTY

O Paranormal Mais Poderoso do Mundo tem 14 anos de idade. Ele está sentado na cama no quarto do sótão, de olhos fechados, com uma caixa laranja e branca ao seu lado. A caixa agora está vazia. O dom, a herança, pende em torno de seu pescoço, o aço frio contra seu peito nu.

Ele está um pouco decepcionado por não ser ouro de verdade. Mas não decepcionado demais. Ele passa a mão pelo pedaço irregular amassado pela bala, e o buraco faz com que se sinta ao mesmo tempo mais vulnerável e mais poderoso.

Esse é um bom estado mental, na verdade.

Ele sai do próprio corpo e não para de subir. O teto se abre. As copas das árvores se transformam em um borrão laranja e vermelho. Ele gira no ar, se perguntando aonde deveria ir. Para o sul, decide. Há alguém que ele gostaria de verificar.

Não é muito bom na geografia de Chicago, mas basta pensar no lugar aonde quer ir que seu eu fantasma encontra o caminho. Ele entra no prédio e desce até o subsolo.

A Princesa Pauline está em sua baia real, mastigando feno com dignidade solene. Ela não liga para os tubos que correm para seu corpo, e ignora a presença intrometida pairando perto dela.

Ele desce flutuando para olhar pela janela de acrílico na lateral dela. Em junho era difícil ver o coração artificial que a movia, mas agora ele pode chegar tão perto quanto quiser. Ele empurra seu ponto de consciência para a frente, deixando que a cabeça e os olhos fantasmas passem pela janela.

O Paranormal Mais Poderoso do Mundo pensa: Essa é a coisa mais eca que eu já fiz. Ainda assim, é muito legal. O coração é muito maior do que ele esperava, um pedaço grande de plástico aninhado no tecido da vaca. Sua Alteza não parece se importar com a invasão.

Ele tem uma sensação de camaradagem profissional. Ela é sua parceira de transparência; ele não pode ser visto, e ela revela tudo.

– Que bom que você vai bem – diz ele para ela, embora, é claro, ela finja não ouvir.

Depois sobe através de camadas de cimento, através de encanamento e fios telefônicos, até estar de volta ao céu acima de Downers Grove. O sol está se pondo e as nuvens brilham com um tom peculiar de rosa. Interessante. Ele se aproxima para vê-las e se vê no meio do vapor d'água, a visão ofuscada pelo branco.

Mais alto, então. Navegar, ele aprendeu, é um ato de imaginação.

Ele ultrapassa a camada das nuvens. Muito acima, o céu escurece de roxo para negro. Um quarto da lua está nas sombras. Em algum lugar da superfície lunar há uma bandeira americana. Ele se pergunta se ela ainda estaria de pé, e qual seria sua aparência bem de perto.

Em um instante, ele chega lá.

Agradecimentos

Muitas pessoas leram rascunhos deste livro e ofereceram conselhos e estímulo. Minha gratidão eterna a Liza Trombi, James Morrow, Gary Delafield, Matt Sturges, Dave Justus, Andrew Tisbert, Fleetwood Robbins, Nancy Kress e Jack Skillingstead.

Meus filhos, agora inexplicavelmente crescidos, estavam em meu coração em toda página. Obrigado, Emma e Ian Gregory.

Meus agradecimentos a meu editor, Tim O'Connell, que viu do que este livro precisava – e do que não precisava. Devia ser ilegal rir tanto enquanto se faz um trabalho tão difícil. Richard Arcus, da Quercus, e Kiara Kent, da Penguin Random House Canada, forneceram anotações valiosas no penúltimo manuscrito. Meu agente, Seth Fishman, assim como toda a equipe da Gernert Company, foram magníficos do início ao fim.

Há outros que me ajudaram sem saber. Os Chicago Cubs me ensinaram tudo o que preciso saber sobre destino, fé e sofrimento. Vocês, seus filhos da mãe, entristeceram meu pai ano após ano – até que depois não. Meu obrigado também aos membros crédulos do governo que por décadas financiaram o Projeto Star Gate e forneceram tanto material para este romance.

Devo desculpas, entretanto, a um dos meus heróis, James Randi, também conhecido como "O Incrível Randi". Sua cruzada de toda a vida para investigar paranormais, curandeiros, médiuns e fraudes de todos os matizes paranormais inspirou uma história que pode fornecer ajuda e conforto ao inimigo. E, por isso, embora pareça ridículo ter de dizer isso no século XXI: nada disso é real, amigos. Não há leitores de mentes, não há pessoas com visão remota, nenhum radiestesista, ninguém que consegue entortar utensílios de cozinha com a força da mente – exceto na ficção. Mas isso não é o bastante?

Impressão e Acabamento:
LIS GRÁFICA E EDITORA LTDA.